時の町の伝説

ダイアナ・ウィン・ジョーンズ 作
田中薫子 訳／佐竹美保 絵

タバサとウィリアムへ

『時の町の伝説』目次

1
誘拐《ゆうかい》

　列車の旅はさんざんだった。その日は一九三九年の九月（九月三日に英仏がドイツに宣戦布告し、第二次世界大戦が始まった）で、たまらなく暑かったというのに、列車につめこまれた何百人もの子どもたちが落ちないようにと、鉄道会社が窓《まど》にすべて鍵《かぎ》をかけ、開かないようにしてしまっていたからだ。乗っていた子どもたちのほとんどは、窓《まど》の外にウシの姿《すがた》が見えると、悲鳴をあげた。空襲《くうしゅう》をのがれるため、ロンドンから疎開《そかい》していく都会の子ばかりで、ミルクがウシという生き物の乳《ちち》だということさえ知らなかったのだ。全員が、ガスマスクの入った四角い茶色の箱を持ち、名前と住所を書いた名札をつけていた。まだおさなくてしょっちゅう泣いたり、おもらししたりする子どもの場合、名札は首にくくりつけてあった。

　ヴィヴィアンはいちばん年上の方だったから、名札はひもで編《あ》んだ袋《ふくろ》に結びつけていた。ぱんぱんに

なったスーツケースに入りきらなかったものを入れるのに、母親が捜《さが》し出してくれた袋《ふくろ》だ。だからヴィヴィアンは、その袋《ふくろ》をなくすわけにはいかなかった。スミスというのはありふれた名字《みょうじ》だから、自分がどこのスミスか、はっきりわかるようにしておかなくてはいけないのだ。ヴィヴィアンは、親戚《しんせき》のマーティさんの名前と住所も、名札の裏《うら》にていねいに書いておいた。自分は大半の子とちがって、知らない人にひきとってもらうために田舎《いなか》に送られたわけではないことを示《しめ》すためだ。

親戚《しんせき》のマーティさんは、ヴィヴィアンの親が送った手紙に対して長いこと何も言ってこなかったが、やっと最近、返事をくれ、空襲《くうしゅう》の危険《きけん》がなくなるまでのあいだでよければヴィヴィアンをあずかるから、駅まで迎《むか》えに行こう、と約束してくれた。だがヴィヴィアンは、マーティさんとは一度も顔を合わせたことがなく、会いそこなったらどうしよう、と恐《おそ》ろしくてたまらなかった。だからなおさら、ひも編《あ》みの袋《ふくろ》をぎゅっと握《にぎ》りしめていた。握《にぎ》った持ち手が汗《あせ》でぐしょぐしょになり、編《あ》み目がくっきり赤く手に残ったほどだ。

子どもたちの半数は、列車の中でいっときもじっとしていなかった。ヴィヴィアンが乗っていた六人がけの客室もときどき、灰色《はいいろ》の半ズボンをはいた少年たちがどっと入ってきて、ぎゅうぎゅうづめになった。少年たちはみんな、やせこけた脚《あし》に分厚《ぶあつ》い灰色《はいいろ》の靴下《くつした》をはいていて、灰色《はいいろ》の学校用の帽子《ぼうし》をかぶった大きな頭が、細い首の上にちょこんとのっかっていた（当時の英国の少年たちの外出時の典型的な服装）。また、すその長すぎる服を着たまだおさない少女たちが大勢《おおぜい》、きいきい声をあげて通路からなだれこんでくることもあった。こうしてちがう子どもたちが入ってくるたびに、たいてい三人は「スミス」という名札をつけているのが見えた。

ヴィヴィアンはずっと席に座《すわ》ったまま、心配ばかりしていた。親戚《しんせき》のマーティさんが、ほかのスミスって子を私《わたし》だと思いこんで連れてっちゃうかもしれないし、出迎《でむか》える列車をまちがえるかもしれない。私《わたし》の方が、だれかべつの人をマーティさんとまちがえるか、行くあてがない子だと勘《かん》ちがいした人に、むりやり連れていかれるかもしれない。それとも、ちがう駅でおりてしまった、とか、イングランドの西ではなく、北のスコットランドにむかう列車にまちがって乗っていた、とかいうこともあるかもしれない。正しい駅でおりられたとしても、マーティさんが迎《むか》えに来ていないことだって……

ヴィヴィアンのお母さんは、ひも編《あ》みの袋《ふくろ》にサンドイッチを入れてくれていたが、ほかの子はだれも食べ物を持っていないようだった。自分だけ食べるのは気がひけるし、かといってみんなでわけるには人数が多すぎたから、サンドイッチには手をつけられなかった。それに、なくすのが怖《こわ》くて、学校用のコートと帽子《ぼうし》を脱《ぬ》ぐこともできなかった。列車の床《ゆか》はすでに落とし物のコートと帽子《ぼうし》だらけになっていて――名札もいくつか落ちていた――持ち主のわからない、ひしゃげたガスマスクまでひとつ落ちていた。ヴィヴィアンは汗《あせ》だくで座《すわ》ったまま、心配しつづけた。

けんかや悲鳴《ひめい》、泣き声、笑い声の絶《た》えないぎゅうぎゅうの暑苦しい列車がようやく駅に着いたのは、そろそろ夕方になるころだった。ヴィヴィアンはもう、このあと起こるかもしれないあらゆるこまったことを、ほとんどすべて想像《そうぞう》しつくしていた――実際《じっさい》に起きた事態《じたい》だけをのぞいて。

敵《てき》に読まれないよう、表示《ひょうじ》が塗《ぬ》りつぶされていたため、どこの駅だかはわからない。駅員たちが列車のドアを開けると、車内に涼《すず》しい空気がどっと吹《ふ》きこんできた。駅員たちが口々になまりのある太い声で叫《さけ》んだ。「全員おりるんだ！　ここが終点だぞ！」

子どもたちは、しんとなった。いよいよ見知らぬ土地へ到着《とうちゃく》したと知って、全員がぼーっとしていたが、まず何人かがためらいがちに外へ出ていくと、続いてみんなが先を争うように、列車をおりていった。

ヴィヴィアンは最後におりた一団《いちだん》の中にいた。スーツケースが網棚《あみだな》にひっかかってしまい、座席《ざせき》の上に乗っておろしていたら遅《おそ》くなってしまったのだ。ななめがけにしたガスマスクの箱がごつごつ体にあたるのを感じながら、片手《かたて》にはスーツケース、もう片手《かたて》にはひも編《あ》みの袋《ふくろ》を持ち、ホームにドン、とおりると、ヴィヴィアンは空気の冷たさに身ぶるいした。まわりじゅう、見なれないものばかりだ。駅の建物のむこうには、黄色い畑が見える。風はウシの糞《ふん》と切りわらのにおいがした。

ホームのむこうはしには、里親らしい大人たちが大勢《おおぜい》、ごちゃごちゃと集まっていた。駅員たちと、腕章《わんしょう》をつけた役人ふうの人が何人か、子どもたちを里親の前にならばせて、大きな声で指示《しじ》している。

「ミセス・ミラーは二人、お願いしますよ。パーカーさんはこの子を。おや、おまえはこっちの子と兄妹なんだね？　パーカーさん、二人はむりですか？」

私《わたし》はあの列にまざらないことにしよう、とヴィヴィアンは思った。そうすれば、心配したことがひとつ避《さ》けられる。ヴィヴィアンは、親戚《しんせき》のマーティさんが自分を見つけてくれますようにと願いながら、ホームの真ん中あたりで足を止めた。

だが大人たちは、だれ一人ヴィヴィアンの方を見ようとしない。「汚《きたな》い子ばっかりはおことわりだ！」とだれかが声をあげたせいで、全員の注意がそっちにむいているようだ。「きれいなのを二人くれるなら、汚《きたな》いのも二人ひきとるからさ。それで四人だ。そうしてくれないなら、もう帰るよ」

ヴィヴィアンは、やっぱり心配したとおりなのかも、と思った。マーティさん、迎《むか》えに来てないのかな。でも泣きださないよう、くちびるをぎゅっとかみしめた。泣くのはまだ早い。

そのとき、横から手がのびてきて、ヴィヴィアンのひも編《あ》みの袋《ふくろ》についている名札を表に返した。

「はーん！　やっぱりヴィヴィアン・スミスか！」

ヴィヴィアンは、声のした方にぱっとふりむいた。目の前に、めがねをかけた髪《かみ》の黒い少年が、いばったようすで立っていた。ヴィヴィアンより背《せ》が高く、もう長ズボンをはいている（このころ、英国の少年たちは十三歳ごろから半ズボンをはくのをやめ、長ズボンになった）から、ヴィヴィアンよりは年上ということだ。その子はにっこり笑いかけてきた。するとめがねの奥《おく》で、一重《ひとえ》まぶたらしい目が、糸みたいに細くなった。

「ヴィヴィアン・スミスさん、あなたは知らないかもしれないけど、ぼくは長いことつきあいがなかった親戚《しんせき》の者なんだ」その子は言った。

まあ、マーティっていうのは男の子の名前でもおかしくないわね、とヴィヴィアンは思い、きいてみた。「ほんとに？　あなたがマーティさん？」

「いや、ぼくの名前はジョナサン・ウォーカーだ。ジョナサン・リー・ウォーカー」と、少年。「リー」に特に力をこめて言いなおしたところからすると、その名前をとても誇《ほこ》りに思っているにちがいない。だが、この子にはどこかおかしなところがある。どことははっきりいえないけれど、何かがちがう気がする。ひどく不安になって、それ以上どうこう考える余裕《よゆう》もなく、ヴィヴィアンは大あわてで言った。「何かのまちがいだわ！　私《わたし》は、親戚《しんせき》のマーティさんに迎《むか》えに来てもらうことになってるの」

ジョナサン・リー・ウォーカーはなだめるように言った。「マーティさんなら、外で待っているよ。ぼくがその袋《ふくろ》を持ってやろう」そして手をのばしてきた。

ヴィヴィアンがひも編《あ》みの袋《ふくろ》を取られないようにさっとかかえこむと、ジョナサンはホームにおろしてあったスーツケースを持ちあげ、駅の建物の方へずんずん歩きだしてしまった。

ヴィヴィアンはスーツケースを取《と》り戻《もど》そうと、急いであとを追いかけた。ななめにかけたガスマスクの箱が背中《せなか》にごつごつあたる。ジョナサンはまっすぐ待合室《まちあいしつ》へむかい、ドアを開けた。

「どこへ行くの？」ヴィヴィアンはあえぎあえぎきいた。

「近道だよ、Ｖ《ヴィ》・Ｓ《エス》さん」ジョナサンはドアを開けてヴィヴィアンを待ちながら、なだめるような笑顔を浮《う》かべた。

「スーツケースを返して！」ヴィヴィアンは手をのばした。この子は泥棒《どろぼう》にちがいない。

ヴィヴィアンがドアを通りぬけたとたん、ジョナサン・リー・ウォーカーは走りだした。そうぞうしい音をたてて小さな待合室のむきだしの木の床《ゆか》をつっきり、何もない奥《おく》の壁《かべ》へむかっていく。

「サム、連《つ》れ戻《もど》してくれ！」ジョナサンが部屋いっぱいに響《ひび》くような声で叫《さけ》んだ。きっと頭がおかしいんだ、と思ったヴィヴィアンは、スーツケースをつかもうともう一度手をのばした。

そのとき、急にまわりじゅうが銀色に光りだした。

「ここ、どこ？」ヴィヴィアンはいつのまにか、壁《かべ》のすべすべした電話ボックスのような銀色に輝《かがや》く狭《せま》い場所で、ジョナサンの背中《せなか》にくっつくように立っていた。外へ出ようと必死でうしろをむいたとき、横の壁《かべ》についていた電話らしいものを落としてしまうと、ジョナサンが稲妻《いなずま》のようにすばやくふりむいて拾い、ガチャン、ともとに戻《もど》した。自分の背中《せなか》のガスマスクの箱がジョナサンに食いこんでいるのがわかって、痛《いた》いといいのに、と思った。目の前には、のっぺりした銀色の壁《かべ》があるだけだ。

と、ジョナサンの前のなめらかな銀色の壁《かべ》が、横にするりと開いた気配がした。ふりむいてみると、赤っぽい長髪《ちょうはつ》の小さな男の子が、心配そうにのぞきこんでいた。その子はヴィヴィアンを見るなり、すごくほっとしたように、二本の大きな前歯を見せてにんまりし、「つかまえたんだね！」と言いながら、イヤホンみたいなものを左の耳から取り出した。グリンピースよりちょっと大きいくらいのものだったが、自分たちのいる銀色の電話ボックスみたいなものの外側と、銀色のコードでつながっていたので、やっぱりイヤホンなんだろう、とヴィヴィアンは思った。その子はぷっくりした手のひらの中にそのコードをくるくる巻《ま》きこみながら、言った。「これ、ちゃんと使えたよ。よく聞こえた」

ジョナサンは銀のボックスから足を踏《ふ》み出し、すごくうれしそうに答えた。「ああ、つかまえたよ、サム！　この子だってわかったから、さらってきたんだ。みんなの鼻先から！」

「すごいや！」小さい男の子は、続けてヴィヴィアンにむかって言った。「さあ、これからおまえを拷問《ごうもん》して、知りたいことをみんな吐《は》いてもらうからな！」

ヴィヴィアンはボックスの中でひも編《あ》みの袋《ふくろ》を

かかえて突《つ》っ立ったまま、驚《おどろ》きと嫌悪感《けんおかん》のまざった気持ちで、そのサムという男の子を見つめた。お母さんなら「がさつ」だと言いそうな感じの子だ——うるさくて、どた靴《ぐつ》のひもがいつもほどけているようなタイプ。そう思って見てみると、白地に赤い水玉模様《もよう》の、ふくらんだ形の靴《くつ》をはいている。こんな靴《くつ》、見たことがない。でもやっぱり、片方《かたほう》の赤と白のしま模様《もよう》の靴《くつ》ひもがほどけて、大理石の床《ゆか》の上にだらりとたれていた。その上はと見ると、だぶだぶしたつなぎの服を着ていた。パジャマとしか呼《よ》びようがない。服の右肩《みぎかた》から左の足首にかけて、赤い線が一本走っているが、その赤はサムの赤毛の色と合っていない。それに、これほどだらしなく髪《かみ》をのばしている男の子には、会ったことがない。

「言っただろう、サム。拷問《ごうもん》なんてだめだって」ジョナサンは、サムのうしろにあった、暗くてぼんやりとしか見えない低いテーブルの上に、スーツケースをどすんと置いた。「かえってぼくらの方が、拷《ごう》問《もん》されるはめになるかもしれないんだから。やさしく説得してみるんだ。ではV《ヴィ》・S《エス》さん、どうぞボックスから出てください。ぼくがこの変装《へんそう》を解《と》くまで、そこにすわって待っててくれますか？」

ヴィヴィアンはもう一度、ボックスのうしろの壁《かべ》に目をやった。そちら側はつやつやしているだけで、出口はなさそうなので、しかたなく前に踏《ふ》み出し、ボックスの外の部屋に出た。サムがちょっと怖《こわ》そうにあとずさったのを見て、ヴィヴィアンは少しいい気分になった。

が、そのとき、うしろでボックスのドアが、シューッという静かな音をたてて、すべるように閉《し》まってしまった。ボックスからもれていた光がなくなってみると、部屋はほとんど真っ暗だ。どうやらここは夜らしい。だから、サムがパジャマを着てうろうろしているように見えたのだろう。

明かりといえば、妙《みょう》な形をした窓《まど》から射《さ》しこむ、街灯《がいとう》らしきもののかすかな青い光だけだったが、超《ちょう》近代的な事務室《じむしつ》のような場所にいる、ということはわかった。ずっと奥《おく》の方に、半円形をした巨大《きょだい》な机《つくえ》があり、そのまわりを電話交換機《こうかんき》のようなものが囲んでいた。ただ、机《つくえ》は近代的なスチールやクロム製《せい》ではなく、彫刻《ちょうこく》がみごとにほどこされた木製《もくせい》だった。しかもたいそうな年代物らしい。街灯の弱い光が、つややかな表面に反射《はんしゃ》している。ヴィヴィアンは机《つくえ》を見て首をひねりながら、ボックスのそばにあったおかしな形の椅子《いす》に腰《こし》をおろした。とたんに、ぱっと立ちあがりそうになった。椅子《いす》がヴィヴィアンをのせたまま動きだし、体にぴったり合うように形を変えたのだ。

　そのとき、ジョナサンが目の前で勢《いきお》いよく服を脱《ぬ》ぎはじめた。ヴィヴィアンは自分にぴったりの形になった椅子《いす》に体を硬《かた》くしてすわったまま、考えていた——私《わたし》、頭がおかしくなったのかな？　それともこの人の方がおかしいの？　そっぽをむくべきかしら、それとも……？　ジョナサンはまず、フランネルの上着を脱《ぬ》ぎ、ぽいと放《ほう》った。しまのネクタイもはずし、投《な》げ捨《す》てた。それから灰色《はいいろ》のフランネルの長ズボンもごそごそと脱《ぬ》ぎだしたので、ヴィヴィアンは顔を半分くらいそむけた。でも、べつにそうしなくてもよかったのだ。ジョナサンは下に、サムのと同じような上下がつながった服を着ていた。こっちのは暗い色をしたダイヤの形が、肩《かた》からそで口までと腰《こし》から足首まで、ずらりとついている。

　ジョナサンは、脱《ぬ》いだズボンを上着の上に落とした。「まいったよ、ひどい服だなあ！　下にスーツを着ていてもちくちくしたよ。二十番世紀の人間たちはよくがまんできるなあ！　これもだけど」そう言うなり、鼻の上のめがねをむしりとって、腰《こし》のベルトにたくさんついているボタンのひとつを押《お》した。すると、ジョナサンの両目の前に、何かちらつくものが現《あらわ》れた。青い光があたって変なふうにちらちら輝《かがや》いている。でもこの方が、めがねをかけていたときより、一重《ひとえ》まぶたなのがはっきりと見えた。見ると、サムのまぶたも同じ一重《ひとえ》だ。

「視力調整機能《しりょくちょうせいきのう》の方がよっぽど使いやすいよ」ジョナサンは言いながら、しまの入った学校用の小さなつばつきの帽子《ぼうし》を脱《ぬ》いだ。と、三十センチほどの長さの三つ編《あ》みの髪《かみ》が肩《かた》に落ちた。「ああ、すっきりした！」ジョナサンは帽子《ぼうし》も床《ゆか》に放《ほう》ると、髪《かみ》を上げていたせいでひきつった首のうしろをもんだ。

ヴィヴィアンは目を丸くした。こんなに髪《かみ》の長い男の子なんて、見たことない！　男の子というのは生まれたときから頭の横やうしろの髪《かみ》が短いもので、長くのびるのは女の子だけだ、となんとなく思いこんでいたのだ。ところがジョナサンの髪《かみ》は、ヴィヴィアンの倍くらい長い。ジョナサンは中国人で、私《わたし》は東洋へさらわれてきたのかもしれない（十七～十九世紀の中国・清朝の男性が、髪をのばし、三つ編みにしていた印象が、英国では強かった）。でも、サムは中国人には見えない。赤毛の中国人なんて、聞いたことがない。

「あなたたちはだれ？　いったいここはどこ？」ヴィヴィアンはきいた。

ジョナサンがヴィヴィアンの方をむいた。ひどくえらそうな、もったいぶったようすだ。よく見ると、特に中国人らしい感じはしない。「ぼくたちは、ジョナサン・リー・ウォーカーと、サミュエル・リー・ドニゴール。二人とも、リー家の血筋《ちすじ》だ。ぼくの父は第千代『とこしえのきみ』だ。あなたのいたところにはなかった役職《やくしょく》かもしれないから言っておくと、『とこしえのきみ』というのは、『時学者の間《ときがくしゃのま》』で開かれる『時の議会』の長のことだ。サムの父親は、年代パトロール庁《ちょう》長官。というわけで、ぼくたちはあなたと話す資格《しかく》があると考えています。お帰りなさい。あなたは今、サムの父親専用《せんよう》の『時の門』を抜《ぬ》けて、ふたたび『時の町』へ戻《もど》ってきたんです」

やっぱりまちがいが起こったんだわ、とヴィヴィアンは泣きたい気分になった。しかも、列車の中で想像《そうぞう》したどんなまちがいより、一万倍もとほうもない。ヴィヴィアンは口をぎゅっと結び、泣くもんですか、と自分に言い聞かせた。「なんの話だかまるっきりわからない。『お帰りなさい』ってどういう意味？　『時の町』ってどこのこと？」

「まあまあ、落ち着いて、V《ヴィ》・S《エス》さん」ジョナサンは、ヴィヴィアンのすわっている風変わりな椅子《いす》の背《せ》に片手《かたて》を置いた。見ちゃだめだってお母さんが言う映画《えいが》によく出てくる、取調官《とりしらべかん》の態度《たいど》そっくりだ。『時の町』は唯一無二《ゆいいつむに》のもの。時空間《じくうかん》のかけらの上に造《つく》りあげられた町で、普通《ふつう》の時間や『歴史』の流れからは切りはなされている。こんな説明を聞くまでもなく、『時の町』のことは何もかもごぞんじでしょう、V《ヴィ》・S《エス》さん？」

「知らないわ」とヴィヴィアン。

「知ってるとも。あなたの夫、フェイバー・ジョンがこの町を造《つく》ったんだから」ジョナサンはちらちらするものに覆《おお》われた一重《ひとえ》まぶたの目で、ヴィヴィアンの目をのぞきこんだ。ぞっとする目つきだ。「町の地下で眠《ねむ》っているフェイバー・ジョンの、起こし方を教えてほしいんだよ、V《ヴィ》・S《エス》さん。フェイバー・ジョンが実は町の下にはいないというなら、どこにいるか教えてくれ」

「私《わたし》に夫なんているわけないわ！　もう、なんなの？　あなたたち、おかしいわよ！」とヴィヴィアン。

ヴィヴィアンをはさんでジョナサンのむかいにいたサムが、ゼイゼイうるさく息をしながら言った。

「こいつ、すごくばかそうだよ。『精神戦争《せいしんせんそう》』のせいで頭がおかしくなってるんじゃないかな？」

ヴィヴィアンはため息をつき、どうしたらいいの、と思いながら、暗く妙《みょう》な雰囲気《ふんいき》の事務室《じむしつ》を見まわした。ここは本当に普通《ふつう》の時間から切りはなされているの？　それとも、この二人の頭がおかしいのかしら？　二人は私《わたし》のことを、だれかべつのヴィヴィアン・スミスと勘《かん》ちがいしちゃっているみたい。別人だと信じてもらうには、なんて言ったらいいのだろう？

「いや、頭はしっかりしてるよ。ばかのふりをして、ぼくたちにまちがいだと思わせる気なんだ」ジョナサンはきっぱりと言いきり、またヴィヴィアンの上にかがみこむと、説得するように言った。「あのなあ、V《ヴィ》・S《エス》さん。ぼくたちだけのために頼《たの》んでいるんじゃない。『時の町』全体のためなんだ。町が立っているこの小さな時空間は、もうじき完全に使いつくされてしまう。居場所《いばしょ》をあなたに教わって、フェイバー・ジョンを見つけ、町を造《つく》りなおしてもらわないかぎり、『時の町』は崩壊《ほうかい》してしまうんだ。フェイバー・ジョンのことがどうしても嫌《きら》いだっていうのなら、せめて『極《きょく》』のありかと、それらを再《さい》生《せい》する方法を教えてくれないか、V《ヴィ》・S《エス》さん？」

「ヴィ・エスさんって呼《よ》ぶのはやめて！」ヴィヴィアンは金切り声で叫《さけ》んだ。「私《わたし》はその人じゃ――」

「いいや、V《ヴィ》・S《エス》さんさ。あなたは時間粒子《りゅうし》（クロノン。物理学における仮説的な時間の最小単位）の波を起こし、第一不安定期に現《あらわ》れたところを見つかった。『時の議会』がそう話しているのを耳にしたんだ。あなただってことはわかっている。さあ、V《ヴィ》・S《エス》さん、フェイバー・ジョンの起こし方は？」

ヴィヴィアンはジョナサンにむかってどなった。「知らないわよ！ 私《わたし》のことをだれだと思ってるか知らないけど、人ちがいだわ！ 私《わたし》はあなたのことなんか知らないし、あなたも私《わたし》のことを知らないの！ 私《わたし》は戦争のせいで、ロンドンから疎開《そかい》して、親戚《しんせき》のマーティさんにあずかってもらうところだったんだから。さっきいたところへ帰して！ 人さらい！」涙《なみだ》がぼろぼろと頬《ほお》を伝《つた》いはじめた。ヴィヴィアンはひも編《あ》みの袋《ふくろ》に手をつっこみ、ハンカチを探《さぐ》り、サムにも言った。「あなたも人さらいだわ！」

サムが前かがみになり、ゼイゼイいいながらヴィヴィアンの顔をじろじろ見た。「泣いてるよ。うそじゃないみたい。つかまえる相手をまちがえたんだ」

「まちがえてないさ！」ジョナサンは、ばかにしたように言った。だがヴィヴィアンが、取り出したハンカチで顔を覆《おお》いながらちらりと見ると、ジョナサンも少し自信をなくしているようだった。

ヴィヴィアンは、まちがいだとはっきりわからせてやろうと、せいいっぱいがんばった。「フェイバー・ジョンなんて人は聞いたこともないし、『時の町』なんて町も知らないわ」なんとかしゃくりあげまいとしながら続ける。「それに、まだ若《わか》すぎて夫なんかいるわけないって、見ればわかるでしょう？　クリスマスのすぐあとで、やっと十二歳《さい》になるのよ。中世の人じゃないんだから、そんなに早く結婚《けっこん》しないわよ」

サムは大きくうなずくと、きっぱり言った。「うん。この子はごく普通《ふつう》の、二十番世紀生まれの人間だ」

「でも、たしかにこの顔だったんだ！」ジョナサンは落ち着かなげに事務室《じむしつ》の奥《おく》へうろうろ歩いていった。視力調整機能《しりょくちょうせいきのう》とかいうちらちらしたものがついたジョナサンの顔の色が、なんとなく暗くなったところを見ると、まちがいをしでかしたのではないかと思いはじめているらしい。ジョナサンは、自分がばかに見られることはなんとしても避《さ》けるタイプのようだ。うまく説得できたら、すぐにヴィヴィアンを駅へ戻《もど》し、すべてなかったことにするだろう。

そこで、もうこれ以上涙《なみだ》が出ませんようにと願いながら、グスンと鼻を鳴らし、ヴィヴィアンは言った。「たしかに名札にはヴィヴィアン・スミスと書いてあるけど、スミスというのはすごくありふれた名前よ。ヴィヴィアンだってよくいるわ。ヴィヴィアン・リー（一九一三〜六七。一九三九年の映画『風と共に去りぬ』で一躍有名になった女優）がいい例よ」

だが、こう言ったのは失敗だったらしい。ジョナサンはさっとふりむき、ヴィヴィアンをまじまじと見ると、「ヴィヴィアン・リーをなぜ知っている？」とあやしむように言った。

「知らないわよ。まあ、名前は知ってるけど……映画《えいが》スターだもの」

だが、ジョナサンはただ、わからないというように肩《かた》をすくめ、サムに言った。「荷物を調《しら》べてみようぜ。何かわかるかもしれない」

ヴィヴィアンとしては、ひも編《あ》みの袋《ふくろ》を抱《だ》きかかえてスーツケースの上にすわりこみ、何がなんでもはねつけたい気分だったが、ぐっとこらえてこう言ってやった。「好きにすればいいわ。ただし、何も見つからなかったら、駅に連れて帰ってくれるんでしょうね？」

「かもしれない」とジョナサン。きっと、そうするという意味だ、とヴィヴィアンは受けとった。変な形の窓《まど》からひと筋《すじ》光が射《さ》している場所へ、ジョナサンがスーツケースをひっぱっていき、てきぱきと中のものを出すあいだ、ヴィヴィアンはなるべく気にしないようにした。サムの方はひも編《あ》みの袋《ふくろ》を調べようとしたので、自分で中身をひざの上にあけてやった。そうしていれば、ジョナサンが自分の新しい冬物の下着を調べていることを、考えずにすむと思ったからだ。それにしても、サムがこんなにゼイゼイいわなければいいのに。

サムが最初に目をつけたのは、サンドイッチだった。「これ、食べてもいい？」

「だめ。私《わたし》、おなかすいてるの」とヴィヴィアン。

「半分あげるからさ」サムはこれでも、気前のいいことを言ったつもりらしい。

ジョナサンが立ちあがり、ヴィヴィアンの新しい、厚手《あつで》の木綿《もめん》でできたそでなしの肌着《はだぎ》を持ってきた。肌着《はだぎ》のすそには、冬用のストッキングをつるためのとめ具がついている。「これはいったい何に使うものだ？」ジョナサンは、さっぱりわけがわからないという顔できいた。

ヴィヴィアンは顔を真っ赤にほてらせ、叫《さけ》んだ。「さわらないで！」

「コルセットじゃないの？」サムが口いっぱいにほおばったまま言った。

そのとき、どこか外から、ぼそぼそと人の声がした。と思うと、部屋に明かりがつき、すみの方からぱーっと明るくなってきた。ジョナサンは窓《まど》のそばでそでなしの下着を片手《かたて》に、ヴィヴィアンのいちばんいいセーターをもう片手につかみ、立ちすくんでいる。明るい光の下だと、めがね代わりのちらちらするものはほとんど見えなくなるようだ。スーツについているダイヤの形は濃《こ》い紫色《むらさきいろ》だった。サムも三つ目のサンドイッチを手に持ったまま、凍《こお》りついている。

「だれか来る！　きっとそいつがわめいたのが聞こえたんだ」ジョナサンがささやいた。

「ううん、いつも決まった時間に巡回《じゅんかい》があるんだ」サムがかすれ声でささやき返した。

「それならそうと、なんで言っといてくれなかった？　急げ！」ジョナサンは小声で言うと、荷物を全部スーツケースに戻《もど》し、乱暴《らんぼう》にふたを閉《し》めた。サムはひも編《あ》みの袋《ふくろ》とヴィヴィアンのスカートをぎゅっとつかんでひっぱった。何か大変なことが起ころうとしているのは、ヴィヴィアンにもよくわかった。そこで、大理石の床《ゆか》の上をサムにずっとひっぱられるまま、彫刻《ちょうこく》のほどこされた大きな机《つくえ》のうしろへ一緒《いっしょ》にまわりこんだ。

「隠《かく》れて！　早く！」サムが言った。

半円形の机《つくえ》の下は、大きな空洞《くうどう》になっていた。机《つくえ》のまわりにずらっとならんだスイッチに楽《らく》に手が届《とど》くよう、ひざのむきを変えられるようになっているのだ。サムはヴィヴィアンを机《つくえ》の下に押《お》しこみ、続いて自分もとびこんできた。ヴィヴィアンがちゃんとすわりなおすひまもないうちに、ジョナサンもスーツケースをひきずってごそごそ入ってきた。そのためヴィヴィアンは、半分寝《ね》そべったような姿勢《しせい》でいるしかなくなった。でも、おかげで机《つくえ》の下の隙間《すきま》から、部屋のようすがよく見える。大理石の床《ゆか》の真ん中に、紙で包まれたサンドイッチの最後のひときれが置きっぱなしになっていた。その横に、ジョナサンが着ていた灰色《はいいろ》のフランネルの衣装《いしょう》の山もある。

ジョナサンにもそれが見えたようだ。「くそったれ！」と小声で言うと、ヴィヴィアンが汚《きたな》い言葉にぎょっとしているあいだに出ていき、拾い集めて戻《もど》ってきた。

「音をたてるな！」ジョナサンは息を切らしながらヴィヴィアンに言った。「見つかったら、おまえは撃《う》ち殺《ころ》されるかもしれないぞ！」

ヴィヴィアンはなんだか信じられない気がして、ジョナサンからサムに視線《しせん》を移《うつ》した。二人とも、映《えい》画《が》の中で拳銃《けんじゅう》を手にしたギャングに追われている人と同じ、はりつめた表情《ひょうじょう》をしている。それを見たら、本当に映画《えいが》の中にいるような気になり、現実《げんじつ》のことはまるっきり思えなくなってしまった。ヴィヴィアンは、サムより早く手をのばし、ジョナサンから最後のサンドイッチをうばいとって、ひと口かじった。お母さんがバターを塗《ぬ》ったパンと、お母さんと一緒《いっしょ》につぶしたオイルサーディン。かんでいると、少し気分がよくなった。これで、現実《げんじつ》の世界はべつのどこかにちゃんとある、とわかった。

ヴィヴィアンが食べているあいだに、ドアがガタガタいいはじめ、あたりがますます明るくなった。ずっしり重そうなブーツが二組、灰色《はいいろ》のしま模様《もよう》が入った白い床《ゆか》をコツコツと歩いてくるのが見える。机《つくえ》の下からうかがうと、ブーツの持ち主たちは、部屋の中を調《しら》べるように、あちこち歩きまわっている。となりのジョナサンがふるえだしたのがわかった。サムは呼吸《こきゅう》を静かにしようと、鼻から小刻《こきざ》みに息を出している。それでもやっぱり現実《げんじつ》とは思えなくて、ヴィヴィアンは落ち着いてサンドイッチを食べつづけた。

「変わったようすはなさそうだ」ブーツをはいた一人が、低く響《ひび》く声でささやいた。

「でも、変ね」もう一人がささやいた。こっちは女の人の声だ。「魚のにおいがするの……オイルサーディンみたい。ね、におわない？」

ヴィヴィアンはサンドイッチの残りを口につっこみ、両手で押《お》さえるようにして笑いをこらえた。ジョナサンは真っ青だ。さっきまでのえらそうな態度《たいど》も、すっかり陰《かげ》をひそめている。取調官《とりしらべかん》から、やっかいなはめにおちいって怖《こわ》がっている男の子に変わったようだ。サムは息をつめているせいで、顔色がどんどん赤黒くなってきた。そしてぞっとしたように、サンドイッチが消えていったヴィヴィアンの口もとをじっと見ている。二人とも本当におびえているのはよくわかったが、それでもヴィヴィアンは笑いたくなった。

「いや、何もにおわないな」低く響《ひび》く声の男の人が言った。

「そう、じゃあもし明日、長官が凶暴《きょうぼう》なサーディンに襲《おそ》われたら、あなたのせいだからね」と女の人。二人の笑い声がした。それから女の人が「行きましょう」と言い、二人は靴音《くつおと》をたてて行ってしまった。

ドアの閉《し》まる音が響《ひび》き、しばらくすると、部屋が暗くなった。とたんにサムがゼーッ、と大きく息を吐《は》き、ばったりうつぶせになってあえいだ。

「ぼく、死んじゃう！」サムは荒《あら》い息をしながらいった。

「死なないって」と言ったジョナサンも、甲高《かんだか》いふるえ声になっている。「だまって起きるんだ。どうしたらいいか考えなくちゃ！」

ジョナサンはすっかりおじけづいているらしい。今が強い態度《たいど》に出るときよ、と思ったヴィヴィアンは、口を開いた。「どうしたらいいか教えてあげる。もう一度そこの銀色の箱を開けて、私《わたし》を入れて、マーティさんが待っている駅へ送り返しなさい」

「いや、それはぜったいだめだ。できないんだ。この門をまた使ったら、コンピュータに三回と記録されてしまう。奇数回《きすうかい》で使用がとだえたときは、職員《しょくいん》が出先で行方不明になっていないか、かならずチェックが入るんだ。そうなったら、規則《きそく》を破《やぶ》ったことがばれて、ぼくたちはすぐにつかまってしまう。ここは年代パトロール庁《ちょう》のど真ん中なんだぞ。わからないのか？」

2　いとこのヴィヴィアン

「わからないわよ！」ヴィヴィアンは言い返した。あのコツコツいうブーツの人たちのせいで、男の子たちがこの世界なりの現実《げんじつ》に一気にひき戻《もど》されてしまったのだ、ということだけはわかったが。この二人、今までは冒険《ぼうけん》気分だったけど、もうわくわくするどころじゃなくなったのね――と考えたら、腹《はら》がたってきた。「規則《きそく》を破《やぶ》ったって、なんのこと？　私《わたし》はどうなるのよ？」

「二十番世紀は、不安定期の中にあるんだ。不安定期からは、ものをひとつ持ち帰ることさえ罪《つみ》になる。人を連れ出すなんてもってのほかだし、『時の町』を見てしまった不安定期の人をもとの時代へ帰したりしたら、何よりも重い罪《つみ》になる」とジョナサン。

「ぼくたち、『歴史』の中に放り出されちゃうよ」サムはぞっとしたようにささやき、身ぶるいした。

でも、ジョナサンの方がもっと激《はげ》しくふるえていた。サムが続けた。「この子はどうなるの？」

「もっとひどい目にあうんじゃないか？」ジョナサンは歯をガチガチさせながら答えた。

「どうして先によく考えなかったのよ？　私《わたし》はこれからどうしたらいいの？」とヴィヴィアン。

ジョナサンはひざをつき、机《つくえ》の下からはいだしてうめいた。「よく考えたつもりだったんだ！」それからふり返り、ヴィヴィアンとむきあった。うす暗い青い光に照らされたジョナサンの顔は、げっそりとして、おびえているように見える。「おまえはぜったい……なあ、毛沢東《もうたくとう》（中華人民共和国を建国した革命家）だかケネディ（第三十五代の米国大統領）だかコーラン（イスラム教の聖典）だか知らないが、おまえが信じる神にかけて、誓《ちか》ってくれないか？　おまえは本当に二十番世紀のごく普通《ふつう》の人間で、フェイバー・ジョンとは関係ないんだな？」

「聖書《せいしょ》にかけて誓《ちか》うわ。でもそんなことしなくたって、人が正直に本当のことを言っているときは、わかるはずよ」とヴィヴィアン。

ヴィヴィアンは皮肉のつもりだったが、驚《おどろ》いたことにジョナサンは、この言葉をすなおに受けとめた。

「ああ、わかるよ。おまえがぼくのお下げを見たときの顔から、何かおかしいと思ってはいたんだ……でもやっぱり、どういうことなのかわからない！　まずはここを抜《ぬ》け出して、どうするか考えよう」

三人は、机《つくえ》のうしろでヴィヴィアンのスーツケースをつめなおした。ジョナサンの灰色《はいいろ》のフランネルの服も押《お》しこもうとしたが、入ったのはズボンだけだったので、上着はヴィヴィアンのひも編《あ》みの袋《ふくろ》の中、帽子《ぼうし》とネクタイはガスマスクの箱につめこむことになった。ガスマスクの箱はサムが、スーツケースはジョナサンが持ち、ヴィヴィアンはひも編《あ》みの袋《ふくろ》をしっかり抱《だ》きかかえた。この袋《ふくろ》を一瞬《いっしゅん》でも手放したら、ヴィヴィアン・スミスではなく、まったくの別人になってしまう気がした。

ドアの前に行くと、サムはカチャカチャ音をたてる鍵《かぎ》の束《たば》——ではなく、プラスチックみたいなものでできた小さな四角いカードの束を取り出した。そのうち一枚《まい》を、ドアの横にあった細い隙間《すきま》にさしこむ。

「父さんからくすねたんだ」サムはささやいたにしては大きな声で、自慢《じまん》げに説明した。ドアは横にするりと開き、三人が通るなり、見計らったようにするりと閉《し》まった。

三人は、天井《てんじょう》の高い廊下《ろうか》をいくつも通りぬけていった。明かりが廊下《ろうか》の奥《おく》でついたり消えたり、角を曲がっていったりするところを見ると、さっきの守衛《しゅえい》たちが巡回《じゅんかい》しているらしい。明かりが見えるたびにどきどきしたが、その光のおかげで、建物全体は大理石でできていて、さっきいた部屋と同じように超《ちょう》近代的な雰囲気《ふんいき》なのがわかった——ただし、壁《かべ》と天井《てんじょう》の境目《さかいめ》に彫刻《ちょうこく》の飾《かざ》りや像《ぞう》があるのは、ちっとも近代的ではなかった。うす暗いのでぼんやりとしか見えなかったが、天使の顔、翼《つばさ》の生えたライオン、下半身が馬の姿《すがた》の人の像《ぞう》が多い。いかにも夢《ゆめ》の中らしい光景だ。

大理石の廊下《ろうか》にいる夢《ゆめ》を見ているのかしら？　列車の中で眠《ねむ》ってしまって、おりたところからは全部夢《ゆめ》なのかも。だとしたら安心なのだが、ヴィヴィアンにはそれも信じられなかった。あんなうるさい列車の中で眠《ねむ》れる人なんていない。

三人で大理石の細い階段《かいだん》を爪先立《つまさきだ》っておりていくと、広々とした玄関《げんかん》ホールらしいところに着いた。ここは、今までのところよりも明るかった。前方に大きなガラスのドアが何枚《なんまい》か、弧《こ》を描《えが》いた横の壁《かべ》には、ヴィヴィアンが通ってきたのとそっくりな銀色のボックスが、百個《こ》くらいならんでいた。反対側の横の壁《かべ》も、やはり弧《こ》を描《えが》いており、同じ数だけボックスがならんでいるようだったが、一部は巨大《きょだい》なもうひとつの大理石の階段《かいだん》に隠《かく》れているため、見えなかった。実に不思議なことに、そっちの階段《かいだん》では、石段《いしだん》が上下に動いていた。女性《じょせい》の守衛《しゅえい》が腰のベルトにつけた銃《じゅう》のようなものに手をかけ、ホールの広々としたところをゆっくりと横切るのが見えたので、三人は動く階段《かいだん》の陰《かげ》に隠《かく》れ、ようすをうかがった。ヴィヴィアンは、頭の上で石段《いしだん》が動くかすかなゴロゴロいう音を聞きながら、いったいどういうしくみなのかしら、と考えていた。

守衛《しゅえい》がホールの真ん中にある大きな円形のブースのようなもののむこう側へ行ってしまうと、ジョナサンとサムはヴィヴィアンをひっぱるようにして、守衛《しゅえい》とは逆《ぎゃく》方向の、建物の裏手《うらて》へ走っていった。そしてさらにたくさんの廊下《ろうか》を抜《ぬ》けたあと、やっと裏口《うらぐち》の小さな扉《とびら》へたどりついた。サムが立ちどまってさしこみ口にまたべつのカードを入れると、扉《とびら》は開き、三人は外へ出ることができた。

と、超《ちょう》近代的な風景から、いきなりとても古びた感じのながめになった。外にはひどく細い小道が続いていて、両側に形のゆがんだ石造《いしづく》りの小さい家がならんでいる。遠くの方の家のひとつに、丸く青い明かりがついているおかげで、小道に丸石が敷《し》きつめてあり、真ん中に排水溝《はいすいこう》があるのが見えた。空気はすがすがしくてひんやりしている。ヴィヴィアンはぴりっと冷たい空気にちょっと酔《よ》ったようになり、めまいを感じた。

サムとジョナサンは、小道の先の暗がりへと急いだ。ヴィヴィアンは靴底《くつぞこ》に丸石が食いこむのを感じながら、早足であとを追った。小道は、天井《てんじょう》がアーチ形の、頑丈《がんじょう》そうな古い通路に通じていた。中は真っ暗だったが、そこを抜《ぬ》けると、青い光に照らされた中庭らしきところに出た。三人は、その奥《おく》にある教会のような建物にむかって走っていった。

「だいじょうぶ、入口の鍵《かぎ》はいつもかかってない」ジョナサンが教会のような建物の前の踏《ふ》み段《だん》をぴょんぴょん上がっていきながら、サムに小声で言うのが聞こえた。「お下げがゆれてはねあがっているのが見える。『古《ふる》びの館《やかた》』につながるふたつのドアも、念のため開くようにしておいた」

ジョナサンの言うとおり、巨大《きょだい》な扉《とびら》はカチャッと音をたてて大きく開き、三人は中に入った。

ずいぶん小さな教会ね、とヴィヴィアンはびっくりした。でも、においはちっとも教会らしくない。

中は教会よりもあたたかく、埃《ほこり》っぽいにおいがした。これまで通ってきたどこよりも暗い。さまざまな色のガラスの高窓《たかまど》からかすかに射《さ》しこむ、青い街灯《がいとう》の光だけが頼《たよ》りだからだ。幾筋《いくすじ》かのぼんやりとした青緑色の光で、革《かわ》ばりの座席《ざせき》がかすかに見えるが、教会の会衆席《かいしゅうせき》とはちょっとちがう感じがする。暗い紫《むらさき》の光線が一本、奥《おく》の方にある玉座《ぎょくざ》のようなものを照らしていた。玉座《ぎょくざ》の上には、ちらちら光る天蓋《てんがい》のようなものがかかっていた。青みがかったオレンジの光はななめに壁《かべ》にあたっていて、見たこともないような美しい絵をぼんやりと照らし出している。

「あそこが『フェイバー・ジョンの座《ざ》』だ」ジョナサンが先に立って座席《ざせき》のわきの通路を通りながら、玉座《ぎょくざ》のようなものを指さして言った。「ここが『時の議会』の開かれる、『時学者《ときがくしゃ》の間《ま》』だ」

「ぼくたち、あっちのドアの鍵《かぎ》をこっそり開けて、話を聞いたのさ」とサム。

「それで重大な危機《きき》のことと、おまえを……じゃなくて、本物のV《ヴィ》・S《エス》をつかまえる計画があることを知ったんだ」ジョナサンが説明した。

三人は右の方へ移動《いどう》した。こっちにも紫《むらさき》の光がぼんやりとあたっているところがあり、何かがきらきら光っているのが見えた。座席《ざせき》の列のはし、ヴィヴィアンの目の前に、翼《つばさ》のついた太陽のような形の、宝石《ほうせき》がちりばめられたものが飾《かざ》ってあった。

「『とこしえのきみ』の証《あかし》だ。純金《じゅんきん》でできている。左の翼《つばさ》に埋《う》めこまれているのがコイヌール（英国の王冠についているインド産のダイヤ）で、右のがアフリカの星（英国王室の錫杖についている南アフリカ共和国産のダイヤ。世界最大で五百三十カラットある）だよ」ジョナサンは小声で言い、横を通りすぎるときに、その太陽みたいなものをやさしくなでた。

ヴィヴィアンは、えーっ、と思った。やっぱりこれは夢《ゆめ》にちがいない。どっちのダイヤも、本当はどこにあるか、私《わたし》は知っているもの。

「このふたつのダイヤは、七十二番世紀のアイスランド帝国《ていこく》の皇帝《こうてい》から、『時の町』に寄贈《きぞう》されたものなんだ」ジョナサンが、小さいのに重そうなドアを開けながらつけくわえた。でもヴィヴィアンはもう、すっかり夢《ゆめ》を見ている気分になっていて、まじめに聞いていなかった。ぼんやりしたまま、その先の長く暗い通路を通り、ギギーッとうるさい音をたてて開いたもうひとつのドアを抜《ぬ》け、大邸宅《だいていたく》の中らしいところに出ると、暗い木の階段《かいだん》をどんどん上がっていった。階段《かいだん》は尽《つ》きることなく続くように思える。この夢《ゆめ》はいやなことばっかり、と脚《あし》が痛《いた》くなってきたヴィヴィアンは思った。こういうときは、エレベーターか動く階段《かいだん》が出てきてくれなくちゃ！

いつのまにか広い部屋に入って、またさっきのに似《に》た妙《みょう》な椅子《いす》にすわっていた。それからやっと、頭がまともに働くようになってきた。この部屋の家具はと見ると、ただの枠組《わくぐ》みのようなものがごろごろしているだけだ。ジャングルジムだらけの公園みたい、と思っていると、ジョナサンが部屋の明かりをつけ、ドアに背《せ》をもたせかけて言った。「やれやれ！　ここまでは無事だったな。さて、これからのことをじっくり考えなくちゃ」

「ぼく、おなかすいちゃって考えられない。その子もだよ。さっき言ってたもん」とサム。

「ぼくの自動販売機《はんばいき》は、また調子が悪いんだけど……もし動かせたら、何がほしい？」ジョナサンがきいた。

「四十二番世紀のバターパイ」サムはあたり前だろ、という調子で答えた。

ジョナサンは、ヴィヴィアンのむかい側の壁《かべ》の方へ行った。楽器のようなものが置いてある。ピアノみたいな鍵盤《けんばん》があるし、パイプオルガンに似《に》たパイプもついている。全体に金箔《きんぱく》をはった花綱《はなづな》飾《かざ》りや渦《うず》巻《ま》き模様《もよう》の装飾《そうしょく》があるが、ところどころ金箔《きんぱく》がはがれていたんでいるから、もう古くなって使えない楽器かもしれない。

ジョナサンはいくつかの白い鍵盤《けんばん》を、バンとたたいた。何も起こらないので、今度はオルガンのパイプのところを一発なぐる。すると、シュッシュッ、ベコ、ボコという音がして、全体が少しゆれた。ジョナサンはすぐに、下の方を思いっきりけった。そして最後に、学校で使うごく普通《ふつう》の定規《じょうぎ》のようなもので、パイプのならんだ下にある横長のたれぶたを持ちあげ、中をのぞいた。

ジョナサンはのぞきこんだまま言った。「バターパイはうまく出てきた。でも、二十番世紀の食べ物を出す機能《きのう》はこわれているらしいな。ピッツァも風船ガムも出てこないや」そしてちょっと心配そうな顔でヴィヴィアンにきいた。「ほかの世紀の食べ物でもいいか?」

ヴィヴィアンは、ピッツァなんていう食べ物は聞いたことがなかった。なんとなくイタリアっぽい名前だけれど、いつも食べなれている英国の食べ物とはまるっきりちがうものだろう。今では、もうどんなことにも驚《おどろ》かなくなっていたので、思ったとおりにこう言った。「恐竜《きょうりゅう》だって食べられるわ!」「それに近いものを食べなくちゃならないかも」ジョナサンは言いながら、小さな白い植木鉢《うえきばち》ふうのものをたくさん、腕《うで》いっぱいにかかえて戻《もど》ってくると、ヴィヴィアンの椅子《いす》の横にあった枠《わく》組《ぐ》みのようなものの上におろした。すると、鉢《はち》はどれも、枠《わく》組《ぐ》みの上に浮《う》かんだまま止まった。ジョナサンは中から棒《ぼう》が突《つ》き出ている鉢《はち》をひとつ、サムに渡《わた》して言った。「バターパイだ。ほかには、藻汁《もじる》と大豆ディップ、イナゴマメ入りトウモロコシパンがふたつと、魚肉麺《ぎょにくめん》が出てきた」

サムが鉢《はち》から棒《ぼう》をひきぬいた。先に黄色いアイスクリームみたいなかたまりがくっついている。「うわーい！」サムは叫《さけ》ぶと、すごい勢《いきお》いでがっつきはじめた。

残りの鉢《はち》についている見なれない記号を見て、ヴィヴィアンはきいてみた。「えっと……どれが何？これ、読めないわ」

「ああ、悪かった。これは三十九番世紀から使われるようになった世界標準文字《ひょうじゅん》なんだ」ジョナサンは鉢《はち》をわかりやすいようにならべてくれたあと、自分は「バターパイ」を取った。

ヴィヴィアンも手をのばしてみた。鉢《はち》は枠組《わくぐ》みのすぐ上の空間にはりついているらしく、少し力を入れてひっぱらないと、取れなかった。鉢《はち》のふたをめくると、中身がスプーンかフォークのいる食べ物だった場合、ふたが勝手に縮《ちぢ》んでその形になる。「藻汁《もじる》」はしょっぱい池の水みたいで、ちっともおいしくなかった。でも、「大豆ディップ」は「イナゴマメ入りトウモロコシパン」につけて食べると、けっこういける。「魚肉麵《ぎょにくめん》」は――

「お父さんの魚釣《さかなつ》りのえさを食べた方がまし」ヴィヴィアンは言い、すぐに鉢《はち》を置いた。

「じゃあ、おまえにもバターパイを出してやるよ」とジョナサン。

「ぼくにも、もうひとつね」サムがすかさず言った。

ジョナサンはパイプオルガンそっくりの装置《そうち》をまた一回なぐり、二回けり、さらに取出口のたれぶたにパンチを食らわせたあと、ヴィヴィアンとサムに棒《ぼう》の刺《さ》さった鉢《はち》をひとつずつくれた。からになった鉢《はち》は、ジョナサンがオルガン装置《そうち》のわきにあった枠組《わくぐ》みの中に放りこむと、全部あとかたもなく消えてしまった。

「さて、話しあいだ」ジョナサンが言った。ヴィヴィアンは本当においしいのかしら、と思いながら、かたまりのついた棒《ぼう》を鉢《はち》からひきぬいたところだった。ジョナサンは続けた。「ぼくたちは三人とも決まりを破《やぶ》ったが、つかまるのはいやだ。V《ヴィ》・S《エス》が本物のV《ヴィ》・S《エス》だったらよかったんだが、ちがったわけだから、かくまう方法を考えなくてはならない」

ヴィヴィアンはV《ヴィ》・S《エス》と呼《よ》ばれることに、ほとほといやけがさしていた。そのときバターパイをひと口食べていなかったら、文句《もんく》を言うところだったが――すばらしい味が、口いっぱいに広がったのだ。これほどバターたっぷりでなめらかなものは、味わったことがない。かすかにタフィーの風味がするうえ、はじめて知るもっとおいしい味がほかにも二十種類くらいまざっていて、全体がきりりと冷えている。あんまりおいしかったから、ただ静かにこう言っただけだった。「ちゃんと説明してくれなくちゃだめよ。何をする気だったの？」

バターパイをもう半分ほど食べ終えていたサムが、舌《した》をピチャピチャ鳴らしながら答えた。「『時の町』を救おうとしたんだ、決まってるだろ。『時の議会』が話しあってるのを聞いて、おまえの居場所《いばしょ》がわかったから」

ジョナサンが続けて説明した。「『時学者《ときがくしゃ》の間《ま》』とここをつなぐ通路があっただろう？　ぼくの父が『とこしえのきみ』に選ばれてからというもの、こっち側のドアは鎖《くさり》で閉《と》ざされたままになっていたんだ。それでぼくが、ドアのむこうのことがどうしても知りたくなって、サムにショートさせてもらって……まあ、そんなことはどうでもいいや、とにかくそれが『時学者の間』に通じていることがわかって、奥《おく》のドアをほんの少し開けたら、話していることが聞こえてきた。ちょうど重大危機《きき》についての議《ぎ》論《ろん》の最中で――」

ちょっと得意げな顔をしていたサムが、口をはさんだ。「だけど、内容《ないよう》はぼくにはちんぷんかんぷんだった。物語みたいにはうまくいかないね」

「そう、これは物語なんかじゃない！」ジョナサンが、本心からそう思っているように言った。「『極《きょく》』だの、時間粒子《りゅうし》だの、臨界《りんかい》周期だのって話ばかりだった。だけど、『時の町』がこれ以上保《も》たないところまで来ている、というのはわかった。『時の町』が同じ時間と空間をくり返し使いすぎたからなんだ。だから『時の議会』は、町をべつの時空間へ移す方法を見つけようとしている。この町は、いくつかの『極』と呼《よ》ばれるもののおかげで位置をたもっている。『極』は『歴史』のあちこちに置かれ、錨《いかり》の役目をしているらしい。でもフェイバー・ジョンのほかに、そのしくみを知ってる人はいないんだ。レオノフ博士がそう認《みと》めるのを聞いた。そこで、V《ヴィ》・S《エス》の出番となるわけだ」

「だれなの、その人は？」ヴィヴィアンがきいた。

「『時の奥方《おくがた》』さ。大暴《おおあば》れしているんだ」とサム。

ジョナサンは言った。「そう、でもこれは、『時の議会』の議論《ぎろん》と伝説を考えあわせて、ぼくたちがひきだした答えなんだ。『時の議会』の人たちは、すごく科学的な言い方をしていた。第一不安定期に現《あらわ》れた何者かが、一時粒子《りゅうし》と時間粒子《りゅうし》の波をかきたてたから、戦争が起きたりして、いろいろなことが変わってしまった、とね。で、ぼくはその人物は『時の奥方《おくがた》』にちがいないと思った。伝説では、フェイバー・ジョンと『時の奥方《おくがた》』は、『時の町』のおさめ方のことでけんかをしたんだ。ジョンは奥方《おくがた》にだまされて町の地下に行き、そこで眠《ねむ》らされてしまい、今もそこにいるということだ。町が安泰《あんたい》であるかぎり、ジョンは眠《ねむ》りつづけるらしい。

でも危機《きき》がおとずれたときには、目を覚まして町を救ってくれる、という説もある。だからぼくたちは、この伝説にしたがって考えたんだ。おまえが……いや、『時の奥方《おくがた》』が、フェイバー・ジョンと『時の町』を憎《にく》んでいることは知っている。フェイバー・ジョンが、眠《ねむ》らされる寸前《すんぜん》にだまされたことをさとって、奥方《おくがた》を『歴史』の中へ放《ほう》り出してしまったからだ。それで、町があと少しで転換期《てんかんき》を迎《むか》えることを知った奥方《おくがた》は、戻《もど》ってきて町を完全に破壊《はかい》しようともくろんでいるんじゃないか、とぼくたちは考えた」

「そのへんは、ぼくにはよくわかんなかったな」とサム。床《ゆか》にあぐらをかいてすわり、バターパイの棒《ぼう》をなめまわしている。

「たしかに、ちょっとわかりにくいけどね」とジョナサン。ここまで考えたことにとても満足している、というようすだ。「『時の議会』は、その人物を見つけ出して危機《きき》のことを説明したら、すんなり納得《なっとく》してもらえると信じているようだった。フェイバー・ジョンとのけんかの原因《げんいん》は、何か政治的《せいじてき》なことだったんだろうな」

ジョナサンはそう言うと、何かききたそうな目つきでこっちを見た。ヴィヴィアンはジョナサンの目の前のちらちらが光るのを見ながら、この人、私《わたし》が二十世紀の普通《ふつう》の人間だと本当に信じてくれたのかしら？　と思った。ちょうどそのとき、バターパイの残り半分にさしかかった。今度は熱い。とろとろ、ねっとりとした熱さ。

サムが、ヴィヴィアンの食べるようすをじーっと見つめて言った。「あったかいところも、めっちゃくちゃおいしいだろ？　冷たいところにかけて食べてごらんよ」

言われたとおりにしてみたら、えもいわれぬおいしさだった。冷たいところと熱いところをまぜると、冷たいのだけよりいっそういい。あんまりおいしくて、また夢《ゆめ》を見ているような気分になってしまった。

サムが笑いかけてきた。大きな前歯を二本むきだしにし、思いっきりにたあっとしているその顔を見て、ヴィヴィアンはふと、サムはそう悪い子じゃないのかもしれない、と思った。でも今は、話をもとに戻《もど》さないと。

「だけどまだ、私《わたし》のことを『時の奥方《おくがた》』だと思ったわけがわからないわ」

ジョナサンは返事をしようといったん口を開いたところで、気を変えたらしく、言うつもりだったのとはちがうことを話しはじめたようだ。「ええと、名前のせいだよ。フェイバー・ジョンの奥方《おくがた》の名前は、ヴィヴィアンというんだ。それはだれでも知っている。それから、フェイバーとスミスは、どっちも職人《しょくにん》という意味の名前だ。だからぼくは、『時の議会』がおまえ――じゃなくて奥方《おくがた》が、疎開《そかい》する子どもたちを運ぶ列車に乗っている、と話しているのを聞いたとき、きっとヴィヴィアン・スミスという名前の女の子になりすましているんだろう、と思いついたんだ」

と、サムが口をはさんだ。「それで、ぼくたちは計画がばれないように、『時の奥方《おくがた》』のことをV《ヴィ》・S《エス》と呼《よ》ぶことにしたわけ。おととい、議会の人たちがあの列車のところへ行ったのに、奥方《おくがた》を見つけられなかったときから、この計画を練りはじめたんだ」

「おととい？　でも私《わたし》は今日、あそこにいたのよ。あなただってそうでしょ？」ヴィヴィアンは叫《さけ》んだ。

「そうさ。でも、『時の門』を使えばどんな時間にだって行けるんだよ」ジョナサンはひどくいばった口調《くちょう》で、ヴィヴィアンの疑問《ぎもん》をあっさりとしりぞけた。「ぼくの父もサムの父親も、駅に行った。司書長も、最高位科学者もだ。でもみんな帰ってきて、どういうわけか逃《に》げられた、と言ったんだ。そのとき、ぼくたちでおまえ――じゃなくて奥方《おくがた》をつかまえられるかも、と思いついたわけだ。ただ、なぜかおまえはちがうヴィヴィアン・スミスだったわけだけど……どうしてだかやっぱりわかんないや！　この子をどうするか考えなくちゃ、サム」

「石器時代に送れば？　かまわないよね、それでも？」サムがヴィヴィアンにきいた。

「冗談《じょうだん》じゃないわ、頭が変になっちゃうわよ！　洞窟《どうくつ》の中って、クモがいっぱいいるもの。どうしてもとのところへ帰してくれないの？」

「だめなわけは、もう話しただろう。それに、あそこは不安定期だし、今はもともとの状態《じょうたい》よりいっそう不安定になってしまっている。おまえを戻《もど》したら、そのせいで『歴史』全体がめちゃめちゃになるかもしれない。そんなことになったら、すぐにばれちゃうだろう？　おいサム、何かうまい手を考えろよ！」とジョナサン。

長い沈黙《ちんもく》がおとずれた。サムはすわったまま、げんこにした両手であごを支えている。ジョナサンは壁《かべ》によりかかり、お下げの先をかんでいる。ヴィヴィアンはバターパイの最後のひと口を棒《ぼう》からなめとった。しばらくのあいだは、もうひとつ食べたいな、ということ以外、ほとんど何も頭に浮《う》かばなかったが、棒《ぼう》をぼんやりいじくりまわしているうちに、ぜったいうちに帰る、という気持ちがわいてきた。この人がなんと言おうと、かならず帰るんだから！

やっと、サムが口を開いた。「わかった！　こいつはぼくたちのいとこだってことにすればいい」

ジョナサンは壁《かべ》からぴょんと離《はな》れ、叫《さけ》んだ。「それだ！　頭いいぞ、サム！」

「うん、頭いいもん。でもこまかいことは、ジョナサンが考えてよ」とサム。

ジョナサンは言った。「まかせとけ。いいか、V《ヴィ》・S《エス》、おまえは今から、ぼくらのいとこのヴィヴィアン・サラ・リーだ。おまえの父親は、サムとぼくの叔父《おじ》さんだ。わかったか？」ジョナサンはこっちを指さしながらまわりをひとめぐりし、ヴィヴィアンがうなずくと、続けて言った。「よし。おまえは六歳《さい》のときから『時の町』を離《はな》れていた。おまえの両親が二人とも、監視官《かんしかん》として二十番世紀の監視所《かんしじょ》で働くことになったからだ。これはみんな本当のことなんだ。いいか？　だが、その時代がひどく不安定になって、戦争が始まったから、おまえだけ町に帰すことにした。これはいいぞ！」ジョナサンは今度はサムに言った。「こいつがものを知らないことも、それで説明がつく。それに、『リーの館《やかた》』は閉《と》ざされたままだから、母さんはきっと、一緒《いっしょ》にうちに住みなさいって言うぞ。名前もヴィヴィアン・サラだから、V《ヴィ》・S《エス》って呼《よ》びつづけてもかまわないし！」

サムは立ちあがり、ヴィヴィアンの顔にゼイゼイ息を吐《は》きかけながら、じろじろ見て言った。「リー家の顔じゃないけどな。目がちがうし、髪《かみ》もくるくるしてるよ」

「リー家の人間でも、一重《ひとえ》まぶたじゃないやつはいっぱいいるぞ。いとこのヴィヴィアンも、ちがったと思うな。頬骨《ほおぼね》の形はそっくりじゃないか」

「二人とも、人の顔をじろじろ見て、あれこれ言うのはやめてよ！　私《わたし》の顔におかしいところなんてないでしょ。毛糸屋のおばさんは私《わたし》のこと、シャーリー・テンプル（一九三〇年代に子役として活躍した米国の女優）にそっくりだって言ってるもの」ヴィヴィアンは言った。

「だれ、その男？」サムがきき、ジョナサンはこう言った。

「で、おまえはだれなんだ、V《ヴィ》・S《エス》？」

「はあ？」とヴィヴィアン。

サムがさらに顔を近づけてきて言った。「半分眠《ねむ》ってるみたいだよ」

サムの言うとおりだった。長い不安な一日をすごしたあと、妙《みょう》なできごとが一時間も続いて、急にどっと疲《つか》れが出てしまったのだ。それとも、バターパイを食べたせいかもしれない。ときどき意識《いしき》が遠のいてしまう。ジョナサンが気軽なようすで、「じゃ、うちの旧式の部屋のひとつに隠《かく》しておこう。その方がこいつも落ち着くだろう」と言っているのが聞こえた。どうやらジョナサンは、あの超《ちょう》近代的な事務室《じむしつ》で味わった恐怖《きょうふ》からたちなおり、またもや駅で会ったときと同じ、自信たっぷりのいばりやに戻《もど》ってしまったようだ。ヴィヴィアンは不安になった。が、なぜだかわからないでいるうちに、ついてこい、と言われてしまった。

うっかり大事なひも編《あ》みの袋《ふくろ》を忘《わす》れるところだった、と思ってぱっとふりむいたとたん、キャッと悲《ひ》鳴《めい》をあげてしまった。今までずっと、ジョナサンがパイプオルガンみたいな装置《そうち》から取り出した鉢《はち》を置いたのと同じ、黄色いただの枠組《わくぐ》みのすぐ上の空間に腰《こし》かけていた、ということがわかったのだ。そのあと、枠組《わくぐ》みの中にあったひも編《あ》みの袋《ふくろ》を、上から取ろうとしたが、手がつっかえてしまい、結局横から取り出さなくてはならなかった。

次に気がついたときには、三人で廊下《ろうか》を歩いていた。と思ったら次には、ジョナサンがドアを横にすべらせて開けながら、サムに言っていた。「今すぐ鍵《かぎ》を戻《もど》しておけよ。ぜったい見つかるんじゃないぞ」「そんなこと、わかってるよ」サムが言い返し、廊下《ろうか》をかけていった。サムのふっくらした靴《くつ》の片方《かたほう》のひもがほどけて、敷物《しきもの》にパタパタあたっていた。

さらに次に気づいたときには、もうベッドの中にいた。かなり硬《かた》い感じのちくちくするベッドだ。どこかから、青い街灯《がいとう》の光が射《さ》しこんでいる。眠《ねむ》い頭で、ずいぶんいっぱいヴィヴィアンがいるのね、と思った。そして最後に考えた――明日うちに帰る前に、もう一回バターパイを食べようっと。

目を覚ましたときには、もう外が明るくなっていた。やせた茶色い人間がならぶ模様《もよう》が刺繍《ししゅう》してある、埃《ほこり》っぽくてちくちくする重い上がけにくるまったまま寝返《ねがえ》りをうったとたん、自分がどこにいるのか思い出した。ここは、とんでもないまちがいのせいで来てしまった『時の町』。すごく恐《おそ》ろしいはずなのに、ちょっとわくわくしてもいた。映画《えいが》のような冒険《ぼうけん》がしたい、といつも思っていたけれど、今、本当に冒険《ぼうけん》が始まったのだ。夢《ゆめ》でないことは、もうはっきりしている。

体を起こすと、ベッドが硬《かた》かったわけがわかった。石でできている。トーテムポールのような太くて高い四本の石柱が、刺繍《ししゅう》のほどこされた天蓋《てんがい》を支《ささ》えていた。部屋の奥《おく》の石壁《いしかべ》には、エジプトふうの浮き彫《ぼ》りがあり、まばゆい日光がななめから照らしていた。もう昼に近いのかもしれない。ベッドからイグサのマットの上におりると、ねまきを着ていたので、驚《おどろ》いた。眠《ねむ》る前にちゃんと着替《きが》えたらしい。スーツケースは開いたまま石の床《ゆか》にあり、服が部屋じゅうにちらばっている。

トイレはどこだろう。見えないトイレとかじゃないといいけど！　一方の壁《かべ》にアーチ形の石の通路があり、奥《おく》がタイルばりになっているのが見えた。行ってみると、石でできてはいたが、使いなれたものによく似《に》た便器と洗面台《せんめんだい》があって、ほっとした。だが、洗面台には蛇口《じゃぐち》がない。トイレの流し方もわからない。

「でもまあ、見えただけましね」ヴィヴィアンはひとりごとを言いながら、ちらばった服を捜《さが》しに戻《もど》った。

やっと見つけたふたつ目の靴下《くつした》をはきながら――なぜか石のベッドの真下にあった――あとは靴《くつ》が見つかれば全部そろうわ、と考えていたとき、石のドアがゴゴゴと開き、ジョナサンが入ってきた。鳥かごの上半分だけみたいなものを持っていて、かごのすぐ下には、料理の皿が浮《う》かんでいる。

「よかった、起きたんだな！　さっきのぞいたときはまだ眠《ねむ》っていたんだ。朝食を持ってきたよ。ぼくの両親に会う前に、おなかに何か入れておいた方がいいだろうと思ってね」とジョナサン。今日は明るい緑色のパジャマふうの服を着て、しゃきっとして自信ありげだ。

気をつけないと、この勢《いきお》いで何かとんでもないことをさせられそうだ。「だけど、もっといろいろ教えてくれなくちゃ。でないと、だれとも顔を合わせられないわ」

「でも、ずっとここに隠《かく》れているわけにはいかないよ。エリオに見つかるに決まってる」ジョナサンは鳥かごみたいなものを石のテーブルの上に置くと言った。「おまえの名前は？」

「ヴィヴィアン・スミ——」と言いかけて、ジョナサンのいとこのふりをするんだ、と思い出した。「ヴィヴィアン・サラ・リー。忘《わす》れてると思ったんでしょう？」

「まあね」ジョナサンは鳥かごの下から料理の皿をはずし、ならべていった。「そっちの丸太の椅子《いす》をひっぱってきて、早く食べろよ。ぼくの母が仕事に出かける前に、会っとかないと」

バターパイがないのにはがっかりしたが、シロップのたっぷりかかったパンケーキは、同じくらいおいしかった。フルーツジュースも、いちばん好きな缶詰《かんづめ》のパイナップルより気に入ったほどだ。それから、妙《みょう》にぼろぼろするパンを取りあげた。うす切りのチーズと一緒《いっしょ》に食べるものらしい。ヴィヴィアンは食べながらきいた。

「どうしてだれもかれも、ヴィヴィアンって名前なの？」

「リー家の長女は、かならずヴィヴィアンと名づけられるんだ。『時の奥方《おくがた》』の名前をもらってね。リー家は、『時の奥方《おくがた》』のいちばん上の娘《むすめ》がリーという名字《みょうじ》の男と結婚《けっこん》したのが始まりだ。つまり、ぼくやサムは、かのフェイバー・ジョンの血をひいている。リーの名を持つぼくたち一族は、『時の町』で、もっとも古くから続く家系《かけい》なんだ」

ジョナサンは石のベッドに腰《こし》かけ、胸《むね》をはっている。リー家の血筋《ちすじ》だっていうことがすごく自慢《じまん》なのね、と思ったヴィヴィアンは、「古いって、どのくらい？」ときいてみた。

「何千年も。正確《せいかく》にはだれも知らない」

「そんなの変よ！　フェイバー・ジョンと『時の奥方《おくがた》』がそんな昔の人なら、今も生きていると思うなんて、おかしいじゃない？」

「ゆうべ話しただろう、ぼくは伝説にそって考えているって。科学者たちは考えちがいをしていると思う。だいたい科学者たちだって、四番世紀から二十番世紀に移動《いどう》して『歴史』をかき乱《みだ》した人物の正体がわからないんだぜ」話しているうち、ジョナサンは真剣《しんけん》な顔になり、身を乗り出してきた。「ぼくは、そいつがぜったい『時の奥方《おくがた》』だと思う。伝説は本当で、奥方《おくがた》はフェイバー・ジョンを憎《にく》んでいるから、『時の町』を破壊《はかい》しようとしているんだ。『時の町』自体の過去《かこ》として知られているのは、こういう伝説くらいしかない。ほかの記録は、恐《おそ》ろしくあいまいなものばかりだからな。自分たちの町なのにわからないことが多すぎるって、ぼくの個人指導《こじんしどう》の先生がいつも文句《もんく》を言っているよ」ジョナサンはじれったそうに立ちあがって続けた。「食べ終わったか？　そろそろ行くか？」

ヴィヴィアンはまだ、ぼろぼろするパンとチーズを食べていた。「まだよ。それにね、私《わたし》はせかされたり、いばりちらされたりするのはまっぴら。きのうはふいをつかれて言いなりになっちゃったけど、ふだんの私《わたし》はあんなに弱虫じゃないのよ」

「ぼくはおまえが弱虫だなんて、思ってないぞ！」ジョナサンは言い返した。そして足踏《あしぶ》みしながら待ちつづけた。ヴィヴィアンがチーズの最後のひときれを口に入れると、ジョナサンはドアの方へすっとんでいった。「もういいだろ？」

ヴィヴィアンはため息をついた。「まだ。靴《くつ》をはかないと。荷物はどうしたらいい？」

ジョナサンは荷物のことを忘《わす》れていたらしい。「ああ、持っていった方が、はるばる『歴史』から帰ってきたように見えるな。そのガスマスクはすごく本物らしくていいよ」

「らしい、じゃなくて、本物なの」とヴィヴィアン。

靴《くつ》は見つかった。ヴィヴィアンはスーツケースに荷物をつめなおした。ジョナサンは、自分の灰色《はいいろ》のフランネルの衣装《いしょう》を、ふたのついた石の箱の中に隠《かく》して言った。「とりあえず、ここに入れておけばだいじょうぶだ。あとでサムに、こっそりパトロール庁《ちょう》の衣装室《いしょうしつ》へ戻《もど》してもらおう。ああ、その袋《ふくろ》から名札をはずしておけよ。V・S・リーだって紹介《しょうかい》するのに、V・スミスの名札をちらつかせてもらっちゃこまるから」

たしかにジョナサンの言うとおりだったが、名札が石の箱に入れられてしまうと、不安で胸《むね》が痛《いた》くなった。自分の名前をなくしてしまったような気がする。名札がなかったら、親戚《しんせき》のマーティさんにどうやってわかってもらうの？……ヴィヴィアンは学校用の帽子《ぼうし》をかぶり、コートを着ると、言った。

「今度こそいいわよ」

この家はずいぶんりっぱな屋敷《やしき》で、長年、人が住んでいる感じがした。廊下《ろうか》の敷物《しきもの》は、ごてごてして高級そうだったが、ところどころすり切れている。階段《かいだん》をいくつもおりていくと、みがきすぎたせいか、手すりの彫刻《ちょうこく》がほとんどすりへっているのがわかった。数えきれない年月のあいだずっと踏《ふ》まれてきたために、段《だん》もすべて中央がへこんでいる。あちこちでたくさんの人が、さらに手すりをみがいていた。ジョナサンはその人たちと顔を合わせないよう、ヴィヴィアンの先に立って、四カ所のちがう階段《かいだん》を使っておりていった。そして無事、だれにも会うことなく、一階に到着《とうちゃく》した。ジョナサンはほっとため息をついた。

「さあ、これでもう、だれに見られてもいいぞ」

ヴィヴィアンは、色のついた大理石の床《ゆか》のモザイク模様《もよう》から、オーク材の幅《はば》の広い階段《かいだん》へ目をやり、次にふりむいて、上の部分がとがった窓《まど》だかドアだかがならんでいるところを見た。外には、少し坂になった四角い広場があり、中央に噴水《ふんすい》がある。「これって、どういう家なの？」

「『古《ふる》びの館《やかた》』という公邸《こうてい》だ。さ、こっちへ」とジョナサン。

ヴィヴィアンはジョナサンと一緒《いっしょ》に模様《もよう》入り大理石の床《ゆか》を歩いていき、玄関《げんかん》ホールからそのまま続いている部屋に入っていった。部屋には、彫刻《ちょうこく》のほどこされたただの枠組《わくぐ》みがいっぱいある。たぶん、椅子《いす》なのだろう。アーチ形の入口を入ってすぐのところに女の人がいて、電話らしいもので話していた——電話といっても、鏡をのぞきこみながら虫めがねのようなものに話しかけているのだが。

女の人はジョナサンとヴィヴィアンにちらりと目をやりながら、しゃべりつづけた。「あと五分くらいしたらそっちへむかうから、一緒《いっしょ》になんとかしましょう。ちょっと用ができたから。それじゃ」そして虫めがねみたいなものを鏡の横の隙間《すきま》にさしこむと、こっちをむき、ヴィヴィアンを見つめた。

ヴィヴィアンは急に、ひどく落ち着かない気持ちになった。この女の人は、心配でたまらないという顔をしている。戦争が始まって以来、お母さんの顔にずっと浮かんでいるのとまったく同じ表情《ひょうじょう》だ。ジョナサンと同じ一重《ひとえ》まぶただし、目の前にちらちらするものをかけていて、外見は全然ちがうけれど、現実《げんじつ》の心配事をかかえた生身の人間だという点では、お母さんと同じだった。黄色と黒のパジャマ服を着ていようが、おかしな髪型《かみがた》をしていようが、この人にうそをつくのはいけないことだ、という気がする。なのにジョナサンは、平然とうそをまくしたてた。

「聞いたらびっくりするよ、お母さん！　この子、ヴィヴィアンなんだ——いとこのヴィヴィアン・リーだよ！　たった今、二十番世紀から着いたんだって」

ジョナサンの母親は、漆黒《しっこく》の髪《かみ》に片手《かたて》をやり、叫《さけ》んだ。「まあ、驚《おどろ》いた！　リー家の人たちがもうみんな帰ってきたの？　帰る前に、『リーの館《やかた》』に風を通してあげようと思っていたのに！」

「ううん、帰ったのはヴィヴィアンだけなんだ。第二次世界大戦が始まったから、ヴィヴ叔父《おじ》さんとインガ叔母《おば》さんが、ヴィヴィアンだけ送り返してきたらしいよ」とジョナサン。

しかも私《わたし》は突《つ》っ立《た》ったまま、ジョナサンがうそをつくのをだまって聞いているなんて！　ヴィヴィアンはいたたまれない気持ちになった。だがすぐに、自分もうそつきの仲間入りをすることになった。ジョナサンの母親が心配そうな笑顔を浮《う》かべながら、ヴィヴィアンにきいたからだ。

「それはそうね。あの戦争は、二十番世紀を三分の一すぎたあたりから始まったんだったわね？　思ったよりひどいことになってしまったのかしら？」

ヴィヴィアンは答えた。「ええ、かなりひどいです。ロンドンはもうだいぶ空襲《くうしゅう》を受けましたし、じき、毒ガス攻撃《こうげき》や、敵軍《てきぐん》の上陸も始まるんじゃないかと言われています」どれもすべて本当のことだったけれど、結局はうそをついているのと同じだ。ジョナサンの母親は青くなった。ヴィヴィアンは少し安心させてあげようと思い、つけくわえた。「でも子どもはみんな、ロンドンから疎開《そかい》しています」

ジョナサンの母親は言った。「たいへんだったわねえ、あなたも！　ヴィヴもかわいそうに！　ほんとにどうしてこう、いろいろなことがいっぺんに起こるのかしら？　あなたのお父さんたちが呼《よ》び戻《もど》されるまでは、もちろんこの館で、一緒《いっしょ》に暮《く》らしてちょうだいね。ちゃんとした服も用意してあげましょう。今着ているみたいな、ひどい服しか持っていないんでしょ？」

ヴィヴィアンはちょっとむっとして、自分のコートといちばん上等なスカートを見おろした。でも、ジョナサンの母親がすぐにまた電話みたいなものの方にむかい、横の壁《かべ》にあったボタンを押《お》したので、何も言い返さずにすんだ。

ジョナサンの母親は言った。「エリオ、すぐに玄関《げんかん》ホールへ来てくれない？」次にジョナサンをふり返った。「今日はヴィヴィアンのこと、頼《たの》むわ。町を見せてあげたり、いろいろ面倒《めんどう》を見てあげてね。『歴史』に五年もいたら、ここがすごく変なところに見えるでしょうから。『永《なが》らえ館《かん》』でたいへんな問題が起きているから、お母さんはもう行かなくちゃ。発明されるはずの時代より百年近くも前のマレー半島へ、新オーストラリア語文法を送ってしまった人がいるらしいの。今日一日、この処理《しょり》にかかりっきりになると思うわ」

ジョナサンは腹《はら》をたてたふりをした。「お母さんは、面倒《めんどう》な仕事はいつもぼくに押《お》しつけるんだから！　うちを留守《るす》にしてばっかりでさ！」

ジョナサンの母親は、ますます心配そうな顔になった。「明日は休みをとるようにがんばってみるから、そうしたら――」

そのとき、部屋の奥《おく》のドアがバタンと開き、苦悩《くのう》にみちた表情《ひょうじょう》の背《せ》の高い男の人が、灰色《はいいろ》のローブをひるがえしながらずんずん入ってきた。あとから、青白い顔をしたうやうやしい態度《たいど》の男の人がついてくる。こっちの人は、じみなうすい黄土色のパジャマ服を着ている。ジョナサンの母親は二人を見るなり、いっそう心配そうな顔になった。先に立ってずかずか入ってきた男の人が言った。

「なんだ？　いったいどういうことなんだ？　今エリオを連れていかれたらこまる！　私《わたし》の用があるんだ」そして、青白い顔の男の人をじろりとにらんだ。その人はつつましく床《ゆか》に目を落とした。

荒々《あらあら》しいようすの男の人は、続いてジョナサンをにらみつけた。が、ジョナサンは、なれたようすで見つめ返した。すると男の人は、今度はヴィヴィアンの目の前までやってきて、じっとにらんだ。「時の名にかけて、これはどういうことだ？」

男の人の砂色《すないろ》の髪《かみ》はなでてあげられ、頭のてっぺんで丸くまとめられている。深く落ちくぼんだ目には、苦悶《くもん》の表情《ひょうじょう》がうかがえる。ヴィヴィアンはぎょっとして、あとずさってしまった。

ジョナサンの母親は、機嫌《きげん》をとるような口調《くちょう》で遠慮《えんりょ》がちに言った。「ランジット、この子はあの小さかったヴィヴィアン・リーよ。私《わたし》たちの姪《めい》。二十番世紀がだいぶ危《あぶ》なくなってきたから、リー家の二人が送り返してきたのよ。しばらくうちにいてもらうことになるわ。だって、『リーの館《やかた》』は閉《し》めきったままでしょう？　エリオに、この子の部屋と服を見つくろってもらおうと思ったの」

「だが、大きすぎるじゃないか！」苦悩《くのう》する男はまだヴィヴィアンをにらみつけている。「こんなに大きくなかったぞ！」

ヴィヴィアンは力なく突《つ》っ立《た》ったまま、青白い顔の男の人と同じように床《ゆか》を見つめた。本物のヴィヴィアン・リーではないと見抜《みぬ》かれたことに、むしろほっとしていた。もう、うそをつかなくてすむ。でもばれてしまったとなると、これから何をされるのだろう？　そう考えると、すごく怖《こわ》かった。

だがジョナサンは、あわてたふうでもなく言った。「お父さん、ヴィヴィアンがここを離《はな》れたのは、まだ六歳《さい》のときだったんだよ。もう六年近く前のことじゃないか。ぼくだってそのころとくらべたら、ずいぶん変わっただろ？」

「たしかにな、おまえは変わった」苦悩《くのう》する男は、今度はジョナサンをにらんだ。いい方に変わったとは思っていないみたいに見える。が、「なるほど。大きくなったのか」と言うと、苦悩《くのう》の表情《ひょうじょう》をやわらげ、とても魅力的《みりょくてき》な笑顔《えがお》でこっちを見たから、ヴィヴィアンはすっかり驚《おどろ》いてしまった。くぼんだ目の中にかすかに苦悩《くのう》の色が残っているせいで、かえって笑顔がひきたっている。ジョナサンの父親は指の長い節《ふし》くれ立《だ》った手をのばし、ヴィヴィアンと握手《あくしゅ》した。「これが二十番世紀流のあいさつだと思うが。どうだね、元気だったか？」

「ええ、ありがとうございます」ヴィヴィアンはやっとそれだけ言った。気が抜《ぬ》けたあまり、最初は声が出ないかと思った。お父さんに会わせる前に朝食を食べさせた方がいい、とジョナサンが思ったわけがわかったわ！　食べてなかったら、気が遠くなったかもしれない。

ジョナサンの父親は、ヴィヴィアンに背《せ》をむけながら言った。「エリオは五分後に私《わたし》のところに戻《もど》してくれ」そして来たときと同じようにローブをなびかせ、ずんずん部屋を出ると、ドアをバタンとうしろ手に閉《し》めた。

ジョナサンの母親は、エリオというらしい青白い顔の男の人をわきへ連れていくと、用事を言いつけはじめた。母親の方はとてもあわてているが、エリオは落ち着いた顔でうなずいている。ボタンがたくさんついた小さな平たい箱を持っていて、話を聞きながら、ボタンを押《お》している。きっと、メモをとる道具なのだろう。

ジョナサンの母親がエリオに話しかけているあいだに、ヴィヴィアンは急いでジョナサンに小声できいた。「なんて呼《よ》んだらいいの？」

「なんて呼《よ》ぶって、何を？」とジョナサン。

「あなたのご両親。何伯母《おば》さん？　何伯父《おじ》さん？」ヴィヴィアンはささやいた。

「あっ、そうか！」ジョナサンがささやき返した。「お母さんはジェニー・リー・ウォーカーだ。おまえはジェニー伯母《おば》さんって呼《よ》べ。お父さんはランジット・ウォーカー。ほとんどの人は『とこしえのきみ』って呼《よ》んでる。でもおまえはリー家の人間ってことになってるわけだから、ランジット伯父《おじ》さん、でもいいと思う」

ランジット伯父《おじ》さん、か。ランジット伯父《おじ》さん……心の中で言ってみたものの、どうもしっくりこない。そもそも、あの恐《おそ》ろしげな男の人に呼《よ》びかけている自分が想像《そうぞう》できない。ジェニー伯母《おば》さんの方はまだいい。たぶん呼《よ》べるだろう。でも、この二人のどちらかだけでもだまし通せると本気で考えているとしたら、ジョナサンはよほど勇気があるか、頭がおかしいかだ。

そのとき、ジョナサンのお母さん――じゃなくてジェニー伯母《おば》さんね、とヴィヴィアンは自分に言い聞かせた――がこっちをふりむき、にっこりした。

「これであなたのことはだいじょうぶだわ、ヴィヴィアン。あとでエリオが片《かた》づけるから、コートと帽《ぼう》子《し》と荷物はここに置いて、さっそくジョナサンと『時の町』を見ていらっしゃいな。それとも――」

ジェニー伯母《おば》さんはまた心配そうな顔になった。「おなかがすいているのかしら？」

「いえ、そんなことないです。私《わたし》……その、列車に乗るとき、サンドイッチを持っていましたから」またもや本当のことを言いながら、うそをついてしまった。

そのあと、ジョナサンとヴィヴィアンは解放《かいほう》され、色のついた大理石の床《ゆか》を歩いて、玄関《げんかん》ホールへ戻《もど》ることができた。ヴィヴィアンは少しふるえていたが、ジョナサンは満面の笑顔で、元気よくえらそうに大股《おおまた》で歩いていた。「よおし、なんとかなったぞ。うまくいくと思ってたよ！　こっちだ」

ジョナサンは、上がとがっている窓《まど》のようなものがならんでいる方へむかった。どうやらどれもドアらしく、真ん中のがパタンと開いた。出ようとしているのがわかったみたい――と思ったとき、外の広場から男の人と女の人が、こっちへむかってくるのが目に入った。ヴィヴィアンはお行儀《ぎょうぎ》よくドアのわきで立ちどまり、二人が先に通るのを待った。

ところが、びっくりしたことに、ジョナサンの方はまったくかまうようすがない。その二人なんか存《そん》在《ざい》しないと思っているみたいに、すたすたと開いた戸口を通っていく。そしてまず男の人、ついで女の人を、まるで煙《けむり》か何かのように、まっすぐに突《つ》きぬけた。ヴィヴィアンはぎょっとして凍《こお》りついた。

「何……だれ……どうやってやったの？」男の人と女の人がまったくなんともないようすで自分の横を通りすぎ、ホールを歩いていくのを見送りながら、ヴィヴィアンはあえぎあえぎきいた。「だ……だれなの、あの人たちは？」

「ああ、あれ？　気にしなくていいよ。ただの『時の幽霊《ゆうれい》』だから」ジョナサンが答えた。

まだふるえていた脚《あし》の力が抜《ぬ》け、ヴィヴィアンは悲鳴《ひめい》をあげた。

「幽霊《ゆうれい》ーっ？」

3　時の町

ジョナサンはヴィヴィアンの腕《うで》をとり、石の踏《ふ》み段《だん》から丸石の敷《し》かれた広場へひっぱっていった。

「本物の幽霊《ゆうれい》とはちがうよ。『時の幽霊《ゆうれい》』っていって……おまえは知ってなくちゃいけないものなんだから、そんなにさわぐなよ！　この広場は『時の庭』と呼《よ》ばれている。町のえらい人たちはみんな、このまわりに住んでいるんだ。あそこにあるのが、おまえが生まれたことになってる『リーの館《やかた》』だ」

幽霊《ゆうれい》を見たっていうのに、どうしてそんなに平気でいられるの？　と思いながら、ヴィヴィアンはジョナサンが指さす方を見た。『リーの館《やかた》』は『時の庭』の右手にならぶ建物の中で、いちばん高くそびえていた。大部分が金属《きんぞく》でできた超《ちょう》近代的なデザインなのに、花をいっぱいつけた巨木《きょぼく》が正面をはうようにのびているようすからすると、とても古い建物のはずだから、ヴィヴィアンはわけがわからなく

なった。巨木《きょぼく》は水平な金属《きんぞく》の屋根にそうように折れ曲がって、さらにその上にのび広がり、両側のもっと新しそうな家々にまで太い大枝《おおえだ》をはわせている。両側の家も、うすいピンクのレンガと、長いこと風雨に耐《た》えてきたらしい木材でできていて、造《つく》りそのものはかなり古い。また、わけがわからないことに、ふりむいて『古びの館《やかた》』を見てみると、こちらはまったく見たことがない様式のとても大きな屋敷《やしき》だった。

「知ってなくちゃいけないんなら、幽霊《ゆうれい》のことを教えてよ」ヴィヴィアンは言った。

「ただの幽霊《ゆうれい》じゃなくて、『時の幽霊《ゆうれい》』だよ。町が同じ時空間を何度もくり返し使っているせいで、できるんだ。ある人が同じ場所で同じことを何度もすると、空間にあとが残ってしまう。ついさっき見たやつもそれさ。『習慣幽霊《しゅうかんゆうれい》』と呼《よ》ばれている。『時の幽霊《ゆうれい》』にはほかに、『一時幽霊《いっときゆうれい》』っていうのもあるんだけど……それは、あとでいくつか見せてやるよ。どういうのかっていうと——」

そのとき、広場の真ん中にある噴水《ふんすい》の方から、暗い顔をしたサムが脚《あし》をひきずるようにしてやってきたので、話はとぎれてしまった。今日のサムはオレンジ色のパジャマ服を着ていて、靴《くつ》ひもは両方ともほどけている。

「つかまっちゃった。ぶたれちゃった」サムはハアーッと大きなため息をついた。顔がところどころ赤くなっているから、泣いていたのかもしれない。「ぼく、ゆうべは疲《つか》れてたから、けさ鍵《かぎ》を返しに行ったんだ」

「えーっ？」ジョナサンが叫《さけ》んだ。いばったようすは消えうせ、ぞっとしたような顔になっている。「すぐに返せって言ったのに！　すっかりばれちゃったのか？」

「ううん、なんとかごまかした。ちょうど鍵《かぎ》を戻《もど》しているときに、父さんが入ってきたから、ふざけて取ろうとしてたところだってふりをしたんだ。けど、父さんにぶたれて、書斎《しょさい》に鍵《かぎ》をかけられちゃった。だからもう二度と取れないよ」

「なんだ、よかった！」ジョナサンはすごくほっとしたように言った。「鍵《かぎ》はもういらないんだ。V《ヴィ》・S《エス》はいとこのヴィヴィアンってことでうまく通ったから、まず安心だよ」

ジョナサンは安心したあまり、サムを気の毒がるそぶりさえ見せなかった。ヴィヴィアンも、せめて自分はかわいそうだと思ってあげなくちゃ、という気はしたものの、自分自身のことが心配で、それどころではなかった。

サムの話からすると、きのう通ったボックスからマーティさんのところへ帰して、とジョナサンに言ってもしかたない。どこかほかの『時の門』を使って送り返してもらうしかない——しかも、なるべく早いうちに。いとこのヴィヴィアンのふりなんて、長く続けられるわけがない。だれかにばれるに決まっている。

でもジョナサンは、その点はまるっきり心配していないようだった。自信たっぷりのようすに戻《もど》り、「靴《くつ》ひもを結べよ」とサムに言った。サムがゼイゼイ息を吐《は》き、ぶつぶつ文句を言いながら、ひもを結び終わると、ジョナサンは先に立って『時の庭』の斜面《しゃめん》をくだった左すみにあるアーチ形天井《てんじょう》の通路を通り、がらんとしたようすのべつの大きな広場へ出た。そしてえらそうに手をふってみせた。「ここは『永久《とわ》の広場』だ」

この広場のまわりには、背《せ》の高い建物がぎっしりならんでいた。だが、高い建物ならロンドンで見なれているヴィヴィアンは、『時の庭』同様、ここでも超《ちょう》近代的に思える建物がいちばん古いらしいことに驚《おどろ》いた。

『永久《とわ》の広場』の右手側いっぱいをしめるデパートみたいな巨大《きょだい》な建物は、全体がガラス製で、小塔《しょうとう》がたくさんついている。ガラスをひねって、百もの近未来的な形の奇妙《きみょう》な塔《とう》を作ったという感じだ。だが、ガラスがところどころ欠けたり、すりへったりしているのが遠目にもわかるから、明らかにとても古いものなのだ。一方、手前にある塔《とう》がついた石の建物は、ずっと新しいものに見えた。

「どうだ？」ジョナサンは、ヴィヴィアンが感心するにちがいないと思っているようすだ。

ヴィヴィアンは、そんなに簡単《かんたん》に恐《おそ》れ入るものですか、と思って答えた。「ネルソン提督《ていとく》の記念柱《ちゅう》とライオンの像《ぞう》を全部取っちゃった、トラファルガー広場（ロンドンの中心にある広場）とたいして変わらないわ。でも、ずいぶんきれいにしてあるのね」

実際《じっさい》、ロンドンとちがって、すすも汚《よご》れもついていない。ななめから射《さ》す日光が、灰色《はいいろ》のきれいな石を照らし、緑色のガラスをきらきら輝《かがや》かせている。広場の奥《おく》にある建物のうしろにそびえている、たくさんの金の屋根やドームも、まぶしいほど光っていた。ジョナサンのあとについて広い広場を歩きながら、白い雲の浮かぶ淡《あわ》い青色の空を見あげたとき、ヴィヴィアンは煙突《えんとつ》がひとつもなく、煙《けむり》もどこからも上がっていないのに気づいた。

「どうして煙《けむり》が出ていないの？　それに、ハトはいないの？」

「『時の町』には、鳥は一羽もいないよ」うしろをのろのろついてきていたサムが言った。

先をずんずん歩いているジョナサンも言った。「そう、それに、化石燃料《ねんりょう》（石炭や石油のこと）を使っていないから、煙《けむり》もない。代わりにエネルゲン発生機能《きのう》を使っている。これが『フェイバー・ジョンの石』だよ」

広場の中心に、白っぽい敷石《しきいし》に囲まれて、青みを帯びた大きな板石がはめこまれていた。人に踏《ふ》まれ

つづけたせいで、石の表面はかなりすりへっている。かつては金文字で長い碑文《ひぶん》が彫《ほ》ってあったようだが、今はかすれてほとんど読めない。

サムが立ちどまり、板石をまじまじと見て言った。「ひびが長くなってる」

ひびらしいものはヴィヴィアンにもわかった。そう長いものではなく、角のひとつから、碑文《ひぶん》の最初の金文字までのびているだけだ。碑文《ひぶん》の一行目は、「ファブ……イオウ……アエト……Ⅳ……」と読め、二行目の頭には「コンディ……」とある。その先は、あまりにすりへっていて読めなかった。「ギリシャ語？」ヴィヴィアンはきいてみた。

「ラテン語」サムが答え、続けてジョナサンに言った。「ひびの長さを測《はか》ってみてよ」

「今やる」とジョナサンは言ったが、先にヴィヴィアンにわけを説明した。「フェイバー・ジョンが町を造《つく》ったとき、ここにこの石を置いた、と言われているんだ。書いてあることは、フェイバー・ジョンは四つの時代を通して永《なが》らえるようにこの町を造《つく》った、って意味らしい。ぼくの個人指導《こじんしどう》の先生は、この石が踏《ふ》みつけられて碑文《ひぶん》がすりへるまま、ほったらかしにされてることを、ものすごく怒《おこ》っている。町が造《つく》られたわけや、『極《きょく》』が『歴史』のどこに隠《かく》されているかも、ここに刻《きざ》まれていたはずだ、って言ってさ。伝説によると、この『フェイバー・ジョンの石』がこわれるとき、町もこわれてしまうんだそうだ。……わかったよ、もう」最後の言葉は、じれったそうにはねまわっているサムに言ったものだった。

ジョナサンは緑のひもがたくさんついたサンダルのかかとを板石の角にあて、ひびにそってそっと爪《つま》先《さき》をおろした。「だいぶ長くなってるぞ。もうほとんど爪先《つまさき》まで来てる」そう言うと、ヴィヴィアンの方をむいた。「ぼくが小さいときから最近まではずっと、ほんの少し割《わ》れ目が入ってるだけだったんだけど、一カ月くらい前から急に、ひびが長くなりはじめたんだ。毎日学校へ行くとちゅうで、測《はか》ってみてるんだ」

サムはよく響《ひび》く暗い声で言った。「町がこわれかかってるんだ。だれか、四十二番世紀のバターパイで、ぼくをなぐさめてくれないかなあ」

「あとでな」ジョナサンはすたすたと広場の奥《おく》へむかいながら、つけくわえた。「V《ヴィ》・S《エス》に『不朽《ふきゅう》の広場』の『時の幽霊《ゆうれい》』を見せたいんだ」

怒《おこ》ったサムは、えい、と強くひびを踏《ふ》みつけた。すると、また片方《かたほう》の靴《くつ》ひもがほどけてしまい、それをひきずったまま、二人を追いかけることになった。

『不朽《ふきゅう》の広場』は『永久《とわ》の広場』のすぐ先にある、ずっと狭《せま》いところだった。赤と白の日よけのかかった露店《ろてん》がぎっしりならび、果物や肉類から、観光客用の安いみやげ物まで、あらゆるものが売られていて、買い物客でにぎわっている。最初は、何百人もいるように思えた。が、やがてそのうち半数が、あとの半数を突《つ》きぬけて歩いていることに気づいて、ヴィヴィアンはぞっとした。

どこからか陽気な音楽が聞こえてくる。だれもがおしゃべりしながら買い物をしていて、人だかりの半分は幽霊《ゆうれい》だということを気にしているようすはまったくない。幽霊《ゆうれい》たちの方は、声をたてずにおしゃべりしたり笑ったりしながら、幻《まぼろし》のお金で幻《まぼろし》のリンゴなどを買っている。幻《まぼろし》のオレンジとトマトが山と積みあげられた、幻《まぼろし》の露店《ろてん》まである。本物の露店《ろてん》と一部が重なってしまっているが、だれも気にしていないようだ。ヴィヴィアンが通りぬけてみる気になれたのは、その露店《ろてん》だけだった。

「どうやって見わけるのよ？」すっかりいやけがさしたヴィヴィアンはきいてみた。ジョナサンとサムはちょうど、どう見ても本物にしか見えない、笑いあう少女たちの群《む》れを突《つ》きぬけていた。「私《わたし》には、みんなしっかり中身があるように見えるんだけど!」

「すぐわかるようになるよ。実はすごく簡単《かんたん》なんだ」とジョナサン。

「でも、わかるようになるまで、人にぶつかってばかりいるわけにはいかないでしょ!」ヴィヴィアンは言い返した。それからは、できるだけジョナサンとサムのうしろを歩くようにして、通りぬけられる人と普通《ふつう》の人はどこがちがうのか、見わけようとした。

そのうち、ジョナサンたちが突《つ》きぬけない人たちはみんな、二人と似《に》たパジャマ服姿《すがた》だと気づいた。なるほどね! パジャマは今の服なのね……そこでヴィヴィアンは、みやげ物屋の露店《ろてん》に群《むら》がっている、透《す》けるドレスを着た人たちを元気よく指さして言った。「わかった! あれは『時の幽霊《ゆうれい》』でしょ?」

ジョナサンとサムはそっちを見た。

「観光客だよ」とサム。

「八十七番世紀から来たんだな」とジョナサン。

ちょうどそのとき、透《す》けるドレスを着た女の子の一人が、金文字で『時の町』と印刷してある本物の白いバッグを買い、銀色をした細長い本物のお金をはらうのが見えた。ヴィヴィアンはばかにされたような気がした。と、しましまピンクの大きく広がったスカートをはいた『時の幽霊《ゆうれい》』が、ヴィヴィアンを突《つ》きぬけた。もうがまんできない。ヴィヴィアンは叫《さけ》んだ。

「もういや! 今すぐほかの場所に行かないと、わめくわよ!」

「バターパイを食べに行こうよ」サムが言った。

「あとで」とジョナサン。そして今度は『一日小路《こうじ》』という名前のくねくねした小道へ二人を連れていくと、ヴィヴィアンに説明した。「『時の町』がどれだけ古いものかってことを、わかってもらいたかったんだ。市場には、何百年も前の幽霊《ゆうれい》もいるんだぜ」

「ぼくってかわいそう。すごく食べたいのに、だれもバターパイをくれない」サムが二人のうしろをのろのろ歩きながら、わざと大きな声で言った。靴《くつ》ひもがパタンパタンいっている。

「うるさいぞ。ぐずぐず言うなよ」とジョナサン。このやりとりは何度もくり返されたので、これも『時の幽霊《ゆうれい》』になりそう、とヴィヴィアンは思った。

三人は、『年の館《やかた》』という金色の円屋根《まるやね》のついた丸い建物を見て、ティーカップみたいに磁器《じき》で造《つく》られた小さな橋を渡《わた》った。橋には花の絵が描《えが》かれていたから、いっそうティーカップらしく見える。だが、絵はだいぶうすくなっていたし、橋のところどころが欠けたり傷《きず》ついたりもしていた。渡《わた》った先には『悠久公園《ゆうきゅう》』があり、その中の、有名だという『振子庭園《ふりこ》』を見学した。

ヴィヴィアンにはとてもおもしろかったが、サムはむっつりと突《つ》っ立ったまま、空高く噴《ふ》きあげる噴《ふん》水《すい》のてっぺんの、水が落ちていくところの内側を、スイセンやチューリップ、アヤメの咲《さ》く岩のかたまりがゆっくりと旋回《せんかい》しているようすをじっと見ていた。

「もう岩が十九しか残ってない。またふたつ落ちちゃったみたいだ」サムは言った。

「これ、どうなってるの？　どうやってお花を宙《ちゅう》に浮《う》かせているの？」ヴィヴィアンがきいた。

「だれも知らない。フェイバー・ジョンが発明したものだって話だ。町の中でいちばん古いもののひとつだよ」とジョナサン。

「だから、こわれはじめてるんだ」サムが暗い声で言った。

「おい、そんな暗いことばっかり言うのはよせよ！」ジョナサンが声をとがらせた。

「むりだよ。ぼく、今すごく落ちこんでるんだもん。ジョナサンはいいよ、朝食の前にぶたれたりしてないんだから」サムがため息をつく。

ジョナサンもため息をついた。「じゃあ、バターパイを食べに行くか」

それを聞いたとたん、サムの顔がぱっと明るくなり、体もしゃきっとなった。「やったあ！　突撃《とつげき》！」と叫《さけ》ぶなり、先頭を切って『永久《とわ》の広場』へすっとんでいく。

ジョナサンとヴィヴィアンはあとを追って、石だたみの細道を通り、『時の幽霊《ゆうれい》』たちを突《つ》きぬけ、妙《みょう》な服を着た観光客の横を次々にすりぬけていった。

「あいつはいつだって、自分のやりたいことを押《お》し通すんだ」ジョナサンが息を切らしながら、いらだたしそうに言った。

まったく、自分のことは棚《たな》に上げてよく言うわ、と思いながら、ヴィヴィアンはきいてみた。「あの子、いくつ？」

「八歳《さい》！」ジョナサンは短く吐《は》き捨《す》てるように言った。「ときどき、あいつとしょっちゅう一緒《いっしょ》にいるのはもういやだ、って思うよ。でもぼくと年が近くて、『時の庭』のあたりに住んでるのは、あいつだけなんだ」

サムは『永久《とわ》の広場』のガラスの建物へまっしぐらにかけていくと、前面にあるガラスの柱に支《ささ》えられたアーケードの下を通り、テーブルがならんでいるところへ行った。そして、緑色を帯《お》びた巨大《きょだい》な二本の柱のあいだから広場をながめられる席にとびつくようにすわると、したり顔で店員が来るのを待った。

ヴィヴィアンはサムのとなりの椅子《いす》に腰《こし》をおろし、観光客が広場をそぞろ歩いたり、真ん中にある『フェイバー・ジョンの石』のまわりに集まって見物したりするようすに目をやった。観光客は、ほかのテーブルにも大勢《おおぜい》いた。アーケードの奥《おく》にならぶ高級そうな店に出入りしている客もたくさんいる。めずらしい服装《ふくそう》や、奇妙《きみょう》な髪型《かみがた》をこれほどたくさん一度に見たのははじめてだ。まわりじゅうで聞きなれない言葉がとびかっている。

「『時の町』は、観光客相手の商売でなりたっているようなものなんだ」ジョナサンが言った。

「みんなどこから来ているの？」ヴィヴィアンはきいた。

すっかり陽気になったサムが答えた。「安定期の時代からだよ。一万年ぶんくらいのあいだから」

ジョナサンが言った。「安定期の各世紀から、十年に一回ツアーが出ているんだ。戦争があるときをのぞいてね。ツアーの手配は、『時の領事《りょうじ》』がやっている。年代パトロール庁《ちょう》がツアーの参加希望者を一人一人チェックしてはいるけど、実際《じっさい》にはほとんどだれでも来られるらしい」

「ツアーの代金はいくらくらい？」ヴィヴィアンがきいた。

ちょうどそのとき、ウェイトレスが注文をとりにやってきた。ひらひらしたピンクのパジャマ服を着た、明るい感じの若《わか》い女の人で、サムやジョナサンとは明らかに顔なじみのようだ。

「あら、お二人さん、いらっしゃい。けさはバターパイいくつ？」ウェイトレスは言った。

「三つお願いします」とジョナサン。

「あら、三つだけ？　じゃあ、一・五ユニットよ。クレジット番号は？」

「ぼくはクレジットが使えないんだ」とサム。

「それは知ってるわ。あなたじゃなくて、お友だちの方にきいたの」とウェイトレス。

「ぼくが全部はらいます」ジョナサンは言い、長い番号をすらすらと言った。

「残高はちゃんとあるんでしょうね？　見せてみて」ウェイトレスが言った。

ジョナサンはベルトについたボタンのひとつを押《お》してから、手のひらをウェイトレスの方にむけて見せた。手のひらで光りだした一連の数字を見ると、ウェイトレスはうなずき、パジャマ服と色がおそろいのピンクのベルトのボタンを、いくつか押《お》した。

ウェイトレスがいなくなると、ジョナサンは言った。「エリオに頼《たの》んで、もっと残高を増《ふ》やしてもらわなくちゃ。いつもぼくばっかりはらっていたら、すぐにすっからかんになるもんな。サムはクレジットがもらえないんだ。だってこいつ、親からはじめてベルトをもらったとき、分解《ぶんかい》して、勝手にクレジットの利用限《げん》度《ど》額《がく》を上げてさ、バターパイに大金を費やしちゃったんだぜ」

「二日で千ユニット使ったんだよ」サムが楽しそうに言った。

「一ユニットって、どのくらいのお金？」ヴィヴィアンがきいた。

「えーと……だいたいおまえのところの二ポンドくらいじゃないか（二ポンドは、本書が英国で出版された一九八七年当時は、五百円弱だった）」とジョナサン。

ヴィヴィアンは息をのんだ。「気分が悪くならなかった？」

サムは明るい声で言った。「夜じゅう気持ち悪かったよ。でも、それだけのことはあったもん。ぼくはバターパイ中毒なんだ」ウェイトレスがやってくるのが見えると、サムはますます明るい顔になった。

「来たぞ！　うわーい！」

熱い部分を冷たい部分にかけながらバターパイを食べているあいだに、ジョナサンはヴィヴィアンに『時の町』のことをもっと教えなくてはと思ったらしく、広場のむかいでちらちら光っている白い建物を指さしてしゃべりだした。まわりの観光客たちもそろってそっちをむいたので、ヴィヴィアンは少し恥《は》ずかしくなった。

「あそこが、きのういた年代パトロール庁《ちょう》だ。あっちが――」ジョナサンが広場のすみの方を指さすと、ヴィヴィアンと一緒《いっしょ》に、奇妙《きみょう》な髪型《かみがた》の観光客たちもそっちへ首をまわした。「あの建物が『絶《た》えざる学《がく》舎《しゃ》』。サムとぼくが通ってる学校だ。今は中間休みだけど、休み明けからは、おまえも一緒《いっしょ》に行くことになると思うよ」それから今度はアーケードの先の方を指さすと、やはりまわりじゅうがいっせいに同じ方をむいた。「このうしろの建物は、『続きの館《やかた》』といって、大学なんだ。そのむこうに『滅《ほろ》ばずの館《やかた》』と『かつての塔《とう》』があって……」

観光客たちが聞き入っているのが恥《は》ずかしくてたまらなくなったヴィヴィアンは、耳をかたむけるのをやめてしまった。そう、今は学校の中間休みなわけね！　この二人、休み中にすることがなくて、退《たい》屈《くつ》していたんだわ。それで何かおもしろいことがしたくなって、『時の奥方《おくがた》』だの、『時の町』を救う冒《ぼう》険《けん》だのを考えついたのよ。V《ヴィ》・S《エス》がどうのこうのって、二人でこそこそ話しあう声が聞こえるようだわ。きっと、いまだに冒険《ぼうけん》をしてる気分なのよ！

ヴィヴィアンがそんなことを考えているあいだも、ジョナサンの説明は続いていた。「……その反対側が『永《なが》らえ館《かん》』、ぼくの母が働いているところだ。あそこの対《つい》になったドームは、ええと、『来しかた館《かん》』と『ゆくすえ館《かん》』。『千年館《かん》』はあっちの――」

「もうひとつバターパイがほしいなあ」サムが口をはさんだ。

ジョナサンはベルトのべつのボタンを押《お》した。と、ジョナサンの手の甲《こう》に、時計の文字盤《もじばん》が現《あらわ》れた。十一時四十五分をさしている。

「時間がない。V《ヴィ》・S《エス》に『終わりなき幽霊《ゆうれい》』を見せてやらなくちゃ」ジョナサンが言った。

「じゃあ、そのあとで」とサム。

「だめだ。もうクレジットがちょっとしかない」とジョナサン。

「けち！　覚えてろよ！」サムは腹《はら》をたてたようすで二人と一緒《いっしょ》に立ちあがった。

「そのベルトはどういうしくみなの？　魔法《まほう》みたいだけど」ヴィヴィアンはきいた。

でもすぐに、きかなければよかったと思った。今では広場は、かなりの数の観光客で混《こ》みあっていた。ジョナサンは「エネルゲン機能《きのう》さ」と言うなり、アーケードぞいに広場の人混《ひとご》みの中へ元気よく進んでいき、右へ左へ人をよけながら、ふり返ってはとぎれとぎれに説明を始めたのだ。ヴィヴィアンはせいいっぱいあとを追い、言われたことを理解《りかい》しようとしたが、きちんと聞きとれたのは「それで」とか「その」くらいだった。ジョナサンは最後に、「……それで、ぼくのは百二番世紀製《せい》だから、軽量化機能《きのう》もついてるんだぜ。見てな」と言い、またべつのボタンを押《お》した。するとジョナサンはヴィヴィアンの横からぴょーんと浮《う》かびあがり、遠くまでとんだ。着地すると、またすぐにとび、さらにとぶ、という調子で、人の群《む》れのあいだをふわふわぴょんぴょんすりぬけていく。

サムがあきれたように言った。「ジョナサンったら、頭がおかしくなっちゃった！　行こう」

お下げを宙《ちゅう》に泳がせながら、すいすい進むジョナサンの緑色のパジャマ服姿《すがた》を見失わないよう、サムとヴィヴィアンは人波をかきわけ、ガラスのアーケードの先の、建物と建物のあいだの道に入っていった。ちらりと目を上げると、片側《かたがわ》にあるのは、たしかさっきジョナサンが説明していた、対《つい》になったドームだった。反対側は、なんとも変わった建物だ。かたむいたハチの巣のようなもの全体に、階段《かいだん》がいくつもジグザグに走っていて、見ているだけでくらくらする。

道を行くうち、広々とした階段《かいだん》の上に出た。ジョナサンの緑色の姿《すがた》が、正気を失ったカンガルーみたいにめちゃくちゃにぴょんぴょこおりていくのが見えた。ジョナサンはおりきると、人で混雑《こんざつ》した広い道を渡ろうとして、大きくジャンプした。が、高々ととびあがったところで、いきなりまっすぐ下に落ちて、地面にどさっとしりもちをつき、不機嫌《ふきげん》な顔になった。

「よかった、エネルゲンが切れたんだ。回復《かいふく》するまでしばらくかかるよ」サムが言った。

ヴィヴィアンはサムと一緒《いっしょ》に階段《かいだん》をおりて広い道を渡り、道ぞいの石塀《いしべい》によりかかっているジョナサンに近づいていった。塀《へい》のむこうを見おろしてみると、くねくねと川が流れる田園風景が広がっていた。ジョナサンは、ずっと下の方で平底船《ひらぞこぶね》が船着き場に荷をおろすようすを見つめている。

「『時の川』だ」まるで何事もなかったように、ジョナサンは話しかけてきた。ヴィヴィアンとサムがふうふう息を切らしてやっと追いついたことにも、気づかないふりをしている。「この道が『四時代大通り』で、『終わりなき丘《おか》』に続いている。見ろよ」

ロンドンのザ・マル（セント・ジェームズ公園の北側にあるバッキンガム宮殿に通じる並木道）か、片側《かたがわ》に川があるからエンバンクメント（ロンドンのテムズ川北岸にそう道路）みたいね、とヴィヴィアンは思った。それにしても、ジョナサンって本当に頭にくる。サムより悪いわ！

大通りには、レース編《あ》みのような金属《きんぞく》細工でできたアーチ形の門がいくつもあった。そしてどういうしくみかはわからないが、ひとつひとつの門から虹色《にじいろ》の長い光の帯が放《はな》たれ、旗かスカーフのようにたなびいていた。

たくさんの人々がこぞって通りのつきあたりの『終わりなき丘《おか》』へ急いでいて、にぎやかなお祭りのような感じがする。丸い緑の丘《おか》のふもとから階段《かいだん》をのぼっていくと、てっぺんの古そうな塔《とう》まで行けるようだ。すごくすごく古そうな塔《とう》、とヴィヴィアンは思った。塔《とう》の窓《まど》を通してむこうの空が見えるのに、暗い感じがする。

「あれは『日時計塔《とう》』というんだ。中にフェイバー・ジョンの作った時計がある。一日一回、正午にだけ鳴るんだ」ジョナサンが言った。

三人はほかの人たちにまじって『終わりなき丘《おか》』へとむかった。だがそう遠くまで行かないうちに、鐘《かね》が鳴りはじめた。ゴーン。レースみたいなアーチ形の門がビリビリふるえ、光の帯がゆらぐ。

「しまった、もう正午だ！」ジョナサンは走りだした。二回目に鐘《かね》が鳴ったときも、丘《おか》まではまだだいぶあった。ゴーン。またもや光の帯がゆらゆらした。人々が丘《おか》を指さした。「出たぞ！」というささやき声が、あちこちから聞こえてくる。

丘《おか》をジグザグにのぼる階段《かいだん》のいちばん下に、緑色の服を着た男がいるのが小さく見えた。階段《かいだん》をのぼろうとしているようだ。遠目にも、ひどく急いでいるのがわかる。がむしゃらにかけあがろうとしているが、何かに邪魔《じゃま》されているらしい。ゴーン。また大きな時計が鳴った。緑の男はよろめきながらも、なんとかのぼろうと必死だ。ゴーン。男の苦労が、こっちにも伝わってくるほどだ。鉛《なまり》のブーツをはいているみたいに、重そうに足を持ちあげている。ゴーン。手すりにつかまってのぼろうとするが、それもうまくいかない。

「あの階段《かいだん》って、のぼるのがすごくたいへんなの？」ヴィヴィアンは小声できいてみた。

ゴーン。

「いいや。普通《ふつう》の人なら、かけあがることだってできるよ。でもあいつは、『時の幽霊《ゆうれい》』なんだ。『一時《いっとき》幽霊《ゆうれい》』のひとつで、毎日昼の十二時になると、あの階段《かいだん》をのぼろうとするんだ。見ていろって」

ゴーン、とジョナサンがしゃべっているあいだにも鳴った。ひとつ鳴るごとに、緑の男はますますのぼるのがつらそうになる。だが、あきらめる気はないらしい。さらに八つ目、九つ目と鳴っても、まだ上をめざしている。十回目が鳴ったときには、よつんばいになってはっていた。もうくたくたのようだったが、塔《とう》までにはあとふた続きの階段《かいだん》がある。次のひと続きへがんばってはっていく男を見ているうち、ヴィヴィアンは自分が息を殺していることに気づいた。ゴーン。

　がんばれ、がんばれ！　ヴィヴィアンは念じた。あの男がてっぺんに着くことが、世界でいちばん大切だという気がする。

　でも、着くことはなかった。ゴーン、と十二回目の鐘《かね》が鳴るなり、緑の男の姿《すがた》は一瞬《いっしゅん》にしてかき消えてしまった。

「あっ！……あーあ！」ヴィヴィアンは声をもらした。まわりの人々も全員、「あっ！……あーあ！」と長いうめき声をあげている。

「かわいそうに！　あの人、なんであんなことをしていたの？」ヴィヴィアンはきいた。

　ジョナサンが答えた。「だれも知らないんだ。まだ実際《じっさい》には、やってないことだからね。つまり、あいつは『一時幽霊《いっときゆうれい》』なんだけど、『一時幽霊《いっときゆうれい》』ってのは、だれかのすることがものすごく重要だったり、強い気持ちがこもっていたりすると、『習慣幽霊《しゅうかんゆうれい》』と同じようにあとがつく、というものなんだ」

「えっ？　未来のことでも？」とヴィヴィアン。

「ああ。でもこの町では、まったくの未来とも言いきれないんだ。『時の町』は同じ時空間を何度もくり返し使う、って話しただろ。過去《かこ》と未来がぐるぐる追いかけっこして、ほとんど区別がなくなってしまっているわけさ。あの『終わりなき幽霊《ゆうれい》』を見て、どう思った？　何か気づいたことはないか？」

　ジョナサンは、最後は急に熱心な口調《くちょう》になった。

　そう言われてもヴィヴィアンは、緑の服からロビン・フッド（英国中世の伝説の義賊。緑の服を着ていたと言われる）が思い浮《う》かぶだけだった。「全然。何か気づかなくちゃいけなかった?」

ジョナサンは少しがっかりしたみたいだった。「いや、不安定期の人間に新しい目で見てもらえば、何かわかることがあるかと思っただけさ。観光客にそこらじゅうのカフェを占領《せんりょう》されないうちに、昼食にしようぜ」

「バターパイ! 約束したよね」とサム。

「だめだって言ったじゃないか。普通《ふつう》のものを食べるんだ。その方が安あがりだから」とジョナサン。

サムは、ジョナサンが人混《ひとご》みをかきわけて先へ行ってしまうまで待ち、ぶつぶつ言った。「つり目のけちんぼ!」

三人は家々のあいだにある階段《かいだん》をのぼっていった。この階段《かいだん》は『十年段《だん》』と呼《よ》ばれているらしく、十段《だん》ごとに広い踊《おど》り場が設《もう》けられていた。どんどんのぼっていくと、『年の館《やかた》』の金色の円屋根《まるやね》が近くに見えるほど高いところまで来た。

階段《かいだん》のてっぺんには食べ物を売る店があり、古そうな灰色《はいいろ》の塔《とう》の下の芝生《しばふ》の斜面《しゃめん》で、すわって食べることもできた。買ったのは、甘《あま》い丸パンのあいだに肉をはさんだものだ。ぽかぽかする日にあたりながら、芝生《しばふ》の上で食べると、最高にいい気分だった。まるで休暇《きゅうか》でやってきた観光客って感じ、とヴィヴィアンは思った。

食べているあいだに、ジョナサンとサムがほかの『一時幽霊《いっときゆうれい》』について教えてくれた。『時の川』には毎日、おぼれる女の子を救おうとしてとびこむ男の幽霊《ゆうれい》が出るらしい。また『千年館《かん》』の入口では、年代パトロール庁《ちょう》の職員《しょくいん》が撃《う》たれるところが、毎日見られる。それから、サムとジョナサンのはるか昔の先祖《せんぞ》にあたるリー家の娘《むすめ》の幽霊《ゆうれい》は、毎日夕暮《ゆうぐ》れどきになると、怒《おこ》った顔で『百年広場』の噴水《ふんすい》に婚《こん》約《やく》指輪を投げこむのだそうだ。

「その子はあとになって、幽霊《ゆうれい》のことがものすごく恥《は》ずかしくなったんだ」ジョナサンが立ちあがりながら言った。「『時の町』を出ていくことも考えたらしいけど、結局、『歴史』に入って暮《く》らす勇気は出なかったんだってさ。立てよ、サム。観光客が食べているあいだに、V《ヴィ》・S《エス》にフェイバー・ジョンを見せたいんだ」

「えっ、その人、まだこの町にいるの？」とヴィヴィアン。

「すぐわかるよ」サムが二本の前歯をむきだしにして、思いっきりにたあっと笑った。

フェイバー・ジョンのところへ行く道の入口は、古い塔《とう》の地下にあった。暗い入口の奥《おく》のほとんど真っ暗なところにいた女の人が、ジョナサンに残高を見せろと言った。ジョナサンがベルトのボタンを押《お》して手のひらをさしだすと、女の人は手もとの機械のボタンを押《お》した。すると、手のひらに光る緑の数値《すうち》が大きくへった。ずいぶん高い入場料だということだ。ジョナサンが昼食を安くあげることにこだわったわけが、これでわかった。

そのあと三人は、ロープの手すりがついた階段《かいだん》をどんどんおりていった。ごつごつした岩の天井《てんじょう》には、小さくて丸い青色の照明がいくつもついている。やがて、『時の町』の地下深くの、ぬかるんだ土の通路に到着《とうちゃく》した。流れ、したたる水の大きな音にまじって、先の方にいるらしい数人の観光客の笑い声や叫《さけ》び声がかすかに聞こえてくる。岩の角を曲がると、看板《かんばん》があった。

『フェイバー・ジョンの泉《いずみ》——飲めば健康と幸運があなたのものに』と、ひどく読みとりにくい変わった字で書かれている。看板《かんばん》のむこうの天井《てんじょう》の穴《あな》から、下の岩の水盤《すいばん》へ、水が勢いよく流れ落ちている。水盤《すいばん》といっても、落ちてくる水で下の岩が長年のうちにけずられたものらしい。波立つ暗い水の中に、硬貨《こうか》が数枚《すうまい》光っていた。

「べつにお金ははらわなくていいんだよ」サムが言った。

それでもヴィヴィアンは、一九三四年と刻《きざ》まれた大きな丸い一ペニー硬貨《こうか》を、妙《みょう》な形の小さい水盤《すいばん》に落とした。うちに帰るには、少し運を味方につけなくてはいけない気がしたからだ。

それから片側《かたがわ》に積んであった、宝石《ほうせき》をちりばめたゴブレットをひとつ手に取り、流れ落ちる水をくんだ。よく見ると、ゴブレットは実は紙みたいなものでできていたが、とても本物らしかったので、もらっておこうと思った。飲んでみたら、錆《さび》の味がするのになぜかおいしかった。

サムとジョナサンのあとについて土の通路をくねくね曲がりながら、ヴィヴィアンはゴブレットを握《にぎ》りしめ、本当にこの水のおかげで幸運がおとずれますように、と祈《いの》っていた。照明がうまく照らしているおかげで、たたんだ布《ぬの》や、天使の翼《つばさ》に見える岩の横を通りすぎる。波ひとつ立たない暗い淵《ふち》の真ん中から、両手を丸く合わせたような形の岩が突《つ》き出ているところもあった。指の一本一本がきちんと形になっていて、とてもきれいだ。

流れ落ち、ほとばしる水音はずっと聞こえていた。ヴィヴィアンははじめのうちは、『フェイバー・ジョンの泉《いずみ》』の音かと思っていたが、歩くにつれ、音はどんどん大きくなった。

やがて、通路が広くなり、片側《かたがわ》に鉄の手すりがついたところに出た。蒸《む》し暑いところだ。あたりにとどろく水音には、バシャバシャとうるさい音もまじっている。

「『時の川』の水源《すいげん》だ」ジョナサンが、手すりのむこうにのびている深い裂《さ》け目を指さして叫《さけ》んだ。轟《ごう》音《おん》はそこから聞こえるようだ。またひとつ角を曲がると、さっき声を耳にした観光客たちが、ちょうど去っていくところだった。

「よかった。ぼくたちだけで見られるぞ。ほら、あっち」ジョナサンが言った。

手すりのむこう、下でぱっくり口を開けた暗い裂《さ》け目をへだてて、岩壁《がんぺき》に幅《はば》数メートルのなめらかな楕円形《だえんけい》の洞窟《どうくつ》があった。水が洞窟《どうくつ》の前を滝《たき》のように流れ落ち、中にもしたたっている。水のカーテンを透《す》かして洞窟《どうくつ》の中をのぞけるように、照明がついていた。

奥《おく》に何か大きなものが見える。横に長くて、高さもあって……ヴィヴィアンはふいに、休暇《きゅうか》でボグナーリージス（英仏海峡を望むイングランド南部の保養地）に行って、お母さんとひと晩《ばん》だけ一緒《いっしょ》のベッドで寝《ね》たときのことを思い出した。お父さんは仕事が終わってから来ることになっていた。翌朝《よくあさ》目を覚ましたら、お母さんはこちらに背《せ》をむけて横になっていた。すごく近くにいたせいで、お母さんのややほっそりした背中《せなか》や肩《かた》が、がけみたいに大きくそびえて見えた。

洞窟《どうくつ》の中にあるものも、あのときのお母さんの背中《せなか》そっくりだった。一瞬《いっしゅん》、巨人《きょじん》の背中《せなか》を見ている気がした。頭は左の岩壁《がんぺき》の陰《かげ》になり、腰《こし》から下は右の壁《かべ》に隠《かく》され、町の中心部の方へとのびているにちがいない。肩甲骨《けんこうこつ》らしい出っぱりも、背中《せなか》の真ん中を走る背骨《せぼね》のでこぼこもある。ただ、色はいかにも粘土《ねんど》で、つやつやしている。見た目はやっぱり岩だ。たえまなくかかる水がピシャピシャはねているところを見ても、岩のように硬《かた》いものだということがわかる。

「人だなんてことはないわよね？　立ちあがったら、ものすごい大男になるはずだもの！　岩に決まってるわ」ヴィヴィアンは言った。

「だれも知らないんだ」とジョナサン。

「だけど、一人ぐらい、中に入ってみた人がいるんじゃない？」

ジョナサンはほかに人がいないことをたしかめるように、ささっと通路を見渡《みわた》したあと、鉄の手すりをつかんでねじり、一部をはずしてしまった。あっさりはずれたところからして、前にもやった人がたくさんいるらしい。ジョナサンはその長い鉄の棒《ぼう》をヴィヴィアンに渡《わた》した。「前に乗り出して、つついてごらんよ。さあ」

ちょうどぎりぎり届《とど》きそうな長さだ。ヴィヴィアンは片手《かたて》に紙のゴブレット、もう片手《かたて》に棒《ぼう》を握《にぎ》り、水しぶきのとんでいるところにこわごわ身を乗り出し、洞窟《どうくつ》の中を棒《ぼう》でつつこうとした。

ところが、水のカーテンに届《とど》いたとたん、棒《ぼう》はそれ以上奥《おく》へ行かなくなった。ヴィヴィアンは棒《ぼう》を槍《やり》のようにかまえなおし、突《つ》いてみた。が、すごい反動を受けてはね返されたため、思わずバランスを失い、川の水源《すいげん》だという黒々とした裂《さ》け目に落ちそうになった。サムとジョナサンが二人してブラウスをつかんで、止めてくれた。

「どういうこと？　何が邪魔《じゃま》しているの？」ヴィヴィアンは大声できいた。

ジョナサンがヴィヴィアンの握《にぎ》りしめていた棒《ぼう》を取り返し、手すりにもとどおりはめて言った。「なんらかのバリアーらしいんだけど、どういう種類のものかはわかっていない。何百年も前から、歴代の科学者たちがずっと研究しているんだけどね。でも、意味もなくこんなバリアーがあるわけないだろう？　あれはやっぱりフェイバー・ジョンだ、って感じがしないか？」

「そうね、そんな気もするわ」ヴィヴィアンはうなずいた。そう思うと、ひどく厳粛《げんしゅく》な、畏《おそ》れ多い気持ちになったので、自分でもびっくりしてしまった。しきりに水に打たれている巨人《きょじん》の背中《せなか》を、もう一度だけ驚《おどろ》きの目でじっと見つめると、ゆっくりと男の子たちのあとについていき、またべつの角を曲がった。

そこにはさっきのとはちがう長い階段《かいだん》があり、のぼりきったところが出口だった。そこにいた男の人が、画面のリストから三人の名前を削除《さくじょ》した。

それから三人は、目をぱちぱちさせながら、町のすばらしいながめに見入った。

「さあ、どうだい、この町がこわれるのはもったいないと思わないか？」ジョナサンが言った。

ヴィヴィアンはあのなぞめいた石の巨人《きょじん》を見たせいで、気持ちがたかぶっていたから、つんけんした調子で答えた。「思うけど、私《わたし》がそう思ったってどうにもならないでしょ？　私《わたし》はロンドンが爆撃《ばくげき》されるのだっていやだわ」

「今度こそ、またバターパイを食べようってば」サムが言った。

ジョナサンはベルトのボタンを押《お》し、手首の上に時計の文字盤《もじばん》をぱっと出して見るなり、すぐ消して言った。「あとで。今度はV《ヴィ》・S《エス》に『千年館《かん》』を見せなくちゃ。あれだよ、『四時代大通り』の反対側のつきあたりにあるやつ。あれを見ない手はないよ。『歴史』から集められたありとあらゆるすばらしい絵画が、展示《てんじ》されているんだ」

ジョナサンが指さした『千年館』は、巨大《きょだい》だった。何列もの窓《まど》がぎらぎらしていて、ねじれたガラスの尖塔《せんとう》がいくつかと、ばかでかい青いガラスの円屋根《まるやね》がひとつある。ヴィヴィアンはたじろいでしまった。「もう建物はいや！　頭に入りきらないわ」

「それじゃあ、おとなしく『古びの館《やかた》』に戻《もど》った方がいいかな」ジョナサンがひどく同情《どうじょう》したように言った。

ジョナサンが本当に同情《どうじょう》してくれている、と一瞬《いっしゅん》信じそうになったが、そのときサムが口を半開きにし、わかったぞ、というような顔でジョナサンを見あげたのに気づいた。サムはやたらと元気づいて言った。「うん、いい考え！　やっぱりバターパイはいらないや」

最後のせりふはわざとらしすぎるわ、とヴィヴィアンは思った。これで、二人が何かたくらんでいることがわかった。ジョナサンったら、今度はいったい何をしようっていうの？　ヴィヴィアンは、靴《くつ》ひもをパタパタさせて丸石の敷《し》きつめられた小道を行くサムのあとを追いながら考えた。またもや、現実《げんじつ》離《ばな》れした冒険《ぼうけん》かしら？

4　時の幽霊《ゆうれい》

ジョナサンは町を通って帰るとちゅう、何度も時計を出して時間をたしかめていた。サムは一度も「バターパイ」と言わなかった。二人はかけ足で『永久《とわ》の広場』を横切り、アーチ形天井《てんじょう》の通路を抜《ぬ》け、『時の庭』の斜面《しゃめん》を上がっていく。やっぱりぜったい何かたくらんでいる、と思いながら、ヴィヴィアンはあとを追った。『古びの館《やかた》』の踏《ふ》み段を上がってガラスの扉《とびら》へむかったころには、脚《あし》が痛《いた》くなっていた。

一人で静かにすごす時間がほしい、とヴィヴィアンは思った。ラジオを聞いて、映画雑誌《えいがざっし》を読みたい。ラジオなんてものが、ここにあるとも思えないけど。

『古びの館《やかた》』の玄関《げんかん》ホールは人けがなく、しんとしていた。ジョナサンはいつもどおりのいばったようすで、さりげなく言った。「実はこの公邸《こうてい》の中にも、おまえに見せてやれる『一時幽霊《いっときゆうれい》』が出るんだよな」

なるほど、そのためにここへ戻《もど》ってきたのね！　ヴィヴィアンは言った。「だったら見せて。そのためにわざわざここまで戻《もど》ってきたんでしょ」

「なら、こっちだ」ジョナサンはお下げをゆらして、色のついた大理石の床《ゆか》を大股《おおまた》で歩いていった。朝、連れていかれたのとは、逆《ぎゃく》の方向だ。サムがよろよろしながら、小走りであとを追う。ヴィヴィアンはさらにそのあとに続きながら思った。ゆうべ通ったところへむかっているんだわ。

角を曲がると、たしかに見覚えのある、展示用《てんじよう》のガラスケースが両側の壁《かべ》ぞいにならぶ細長い部屋があった。ゆうべ見たときも博物館みたいだと思ったが、改めて見ると、本当に博物館の展示室《てんじしつ》のようなところだ。ジョナサンにせかされるのがいやになっていたヴィヴィアンは、わざとのろのろ歩き、ケースの中のものを見ていくことにした。

展示品《てんじひん》のひとつひとつに、きれいな読みやすい字で書かれた説明がついていた。ひとつ目には、「七十三番世紀、アメリカのゴルフ用クラブ」とある。次のには、「四十五番世紀、インドの結婚式《けっこんしき》で使われた杯《さかずき》」。だが展示品《てんじひん》の中には、ずいぶんおかしなものもあるようだ。「百五番世紀、ガスアイロン」とか、「三十三番世紀、アイスランドの内装職人《ないそうしょくにん》が使用したペンキ」とか……。その次のケースはなんと、ヴィヴィアン自身の荷物だった。これにも同じきれいな字で説明書きがついている――「二十番世紀、避難民《ひなんみん》の装備《そうび》（衣類および防護《ぼうご》マスクが見えるよう、容器《ようき》を開いて展示《てんじ》）」。

たしかに開いて展示《てんじ》してある。スーツケースはわざとらしく開けてあって、目もあてられないことに、あのそでなしの肌着《はだぎ》がよく見えるようにいちばん上に置いてあった。ガスマスクは箱から半分出してあるし、大切なひも編《あ》みの袋《ふくろ》も口を大きく開けてあり、サンドイッチの包み紙、雑誌《ざっし》、手袋《てぶくろ》と靴下《くつした》がまる見えだ。ヴィヴィアンはかあっとなり、ケースを見つめたままつぶやいた。「よくもこんなことを！」

うちに帰るとき、これをどうやって取り戻《もど》したらいいのだろうと考えると、ちょっと怖《こわ》くもなってきた。でも、怖《こわ》いというだけではすまない。本当の自分をうばわれ、むりやり別人にされかけているような気がする。ヴィヴィアンは腹《はら》をたてて言った。「ほかの人になんてならないわ。私《わたし》は私《わたし》よ！」

サムとジョナサンが、そわそわしたようすでかけ戻《もど》ってきた。サムがヴィヴィアンの腕《うで》をひっぱった。

「今すぐ来てよ！」

ヴィヴィアンはすっかり頭にきていたから、サムの言ったことには耳を貸《か》さず、ケースを指さして言った。「ねえ！　見てよ、これ！　私《わたし》の荷物よ！」

「ああ。エリオのやつ、またいつものようにてきぱきやってくれちゃったんだな。アンドロイドってのはそういうもんさ。それより、幽霊《ゆうれい》がもうじき現《あらわ》れるんだ。こっちに来て、見てくれよ。頼《たの》む！」ジョナサンが言った。

ヴィヴィアンはジョナサンを見たあと、サムに目をやった。サムは気が気でないようすで、こっちをじっと見ている。ジョナサンもあせっているのか、顔が真っ青だ。本当にぴりぴりしてるんだわ！　お母さんだったら、神経質《しんけいしつ》な子ね、と言いそう。でも二人にとってすごく大事なことらしいから、その幽《ゆう》霊《れい》を見てあげた方がいいだろう。

「わかったわよ」ヴィヴィアンは言い、サムにひっぱられるまま、展示室《てんじしつ》のいちばん奥《おく》へとむかった。

つきあたりには、黒っぽい色の古いドアがあった。ゆうべひどくきしみながら開いたドアだ、と思い出した。だが驚《おどろ》いたことに、今は厳重《げんじゅう》に閉《と》ざされている。中に針金《はりがね》が入ったきらきらする透明《とうめい》な太い鎖《くさり》が、ちょうつがいのそばのドア枠《わく》に取りつけられた金属《きんぞく》の箱から、取っ手側のドア枠《わく》の金属《きんぞく》の箱まで渡《わた》されている。金属《きんぞく》の箱からはそれぞれ、ケーブルが床《ゆか》の下までのびていた。このドアを開けようとしたら、ひどい衝撃《しょうげき》を受けそうだ。

そのときサムが、バターパイとフェイバー・ジョンの洞窟《どうくつ》の土で汚《よご》れたぷっくりした手をのばし、ドアの取っ手側の金属《きんぞく》の箱を、大きな鉄製《てっせい》の取っ手のすぐ下へ、するりと動かした。だがケーブルは箱とつながってはいなかったらしく、もとの位置から動かない。それでいてよくよく見ないかぎり、ドアは今も閉鎖《へいさ》されているように見えた。

「ぼくがショートさせたんだ。中間休みが始まった日に」サムが誇《ほこ》らしげに言った。

「ぼくがやってくれと頼《たの》んだんだ」ジョナサンがまたしても時間をたしかめながら言った。「思いついたのはぼくだからな。小さかったころは、だれもがこの幽霊《ゆうれい》のうわさをしていた。何百年も前から、毎日ここに現《あらわ》れているんだって。だから、父が六年前に『とこしえのきみ』に選ばれて、この公邸《こうてい》へひっこしてきたとき、ぼくも一度見てみたいと思ったんだ。ところが、先に母が見に行った。見るなり悲鳴《ひめい》をあげて、ドアに鎖《くさり》をかけさせ、閉鎖《へいさ》してしまったんだ。以来、ぼくは見たくてうずうずしていた。サムがエネルゲン機能《きのう》をいじくることにかけては天才だとわかって、やっとその夢《ゆめ》がかなったわけさ」

サムは得意そうににんまりした。

ジョナサンはもう一度時間をたしかめ、言った。「そろそろだ」

ジョナサンが取っ手をまわし、ゆっくりドアをひいてギギーッと開けた。ドアのむこうは暗い石造《いしづく》りの通路だった。ゆうべ、『時学者《ときがくしゃ》の間《ま》』とかいう教会みたいなところから歩いてきた道だ、とヴィヴィアンは思い出した。開いたドアからほんのり射《さ》しこむ光で、通路にだれもいないことがわかる。

「ほら」ジョナサンはそう言うなり、息を止めた。

ジョナサンの声とほぼ同時に、通路の奥《おく》に二人の人物が突然《とつぜん》現《あらわ》れ、こっちにむかってきた。最初は暗すぎてよく見えなかった。ヴィヴィアンにわかったのは、二人が『時の町』の今ふうのパジャマ服を着ていることと、どちらもとても興奮《こうふん》したようすで歩いていることくらいだった。

それから、背《せ》の高い方の幽霊《ゆうれい》の服の両わきに、暗い色のダイヤの形がずらりとついているのが見えた。両目の前にはちらちらするものがかかっているし、長いお下げが片方《かたほう》の肩《かた》にたれている。背《せ》の低い方は、カールした淡《あわ》い茶色の髪《かみ》の女の子だった。

「何よこれ！　私《わたし》じゃないの！　ジョナサン、あなたも！」

自分自身の幽霊《ゆうれい》を見るなんて、これほど異様《いよう》でぎょっとすることがあるだろうか？　別人のようでいてそうじゃない、鏡で見て知っている自分を左右逆《ぎゃく》にした顔。声は聞こえないものの、ゆうべ会ったばかりのジョナサンに対して、息もつかずにまくしたてているのがわかる。二人の幽霊《ゆうれい》が、こっちには目もくれずに勢《いきお》いよく近づいてくるから、よけいぞっとした。今までにこれほど恐《おそ》ろしい思いをしたことはない。幽霊《ゆうれい》たちは、ヴィヴィアンが立っているところのすぐ手前で消えうせた。

ヴィヴィアンはしばらく、がくがくふるえながら立ちつくしていた。目がうるみ、視界《しかい》がぼやけてきた。それから急にひざの力が抜《ぬ》け、大理石の床《ゆか》にどさっとすわりこんだ。

「何百年も前から、って言ったわね？」ヴィヴィアンはしゃがれ声できいた。

ジョナサンが立たせてやろうというように手をさしのべ、言った。「ぼくもはじめて見たときは、やっぱり立ってられなくなったよ。サムは逃《に》げ出した」

「五メートルくらい逃《に》げただけだよ！　幽霊《ゆうれい》が消えたあと、戻《もど》ってきたじゃないか」サムが言い返した。

「これじゃあ、あなたのお母さんが悲鳴《ひめい》をあげてここを閉鎖《へいさ》するわけよね！」ヴィヴィアンはよろよろ立ちあがり、ふらつかなくなるまで、ドアにつかまっていることにした。「そのときほんとのあなたはまだ六歳《さい》だったとしても、あれはあなただってわかったはずだもの！」

「母は、この幽霊《ゆうれい》についてはひとことも話さないんだ」とジョナサン。早くも、得意げないばったようすに戻《もど》っている。「これで、どうしておまえを見わけられたかわかっただろう、V《ヴィ》・S《エス》？　あれはゆうべのぼくたちなんだ。だからぼくはゆうべ、同じスーツを着て、わざとこの道を通ったのさ」

ヴィヴィアンはまだ足こそふらふらしていたものの、頭はしっかりしていた。「ゆうべじゃないわ！あなたの部屋に行くまでのあいだ、私《わたし》はひとこともしゃべらなかったでしょ。それを抜《ぬ》きにしたって、あんな服は着ていなかったもの。ゆうべは、今と同じこのスカートをはいていたのよ。あの幽霊《ゆうれい》は、『時の町』の服を着ていたじゃない」

だが、ジョナサンはそんなことはどうでもいいらしく、さらりと言ってのけた。「じゃあ、もうじきやることなんだろう。ぼくたちはそのとき、何かすごく大事なことをするんだ。でなかったら、『一時《いっとき》幽霊《ゆうれい》』になるはずがないからな。V《ヴィ》・S《エス》は、ぼくらが何をすると思う？」

またもや取調官《とりしらべかん》に逆戻《ぎゃくもど》りだ。あーあ、この人、まだ私《わたし》のことを『時の奥方《おくがた》』だと思ってるのね！結局、あの守衛《しゅえい》たちのせいで怖《こわ》い思いをしたあと、私《わたし》に『時の奥方《おくがた》』だと認《みと》めさせようとするやり方を変えただけだったんだ。まったく、ばかな考えにとりつかれちゃって！「あと一度でも私《わたし》をV《ヴィ》・S《エス》と呼《よ》んでごらんなさいよ。大声でわめいてやるから――いいわね！」

サムがヴィヴィアンの腕《うで》をぽんぽんとたたき、落ち着かせるようにやさしく言った。「こういうときは、バターパイを食べるのがいちばん」

ヴィヴィアンは落ち着くどころか、むしろ本気でわめきたくなったが、代わりに、キーキーいう変な笑い声をたて、大声で言った。「頭がおかしくなりそう！　もういいかげん戦争中に戻《もど》して、平和にすごさせてよ。この町って、何もかもがおかしいわ！　こんなのみんな、現実《げんじつ》じゃないのよ！」

ヴィヴィアンの声はどんどん大きくなっていった。サムとジョナサンが、ぎょっとしたようにこっちを見つめている。二人がすごくまぬけに見えたから、笑ってやろうと口を開けたが、気が変わってわめいてやることにした。

が、上をむき、思いっきりわめいてすっきりしようとしたそのとき、ホールの方から展示室《てんじしつ》へやってくる足音がした。ヴィヴィアンは口を閉《と》じた。サムはドアを閉《し》め、さっと鎖《くさり》をもとに戻《もど》した。三人とも、大急ぎで展示品《てんじひん》のケースに近より、「四十三番世紀、中国の家庭用コンピュータ」と説明書きのあるものをじっとのぞきこみながら、足音の主《ぬし》が現《あらわ》れるのを待った。

現《あらわ》れたのは、茶色い肌《はだ》の感じのよさそうな女の人だった。ペチューラという名前で、ヴィヴィアンを捜《さが》しに来たのだという。「『とこしえのきみ』の奥様《おくさま》から、あなたのお世話をするように言われましたの。お部屋が気に入るかどうか、見に来てもらえません？」

ジョナサンがすかさず言った。「ぼくが案内するよ」

ところが、ペチューラは言い返した。「いいえ、ジョナサン坊《ぼっ》ちゃんはもうあっちへおいでなさい。ヴィヴィアンさんは坊《ぼっ》ちゃんのおもちゃじゃないんですよ」そしてヴィヴィアン一人を連れ、階段《かいだん》を上がっていった。残されたサムとジョナサンは、冒険《ぼうけん》をとちゅうで止められてしまったような顔をしていた。

しばらくすると、ヴィヴィアンは小さくて居心地《いごこち》のいい部屋の中で、平和に楽しくくつろいでいた。部屋の中にあるすべてが知っているものとはだいぶちがうけれど、ペチューラがしくみをひとつひとつ説明してくれたうえ――たとえば、鏡が見たくなったら、床《ゆか》にあるこのボタンを踏《ふ》むと壁《かべ》の一部が顔を映《うつ》すようになる、など――それぞれの呼《よ》び名も教えてくれた。シャワーの使い方や、音楽を鳴らすスイッチの場所もわかった。ペチューラが最後にひとつボタンを押《お》すと、壁《かべ》だと思っていたところが折りたたまれ、中はクローゼットになっていた。パジャマみたいなつなぎの服が、つるされているわけでもなく、ずらりと宙《ちゅう》に浮《う》いている。しかも全部ヴィヴィアンにぴったりのサイズなのだから、びっくりしてしまった。

ペチューラは言った。「エリオにまかせておけば、こういうことはまちがいないんです。何かこまったことがあったら、ベッドのわきにある青い四角の上に手をかざしてくださいね。かならずだれかしらが、まいりますから」

ペチューラが出ていってしまうと、ヴィヴィアンはさっそく、自分の部屋らしい感じにしようと、だいぶよれよれになってしまった紙のゴブレットをまっすぐに直し、壁際《かべぎわ》の枠組《わくぐ》みだけのテーブルの上に飾《かざ》った。それから、何もないように見えるところに花柄《はながら》の毛布《もうふ》がかかっている、というベッドの上に横になり、ベッドのわきに浮《う》いている「デッキ」とかいうものから流れる音楽に耳をかたむけた。チリンチリン鳴りひびく不思議な音楽だったが、ラジオを聞くのに負けないくらい、いい感じだった。

ヴィヴィアンは思った――なんとかジョナサンにあの思いこみを捨《す》てさせて、マーティさんのところへ行くために駅へ戻《もど》してもらわなくちゃ。なぜだか、さっき見たあの二人の『時の幽霊《ゆうれい》』が、鍵《かぎ》になる気がする。どういうふうにかは、まだわからないけれど。でもあの自分の幽霊《ゆうれい》が、ジョナサンの幽霊《ゆうれい》と一緒《いっしょ》に、どちらも生まれていない何百年も前からあそこを歩いていた、なんてことは考えたくなかった。結局、考えるのはやめ、眠《ねむ》ってしまった。

だれかが静かに部屋に入ってきて、着る服を出してくれたようだ。入口のひき戸がするする閉《し》まる音がしたとたん、ヴィヴィアンは目を覚まし、がばっと起きあがった。俄然《がぜん》、あの二人の幽霊《ゆうれい》について考えたい気持ちになっていた。私《わたし》たちは何をやってた——じゃない、何をやろうとするのかしら？　それが知りたくてたまらない。あの幽霊《ゆうれい》を利用する手が、何かあるはず。もう少しで思いつきそうな気がした。

　と、「デッキ」からジョナサンの声がした。「おい、V《ヴィ》・S《エス》、聞こえるか？」

「ううん。眠《ねむ》ってる」ヴィヴィアンは言った。おかげで、もう少しでつかめそうだった思いつきが消えてしまった。

　ジョナサンの声が響《ひび》いてくる。「じゃあ、起きろよ。三十分後に夕食だ。言っておくが、来客もある、正式な晩餐《ばんさん》だぞ。毎晩《まいばん》決まってそうなんだ。部屋へ迎《むか》えに行こうか？」

「そうなの？　じゃあ、そうして」

　晩餐《ばんさん》と聞いて、どきどきしてきた。ぎこちない手つきで、出してあった絹《きぬ》みたいな白いつなぎの服をなんとか着ようとした。ズボンの部分はひどくだぶだぶしていて、ほとんどスカートのようだったから、ズボンの片方《かたほう》に両脚《りょうあし》をつっこむというのを二度もくり返してしまった。やっとまともにはけて、立ちあがり、だぶだぶのそでに腕《うで》を通すと、開いていた背中《せなか》が魔法《まほう》のようにひとりでに閉《と》じ、全体がほんのりと光りはじめた。青い花がいくつか現《あらわ》れ、腕《うで》や脚《あし》のまわりでらせんを描《えが》くようにゆっくりと動きはじめた。さわってみようとしたが、『時の幽霊《ゆうれい》』同様、幻《まぼろし》だった。

　これだけでもどきどきしてしまうのだが、何より落ち着かなかったのは、パジャマ服そのものがゆったりしすぎていたことだ。一九三九年の体をしめつける下着や服を着なれていたから、何も着ていないのと同じように感じられた。

ジョナサンがお下げをきれいに結いなおし、全身白ずくめでやってくると、気分はさらに重くなった。よくみがかれた階段《かいだん》を一緒《いっしょ》におりながら、ジョナサンはこう忠告《ちゅうこく》したのだ。

「かなり退屈《たいくつ》するぞ。今夜のお客はヴィランデル博士と、エンキアン司書長。ヴィランデル博士はぼくの個人指導《こじんしどう》の先生だ。博士とエンキアン司書長はおたがいを嫌《きら》っている。あるとき博士がエンキアンに、フォリオ判《ばん》の大きくて重いシェイクスピア全集（全四冊で計四千ページ近くある）をまるごと投げつけた、といううわさもある。博士はすごくがっしりした体格《たいかく》だから、本当にやったのかもしれない。実は今日もけんかをしたらしくて、ぼくの父が二人をなだめようと、晩餐《ばんさん》にまねいたんだ」

「みんな、けんかしたりなだめたりするのにいそがしくて、私《わたし》に目をとめないといいんだけど」ヴィヴィアンは言った。

「たぶんそうなるよ」とジョナサン。

でも、そうはならなかった。ジョナサンの両親は、晩餐《ばんさん》の間《ま》の暖炉《だんろ》のそばで待っていた。短いトンネルのような形の部屋で、ヴィヴィアンは入るなり、地下鉄の駅みたい、と思った（ロンドンの古くからある地下鉄の駅はトンネルの形を生かして使っている）。両親の横に、二人の客も立っていた。暖炉《だんろ》は本物だが、中でちらちらしている炎《ほのお》は作り物らしい。四人とも黒い礼服を身にまとっていたけれど、ヴィヴィアンにはどうしても空襲《くうしゅう》から避難《ひなん》している人たちみたいに見えてしまった（戦争中は地下鉄の駅が防空壕代わりに使われた）。とたんに、危険《きけん》がせまっているという気分がよみがえってきた。

ジョナサンの母親のジェニーが顔を上げ、「ほら、来ましたよ」と言ったのを聞いて、その気分はいっそう強まった。四人が、今まで自分のことを話していたのがわかったからだ。

三角形に近い黄色い顔をしたエンキアン氏は、ヴィヴィアンを見るなり言った。「ずいぶんと青い顔の小娘《こむすめ》じゃないか！」エンキアン氏は普通《ふつう》のことをしゃべるときでも、あざけるような口調《くちょう》になるみたいだ。

ヴィヴィアンの顔はエンキアン氏の言葉に逆《さか》らうように、ぱっと真っ赤になった。なんだか飼《か》いネコが外から持ちこんできた、ありがたくないおみやげあつかいされてるみたい。でも、この町にはネコもいないんだろうけど、と、ちょっとやけになって考えた。

「煙《けむり》に汚染《おせん》された時代で六年もすごしたら、だれだってこんな顔色になりますわ」ジェニーがひどく心配そうになだめるような口調《くちょう》で言い、みんなをテーブルに案内した。

『とこしえのきみ』ウォーカー氏は、苦悩《くのう》にみちた視線《しせん》を肩《かた》ごしにヴィヴィアンに投げかけ、言った。

「だが、背《せ》はのびた」まるでのびてはいけなかったみたいな言い方だ。

一方ヴィランデル博士は、ただじっとヴィヴィアンを見つめていた。すごく大きな人で、クマみたいに大きな顔が前に突《つ》き出ている。ちらっと見ると、クマ顔の中の小さな灰色《はいいろ》の目が、するどくじーっとこっちを見つめているのと目が合ってしまった。ヴィヴィアンは思わずぞっとした。今まで会ったこともないくらい賢《かしこ》い人物が、自分を見定めようとしているのがわかったからだ。恐《おそ》ろしくて身じろぎもできない。

ジョナサンに肩《かた》をつかまれ、つやつやにみがかれた彫刻《ちょうこく》つきの枠組《わくぐ》みだけの椅子《いす》の方へぐいと押《お》されて、やっとまた動けるようになった。テーブルを見たら、透明《とうめい》じゃなかったので、なんだかほっとした。白っぽいものでできていて、テーブルクロスを真似《まね》たような白い模様《もよう》がついている。

ヴィランデル博士がヴィヴィアンの真むかいに腰《こし》をおろすと、枠組《わくぐ》みの椅子《いす》がギシギシいった。博士はこう話しかけてきた。

「では、きみがリー家の最年少、あのヴィヴィアン・リーなのだな?」遠くの茂《しげ》みでクマが怒っているみたいな、くぐもった低いうなり声だ。

「はい」ヴィヴィアンはうそをつかずにすめばいいのに、と思いながら答えた。

「第二次世界大戦のために、『時の町』へ帰されたのだな?」ヴィランデル博士は低い声で続ける。

「はい」今度はほっとしてうなずいた。これでまた、うそとはいえ、いちおう本当のことが言えるようになった。

すると、エンキアン氏が口をはさんだ。「ということは、きみのご両親も不安になるほど、悪名高き二十番世紀の不安定さが悪化したというわけだな。不安定の度合について、説明してもらえるだろうね?」

助けて! ヴィヴィアンはすがる思いでジョナサンを見たが、相手は助ける気なんてまるでないらしい。いい子ぶった落ち着いた顔をして、できるだけ目立たないようにしている。

「ばかなことを言うな、エンキアン。たかだか十一歳《さい》の子どもに、不安定の度合を判断《はんだん》する能力《のうりょく》などあるわけがない」ヴィランデル博士の低い声が響《ひび》いた。

「二人の熟練《じゅくれん》した監視官《かんしかん》の子どもなら、あってもおかしくないと思うが。少なくとも質問《しつもん》には答えられるだろう」エンキアン氏がするどい調子で言い返した。

二人の客が言いあらそいを始めそうだと見てとり、ジョナサンの父親が割《わ》って入った。「問題の根源《こんげん》はもうすでにわかっています。とりのぞく可能性《かのうせい》もまだ残されてはおりますが、目下のところわれわれがいちばん心配しているのは、一時粒子《いちじりゅうし》による不安定さが、結果的に、かくも見通しの暗い世紀にいまだに存在《そんざい》するということで……」

ジョナサンの父親はしゃべりつづけた。女性《じょせい》が四人入ってきて、全員の前に大小の皿をたくさんならべはじめたが、それでもかまわず話しつづけている。ひどく退屈《たいくつ》な話だった。人を退屈《たいくつ》させるのがこの人の仕事なのかもしれない、とヴィヴィアンは思った。だとしたら、すごく上手だということだ。

ジョナサンの父親は、丸みのある部屋の壁《かべ》を、まるでそこにたいそう気がかりなものがあるかのようにじっと見つめながら、ものうげにしゃべりつづけた。拡大波《かくだいは》がどうの、社会的一時曲線がこうの、競争型の典型がああだの、イデオロギーの文化的操作《そうさ》がそうだの、行動パラメータがどうで、リー・アブドゥラ指標がこうで、などと続くうち、部屋じゅうがどんよりとした雰囲気《ふんいき》になってきた。

ヴィヴィアンは、しっかり聞いていようとがんばった。『時の町』のことを知れば知るほど、うちに帰る方法も見つけやすくなると思ったからだ。だが、ジョナサンがベルトのしくみを説明してくれたときの方が、まだ少しはわかった気がしたほど、ほとんどがちんぷんかんぷんだった。

ただ、自分の世紀がとんでもないことになっているらしいのは、なんとなくわかった。それに、『とこしえのきみ』ウォーカー氏が「問題の根源《こんげん》」と言ったのは、『時の奥方《おくがた》』のことかもしれない。あとわかったのは、『時の町』の学識《がくしき》ある人々が、町の外の『歴史』全体の流れをつねに監視《かんし》し、自分たちの望む方向にむかうよう、手をくわえているらしい、ということだ。

ちょっと図々《ずうずう》しくない？　ヴィヴィアンは思った。

四人の女性《じょせい》たちは、宝石《ほうせき》みたいなガラスのかけらを何千と集めて作ったようなおそろいのグラスを全員の前に置き、水とワインをそそぎ終えると、ようやく出ていった。

みんなが食べはじめた。ヴィヴィアンはまたもや、これは大変だ、と思った。きっとめちゃくちゃな食べ方をして、いとこのヴィヴィアンではないことがばれてしまうにちがいない。ジョナサンとジェニーをよく見て、同じようにしなくっちゃ……

やってみると、案外やさしかった。『時の町』の食事の作法で大きくちがうのは、だいたいどの食べ物も手でつまみ、小さな器《うつわ》に入ったぴりっとした味わいのいろいろなソースにつけて食べる、ということだった。白いテーブルにソースをちょっとこぼしても、魔法《まほう》のように消えてしまう。これなら失敗せず食べられそうだ、とわかってすごくほっとしたので、エンキアン氏とヴィランデル博士が質問《しつもん》を始めたときにも、さほどどきどきしないですんだ。

「文明世界に戻《もど》ってきた気分はどうだね？　二十番世紀のスラムで暮《く》らしていたあとでは、ずいぶんちがう感じがするだろうね」エンキアン氏が言った。

ヴィヴィアンはかっとなった。「スラムじゃありません！　うちはルイシャム（ロンドンのテムズ川の南にある中流住宅地）にあるんです。ちゃんとした地域《ちいき》ですよ。車を持っているうちもたくさんあります」

「スラムを見たことがあるのかね？」それまでもくもくと食べていたヴィランデル博士が顔を上げ、低い声できいた。給仕の女性《じょせい》たちは頼《たの》まれもしないのに、ヴィランデル博士のところにはほかの人の倍の量の料理を出していた。この体格《たいかく》だから、そのくらいいるのかもしれない。

「いえ、見たことはないですけど。お母さんにペッカム・ライ（ロンドンの南の地区で、ルイシャムの北東にある。スラムとして悪名高かった）へは行っちゃいけないって言われてました。すごく怖《こわ》いところだそうです。お巡《まわ》りさんも二人組で歩くくらい」

「だがもちろん、きみの両親はそこへ行くんだろう？」エンキアン氏があたり前のような顔をして言った。

「行きません。スラムにわざわざ行く人なんていませんもの。でもお母さんはウェスト・エンド（ロンドン中央部の地区）に行くときに、バスで通ることはあるみたいです」

「父親の方は？」ヴィランデル博士がうなるようにきいた。

ヴィヴィアンは悲しくなった。「知りません。もう長いこと顔も合わせてないんですもの。戦争が始まるかもしれないとなったとたん、内閣《ないかく》の命令で、秘密《ひみつ》の政府《せいふ》機関に入れられたんです。何かすごくないしょのことをしているらしくて、週末にもめったに帰ってこないようになっちゃって。少なくとも軍隊に召集《しょうしゅう》されて死ぬようなことにはならないからいいわ、とお母さんは言ってますけど」

「リー氏もなかなか抜《ぬ》け目ないことをする。監視官《かんしかん》は殺されては仕事にならないからな」エンキアン氏が言った。

そのとき、『とこしえのきみ』ウォーカー氏が苦悶《くもん》の表情《ひょうじょう》のまま首をかしげ、身を乗り出してきた。

「リー家はイズリントン（ロンドンの中部、テムズ川より北の地区）とかいうところに住まいをかまえたと聞いたが？」

これを聞いて、ヴィヴィアンははっとした。うっかり変な勘《かん》ちがいをしていたようだ。自分がヴィヴィアン・リーだといううそをひとつついてしまえば、それ以外は、結果的にうそになるとはいえ、まったく本当のことだけを話せばすむ、という気になっていたのだ。すぐに言いつくろわなくては。

「ええ、でも、ひっこしたんです。お母さんが、そこの学校は私《わたし》によくないと思ったらしくて」これでまたひとつ、本物のうそをついてしまった。どうか、だれもイズリントンのことはきかないでくれますように。そんなところには一度も行ったことがないのだから。

「学校はどんなだったか、話してくれない？」ジェニーが言った。

ヴィヴィアンはほっとため息をつき、話しはじめた。学校のこと、服のこと、バスや地下鉄のこと。家に防空壕《ぼうくうごう》がない人は、空襲《くうしゅう》のとき地下鉄の駅へ避難《ひなん》することも話した。うちの裏庭《うらにわ》の芝生《しばふ》のど真ん中には組み立て式の防空壕《ぼうくうごう》が埋《う》められていて、小山みたいに見えることも……。しゃべりながら、乾《かわ》いた小さなだんごや細長くてぱりぱりした葉っぱをソースにつけて食べた。小さいころからずっとこういう食べ方をしてきたみたいに、なれたものだ。ワインをすすり――ヴィヴィアンには味が落ちたもののように思えた――続いて映画《えいが》の話を始めた。映画《えいが》にはすごくくわしいのだ。ミッキー・マウス、ディズニーの『白雪姫《しらゆきひめ》』（一九三八年に大ヒットした）、シャーリー・テンプル、ビング・クロスビー（米国の歌手・俳優。一九三〇年代にミュージカル映画で人気を博した）などの話を一生懸命《いっしょうけんめい》しているあいだに、女性《じょせい》たちがもっと料理を運んできた。新しい料理もほとんど無意識《むいしき》に口へ運びながら、さらにしゃべった。

それからジャズの話題に移《うつ》ったが、とちゅうでヴィランデル博士に低い声で質問《しつもん》され、また戦争の話に戻《もど》ることになってしまった。ヴィヴィアンは食料の配給切符《はいきゅうきっぷ》のこと、灯火管制用《とうかかんせいよう》の暗幕《あんまく》（夜間の空襲にそなえて、家の明かりを覆い隠した）を作るお母さんを手伝ったこと、道路に戦車防壁《せんしゃぼうへき》（低い金属柵などを立てて戦車が通れないようにした）、共有地に対空砲火台《ほうかだい》が作られたことを話した。ロンドン上空にたくさん上げられた、大きな銀色の阻塞《そさい》気球（低空飛行で攻撃しようとする敵機を阻止するためのもの）の説明もした。チェンバレン首相（一九三七年から四〇年までの英国首相。ドイツ、イタリアとの衝突を避け、対話によって戦争を回避しようとする宥和政策をとったが失敗）はいい人すぎて全然だめだ、という話もしたし、空襲《くうしゅう》のサイレンの真似《まね》もやってみせた。みんなの注目を浴びるのがすごく楽しくなってきたので、『ジークフリート線に洗濯物《せんたくもの》干《ほ》そう』（一九三九年に英国ではやった歌。ジークフリート線は第二次世界大戦前にドイツ西部に構築されたナチスドイツの要塞線）を歌いましょうか、とまで言った。だが、歌はいいから毒ガス攻撃《こうげき》の話をしてくれ、と言われてしまった。

ヴィヴィアンは、これがいちばんの脅威《きょうい》なんです、と説明した。それから、政府《せいふ》が子どもたちを全員ロンドンから疎開《そかい》させていることを話した。暑くてそうぞうしい列車の旅について語るうち、私《わたし》も親戚《しんせき》のマーティさんのところへ行くはずだったんです、と口をすべらせそうになったが、あやういところで気がついてやめた。「子どもたちはみんな、まるで荷札みたいに、名札をつけていました」

「ちょっと妙《みょう》な気がするのだけど」ジェニーが口を開き、ヴィランデル博士の方を見た。「第二次世界大戦の疎開《そかい》が始まるのは、いつでしたっけ？　二十番世紀は私《わたし》の専門《せんもん》ではないものですから」

「おおむね開戦後数カ月たってからだ。不安定期だから多少前後することもあるが、宣戦布告《せんせんふこく》の時期はたいてい、一九三九年の中ほどだ」ヴィランデル博士が低い声で答えた。そして、するどい小さな目でヴィヴィアンをじろりと見た。「それで、きみの記憶《きおく》では、戦争が始まったのはいつなんだね？」

今まで話したことにおかしな点があると勘《かん》づかれたような気がして、ヴィヴィアンはひどく落ち着かない気持ちになった。だが、答えは知っているとおりに言った。「もちろん、一九三八年のクリスマスです」

全員がぎょっとした顔になったので、ヴィヴィアンもびっくりしてしまった。だれもがこっちをまじまじと見つめてから、おたがいに顔を見あわせた。今までひとこともしゃべらず、ヴィヴィアンに目もくれなかったジョナサンまで、今はじっとこちらを見つめ、恐怖《きょうふ》で顔をひきつらせている。ジェニーも同じくらい恐《おそ》ろしがっているようすだった。「そんなに前にずれてしまったなんて！　ランジット、これはたいへんなことだわ。監視官《かんしかん》たちを全員呼《よ》び戻《もど》すべきよ！」

「われわれのつかんでいる情報《じょうほう》は、すっかり古くなっているようですな。年代パトロール庁《ちょう》はいったい何をしとるんですかね？」エンキアン氏がうんざりしたようすで言った。

「きいてみよう」『とこしえのきみ』ウォーカー氏が言い、ベルトのボタンのひとつを押《お》した。

一方、ヴィランデル博士は、さくさくするパンケーキを二枚《まい》ずつ口に放りこみながら言った。「そう驚《おどろ》くこともないだろう。三日前、一九三九年の九月に時間粒子《りゅうし》の強力な発散源《はっさんげん》があることが確認《かくにん》された。

そのせいで混沌《こんとん》が生じていることもわかっている。驚《おどろ》くべきは、開戦がすでにそれほど早まってしまっているということだけだ。だが――」博士は大きな口でむしゃむしゃかみながら、ふたたび小さな目でじろりとヴィヴィアンを見た。「――その政府《せいふ》もずいぶんと手際《てぎわ》が悪いと思わないかね？ 今ごろ子どもたちを疎開《そかい》させるとは」

「これまでは戦争といっても、ただにらみあっているだけだったので……」ヴィヴィアンは弁解《べんかい》がましく言った。

「だとしても、言いわけにはならん」ヴィランデル博士が低い声で言った。

青白い顔のエリオが、するりと部屋へ入ってきた。『とこしえのきみ』ウォーカー氏が何か耳うちすると、エリオはまた出ていった。

「この調子だと、いずれその世紀は、二〇年代に原子の核分裂《かくぶんれつ》を生じさせることになるぞ（実際には核分裂が最初に発見されたのは一九三八年。ドイツの化学者ハーンとシュトラスマンによる。以後の原子力、原子爆弾の研究へつながった）。その後に起こることも、すべて早まってしまう」エンキアン氏が言いきった。

「ふん、それがどうした。どっちみちいつかは、やってもらわねばならないことだ。次の安定期の人々の生活は、その上になりたっているのだから」ヴィランデル博士が低い声で言う。

エンキアン氏はするどく言い返した。「いや、混沌《こんとん》の波が高まる戦争のときに、はじめから原子力が使えるようになっていたら、そうはいかない。次の安定期など存在《そんざい》しなくなるんだ。人の住める場所としてわずかに残るのは、『時の町』だけになる。それすら崩壊《ほうかい》の一途《いっと》をたどっているというのに！」

「くだらんことを！」ヴィランデル博士がどなった。

『とこしえのきみ』ウォーカー氏が大きな声で言った。「紳士諸君《しんししょくん》。『時の町』と『歴史』の双方《そうほう》に危機《きき》がせまっていることは、われわれのだれもが認《みと》めるところであります。できることならこれを回避《かいひ》したいという点でも、意見は一致しております。一九七〇年代の芸術《げいじゅつ》を犠牲《ぎせい》にしたり、百番代の世紀の宇宙《うちゅう》への進出をさまたげたりはせずにですな……」なんとも退屈《たいくつ》させられる口調《くちょう》だ。

ウォーカー氏はその後もしゃべりつづけた。またもやどんよりした雰囲気《ふんいき》になった。女性《じょせい》たちが入ってきて、二回目に運んだ料理の皿をさげ、小山のようにふわふわ泡立《あわだ》った甘《あま》そうなデザートを配った。ヴィヴィアンが自分のにスプーンをつっこんだとき――バターパイと同じくらい、いいにおいがする――ドアがさっと開き、うす茶色の髪《かみ》のでっぷりとした男の人が勢《いきお》いよく入ってきた。ぎょっとしたヴィヴィアンは、スプーンを取り落としてしまった。

「『歴史』上の事件《じけん》のくりあがりに関して、最新情報《じょうほう》があるんだって？」男の人は言った。

その人はサムにそっくりだった。あんまり似《に》ているから、ヴィヴィアンはテーブルの下にかがんでスプーンを拾いながら、思わずその人の足もとを見て、靴《くつ》ひもがほどけていないか、たしかめてしまった。が、その人はつやつやしたひものないブーツをはいていた。

急に、全員が口々にしゃべりだした。ヴィヴィアンがまたすわりなおしたときには、うす茶色の髪《かみ》の男の人がすぐそばに立って、こっちを見おろしていた。逮捕《たいほ》しようっていうのかしら？

と、ジェニーが言った。「ヴィヴィアン、こちら、アブドゥル・ドニゴールさんよ。覚えているでしょう？　サムのお父さん。今は年代パトロール庁《ちょう》の長官なの。さっき私《わたし》たちに教えてくれたことを、話してあげて」

ヴィヴィアンはあわてて考えた。まさか全部ってことじゃないわよね？「えーと、戦争が去年のクリスマスから始まったって話ですか？」

サムの父親は口をきゅっと結び、容疑者《ようぎしゃ》を見るような目つきでヴィヴィアンをじっと見た。「だとしたら、二十番世紀が危機状態《ききじょうたい》になったということだ。そこを離《はな》れたのはいつだ？」

「ゆう……きのうの四時ごろだったと思います」

サムの父親はまたしても口をきゅっと結び、眉《まゆ》をひそめた。「しかも、監視官《かんしかん》たちからの次の報告書《ほうこくしょ》は、明日まで来ないときたものだ。おまえが来てくれて、運がよかった。二日のうちに、開戦が十カ月も早まったということだからな。これはまずい。すぐに全員を厳戒体制《げんかいたいせい》につかせて、それ以上くりあがったりしないよう、できるかぎりのことをしよう」それから、二本の前歯を見せてサムそっくりの顔でほほえみかけると、ヴィヴィアンの肩《かた》をぽんとたたいた。「うちにも顔を見せに来るといい」そして、出ていこうとした。

「あー……アブドゥル」「『とこしえのきみ』ウォーカー氏が呼《よ》びとめる。

エンキアン氏も大声で呼《よ》びかけた。「おい、ドニゴール！」あごのとがった黄色の顔は紅潮《こうちょう》し、怒《おこ》っているようすだ。「『歴史』上の事件《じけん》のくりあがりの情報《じょうほう》を入手していないとは、どういうわけだ？この子どもから聞かなかったら、われわれは一人として知らずにいるところだったんだ。いささか怠慢《たいまん》ではないか？」

ドニゴール氏はくるっとふりむき、エンキアン氏をにらんだ。「怠慢《たいまん》だと？　いいか、エンキアン、私《わたし》は今、『歴史』の中でもとりわけ不安定な世紀のひとつで起きた、非常事態《ひじょうじたい》に取り組んでいるところなんだ。第三次世界大戦が、二世紀も早い一九八〇年代に勃発《ぼっぱつ》する危険《きけん》がある、という報告《ほうこく》が山ほど届《とど》いていて、さっき、その年代全体にパトロール隊を派遣《はけん》したところなんだぞ。それでも怠慢《たいまん》だと言うのか？　二十番世紀にいるリー家の二人から最後に報告《ほうこく》を受けたのは、一週間前だ。そのあとは、娘《むすめ》のヴィヴィアンを送り返すだけでせいいっぱいだったのかもしれない。ともかく、きみが私《わたし》をひきとめるのをやめてくれれば、職場《しょくば》に戻《もど》り、だれか確認《かくにん》にやるつもりだ」

「だがそれにしても――」エンキアン氏が言いかけたとき、ジェニーがすばやく口をはさんだ。

「アブドゥル、すわって、このデザートを少し食べていかない？」

ドニゴール氏はサムがバターパイを見るときのような目で、小山のように泡立《あわだ》ったものを見た。それからひどく憎々《にくにく》しげにエンキアン氏をにらむと、自分のボタンつきベルトの上にぼっこり出っぱった腹《はら》をさすり、言った。「いや、ジェニー、やめておくよ。最近また体重が増《ふ》えてしまって。それに、すぐに戻《もど》ってリーの二人と連絡《れんらく》をとらなくちゃならないからな。もちろん、あの小さなご婦人《ふじん》をつかまえる件も、再度やってみるつもりだ」そして、だれもひとことも言えないうちに、来たときと同じ勢《いきお》いで出ていき、ドアをピシャンと閉《し》めた。

「はたしてあの男に彼女《かのじょ》がつかまえられるだろうかね？」エンキアン氏が言った。

ヴィランデル博士はデザートから顔を上げずにうなり声をあげ、小声で言った。「話題を変えろ。子どもは早耳だ」

エンキアン氏はヴィヴィアンとジョナサンに目をやったあと、ジェニーを見た。するとジェニーが、ヴィヴィアンたちに言った。

「ねえあなたたち、デザートを食べ終わったら、席をはずしてもいいわよ。もうだいぶ遅《おそ》いし、ジョナサンは疲《つか》れているみたい」

私《わたし》たちを追い出して、大人だけで『時の奥方《おくがた》』のことを話すつもりなのね。思ったとおり、『とこしえのきみ』ウォーカー氏は椅子《いす》に深くすわりなおし、ヴィヴィアンとジョナサンが立ちあがってドアにむかうまで、苦悩《くのう》にみちた視線《しせん》を離《はな》さなかった。そして、最後にこう言った。

「ここで聞いたことはいっさい、口外してはならない。おまえたちの名誉《めいよ》にかけて、しないと誓《ちか》え」

「はい、お父さん」ジョナサンは沈《しず》んだ声でぼそぼそ返事した。ジェニーおばさんが心配した気持ちもわかるわ、とヴィヴィアンは二人で玄関《げんかん》ホールを歩きながら思った。ジョナサンは真っ青な顔をしてうなだれている。

「どうかしたの？」ヴィヴィアンはきいてみた。

だがジョナサンは、ヴィヴィアンと一緒《いっしょ》に自分の部屋に着くまで、ひとことも口をきかなかった。そして部屋に入るなり、枠組《わくぐ》みだけの椅子《いす》にどさっとすわりこんだ。お下げがぴょこんとはねたほどの勢《いきお》いで、いかにもこれからひと荒《あ》れありそうだ。

案《あん》の定《じょう》、ジョナサンはきいきい声でわめきはじめた。

「あの二人の『時の幽霊《ゆうれい》』のばか野郎《やろう》！　あれのせいで、おまえが『時の奥方《おくがた》』だと思いこんじまったじゃないか！　でも、ちがうんだろう？　本物の二十番世紀の人間じゃなきゃ言えないことばっかり、話してたもんな。ミッキー・マウス、ときたもんだ！」ジョナサンはいっそう声をはりあげた。「奥方《おくがた》はまだあっちにいて、『歴史』をかき乱《みだ》しているってのに、ぼくはここでおまえの心配までしなくちゃいけないいんだ！」

「だから言ったじゃない」ヴィヴィアンは言ったが、ほっとした思いが押《お》しよせてくるのを感じていた。ジョナサンが『時の幽霊《ゆうれい》』のことを口にしたとたん、うちに帰る方法がわかったのだ。

「ばかを見るのは大っ嫌《きら》いだ！」ジョナサンは両手をげんこにして額《ひたい》に押《お》しあて、どなった。お下げがだらりと腕《うで》にかかっている。

ヴィヴィアンの方は、ほーっと長い安堵《あんど》のため息をついた。そして言った。

「私《わたし》、本物の『時の奥方《おくがた》』を見つける方法、わかったと思う」

5　時の門

ジョナサンは力なく言った。「わかるわけないよ。ぼくの父とエンキアンさんとサムのお父さんが、一九三九年のあのときの駅に行ったのに、奥方《おくがた》はその全員の目をくらまして逃《に》げたんだぜ。まあ、ぼくの目も、ってことになるな」

「ええ、でも、どうやって逃《に》げたのかわかったの」ヴィヴィアンが言った。

「だったら、言ってみろよ」とジョナサン。

「いいわよ」ヴィヴィアンは、ほかにすわれそうなところがなかったので、枠組《わくぐ》みだけのテーブルに腰《こし》かけた。枠組《わくぐ》みの中の空間はギギッと音をたてたが、ちゃんと体を支《ささ》えてくれた。ヴィヴィアンは続けた。「奥方《おくがた》はあの列車に乗っていたんでしょう？　だからこそみんな、あの駅に行ったのよね」

「わからない。『時学者《ときがくしゃ》の間《ま》』の話で聞きとれたのは、時と場所だけなんだ。あとはぼくが『時の幽霊《ゆうれい》』

を見て考えたことなんだけど……きっと全部、思いちがいだったんだ」ジョナサンは、最後はすごく暗い声になっていた。

「いいから、聞いて。私《わたし》以外の子どもたちは全員、まっすぐ駅の出口に進んで、里親にふりわけられていたわ。それに、あの列車に乗っていたのは全員子どもだった。これは私《わたし》が見たんだから、たしかよ。つまり、奥方《おくがた》はかなり小さい、ってこと。疎開《そかい》の子に見えるくらい小さくなくちゃいけないの、ね？」

ジョナサンはうなずいた。額《ひたい》にあてていたこぶしをどけ、期待の色が顔に出すぎないように気をつけているようだ。「よし。じゃあ、奥方《おくがた》が純真《じゅんしん》な子どものふりをして、農家の奥《おく》さんにひきとられ、その場を離《はな》れたとしてみよう。どこの農家の奥《おく》さんか、どうやって調《しら》べる？」

「簡単《かんたん》よ。私《わたし》の親戚《しんせき》のマーティさんに会いに行くの。マーティさんも同じ町に住んでいるのよ。たいして広くないから、町じゅうの人を知っていると思うわ。だれがどういう子をひきとったか教えてもらいさえすれば、探偵《たんてい》みたいに一軒《けん》一軒《けん》あたって捜《さが》せばいいだけよ」

ジョナサンは、がばっと立ちあがりかけて、またぺたりとすわった。「だめだよ。たぶん今ごろはもう、ほかの時代に移動《いどう》しているよ。一九八〇年代に戦争が起きそうだ、ってサムのお父さんが話していただろう？ つまり奥方《おくがた》は、今やそのあたりの時代まで移動《いどう》してるってことだよ」

ヴィヴィアンも、そのとおりかもしれないと思った。だがそう思いこまれてしまったら、二度と帰れなくなる。なんとかジョナサンを説得しなくちゃ。「駅に列車が着くときぴったりに行けば、だいじょうぶじゃない？ 奥方《おくがた》が移動《いどう》する前につかまえられるもの」

ジョナサンは今度は本当に、がばっと立ちあがり、「うまくいくかもしれないな！」と言った。が、ふたたび、ぺたりとすわりこんでしまった。「だめだよ。サムが鍵《かぎ》を返すところを見つかったから、長官専用《せんよう》の『時の門』にはもう近よれない」

「普通《ふつう》の『時の門』は使えないの？　たとえば……百世紀に行く、とか言っておいて、行き先をこっそり変えられない？」

「むりだよ！　普通《ふつう》の人が使う『時の門』は、すべて監視《かんし》されている。ぼくたちみたいな年の子は、不安定期には近よらせてもくれないよ」

　ということは、今しがた『時の幽霊《ゆうれい》』から思いついたことを言ってみるしかないみたい、とヴィヴィアンは思った。はじめからそっちへ話を運ぶつもりではあったけれど、いざ言葉にしようとすると、まるであてにならない考えだという気がしてきた。

「……でも、私《わたし》たちの『時の幽霊《ゆうれい》』のことを考えてみて。どこからか戻《もど》ってきたようすだったわよね？しかも、あの顔からすると……つまり、秘密《ひみつ》の『時の門』を見つけたばかりだったら、あんなふうにすごく興奮《こうふん》するはずだと思わない？」

「そうか！」ジョナサンが叫《さけ》んだ。ぱっと立ちあがり、部屋をとびだし、公邸《こうてい》の階段《かいだん》をだだーっとかけおりていく。ヴィヴィアンはジョナサンの気分に水をささないように、あとを追って走った。幻《まぼろし》のような青い小さな花が自分の白いそでのまわりをくるくるまわっているのが目に入るたびに、自分もジョナサンも今は『時の幽霊《ゆうれい》』たちとはちがう服を着ていることを思い出してしまう。秘密《ひみつ》の『時の門』なんて、見つからないにちがいない。でもジョナサンががっくりするといけないから、服のことはだまっていた。

　だが、ジョナサンの方も、何かがおかしいという気がしたのだろう。あの古めかしいドアにかかった鎖《くさり》をずらして開けようとしながら、自信のなさそうな笑顔《えがお》を浮《う》かべ、ヴィヴィアンをふり返った。「なんか簡単《かんたん》すぎないか？　これで見つかるわけないよな？」

ドアがギギーッと開いた。

通りぬけると、ジョナサンはドアをきちっと閉《し》め、明かりをつけた。明かりがあるなんて、前には気づかなかった。石造《いしづく》りの壁《かべ》にはさまれた通路が、二人の前にのびている。ひどくがらんとしていて、人けはまったくない。

「おまえ、むこうへ歩いていけ。幽霊《ゆうれい》が姿《すがた》を現《あらわ》すところまで行ったら、止まれって言うから」とジョナサン。

ヴィヴィアンは奥《おく》の『時学者《ときがくしゃ》の間《ま》』に通じるドアにむかって、ゆっくりと歩きはじめた。ドアの数メートル手前まで来たとき、ジョナサンの大声がした。

「止まれ！　何か見えるか？」

そこで、石の床《ゆか》を見た。アーチ形の石の天井《てんじょう》を見た。両側の石の壁《かべ》にも目をやる。特に変わったところはなさそうだが、左側の壁《かべ》にだけは、かつては通路がそこからわかれていたのが、あとでふさがれたかのように、ほかより小さめの石がアーチ形につめこまれたところがあった。

ヴィヴィアンは指さしながら、口を開いた。「ここに――」

すぐにダダダダッという足音が響《ひび》いたと思うと、ジョナサンがもう横に来ていた。

ジョナサンは興奮《こうふん》しきったようすでふるえながら、小さい石でふさがれたアーチに両手をあて、ぐいと押《お》した。「どうだ？　これか？」あっちを押《お》し、こっちを押《お》した。が、何も起こらない。「ぜったい開くはずだ！」ジョナサンは叫《さけ》び、自分の部屋のパイプオルガンみたいな装置《そうち》をけったときのように、小石の壁《かべ》をけりつけた。

「いてっ！」ジョナサンは両手で片足《かたあし》をつかみ、もう片足《かたあし》でぴょんぴょんはねた。「サンダルだったこと、忘《わす》れて……！」

そのとき、小さめの石がつまった壁《かべ》が、中心を軸《じく》にして左右にぐるんとまわり、両側に真っ暗な入口ができた。乾《かわ》いた埃《ほこり》っぽいにおいがただよってくる。ジョナサンは足を放《はな》し、目を見ひらいた。興奮《こうふん》のあまり、視力《しりょく》調整《ちょうせい》機能《きのう》のちらちらばかりが目立って見えるほど、顔に血の気《け》がなくなっている。

「見つけたぞ！」ジョナサンはささやいた。

「でも、『時の門』だとはかぎらないでしょ？」とヴィヴィアン。こんなにすんなりと思いつきどおりに運んでしまったことが、怖《こわ》くなったのだ。ぽっかり開いた黒い隙間《すきま》を見ると、ひどく不安な気分になった。

「入ってたしかめよう」ジョナサンが言い、ベルトのボタンのひとつを押《お》した。と、いきなりその全身が新手《あらて》の幽霊《ゆうれい》になったかのように光に包まれた。

「これは五分くらいしか保《も》たないんだ」ジョナサンはヴィヴィアンの気分と同じくらい不安げな口調《くちょう》で言った。「急がないと」

ジョナサンは体を横にして、自分に近い方の隙間《すきま》へそろそろと入っていった。ベルトが出す光で見ると、回転した壁《かべ》の裏側《うらがわ》は、古くて灰色《はいいろ》の、何か石ではないものでできているのがわかった。表の石は、ただ人目をあざむくためのものだったのだ。

ジョナサンが半分入りかけたとき、公邸《こうてい》に続くドアがギギッと開き、サムの声が通路じゅうに響《ひび》き渡《わた》った。「何してるの？」

そうか、そういうことだったのね！　あの幽霊《ゆうれい》たちがちがう服を着ていたのは、今回は邪魔《じゃま》が入るからだったんだ！　ジョナサンに続いて体を横むきにして入ろうとしながら、ヴィヴィアンはサムに声をかけた。「しーっ！　秘密《ひみつ》の『時の門』があるの」

サムは大きな足音をたて、ころがるようにかけてきた。「ちょうどいいタイミング！　ぼくってついてるなあ！」小声で言ったつもりらしいが、はしゃぐあまり、声が大きくなっている。

「もう寝《ね》る時間じゃないの？」ヴィヴィアンはやれやれと思いながら、反対側の隙間《すきま》に体をねじこんでいるサムにささやいた。

「まだまだ！　わあ、見てよ、下に行く階段《かいだん》がある！」

扉《とびら》のむこうは石で囲まれた四角い空間で、下に続くらせん階段《かいだん》があるだけだった。ジョナサンはもう、半周ぶんくらいおりている。ジョナサンのベルトが放つあやしい緑色の輝《かがや》きを追って、ヴィヴィアンとサムも、ぐるぐるまわりながらどんどんおりていった。石の階段《かいだん》はずいぶん急なうえ、一段《だん》一段《だん》が高いので、サムはおりづらそうだった。しかもおりるにつれ、段《だん》はますます高くなっていく。

それぞれの段《だん》は、くさび形をした大きな古い岩でできていた。サムはしまいには段《だん》にすわったまま、そろそろおりるようになった。ヴィヴィアンも、頭上の巨大《きょだい》な段《だん》の下側のとがった部分をつかみ、ゆっくりと進んだ。ジョナサンでさえ、注意しながらおりているようだ。ここはひどく古い場所だという気がする。古めかしさが三人を静かに包んでくる。冷たくて、人間的な感じがまったくしないところだ。

ヴィヴィアンは、町の下で眠《ねむ》るフェイバー・ジョンだといわれる岩の巨人《きょじん》のことを思い出した。この、下の方の階段《かいだん》は、ずっと昔にあの人が作ったものなのかも。そして普通《ふつう》の大きさの人間たちが、あとで上の方を作りたしたのかな？

「底に着いた」ジョナサンが静かに言った。

ヴィヴィアンとサムも最後の段《だん》をすべりおり、ジョナサンのそばへ行った。そこは階段《かいだん》と同じ、巨大《きょだい》な岩でできた小さな部屋だった。正面の壁《かべ》に、ドアのようなつるっとした一枚岩《いちまいいわ》がはめこまれている。その岩は全体がかすかに輝《かがや》いていた。ときどき、きらっ、きらっ、と横に光が走ったりもする。一枚岩《いちまいいわ》の横の壁《かべ》に、一カ所だけ、岩が少し突《つ》き出ているところがあった。その上にあるくぼみには、灰色《はいいろ》のガチョウの卵《たまご》のようなものが置かれている。部屋にはそれ以外何もなかった。

「これ、本当に『時の門』なの？」ヴィヴィアンがきいた。

「わからない。こんなの、はじめて見た」ジョナサンが答えた。

「コントローラはないし、クロノグラフ（ごく短い時間を精密に記録する機器）も、調節機器もない。作動装置《そうち》もなければ、非常用《ひじょうよう》通信器もない……全部とりはずされたのか、もとから『時の門』じゃないかだね」とサム。

「どう見ても、そういうものがついていたとは思えないよな。でも、そこのきらきらしている壁《かべ》は、機《き》能《のう》しそうに見えるよ。これがコントローラかな？」ジョナサンはくぼみにあった灰色《はいいろ》のガチョウの卵《たまご》のようなものに手をふれたが、そのまま持ちあげられるとわかって、ちょっとびくっとした。あやしむような顔で手のひらにのせ、重さを見ている。「重いぞ。これも機能《きのう》しそうな感じがする。でも、ただつるっとしてるだけで、操作《そうさ》ボタンも取っ手もない。見てごらん」

ジョナサンが卵《たまご》をさしだしたので、みんなでかがみこみ、ベルトの緑の光でよく見てみた。形は本物の卵《たまご》そっくりで、つぎ目がまったくない。サムは、いつにもましてうるさくゼイゼイ息を吐《は》きながら言った。

「変なの、これ！　ところでさ、どこに行くつもりだったの？」

「駅よ。ジョナサンが私《わたし》を誘拐《ゆうかい》したときの」

ヴィヴィアンがそう言ったとたん、一枚岩《いちまいいわ》のかすかなきらめきが、昼間の日光のような明るい黄色の輝《かがや》きに変わった。暑い日の夕方の光にそっくりだ。目がくらんだ三人は、ぱちぱちまばたきをした。切りわらとウシの糞《ふん》、石炭の煙《けむり》のにおいがただよってくる。

目がまぶしさになれると、鉄道の駅のホームが見えてきた。むこうはしには子どもがどっさりいる。混《こ》みあった中に、やせこけた脚《あし》や首、古いスーツケース、ガスマスクの四角い茶色の箱がたくさん見え、学校用のいろんな帽子《ぼうし》をかぶった頭がひょこひょこゆれている。もっと近くの、ドアが全部開いた列車のわきには、うろたえたようすで顔をほてらせた女の子がいた。ちょうど、めがねをかけたひょろりと背《せ》の高い男の子の方をふりむいたところだった。

『時の幽霊《ゆうれい》』を見たときにはぞっとしたヴィヴィアンだったが、今度は平気だった。でも、決して気持ちのいいものではない。横から見ると自分の鼻があんな形だなんて、はじめて知った。着こんだコートのせいで背中《せなか》を丸めているように見えるし……ヴィヴィアンは自分を見るのはやめ、変装《へんそう》したジョナサンに目をやりながら言った。

「私《わたし》たち、ひどい格好《かっこう》ね！　あなたの変装《へんそう》のおかしなところがわかったわ……あのときは気がつかなかったけど。ガスマスクを持っていなくちゃいけなかったのよ。かならず持つ規則《きそく》なんだもの。何かおかしいと思ってた」

「今、あっちへ出ていくわけにはいかないな。この格好《かっこう》じゃもっと変だ」とジョナサン。

「それに、ぼくの父さんに見つかっちゃう」サムがささやき、指さした。

駅の出口のところで待っている大人たちの群《む》れに目を凝《こ》らしてみると、まず『とこしえのきみ』ウォーカー氏が目に入った。長めの半ズボンをはき、ツイードの鳥打《とりう》ち帽《ぼう》をかぶっている姿《すがた》は、とんでもなく目立つ。エンキアン氏もそのとなりに立っているが、レインコートにフェルトの中折《なかお》れ帽《ぼう》という格好《かっこう》で、もっと浮《う》いていた。サムの父親は、腕章《わんしょう》をつけた人たちの一人だった。疎開《そかい》してきた子どもたちをてきぱきと二人や四人の組にわけていて、はるかに場になじんでいる感じがした。

「おまえのお父さんがあれをやっていたんなら、奥方《おくがた》がうまく逃《に》げられたとは思えないけどな」ジョナサンがサムに言った。

正直なところ、ヴィヴィアンも同じことを思った。「でも実際《じっさい》――」ちょうどそのとき、変装《へんそう》したひょろりと背《せ》の高いジョナサンが、ほてった顔をしたヴィヴィアンのわきのスーツケースを持ちあげた。きのうのヴィヴィアンが取り返そうと、勢いよく手をのばし、二人とも、こっちの小さな石の部屋の方をくるっとふりむいた。

サムとジョナサン、ヴィヴィアンはとっさに、二人に見られないよう、階段《かいだん》の方へあとずさった。ばかげた行動だったが、意外にも効果《こうか》はあった。三人がさがったとたん、駅も光も消え、地下の小部屋がジョナサンのベルトの緑の光に照らされているだけになった。一枚岩《いちまいいわ》はちゃんと岩に戻《もど》り、またかすかにちらちらと光っている。

「今の、どうやって起こったんだろう？」とサム。

「さあな」ジョナサンはなめらかな灰色《はいいろ》の卵《たまご》を手から手へころがすと、くぼみに戻《もど》した。「大事なのは、ちゃんと機能《きのう》するってことだ。さ、二十番世紀の服を取ってこようぜ。そうしたら、今度は通りぬけられる」

とたんにサムが大声で文句《もんく》を言いだした。「そんなのずるい！　ぼくには服がないのに！　なんとか手に入れるまで待っててよ。今度はおいてきぼりなんかいやだ！　ずるいよ！」小部屋にうるさい声がキンキンと鳴りひびいた。

ヴィヴィアンはだまっていたが、内心、ジョナサンがサムに、とっととうせろ、と言ってくれればいいと思っていた。ところがジョナサンは、一瞬《いっしゅん》そう言いたそうな顔をしたものの、寛大《かんだい》にもこう言った。

「じゃあ……明日の朝、朝食が終わったらすぐ出かけるから、それまでに服をくすねてこられるか？」

「うん！」サムは自分で自分を抱《だ》きしめるようにして、躍《おど》りあがった。「やったー！　時空旅行は、はじめてなんだ。やったー！」そして大急ぎで階段《かいだん》へむかった。「今からすぐ、パトロール庁《ちょう》の衣装室《いしょうしつ》へ行ってくる！　くすねなくてもいいんだ。ジョナサンのだって、仮装《かそう》に使いたいって言ったら、貸《か》してもらえたんだもん」

サムのあとから階段《かいだん》をのぼりだしたとき、ジョナサンがヴィヴィアンをなぐさめた。「あせる気持ちはわかるけど、そう長いこと待つわけじゃない。あの門が使えるとわかったんだから、いつからだってあの時点にちゃんと行けるんだし」

自分のこともなぐさめようとしてるみたいな言い方ね、とヴィヴィアンは思った。

そのとき、ジョナサンのベルトの光が暗い紫《むらさきいろ》色に変わり、すっと消えてしまった。上の方から「ひゃっ」というような声がした。

「怖《こわ》いわけじゃないからね。見えないせいだよ」上からサムの声がした。

「見えないのはこっちも同じだ」ジョナサンが言い返したが、声はわざとらしいほど落ち着いている。ただ暗いというだけでなく、世界が存在《そんざい》しなくなってしまった気がするくらいの真《ま》っ暗闇《くらやみ》なのだ。「手《て》探《さぐ》りで行くしかない」とジョナサン。

三人は急な石段《いしだん》を手で探《さぐ》りながら、ゆっくりとまたのぼりはじめた。だがこれだけ暗いと、自分が本当にのぼっているかどうかもわからなくなってくる。ヴィヴィアンは、はたと恐《おそ》ろしくなった。天井《てんじょう》からクモが落ちてきて、首のうしろに入ったらどうしよう！　クモは大の苦手なのだ。さっきここをおりたときにはクモの巣は見かけなかったが、ちゃんと見なくて気づかなかっただけにちがいない。ヴィヴィアンは目を閉《と》じ、ずっと首をすくめていた。悲鳴《ひめい》をあげたい気分だった。

「今度は明かりを持ってきてよ」サムも、今にも悲鳴をあげそうなふるえ声で言った。

「そうよ。そうして。あの……『時の町』には、クモはいっぱいいる？」とヴィヴィアン。

「『来しかた館《かん》』にある科学博物館にしかいないよ」下からジョナサンが言った。もう本当に落ち着いた声に戻《もど》っている。「いい方法があるよ。何か全然関係ないことを考えるんだ。ぼくは今、時間場の方《ほう》程式《ていしき》を頭の中で解《と》いてる」

「ぼくはアルファベットのつづりをやる」サムが急に明るい声になって言った。

ヴィヴィアンは九九の七の段《だん》をやってみたが、前から七の段《だん》は苦手だったので、つっかえてばかりになってしまった。それに、『時の町』の地下の穴《あな》にいると、学校のことはひどく遠く感じられた。結局、もっと身近なことを考えるしかなくなった――明日には、自分の世紀に戻《もど》ってマーティさんのところにいるはずだ。ただし、あの『時の幽霊《ゆうれい》』たちのようすからすると、サムが一緒《いっしょ》にいてはいけないことになる。幽霊《ゆうれい》は私《わたし》とジョナサンだけだった。しかも『時の町』へ戻《もど》るところだ。もしかしたら、サムは服を手に入れられないか、はしかにでもかかるのかもしれない。でも、たとえそれでサムが来られなくなるとしても、私《わたし》はなぜ戻《もど》ってくることになるの？　それに、なんであんなに興奮《こうふん》しているの？

一段《だん》の高さがだんだん低くなってきた。そろそろ上に着くのだろう。

上からサムの声が響《ひび》く。「エフ、エー、ビー、イー、アール……ジェイ、オー、エイチ――あっ、見える！」

次の段《だん》に上がったときには、ヴィヴィアンにも、巨大《きょだい》な石段《いしだん》がかすかに見えてきた。公邸《こうてい》と『時学者《ときがくしゃ》の間《ま》』をつなぐ通路の明かりが、ここまでもれてきているにちがいない。ヴィヴィアンははうのをやめて立ちあがり、残りをかけあがった。ジョナサンがうしろにぴったりついてくるのが、気配でわかる。顔のすぐ前では、サムの靴《くつ》ひもが石段《いしだん》にパシパシあたっている。

まもなく三人は、回転する隠《かく》し扉《とびら》の隙間《すきま》に体をねじこんで通りぬけ、明るい通路に出た。暗さになれた目には明るすぎて、三人とも目がうるんでしまったほどだ。ジョナサンは視力《しりょく》調整《ちょうせい》機能《きのう》のちらちらを消し、かなり汚《よご》れてしまった白いそでで目をこすった。それから隠《かく》し扉《とびら》をそっと閉《し》めた。するとふたたび、ただの壁《かべ》に見えるようになった。

「ふうっ、どきどきしたなあ！」一緒《いっしょ》に通路を歩きながら、サムが言った。

どきどきしたどころじゃないわ、とヴィヴィアンは思ったが、だまっていた。あの不思議な幽霊《ゆうれい》たちについてずっと考えていたのだ。いったい何が起こるのかしら？

三人が公邸《こうてい》に続くドアを通ると、ジョナサンはドアを閉《し》め、鎖《くさり》をもとどおりにしてから、サムに言った。「明日の朝九時に来い、でないとおいていくぞ」

ヴィヴィアンは一瞬《いっしゅん》、サムが遅《おく》れてくるのかもしれない、と思ったが、そんなことはありそうにない。サムは小走りで離《はな》れていった。ヴィヴィアンはそのあとも考えながら歩いていたが、つやつやにみがかれた階段《かいだん》のてっぺんまで来たとき、ジョナサンに声をかけられて、われに返った。

ジョナサンは気まずそうに言った。「ごめんな、V《ヴィ》・S《エス》。本当に悪かった。おまえのことを『時の奥《おく》方《がた》』だとずっと思いこんでいたぼくが、ばかだったたよ。今はちがうってわかる。たいへんなことに巻《ま》きこんじゃったよな。本物の『時の奥方《おくがた》』が見つかったら、うちに帰っていいよ」

ジョナサンみたいに気位《きぐらい》の高い男の子がこんなことを言ってくれるなんて、びっくりだ。「ありがとう。でも、いとこのヴィヴィアンが急にいなくなったりしたら、みんなあやしむんじゃない？」

ジョナサンは自信ありげに言った。「それはなんとかうまく言いつくろうよ。おやすみ」

「おやすみ」ヴィヴィアンも言ったが、心の中ではまたちがうことを考えていた——ジョナサンが私《わたし》に帰っていいと言ってるのに、どうして私《わたし》はここに戻《もど》ってきた……じゃなくて、戻《もど》ってくるの？

翌朝《よくあさ》起きたときも、まだそのことが頭にひっかかっていた。もう一度考えなおしてみたあげく、念のため幽霊《ゆうれい》と同じ服を着ていこう、と決めた。そうすれば、実際《じっさい》どういう理由で戻《もど》ってくるかは知らないけど、あの幽霊《ゆうれい》の件《けん》は片《かた》づくことになるから、そのあとまっすぐに帰ればいい。

ヴィヴィアンは壁《かべ》のクローゼットを開け、なんとも不思議なぐあいにただ宙《ちゅう》に浮《う》いているたくさんのパジャマ服をながめた。でも、自分の幽霊《ゆうれい》がどの服を着ていたかは、さっぱり思い出せない。ジョナサンの服にダイヤの形がついていたのは覚えているが、自分のは全体に何か色がついていて、少なくとも青い幻《まぼろし》の花がついたあの白い服ではなかった、ということしか思い出せなかった。

「ああ、もう！」

こうなったら目をつぶって、最初に手にふれた服をひっぱりだして着るしかない。今日がその日だとしたら、どんな選び方をしたって正しいのになるはずだ。そうじゃないのなら、どうやってもちがうものになるだろう。

服の一枚《まい》に手がふれた。目を開けると、ひどくあざやかな黄色と紫《むらさき》のシマウマみたいなしま模様《もよう》で、しまがひとりでにあちこちへ動く、という服だった。

「これじゃないと思うなあ。これだったら忘《わす》れないはずだもの」ヴィヴィアンはつぶやいた。でももう選んでしまったのだから、あきらめて着た。スーツの背中《せなか》が勝手に閉《と》じたあとは、いっそう目立つ服になった。両ひざ、両ひじ、そして胸《むな》もとに、大きな深紅《しんく》のハートが現《あらわ》れ、光りだしたのだ。

ハートが気になってたまらず、ちらちら見おろしながら部屋を走り出たので、廊下《ろうか》でペチューラにぶつかってしまった。ペチューラは言った。

「あら、起きたんですね！ 今、起こしに行くところだったんですよ。それを着てくれたと知ったら、エリオが大喜びするでしょうね。その色の組みあわせがすごく好きなんですって。アンドロイドはあまり色の趣味《しゅみ》がよくないから」

「ずいぶん明るい色ですよね」ヴィヴィアンは正直に言った。

ペチューラはヴィヴィアンを下に連れていき、『朝餉《あさげ》の間《ま》』とかいう部屋へ案内した。ところどころに渦巻《うずま》き模様《もよう》が入ったガラス窓《まど》からまばゆい光が射《さ》しこむ中、ジョナサンがパンケーキを食べている。明らかにヴィヴィアンと同じようなことを考えたらしく、ダイヤの柄《がら》のスーツを着ていた。

「サムのことは、五分前まで待ってやろう。それから出発だ」とジョナサン。

ジョナサンはゆうべサムに寛大《かんだい》な態度《たいど》をとったことを、くやんでいるらしい。

「いいわ。でも、私《わたし》の服、これで合ってる？」

ジョナサンはちらりと見て、言った。「覚えてない。でもサムも来るなら、どうせ今回もちがうってことだ」そして期待するようにつけくわえた。「何か起きればべつだけどね、サムに」

言い終わらないうちに、ドアがするすると横に開き、サムが入ってきた。手には例の鳥かごみたいな形の、ものを運ぶ道具を持っていて、その下には大きな白い包みが浮《う》かんでいる。

「来たよ。係のおばさん、ちゃんと正しい服をひとそろいくれたんだ」サムは大きな声で言った。

「うわさをすれば！」とヴィヴィアン。

と、サムのすぐあとからジェニーが入ってきて、「なあに、私《わたし》のこと？」と笑いながら言った。「それは何、サム？」

「仮装《かそう》の服」サムはうしろめたそうに答えた。

「あら、そう。ピクニックのお弁当《べんとう》を持ってきてくれたのかと思ったのに」ジェニーはそれから、みんなにむかって続けた。「ジョナサンもヴィヴィアンも、聞いて。今日で中間休みもおしまいだから、ラモーナと私《わたし》は休暇《きゅうか》をとって、ヴィヴィアンを田舎《いなか》の方に連れていってあげようと思ってるの。天気を調《しら》べたら、今日はぽかぽかしたいい陽気になるらしいから、川をくだってピクニックするのは、どう？」

ジェニーがサムに背《せ》をむけていて、よかった。サムはすっかりうろたえて、顔色が悪くなっている。

ヴィヴィアンも同じ気分だったが、サムほどひどい顔にならないよう、むりやりにっこりほほえんだ。

ジョナサンは少し表情《ひょうじょう》をこわばらせたものの、すらすらと答えた。

「わあ、いいな！　出かけるのは何時ごろ？」

「十一時ごろでどう？　まず、うちの用事をすませなくちゃ」

サムはほっとしてため息をつきそうになり、息を止めてこらえている。

「じゃあ、玄関《げんかん》ホールに十一時」ジョナサンは約束した。そしてジェニーがいなくなるとすぐ、ぱっと立ちあがった。「パンケーキは持っていけよ、V《ヴィ》・S《エス》。今すぐ行かないと」

ヴィヴィアンはパンケーキを手に取ったものの、すわって食べはじめ、考えた――ジョナサンのお母さんは本当に親切にしてくれているもの。私《わたし》のことを姪《めい》っ子だと思っているからだろうけど。私《わたし》がピクニックの待ちあわせに現《あらわ》れなかったら、一日休みをとったのがむだになっちゃうし、私《わたし》はどこかって、心配するにちがいない。そうしたら何もかもばれてしまって、ジョナサンとサムはすごくこまったことになる。ああ、いやあね！　私《わたし》の幽霊《ゆうれい》はこのせいで戻《もど》ってきたのね……

「早く行こうよ」サムが言った。

「ねえ、私《わたし》たち、狙《ねら》いどおりの時間に駅へ行けるんでしょう？」ヴィヴィアンはきいた。

ジョナサンはいらいらしたようすで答えた。「ああ。それでも――」

「だったら、こっちへも思いどおりの時間に戻《もど》ってこられるんじゃないの？　それはそうと、どうやって戻《もど》ってくるわけ？」

ジョナサンとサムは顔を見あわせた。

「そうだよ、どうやって戻《もど》るの？　それは考えてなかったんだろう！」サムがジョナサンをとがめるように言った。

「ぼく……その……まあ、戻《もど》ってきたことはたしかなんだから、なんとかなるに決まってるよ」とジョナサン。

「ああ、ジョナサンがV《ヴィ》・S《エス》と二人だけで行っちゃうときは、だいじょうぶだろうけどさ。でも、ぼくはどうなるの？　調《しら》べてよ。エリオにきいて。なんでも知ってるんだから」とサム。

ジョナサンはうなずいた。「わかった。でも、よほどうまいきき方をしないとな。ぼくたちがやっていることにちょっとでも気づいたら、エリオはきっと言いつけるぞ。それが務《つと》めだから。アンドロイドってのは、そういうものだ」

サムは、思い出したようにそわそわと自分のしりをさすった。「よく考えて、うまくきいてよ。ちゃんとききだしてくれなかったら、ぼくが言いつけるからね」

ジョナサンはいらいらしたように声をあげ、大急ぎでドアにむかった。と、その目の前でドアが開き、エリオが入ってきたので、あやうくぶつかりそうになった。

「今、捜《さが》しに行こうと思ってたところなんだ！」ジョナサンは言った。

また、うわさをすれば影《かげ》ね、とヴィヴィアンは考えながら、さらに三枚《まい》パンケーキを取り、まんべんなくシロップをかけた。ジョナサンに二十世紀へ追いたてられる前に、まずちゃんと朝食を食べようっと。

ジョナサンは知恵《ちえ》を働かせ、話しはじめた。「実はね、エリオ、ぼく、ある本を読んでいて……」

エリオは礼儀正《れいぎただ》しいやわらかなものごしで入ってくると、ジョナサンをするりとよけ、サムもよけ、テーブルに近づいてきた。ヴィヴィアンがパンケーキをひと口ほおばったときには、エリオは青白い顔に満面の笑みを浮《う》かべ、すぐ横に立っていた。

「おお、ヴィヴィアンお嬢《じょう》さん。ペチューラから、今日はそのスーツを着ておいでだと聞きましたよ。気に入ってくださって、とてもうれしいです。それが私《わたし》のいちばん好きな色の組みあわせなんです」

「とてもすてきよ」ヴィヴィアンは口いっぱいにパンケーキをほおばったまま、言った。「ありがとう」

「こちらこそ、ありがとうございます」エリオは軽くおじぎした。それからくるっとジョナサンの方をむいた。「本、とおっしゃいましたね、ジョナサン坊《ぼっ》ちゃま？」

ジョナサンがさらに知恵《ちえ》をしぼっているあいだに、ヴィヴィアンはたっぷり朝食をとることができた。ジョナサンは長々と、どんな本かを説明した。エリオは首をかたむけて熱心に耳をすまし、十分近く身じろぎもしなかった。

とうとう、エリオが言った。「どうやら、かなりややこしい筋《すじ》の本のようですね。題はなんというのですか？」

ジョナサンはあわてて言った。「忘《わす》れたよ。でも問題はその、結末なんかどうでもいいんだ。その本の登場人物たちがずっと使っている『時の門』について、きこうと思って。うそみたいに、しくみが簡単《かんたん》でさ。その本によると、エネルゲンを持った緑に光る一枚岩《いちまいいわ》があるだけで、コントローラも、クロノメータ（きわめて高精度な時計）も、何もないっていうんだよ！」

「なるほど。ずいぶん古い話のようですね。それは、もっとも初期のころの『時の門』です。何百年も前に使われなくなったものです。使った者たちがあまりにひんぱんにコントローラをなくしたものですから」

「コントローラがあるんだ？」ジョナサンはせいいっぱいさりげない調子できいた。

「卵形《たまごがた》の装置《そうち》で、しくみはわかっていません。なにしろ、その『時の門』はフェイバー・ジョン本人によって造《つく》られた、といわれているのです。駆動源《くどうげん》とクロノメータ、また非常《ひじょう》に精密《せいみつ》な空間方向指示器《しじき》が、すべてその卵《たまご》

形《がた》の装置《そうち》に入っています。ですから、『歴史』のある地点から『時の町』に戻《もど》るためには、使い手がその装置《そうち》を持っていかなければなりませんでした。ごたごたの多い『歴史』の中へ行くのですから、当然すぐにコントローラを落としたり、置《お》き忘《わす》れたり、あるいは盗《ぬす》まれたりします。それがあまりにしょっちゅう起きたため、結局わずかな数しか残りませんでした。おわかりとは思いますが、それらのコントローラには替《か》えがなかったのです。残された数少ないものをごらんになりたければ、『来しかた館《かん》』の科学博物館に展示《てんじ》されていますよ」

「今から見に行ってみるよ」ジョナサンはそう言いながら、メロンを食べはじめていたヴィヴィアンにめくばせをした。「えっと……その卵《たまご》みたいなやつは、どういうふうに使うものなの？」

「コントローラは、使い手の心の命令にしたがうのです。今も申しあげましたように、くわしいことはわかっていないのですが、たぶん、命令を声に出すか、それにむかってきちんと念じれば、動いたのではないかと思います。これで、お悩《なや》みは解消《かいしょう》されましたでしょうか？」

「だといいんだけど……じゃなくて、うん、わかったよ、ありがとう、エリオ」ジョナサンが言った。

「では、私《わたし》は失礼いたします」エリオは三人にむかっておじぎをすると、ドアにむかった。そして、出ていきがけに立ちどまり、言った。「本の題名を思い出したら、ぜひ教えてください。私《わたし》は、自分が知らないことがあるのは、好きではありませんので」

「がんばって思い出してみるよ」ジョナサンは請《う》けあった。エリオの背後《はいご》でドアが閉《し》まるなり、ジョナサンはヴィヴィアンにどなった。「早くしろよ、V《ヴィ》・S《エス》！　がつがつ食べてないで、おまえの二十番世紀の服を取ってこい！」

何よ、えらそうに！「これを食べ終わってからよ。こんなに大きくて汁《しる》けたっぷりの果物って、食べたことがないんだもの。それに、十一時前の時間にここへ戻《もど》してくれって、あの卵《たまご》みたいなのに頼《たの》むだけでいいことが、もうわかったじゃない。いつ出発しようと、関係ないのよ」

「そうだけど、これ以上待たされたら、ぼく、バターパイがほしくなっちゃうよ」サムがあわれっぽく訴《うった》えた。

6　親戚《しんせき》のマーティさん

今回のジョナサンは準備万端《じゅんびばんたん》だった。ガスマスクの入れ物っぽく見える、かけひものついた四角い箱を持ってきていて、「この中に卵形《たまごがた》のコントローラを入れればいい」と言った。しかも、その箱の中から油の入った細いチューブを取り出し、鎖《くさり》のかかったドアの、昔ながらの大きなちょうつがいに油をさして、きしまないようにした。三人がそれぞれ自分の着替《きが》えを手に、石壁《いしかべ》の通路をしのび足で行くとちゅう、ヴィヴィアンは思った──ジョナサンにとっては、これはただの冒険《ぼうけん》なのかもしれないけれど、大まじめにやっていることはたしかね。

ジョナサンは、小さいが強力な懐中電灯《かいちゅうでんとう》のようなライトも箱に入れてきていた。アーチの隠《かく》し扉《とびら》をそれで照らし、前の晩《ばん》に自分がサンダルでけったところに白いあとがついているのを見つけると、同じところをけった。隠《かく》し扉《とびら》がくるりとまわる。三人は両側にできた隙間《すきま》に体をねじこんで、中へ入った。

きのうより強い明かりがあるおかげで、階段《かいだん》をおりるのはずっと楽《らく》だった。いちばん下の石の部屋にたどりつくと、ジョナサンがライトを階段《かいだん》の上に置き、部屋を照らした。みんなはその明かりで、二十世紀の服に着替《きが》えはじめた。

包みをほどくサムの興奮《こうふん》した息づかいが、部屋じゅうに響《ひび》く。ヴィヴィアンは自分のを開け、ぎょっとして息をのんだ。ペチューラかだれかが、ヴィヴィアンがきのう着ていた服を『時の町』のパジャマ服用の洗濯機《せんたくき》にかけたらしいが、その洗《あら》い方が二十世紀の服にはまるで合わなかったようなのだ。コートは二サイズぶんも小さくなって着られないし、学校の帽子《ぼうし》はとてもかぶれないほど型崩《かたくず》れしている。それでそのふたつは置いていくことにし、パジャマ服の上の部分をブラウスに見たて、服の上からスカートだけはいた。スカートは縮《ちぢ》んではいないようだが、はいてみるとなんだか変な感じで、きつく感じる。パジャマ服の脚《あし》の部分をスカートの下に隠《かく》れるようたくしあげ、靴下《くつした》どめを使って押《お》さえたら、よけい不愉快《ふゆかい》になった。それから、パジャマ服の上の部分が、ライトにあたってけばけばしく輝《かがや》くのに気づいた。一九三九年には、紫《むらさき》と黄色のしましまがしょっちゅう動いている服、なんてものを着ている人はいない。しかたなく、上から濃紺《のうこん》の手編《てあ》みのカーディガンをむりやり着こんだ。これもコートと同じくらい縮《ちぢ》んでいたので、ボタンをとめるには力いっぱいひっぱらなければならなかった。ひどい気分だった。

サムもこまっているようだ。年代パトロール庁《ちょう》の女性《じょせい》が貸《か》してくれたのは、赤いズボンつりがついて、はきにくそうな灰色《はいいろ》の半ズボンで、ズボンつりが体にからまってしまっている。靴《くつ》は、底に鋲《びょう》が埋《う》めこまれた重い編《あ》みあげブーツで、これをはくのはもっとたいへんそうだ。ジョナサンはもう、灰色《はいいろ》のフランネルの服を着てめがねをかけた格好《かっこう》で、例の卵《たまご》を手に、じれったそうにそわそわ動きまわっていたけれど、ヴィヴィアンはできるだけサムに手を貸《か》した。まずズボンつりをちゃんと直し、続いてひざをついてブーツにひもを通し、サムのことだからと、両方とも二重の蝶結《ちょうむす》びにしてやった。でも髪《かみ》はどうがんばっても、しまの入った学校用の小さなつばつきの帽子《ぼうし》の中にすっかり入れこむことはできなかった。そこで、縮《ちぢ》んだコートのポケットから輪ゴムを捜《さが》し出し、サムの髪《かみ》を『とこしえのきみ』ウォーカー氏みたいに頭のてっぺんで丸くなるようにしばってみた。

「なんだかやな感じ！」サムが文句《もんく》を言った。

「見た目もやな感じだぞ。もういいか？」ジョナサンは灰色《はいいろ》の卵《たまご》を掲《かか》げ、言った。「ぼくがV《ヴィ》・S《エス》を見つけた瞬間《しゅんかん》の駅へ」

午後の熱い日射《ひざ》しが一枚岩《いちまいいわ》の方から射《さ》しこんだかと思うと、大量の黄色い煙《けむり》が押《お》しよせてきて、光がさえぎられた。顔に吹《ふ》きつける煙《けむり》は、なんだか魚くさい。サムはせきこんだ。そして煙《けむり》がうすくなると、

「きのうとちがう！」としゃがれ声で言った。

前回より何分かあとなのかもしれない、とヴィヴィアンは思った。黄色い煙《けむり》をホーム一面にまきちらしながら、汽車がシュッシュッと音をたて、ゆっくりと駅を離《はな》れていくところだ。何がちがうのか全部はわからないけれど、少なくともホームに見えるヴィヴィアンとジョナサンの姿《すがた》は、まるでヴィヴィアンがまったくちがう車両からおりたように、前よりかなり出口に近いところにあった。疎開《そかい》の子どもたちの群《む》れはそのむこうに落ち着きなく固まっていたが、これも記憶《きおく》にくらべ、だいぶ人数が少ない気がする。煙《けむり》ごしにぼんやりと見えるサムの父親も、子どもたちの整理にいそがしいというようすではない。

「煙《けむり》にまぎれて見られないうちに、行くんだ！」ジョナサンが大急ぎで卵《たまご》を箱につっこみながら言った。

サムが先に歩きだし、ヴィヴィアンも続いた。全身が煙《けむり》に包まれる。ホームに足を踏《ふ》み出したサムの

ブーツの鋲《びょう》が、カチンと鳴った。ヴィヴィアンがふりむくと、ちょうど、うしろの何もない空間から、ジョナサンがふいに現《あらわ》れるのが見えた。しまった！　今度はジョナサン一人しかガスマスクを持っていない。防空指導員《ぼうくうしどういん》に会わないといいけど。

「どこへ行けばいい？」ジョナサンが小声できいた。

ヴィヴィアンは、ジョナサンほど具体的にいろいろ考えていたわけではなかった。今、急いで考えなくては。出口へむかったら、サムとジョナサンのお父さんたちに出くわしてしまうことになるから……

ヴィヴィアンはうしろをむいた。「こっちからも駅を出られるはずよ」

三人は、大きなミルク缶《かん》がいくつかならぶ横を通っていった。汽車が去ると煙《けむり》は消え、強い日射《ひざ》しがじりじりと照りつけはじめたが、そのときにはもう、ホームのはしまで来ていた。いちばんはしは短いくだり坂になっていて、線路わきの草地へおりられる。ちょうどいいぐあいに、横の金網《かなあみ》のフェンスに小さな白い門があった。「ＧＷＲ（グレートウェスタン鉄道の略称。ロンドンとブリストルを結んだ旧鉄道の名称）・関係者以外利用禁止《りようきんし》」と注意書きがあるのもかまわずに、三人はその門を通り、線路ぞいの道路へ出た。ガスマスクと荷物を持った子どもたちが、里親たちに連れられて早くも駅を離《はな》れ、歩いていく姿《すがた》がぱらぱらと見える。

「着いたらお茶にしましょうね。部屋は、召集《しょうしゅう》された息子のウィルのを使っていいのよ」大人たちの一人が言っているのが聞こえた。

「あたい、テディベア、連れてきてんだ。かわいーでしょ？」一人の子どもが大声で言った。

ジョナサンが駅の建物をふりむき、言った。「おまえの親戚《しんせき》のマーティおばさんを捜《さが》しに、駅の入口へ行ってみようか？　そろそろかなり心配しているはずだぞ。それとも、ここを通るのを待っていた方が安全かな？」

ヴィヴィアンは正直にうちあけた。「マーティさんの顔を知らないの。本当はおばさんじゃなくて、おじさんかもしれないし。わかっているのは、私《わたし》の名札の裏《うら》に書いてあった住所だけ。M・ブラッドリー、グラッドストン通り五十二番地っていうの。その家に行って、おばさんだかおじさんだかが戻《もど》ってくるのを待つしかないわ」

「そんなことはもっと早く言えよな！　地図を手に入れてこられたかもしれないのに！」ジョナサンはかんかんだ。

「田舎《いなか》だから、そんなに大きな町じゃないわよ」ヴィヴィアンはなだめた。

三人は、子どもと里親の群《む》れのあとについて、駅のそばにかならずあるたぐいの、みすぼらしいテラスハウスぞいの道路を歩いていった。

「みっともない家ばっかり」ガッガッと靴音《くつおと》をたてて歩きながら、サムが言った。

「ぞっとするな」ジョナサンが相づちをうった。

「私《わたし》のせいじゃないわよ」むっとして言ったものの、やっぱり自分にも少しは責任《せきにん》があるような気がした。くっつきあった赤いレンガの家々は、『時の町』にくらべたら、見るに耐《た》えないほどお粗末《そまつ》だ。

しかも、その通りを抜《ぬ》けるころには、この町はロンドンや『時の町』よりは小さいけれど、迷子《まいご》になれるくらいには大きいことがわかってきた。べつの通りに曲がり、さらにまた曲がったが、どの通りも、グラッドストンという名前ではなかった。前を行く人たちは、ぱらぱらとべつの通りに曲がっていき、人の群《む》れはだんだんと小さくなっていく。結局、最後のひと群《む》れがいなくなってしまう前に、ジョナサンが呼《よ》びとめ、大人たちにグラッドストン通りへの行き方をきいた。教えてもらった行き方はすごくややこしかったが、三人は言われた方向へ歩きだした。

じきに、見るからにひどくさびれたところへ出た。道路のむこうには大昔に崩《くず》れた建物と、錆《さび》だらけの給油ポンプがひとつきりのガソリンスタンドしかない。スタンドの建物に、「タイフー紅茶《こうちゃ》（英国で一九〇三年から発売されている庶民的な紅茶の商品名）」とペンキで書いてある。オーバーオールを着た男の人が、ポンプのまわりをぶらぶらしていたので、ヴィヴィアンは道路を渡《わた》り、おずおずと道をたずねた。

その人の教え方は、ずっとわかりやすかった。でも、ずいぶん遠い。町をつっきり、反対側まで歩くはめになった。そろそろ夕方だとはいっても、まだとても暑く、いろいろ着こんでいるヴィヴィアンはどんどん不愉快《ふゆかい》になってきた。二重に結んでやったにもかかわらず、ブーツのひもがほどけてしまったサムは、何度もひもを踏《ふ》んづけてはころびそうになっている。

ジョナサンはというと、めがねの下から汗《あせ》をぽたぽたたらして、ますますいらいらした顔つきになり、何度となくうしろをふり返っていた。街灯《がいとう》か郵便《ゆうびん》ポストの陰《かげ》から、だれかが襲《おそ》いかかってくるのではないか、とでも思っているようだ。ヴィヴィアンが道路にひざまずいてサムの靴《くつ》ひもを結びなおしてやっていると、ジョナサンが怒《いか》りをぶつけてきた。

「行く場所を知らないってことを、ちゃんと言ってくれればよかったのに！」

「飲み物を持ってくればよかった。暑くてのどがからから！」サムも文句《もんく》を言った。

「ぼくもだ。おまえはまだ、ひざから下が出てるからいいよ」とジョナサン。

「でもこのブーツ、すごく分厚《ぶあつ》いあったか靴下《くつした》みたいだし、鉛《なまり》みたいに重いんだよ。脱《ぬ》いじゃいけない？」とサム。

ヴィヴィアンは言った。「だめよ。この時代では、靴《くつ》をはいていないと変な目で見られるんだから。ほら、できた。蝶結《ちょうむす》びを二重のさらに二重にしておいたわ。これでまたほどけたら、くそ食……靴下《くつした》を食べてみせるわ！」

「なあ、さっさと捜索《そうさく》をすませちまおうぜ！　きっとむだ骨《ぼね》だろうけど。ぼくはこの世紀じゅうどこを捜《さが》したって、グラッドストン通りはないし、親戚《しんせき》のマーティさんって人も存在《そんざい》しないと思うな！」とジョナサン。

ヴィヴィアンは立ちあがるときに、自分の靴下《くつした》をひっぱりあげた。靴下《くつした》どめでとめていないと、一歩ごとにずり落ちてくる。ヴィヴィアン自身ももう、親戚《しんせき》のマーティさんが本当にいるとは思えなくなっていた。少しとはいえ、まちがいなく何かが前回とはちがう、と駅で気づいてから、ヴィヴィアンはひどく不安になっていた。二十世紀の歴史が変わってしまっている。とすると、自分が知っていたことはどれも、本当ではなくなっているのかもしれない。

だから、次の角を曲がったとたん、グラッドストン通りという表示《ひょうじ》が見えたときには、かえってびっくりしてしまった。駅前の道路とそっくりな通りだ。まったく同じような赤い家々がならんでいて、同じように黄色いイボタノキの生け垣《がき》や銀色の柵《さく》がある。だがここは町はずれなので、家々の屋根のむこうには、緑の丘《おか》が見えた。木立のある丘《おか》のすぐうしろに、もうひとつ、草に覆《おお》われたさらに高い丘《おか》がある。てっぺんには塔《とう》のようなものが立っている。

五十二番地は通りの中ほどにあった。二人はとげとげの突《つ》き出た銀色の表門の前で立ちどまり、ちょっとためらった。

ヴィヴィアンは小声で言った。「私《わたし》がノックするわ。マーティさんが戻《もど》っていたら、お水を一杯《ぱい》くださいって頼《たの》んで、話を始めるから」そう言いながら、まだためらっていた。思っていたよりずいぶん大きな町だから、親戚《しんせき》のマーティさんがほかの疎開《そかい》の子どもたちのことを知っているとは、もう考えられない。ジョナサンが「むだ骨《ぼね》」と言ったのはあたっている……しかも、どうしてだか知らないけど、このあといったん『時の町』へ行ってから、またこっちへ戻《もど》ってこなくてはならないのだ。そこに突《つ》っ立っていればいるほど、ますますすべてがありえないことに思えてきた。

「もう、しょうがないな！」とサムが言い、勇敢《ゆうかん》にも門を開け、坂になった小道を表《おもて》玄関《げんかん》までのぼっていってノッカーをつかむと、ガンガンたたきはじめた。

さっと扉《とびら》が開いた。しわくちゃのやせた女の人が現《あらわ》れ、サムをにらんだ。腕組《うでぐ》みをしていて、顔はいぼだらけだ。茶色いターバンで髪《かみ》を覆《おお》い、茶色い丈《たけ》の長いワンピースを着ている。「なんの用？　あの子が戻《もど》ってきたと思ったから、開けたのに」

サムは砂漠《さばく》で死にかけている人みたいにうめいた。「水！」

ジョナサンがサムを押《お》しのけ、「ミセス・ブラッドリーですか？」と落ち着いたようすできいた。

女の人はきっぱりと言い返した。「『ミス』・ブラッドリーだよ。ミス・マーサ・ブラッドリーっていうんだ、ぼうや。あたしは——」

ジョナサンがさえぎった。「ああ、そうでしたね。で、ヴィヴィアン・スミスをひきとることになさって——」

「その話はしないどくれ！」ミス・ブラッドリーが腹《はら》をたてたように言った。

「ぼくはただ、おうかがいしたいことが——」ジョナサンはなんとか落ち着いたようすを崩《くず》すまいとした。

が、ミス・ブラッドリーはジョナサンをさえぎり、すごいけんまくでまくしたてた。「戦争が始まったことはわかってるよ。だれもが自分のできることで協力しなくちゃいけないのも、わかってる。だから、親戚《しんせき》のジョアンがこれまで何年も音さたなしだったくせに、いきなりロンドンから手紙をよこしたときも、言いたいことも言わずにいてやったんだ。あの人は頼《たの》みごとでもなきゃ、私《わたし》を思い出したりしないのはわかっていたけどさ、その子をあずかってやるって返事したんだ。いいかい、普通《ふつう》だったら、ロンドンなまりの卑《いや》しいガキなんか、ぜったいうちには入れないのに——」

「ロンドンなまりの卑《いや》しいガキですって！」ヴィヴィアンは大声で叫《さけ》び、怒《いか》りと恐《おそ》ろしさが入りまじった思いでミス・ブラッドリーをまじまじと見た。こんな人が親戚《しんせき》のマーティさんのはずがないわ！　でもお母さんの名前はたしかにジョアンだから、やっぱりマーティさんなのだ。

「ああ、そうだよ。みんな、頭にシラミがたかってるんだ。それだけならまだましなくらいさ。まあ、あたしもそのくらいは覚悟《かくご》していたよ。だけどその子が男の子とわかったときは、ぶっ倒《たお》れそうになったよ！　しかもその子ったら、このあたしに面とむかって生意気な口をきいて——」

　ジョナサンがさえぎった。「ちょっと待ってください。今、男の子っておっしゃいましたか？」

「ああ、そうさ」ミス・ブラッドリーは、ますますけわしい表情《ひょうじょう》で腕組《うでぐ》みをしなおすと言った。「あたしはうちに男の子は入れないんだ。ぼうやはお行儀《ぎょうぎ》がよさそうだけど、うちの敷居《しきい》はまたぐんじゃないよ——あんたも、そっちのもう一人も。親戚《しんせき》のジョアンは汚《きたな》い手を使って、あたしをだましたんだ。感じのいい手紙をよこして、マーティさん、マーティさんって頼《たの》んできたりして。そりゃ、男にもヴィヴィアンってのはいるけどさ、男の子だなんて、ひとことも書いてなかったんだ。これからちょいと文句《もんく》の手紙を書いてやろうと思ってるとこだよ！」

　じゃあ、本当に親戚《しんせき》のマーティさんなんだ！　しかも、ヴィヴィアンが列車の中で想像《そうぞう》したどんな心配事をもうわまわる、とんでもないまちがいが、もうひとつ起きてしまっているようだ。ヴィヴィアンはジョナサンをつつき、もう行こう、と合図した。これ以上何かきいても、意味がない。だがジョナサンは動こうとせず、たずねた。

「それは、驚《おどろ》くべき話ですね。つまり、ついさっき、ヴィヴィアン・スミスという名前の男の子を駅からひきとっていらした、ということですか？」

マーティさんは強い口調《くちょう》で言った。「ほかにどうしようもないだろう？　そいつったら、ミセス・アプトンと、スタージ卿《きょう》の奥様《おくさま》のところに行って、スミスという子どもを迎《むか》えに来たんじゃないですかってきいたんだ。それから次にあたしのところにやってきて、自分の名札をふってみせたんだ！　あたしはお二人のすぐそばに立っていたんだよ。まさかスタージ卿《きょう》の奥様《おくさま》の前で、自分の血縁《けつえん》の子にそっぽをむくわけにはいかないだろう？　それでその子をひきうけて、ここへ連れて帰ってきた。ところが表の門を入ろうとしたら、その子の方が急に生意気な口をききだして、そのまま行ってしまったんだ。あいつを捜《さが》してるんだったら、ここにはいないよ！」

「どこに行ったかごぞんじですか？」ジョナサンがきいた。

「『岩山』をのぼっていったよ、なんでかは知らないけど。『いったいどこへ行くつもりだい？』ってきいたら、『あの山にのぼるんだ。あんたにこれだけ邪魔者《じゃまもの》あつかいされたからには、たぶん戻《もど》ってこないよ』だってさ！　生意気な！　しかもそのあと、『あんたよりもっと人間らしい人を捜《さが》すよ』なんて捨《す》てぜりふを残して、行っちまったんだ。あの子の夕食にとわざわざパテ（スパイスのきいた肉をペースト状にしたもの）を手に入れたりなんか、しなけりゃよかったよ！」

「そうですか。では、よろしければその『岩山』への行き方を教えていただけませんか？」とジョナサン。

「そうかい、あんたたちもあの子の仲間なんだね！」とマーティさん。この三人も悪ガキだ、といわんばかりの目つきになっている。「『岩山』の場所なんか、だれだって知ってるだろ！」

　でも、たぶん三人にとっとといなくなってもらいたいからだろう、立っていた戸口から踏《ふ》み段《だん》をおりてきてうしろをむき、家々の屋根の上を指さした。「あれが『岩山』だ。うしろの、てっぺんに塔《とう》がある緑の丘《おか》さ」

「どうもありがとうございました、ミス・ブラッドリー」ジョナサンはいやに愛想《あいそ》よく礼を言った。それからひどく興奮《こうふん》したようすでくるっと背《せ》をむけると、すごい勢《いきお》いでヴィヴィアンとサムをせきたてて門への小道をくだりはじめたから、サムは足をすべらせ、ブーツの鋲《びょう》が砂利《じゃり》にこすれて火花がとんだほどだった。

「急げ、急げ！」ジョナサンがささやく。

「あの子を見つけたら、ここには戻《もど》ってくるなとあたしが言ってた、と伝えな！　町長のところへ行って、だれかほかの人のとこに割《わ》りあててもらえってね！」マーティさんがうしろからどなった。そして三人が門を出てちゃんと閉《し》めるのを見届《みとど》けると、家の中に入り、玄関《げんかん》をバーンと閉《し》めた。

　ジョナサンは早足で緑の丘《おか》の方へむかった。

　サムがしょんぼりした顔で、ガチャガチャと靴音《くつおと》をたてて追いかけた。「あの人、一滴《いってき》も水をくれなかった。『歴史』に来るのは好きじゃないな」

「そのくらいで死にはしない」ジョナサンは大股《おおまた》で進みながらサムに言うと、続いてヴィヴィアンに言った。「ぼくに言わせれば、おまえ、うまいこと難《なん》をのがれたよな。おとといは、おまえにいいことをしてやったわけだ。『歴史』の中にも、あれほどいやなおばさんはそうそういないだろうな！」

ヴィヴィアンもそのとおりだと思い、「ロンドンなまりの卑《いや》しいガキ？」と、小さくつぶやいた。あのマーティさんと一緒《いっしょ》に暮《く》らすと思っただけで、背筋《せすじ》が寒くなる。今度帰ってくるときは、ここではなくルイシャムへ行きたい、とコントローラに言うしかないだろう。お母さんも、マーティさんがどういう人か知ったら、きっとわかってくれるはずだ。

「どうしてその男の子を追いかけるの？」ヴィヴィアンはきいた。

ジョナサンは興奮《こうふん》したようすで答えた。「わからないのか？　奥方《おくがた》がみんなの目をくらました手が、これなんだ！　女の子を捜《さが》すだろうとわかっていたから、男の子に変装《へんそう》した。そして、スミスという名前の子を迎《むか》えに来たんじゃないですか、ってきいてまわった。スミスみたいにありふれた名前なら、十中八九、だれかがそうだって答えるだろう？　そうしたらサムのお父さんの鼻先をかすめて、そいつと一緒《いっしょ》に駅を出ていける。うまいこと考えたよな！　おまえのおかげで、ぼくらで奥方《おくがた》をつかまえられるかもしれないぞ。『時の議会』もびっくりだ！」

「でも、たまたま同じヴィヴィアン・スミスという名前なだけで、ごく普通《ふつう》の男の子かもしれないじゃない？」ヴィヴィアンは言い返した。

「会ってたしかめてみるんだ。そうすりゃわかるよ」ジョナサンは自信たっぷりだった。見るからに、とうとう『時の奥方《おくがた》』を追いつめた、と信じているようだ。そのおかげで勘《かん》がさえてきたみたいに、ジョナサンは次の通りのはずれに来ると、ヴィヴィアンたちには行きどまりに見える草むらへ、ためらうことなく入っていった。

生《お》い茂《しげ》る草のあいだには、小道があった。道は、木立のある手前の丘《おか》のふもとをぐるりとまわっていく。両側のサンザシの生け垣《がき》には、実がたわわになっていて、熟《じゅく》したブラックベリーもまじっている。

サムはこれを見るなり、元気を取《と》り戻《もど》し、よくうれたブラックベリーを手あたりしだい口に放りこみ、きっぱりと言った。「『歴史』も、このあたりはいい感じだ」

小道の行きどまりにあった踏《ふ》みこえ柵《さく》を越《こ》えると、牧草地に入った。『岩山』はすぐ目の前だ。不思議なほどきっちりと丸い丘《おか》だったから、かなり急傾斜《きゅうけいしゃ》だ。全体が草で覆《おお》われている。高いてっぺんにある塔《とう》は、塔《とう》の部分だけが残った教会の建物みたいに見える。

「『終わりなき丘《おか》』に似《に》ているね」サムが言った。

「『日時計塔《とう》』みたいなのもあるしな。ほんとだ。不思議だなあ！　階段《かいだん》はないな……小道だけだ」とジョナサン。

三人はもうひとつ踏《ふ》みこえ柵《さく》を乗りこえ、急な斜面《しゃめん》にあるふたつ目の牧草地をのぼっていった。ここにはウシがいた。ウシは思っていたよりずっと大きく、映画《えいが》に出てくるギャングみたいに、くちゃくちゃ口を動かしながらこっちをじっと見ている。ヴィヴィアンはジョナサンのむこう側にまわろうとした。が、ジョナサンもウシをちらっと見たかと思うと、今までの倍の速さで歩きだした。

ヴィヴィアンも、これまで一度もウシのそばに行ったことがなかったので、サムと同じくらい怖《こわ》くなっていた。サムはウシをちらっと横目で見ると、ヴィヴィアンを盾《たて》にするようにまわりこんだ。

「このあたりの『歴史』は、あんまりよくない」

「急がないと、追いつかないかもしれないだろ」とジョナサン。

三人ともできるだけ早く歩いた。ウシのせいかもしれないし、何かほかに理由があったのかもしれないが、しだいに三人とも、とにかく早く『岩山』のてっぺんに着かなくては、という気分になっていた。塔《とう》は今は見えなくなっていた。見えるのは草の生えたけわしい斜面《しゃめん》と、そのあいだをジグザグに縫《ぬ》う泥《どろ》道《みち》だけだ。一刻《いっこく》も早く塔《とう》に着きたいという気持ちが、三人の中でますます強くなっていった。

ジョナサンはまず、箱を背中《せなか》でぼんぼんゆらしながら、小道をとちゅうまでかけあがった。それから、この方が早いというように、草の斜面《しゃめん》をまっすぐはいあがりはじめた。荒《あら》い息をし、足をすべらせながらも、両手でしがみついて上がっていく。ヴィヴィアンとサムもよじのぼり、すべり、ハアハアいいながらついていった。がんばっているうちにサムのブーツのひもが片方《かたほう》、ほどけてしまった。それを見たヴィヴィアンは、じゃあ、さっき言ったとおり靴下《くつした》を食べなくちゃ、と思った。が、今は、短い草で足がすべらないようにするのと、普通《ふつう》の草にまぎれて地面をはっているアザミをつかまないようにするだけで、せいいっぱいだった。

サムはほかの二人より小さいうえ、歩きづらいブーツをはいていたため、だんだんと遅《おく》れていった。ヴィヴィアンの方は、ジョナサンの靴底《くつぞこ》が見えるくらいぴたりとあとについて、必死でのぼった。どんなにがんばっても、これ以上早くはのぼれない。草の生えた最後の出っぱりを越《こ》えるとき、やっとジョナサンがスピードを落とした。そのころにはヴィヴィアンはもう、心臓《しんぞう》が破裂《はれつ》しそうになっていた。

「脚《あし》が痛《いた》くなった。少し休もう」とジョナサン。

二人がハアハアいいながらその出っぱりにへばりついていたとき、だれかが丘《おか》をかけあがってきて、横を通りすぎた。のぼり坂なのに、平らな道を走っているかのような勢《いきお》いだ。追《お》いぬかれたとき、その人の長い脚《あし》と、頭にかぶったつぶれた古い帽子《ぼうし》がちらりと見えた。その人は通りすぎざま、何か叫《さけ》び、丘《おか》の出っぱりのむこうへかけあがって行ってしまった。

「なんて言ったんだ？」ジョナサンがきいた。

「急げ、って聞こえたわ。行こう！」とヴィヴィアン。

なぜか二人とも、これは緊急事態《きんきゅうじたい》だとすぐにぴんときた。もがくように走って出っぱりを乗りこえ、丘《おか》のてっぺんの広々とした青空の下に出た。てっぺん自体はかなり狭《せま》く、平らだった。塔《とう》はあとほんの何メートルか先にあり、本当に塔《とう》のついた部分だけが残った教会のあとだとわかった。教会らしいアーチ形の入口が、手前にひとつ、奥《おく》にひとつある。そこを通して青空が見える、と思った瞬間《しゅんかん》、視界《しかい》がさえぎられた。ぱっと立ちあがったジョナサンが、塔《とう》にむかって全速力でかけだしたのだ。

「おい、やめろ!」ジョナサンはわめいた。帽子《ぼうし》が落ち、お下げが激《はげ》しくゆれるのもかまわず、すっとんでいく。

ヴィヴィアンも追いかけた。塔《とう》の中の床《ゆか》に近い低いところで、何かが動くのがちらりと見えた。さっきの帽子《ぼうし》をかぶった男の人が叫《さけ》んでいたのは、きっとあれのことだ。ジョナサンがアーチの中へとびこんだ。ヴィヴィアンもあとからかけこむ。灰色《はいいろ》のフランネルの服を着た小柄《こがら》な少年が、塔《とう》の床《ゆか》に開いた穴《あな》の上にかがみこんでいるのが、ジョナサンの肩《かた》ごしに見えた。穴《あな》のわきには砕《くだ》かれた石と土の山があり、鋤《すき》が刺《さ》してある。

二人が入っていくと、少年は顔を上げた。色白のほっそりした顔に、追いつめられた獣《けもの》のような敵意《てきい》にみちた表情《ひょうじょう》が浮《う》かんだ。それから少年はほっそりした両手を目の前の穴《あな》につっこみ、土の中の何かをつかむと、ぐいとねじってひきあげた。さびた鉄の箱みたいなものだ。

ジョナサンがその子の手から箱をもぎとろうとして、とびかかった。だが男の子は電光石火《でんこうせっか》の早技《はやわざ》で立ちあがると、箱をわきにかかえたまま、奥《おく》のアーチから外へ走り出てしまった。ジョナサンが前によろめく。ヴィヴィアンが男の子のあとを追おうと、ジョナサンをよけてまわりこんだとき、めがねが穴《あな》に落ち、ふらついて穴につっこんだジョナサンの足がそれを踏《ふ》みつけるのが、はっきり見えた。

「サム！　その子を止めて！」ヴィヴィアンは金切り声で叫《さけ》んだ。

灰色《はいいろ》の半ズボンをはいた男の子は、細い脚《あし》で丘《おか》の反対側をかけおりていった。サムが塔《とう》の外側をまわって、真っ赤な顔で両方のブーツの靴《くつ》ひもをバタバタいわせながら、重い靴音《くつおと》をたてて丘《おか》をななめにかけおり、男の子の行く手をさえぎろうとした。

そのまま行けば、サムはちゃんと相手をつかまえられたはずだし、ヴィヴィアンもすぐ追いついて手を貸《か》せたはずだった。ところが、その前に男の子がかき消えてしまったのだ。ヴィヴィアンがサムに追いついたときには、ついさっきまで男の子が走っていた緑の斜面《しゃめん》は、だれもいなくなっていた。そのとき靴《くつ》ひもの片方《かたほう》が両方の足首にひゅんとからまり、サムは顔からべたっと倒《たお》れてしまった。のこぎりで木を切る音に聞こえるほど、荒《あら》い息をしている。

「ぼく、死ぬかも！」サムはあえいだ。

「あの子、どこへ行ったの？」ヴィヴィアンはすっかり面食らって言った。あたりを見まわしてみたが、男の子がいた痕跡《こんせき》は何も残っていない。そういえば、さっきヴィヴィアンとジョナサンの横を叫《さけ》びながらかけぬけていった男の人の姿《すがた》も、どこにも見あたらない。こちらも、男の子が消えたのと同じくらい、わけがわからない。目に入る人の姿《すがた》というと、ジョナサンだけで、手探《てさぐ》りするようにそろそろと丘《おか》をおりてきている。

ジョナサンは真っ青で、みじめこのうえない顔をしていた。「ぼく、なんで叫《さけ》んだりなんかしたんだろう？　あいつはぼくたちに気づいていなかった。ぼくがだまってさえいれば、あの『極《きょく》』を盗《と》られる前に間に合ったかもしれないのに！」

「それ、どういうこと？」ヴィヴィアンはきいた。

「あいつが盗《ぬす》んだもの、あれは、フェイバー・ジョンの『極《きょく》』のひとつなんだ――『時の町』をしかるべき位置にたもっているものさ。ぜったいそうなんだ、感じでわかる。あいつはそれを盗《ぬす》んで、持ったまま時空旅行に行ってしまった。これで、この先十世紀ぶんくらいの『歴史』がめちゃくちゃになってしまう。みんなぼくが悪いんだ！」

ヴィヴィアンとしては、そんなことあるわけがないでしょ、と言いたいところだった。ジョナサンの言ったことが本当だという証拠《しょうこ》は、ひとつもないのだ。だが、あの男の子が塔《とう》から何かを盗《ぬす》んだことはまちがいない。ヴィヴィアンにも、この『岩山』から何か大事なものがなくなったことは感じられた。いきなりすごくつまらない場所になった気がする。丘《おか》のふもとのあたりにもやがかかりはじめ、大地を夕焼けが赤く照らしているようすが、なんとももの悲しげで、もうおしまいだ、という感じに見える。と、どこか遠くで、空襲《くうしゅう》警報《けいほう》のサイレンが鳴りだした。

ヴィヴィアンはぶるっとふるえ、サムの手をとって立たせようとした。「『時の町』に帰りましょ」が、同時にジョナサンがこう言った。「みんなであいつのあとを追いかけるんだ！」

ジョナサンが肩《かた》からさげた箱の中に入っていた卵形《たまごがた》のコントローラは、すぐにジョナサンの命令にしたがった。

だしぬけに、また日の高い午後になった。サムがうつぶせに倒《たお》れているのは、今は道路の上だ。空気がさっきまでとちがって埃《ほこり》っぽく、重苦しく感じられる。でも、道路ぞいにならんだ家々の形は、ヴィヴィアンがもの心ついたころから見なれたものとたいしてちがわない。一、二軒《けん》の新しい黄色い家をのぞくと、どれもロンドン郊外《こうがい》の大通りの、たぶんヴィヴィアンが生まれたころに建った家、という感じだ。だがずっと大事に手入れされてきたらしく、まばゆいばかりに白いペンキで塗《ぬ》られている。これほどあかぬけた家は見たことがない。明らかに未来のものだとわかるのは、地平線のあたりでひっそりと煙《けむり》を吐《は》いている巨大《きょだい》な銀色の建物くらいだ。

「百年くらい移動《いどう》したんじゃないかしら」ヴィヴィアンは言った。なぜか、『時の町』に行ったときより、二〇三九年らしいところへ来た今の方が、畏《おそ》れを強く感じていた。

「そうみたいだな、でも、あのしゃくにさわるめがねのやつをなくしてしまったから、よく見えないよ。あいつはいるか？」とジョナサン。

サムがからまったひもをほどこうと、ブーツの足をばたばたさせながら言った。「あそこ」

あの男の子が例の箱をわきにかかえたまま、道路を歩いていくうしろ姿《すがた》が見えた。服装《ふくそう》が変わっていて、今はたっぷりしたズボンをはいている。半ズボンにしては丈《たけ》が長すぎるし、長ズボンにしては短すぎる、という感じだ。上着のそでもたっぷりしていて、すごくたくさんギャザーが入っている。

ヴィヴィアンはその子を見、ジョナサンも目を凝《こ》らした。と、男の子の方も三人に勘《かん》づいたらしく、はっとふり返った。ほっそりした顔に怒《いか》りをたぎらせ、こっちをにらんでいる。それから、また消えてしまった。

「見えないよ」ジョナサンが言った。

サムはまだ立ちあがろうともがいている。「また行っちゃったんだ。たぶんあいつも、卵《たまご》みたいなやつを持ってるんだよ」

と、耳に入ってはいたが、気にかけていなかった遠くのゴロゴロいう音が、急に大きくなって押《お》しよせ、単調なブンブンいう音に弱まった。ジョナサンがまた男の子を追いかけよう、と言うより前に、三人はそでのたっぷりした制服《せいふく》を着た男たちが乗った、オートバイに似《に》た六台の乗り物に囲まれていた。

全員が、あざけるような表情《ひょうじょう》を浮《う》かべてこっちをにらんでいる。

「北部巡回自警団《じゅんかいじけいだん》第七隊だ」と一人が名乗った。「おまえたち、そんな服装《ふくそう》で歩きまわるとはどういうつもりだ？」

ヴィヴィアンは、自分のカーディガンのボタンがほぼ全部はじけとんでいること、パジャマ服の脚《あし》の片方《かたほう》が靴下《くつした》どめからはずれてスカートの下にはみでていることに気づいて、落ち着かない気持ちになった。

べつの男が、記入用紙がはさまれたクリップボードを取り出した。そしてサドルにすわったまままそっくり返ると、用紙の四角います目にチェックを入れていった。「不適切《ふてきせつ》な服装《ふくそう》。治安を乱《みだ》す」そしてサムの落とした学校用の帽子《ぼうし》に目をやり、「ゴミの不法投棄《ふほうとうき》」と続ける。さらにブラックベリーの果汁《かじゅう》で汚《よご》れたサムの口のまわりから、ヴィヴィアンの泥《どろ》だらけの手に目を移《うつ》した。「身体《しんたい》の不潔《ふけつ》。それに、こいつらはこのあたりの住民じゃないな？ すると、無許可《むきょか》の通行にもチェックだ。放浪罪《ほうろうざい》もだな」

「こいつら、たっぷりむちを食らうことになるぞ！」べつの一人がひどくうれしそうに言った。「これだけでも一人あたり十二回だ」

「ジョナサン！」とヴィヴィアン。

記入用紙を手にした男が言った。「学校のずる休み……も、まちがいないな。公道で横になる、もだ。何か盗《ぬす》んだりもしてるんじゃないか？」

「卵《たまご》を使いなよ、ばか！」サムが道路の上でごろごろころがりながらどなると、なんとかして立ちあがろうと、ヴィヴィアンの足首をつかんだ。

「汚《きたな》い言葉の使用」男はまたひとつチェックを入れた。

うれしそうにしていた男が、ますますうれしそうな顔になった。「しめて十八回」

ジョナサンは必死な顔で言った。「『時の門』。『時の町』。『時の門』！　ああ、なんでこいつ――」

卵《たまご》はやっと、しぶしぶといった調子で機能《きのう》しはじめた。なんだか、長い長い道のりをゆっくりと渦《うず》を巻《ま》くようにうしろむきにひきずられたあと、しばらくじっと待たされるような感じがした。ヴィヴィアンはそのあいだに、たまたま自分がサムに足首をつかまれてよろけ、ジョナサンにつかまったおかげで、卵《たまご》が三人とも連れて帰ってくれることになったのだ、と気づいた。それから、卵《たまご》は本当にちゃんと連れて帰ってくれるのかしら？　と考える時間もあった。

そのあとやっと、真っ暗な場所に着いた。ジョナサンがさんざん手探《てさぐ》りしたあと、ようやくポケットに入れていたライトを捜《さが》しあて、明かりをつけた。明るい往来《おうらい》にいたあとだけに、その光はいかにも弱々しく、黄色っぽく見えたが、壁《かべ》の巨大《きょだい》な岩や『時の門』のちらちら光る一枚岩《いちまいいわ》を確認《かくにん》することができ、三人とも、ほっとため息をついた。

「今の、怖《こわ》かった。何がうまくいかなかったの？」床《ゆか》に横になった格好《かっこう》のまま、サムが言った。

「最初、卵《たまご》がちっとも働いてくれなかったんだ。古すぎて、こわれかけてるのかもな。あれこれ続けて命令したのが、悪かったのかもしれないけど」そう言うとジョナサンは、卵《たまご》をそっともとのくぼみに戻《もど》した。それから、がっかりしたようすで言った。「もうこれ以上、どうしたらいいかわからないや」

「今、何時？」ヴィヴィアンがきいた。

ジョナサンはまたごそごそと体を手探《てさぐ》りし、ベルトの時計ボタンを見つけた。そして手の上に現《あらわ》れた光る緑の文字盤《もじばん》をじっと見て言った。「十二時四十二分。えーっ、うそだろう？　ほんとの時間はわからないや。こっちの何時に帰ってきたんだろう？」

「ピクニックが！」サムは言うなり、ひものからまったブーツをむしりとるように脱《ぬ》ぎ捨《す》て、残りの服も大急ぎで脱《ぬ》ぎはじめた。ヴィヴィアンたちも同じくらいの勢《いきお》いで変装《へんそう》を解《と》いた。

ヴィヴィアンは、ジェニーがどう思っているかがひどく心配だったので、いちばんに着替《きが》えをすませた。うちのお母さんは、待たされるのが嫌《きら》いだ。たぶん、ジェニーおばさんだって同じはず……。ヴィヴィアンは真っ先に階段《かいだん》をのぼり、先頭を切って通路に出た。本当にもうじき一時なのだとしたら、どんな大さわぎになってるだろう、ということで、頭がいっぱいだった。ジョナサンが隠《かく》し扉《とびら》をもとに戻《もど》し終えるのも待たず、通路をかけていき、鎖《くさり》のかかったドアをさっと抜《ぬ》けた。

ジョナサンがドアに油をさしておいてくれて、本当によかった。ほんの数メートル先に、エリオが立っていたのだ。ケースの展示品《てんじひん》のひとつを置きなおしているところらしい。ドアを通るときにほとんど音をたてなかったおかげか、エリオはこっちに気づいていないようだ。ドアを開けたときは鎖《くさり》がチャラチャラいわないよう、ちゃんと押《お》さえて開けたし、うしろ手でそっと閉めたし……

さあ、これからどうしよう、と思いながら、ヴィヴィアンはしばらくそこに立っていた。このままドアの前に立っていれば、サムとジョナサンが勢《いきお》いこんで開けようとするのを防《ふせ》ぐことはできる。でもエリオに見られたら、なんでそんなところに立っているのかとあやしまれるにちがいない。三人のしていることがわかったら、エリオはだれかに言いつけるだろう。ジョナサンが言っていたように。

そのとき、エリオがこっちをむきはじめた。

7　時の川

ヴィヴィアンは爪先立《つまさきだ》ちで大きく三歩前にとびだし、エリオのすぐそばへ行った。「あの……ねえエリオさん？」

ゆっくりこっちに体をまわしかけていたエリオは、急にとてつもない早さでふりむいた。「ああ、お嬢《じょう》さん。あなたはとても静かに歩きますね。近よっていらしたのが聞こえませんでした」

「きっと展示品《てんじひん》のことに夢中《むちゅう》で、聞こえなかったのよ」

「そうですね」とエリオは言い、不満げなようすでケース

に目を戻《もど》した。「七十三番世紀、登山靴《とざんぐつ》(火星)」と説明書きがあるが、なんのへんてつもない靴《くつ》に見える。エリオがきいた。「見ばえがするように置けているでしょうか? 私《わたし》には美的感覚がほとんどないらしいので」

「その靴《くつ》は、どうがんばったってかっこよくは見えないタイプのものじゃないかしら。うちにもそういうシャワーカーテンがあったわ」ヴィヴィアンは答えながら、鎖《くさり》のかかったドアが動いたのを横目で盗《ぬす》みみた。サムの顔が出て、すぐにひっこんだ。「ところで、今何時ですか?」

エリオは申《もう》しわけなさそうな顔をし、ヴィヴィアンにむきなおった。さいわい、そのときにはもう、ドアは閉《し》まっていた。「そうでした、まだベルトをお持ちじゃありませんでしたね。お嬢《じょう》さんのぶんをひとつ、明日までにかならずご用意します」そう言うと、自分のベルトの五十ぐらいはあるボタンのひとつを押《お》した。エリオの手首が光り、時計の文字盤《もじばん》みたいな形が浮かびあがった。ジョナサンの時計よりもずっと複雑《ふくざつ》そうに見える。「十時四十六分十秒です」

ああよかった、ピクニックには間に合うわ! ……でも、サムとジョナサンが通路から出てこられなければ、結局間に合わなくなってしまう。こうなったら、なんとかしてエリオの気をそらしつづけるしかない。

ヴィヴィアンはエリオに、にっこりしてみせた。「あの……エリオさん、あなたはアンドロイドだって聞いたんですけど。アンドロイドってなんなのか、教えてもらえませんか?」

「人造人間《じんぞうにんげん》ということです」エリオが答えた。

「えっ? 工場で作られたっていうこと?」ヴィヴィアンは本当にびっくりして、大声をあげた。

「いいえ、工場というよりは、高度な設備《せつび》の整った研究所のようなところでした。私《わたし》は、科学者たちによって人間の原形質《げんけいしつ》をもとに合成された、手作りの人間なのです」

頭の中に、見たことがあるすべてのフランケンシュタイン映画《えいが》（メアリー・シェリー原作の人造人間が登場するホラー映画で、一九三九年までに三作製作されている）のシーンが一気によみがえってきた。ヴィヴィアンは警戒《けいかい》するようにエリオを見た。やや背《せ》が低めで、顔は青白いけれど、見た目はごく普通《ふつう》の人間だ……それでもできることなら、とっととエリオから離《はな》れたい気がする。とはいえ、これでエリオに話をさせるきっかけはつかめた。そこで展示室《てんじしつ》から玄関《げんかん》ホールの方へゆっくりとむかうそぶりを見せながら、ヴィヴィアンはきいた。「痛《いた》かった？」

「合成過程《ごうせいかてい》では、ほとんど意識《いしき》がありませんでした」エリオは答え、ヴィヴィアンと同じ方向に一歩足を踏《ふ》み出した。が、すぐにまたケースにむきなおって眉《まゆ》をひそめた。「この靴《くつ》は、少し右にまわした方がいいかもしれません」

「そうしたら上の赤い部分が見えなくなるわ」ヴィヴィアンは言い、また一歩動いた。

「なるほど、そうですね」エリオは言いながらも、まだ靴《くつ》をじっと見ている。

いらいらするったらない。このケースの前にくぎづけになってしまったみたい。ヴィヴィアンはなかばやけになってきいた。「科学者たちはなんのためにあなたを作ったの？　実験のため？」

「いいえ、効率化《こうりつか》のためです。私《わたし》は人から生まれた人間よりも力が強く、早く動けます。長く生きますし、眠《ねむ》りは少ししか必要としません。骨《ほね》もめったに折れません」エリオがこっちをむいた。これでやっと歩きだしてくれるかもしれない、と思ったヴィヴィアンは、さらに数歩、ホールにむかって横歩きをした。エリオも一歩ついてきて言った。「そしてもちろん、頭脳《ずのう》が私《わたし》のいちばん優秀《ゆうしゅう》な部分です。人から生まれた人間の倍の知力と、五倍の記憶力《きおくりょく》を持っています。ですから、非常《ひじょう》に観察力がするどいのです。が……」

しゃくにさわることに、エリオはまたしてもケースの方をむいてしまった。そして顔をしかめて言った。「これは、人間のすぐれた美的感覚にかなう置き方にはなっていません。完全にむこうむきになるよう、まわしてしまったらどうでしょうか？」

通路にいるサムとジョナサンは、明らかにじれているようだ。ドアがまたぱっと閉《し》まるのが見えた。ジョナサンのお下げがはさまってしまい、鎖《くさり》の上にかかっている。ヴィヴィアンは言った。

「でも、私《わたし》にも美的感覚はあるけど、その靴《くつ》、とてもすてきに見えますよ。それで、エリオさんは、人から生まれた人間と同じものを食べるんですか？」

「私《わたし》は主に液体《えきたい》を飲むだけです。果物は好んで食べますが」

「それで……その……」ヴィヴィアンはさらに数歩進んだ。今度はエリオも一緒《いっしょ》に歩いてきた。「えーと……」ヴィヴィアンは必死で頭を働かせ、きくことはないか考えた。「……それで、作られたのはあなた一人だったんですか、それともほかに仲間がいるんですか？」

エリオはヴィヴィアンの横をゆっくり歩きながら言った。「約百体作られました。非常《ひじょう》に費用がかかるので、それ以上はむりだったのです」

「ほかの仲間はみんな、どこにいるんですか？」ヴィヴィアンはきいた。ずいぶんのろのろとではあるが、やっと本当に二人でホールにむかって歩きだしていた。

「最終的には全員、ほかの星の開拓《かいたく》のために宇宙《うちゅう》へ送り出されました。もともと、そのために作られたのですから。私《わたし》は百五番世紀製《せい》なのです。人類が銀河《ぎんが》じゅうに進出して、大半が地球を離《はな》れるあの時代ですよ。ですが私《わたし》は、『歴史』上の希少価値《きしょうかち》があるものとして、『時の町』の注文によって作られました。最初にフェイバー・ジョンがたてた方針《ほうしん》にのっとり、『時の町』は、『歴史』上のめずらしいものをひとつずつ集めているのです」

「それじゃ、さぞかしさびしいでしょうね」ヴィヴィアンは言った。エリオにとても関心があるふりをしている自分のことが、だんだんいやになってくる。「ほかのアンドロイドたちに、会いたいんじゃない？」

「いえいえ。一度だけ、ほかのアンドロイドに会ったことがあるのですが、そいつにはひどくいらいらさせられましたよ。正直言って、なぐってやりたいと思ったくらいです。人から生まれたあなたがた人間が、つね日ごろいだいているらしい強い感情《かんじょう》のひとつを私《わたし》が持ったのは、あとにも先にもそのときだけです」

「ふだんはなんにも感じないんですか？」ヴィヴィアンはきいた。今では二人とも早足で歩いていた。すぐそこの角を曲がれば、もうホールだ。「うれしいって思うこともないの？」

「ええ、でも、悲しいと感じることもありませんよ。おもしろさは感じます。満足感もたっぷり味わえます。それに、人から生まれた人間たちが幾世代《いくせだい》にもわたり、あれやこれや大さわぎしているさまを、ずっと楽しませてもらっています」

二人は角を曲がってホールに入り、大理石の石の模様《もよう》の上に日光が射《さ》しこんで、影《かげ》が落ちている床《ゆか》を歩いていった。ヴィヴィアンはほっとため息をつき、自分が思っていたよりずっとエリオに興味《きょうみ》を抱《いだ》きはじめていることに気づいた。「『時の町』に来て、どのくらいたつんですか？」

「来年が百年目になります」とエリオ。

「でも、とてもそんなに年をとっているようには見えないわ！」ヴィヴィアンは叫《さけ》んだ。

「先ほども申しあげましたが――」とエリオが言いかけたとき、『とこしえのきみ』ウォーカー氏が長い青色のローブ姿《すがた》で階段《かいだん》をずんずんおりてきて、大声で呼《よ》んだ。

「頼《たの》む、エリオ！　展示室《てんじしつ》をいじくるのはあとにしてくれんか！　『時の枢密院《すうみついん》』の会議が五分後に始まるというのに、まだ私《わたし》の読む草稿《そうこう》を渡《わた》してくれていないではないか！」

「すべて書斎《しょさい》にご用意してありますので、よろしければこちらへ」エリオは言った。でも『とこしえのきみ』ウォーカー氏と一緒《いっしょ》に立《た》ちさる前に、ヴィヴィアンにはこう言った。「私《わたし》は効率《こうりつ》がいいばかりか、いかなることにも耐えられる造《つく》りになっている、というのが、これでおわかりでしょう」

ジョナサンの父親は、もうがまんならん、という顔でヴィヴィアンを見ると、エリオをせかして行ってしまった。取り残されたヴィヴィアンは、さっきまでとはうらはらに、もっとエリオと話していたかったな、と思っていた。

ジョナサンとサムが疲《つか》れた顔に汗《あせ》をかきながら、ほっとしたようすで角からとびだしてきた。

「ふうーっ！」サムが声をあげた。

「一日じゅうあの通路から出られないかと思ったよ！　時間は？」とジョナサン。

「十一時ちょっと前よ。運がいいと思わない？」ヴィヴィアンは答えた。

二人ともうなずいた。サムが言った。「何か飲みたい。あのいぼだらけのおばさんは、何も飲ませてくれなかったもん」

ジョナサンが、サムとヴィヴィアンを『朝餉《あさげ》の間《ま》』に連れていった。そこの壁《かべ》に、フルーツジュースをコップに入れて出してくれる装置《そうち》があったのだ。サムは三杯《ばい》飲み、ヴィヴィアンとジョナサンは二杯《はい》ずつ飲んだ。三人が最後に残ったしずくまですすっているとき、ジェニーがあたふたと入ってきた。

「ねえ、ホールにいると言ってなかった？　急いで。ラモーナが待ってるわ」

ラモーナがだれか、きいているひまはなかった。でも行ってみると、どうやらサムのお母さんでジェニーの妹らしい、とわかった。ラモーナは姉よりも顔が青白く、横幅《よこはば》があって、目つきがとろんとしている。サムが『時の門』の小部屋に残してきたのと同じ鳥かごみたいなものをふたつ持っていて、その下にはおいしそうな食べ物がいろいろ浮《う》かんでいた。ラモーナはヴィヴィアンを見てにっこりし、話しかけてきた。

「あら、あなた、お父さんとお母さんのどちらにも似《に》ていないわね」

ヴィヴィアンは、いとこのヴィヴィアンになりすましていることをあわてて思い出し、どう返事しようかと迷《まよ》った。と、ラモーナが続けた。

「最後に会ったときは、弟のヴィヴにそっくりだったけれど。おもしろいわ、子どもって変わるものね」

「げぼっ！」とサム。息もつかずにフルーツジュースを三杯《ばい》も飲んだせいで、自然とげっぷが出てしまったのだが、おかげでみんなの注意が、ヴィヴィアンからサムに移《うつ》った。

「この子、なんで髪《かみ》の毛をこんなふうにしてるのかしら？」ジェニーが言った。

みんなの視線《しせん》が、サムの頭に集まった。サムも思わず片手《かたて》を上げ、ヴィヴィアンが輪ゴムで束《たば》ねた髪《かみ》が突《つ》っ立っているのにふれてみた。「ぼく、ランジット伯父《おじ》さんみたいな頭にしたいんだ。ぼくに似合《にあ》うもん」

「いいえ、似合《にあ》いません。おろしなさい」とラモーナは言い、さらに下を見もせずにつけくわえた。

「それと、靴《くつ》ひもを結びなさい」

「お母さんなんか、みんな『歴史』の中に送られちゃえばいいんだ」とサム。さっきまで『歴史』ですごした時間のせいで、ひどく不機嫌《ふきげん》になっているようだ。全員で『時の庭』から『永久《とわ》の広場』へ行き、まっすぐに進んでアーケードのある大きなガラスの建物の前を通りすぎ、階段《かいだん》をおりて『四時代大通り』に出るまでずっと、サムはむっとした顔でぶつぶつひとりごとを言いながら、いちばんうしろからドタンドタンついてきた。

ラモーナが先頭に立って大通りを横切り、塀《へい》に開いたアーチのひとつへむかった。「ボートに乗ろうと思ってるの」

それを聞くなり、サムはすっかり機嫌《きげん》がよくなった。だっと走りだして真っ先にアーチをくぐり、目がくらむほど長い階段《かいだん》を、川の船着き場へとかけおりていった。ほかの人たちがやっと階段《かいだん》をおりはじめたときにはもう、サムは船着き場に浮《う》かんでいる、赤い乗り物の中にすわっていた。

「乗り物」は、一列にずらっとならんでいた。ひとつひとつ色がちがう。たぶんボートだろう、とヴィヴィアンは思ったが、形はどちらかというと自動車に似《に》ている。そう考えたとき、『時の町』の不思議な点にまたひとつ気がついた。「ここには自動車がないのね！」

だがジョナサンは、何かちがうことで頭がいっぱいらしく、ぼんやりとした調子でこう言っただけだった。「いらないからな」

全員が下におりて、サムが選んだボートの、ぷよぷよしてすわり心地のいい座席《ざせき》に落ち着いた。サムはヴィヴィアンに言った。「ぼく、赤が大好きなんだ」

そのときボートが、床《ゆか》の下からブルブルいうような声で早口にしゃべりだした。「お客様、どちらへ？」ヴィヴィアンはどきっとした。

「一日貸《か》し切《き》りで。まずは『時の門』駅へ。それから『変幻《へんげん》』をお願い」とジェニー。

『変幻《へんげん》』というのは、屋根を突然《とつぜん》消すことだったらしく、ヴィヴィアンはまたしてもどきっとしてしまった。ボートが大きな半円を描《えが》いて川の真ん中へ出て、進みはじめると、涼《すず》しい風で髪《かみ》がなびいた。ほとんど聞こえないくらいの振動音《しんどうおん》をたてて、ボートは船着き場を離《はな》れていく。じきにヴィヴィアンも、サムと同じくらい楽しい気分になった。

ぽかぽかしているが、もちろん一九三九年のあの日のようなとんでもない暑さではなく、空は真っ青だ。川の両わきを流れていく平野は、作物の新芽で青々としている。畑の合間にはぽつぽつと家が見え――わらぶき屋根の農家から、大部分がきらきらした透明《とうめい》なものでできている一軒《けん》の家まで、ありとあらゆる種類の家があった――、果樹園《かじゅえん》、また果樹園《かじゅえん》、またまた果樹園《かじゅえん》と続くところもあった。果樹園《かじゅえん》の木々には、白やピンクの花がいっぱいに咲《さ》いている。

「春なんだわ！」ヴィヴィアンは叫《さけ》んだ。

「ええ、町は季節をコントロールしているのよ。あなたは変な気がするでしょうね。二十番世紀を離《はな》れたときは、秋だったのよね？」とジェニー。

ヴィヴィアンはうなずきながら、サムの顔が『岩山』への小道で食べたブラックベリー（夏から秋にかけて実が熟す）でまだ汚《よご》れていることを思い出した。

遠くの方に何かの機械が見えた。畑をずんずん進みながら、白っぽい霧状《きりじょう》のものをふりまいている。ヴィヴィアンはジョナサンの方をむき、『時の町』にだって自動車のようなものがあるじゃない、と言おうとした。だがジョナサンは、サムとひたいをよせあって何かやっている。サムは出発してから五分ほどは、ぼすんぼすんと座席《ざせき》ではねながら、さかんに楽しそうな声をあげていたのに、今はボートに乗っていることすら忘《わす》れてしまったように、せっせとジョナサンのベルトを分解《ぶんかい》している。時計機能《きのう》の示《しめ》す時間を直そうとしているらしい。

「ベルトがどうかしたの？」ジェニーがきいた。

「コンジスタの接触《せっしょく》が悪いんだ」ジョナサンはもっともらしく答えた。

サムの口のまわりの汚《よご》れと、ジョナサンのベルトがまちがった時間を示《しめ》すことを考えあわせれば、子どもたちがどこに行っていたか、二人の母親にわからないわけがない、とヴィヴィアンは思った。だが、二人は気づいていないようだ。ラモーナは落ち着いたようすで、とても誇《ほこ》らしげにこう言った。

「サムなら簡単《かんたん》に直せるわ」

そのあいだもボートはゆれながら、『時の川』のうねりにそってくねくね曲がっていった。まるで目がついているみたいに、むこうから来るボートを上手によけていく。ヴィヴィアンたちのに似《に》たボートや小型の平底船《ひらぞこぶね》、釣《つ》り人《びと》たちがいる浮《う》き桟橋《さんばし》をよけたり、追いこしたりし、観光客がたくさん乗った大きな遊覧船《ゆうらんせん》の横も通りすぎた。観光客たちはみんな手をふってきた。次にはさらに大きな船が、川の両岸にざばざば打ちよせるほどの大きな波をたててやってきた。家くらいの高さがある巨大《きょだい》な平底船で、長さはサッカー場くらいありそうだ。奇妙《きみょう》な帽子《ぼうし》をかぶった男たちが乗っていて、やはり手をふってきた。

「四十二番世紀から肉を運んでいるのよ」ラモーナが言った。

「あんなにたくさん？　代金はだれがはらうんですか？」とヴィヴィアン。

ジェニーが答えた。「私《わたし》たちみんなが。『時の町』は、物々交換《ぶつぶつこうかん》による交易《こうえき》をしているのよ、ヴィヴィアン。もの、といっても、私《わたし》たちの側が提供《ていきょう》するのは知識《ちしき》だけれどね。『滅《ほろ》ばずの館《やかた》』、『来しかた館《かん》』、『永《なが》らえ館《かん》』といったところには、人類が知ったことや、なしとげたことの記録がほとんどすべて保管《ほかん》されているわ。学生たちはそれを学びに来るの。それと、『歴史』について知りたいことがある人には、手数料とひきかえに情報《じょうほう》を提供《ていきょう》しているのよ。ただしもちろん、きいてくる人の時代より昔のことしか教えないけれど」

「あら、例外を認《みと》める場合もあるでしょう、ジェニー。私《わたし》の部門では天気予報《よほう》を提供《ていきょう》しているじゃない」ラモーナが言った。

ジェニーは笑った。「そうだったわ。それに、『ゆくすえ館《かん》』の科学研究所も、科学がちゃんと正しい方向に発展《はってん》するよう、しょっちゅうヒントを出しているわね。『歴史』がまちがった方向に進まないよう、よくよく気をつけないといけないから」

そのとおり、という顔でラモーナも言った。「すべての時代を不安定期にさせるわけにはいかないものね」

船旅は一時間近く続いた。ジェニーとラモーナは、ヴィヴィアンが興味《きょうみ》を持ちそうな農場を指さして教えてくれたり、流れがカーブして新たなドームや塔《とう》が見えてくるたびに、「ここからだと町がもっときれいに見えるわよ」みたいなことを言ったりした。

ヴィヴィアンは、あらゆる角度から『終わりなき丘《おか》』を見ることになった。見れば見るほど、あの『岩山』にそっくりだ。ひとつだけちがうのは、『日時計塔《とう》』には教会らしさはまったくない、ということだ。ひどく古い灯台、といった感じがする。

サムが時計機能《きのう》を直し終わり、ジョナサンがまたベルトを腰《こし》につけたころ、ジェニーとラモーナが今度はボートの進行方向を指さした。「もう『時の門』駅のすぐそばまで来たわよ。町のはてが見えるでしょ？」

畑ひとつぶんくらいむこうで、緑の田園風景がぷつりと切れていた。青空が地面の下まで続いているのが見える。

「えーっ！　やだ、ぞっとしちゃう！」とヴィヴィアン。すると、ジョナサンが言った。

「そんなことないって。この方が安心だよ。『歴史』の中でぼくが何より嫌《きら》いなのは、世界がどこまでもどこまでも続いていることさ。もし『歴史』で暮《く》らさなきゃならなくなったら、ぼくはまず最初の一週間で気がおかしくなっちゃうな」

ヴィヴィアンは、親戚《しんせき》のマーティさんの家を捜《さが》していたとき、ジョナサンがとても落ち着かないようすだったことを思い出した。あれはそのせいだったのだ。

「ばかなこと言わないで、ジョナサン。あなたが『歴史』に送られるわけがないでしょう！」ジェニーが言った。

まもなく、ボートは川のわきの水路へ入っていった。両側は石垣《いしがき》で、岸が高くなっている。やがて船着き場が見えてきて、ボートはほかのボートの列の最後尾《さいこうび》に停《と》まった。

「このあともご利用になりますか？」ボートがブルブルいう声で早口にきいてきた。

「ええ。一日貸《か》し切《き》りで、と言ったでしょう」ジェニーが言い、みんなはおりようと立ちあがった。ジェニーは船着き場の横の階段《かいだん》を上がりながら、ラモーナにぼやいた。「もう少し人を信じる設計《せっけい》にしてもらいたいものだわ」

「こわれているんじゃない？」ラモーナが言った。でもふり返ると、ボートの屋根がちゃんともともとおりになっていて、上に大きく「貸《か》し切《き》り」の文字が光っていた。「私《わたし》たちの気が変わってないか、たしかめただけだったのよ」とラモーナ。

階段《かいだん》を上がりきると、石のプラットホームのようなところに出た。町のはてのぎりぎりのところだ。ホームの片側《かたがわ》のはしに、空を背景《はいけい》にして、銀色のボックスがずらりとならんでいる。それぞれのボックスのドアが横すべりに開いたり閉《し》まったりし、あらゆる服装《ふくそう》をした人々がぞくぞくと出てくるのが見える。

仕事で来た、という感じの人もいたが、大半は出てくると立ちどまり、興奮《こうふん》したようにあたりを見まわしたり、ほかの人たちの奇妙《きみょう》な服装《ふくそう》を指さしたりしている。それからみな、ホームの中央にある案内所にむかう。そこで金色の細長い切符《きっぷ》を見せると、地図と、パリパリと音がするパンフレットがもらえ、ホームをそのまま進めと言われるようだ。進んでいくと、反対側のはしには改札口があり、男の人が切符《きっぷ》を確認《かくにん》していた。

ホームには興奮《こうふん》した叫《さけ》び声や、楽しそうな笑い声があふれている。逆《ぎゃく》に、改札口からボックスの方へむかう人もちらほらいた。たいていは『時の町』のパジャマ服姿《すがた》で、反対方向からのろのろと進んでくる人の群《む》れをかきわけるのに苦労していた。

ジェニーとラモーナは、子どもたちを改札口のわきの柵《さく》のところへ連れていった。柵《さく》から身を乗り出して下をのぞくと、巨大《きょだい》な船が川岸に停《と》まっているのが見えた。町へむかう観光船らしい。色とりどりの服を着た人々が、改札から長い坂をおりてその船に乗りこんでいく。川のむこう岸にも、べつの大きな船が停《と》まっていた。上の方には同じようなホームがあり、やはりボックスの列がある。

ふたつのホームのあいだの川の中にも、とてつもなく巨大《きょだい》で扉《とびら》のない『時の門』が六つ、ひとつらなりになって、川を横切るように立っていた。てっぺんはホームより高く、空を背景《はいけい》にそびえている。見ているうちに、さっきのとはちがう大きな平底船《ひらぞこぶね》が、『時の川』の強い濁流《だくりゅう》に逆《さか》らいつつ、手前から三つ目の巨大《きょだい》な門を出てきた。

「川はどこへ流れていくの？」ヴィヴィアンはきいた。

「あそこの六つの門を通って、さまざまな時代のいろいろな川へ流れこむのよ」ジェニーが答えた。

むこう岸の観光船がいっぱいになった。鐘《かね》が鳴り、船は濁流《だくりゅう》に渦《うず》を作りながら、『時の町』にむかって出発した。船上では音楽が演奏《えんそう》され、人々は祝杯《しゅくはい》をあげている。まるでお祭りのようだ。

「ぼく、のどが渇《かわ》いた」サムが言い、さらに声をはりあげた。「のど、からから！」だれも返事しないでいると、同じことをえんえんと言いつづけた。

「もしも観光に来た人が、やっぱり観光に来た自分の将来《しょうらい》の孫にひょっこり会ってしまって、こんないやな孫ができるなら結婚《けっこん》するのはやめた、と思ったら、どうなってしまうんですか？『歴史』が変わってしまうことになりませんか？」ヴィヴィアンがきいた。

「年代パトロール庁《ちょう》に、そういうことが起こらないようにしっかり監視《かんし》する大きな部門があるわ。……サム、静かに」とラモーナ。

「でも実際《じっさい》、自分の祖先《そせん》や子孫《しそん》に会うのが目的で、町に来る人はたくさんいるのよ。『千年館《かん》』には、そういう人たちが会って話をするための部屋があるの」ジェニーが言った。

「ヴィヴとインガは、もっと『時の町』のことを子どもに教えておくべきだったわよね。ヴィヴィアンがかわいそう！」ラモーナが言った。

ラモーナは、まわりの騒音《そうおん》やサムの「のど、からから！」という叫《さけ》び声にまぎれてヴィヴィアンの耳には届《とど》かないだろう、と思って言ったらしい。が、ちょうどそのとき、サムが声を落としてぶつぶつ言うだけになったため、はっきりと聞こえてしまった。ヴィヴィアンは町のことを何も知らない言いわけを、でっちあげなくてはならなくなった。

「父と母は、私《わたし》が学校でうっかりしゃべっちゃうんじゃないかと思ったみたいなんです。そうなったら『歴史』がおかしくなっちゃうんですよね？　でも、知らないとこまることでもあるんですか？」

ラモーナはひどく気まずそうな顔で答えた。「ええ。学校の修了試験《しゅうりょうしけん》のときまでに知識《ちしき》をじゅうぶんに身につけていないと、たとえリー家の人間だって、『歴史』へ追い出されてしまうのよ」

ジェニーが説明した。「あのね、ヴィヴィアン、『時の町』は、住みたい人がだれでも住めるところではないの。町の一人一人が、ここに住むための資格《しかく》を手に入れなくてはならないのよ。学生たちの競争も激《はげ》しいわ。『続きの館《やかた》』で学んでいる若《わか》い人たちのほとんどは、卒業したら町で働きたいと考えているんだから」

ジョナサンが手すりからぱっと手を放《はな》し、大股《おおまた》でみんなから離《はな》れていった。今の話で気持ちが動転したらしい。でも次の瞬間《しゅんかん》、ジョナサンは戻《もど》ってきて言った。「見ろよ、あれ！」

みんながふりむくと、あたりは突然《とつぜん》、とり乱《みだ》したようすでホームへつめかける人々でいっぱいになっていた。数人は実際《じっさい》に船着き場から階段《かいだん》を上がってホームに着いたようだし、一人か二人はホームのはしをよじのぼってやってくるのが見えたが、ほとんどはだしぬけにぱっと現《あらわ》れたようだ。そして全員が、はしにならぶ『時の門』へと押《お》しよせていく。銀色のドアを突《つ》きぬけて見えなくなる人、開いている銀色の空間に消えていく人が少し。だが残りはみんな、あわてふためいたようすでボックスをたたいている。ドアを開けようとしているように見えたが、たたいているはずのドアがすでに開いている場合もあり、ひどく妙《みょう》な感じがした。

人の波は次々に現《あらわ》れ、ホームのはしへ押《お》しよせていく。あとから現《あらわ》れた人波が、前の波に重なり、ホームは今や、激《はげ》しくぐちゃぐちゃに突《つ》きぬけあう、走ったり腕《うで》をふったりする人々の姿《すがた》でいっぱいになっていた。服装《ふくそう》はまちまちだったが、いちばん多いのは『時の町』のパジャマ服姿《すがた》だ。

「みんな『時の幽霊《ゆうれい》』だ」サムが言った。

「話には聞いていたけれど、こんなに大勢《おおぜい》だとは思わなかった」走る人の群《む》れがますます重なっていくのを見ながら、ラモーナが言った。

すると、改札口で切符《きっぷ》を改めていた男の人が言った。「今月に入ってからは、毎日数が増《ふ》える一方で。だいたい正午から始まって、午後二時ごろに消えていきます。何が原因《げんいん》だか、さっぱりわかりません」

「観光客は怖《こわ》がってませんか?」ジェニーがきいた。

男の人は肩《かた》をすくめた。「少しは。でも、どうしようもないじゃありませんか?」

たしかに、銀色のボックスから出てきた本物の人間たちは、幽霊《ゆうれい》の群《む》れが自分たちの方へどっと押《お》しよせてくるのを目にして、かなりたじろいでいた。だが、幽霊《ゆうれい》たちを突《つ》きぬけて歩けることに気づくと、たいていの人は笑いだし、これもこの町の観光名物だと思うようだった。

案内所の拡声器《かくせいき》から、アナウンスが流れはじめた。対岸でも、とり乱《みだ》した『時の幽霊《ゆうれい》』たちがさらに大勢《おおぜい》『時の門』に押《お》しよせていて、そちらのホームの案内所からも同じアナウンスが流れだしたので、両方の声が重なって変なふうに聞こえた。

「おいおいでのおきゃ客様まに申申しあげますます。時時の門おんにむかむかっている人びびとは気に気になさらないでないでくださいさい。これこれは『時のきの幽霊《ゆうれい》れい』といわれる『時のきの町町』にとく特有の現《げん》象《しょう》しょうでありりり、むが無害でありありります」

本物の観光客たちの中には、このままうちにひき返そうかとなかば本気で考えているようすの人たちもいたが、この放送を聞いて安心したようだ。だが中に一人だけ、幽霊《ゆうれい》にまったく目もくれない男の人がいた。その人はボックスのひとつから姿《すがた》を現《あらわ》し、ホームにはだれもいないとでもいうように、ずんずん歩いてくる。

だけどこの人も『時の幽霊《ゆうれい》』なんだ、とヴィヴィアンは気づいた。やっとちがいがわかるようになってきたらしい。その人は、ヴィヴィアンにはちょっと時代遅《じだいおく》れに思える服を着ていて、輪郭《りんかく》がかすかにぼやけている。奇妙《きみょう》なことに、この幽霊《ゆうれい》は前にどこかで見たことがある気がする。その人が走る幽霊《ゆうれい》たちを突《つ》きぬけ、びっくりしたようすでのろのろ歩いている観光客たちのあいだを縫《ぬ》っていくのを見て、ヴィヴィアンはあとを追おうとした。が、いかにも『時の幽霊《ゆうれい》』らしく、男はふっと消えてしまった。

「行きましょう。『時の幽霊《ゆうれい》』って本当に嫌《きら》いだわ」ジェニーが言った。

全員、喜んでその場を離《はな》れた。音もなく押《お》しよせる人波を見て、だれもがいやな気分になっていたからだ。幽霊《ゆうれい》たちがあまりに必死なようすでボックスをたたいているから、本物じゃないとわかっていても、こっちまでおろおろしてしまいそうになる。ヴィヴィアンたちは階段《かいだん》をおりて、ボートのところに戻《もど》った。

「三日月湖へ。停泊《ていはく》してほしいところに来たら、言うわ」ジェニーが言った。

三日月湖というのは、川の流れが変わったときに、曲がりくねったところが取り残され、細長い湖になったものだった。両《りょう》はしに川とつながる細い水路があり、ボートが通れるようになっている。水路に濾過装置《ろかそうち》がついているおかげで、湖は澄《す》んだきれいな緑色をしていて、泳ぐこともできるらしい。

ボートが草の茂《しげ》る岸辺に停《と》まると、ジェニーが言った。「先に泳ぐ？　それとも食べる？　でも先に食べるなら、泳ぐのは一時間休んでからよ」

「先に食べる」三人は口をそろえた。

みんな、とてつもなくおなかがすいていた。一九三九年に行ってきたせいで、三人にとっての午前中はふだんより四時間近くのびてしまっていた。昼食を食べそこねたのと同じ気分だ。そこで、花の咲《さ》く低い木々の陰《かげ》で、ラモーナが広げたふんわりとした敷物《しきもの》の上にすわると、そのぶんを取り返そうと食べはじめた。おいしい具がつまった細長いパンや、チーズみたいなものが中に入った丸パンをむしゃむしゃ食べ、リンゴをがりがりかじった。最後にバターパイが出てきたので、サムがわあっと歓声《かんせい》をあげた。

食後は一時間、待たなければならなかった。お母さんたちは木陰《こかげ》の敷物《しきもの》の上に寝《ね》そべり、低い声でおしゃべりをしていた。ヴィヴィアンはラモーナがこう言っているのを耳にした。

「アブドゥルが本気で心配しているの。あの戦争の開戦が今じゃまる一年早まって、一九三八年の九月になってしまったのよ。その世紀の終わりごろにならないと発明されないはずの武器《ぶき》まで、作られはじめているらしいわ」

「監視官《かんしかん》たちを呼《よ》び戻《もど》してくれるといいのに！　ヴィヴが命を落とすことになるかもしれないもの。今まで任務中《にんむちゅう》の監視官《かんしかん》が殺されたことはない、なんて言わないで！　アメリカの再征服《さいせいふく》を監視《かんし》していたかわいそうな若《わか》い女の人のこと、覚えてるでしょう？」ジェニーが言った。

「ヴィヴはだいじょうぶよ。けさ届《とど》いた報告書《ほうこくしょ》の中に、あの人のぶんもあったわ。最近の急な変化にひどく驚《おどろ》いているみたい。アブドゥルはまだしばらく、ヴィヴをあっちに残しておく気らしいの。もっとくわしい報告《ほうこく》をよこすようにって、すぐに連絡《れんらく》していたもの。少なくともヴィヴィアンは、もう安全だし」

サムは、顔を草に押《お》しつけたまま眠《ねむ》ってしまっていた。

ジョナサンはヴィヴィアンに、来い、とばかりにあごをしゃくり、湖にそってぶらぶら歩きだした。ヴィヴィアンがいやいやあとから行ってみると、ジョナサンは倒木《とうぼく》に腰《こし》をかけ、怖《こわ》がっているような青い顔をしていた。

「どうしたらいいか考えなくちゃ。もしあのガキが盗《ぬす》んだものが本当に『極《きょく》』のひとつだったんだとしたら、『時の町』はもう安定していないってことだ。『歴史』だって同じだ」ジョナサンは言った。

「あの子が変装《へんそう》した『時の奥方《おくがた》』だと思う？」ヴィヴィアンはきいた。

「わからない。あいつがだれかはわからないし、何がどうなっているのかもわからないけど、あいつはあの箱を盗《と》ったあと時空旅行をしたんだから、『時の町』にとって脅威《きょうい》なことはまちがいない」

「だれかに話すべきだと思うわ。深刻《しんこく》な問題だもの」

「できないよ、そんなこと！　考えてもみろよ。あのガキのことにしても、箱のことにしても、ぼくたちが不安定期へ違法《いほう》に時空旅行したのでないかぎり、知りえないはずじゃないか。それに、おまえの親《しん》戚《せき》のいぼおばさんにきいてわかった、なんて言ったら、おまえ自身も違法《いほう》だってばれてしまうんだぞ。言えないよ。自分たちでどうにかするしかないんだ」

「ねえ……ばれたらそんなに恐《おそ》ろしいことになるの？」ヴィヴィアンはきいてみた。

「おまえがどうなるかは、ぼくにはわからない。すごくひどい目にあわされるかもしれない。でも少なくとも、ぼくがどうなるかはわかってる。『歴史』へ放り出されるんだ。ものすごくつまらないどこかの安定期へ送られて、そこで一生暮《く》らさなくちゃならなくなる。そんなこと、耐《た》えられないよ！」ジョナサンは考えただけで身ぶるいしている。「修了試験《しゅうりょうしけん》で失敗して、町に残る資格《しかく》がもらえなくなったらどうしようって、ずっとずっと不安でたまらないんだ。だから学校では一生懸命《いっしょうけんめい》勉強してるし、ぼくはリー家の血筋《ちすじ》なんだからって大さわぎして、個人指導《こじんしどう》もヴィランデル博士の受け持ちにしてもらったんだ。いちばん優秀《ゆうしゅう》な先生だから。博士はたいていすごく怖《こわ》いけど、がんばってついていってる。だって、どこまでもどこまでも世界が続くようなところに行ったら、ぜったい一週間で頭が変になるってわかってるんだ！」

ヴィヴィアンには、ジョナサンが本心をさらけだしているのがわかった。こんなことは、そうそう人には言わないはずだ。

「でも、もしあれが本当に『極《きょく》』なんだとしたら、実際《じっさい》に何か手をうてる人に知らせなくちゃだめよ。あなたのお父さんに、それとなくほのめかせば？」

「だめだよ。どうしてわかったのか、あやしまれる」とジョナサン。

「じゃあ、だれかほかの人にほのめかしなさいよ」とヴィヴィアン。

それから二人は一時間がたつまで、湖にそって歩きながら、そのことでずっと言いあった。ジョナサンは、だれかにほのめかすのはむりだという言いわけを、百ぐらい思いついた。でもヴィヴィアンは、あのとんでもない泥棒《どろぼう》少年のせいでまずい方向にむかいつつある『歴史』の中にいる、自分の両親のことを思い、ぜったいにゆずらなかった。

結局、ヴィヴィアンが勝った。湖のほとりにジェニーが現《あらわ》れ、水着らしいものをふりまわしながら「二人とも、泳がないの？」と叫《さけ》んだとき、ジョナサンがそっちへむかいながら言ったのだ。

「わかったよ。おまえの勝ちだ。母にそれとなく言ってみる」

「ちょっと待って！」ヴィヴィアンは呼《よ》びとめた。「私《わたし》、泳げないんだけど。それってまずい？」

ジョナサンはヴィヴィアンに撃《う》たれたみたいに、びくっと足を止めた。「まずい！　いとこのヴィヴィアンは、魚みたいにすいすい泳げるんだ。ぼくはいつも、もぐってきたあいつに、水にひっぱりこまれていた。母もラモーナ叔母《おば》さんも、そのことは覚えているはずだぞ」

「泳ぎ方を忘《わす》れちゃったことにできない？」ヴィヴィアンは言ってみた。

「泳ぎ方なんて、一度覚えたら忘《わす》れたりしないよ。歩き方を忘《わす》れないのと同じようなものだ。なあ、ぼくは今、思いっきりやる気を出したところなんだから、先に母にほのめかすのをやらせてくれよ。泳ぎのことは、そのあと考えよう」

そばにボートが停《と》まっているピクニックの場所へ戻《もど》るなり、ジョナサンはさりげないようすで空をあおいで、口を開いた。「お母さん、二十番世紀がすっかり混乱《こんらん》しているっていう話で思いついたことがあるんだけど、たとえばあのあたりに『時の町』の『極《きょく》』があって、だれかが盗《ぬす》んだとしたらどうだろう？　それなら、『歴史』のそのへんの時代が危機状態《ききじょうたい》になるのも、うなずけるよね？」

だがジェニーは笑って、ジョナサンの頭に水着を投げつけただけだった。「だまって着替《きが》えなさい。まったくジョナサンったら、おかしなことを考えるんだから！」

水着は大きかった。体全体を覆《おお》う形なのにくわえ、水が冷たい場合に体が冷えないよう、中にヒーターが入っていたからだ。そんなものを頭にかぶせられたせいで、ジョナサンが続けて言おうとした言葉は、「そうだけど――」のあと、もごもごと聞こえなくなってしまった。ジョナサンは、もがいて水着を取りのけたあとは、もう言う気をなくしていた。

ヴィヴィアンが泳げないのをばれないようにする方は、意外と簡単《かんたん》だった。ジェニーとラモーナはサムに泳ぎを教えるのに気をとられていたし、サムは大声を出していやがっていたからだ。ジョナサンとヴィヴィアンは、サムがバシャバシャ大さわぎしているところから岸にそって少し離《はな》れ、茂《しげ》みの陰《かげ》へまわりこむだけでよかった。

ジョナサンも、せいいっぱい泳ぎを教えようとしてくれた。ヴィヴィアンは、ジョナサンがあごを支《ささ》えてくれているときは、勇ましくぱしゃぱしゃやったが、手を放《はな》されるたびに沈《しず》んでしまい、水をたっぷり飲むはめになった。

そうしているあいだも、ジョナサンは自分のほのめかしたことが笑いとばされて、内心とてもほっとしているんだ、とヴィヴィアンにはわかっていた。だから、ゲホゴホいいながら立ちあがるたびに、目に入る水を手でぬぐい、ジョナサンの目をのぞきこんで言ってやった。「またほのめかしてみるんでしょ?」ジョナサンの目は視力調整機能《しりょくちょうせいきのう》を使っていないせいで、妙《みょう》にむきだしになった感じがし、一重《ひとえ》まぶたがはっきりと見えた。

しまいにジョナサンが言った。「ああ、わかったよ! おまえがこんなにしつこいやつだとは思わなかった! 知ってたら、親戚《しんせき》のいぼおばさんのところに残してきたよ。すごくなかよくなれたはずだぜ!」

でもジョナサンは、言ったことはきちんとやった。日光をたっぷり浴び、疲《つか》れはしたがとても楽しい気分になって、みんなが『古びの館《やかた》』へ戻《もど》ってきたあと、ジョナサンはりちぎにもう一度、晩餐《ばんさん》の席でほのめかしてみたのだ。

その晩《ばん》の客は、『ゆくすえ館《かん》』の最高位科学者であるレオノフ博士、『来しかた館《かん》』の小物の科学者一人、そして八二一〇年から来た世界首相とその夫だった。ジョナサンはおごそかな雰囲気《ふんいき》の会話がとぎれるのを待って、声をはりあげた。

「ぼくは、二十番世紀が乱《みだ》れはじめたのは、だれかがそこでフェイバー・ジョンの『極《きょく》』のひとつを盗《ぬす》んだからだと考えました。これはありうることでしょうか？」

世界首相が言った。「こちらの町の方々は、本当にそのような伝説を信じていらっしゃるのですか？」

ジェニーはすごく恥《は》ずかしそうなようすになった。世界首相はレオノフ博士の方をむいて返事を待ったが、博士は自分がわざわざ答えることではない、という顔をし、小物の科学者に返事をまかせた。その科学者はとても親切な口調《くちょう》で、ジョナサンにむかって言った。

「それはありえませんよ、坊《ぼっ》ちゃん。『歴史』との相互《そうご》作用によって『時の町』をしかるべき位置にたもっている力は、人が盗《ぬす》めるようなものではないんです。フェイバー・ジョンだって、ただの伝説の人物ですしね」

ジョナサンは勇気をふるって言い返した。「でも実はその『極』はとても小さくて、土に埋《う》められるようなものかもしれませんよ。それだったら盗《ぬす》めますよね」

『とこしえのきみ』ウォーカー氏が、苦悩《くのう》にみちた目つきでジョナサンをにらみつけた。「くだらない話はよせ、ジョナサン。そういうばかげた考えは、おまえの祖父《そふ》の時代にすでに否定《ひてい》されている」

ジョナサンはあごが胸《むね》につくくらい深くうつむき、真っ赤になった顔を隠《かく》した。もうあきらめてしまったらしい。ヴィヴィアンも、しかたないと思った。あれだけほのめかすのでも、かなり勇気がいったはずだ。

その晩《ばん》、ヴィヴィアンは自分の部屋で、これからどうしようかと真剣《しんけん》に考えてみた。うちに帰る前に、まずジョナサンに手を貸《か》して、この混乱《こんらん》をもとどおりにするべきだろう。でも、ルイシャムにいるお母さんのところに爆弾《ばくだん》が落ちているのでは、とか、お母さんがいるあたりの『歴史』

がどんどんまずいことになっているのでは、といった心配ばかりが頭に浮《う》かび、どうしたらいいかはわからずじまいだった。

8　絶《た》えざる学舎《がくしゃ》

次の日の早朝、ヴィヴィアンはペチューラに起こされた。ペチューラは、ボタンつきのベルトを持ってきてくれていた。ジョナサンのに似《に》ているが、もっと白っぽくて硬《かた》く、新しい。
「エリオがあなたにって」ペチューラは言った。「今日から学校だから、すぐ着替《きが》えて。でもどうか、エリオのお気に入りの、黄色と紫《むらさき》の悪趣味《あくしゅみ》な服は着ないでくださいね。あなたが『絶《た》えざる学舎《がくしゃ》』でどんな目で見られるかと思うと、いたたまれませんもの」
ヴィヴィアンは無地の青いスーツを選び、硬《かた》いベルトをしめた。そしてベルトのボタンをそっとさわりながら、下におりていった。どれがどういう働きをするボタンなのだろう？　ためしてみる勇気はなかった。
公邸《こうてい》の中はずいぶんさわがしい。ほかの階段《かいだん》をさかんにのぼりおりする足音と、大きな叫《さけ》び声が聞こえてくる。

ホールでジョナサンに会ったので、ヴィヴィアンはきいてみた。「なんのさわぎ？」

だがジョナサンはそれには答えず、こう言っただけだった。「ほのめかしたって全然だめだ。だれも気にとめてくれない。ゆうべは遅《おそ》くまで寝《ね》ないでどうしようか考え――」

そこでジョナサンはぱっと片側《かたがわ》にとび、階段《かいだん》近くのドアから勢《いきお》いよく出てきた『とこしえのきみ』ウォーカー氏をかろうじてよけた。ウォーカー氏は二人のすぐ横を、風のように通りすぎていく。ごわごわした赤いローブと金の刺繡《ししゅう》が入ったマントを着ていたが、ローブははだけたままで、両わきになびいていた。前の開いたところから、白い下着の上下と、毛むくじゃらの細い片脚《かたあし》がのぞいている。ヴィヴィアンは自分の目を疑《うたが》いながら、全速力で走りさるウォーカー氏のうしろ姿《すがた》を見送った。

「金のストール！　時の名にかけて、金のストールはどこへ行った？」『とこしえのきみ』ウォーカー氏はどなっている。

同じドアから、赤いシルクハットを持って、エリオが現れた。そのうしろからジェニーが、巨大《きょだい》な金の首飾《くびかざ》りを持ってあたふたと出てくる。市長が公式の席で首にかける鎖《くさり》にそっくり、とヴィヴィアンは思った。そのあとからペチューラも走ってきた。さらにそのうしろから、晩餐《ばんさん》のときに給仕をする女性《じょせい》たちと、ヴィヴィアンがはじめて見る人たちが五人、そのまたうしろから、いつもは階段《かいだん》をみがいている男性《だんせい》たちがかけてくる。それぞれがローブやら、帽子《ぼうし》やら、金色のブーツやら、ジェニーのとはちがう感じの金の鎖《くさり》やらを持っている。ペチューラは幅広《はばひろ》の金のリボンを二本、ふりまわしている。ヴィヴィアンはこのおもしろい光景に目をうばわれ、みんなが『とこしえのきみ』ウォーカー氏を追って大急ぎで走り、なんとかホールのはしで追いつめるようすに見入っていた。

とり囲まれたウォーカー氏が叫《さけ》んだ。「ちがう、たわけたアンドロイドめ！　その帽子《ぼうし》じゃない！　それにリボンじゃなくて金のストールと言っただろうが、たわけ女め！　とっとと捜《さが》してこないか！　儀式《ぎしき》は二十分後に始まるんだぞ！」そして人だかりの中からとびだすと、またもやジョナサンとヴィヴィアンの方へ走ってきた。

おもしろいなあ、これ！　ヴィヴィアンはみんながあわててむきを変え、また『とこしえのきみ』を追いかけだしたのを見ながら思った。『とこしえのきみ』ウォーカー氏は、階段《かいだん》の手すりをつかんですばやくむきを変え、一段《だん》とばしでだだだっとかけあがっていく。ウォーカー氏はわめいた。

「それから、紅玉髄《こうぎょくずい》のカフスボタンがいるんだ！　この館《やかた》じゃ、だれも何ひとつまともに見つけられないのか？」

ほかの人たちが全員、ウォーカー氏のあとを追って階段《かいだん》をぞくぞくと上がっていくのを見ているうちに、ヴィヴィアンはくすくす笑いがこみあげてきた。ウォーカー氏の声がまだ聞こえる。

「役たたずばかりだ！　金のストールと言っているだろうが！」

追いかける人たちは階上に着き、手すりがついた通路へと大急ぎでまわりこんだが、敷物《しきもの》につまずいてころんだり、たがいにぶつかったりしている。ヴィヴィアンは思わず大声で笑いそうになってしまった。まるで喜劇映画《きげきえいが》を見てるみたい！　そして、ジョナサンはどう思っているのかしらとふりむいた。

ジョナサンはぷいと横をむき、うんざりしたようすで言った。「儀式《ぎしき》があるたびにこうなんだ。行こう。朝食を食べなくちゃ」

ヴィヴィアンは口から出かかっていたくすくす笑いをぐっとのみこみ、声が笑いでふるえそうになるのをおさえながら、きいてみた。「儀式《ぎしき》はしょっちゅうあるの？」

ジョナサンはむっつりと答えた。「一日にいっぺんくらい」

二人は走りまわる足音や叫《さけ》び声のすさまじい騒音《そうおん》の中で、朝食を食べた。一、二度、だれかが金の鎖《くさり》を下の階へ投げつけたような、けたたましい金属音《きんぞくおん》も聞こえた。ジョナサンは気づかないふりをしている。笑ったらひどく傷《きず》つくにちがいない。だがそうわかってはいても、ヴィヴィアンは、足音やわめき声が『朝餉《あさげ》の間《ま》』に近づいてくるたびに、どうしてもくすくす笑いがこみあげてしまった。そのせいで、ジョナサンの話していることを理解《りかい》するのがたいへんだった。

「……あのガキのあとを追いかけて、『極《きょく》』を取《と》り戻《もど》すべきなんだ。もしあいつが百年ごとにぴょんぴょん時間移動《いどう》しているんだとしたら、今ごろは安定期のど真ん中に行っているはずだから、たぶんそこもめちゃくちゃになっているだろう。あの卵形《たまごがた》のコントローラがちゃんと働いてくれれば、あいつを見つけられるはずなんだが……きのう、帰れなくなりそうだったのが、どうも気になるんだ。『歴史』で立ち往生《おうじょう》するはめになるのは、勘弁《かんべん》してほしいからな」

そのとき、『とこしえのきみ』ウォーカー氏がほかのみんなをぞろぞろしたがえ、『朝餉《あさげ》の間《ま》』をどたどたとつっきっていった。ヴィヴィアンはまたしてもこみあげてくる笑いを必死でこらえ、ちゃんと考えなくちゃ、と自分に言い聞かせた。「あの子、ほかの『極《きょく》』も全部盗《ぬす》むつもりだと思う？　だとしたら、まずそれがあるところへ行って、そこの人たちにちゃんと守っているよう頼《たの》んだらどうかしら？『極』は全部でいくつあるの？」

「わからない」ジョナサンはうめくように言った。「どこにあるかも、いつの時代にあるかも知らない。あいつが盗《ぬす》んだものが本当に『極』なのかさえ、わからない」

前の晩《ばん》に科学者に言われたことのせいで、ジョナサンはひどく自信をなくしているらしい。たしかに、ジョナサンの早合点《はやがてん》だったのかもしれない。証拠《しょうこ》は何もないのだから。だけど……そのとき、『とこしえのきみ』ウォーカー氏が『朝餉《あさげ》の間《ま》』の真上の階をどたどた走る足音がし、ヴィヴィアンはまたしても笑いをこらえた。

「元気出して。私《わたし》たちの『時の幽霊《ゆうれい》』のことを考えてよ。私《わたし》たちが何かした……じゃなかった、何かすることは、まちがいないでしょ」

「そうだな」ジョナサンは少し元気を取《と》り戻《もど》したようだ。

それからまもなく、公邸《こうてい》はいきなり静かになった。ジョナサンはベルトの時計ボタンを押《お》して時間を見ると、もう行かなくちゃ、と言った。ヴィヴィアンは立ちあがり、ひどくどきどきしながらジョナサンについていった。

ジョナサンは学校へ行くというのに、手ぶらだった。ペン一本さえ持っていかないらしい。ヴィヴィアンは何かものたりないような、妙《みょう》な気分になった。やっと『時の町』のパジャマ服のまるはだかのまみたいな着心地になれたと思ったのに、教科書も筆箱も持たずに学校に行くというので、もう一度まるはだかの気分に逆戻《ぎゃくもど》りしてしまったのだ。

ホールと階段《かいだん》には、たくさんの絹《きぬ》のマントや帽子《ぼうし》、靴《くつ》、それに何本かの金の鎖《くさり》が散乱《さんらん》していた。エリオがうしろむきに階段《かいだん》をおりながら、ひとつひとつまじめに拾い集めている。顔ははっきりとは見えないが、にやにやしていることはまちがいなさそうだ。

『時の庭』の噴水《ふんすい》のところで顔を合わせたサムは、実際《じっさい》、にやにやしていた。前歯二本を見せた満面の笑みだ。「ジョナサンのお父さん、走ってったよ。ロケットみたいに、ロープをつかんでとんでいった。すごい大さわぎだった?」

ジョナサンはぶっきらぼうに答えた。「いつもとたいして変わらない。さっさと歩けよ。十分したら雨がふりだすぞ」

アーチ形天井《てんじょう》の通路を抜《ぬ》けて『永久《とわ》の広場』に出たとき、ヴィヴィアンは空を見あげてみた。もくもくとした白い雲のあとから灰色《はいいろ》の雲が流れてきてはいるが、今にも雨がふりそうだという感じはしない。「ほんとに雨がふるの？」

「ああ、だって今年の天気は、三五八九年のをそっくり再現《さいげん》してるからな。作物のために、かんばつのあった年のは使わないんだ。天気予報《よほう》はベルトで調《しら》べられるよ」とジョナサン。

「どのボタン？」ヴィヴィアンはきいた。

ジョナサンとサムは一緒《いっしょ》に『永久《とわ》の広場』を横切りながら、ヴィヴィアンにベルトの使い方を教えてくれた。天気ボタンを押《お》すと、ヴィヴィアンの手首からひじにそって、きらきら光る緑の文字が何行か現《あらわ》れた。


《五時～八時四十分、晴、気温十四～十七度。八時四十分～十時二十七分、雨、九時七分ごろに雷《かみなり》。十時二十八分～十五時五十八分、快晴《かいせい》、気温十三～十九度》

「さすがにエリオは手際《てぎわ》がいいな。おまえに読める字の出るベルトを用意してくれたなんてさ。ぼくのは全部、世界標準《ひょうじゅん》文字で表示《ひょうじ》されるんだぜ」ジョナサンが言った。

「クレジットは何ユニットもらった？　ちがう、そっちのボタンだってば！」とサム。

サムの指したボタンを押《お》すと、ヴィヴィアンの手のひらが明るく光った。

《VSL／90234／7C　一〇〇・〇〇『時の町』ユニット》

ヴィヴィアンは読みあげながら、なんだか怖《こわ》くなってしまった。二百ポンドってこと？　まさか！

「ちぇっ、いいなあ！　バターパイが二百個《こ》も食べられる！」とサム。ジョナサンは説明を続けた。

「おまえのにも軽量化機能《きのう》がついてるぞ。そっちのはペン機能《きのう》。おまえの時計機能《きのう》はどっちだ？　文字《もじ》盤《ばん》？　デジタル表示《ひょうじ》？」

すっかり自分のベルトに夢中《むちゅう》になってしまったヴィヴィアンは、公邸《こうてい》でのさっきの大さわぎのもとになった儀式《ぎしき》が、ちょうど今、『永久《とわ》の広場』の奥《おく》の方で執《と》り行《おこな》われていることに、すぐには気づかなかった。赤い服の人々の列が、ゆっくりと広場を練り歩いている。うしろの建物が巨大《きょだい》なので、ひどく小さく見える。ジョナサンの父親は先頭の方にいた。銀の斧《おの》みたいなものを持った人のすぐうしろを、ひどくまじめでもったいぶった、おごそかなようすで歩いている。さっきまで三十分ほども、わめきながらあっちこっち走りまわっていたなんて、うそみたいだ。

「一緒《いっしょ》にいる人たちはだれ？」ヴィヴィアンはきいた。

「『古びの館《やかた》』の護衛《ごえい》たちだよ」サムが答えた。

「『年代パトロール庁《ちょう》』を定年退職《たいしょく》した年よりたちさ」ジョナサンは言うと、広場のべつのはしを指さした。「あの青い連中は司書らしいな。急ごう。みんなもう、『絶《た》えざる学舎《がくしゃ》』へ入っていってるぞ」

高い青い帽子《ぼうし》をかぶった青い人の列は、開いた巨大《きょだい》な古い本をクッションにのせて運んでいる二人を先頭に、ローブをひるがえしながら、赤い列にむかって歩いてくる。だがジョナサンが指していたのは、その行列のうしろにいる、もっとずっと小さい人たちだった。広場のはしっこを左右からぞろぞろと『絶《た》えざる学舎《がくしゃ》』にむかい、開けはなされた高い扉《とびら》の奥《おく》へ入っていく。

それを見てサムですら足を早めたが、『フェイバー・ジョンの石』の前に来ると、三人はまた立ちどまった。もう儀式《ぎしき》のふたつの行列にだいぶ近づいていたので、本を運ぶ二人の司書のすぐうしろを歩いているのが、高い青い帽子《ぼうし》をかぶったえらぶって気むずかしげなようすのエンキアン氏だと、ヴィヴィアンにもわかった。ふたつの行列は、『フェイバー・ジョンの石』の真ん前で合流する段取《だんど》りらしい。

「おい、今日のひびを見てごらんよ！」ジョナサンが叫《さけ》んだ。

ひびは板石のすみから「ファブ」という金文字を突《つ》きぬけ、すりへった部分にまでのびたあと、新たに三方向へかすかなジグザグのひび割《わ》れを作り、石の真ん中にまで届《とど》いていた。のびたかどうか、ジョナサンが測《はか》ってみるまでもない。

「まいったな。伝説のとおりじゃないといいけど！」とジョナサン。

そのとき、すぐ近くでふたつの行列の先頭が出会い、ウォーカー氏が唱《とな》えるように言った。「『時の議会』の名において、『とこしえのきみ』より『滅《ほろ》ばずの館《やかた》』にごあいさつ申しあげる」

雨がぽつぽつとふりはじめた。

ヴィヴィアンは冗談半分《じょうだん》に言ってみた。「フェイバー・ジョンがちょっと目を覚まして、足の指をもぞもぞさせたんじゃない？　あの洞窟《どうくつ》の位置から考えると、だいたいこのあたりが足でしょう？」

サムは顔をしかめ、いどむように三本の新しいひびを強く踏《ふ》みつけた。靴《くつ》ひもがばらっとほどけた。ジョナサンがサムの腕《うで》をとり、板石からひきずりだした。「気をつけろ！　ひびが広がるかもしれないじゃないか！」

今度はエンキアン氏が唱《とな》えていた。「われに与《あた》えられし力により、われを通じ、『滅《ほろ》ばずの館《やかた》』より『とこしえのきみ』ならびに『時の議会』にごあいさつ申しあげる。これらわが司書たちの――」

だがエンキアン氏の声は、突然《とつぜん》鳴りだしたバグパイプの音にかき消されてしまった。ヴィヴィアンが顔を上げてみると、儀式《ぎしき》はめちゃくちゃになりかけていた。くたっとした高い帽子《ぼうし》をかぶった脚《あし》の長い男が一人、バグパイプを演奏《えんそう》しながら、『とこしえのきみ』ウォーカー氏と斧《おの》を持った老人のまわりで、8の字を描《えが》くようにぴょんぴょん踊《おど》っている。

そのまま見ていると、男は今度は『古びの館《やかた》』の護衛《ごえい》たちの列に割《わ》りこみ、まるで気がふれたかのように長い脚《あし》をふりあげてとんだりはねたりしはじめた。赤い制服《せいふく》を着た年配の人たちはちりぢりになって逃《に》げようとしたが、老婦人《ろうふじん》が一人、儀式《ぎしき》用の剣《けん》を抜《ぬ》き、踊《おど》る男の前にふるえながら立ちはだかった。だが男は剣《けん》を突《つ》きぬけ、まったく無傷《むきず》のままはねつづけた。バグパイプの演奏《えんそう》をやめようともしない。

この人、『時の幽霊《ゆうれい》』なんだ、とヴィヴィアンは気づいた。しかし妙《みょう》なことに、儀式《ぎしき》をしている人々はだれ一人、幽霊《ゆうれい》だとは思っていないようだ。男が司書たちの列の中にとびこむと、青いローブをまとった人たちもちりぢりになった。エンキアン氏が叫《さけ》んだ。「だれだか知らないが、やめたまえ!」

男はくるりとむきを変え、巨大《きょだい》な古い本がのっているクッションめがけ、みごとなとびげりをした。ヴィヴィアンには、その長い脚《あし》と先のとがった靴《くつ》がクッションにも本にもまるっきりふれなかったのが見えたが、二人の司書はけられるものと思いこみ、よけようとして勢《いきお》いよくクッションをひいた。と、本がすべり落ち、堅《かた》そうなページがばらばら開いた。

「『破滅《はめつ》の書《しょ》』が!」エンキアン氏がぎょっとしたように叫《さけ》び、二人の司書と同時に、本にとびついた。踊《おど》る男は、よつんばいになったエンキアン氏たちの背中《せなか》をぴょんぴょんとびこしていく。そして次の瞬《しゅん》間《かん》には、ヴィヴィアンとサム、ジョナサンにむかって、まっしぐらにはねてきた。

「そいつを逮捕《たいほ》しろ！」『とこしえのきみ』ウォーカー氏が護衛《ごえい》たちに命じた。護衛《ごえい》たちの方は、ただの『時の幽霊《ゆうれい》』ですよ、と叫《さけ》び返した。が、その叫《さけ》び声は、耳をつんざくようなパグパイプの音にかき消されてしまった。ヴィヴィアンも思わずあとずさってよけながら、変わったようすの男のはりつめたような青白い顔をちらっと見たが、男はすぐにくるりとむきを変え、『フェイバー・ジョンの石』の上にとび乗った。

爪先《つまさき》立《だ》ってはちゃめちゃなダンスを踊《おど》る男の靴《くつ》の下で、板石は百個《こ》もの破片《はへん》に砕《くだ》けちった。破片《はへん》はさらに小さく砕《くだ》け、さらにさらに砕《くだ》けて、あっというまに白っぽい砂利《じゃり》になってしまった。そのころには踊《おど》る男の姿《すがた》はなんとなくぼやけ、パグパイプのうるさい音も、くぐもって聞こえるようになっていた。

やがて、男はすっかり消えてしまった。静かになった広場に少しずつ雨音が響《ひび》きはじめた。『フェイバー・ジョンの石』は、もとどおりになっていた。ただ、三本のひび割《わ》れはそのままだ。板石は雨に濡《ぬ》れ、だんだんと黒っぽくなっていく。

「まったくいまいましい！」『破滅《はめつ》の書《しょ》』を自分のローブで覆《おお》って濡《ぬ》れないようにしながら、エンキアン氏が腹《はら》をたてたようすで言った。「最初からやりなおした方がいいですな」

どしゃぶりになった中、儀式《ぎしき》の人たちがやりなおしのしたくを始めたのをしり目に、ヴィヴィアンたちは走りだした。ジョナサンが息を切らして言った。

「ずいぶん変な『時の幽霊《ゆうれい》』だったな。幽霊《ゆうれい》とは、思えないんだけど！」

サムは疑《うたが》うようすもなく、『時の幽霊《ゆうれい》』だと言いきった。そして『絶《た》えざる学舎《がくしゃ》』の戸口にかけこむなり、叫《さけ》びだした。「新しい『時の幽霊《ゆうれい》』を見たよ！　みんな聞いて、ぼく、新しい『時の幽霊《ゆうれい》』を見たんだ！」そのあと午前中はずっと、学校中にサムの声がわんわん響《ひび》きっぱなしだった。

ヴィヴィアンは、いやでもその声をえんえんと聞かされるはめになった。恥《は》ずかしいことに、サムと同じクラスに入れられてしまったからだ。ヴィヴィアンの年なら普通《ふつう》入るはずのクラスでは、どうやらロンドンの学校で教えてくれた先生たちでさえ知らないようなことを、勉強しているらしい。

校長はヴィヴィアンにこう言った。「きっとすぐに追いつきますよ。リーの家の人たちはみんな、覚えが早いですから。でも、世界標準《ひょうじゅん》文字がわかるようになるまで、上のクラスには移《うつ》せませんからね」

ちょうど、サムのクラスは世界標準《ひょうじゅん》文字を習っているところだった。ヴィヴィアンも一緒《いっしょ》に、小さすぎる枠組《わくぐ》みだけの椅子《いす》にすわり、低すぎる枠組《わくぐ》みだけの机《つくえ》にむかって、紙に似《に》ているけどちがう白い四角いものに、奇妙《きみょう》な記号を書くことになった。クラスのほかの子どもたちは緑の鉛筆《えんぴつ》を使っていたが、ヴィヴィアンは年上だというので、新しいベルトのペン機能《きのう》を使ってもいいと言われた。ボタンを押《お》すと、手の中に緑の細長い光が、ぱっと現《あらわ》れる。ペンを握《にぎ》っているような感触《かんしょく》だ。緑色に書けて、使いやすい。ただこまったことに、そのボタンは軽量化機能《きのう》のボタンのとなりにあった。ヴィヴィアンは何度もボタンを押《お》しまちがえ、枠組《わくぐ》みだけの椅子《いす》からすうっと浮《う》きあがってしまった。

そのせいでクラスが騒然《そうぜん》となるたび、男の先生は「静かにしなさい、サム。靴《くつ》ひもをちゃんと結んで」と言った。先生は、理不尽《りふじん》にサムばかり叱《しか》っているわけではなかった。ヴィヴィアンが浮《う》きあがったとき以外は決まって、サムが『時の幽霊《ゆうれい》』のことをまわりにしゃべりまくって、クラスをさわがしくしていたからだ。でもヴィヴィアンは、恥《は》ずかしくてたまらなかった。午前中の授業《じゅぎょう》が終わり、先生が回収《かいしゅう》ボタンを押《お》すと、生徒たちがそれぞれ書きこんだ白い四角が消え、先生の枠組《わくぐ》みだけの机《つくえ》の中にそろって現《あらわ》れた。ヴィヴィアンはすっかり落ちこんだ気分になっていた。

けれど、昼食の時間には元気になった。みんなと一緒《いっしょ》に細長い部屋へ入ると、自動販売機《はんばいき》――ジョナサンの部屋にあった、けらないと動かないものに似《に》ているが、ここのはそんなにしょっちゅうけらなくてもよかった――が、まわりじゅうにずらりとならんでいた。自動販売機《はんばいき》は、子ども一人あたり四つまで食べ物を出してくれる。ずるをして、べつの自動販売機《はんばいき》でもっともらおうとしても、わかってしまうようだ。サムでさえ、バターパイを四つより多く出させることはできなかった。四つの食べ物をもらったあとは、おのおの長いテーブルについて食べることになっていた。

ヴィヴィアンは新顔だし、リー家の子だというので、ほかの子たちがまわりに集まってきた。今ではヴィヴィアンは、いとこのヴィヴィアン・リーのふりをすることにすっかりなれてしまい、本当はちがうということを忘《わす》れそうになっていた。二十番世紀の第二次世界大戦が始まったばかりの時代にいたと話すと、だれもがいっそう興味《きょうみ》しんしんになり、人だかりはますます大きくなった。ほとんどの子は『歴史』へ行ったことがないので、どんなところか知りたいらしいのだ。

ヴィヴィアンは質問《しつもん》に答えながら部屋を見まわしてみて、『時の町』にはこれだけしか子どもがいないの？　と仰天《ぎょうてん》した。たしかに学校の建物は大きいが、通っている子どもたちは、サムよりずっと小さな子から、ジョナサンより頭ひとつぶんくらい背《せ》が高い、もう大人といってもよさそうなお兄さんお姉さんまで全員、この細長い食堂ひと部屋におさまってしまっている。それにきいてみると、『絶《た》えざる学舎《がくしゃ》』が町のただひとつの学校で、半数以上の子は毎日、田園地方の農家からボートやホバークラフトで通ってくるのだという。ロンドンではどこの学校も子どもでいっぱいなのを知っているヴィヴィアンには、とても変に思えた。でも、ロンドンの学校のことを話すと、みんなは一人の教師《きょうし》が三十人以上の生徒をいっぺんに教えるなんて、と逆《ぎゃく》にびっくりした。

「三十人以上の脳《のう》のリズムを、どうやって全部把握《はあく》できるっていうんだろうな？　今度は戦争のことを教えてくれよ。精神《せいしん》戦争みたいな静かな戦争なのかい、それとも、ニュージーランドが乗っ取られたときみたいな大さわぎなのか？」だれかがきいた。

「道路を走りまわって戦っているの？」ほかの子もききたがった。

ふたつの国同士が戦うときは、どっちかの国の陸軍が敵国《てきこく》に侵攻《しんこう》しないかぎり、道路で戦いが起きたりはしないことを、ヴィヴィアンはなんとか説明しようとした。すると、「侵攻《しんこう》」とはどういうことかも説明しなくてはならなくなった。

「つまり、たとえば観光客たちがワアワア叫《さけ》びながら『時の川』をさかのぼって、『時の町』の人たちを殺しに来るみたいなもの？」小さな女の子が、かなり気が動転したようすできいた。

えっ、そうなのかなあ、と考えていたとき、ジョナサンが人混《ひとご》みをかきわけてやってきて、ヴィヴィアンの耳もとで大声で言った。「おまえに伝言が入ってる。ベルトを見ろ」

「どこを？　どうやって？」とヴィヴィアン。

「そっちのボタンを押《お》してごらん」みんなが親切に教えてくれた。

言われたとおりにしてみると、前のテーブルの上に緑の文字が現《あらわ》れた。

《ヘーコン・ヴィランデルよりV《ヴィ》・S《エス》・リーどのへ
十三時きっかりに、J《ジェイ》・L《エル》・ウォーカーと特別指導《しどう》を受けに来られたし》

その下にはもうひとつ伝言があった。

《『絶《た》えざる学舎《がくしゃ》』はヴィランデル博士の指導《しどう》を承認《しょうにん》す。
F《エフ》・T《ティー》・ダナリオ校長》

ヴィヴィアンはジョナサンにきいた。「これ、本当？　冗談《じょうだん》じゃない？」ヴィランデル博士ほど学識《がくしき》の深い大物が、私《わたし》みたいな小娘《こむすめ》の存在《そんざい》を覚えていたこと自体驚《おどろ》きなのに、まさか教えようと言いだすなんて！

ジョナサンが自分のベルトを押《お》した。またべつの伝言が、ヴィヴィアン宛《あて》のものの横に現《あらわ》れた。

《H《エイチ》・ヴィランデルよりJ《ジェイ》・ウォーカーへ
愚《おろ》かなるV《ヴィ》・リー、ベルトの伝言に返信せず。十三時に連れきたるべし》

「博士、怒《おこ》っているみたいだな」だれかが言った。

「だいたいいつだって怒《おこ》ってるんだ」ジョナサンが言った。すると、個人指導《こじんしどう》を受けるなら、ビリアス・エンキアンの方がまだいい、と何人かが力説しはじめた。みんなの話からすると、だれもが十歳《さい》になると個人指導《こじんしどう》を受けはじめるらしいが、ヴィランデル博士は特に嫌《きら》われている教師《きょうし》の一人らしい。

「まあ、でも、行かなかったら本当に頭から食われちゃうからな」ジョナサンが言った。

二人はヴィヴィアンのベルトの時計が十二時三十六分を指したとき、『絶《た》えざる学舎《がくしゃ》』を離《はな》れた。

ジョナサンはまだあの踊《おど》る『時の幽霊《ゆうれい》』のことを考えていたらしく、『絶《た》えざる学舎《がくしゃ》』の側面にあるガラスの扉《とびら》を押《お》し開けながらこう言った。「あれは本物の『時の幽霊《ゆうれい》』にしては、変なことが多すぎる。普通《ふつう》は音は出ないはずなんだ。大学生のだれかのいたずらだと思うな」

「えっ？……じゃ、『フェイバー・ジョンの石』がこわれるように見えたことも？」ヴィヴィアンはきいた。

「いくつかの世紀では、ホログラム（光をあてると立体的な像が見られる一種の写真）の技術《ぎじゅつ》が信じられないくらい進歩しているんだ」ジョナサンが答えた。そう言われても、ヴィヴィアンはホログラムなんて聞いたことがなかったから、さっぱりわからない。ジョナサンはさらに言った。「ぼく、知りあいの大学生に会ったら聞いてみよう」

外の雨は、ヴィヴィアンのベルトが予報《よほう》したとおり、もうやんでいた。そびえ立つ『絶《た》えざる学舎《がくしゃ》』と、大きなアーチ形通路のある『続きの館《やかた》』とかいう建物にはさまれた芝生《しばふ》は、雨に濡《ぬ》れ、日光をきらきらと反射《はんしゃ》している。芝《しば》はまだぐしょぐしょだったので、ひなたぼっこをしようと出てきた大学生たちはほとんど全員、芝生《しばふ》のあちこちに置かれたいろいろな形の彫刻《ちょうこく》に腰《こし》かけていた。あたりには学生たちののんびりしたおしゃべりが響《ひび》いている。みんな驚《おどろ》くほど大人っぽい。

「ごきげんよう、ジョナサン」黒いビロードのスモックを着た若《わか》い男の人が、声をかけてきた。獅子《しし》の頭をした巨大《きょだい》な仏像《ぶつぞう》ふうの彫刻《ちょうこく》の、片方《かたほう》のひざの上にすわっている。

もう片方《かたほう》のひざの上にいた、すけすけのローブを着た女の子がにっこりして言った。「あら、ジョナサン君じゃない」

ジョナサンは立ちどまり、二人にあいさつした。「こんにちは。けさ儀式《ぎしき》を中断《ちゅうだん》させた『時の幽霊《ゆうれい》』のことだけど、何か知らない？」

「知っていればいいんだけど!」二人が同時に答えた。この声に、近くにあった眠《ねむ》る男の彫像《ちょうぞう》の上にずらりとならんでいた学生たちもいっせいにこっちをむき、大きな声で言った。「まったくだ!」その彫像《ちょうぞう》の頭部にすわっていた、短い白っぽいキルト(スコットランドの男性の伝統的な衣装。格子じまのスカート)をはいた若《わか》い男の人がつけくわえた。「いたずらしたやつが、一部始終を三次元映像《えいぞう》で記録してくれてたら、一年ぶんのビール代をやってもいいよ! エンキアンのやつの顔が見てみたいからな!」

「すぐ近くからとっくりとね」すけすけのローブの女の子が言った。

「いくら礼をしても足りないくらいだ」キルトの男の人が言った。

黒いビロードのスモックの男の人が説明した。「エンキアンはかんかんで、犯人《はんにん》は退学《たいがく》だと言っている。ということは、犯人《はんにん》はまず出てこないってことだ」

すけすけのローブの女の子が言葉をついだ。「つまり、私《わたし》たち全員が知りたくて死にそうな思いをしてるってこと。あなたこそ何か知ってるんじゃないの、ジョナサン?」

「教えてくれたら、きみにもごほうびをやるよ」キルトの男の人が言った。

「ごめん、知らないんだ。そっちが知っているかと思ったのに」ジョナサンはそう言って、歩きだした。キルトの男の人がうしろから呼《よ》びとめ、笑いながら言った。「冗談《じょうだん》は抜《ぬ》きにして、目撃《もくげき》したことを話してくれたら、お礼にきみがしてほしいことをなんでもやってやるよ」

ジョナサンも笑いだした。「あとで。今はヴィランデル先生のところに行かなくちゃ」

ジョナサンとヴィヴィアンは階段《かいだん》を何段か上がり、目の前の建物を突《つ》きぬけている、アーチ形天井《てんじょう》の長い通路を歩いていった。

「だれかがホログラムでいたずらをしたってことは、まちがいないようだな。それはそうと、この建物は『続きの館《やかた》』だ。ここをまっすぐ抜《ぬ》けて、『滅《ほろ》ばずの館《やかた》』、つまり中央図書館へ行くんだ。ヴィランデル先生は、そこのてっぺんの私室《しつ》で暮《く》らしている。部屋を出るのは、エンキアン先生とけんかするときだけだ、ってうわさだ」ジョナサンが言った。

『滅《ほろ》ばずの館《やかた》』は巨大《きょだい》で、とても奇妙《きみょう》な形をした建物だった。『続きの館《やかた》』の通路を出るとすぐ正面にあった入口は、みかげ石でできていて、五角形をしていた。もちろん普通《ふつう》の出入口だって、てっぺんがとがった形をしていたら五角形になる。でもその場合は、てっぺんの二辺が短いはずだ。ところがこの入口は、正五角形をゆがめたように見えた。

その上にも、奥《おく》の方にも、同じような五角形がいくつもいくつもつらなり、ひしゃげた巨大《きょだい》なハチの巣みたいな、ばかでかい五角形の建物になっている。入口の上のところにはすりへった古い浮《う》き彫《ぼ》りの文字があり、金《きん》が塗《ぬ》ってあるおかげでなんとか読めた。「真鍮《しんちゅう》にまして永《なが》らう金字塔《きんじとう》」とある。

「本のことを言ってるんだ。軽量化ボタンを押《お》せ。階段《かいだん》を何千段《だん》ものぼるぞ」ジョナサンが言った。

たしかに何千段《だん》もあった。みかげ石のゆるやかな階段《かいだん》を左にのぼり、右にのぼり、それからまた左にのぼるあいだに、『ダンテ堂』『シェイクスピア堂』『オルフェウス堂』などの名前がついた五角形の入口の前を通りすぎた。ほかにも、ヴィヴィアンにはまったくぴんとこない名前のついた入口もあった。どの入口の前も踊《おど》り場になっていて、階段《かいだん》がさらに四方向にのびていた。まるで迷路《めいろ》をのぼっているようだ。それぞれの五角形の入口からただよってくる、つんとする電気的なにおいは、各区画に保管《ほかん》されている何百万もの「本キューブ」が放っているのだと、ジョナサンは教えてくれた。『滅《ほろ》ばずの館《やかた》』には、本物の本はあまりないらしい。

でもじきに、軽量化機能《きのう》を使っていても、話してなどいられないくらい息が切れてきて、ただだまってのぼるようになった。やがて、『孔子堂《こうしどう》』という入口の前に来たとき、『時の町』が妙《みょう》な角度に見えることに気づいた。足もとのはるか下方に『日時計塔《とう》』が横むきに立っているのが見え、ヴィヴィアンは思わず目をそらした。階段《かいだん》はまっすぐ上にのびている気がするのに、実際《じっさい》はちがうらしい。『ヘロドトス堂』という入口の前に来てやっと、はるか下に見える『時の町』は、ややかたむいてはいるものの、ちゃんと上むきになった。ジョナサンがその『ヘロドトス堂』へ入っていったので、ヴィヴィアンはほっとした。中はかなり暗く、木のにおいがぷんぷんする。この五角形の通路はサムのお父さんの事務机《じむづくえ》と同じ、彫刻《ちょうこく》のほどこされたつややかな木材でできていたのだ。ジョナサンにせかされ、先を急ぎながらもちらちら目をやると、壁《かべ》に植物や人の形が彫《ほ》られているのがわかった。

「フェイバー・ジョンは、ソロモン王（紀元前十世紀ごろのイスラエルの王で、エルサレムに大神殿を建設した）の、神殿《しんでん》の、彫刻《ちょうこく》を、した男に、これを、彫《ほ》らせたんだって」ジョナサンが息を切らしながら教えてくれた。こんなに息を切らしてまで言うところを見ると、冗談《じょうだん》というわけでもなさそうだ。「軽量化、機能《きのう》を、切れ。エネルゲンを、たくわえ、なおさないと」

通路のいちばん奥《おく》には木の階段《かいだん》があって、のぼりきったところが、つやつやした木の扉《とびら》のついた五角形の入口だった。『まれなるはて』と書いてあるのをヴィヴィアンが読むあいだに、ジョナサンがノックした。

ドアが勢《いきお》いよく開いた。中からの光があたり、木の扉《とびら》はあたたかなオレンジ色に見える。

「一分近く遅刻《ちこく》だ」ヴィランデル博士が、がみがみ言った。

博士は、かたむいた天井《てんじょう》についた窓《まど》の下にある、木の机《つくえ》の前にすわっていた。まっすぐな壁《かべ》はすべて、本物の本でぎっしりの棚《たな》で埋《う》まっていた。天井《てんじょう》には、たぶん「本キューブ」だと思われる何千も

の小さな立方体がぴたりとくっついている。床《ゆか》は、紙や本の山でほとんど足の踏《ふ》み場もない。ヴィランデル博士はパイプを吸《す》っていた。けばだった茶色の上着を着ているせいで、前にもましてクマそっくりに見える。ハチミツのごちそうにありついたあと、自分の巣穴《すあな》で休んでいるクマさながら、すっかりくつろいでいる。

ヴィランデル博士は本物の木でできた小さな机《つくえ》をパイプで指しながら、低い声でヴィヴィアンに言った。「きみはそこにすわりたまえ。目の前に何があるか言ってみろ」

「えー……」ヴィヴィアンは、どういう返事を期待されているのかしらと悩《なや》みつつ、答えた。「図のようなものがあります。それから何かの一覧表《いちらんひょう》と、きらきらした紙が一枚《まい》と、記入用紙みたいなものも一枚《まい》。その下にはもちろん、机《つくえ》が。椅子《いす》についても言った方がいいですか？」

ジョナサンが博士の机《つくえ》の真ん前にあるもうひとつの小さな机《つくえ》に着きながら、ばかにしたように鼻を鳴らし、お下げの先を口につっこんだ。

ヴィランデル博士はぶつぶつ言った。「もういい。わしはきみに、『歴史』と世界標《ひょう》準《じゅん》文字の特訓をすることにした。きみはリー家の人間だが、きみの伯母《おば》も担任《たんにん》も、きみが何ひとつものを知らないと言っている。それではいかん。きみが図と言ったのは、人類の始まりから地球脱出《だっしゅつ》までの『歴史』の図だ。覚えたまえ。表は世界標《ひょう》準《じゅん》文字の一覧《いちらん》で、光る紙はそれらの文字で書かれたもっとも初期のころの文書だ。エネルゲン化されたプラスチックで保《ほ》護《ご》されているのは、それだけ貴重《きちょう》なものだからだ。記入用紙にその文書を翻訳《ほんやく》したまえ。つまり、一度くらいはまともに頭を使え、ということだ。ジョナサンの方が終わりしだい、図と文書の両方についてきくからな」

本物のヴィヴィアン・リーは、とてつもなく賢《かしこ》いと思われているにちがいない。ヴィヴィアンは言われたところにすわって、自分も賢《かしこ》くなれるようがんばってみるしかなかった。まずは図を取りあげてみる。ほとんど円に近い形の帯状の図——正しくは馬蹄形《ばていけい》——なので、左上はしの「石器時代」が右上はしの「地球脱出《だっしゅつ》」と書かれたところとくっつきそうになっている。馬蹄形《ばていけい》の帯には、年号や日付が山ほど書きこまれていた。帯には白いところと灰色《はいいろ》のところがあり、白い部分には「安定期」と書かれている。灰色《はいいろ》になっている部分は「不安定期」だ。灰色《はいいろ》の部分にはそれ以外の書きこみはほとんどないが、長い弧《こ》を描《えが》いて広がっている白い部分のまわりには、注釈《ちゅうしゃく》が山ほど書かれていた。

ヴィヴィアンはざっと目を通しただけで、そら恐《おそ》ろしくなった。第四次世界大戦……オーストラリア征服《せいふく》……精神《せいしん》戦争……アイスランド帝国《ていこく》成立……ワイゴンギの暴虐《ぼうぎゃく》……イースター島国、実権《じっけん》を失う……カナダの反乱《はんらん》……フエゴの経済統合《けいざいとうごう》……神聖艦隊《しんせいかんたい》の沈没《ちんぼつ》……ヨーロッパの崩壊《ほうかい》。これでも、大きい字で書かれたものの一部にすぎないのだ！　ヴィヴィアンはもう一度その図と必死でにらめっこしたあと、貴重《きちょう》だという紙の方に目をやった。こっちの方が簡単《かんたん》そうだ。

一方ヴィランデル博士は、低い声でジョナサンに質問《しつもん》を始めていた。ジョナサンは質問《しつもん》を受けるたびに考えこみ、長いあいだかすかにクチャクチャいう音をたてたあと、答えている。クチャクチャいうのはお下げをかんでいる音だ。こまったときのくせらしい。しまいにはぐしょぐしょになっちゃうわよ、とヴィヴィアンは思いながら、翻訳《ほんやく》にとりかかった。

予想に反して、簡単《かんたん》どころではなかった。世界標準《ひょうじゅん》文字は、それぞれが決まったひとつの音を表すわけでも、ひとつの言葉というわけでもないようだ。文字のならびに、こういう意味かな、と思う言葉をためしにあてはめてみて、意味が通っているか考えなくてはならない。今までこんなに頭を使ったことはない。脳《のう》みそがもうむりだ、と文句《もんく》を言いだし、何度もストを起こしたので、また働きだすまで休まなければならなかった。そんなときには、ヴィランデル博士が「本キューブ」をひっぱりおろしたり、本物の本を開いて机《つくえ》にたたきつけたり、ジョナサンにがみがみ言ったりするようすをながめた。

博士が叱《しか》っている。「ばかを言うな！　それではきみも、『時の町』のほかの連中と一緒《いっしょ》だ。本物の歴史は、町の外の『歴史』の中にだけあると思っているのか。だれもこの『時の町』で起こっていることを記録しようとしないが、ここにだってちゃんと歴史があるんだぞ」

これは明らかに、博士が以前からくり返し言っていることらしい。ジョナサンはお下げの先をくわえてあくびをかみ殺している。ヴィヴィアンはまた文書に取り組んだ。

次にまた脳《のう》みそがストを起こしたときには、ヴィランデル博士が低い声でこう言っているのが聞こえた。「『時の奥方《おくがた》』、『時の奥方《おくがた》』か、まったく！　まさにそういうのが問題だと言っとるんだ。この『時の町』には、歴史の代わりに伝説ばかりが残っている。恥《は》ずかしいことだ。きみの言う『時の奥方《おくがた》』なんて人物が実際《じっさい》に存在《そんざい》したかどうかは言うまでもなく、百年前に実際《じっさい》に起きたことさえ、よくわからなくなってしまっている」

「でも、だれかが二十番世紀を通って、混乱《こんらん》の波を起こしたのは事実ですよね？」ジョナサンが、ぐしょぐしょのお下げの先をひねりながら言った。ヴィランデル博士から、あの『岩山』にいた男の子のことを聞き出そうとしているにちがいない。ヴィヴィアンはペン機能《きのう》を消し、図を顔の前に持ってきて、耳をすました。

「それはまちがいない。だが、話をそらすな。第二不安定期では何が起きた？」とヴィランデル博士。

「科学がいっそう発達しました。……そのだれかは、どうやって時空旅行したんでしょうか？」ジョナサンがきいた。

「わしが知るものか！」博士はとげとげしい口調《くちょう》で言った。「さあ、科学が発達したことと、アイスランド帝国《ていこく》について知っていることを考えあわせて、帝国《ていこく》が衰退《すいたい》したわけを説明してみろ」

「科学に頼《たよ》りすぎたからです。……でもなんのために、二十番世紀を通る時空旅行なんかしたんでしょう？」と、ジョナサン。

「ひどい時代からとっとと逃《に》げ出そうとしたんじゃないか？　どういうふうに科学に頼《たよ》りすぎたのか、言ってみたまえ」と、ヴィランデル博士。

ジョナサンはまたもやお下げの先をかみはじめた。ヴィランデル博士からは何も聞き出せないようだ。

ヴィヴィアンはため息をつき、ペン機能《きのう》をつけた。

博士がヴィヴィアンにぶっきらぼうにたずねてきたときには、まだほんのちょっとしかたっていないように思えた。「どうだ？　図はもう覚えたか？　それともまだか？」

「私《わたし》……あの……まだです」ヴィヴィアンは答えた。

「なぜだ？」

「だって、こんなにいっぱいあるんですもの！」ヴィヴィアンはあわれっぽい声を出した。「『歴史』は二十せ……二十番世紀では、こんなに長くなかったんです！」

「それは、その時代にとっては『歴史』がまだ未完成だからだ。言いわけにはならん」ヴィランデル博士がみがみ言った。

「でも、よくわからないんです。どうして図が丸くなっているんですか？」ヴィヴィアンは訴《うった》えるようにきいた。

「『時の町』の人間ならだれでも知っているはずのことだが、きみは知らないようだな……『歴史』の時間は、循環《じゅんかん》しているからだ。始まりはすなわち終わりなのだ。人類の時間は、円をなしてぐるぐるとまわっている。この『時の町』は小さな時間円だが、外の『歴史』は非常《ひじょう》に大きな時間円だ。おそらくは宇宙《うちゅう》全体の時間も、同様に循環《じゅんかん》しているのだろう。きみにそんなことすら教えないとは、きみの両親はいったい何を考えていたんだ？　つまり、『歴史』はちっとも頭に入っとらんのだな。翻訳《ほんやく》の方もまだなのか？」

「少しはやりました」ヴィヴィアンはしぶしぶ言った。

「では聞かせてもらおう」ヴィランデル博士は深くすわりなおし、一本の太い指でパイプの火皿をぽんとたたいて灰《はい》を出してから、火をつけなおした。この先一時間くらいは聞くつもりなのだろう。

ヴィヴィアンは、線をひいて消したり書きなおしたりしたほんの数行の緑の文字をみじめな気分で見おろし、読みあげはじめた。「二人の大きな職人《しょくにん》が、四つの棺《ひつぎ》をあちこちに投げた」

ジョナサンがお下げをふたつに折り曲げて、あわてて口につっこんだ。

ヴィランデル博士は落ち着いたようすで言った。「ほう、そうかね？　その職人《しょくにん》は、自分の腕力《わんりょく》を見せびらかしたかったのかもしれんな。続けて」

「そこで棺《ひつぎ》は、四人のとても年よりの女の人になった。ひとつはアイロンかけをして、錆《さび》だらけになった。ふたつはほどほどに安い貴金属《ききんぞく》で白くなった。三つは黄色になって高価《こうか》になり、べつの四つはにぶくてテーブルの下で低くなり――」

「ということは、棺《ひつぎ》が十個《こ》になったわけだ。それとも十人の変わり者の老婦人《ろうふじん》かね。家事をしているやつがいる一方、安っぽいネックレスをして踊《おど》っているやつもいるわけだな。黄色いやつらはそのさまを見て黄疸《おうだん》でも起こしたのだろう。そして頭のにぶい連中は、見ないですむように家具の下にもぐりこんだ。このにぎやかな物語にもう続きはないのかね？」と、ヴィランデル博士。

「少しだけあります。……あと四つは電気でいっぱいだったが、警官《けいかん》たちによって絶縁《ぜつえん》され、そのために町は少なくとも一年間、哲学《てつがく》を学べることになった」

「さらに四人の老婦人《ろうふじん》と、不特定多数の警官《けいかん》か。職人《しょくにん》を入れれば最低十五人となるわけだ。電気でいっぱいの老婦人《ろうふじん》たちをとりまいた警官《けいかん》たちに、職人《しょくにん》がちゃんと謝礼《しゃれい》をはらってやるといいのだが。びりびりして痛《いた》そうな仕事だからな。それとも、警官《けいかん》たちが感電死したことによって、町の人々に貴《き》重《ちょう》な哲学的《てつがく》教訓が与《あた》えられたと言いたいのかね？」

「わかりません」ヴィヴィアンはとほうにくれて答えた。

「だがきみはいったい、この大勢《おおぜい》の老婦人《ろうふじん》たちが本当は何をしたと思うのだね？」とヴィランデル博士がきいた。

「さっぱりわかりません」ヴィヴィアンは正直に言った。

ヴィランデル博士は、相変わらず落ち着きはらってパイプを吹《ふ》かしながら言った。「人は普通《ふつう》、まったく無意味なことは書かないものだ。光る紙をジョナサンに渡《わた》したまえ。この連中が何をしたのか、教えてくれるかもしれん」

ジョナサンはヴィヴィアンの手から紙を取って見るなり、お下げをもう一段《だん》深く口に押《お》しこんだ。視《し》力《りょく》調整機能《ちょうせいきのう》のちらちらの下から、涙《なみだ》がぽろぽろ流れ出た。

「ジョナサンは悲劇《ひげき》だと思っているようだな」ヴィランデル博士は悲しそうにぶつぶつ言った。「警官《けいかん》たちが高電圧《こうでんあつ》のばあさん連中に殺されたらしい。よこせ。わしが読もう」博士はジョナサンがふるえる手で握《にぎ》りしめていた紙をひったくり、読んだ。

「偉大《いだい》なるフェイバー・ジョンは、四つの容《い》れ物または器《うつわ》を作り、それぞれを四つの時代に隠《かく》した」博士はヴィヴィアンの方をむいて言った。「『フェイバー』にはたしかに金属《きんぞく》細工の職人《しょくにん》という意味がある。使われる記号も同じだ。だが、きみの話に老婦人《ろうふじん》が出てきてしまったのは、きみが『年』を表す記号に二種類の意味があることを無視《むし》したからだ。女性形《じょせいけい》になっているときにはかならず、『時間』か『ひとつの時代』を意味するのだよ。先を読もう」

博士は読みあげた。「鉄でできた器《うつわ》は、鉄の時代に隠《かく》した。ふたつ目はしろがねでできており、銀の時代に隠《かく》した。黄金でできている三つ目は、金の時代に隠《かく》した。四つ目の容《い》れ物は鉛《なまり》でできており、同じ流儀《りゅうぎ》で隠《かく》した。彼《かれ》はこれら四つの器《うつわ》に自らの力の多くをそそぎ、それぞれを特別な守り手にゆだねた。これによって彼《かれ》は『時の町』がプラトン年（すべてのものは周期的にまったく同じ状態に戻る、という哲学者プラトンの思想から生まれた言葉）を通じて存在《そんざい》しつづけられるようにした……というわけだ」博士はヴィヴィアンに紙を手渡《てわた》した。「これならば完全に理解《りかい》できる。伝説が大好きなジョナサンに、またひとつ伝説を教えてやったことになるがな」

ジョナサンは口の中からお下げを取り出し、まじめな顔できいた。「その話は本当だと思われますか？」

ヴィランデル博士は低い声で言った。「書き手はそう思っていたようだ。男か女か知らんが、そいつは何千年も前に、その紙をここのてっぺんの『時間金庫』にしまったのだからな。この文書にある力の入った器《うつわ》というのはもちろん、今日《こんにち》では『極《きょく》』と呼《よ》ばれているもののことだ」

「プラトン年というのはなんですか？」とジョナサン。

「星々がすべて、はじめの配置に戻《もど》ってくるのにかかる時間のことだ。これは計算によって二万五千八百年だと言われることもある。ヴィヴィアンがその図を一瞬《いっしゅん》でもしっかりと見れば、ちょうど人類の

『歴史』とほぼ同じ長さだということに気づくはずだ。ヴィヴィアン、きみはその図を明日までに覚えてくるんだ。それと、その貴重《きちょう》な紙を持ち出させるわけにはいかないから、こっちの写しを持って帰って、すべて訳《やく》してきたまえ。これも明日までだ。ジョナサンは、アイスランド帝国《ていこく》に関する詳細《しょうさい》なレポートを書いてくるように」

木のにおいのするあたたかな部屋を離《はな》れたときには、ジョナサンのお下げの先みたいにぐじょぐじょにかみ砕《くだ》かれた気分になっていた。ジョナサンと千段《だん》もの階段《かいだん》をおりながら、ヴィヴィアンは言った。

「あの人って、怪物《かいぶつ》ね！」

9　時の守り手

二人で『永久《とわ》の広場』を通って帰るとちゅう、ジョナサンが考え考え、きいてきた。「二十番世紀は、鉄の時代にふくまれると言えるかな?」
ヴィヴィアンは腹《はら》をたてて言った。「そんなわけないでしょう! アルミもプラスチックもクロムも使っているわ。鉄器時代っていったら、人が草や何かで作った小屋に住んでいた時代のことじゃない!」
「ぼくはただ――」ジョナサンが言いかけたとき、広場の中央からバグパイプの音が聞こえてきた。『フェイバー・ジョンの石』のまわりに集まった観光客たちが、さかんにさわいで指さしている。その中で、例の幽霊《ゆうれい》がとびまわっているのがちらちらと見えた。ジョナサンが言った。
「あれをやっている大学生は、気をつけないとつかまってしまうぞ。かなり大きな投影機《とうえいき》がいるはずだものな」

「つまり、ホーローのグラモフォン（レコードプレーヤーの古い言い方）は映画《えいが》みたいなものだってこと？」急に興味《きょうみ》がわいてきて、ヴィヴィアンはきいてみた。映画のことならなんでも知っている。

「そうだよ。ホログラム、というんだけどね。レーザー光線を使って、どの方向からでもちゃんと立体に見えるように作られた映像《えいぞう》のことさ。精神《せいしん》戦争の時代には、すごく精巧《せいこう》なのが作れるようになってるから、きっと犯人《はんにん》は、そのあたりから来ている学生だと思うな」

「レーザー光線って何？」

ジョナサンはひどくいばったようすで答えた。「特別な種類の光線だ」

いばっているのはたぶん、自分だってどういうものかよく知らないからだろう、とヴィヴィアンは思った。

広場の中央に着いたときには、幽霊《ゆうれい》は消えていたので、二人は人混《ひとご》みを避《さ》け、『時の庭』へとむかった。アーチ形天井《てんじょう》の通路の中で、サムが二人を待っていた。

『極《きょく》』を盗《ぬす》んだ男の子のあとを追いかけるの？」サムはきいた。

「追いかける方法を決めてからだ」ジョナサンはまたしても、いばったようすで答えた。

つまりジョナサンはレーザー光線のことと同様、どうやって男の子を追いかけたらいいかもわかっていないらしい。ジョナサンは続けた。

「V《ヴィ》・S《エス》には言ったけど、『歴史』の中で立ち往生《おうじょう》するはめになるのはいやなんだ。あの卵《たまご》はきのうの時空旅行のとき、ちゃんとは働かなかっただろう？」

「考え終わるまでジョナサンの部屋で待ってるから、パターパイを食べさせてよ」サムが言った。

「だめだ。ぼくはヴィランデル先生に出すレポートを書かなくちゃ」とジョナサン。

するとサムは二本の前歯を見せてにんまりし、ヴィヴィアンに言った。「じゃあ、V《ヴィ》・S《エス》の部屋に行くよ。自動販売機《はんばいき》の使い方を教えてあげるから」

「今はいいわ……どっちみち、使い方はわかっているし」ヴィヴィアンは答えた。急に宿題の多さを思い出して、すっかり気がめいってしまった。「私《わたし》は『歴史』の図を覚えて、世界標《ひょう》準文字を勉強して、翻訳《ほんやく》もしなくちゃいけないの……きっと朝までかかっちゃうわ！」

「ぎょろ目のやなやつ、細目のガリ勉！　学校がある日は大嫌《だいきら》いだ！　みんながつまんなくなるんだもん！」サムは言い、両方の靴《くつ》ひもを玉砂利《たまじゃり》にバタバタいわせながら、むっとした顔で行ってしまった。

今はサムのことなんてどうでもいいわ、とヴィヴィアンは思った。それより、ヴィランデル博士にまたばかにされると思う方が、よほど恐《おそ》ろしい。そこで公邸《こうてい》に戻《もど》ると、急いで自分の部屋に行き、むりやり頭を働かせようとした。だが頭は、ちっとも言うことを聞かなかった。図と文字の表を見つめだして

「あのようすじゃ、きっとぼくたちに仕返しするな。いつだってそうだ」ジョナサンが言った。

一時間たっても、新たにわかったのは、ペン機能《きのう》には本物のペンのいちばん大事な特徴《とくちょう》が欠けている、ということだけ。ペン機能《きのう》の光は、かじれないのだ。

そこで立ちあがり、自分の部屋の壁《かべ》にある小さくてシンプルな自動販売機《はんばいき》にむかい、ペチューラが教えてくれたやり方を思い出そうとした。サムだったらきっとひどくがっかりしただろうが、この自動販《はん》売機《ばいき》は、バターパイは出してくれなかった。手に入ったのは海藻《かいそう》ガムふたつと、チェリー味のねじりブランデースナップ（ブランデー風味のショウガ入りクッキー）が一枚《まい》。栄養があって歯にもいい食べ物だが、ヴィヴィアンの疲《つか》れた頭にはなんの効《き》き目もなかった。

「やんなっちゃう！」ヴィヴィアンは「南極ノイズ」スタイルとかいう音楽を流し、しかめっつらで海《かい》藻《そう》ガムをかみ、もう一度勉強にとりかかった。

夕食のころまでには、貴重《きちょう》な紙にあった文章の、ヴィランデル博士が読みあげた部分だけは訳《やく》し終えた――でも博士が言ったことを覚えていたので、ずるをしたようなものだ。そこでいったんやめて、ペチューラが出しておいてくれた、真新しい白いパジャマ服に着替《きが》えた。着ると、透《す》き通った赤いバラが髪《かみ》と片方《かたほう》の肩《かた》の上に現《あらわ》れた。ヴィヴィアンは鏡を出し、映《うつ》った姿《すがた》をほれぼれとながめたあと、今夜のお客はだれかしらと思いながら、下におりていった。

客の一人はエンキアン氏だった。ほかは『続きの館《やかた》』や『滅《ほろ》ばずの館《やかた》』のおえらがたばかりで、だれもが例の学生のいたずらに腹《はら》をたてていた。ヴィヴィアンはその面々の顔をひと目見て、今夜の『とこしえのきみ』ウォーカー氏のおしゃべりは、とりわけ退屈《たいくつ》なものになるにちがいない、と思ったが、はたしてそのとおりだった。一同がテーブルに着くなり、エンキアン氏が口を切った。

「『とこしえのきみ』様、私《わたし》は伝統的《でんとうてき》な儀式《ぎしき》がばかにされるのは許《ゆる》せません。とりわけ今は、だれもが『時の町』をしっかりと支《ささ》えねばならない、危険《きけん》な時期なのですから。儀式《ぎしき》や私《わたし》がばかにされただけではありません。あなた様はもちろん、『フェイバー・ジョンの石』までもが、からかいの的《まと》にされたのですぞ！　しかも、それだけではまだ足りないかのように、『破滅《はめつ》の書《しょ》』が水たまりに落ちてしまいました！」

『とこしえのきみ』ウォーカー氏は心配そうな目つきで遠くのすみをじっと見つめ、それから五分間にわたり、ものうい調子で「若者《わかもの》らしい意気の高揚《こうよう》」だの、「黙認《もくにん》する気はいささかもないが、みなが親に似《に》た寛大《かんだい》なる心でもって対処《たいしょ》するよう、最大限努《さいだいげんつと》めるべきである」だのとしゃべりつづけた。

エンキアン氏はウォーカー氏が話し終わるのを待って、また言った。「私《わたし》は『時の議会』に動議を提《てい》出《しゅつ》します。ここに同席の諸先生《しょせんせい》がたも、賛成票《さんせいひょう》を入れてくださるそうです。将来《しょうらい》は六十七番世紀をはじめとする、混乱《こんらん》をきたすような技術《ぎじゅつ》を持った時代からは、学生を受け入れないことにする、という内容です」

すると『とこしえのきみ』ウォーカー氏は、今度はべつのすみをじっと見て、「適切《てきせつ》なる時代のすべてからまんべんなく学生の受け入れを」などと、またダらだらと語ることになった。ヴィヴィアンはそのようすを見守りながら、ウォーカーさんがぱっと立ちあがり、けさみたいにどなりながら走りださないかしら、と思った。その方がよっぽどおもしろいのに。そうすれば、エンキアン氏だってすぐに口をつぐむにちがいない。

エンキアン氏がするどい口調《くちょう》で言い返した。「しかし、われわれは不安定期からは学生を受け入れていないではありませんか。五十八番から六十五番世紀まではすでに受け入れを拒否《きょひ》しているわけですから、五十六番世紀から六十七番世紀までその範囲《はんい》を広げるのは簡単《かんたん》でしょう。犯人《はんにん》は五十六番世紀から来た学生ではないか、と私《わたし》はにらんでいます」

『とこしえのきみ』ウォーカー氏は自分の皿の料理をぼろぼろに崩《くず》しながら、歯が痛《いた》むみたいな顔をして言った。「だがそれをやると、記録の上ではこの町へ勉強に来たことになっている学生を、しめだしてしまう危険《きけん》がある。そうなれば、その学生のいる時代を不安定期へ導《みちび》いてしまうことになりますぞ」

エンキアン氏が返事をしようと口を開いたとき、ヴィヴィアンは割《わ》って入った。「すみません、おききしたいんですけど。どうして不安定期の人は町に入れないんですか？」

言ってしまってすぐ、ゆうべジョナサンが大人たちの会話を邪魔《じゃま》したのは、とても勇気ある行動だったのだと気づいた。エンキアン氏がこっちをにらみつけ、『とこしえのきみ』ウォーカー氏も歯が痛《いた》そうな顔でじっと見つめてきた。ヴィヴィアンは顔がほてるのを感じた。

しかし『とこしえのきみ』ウォーカー氏は、この質問《しつもん》をばからしいとは思わなかったらしく、ていねいに答えてくれた。「それにはいくつかの理由があるが、もっとも重要な理由は、安定期が安定しつづけるためには、不安定期が今のままの状態《じょうたい》でなければならない、ということだ。たとえば六十番世紀の男に、この『時の町』に来れば将来《しょうらい》のことがわかる、と知ってもらってはこまるのだ。この男の時代は第三不安定期といって、数多くの戦争を起こし、次の安定期にアイスランド帝国《ていこく》が成立する要因ともなる数々の発明をしてくれることになっている。だがもし六十番世紀の男がそれを知ってしまったら、どうせ未来は決まっているのだからと、のうのうとかまえ、何もしないかもしれない。あるいはもっと悪いことに、不快《ふかい》に思って、まったくちがうことをしでかすかもしれない。不安定期というのは、ごくささいなことによってそこの『歴史』の流れが変わってしまう場合があるから、始末に負えないのだ。わかったかね?」

ヴィヴィアンは、本物のいとこのヴィヴィアンみたいに賢《かしこ》く見えますように、と思いながら、うなずいた。エンキアン氏の苦々しげな顔からすると、『とこしえのきみ』ウォーカー氏は、口をはさまれたことをとても喜んでいるような気がした。そこで、エンキアン氏がまた何か言いださないうちに、続けてきいてみた。

「それと、不安定期が危機状態《ききじょうたい》になるというのは、どういうことなんですか?」

『とこしえのきみ』ウォーカー氏の歯痛《はいた》の表情《ひょうじょう》がやわらぎ、ただ苦悩《くのう》しているいつもの顔に戻《もど》った。

「それは、その時代の『歴史』に起こるべきでない変化があまりに多く発生した場合、その前後の安定期にまで影響《えいきょう》が出てしまうような状態《じょうたい》を指すのだ。今、二十番世紀で起きているようなことだな。わかるだろうが、変化はまず未来の方に広がっていく。だから今、二十三番世紀で問題が起こっている。そのころに発明されるはずのものがいくつか、すでに一九四〇年に作られてしまったからだ。だがこの不安定さは、過去《かこ》にもさかのぼりはじめている。年代パトロール庁《ちょう》はやっきになって、ローマ帝国《ていこく》が——」

そのとき、エンキアン氏があごのとがった黄色い顔をゆがめ、すっくと立ちあがると叫《さけ》んだ。「もうがまんできん！」

「まあ、なんてことをおっしゃるんですか、エンキアンさん！」ジェニーが言った。ヴィヴィアンはジェニーのこんなに怒《おこ》った声を聞いたことがなかった。

「ちがいます。意味が。あれ」エンキアン氏は部屋の湾曲《わんきょく》した壁《かべ》のすみを指さした。「邪魔者《じゃまもの》」エンキアン氏は怒《いか》りのあまり、まともに話すこともできなくなっている。

だれもがくるりとそっちをむいた。例の、学生が作ったという『時の幽霊《ゆうれい》』がいた。ジョナサンは口の中の食べ物をのみこみ、代わりに自分のお下げを口につっこんだ。ヴィヴィアンも両手でぱっと口もとを覆《おお》い、笑っているのを見られないようにした。なんてずぶとい犯人《はんにん》だろう！

頭がおかしいように見える背《せ》の高い男が、くたっとした高い帽子《ぼうし》をかぶり、天井《てんじょう》にむかって曲線を描《えが》く壁《かべ》によりかかって立っていた。たしかに映画《えいが》みたいに、投影《とうえい》された像《ぞう》のようだ。少し不安そうな宮廷《きゅうてい》づき道化師《どうけし》といったようすで、こっちを横目で見ている。ヴィヴィアンは、この気がふれたような細長い顔をもうすっかり覚えてしまった気がした。

エンキアン氏はまだ指さしたまま、言った。「消えろ」

ところが宮廷《きゅうてい》づき道化師《どうけし》は、何かを訴《うった》えるようにエンキアン氏にむかって両手をのばしてきた。横目づかいから、正気をなくしたようなにやにや笑いになっている。

ジョナサンの両親は顔を見あわせた。それから『とこしえのきみ』ウォーカー氏がせきばらいし、立ちあがって言った。「もうじゅうぶんだろう。装置《そうち》を切ってくれないか」

宮廷《きゅうてい》づき道化師《どうけし》のにやにや笑いが消え、『とこしえのきみ』ウォーカー氏に負けない苦悶《くもん》の表情《ひょうじょう》が浮《う》かんだ。道化師《どうけし》は、話そうとするかのように口を開いた。

「この映像《えいぞう》を切ってくれと言っとるんだ。今すぐに。でないと、侮辱罪《ぶじょくざい》で『時の議会』において裁《さば》くことになるぞ」と、ウォーカー氏。

幽霊《ゆうれい》は口を閉《と》じ、あきらめたように『とこしえのきみ』に一礼すると、壁《かべ》を突《つ》きぬけてあとずさっていった。ひょろっと高い奇妙《きみょう》な姿《すがた》の残像《ざんぞう》が、日光に目がくらんだときのように、全員の目に焼きついた。

「かなり真《しん》にせまったホログラムでしたな」だれかが言った。

「でも今回は、あのいやなバグパイプの音を出さないでくれて助かりましたよ!」べつのだれかが言った。

それからだれもがにせ幽霊《ゆうれい》の話をしたり、エンキアン氏をなぐさめたりした。エンキアン氏は、自分への個人的《こじんてき》な侮辱《ぶじょく》だ、と思いこんでいるようだったからだ。

ヴィヴィアンはそれから晩餐《ばんさん》が終わるまで、ひとこともしゃべらなかった。道化師《どうけし》の像《ぞう》をはっきりくわしく見ることができたおかげで、顔を知っている気がしたわけがわかったのだ。『時の川』の下流にある駅の『時の門』から出てきて、反対方向からあわてふためいて押《お》しよせる『時の幽霊《ゆうれい》』たちを無視《むし》して歩いていった、あの男の顔だった。頭の上のくたっとした高い帽子《ぼうし》も、そっくり同じだ。その前にもどこかで見た気がするけれど、どこでだったかしら……

晩餐《ばんさん》のあとで、ヴィヴィアンはジョナサンに言った。「私《わたし》、あれはホーローフォンじゃないと思うわ」

「ふうん、でも五十六番世紀のホログラムはとてつもなく本物っぽいんだぜ」ジョナサンは答え、レポートを書きに行ってしまった。

「ホーロードラムだろうとなんだろうと、ちがうと思う！」ヴィヴィアンは、のろのろと自分の宿題をしに行きながらつぶやいた。翻訳《ほんやく》は一度やったあと、もう一度やりなおしてみたが、結局意味の通る文章にならなかった。ヴィヴィアンの脳《のう》みそはもうへたばってしまい、文句《もんく》を言いはじめた。こんなふうにむち打って働かせようとしてもむだよ、と脳《のう》みそは言った。近いうちにお母さんのところへ戻《もど》るんだから、どうやって帰るかを考えた方がよっぽどましじゃない……？

でも今はだめ！ 脳《のう》みそはあわててつけくわえた。あとちょっとでも何か考えさせられたら、死んじゃうもの。でも少なくとも、このいやな図の勉強を始めるよりは、静かにホームシックを感じているべきじゃないの……？

ヴィヴィアンはちょっとうしろめたい気持ちで、図を取りあげた。脳《のう》みその言うとおり、たしかにきのうとおとといは、夜ちょっと家を思い出すくらいで、ゆっくりホームシックになる時間なんか作らないでいた。それは、通路に出る二人の『時の幽霊《ゆうれい》』のせいだった。どこかほかのところにジョナサンと行って、いったん『時の町』へ戻《もど》ってこないかぎり、うちには帰れないとわかってしまったからだ。そう考えたとき、「どこかほかのところ」へ行って戻《もど》ってからうちに帰る前に、まずまちがいなくもう一度ヴィランデル博士に会わなくてはならない、と気づいた。今日よりはうまくやらないと、博士はヴィヴィアンをだしにして、またジョナサンを涙《なみだ》が出るほど笑わせるにちがいない。

そう考えたらたまらなくなり、ヴィヴィアンは気合を入れて『歴史』の図の上にかがみこんだ。その晩《ばん》は、「第一不安定期、紀元三百年から二一九九年。第二不安定期、三八〇〇年から三九五〇年。第三不安定期、五七〇〇年から六五八〇年。第四不安定期……ああ、『歴史』って長すぎ！」と、ぶつぶつ言いながら寝入《ねい》ることになった。朝、目覚めたときも、頭の中はまだ覚えかけのことでいっぱいになっていた。

起きて階段《かいだん》をおりていくとちゅう、『とこしえのきみ』ウォーカー氏が濃《こ》い紫色《むらさきいろ》のマントをサラサラいわせ、飛ぶようにヴィヴィアンを追《お》いぬいていった。「エリオ！　エリオ！」と叫《さけ》んでいる。ヴィヴィアンは大急ぎであとを追っておりていった。きっとまたべつの儀式《ぎしき》があって、大さわぎを始めるのだろうと思ったのだ。

ところが、どうやらそういうわけではないらしい。エリオはサムの父親と一緒《いっしょ》に、玄関《げんかん》ホールで待っていた。

「ああ、呼《よ》んできてくれたのか！　よかった」『とこしえのきみ』ウォーカー氏は言い、二人の前にひらりとおり立った。「あのホログラムの投影機《とうえいき》について、何かわかったか？」

「年代パトロール庁《ちょう》が調《しら》べているところです」エリオが言った。

「百万ものほかのことと並行《へいこう》してだぞ。その投影機《とうえいき》は、駆動源《くどうげん》を自前で持っているようだ。町からエネルギーをひきだしてはいないからな」ドニゴール氏が言い、さらにヴィヴィアンに会釈《えしゃく》して言った。

「やあ」

驚《おどろ》いたことに、『とこしえのきみ』ウォーカー氏もヴィヴィアンに会釈《えしゃく》し、「おはよう」と言った。それからドニゴール氏とエリオをせかして、自分の書斎《しょさい》に連れていった。これ以上走りまわることはなさそうで、がっかりだ。ジョナサンと一緒《いっしょ》に『絶《た》えざる学舎《がくしゃ》』へ行く時間になっても、ヴィヴィアンはまだ少し期待しながら、耳をすましていたほどだった。

サムはいつもどおり『時の庭』の噴水《ふんすい》のところで待っていたが、二人が近づくなり、こう宣言《せんげん》した。

「どっちとも話《はなし》、しないんだ。二人とも、ぼくをおいていっちゃったんだもん」

「ヴィランデル先生の宿題があったんだから、しょうがないじゃないか」ジョナサンが言った。

「そのことじゃないよ、ばか！　二人の『時の幽霊《ゆうれい》』は、どこかから戻《もど》ってきたところなんだろ、そのどこかへ二人で行ってきた、ってことだよ。ずるくてひどくてやなやつら！」とサム。

「行ってないわよ！」とヴィヴィアン。

「そっちこそばかじゃないか！　まだそのどっかへは行ってないぞ」ジョナサンは怒《おこ》ったようすで、『永久《とわ》の広場』へ通じるアーチ形天井《てんじょう》の通路へずんずんむかっていく。

サムが靴《くつ》ひもを鳴らしてどたどたあとを追ってきて、言った。「じゃあ、そのうち行くんだ。どっちだって同じだろ？　どうせぼくをおいていくんだ」

「幽霊《ゆうれい》が何をやったとこなのかがちょっとでもわかったら、今すぐだっておいていくさ！」ジョナサンは肩《かた》ごしにふりむくと、きつく言いはなった。

「それに、まだやってもいないことで、私《わたし》たちを責《せ》めないでよ！」ヴィヴィアンもふり返り、言いたした。

宮廷《きゅうてい》づき道化師《どうけし》の幻《まぼろし》が、アーチ形通路の中のレンガの壁《かべ》によりかかっていた。ヴィヴィアンとジョナサンが通路に入っていくと、気のふれたような細長い顔がこっちをむいた。二人とも寸前《すんぜん》までうしろを見ていたので、気づいてもすぐには止まれず、おたがいにぶつかりそうになった。でも、よろめきながらなんとか止まると、二人はその幻《まぼろし》をまじまじと見つめた。にせ幽霊《ゆうれい》は、アーチ形天井《てんじょう》の下の暗がりだとひどく見づらいくせに、ものすごく実体がありそうに見えた。

道化師《どうけし》は前にそびえ立ち、二人を熱心に見つめている。

「ううん、責《せ》めるよ！」サムが二人を追って通路へどたどた入ってきた。が、幻《まぼろし》が目に入ると足を止め、今度は大声でささやくように言った。「本物の人みたい！」

ジョナサンはちょっとつばをのんだようだ。「でもちがう。さわろうとしても、手が壁《かべ》にぶつかるぞ」

すると宮廷《きゅうてい》づき道化師《どうけし》は、大きくほほえんで言った。「ためしてみるがいい」遠くから聞こえるような、あまりはっきりしない声だった。となりの部屋の話を聞くみたいな感じだ。道化師《どうけし》は長い影《かげ》みたいな腕《うで》を、ジョナサンの鼻先につきつけた。ジョナサンはあわててぱっとうしろにさがった。

そのせいで、ヴィヴィアンがいちばん前になってしまった。そこで大きく息を吸《す》い、言った。「私《わたし》がやってみる」ヴィヴィアンはのびている腕《うで》にむかって、片腕《かたうで》を夢遊病者《むゆうびょうしゃ》みたいにまっすぐ前に上げ、近よっていった。

と、手に何かがふれた。そのとたん、大きな恐《おそ》ろしいイヌとむかいあっていることにいきなり気づいたときのように、ぞくっとした。幽霊《ゆうれい》が恐《おそ》ろしかったせいではない。ただ、相手がさわられるのをいやがっていると感じたのだ。ふれた腕《うで》は、しっかりと実体があるわけではないが、まったく何もないというわけでもない。ちょっと冷たくて、その布《ぬの》はがさがさしている。また、腕《うで》の中へ手が沈《しず》んでいくことはないものの、腕《うで》とそれを包む布《ぬの》は、普通《ふつう》よりうすくひきのばされているような感じがした。

「さわれるわ」ヴィヴィアンは言ってから、自分がささやいていたことに気づいた。「あなたは、ホーローのグラモフォンじゃないんですよね？」

「ちがう。私《わたし》は本物だ」幽霊《ゆうれい》は奇妙《きみょう》にくぐもった声で答えた。「みなさわって、信じるがいい」

幽霊《ゆうれい》はほほえむのをやめ、悲しそうな顔になると、まずジョナサン、続いてサムが近よって、そでのがさがさした布《ぬの》を指でさわるあいだ、じっと腕《うで》をのばしていた。サムが少しつっついたりしても、しんぼう強くがまんしている。サムは恐《おそ》れ入ったようにあとずさった。ジョナサンはせきばらいをしてから口を開いたが、出てきた声はしゃがれていた。「……だいたい、しっかりしているな」

幽霊《ゆうれい》は腕《うで》をひっこめた。それぞれが心を落ち着けようとするかのように、たがいにしばらく見つめあっていた。

少ししてからジョナサンが口を開いた。「何か用？」

「わが窮状《きゅうじょう》を知らせたいのだ」幽霊《ゆうれい》は言った。しょげているようなか細い声が、通路のあっちこっちで反響《はんきょう》したように、一度にあらゆる方向から聞こえた。声も、体と同じようにうすくひきのばされているのかもしれない。幽霊《ゆうれい》は続けた。「この町の民《たみ》に話を聞いてもらおうと、試みてきたが、私《わたし》はかの器《うつわ》なくしてはほとんど実体をたもてないため、みなに幽霊《ゆうれい》だと思われてしまう」

「儀式《ぎしき》の真《ま》っ最中《さいちゅう》にパグパイプを吹《ふ》きながらあっちこっちとびまわったんじゃ、そう思われたってしかたがないだろう？」ジョナサンが言った。

幽霊《ゆうれい》は当惑《とうわく》したような悲しげな顔になって、首を横にふった。「私《わたし》がそのようなことを？　どうも記《き》憶力《おくりょく》が悪くなっているようだ。話すべき相手は諸君《しょくん》らだと思い出したのも、ゆうべになってからだ。だが話に出むくなり、力ある男に『時の議会』の名を出され、追いはらわれた。私《わたし》は去るしかなかった」

「え？　ぼくたちに話があったって？」ジョナサンはあやしむような顔をした。

「幽霊《ゆうれい》じゃないなら、本当はなんなの？」サムがきいた。

「この私《わたし》は、鉄の器《うつわ》の守り手に任《にん》じられた者。だが、失敗してしまった。諸君《しょくん》もそのさまを見たであろう。器《うつわ》が掘《ほ》りおこされ、盗《ぬす》まれるところを」

「そうか！」三人が同時に言った。ヴィヴィアンは思った——そうよ！　この人は『岩山』で、急げ、と言いながら軽々と私《わたし》たちを追いこしていった、あの脚《あし》の長い男の人だわ！

だが、あのときはもっとしっかりと実体があるように見えた。ヴィヴィアンは玉砂利《たまじゃり》の上に立っている、完全にしっかりしているとはいえない男の足を見おろした。先のとがったこの靴《くつ》も、たしかにあのとき見たっけ！　サムとジョナサンの表情《ひょうじょう》からして、二人もこの男のことを思い出したようだ。

サムがきいた。「でもどうしてあのとき、かけていってすぐ消えちゃったの？　あいつが盗《ぬす》むのを、止めようとしなかったじゃないか！」

鉄の器《うつわ》の守り手は、お手上げだというように、大きな青白い両手を広げてみせた。「できることはした。盗《ぬす》まれそうだとわかったとき、鉄の時代の初期にかけ戻《もど》り、何本もの『歴史』の糸をたぐりながら、後期までかけぬけたのだ。『時の町』の始まりしころであれば、その行為《こうい》により、町の民《たみ》から強力な助けを呼《よ》びよせることができたのだが、町に与《あた》えられた期間が終わろうとする今、私《わたし》の呼《よ》びよせる力も弱められてしまっていた。応《こた》えてきたのは、諸君《しょくん》ら少年二人だけであった」

これを聞いて、サムとジョナサンは照れくさそうに顔を見あわせた。守り手の細い声はぼそぼそと続いた。

「そこで、私《わたし》は盗人《ぬすびと》を『歴史』の糸でしばると、さらに鉄の時代の中で、だれであれ助けてくれそうな者にも糸を巻《ま》きつけ、たがいにひきよせられるようにした。ところが、それにより現《あらわ》れた鉄の時代の民《たみ》は、この少女一人だけだったうえ、結局諸君《しょくん》ら三人ともが間に合わなかった」細長い顔が絶望的《ぜつぼうてき》に悲しげになる。

「だけど、どうしてここに来たの？」ヴィヴィアンがきいた。

「ほかにどうすればいいか、思いつかなかったからだ」守り手は正直に白状《はくじょう》した。「鉄の器《うつわ》がその隠《かく》された場所を離《はな》れたとき、鉄の時代は崩壊《ほうかい》し、私《わたし》はこの町へ戻《もど》る、と定められていたからだ。私《わたし》はわが器《うつわ》が『日時計塔《とう》』のしかるべきところに戻《もど》されていることを願いつつ、『時の町』へ帰ってきた。だが、そこにはなかった。やはり器《うつわ》は盗《ぬす》まれてしまったのだ」

「わかってる。ぼくたちはちっとも役にたってない」とジョナサン。すごく心配そうな顔が、『とこしえのきみ』ウォーカー氏によく似《に》ている。「なあ、『時の町』は本当にもうすぐ終わりなのか？　ぼくたちに何かできることは？」

守り手は悲しそうにジョナサンを見つめた。「町はたしかに最後の日へとむかっている。プラトン年がもうすぐ終わるからだ。だが、ほかの三つの器《うつわ》の守り手に警告《けいこく》し、銀、金、鉛《なまり》の器《うつわ》を盗《ぬす》まれずに『日時計塔《とう》』まで運んでくることができるならば、新たな年のめぐりが始まるやもしれない」

「じゃあ、ぼくたちが――」とジョナサンが言いかけたところをヴィヴィアンがさえぎり、勢《いきお》いこんでたずねた。

「あの泥棒《どろぼう》はだれなの？　『時の奥方《おくがた》』？」

守り手は青白く細長い顔をヴィヴィアンにむけ、ひどくとがめるような表情《ひょうじょう》を浮《う》かべた。それからゆっくりと悲しそうに首を横にふりながら、通路の壁《かべ》の中へすうっと消えてしまった。残された三人は、悲しげな長い脚《あし》の男の残像《ざんぞう》が映《うつ》る、赤くて平たいレンガの列を見つめているしかなかった。

ヴィヴィアンは自分をけとばしたい気分だった。とんでもなくまずいことを言ってしまったときのように、顔がかっと熱くなると同時に背筋《せすじ》が寒くなり、脚《あし》ががくがくしてきた。口にしてはいけないことだと、言う前にわかっていたらよかったのに。

ジョナサンはお下げをしきりにかみ、まだ父親そっくりの苦悩《くのう》の表情《ひょうじょう》をしていた。ずっと息をつめていたらしいサムは、いきなりどなりだした。

「ぼーっと突《つ》っ立ってちゃだめじゃないか！　どうにかしてよ！」

「ああ、だけどまず、どうするか考えないと」ジョナサンは顔をしかめ、お下げをかみながら、『永久《とわ》の広場』へ出ていった。ヴィヴィアンはあとを追った。靴《くつ》ひもがパタパタいう音がすぐうしろに聞こえるから、サムもついてきているようだ。ジョナサンが言った。

「もしあれが本当に鉄の器《うつわ》の守り手で、大学生のいたずらなんかじゃないとしたら……」

「いたずらじゃないわよ。あんなに悲しそうだったもの。どう見ても本物っぽいし」とヴィヴィアン。

「……だとしたら、ぼくたちの考えはまちがっていたことになる」とジョナサン。

「うん、あの男の子は、『時の奥方《おくがた》』とは全然関係なかったんだ。ねえ、考えてよ。こういうときにいいことを思いつくのは、いつもジョナサンの方だろ」とサム。

ジョナサンはくるりとふりむき、するどい口調《くちょう》で言った。「考えてるよ！　でもまずは、頭を整理しないと。おまえはほかの器《うつわ》がどこにあるか知っているのか？　長い長い『歴史』の中で、どこが金の時代か知ってるか？　鉛《なまり》の時代はどうだ？　知らないんだろう？　だと思ったよ。だったらだまってろ！」

ジョナサンはヴィヴィアンとならんで、ずんずん広場を進んでいった。うしろからパタパタうるさい靴《くつ》ひもの音と、ゼイゼイ息を吐《は》く音がついてくる。だが、中央の『フェイバー・ジョンの石』のところでは、もちろん三人とも一緒《いっしょ》になって、石をとり囲んだ。きのうできていた三本のひびから、さらに新しいクモの巣みたいなひびが大きく広がっている。ジョナサンはそれを見おろし、しょぼくれた顔で言った。

「『時の町』は、本当にもうじき終わってしまうらしいな。どうしたらいいんだ？　ほかの守り手たちをどうやって見つけよう？」

「ちょっと思いついたことがあるんだけど……」ヴィヴィアンはためらいながら言った。ジョナサンがぱっとこっちをむき、サムもぐいとあごを上げ、見つめてきた。ヴィヴィアンは言わなければよかったかも、と思いながら続けた。

「あのね……もし二十世紀が鉄の時代の中にあるんだとしたら……鉄の器《うつわ》がそこから盗《ぬす》まれたんだから、そうにちがいないと思うんだけど……そうすると、鉄の時代は不安定期だってことでしょう？　だったら、ほかの三つの時代も不安定期なんじゃない？」

ヴィヴィアンはしゃがみこむと、ヴィランデル博士にもらった馬蹄形《ばていけい》の図を、ひび割《わ》れた板石の上に広げてみせた。もういやになるほど見なれてしまった、長い白い部分と、短い灰色《はいいろ》の部分にわかれている図だ。覚えているかぎりでは、灰色《はいいろ》の部分は、だれかがわざとそうしたように見えるほど、かなり均《きん》等《とう》な間隔《かんかく》で『歴史』全体の中にはさみこまれている。学校で学んだことがちょっとでも何かの役にたつのは、これがはじめてかもしれない。

「見て」ヴィヴィアンは言った。

ジョナサンはお下げをかむのをやめ、ひざをついて図を見た。「でも不安定期はほかにも七つ、いや、八つあるぞ」

「そのうち六つは短いわよ……たった百年かそこらだわ」とヴィヴィアン。

「うん、長い不安定期は、全部で、三つだけだ」サムが横から、風のように激《はげ》しく息を吐《は》きながら言った。腹《はら》ばいになり、あごを図にくっつけるようにして見ている。

「しかもその三つは、だいたい三千年ずつ離《はな》れている。今まで気がつかなかったよ」ジョナサンが言い、五七〇〇年から六五八〇年にかけての第三不安定期を指さした。「となると、伝説どおり銀の時代は鉄の時代の次に来るとしたら、ここが銀だな。そして……」今度は最後の長い灰色《はいいろ》の部分を指さして続ける。「……これが金の時代か、鉛《なまり》の時代だってことになる。あれ？　じゃあ、ひとつは、どれかの短い不安定期にあるってことか？　まあそれはいいとして、第三不安定期と、第九不安定期は調《しら》べに行く価《か》値《ち》がありそうだな……えっと、第九っていつだ？……九十二番世紀から百番——」

そのとき、『絶《た》えざる学舎《がくしゃ》』から大きなベルの音が聞こえてきた。ぎりぎりでかけこもうとする子どもたちが数人、『永久《とわ》の広場』のはしを必死で走っているのが見える。

「まいったな！　こんなに遅《おく》れたのははじめてだ！」とジョナサン。

三人はあたふたと立ちあがった。ヴィヴィアンは図をさっと拾いあげ、たたみながらジョナサンたちと広場を突《つっ》っ走《ぱし》った。本当に遅刻《ちこく》だ。『絶《た》えざる学舎《がくしゃ》』へ着くずっと前に、ベルが鳴り終わってしまった。

ジョナサンは走りながら、あえぎあえぎ言った。「きっとおまえの言うとおりだ、V《ヴィ》・S《エス》！　でも、どの時代がどの不安定期かを知るには、助けがいるな。ヴィランデル先生にきいてみようぜ」

遅刻《ちこく》はしてしまったが、ヴィヴィアンは、その日の午前中の学校はそういやでもなかった。たぶん、どんなことをするか、もうわかったせいだろう。授業《じゅぎょう》の大半は、ペン機能《きのう》を使って、くたっとした高い帽子《ぼうし》をかぶった脚《あし》の長い鉄の器《うつわ》の守り手のいたずら書きばかりしながら、悲しんでいるかわいそうな守り手のことを考えてすごした。あの人は、完全には実体がない状態で、『時の町』でいったい何をしてすごしているんだろう？　消えたり現《あらわ》れたりしながら、助けを求めているのかしら？　結局、大学生のいたずらじゃなかったんだわ……

それから、守り手が言ったことを考えてみた。あの言い方からすると、守り手は自分では泥棒《どろぼう》をつかまえられないらしい。『時の町』がそろそろ終わるので、力が弱くなっているのかもしれない。それで守り手は助けを呼《よ》ぼうとして、二十世紀とその前の『歴史』に混乱《こんらん》の波を起こした。なのに結局は、サムのお父さんたちが、混乱《こんらん》を起こした犯人《はんにん》を見つけ出そうと、的《まと》はずれな捜索《そうさく》をしただけに終わったのだろう。

サムのお父さんたちに泥棒《どろぼう》のことを知らせなくちゃ。ヴィヴィアンは不安になってきた。あの守り手は、泥棒《どろぼう》がほかの器《うつわ》――だか『極《きょく》』だか――も、全部盗《ぬす》もうとしているというようなことを言っていた。そのとおりなのかもしれない。あの男の子みたいに時空旅行ができるなら、ひとつだけ盗《ぬす》んでおしまい、なんてことはないはずだもの。きっと今このときにも、あの子は銀の時代へむかっているにちがいない。

でもジョナサンが言っていたように、三人のうちだれでも、このことを人にうちあけたら、自分たちがこまることになる。ジョナサンがほのめかしてはみたけれど、だれも耳をかたむけてくれなかったのだし。三人にできることといったら、あの守り手の望むとおりに、ほかの守り手たちのところへ行って警告《けいこく》することくらいだ。あの卵《たまご》がちゃんと働くなら、やれるだろう。でもその前に、どこへ行ったらいいかがわからないと。ジョナサンの言うとおり、午後のヴィランデル博士の個人指導《こじんしどう》のときにきいてみるのがいちばんだ。

早くヴィランデル博士のところへ行こう、とせかしに来ると思っていたので、ジョナサンが昼食のあいだじゅうずっと姿《すがた》を見せなかったときには、ヴィヴィアンはひどくびっくりした。ベルトの時計が十二時三十五分を指しても、まだ呼《よ》びに来る気配がない。ヴィヴィアンはもう数分待ったあと、もっと戦争の話をしてくれと言って群《むら》がってくる生徒たちから逃《に》げ出した。そしてびくびくしながら、一人で『滅《ほろ》ばずの館《やかた》』へむかうことにした。

だがジョナサンは、『続きの館《やかた》』の外の、彫刻《ちょうこく》がならぶ芝生《しばふ》にいた。腕《うで》のない女の人の巨大《きょだい》な彫像《ちょうぞう》によりかかって、大学生の一人と熱心に話しこんでいる。守り手が儀式《ぎしき》を邪魔《じゃま》したようすを撮《と》った映像《えいぞう》にビール代を出してもいい、と言っていた若者《わかもの》だ。短い白っぽいキルトと、下から突《つ》き出たたくましい脚《あし》に見覚えがあった。若者《わかもの》は芝生《しばふ》にだらりと横たわり、たくましい脚《あし》の片方《かたほう》を彫像《ちょうぞう》の足にひっかけてくつろいでいる。その姿勢《しせい》のせいで、ジョナサンが気づくより早くヴィヴィアンのことが目に入ったらしく、親しげに手をふってきた。

するとジョナサンが言った。「えっ、もうそんな時間か？　レオン、こいつはぼくのいとこのV《ヴィ》・S《エス》だ。V《ヴィ》・S《エス》、こっちはレオン・ハーディっていうんだ。百二番世紀から来ている大学生さ」

レオン・ハーディは優雅《ゆうが》に立ちあがり、「どうぞよろしく、V《ヴィ》さん」と言うと、浅黒い顔に真っ白な歯を見せてにっこり笑った。まるで映画《えいが》スターみたいにかっこいい。ヴィヴィアンはちょっと面食らってしまった。

「百何番世紀って、不安定期じゃなかった？」ヴィヴィアンはどうだっけと思いながら、ジョナサンにきいてみた。

レオンが答えた。「第九不安定期が終わった直後の安定期だよ。この安定期の最後には地球脱出《だっしゅつ》が起きることになっているが、それはおれの時代より何世紀も先の話だ。おれの時代はヨーロッパ崩壊《ほうかい》のあとで、復興《ふっこう》にいそがしいんだ。いろんな新しい技術《ぎじゅつ》が生まれてくる、すごくおもしろい時代だぜ。だから習えるかぎり科学を学ぼうと思って、ここに来たってわけ」

「もう行かないと」ジョナサンが言った。

レオンが笑いながら言った。「さもないと、ヴィランデルのやつに『滅《ほろ》ばずの館《やかた》』の階段《かいだん》のてっぺんからいちばん下まで、投げ落とされるんだろう？　前にエンキアンにそう言っておどしてるのを聞いたよ。わかった、ジョナサン君。目撃《もくげき》したことを聞かせてくれたお礼に、頼《たの》まれたことはきっとやる。二日くらいかかるだろうが、調べておくよ」

そう、二人でそういう話をしていたわけね！　ヴィヴィアンはジョナサンとならんで『続きの館《やかた》』のアーチ形天井《てんじょう》の通路を通りながら、映画《えいが》スターとしてならうっとりあこがれちゃう人って、身近に現《あらわ》れるとちっとも好きになれないのはどうしてかしら、と考えた。それから、きいてみた。「お礼ってなんのこと？」

「あとで教える」とジョナサン。

見ると、ジョナサンはえらそうな態度《たいど》で、大股《おおまた》で元気よく歩いている。たいへん！　また何か妙《みょう》なことを思いついたんだわ。今度はまたべつの人をさらおう、なんて考えたんじゃなければいいけど！

10
儀式《ぎしき》

二人は『滅《ほろ》ばずの館《やかた》』の何千段《だん》もの階段《かいだん》のほとんどを、かけあがっていった。今日はどうやら、なんにでも遅《おく》れてしまう日のようだ。ベルトの軽量化機《き》能《のう》を使っても、『まれなるはて』にとびこんだときには、五分ぐらい遅《ち》刻《こく》していた。

すわっていたヴィランデル博士は、パイプに火をつけ、煙《けむり》ごしにこっちをにらんだだけだった。二人が動くこともしゃべることもできないでいると、博士は低い声で言った。「少なくとも、つまらない言いわけをして、さらに時間をむだにする気はないようだな。すわりたまえ。ヴィヴィアン、翻訳《ほんやく》はできたか？」

「続きが変になってしまいました」ヴィヴィアンは白状《はくじょう》した。

「では、まともに通じるようになるまで考えなおすんだ。そのあいだにわしは、少しきみのいとこを攻《せ》めたてるとしよう」ヴィランデル博士がぶつぶつ言った。

ヴィヴィアンは「本キューブ」がカチカチいう音や、ジョナサンがお下げをかんでいる音を聞きながら、せいいっぱいがんばった。木のにおいがする妙《みょう》な形の部屋の中は、とても平和だった……というより、平和すぎた。やっと呼吸《こきゅう》が落ち着いてくると、ヴィヴィアンは、ジョナサンがまだほとんど何も博士に質問《しつもん》していないのに気づいた。実際《じっさい》に質問《しつもん》したことだって、不安定期とはまったく関係ないことばかりだ。なんだか変だ、という気がしてならない。ジョナサンがどうして四つの時代のことをきだそうとするのをやめたのか、さっぱりわからなかったが、それなら自分がきいてみるしかない――きく勇気が出せたら、だが。

「あの……」ヴィヴィアンは口を開いた。

ヴィランデル博士が大きな頭をくるりとこっちにむけた。「なんだ？」

煙《けむり》ごしに賢《かしこ》そうな小さい目に見つめられ、ヴィヴィアンはおじけづいてしまった。「……この記号が『おもしろい』という意味なのか、『変な』という意味なのか、わからないんですけど」

「『おかしな』としてみたまえ。両方の意味になる」ヴィランデル博士は低い声で答え、またジョナサンの方をむいた。

ヴィヴィアンはため息をつき、ペン機能《きのう》のペンをかじろうとしたが、歯がガチッとかみあっただけだった。何やってるの！　ちゃんときかないと、いつまでたってもお母さんのところに帰れないわよ……ヴィヴィアンは自分に言い聞かせた。でも、むだだった。ヴィランデル博士のことが恐《おそ》ろしすぎて、何も言えなくなっていたのだ。だがやがて、博士の方が巨体《きょたい》をヴィヴィアンにむけた。

「さて、かの職人《しょくにん》と、やたらと増《ふ》えていく老婦人《ろうふじん》たちの、その後の冒険談《ぼうけんだん》を聞かせてもらおうか」

「その前に……」ヴィヴィアンはそう言ったとたん、鉄の守り手の生身に近い腕《うで》にふれたときと同様、恐《おそ》ろしさでぞくっとしたが、むりやり先を続けた。「読む前に、不安定期について教えてくださいませんか？　どうしてそこが不安定期とわかるのか、という意味です。不安定期ってなんですか？」

　さあ、言ってしまった。ヴィヴィアンはがくがくふるえていた。ジョナサンは自分が書いているものをじっと見たまま、知らんぷりをしている。でもこれは絶対《ぜったい》に、きいておかなくてはならないことなのだ。

「いやなことは先にのばそうという魂胆《こんたん》か？」ヴィランデル博士は低い声で言ったが、静かにパイプを吹《ふ》かしながら、どう返事したものかと考える顔をしたあと、こう答えた。「そのひとつについ最近までいた者なら、たしかになぜだと思うだろうな。そこに住んでいる者には、不安定期かどうかはまったくわからないものなのだ。外から、つまりこの『時の町』から見たときだけ、わかるのだよ。しかも、不安定期で何が起きるかは、そこに住む連中が知らないばかりでなく、だれにもわからない。日ごとに変わることもある」ヴィランデル博士はパイプを机《つくえ》の上に置き、毛がもじゃもじゃ生えた太い両手で片方《かたほう》の巨大《きょだい》なひざをかかえた。「だが、きみがいた時代のことを例にあげるのはよそう。あそこは今、特にひどく混乱《こんらん》してしまっているからな。もっと身近な不安定期の話をしようじゃないか。たとえば、この『時の町』だ」

「『時の町』ですって？」ヴィヴィアンは叫《さけ》んだ。

　ジョナサンも仰天《ぎょうてん》したらしく、知らんぷりするのをやめ、自分の椅子《いす》をくるりとこっちにむけて話にくわわってきた。「でも、『時の町』は不安定なんかじゃありませんよ！」

ヴィランデル博士は低い声で答えた。「そら、またひとつ証拠《しょうこ》があがった。きみはここに住んでいるから、わからないのだ。いや、いや、不安定に決まっているじゃないか！『歴史』からだけでなく、時間そのものからもとびだして見ることができるなら、この町の過去《かこ》と未来は、二十番世紀にまさるとも劣《おと》らず、ゆらぎやすいものだとわかるだろう。『歴史』の記録は一年ごとにとってあるというのに、町自体の記録はほとんど何も残っていないのは、どうしてだと思う？　理由はもちろん、『時の町』の過去《かこ》の記録は、正確《せいかく》でありつづけることがないからだ。それに、きみは町で明日、何が起こるか知っているか？　知らないだろう。わしもだ」

ジョナサンは言い返した。「知ってますよ！　天気だって、どんな儀式《ぎしき》があるかだって――」

博士がとげとげしい口調《くちょう》で言った。「儀式《ぎしき》がなんだ！　おおかた、次の日に何が起こるか知っている気分にさせるために作り出されたものだろう。それ以外のことに役にたっているとも思えん。かつてはなんらかの意味があったのかもしれんが。まあ、『時の町』は不安定期にしてはこれといった波乱《はらん》もなく、安定したように見えることは認《みと》めてもいいが、それだけのことだ。もうそろそろ、町が始まったところまでひとめぐりすることになるから、まもなく終わりがやってくる。そのときには、ひと荒《あ》れくらいは期待できるかもしれん。しかしわしの予想では、なんらかの儀式《ぎしき》と重なって、波乱《はらん》もしりすぼみになるだけではないかな。そしてエンキアンのばかが、自分の立場がおとしめられたと文句《もんく》を言うにちがいない。ふん！」

「町が始まったところまでひとめぐりする、ですって？」とヴィヴィアン。

「そうだ。図をよこしてみなさい」

ヴィヴィアンが渡《わた》すと、博士は先の角ばった大きな指で、「石器時代」とある左上からぐるっと右上の「地球脱出《だっしゅつ》」のところまで、なぞってみせた。

「町はこれまで、『歴史』の全期間を持ちこたえてきた」博士は大きな指を、『歴史』の始まりと終わりのあいだにある空白部分で止めた。「ここを見なさい。町は今、この合間へ突入《とつにゅう》するところだ。町はまずまちがいなく、ここから始まったのだ。この空白の真ん中まで行ったとき――」博士は図のいちばん上をつついて続けた。「町はたぶん崩壊《ほうかい》するだろう。町の者たちは当然、それを防《ふせ》ぐ手だてを考えている。問題は、そのときに何が起こるかわからないことだ。何も起こらないのかもしれない。あるいはきみがいた二十番世紀のように、危機状態《ききじょうたい》になるのかもしれない」

ジョナサンは怖《こわ》がっているような顔で、ヴィヴィアンをちらっと見た。

「はあ……」とヴィヴィアンは言った。ききだすつもりでいたこととはちがうが、知っておく価値《かち》はある話だ。「町が危機状態《ききじょうたい》になったら、『歴史』全体もおかしくなってしまうんですか？」

「それも、あまたのわからないことのひとつだ。怖《こわ》がってもしかたないぞ。どうせきみにはどうしようもないことだからな。もうその話はいいだろう。さて、翻訳《ほんやく》の方だ。最初の一節はとばしたまえ。わしが言ったことを覚えてしまっただろうからな。残りを読みあげるんだ」

筋《すじ》が通っているのは最初の部分だけだったから、ヴィヴィアンはため息をつき、読みはじめた。「最初の年代パトロール庁《ちょう》の人は――」

「守り手だ。老婦人《ろうふじん》よりはましになったようだがな。守り手と訳《やく》せ」と、ヴィランデル博士。

ヴィヴィアンはすなおにしたがった。「……守り手は、鉄の時代の丘《おか》の上にいて、その人は長い男の人で、おかしな、でいいんですよね？　天気で、退屈《たいくつ》なシャツを着ていて――」

「おかしな気性《いしょう》の人物で、さえない衣服を身にまとっている、だ」とヴィランデル博士。

「それはまず第一に彼《かれ》に似合《にあ》っている」と続けながら、ヴィヴィアンはふいに、今読んでいる文章はけさ会ったばかりのあの守り手のようすを説明したものだ、と思いあたった。もっと意味がわかるように訳《やく》せていたらよかったのに！　だけど、もしあまりに意味が通らなかったら、ヴィランデル博士が紙をうばいとって自分で訳《やく》してくれるかもしれない。だが、そうはいかないようだ。

「ちがう、ちがう！　初期の時代の守り手にふさわしいようすをしている、だ。続けて」

しかたなくヴィヴィアンは読みつづけた。一語おきくらいにヴィランデル博士の訂正《ていせい》が入るため、とぎれとぎれに読みあげながら、自分でも正しい意味をつかもうとした。ジョナサンの方はもう、ヴィランデル博士にやれと言われたことに取り組んでいるふりすらしていない。視力調整機能《しりょくちょうせいきのう》のちらちらの奥《おく》の目を大きく見ひらき、顔の前に持ってきて口につっこんでいるお下げの上からヴィヴィアンを見つめ、次の言葉を待っている。

ありがたいことに、ジョナサンはちゃんと機転《きてん》をきかせ、ヴィヴィアンがつっかえつっかえ読んでいるあいだに、よぶんな紙だかなんだかに正しい訳《やく》を書きとめていた。そして授業《じゅぎょう》のあと、階段《かいだん》をゆっくりおりながら、読みあげてくれた。おりていく二人のまわりで、『時の町』の建物はあっちこっちにかたむいた姿《すがた》を見せ、一度などはほぼ真上に現《あらわ》れた。

「これだよ、知りたかったのは。『そして二番目の守り手は乾《かわ》いた海にいる。人が驚異的《きょういてき》な創造《そうぞう》をし、並《なみ》はずれた殺人を行う時代にふさわしく、全身銀をまとっている』って、どうふさわしいんだろうな。『三番目の守り手は若《わか》く力強く、あらゆる意味で黄金時代の男である。かつてりっぱだった町を覆《おお》う森に住んでいるため、全身緑をまとっている。そして四番目の守り手は隠《かく》されている。鉛《なまり》の器《うつわ》の場所も知られてはならない。なぜなら、それがもっとも重要な器《うつわ》であるからだ』V《ヴィ》・S《エス》ったら、まったく！　ばかだなあ！　宿題がこういう文書だってこと、どうして言わなかった？」

ヴィヴィアンは縦《たて》になった緑の地平線から横に突《つ》き出ている『千年館《かん》』の輝《かがや》きを、じっと見ながら言った。「さっぱり意味がわからなかったんだもん。器《うつわ》の見つけ方が書いてあるなんて、知らなかったわよ」

ジョナサンは不満そうに言った。「書いてはあるけど、これだけじゃわからないぞ。『鉄の器《うつわ》は丘《おか》の上にある』といったって、どこの丘《おか》だか知らないかぎり、ほとんど意味がないじゃないか。ひあがったことのある海なんて、あちこちの時代に十ぐらいはあるぞ。かつてりっぱだった町っていうのも、いちばん古い時代のトロイから最後のミネアポリスまで、四十はすぐに思いつく。でも、このこともレオン・ハーディに教えたら、何かわかるかもしれないな」

「どうして？　いったいレオンに何を教えたの？」

「いや、べつに。あの守り手が儀式《ぎしき》の最中に踊《おど》りまわったようすを話せばなんでもしてくれるって言うから、くわしいことはうまくごまかしながら、器《うつわ》についての伝説が残ってないか、調《しら》べてほしいと頼《たの》んだだけさ。大学生なら、あやしまれずに『滅《ほろ》ばずの館《やかた》』のあらゆる資料《しりょう》に目を通せるから、ひょっとすると、『極《きょく》』が隠《かく》されている時代と場所の情報《じょうほう》を見つけてくれるかもしれないと思って」

ヴィヴィアンはひどくがっくりしてしまった。レオン・ハーディは、いい人なのかもしれないが、すごく年上だ。ヴィヴィアンたちの年ごろにとって大事なことを、どうでもいいと考えそうなくらい、大人に近い。「だれにも話さないように言ってくれたんでしょうね？」

「それはむこうもわかっているよ」ジョナサンは軽く返事をし、次のひと続きの階段《かいだん》をかけおりていった。すると『年の館《やかた》』の円屋根《まるやね》がくるりと正しいむきになり、科学研究所の双子《ふたご》のドームのうしろに

『千年館《かん》』が隠《かく》れた。「それに、レオンには最後の第九不安定期の記録だけ調べてくれって頼《たの》んだんだ。レオンの時代とも近いから、もともとよく知っているだろうと思ってね。実はけさ、『絶《た》えざる学舎《がくしゃ》』にいたとき、すごくいいことを思いついたんだ。まずは、最後の安定期の器《うつわ》の守り手のところへ警告《けいこく》に行くのさ。その方が、そこの守り手は泥棒《どろぼう》が来るずっと前に心がまえができるし、ほかの二人を見つけるのを助けてくれるかもしれないだろう？　でもそうするためには、どこにいるかつきとめないといけない。な、そのくらいはわかるだろう？」

まあそれはわかる、とヴィヴィアンは思った。それでも、不安は消えなかった。ヴィヴィアンは通路に出る自分たちの『時の幽霊《ゆうれい》』のことを思い、あれはまちがいなく、ジョナサンが言うようなことをして、めでたく戻《もど》ってきたところみたいだからだいじょうぶ、と自分に言い聞かせるしかなかった。

それから、ジョナサンがだれにも気づかれずに、一九三九年の駅から自分をうまくさらってきたことも思い出した。するとかなり安心できたので、実は誘拐《ゆうかい》そのものがまちがいだったことは、うっかり忘《わす》れてしまった。

ジョナサンと一緒《いっしょ》に『古びの館《やかた》』へ戻《もど》ってきてみると、ちょうどまた儀式《ぎしき》の準備《じゅんび》の真《ま》っ最中《さいちゅう》だった。ホールには金色の帽子《ぼうし》や、宝石《ほうせき》をちりばめた靴《くつ》がたくさんちらばっていた。上の方から、ドスドスいう足音とどなり声がする。ジョナサンは落ちているものに目をやるなり、静かに姿《すがた》を消してしまった。が、ヴィヴィアンは、ジョナサンがいなくなったことに気づきもしなかった。ちょうどそこへ、たくさんの人々が階段《かいだん》をかけおりてきたからだ。先頭は『とこしえのきみ』ウォーカー氏だ。

ウォーカー氏はわめいた。「金の帽子《ぼうし》はそれじゃない！　アンポリアの祭司帽《さいしぼう》がいるんだ、たわけ者が！　それに、アンポリアの祭司服は、どいつがどこにやってしまったんだ？」

『とこしえのきみ』ウォーカー氏はくるっとむきを変え、ホールから『朝餉の間《あさげのま》』の方へだーっと走っていった。ほかの人たちもあとを追っていく。エリオがその群《む》れのあとから、うすい金のコートのようなものをふりつつ追いかけていく。いちばんうしろから、ジェニーが階段《かいだん》をちょこちょこおりてきた。腰《こし》からひざまでがぴっちりしていて、そこから足先にかけてはふわっと広がった、青とうす紫《むらさき》のドレスをとちゅうまで着ているところを見ると、ジェニーも儀式《ぎしき》に参加するのだろう。ジェニーはいつにもまして心配そうな顔で言った。

「ああ、ヴィヴィアン！　お願いだから、アンポリアの祭司帽《さいしぼう》を捜《さが》してあげてちょうだい。ぜったいどこかにあるはずなの！　私《わたし》も着替《きが》えでいそがしくて。本当に大きな儀式《ぎしき》のひとつだから、だれも遅《おく》れるわけにはいかないのよ」

「どんなものなんですか？」ヴィヴィアンはきいた。

「金の下水管みたいなものよ」ジェニーはちょこちょこ階段《かいだん》をのぼってひき返しながら、肩《かた》ごしに言った。

ヴィヴィアンは喜んで捜索《そうさく》を始めた。器《うつわ》と守り手たちのことを心配するより、この方がよほど楽しいし、『古びの館《やかた》』でまだ行ったことのないところを探検《たんけん》する、またとない機会だ。捜《さが》していると、人の群《む》れがたびたび横を勢《いきお》いよく通りすぎていった。ペチューラが先頭で何か毛皮みたいなものをふりまわし、エリオが最後尾《さいこうび》で金のコートをふっているときもあれば、『とこしえのきみ』ウォーカー氏のうしろにぴたりとくっついているときもあった。またあるときは、全員がウォーカー氏が一人でかけてきて、祭司帽《さいしぼう》はどこだ、統合力《とうごうりょく》の杖《つえ》はどうした、オコジョの毛皮の編《あ》みあげブーツは、とどなりちらすのに出会った。ウォーカー氏を見かけるたびに、ヴィヴィアンは笑いがこみあげてしまい、さっとよけて手近の部屋へとびこみ、大笑いした。

結局、そのおかげでアンポリアの祭司帽《さいしぼう》を見つけることができた。最後にとびこんだ部屋は、浴室だった。少なくとも、ヴィヴィアンには浴室に見えた。コルクの床《ゆか》に、ウォーカー氏のものらしい濡《ぬ》れた足あとが残っていたからだ。だが二十世紀では、部屋の半分ほどの高さがある巨大《きょだい》なガラスの浴槽《よくそう》なんて、一度も見たことがなかった。浴槽《よくそう》には緑色のお湯がはってあり、大鍋《おおなべ》の湯が煮《に》えるみたいにぶくぶくあぶくが立っている。そのガラスの浴槽《よくそう》のむこうに、金色の下水管みたいなものがあるのが目に入った。最初は本当にただの金色の下水管かと思った。が、浴槽《よくそう》にひどく感心したヴィヴィアンが、裏《うら》側《がわ》も見ようとまわってみたら、むこう側の濡《ぬ》れた床《ゆか》に落ちていたものこそが、祭司帽《さいしぼう》だったのだ。

ヴィヴィアンは帽子《ぼうし》を拾いあげ、追いかけっこにくわわった。帽子《ぼうし》をふりながら、見つけました、と『とこしえのきみ』ウォーカー氏にむかって叫《さけ》んだが、ウォーカー氏は先頭を疾走《しっそう》していくばかりで、ふりむきもしない。全員で屋根裏《やねうら》までかけあがったあと、またホールまでおりてきて、もう一度屋根裏《やねうら》に上がっていきかけたころには、ヴィヴィアンは笑いが止まらなくて息苦しくなっていた。そこで、この方が楽《らく》だわ、とついていくのをやめ、またみんなが猛《もう》スピードでおりてくるまでホールで待つことにした。

まず『とこしえのきみ』ウォーカー氏が姿《すがた》を現《あらわ》し、こっちへむかって勢《いきお》いよくおりてきた。オコジョの毛皮の編《あ》みあげブーツの片方《かたほう》をはきかけた状態《じょうたい》で、もう片方《かたほう》は手に持っている。「アンポリアの祭司《さいし》帽《ぼう》はどこなんだ！」ウォーカー氏はわめいた。

ヴィヴィアンは大きく息を吸《す》いこんで笑いをこらえると、「ここです！」と金切り声をあげた。そしてそのまま息をつめ、もう笑うまいとした。だが、うまくいかなかった。『とこしえのきみ』ウォーカー氏のあいた方の手に帽子《ぼうし》を押《お》しつけたとき、ぷっと吹《ふ》き出してしまった――ほとんどウォーカー氏に面とむかって。おまけにそのあとは腹《はら》をかかえ、涙《なみだ》を流して大笑いしてしまった。「ヒイ、ヒイ、ヒイ！　もう、なんて、おかしいの！」

『とこしえのきみ』ウォーカー氏はぴたりと足を止め、今までいちばん濃《こ》い苦悩《くのう》の色を浮《う》かべて、ヴィヴィアンを見つめた。ウォーカー氏がそうやって突《つ》っ立ったままじっと見ているあいだに、階段《かいだん》をかけおりてきたペチューラが、統合力《とうごうりょく》の杖《つえ》をさしだした。ペチューラのあとからだらだらと階段《かいだん》をおりてくるほかの人々をかきわけ、とびだしてきたエリオは、ウォーカー氏の肩《かた》に金のコートみたいなものをふわりとかけた。

「アンポリアの祭司服です」息を切らしていないのはエリオだけだ。

『とこしえのきみ』ウォーカー氏は、苦悩《くのう》の表情《ひょうじょう》をエリオにむけた。それからばらばらになったほかの人たちを、ひどく気分を害したようすでぐるりと見まわすと、片足《かたあし》だけの編《あ》みあげブーツをパタパタいわせながら、すたすたと自分の書斎《しょさい》へ入っていってしまった。だれもがまじめな顔で、それぞれ見つけてきた宝物《たからもの》を手に、あとを追った。残されたヴィヴィアンは、けさ守り手にまずいこと

をきいてしまったときとまったく同じ気分になっていた。

「笑うべきではなかったと思いますよ、お嬢《じょう》さん」エリオはほかの人たちについていく前に、真剣《しんけん》な顔で説明してくれた。「面とむかっては、ということです。『とこしえのきみ』様は、人から生まれたほかの人間たち同様、刺激《しげき》を必要としていらっしゃるのに、ひどく退屈《たいくつ》な仕事をなさっておいでです。ですから私《わたし》は、儀式《ぎしき》の前にはかならず、少なくとも衣装《いしょう》の一点はわざとおかしなところに置くようにしているのです」

ヴィヴィアンは笑うより泣きたい気持ちになった。「許《ゆる》してもらえるかしら？」

「どうでしょう。今まで面とむかってあの方を笑った人は、一人もいなかったものですから」

ヴィヴィアンはしゅんとして『朝餉《あさげ》の間《ま》』へ行き、公邸《こうてい》内が静かになるまですわっていた。それからホールへ出てみた。思ったとおり、ジョナサンが何食わぬ顔で階段《かいだん》をおりてきた。大さわぎがおさまった直後にまたひょっこり現《あらわ》れたのはただの偶然《ぐうぜん》だ、といわんばかりだ。

「儀式《ぎしき》を見に行きましょうよ」ヴィヴィアンは話しかけた。『とこしえのきみ』ウォーカー氏へのおわびとして、そうすべきだという気がしたのだ。

ジョナサンはひどく驚《おどろ》いたようだ。「見たいの？　ものすごく退屈《たいくつ》だぞ」それでも、おとなしく『永《と》久《わ》の広場』までついてきてくれた。二人はガラスのアーケードの前で何列にもならぶ観光客のあいだにすべりこんだ。

ちょうど、年代パトロール庁《ちょう》の一隊が、きちっとならんでパトロール庁《ちょう》を出てくるところだった。一隊は行進しながら中央にむかい、『フェイバー・ジョンの石』の近くでぴたりと止まった。赤、白、あるいは青のローブを着た人々が、ほかの建物やアーチ形通路から列をなして現《あらわ》れ、やはりそれぞれの位置で止まった。

それから、さらに行列がやってきた。ジェニーがいるのが見えた。たっぷりした藤色《ふじいろ》のマントに身を包んでいるが、マントの下はさっきのぴったりしたドレスなので、ちょこちょこ歩きになっている。ほかにも同じ服装《ふくそう》の女の人がたくさん、一緒《いっしょ》にちょこちょこ歩いている。エンキアン氏が青のローブを着た司書たちの列の先頭を、えらそうに歩いているのも見えた。くすんだ緑の式服を着た大学生の一団《いちだん》もいた。あらゆる立場の人が参加する儀式《ぎしき》のようだ。ヴィランデル博士でさえ、大きな体をよれよれの紫《むらさき》のローブで包み、行列にくわわっている。ヴィヴィアンは、博士がなぜめったに『まれなるはて』から出ないと言われているか、わかった気がした。ひどく脚《あし》が悪いようなのだ。

ジョナサンの父親が、ゆっくりとした足どりで横を通りすぎていった。金ずくめで堂々としていて、頭には例の下水管みたいな高い帽子《ぼうし》をのせている。ヴィヴィアンはジョナサンにきいた。

「なんの儀式《ぎしき》なの？」

「さあ」とジョナサン。

「教えてやろう」二人のとなりに立っていた、いかめしい顔をした男の人が言った。いかにも観光客らしく、青と黄色のチェックのぱりっとしたスーツを着ている。その人は案内のパンフレットをたたみなおし、ジョナサンの目の前に掲《かか》げた。

「これは町の創立《そうりつ》を記念する四つの儀式《ぎしき》の、最初のものだ。創立《そうりつ》当時までさかのぼるとても古い儀式《ぎしき》で、『時の町』が『歴史』から切りはなされた最初のひとときを表すものだと言われている。この儀式《ぎしき》に立ちあえることを誇《ほこ》りに思うべきだぞ、ぼうや。私《わたし》たちはこれを見るために、わざわざやってきたんだ」

男の人はパンフレットをひっこめ、心配そうに言った。「この案内によると、天気は儀式《ぎしき》が終わるまでは保《も》つことになっている。本当にそうだといいんだが」

じゃあ、町は本当に創立《そうりつ》されたときに戻《もど》ろうとしているのね、とヴィヴィアンは思った。急に不安がこみあげてくる。そのあいだに、べつの行列が曲がりくねりながら『不朽《ふきゅう》の広場』からやってきていた。こちらは全員が、飾《かざ》り気《け》のない白っぽいパジャマ服を着た普通《ふつう》の町民たちで、だれもが首に鎖《くさり》のようなものをかけていた。その鎖《くさり》と、年代パトロール隊員たちのベルトのバックルとつやつやのブーツが、日の光できらめいている。さまざまな明るい色のローブを着た人たちの群《む》れの中心には、金色に輝《かがや》くウォーカー氏がいた。

観光客はああ言ったが、このあと天気が崩《くず》れそうな感じはまったくしなかった。でも、雨雲が儀式《ぎしき》にせまっていることはまちがいない。『時の町』に、最後の時がおとずれようとしているのと同じだ。――『時の町』がこのまま崩壊《ほうかい》してしまったら、ここにいる人たちはみんな、どうなってしまうのかしら？

ジョナサンも同じことを考えていたらしく、「これが全部なくなるなんていやだ！」と言った。

「なくならないわ。なんとかするのよ、守り手に呼《よ》ばれて応《こた》えた私《わたし》たちが」とヴィヴィアン。

儀式《ぎしき》はそれからも、かなりだらだらと続いた。サムがやってきて二人を見つけ、一緒《いっしょ》に立ってちょっとながめていたが、五分もすると大きなあくびをして行ってしまった。観光客があれだけ説明してくれたのに、自分まで行ってしまったらちょっと失礼だ、と思ったヴィヴィアンはその場に残り、ベルトのボタンを押《お》して遊びはじめた。時計機能《きのう》――もう一時間以上この儀式《ぎしき》を見ていることになる。ペン機能《きのう》、天気予報《よほう》――あと二分で雨になるらしい。軽量化機能《きのう》――あのいかめしい顔の観光客がひどくとがめるような目つきでこっちを見た。そして最後に、クレジット機能《きのう》。手のひらに明るい数値《すうち》が浮《う》かんだ。◯

○・○○。ヴィヴィアンは目をむいた。もう一度ボタンを押《お》し、さらに押《お》して数値《すうち》を出してみる。やっぱり○○・○○だ。

「ジョナサン、これ、おかしいわ！　きのうの朝は百って出ていたのよ。まだ全然使ってないのに！」

「エリオにきけよ。何かのまちがいだろう。それより、あれを見ろよ！」

ヴィヴィアンは、ジョナサンがあごをしゃくった方を見た。えらい人たちが全員集まって、新しい行列を作っていた。エンキアン氏がいばったようすでゆうゆうと先頭を歩いている。そのうしろを、最高位科学者のレオノフ博士と巨大《きょだい》な紫《むらさき》のかたまりのように見えるヴィランデル博士が、ならんで歩いていた。そして、あの頭のおかしいかわいそうな鉄の守り手までが、行列にくわわっていた。くたっとした帽子《ぼうし》をひょこひょこゆらし、ひどくまじめくさった顔で、エンキアン氏のいばった歩き方をそっくり真似《まね》している。それが正しい歩き方だと思っているようだ。

レオノフ博士はいぶかしげに守り手をちらっと見たが、『時の幽霊《ゆうれい》』か、また学生のいたずらだ、と考えることにしたらしい。ヴィランデル博士も同じように考えたのか、守り手にはまったく目もくれず、気どって歩くエンキアン氏のうしろ姿《すがた》をけわしい表情《ひょうじょう》で見すえたまま、ただ足をひきずって歩いていく。守り手に気づいた人は大勢《おおぜい》いるようで、おかしそうにささやく声が、広場の行列に近い側で広がっていった。だが、エンキアン氏は大事な役割《やくわり》をはたすことに夢中《むちゅう》で、気づく気配がない。

そのとき、雨が白い滝《たき》のようにふってきた。その場を離《はな》れる理由ができて、ヴィヴィアンはうれしくなった。いかめしい顔の観光客とその妻《つま》は、頭の上に青と黄色の小さなテントのようなものをはり、そのまま見つづけたが、ヴィヴィアンとジョナサンはあらゆる形や大きさの傘《かさ》が開く中を、『時の庭』へとかけていった。アーチ形天井《てんじょう》の通路で雨宿りしているびしょぬれの人々をかきわけていくとちゅうで、やはり儀式《ぎしき》を見物していたらしいエリオに出会った。そのころには、雨は『時の庭』に敷《し》かれた丸石に激《はげ》しく打ちつけ、みぞというみぞをジャバジャバいわせていた。三人は一緒《いっしょ》に『古びの館《やかた》』をめざし、かけだした。

模様《もよう》入りの大理石の床《ゆか》にぽたぽた水をたらして館に入ったとき、ヴィヴィアンは、ちょうどいい機会だと思って、エリオにベルトのクレジットのことをきいてみた。エリオが「見せてください」と言ったので、濡《ぬ》れて重くなった革《かわ》のベルトをはずして渡《わた》した。うつむいて見ているエリオのまっすぐな白っぽい髪《かみ》から、しずくがたれた。エリオは自分に腹《はら》をたてているようだ。

「雨よけ機能《きのう》は、確率《かくりつ》を考えて、だれのベルトにもつけなかったんです。計算したところ、一年のうち雨がふる時間に外にいる確率《かくりつ》は、二パーセントしかなかったものですから。ですが、たとえたった二パーセントでも、ふられたときにはぐしょぬれになる、ということを忘《わす》れていました。いえ、このベルトはまったく異状《いじょう》ありません。町のコンピュータのミスでしょう」エリオはそう言ってベルトを返してよこすと、つけくわえた。「明日、コンピュータの方を調《しら》べてみます。今からしばらくは、いそがしくなりますので。『とこしえのきみ』様がきっとずぶぬれで、たいそうご機嫌《きげん》悪くお帰りになるでしょうから」

でもヴィヴィアンは翌朝《よくあさ》、エリオよりずっと早く、クレジットがなぜなくなったのかを自分でつきとめることになった。雨あがりで空気はしめっぽいが、青空が広がる朝だった。ヴィヴィアンとジョナサンは学校へ行こうと館を出たが、いつもなら噴水《ふんすい》のところで待っているサムの姿《すがた》がない。アーチ形天《てん》井《じょう》の通路の中に人影《ひとかげ》が見えたので、サムかなと思ったが、ジョナサンはすぐにこう言った。

「いや、あれはレオンだろう。何か見つけたら、あそこでぼくを待っていてくれって頼《たの》んだから。おまえはサムのうちに行って、どうしたのかきいてみろ。ほら、あそこの家だ。ぼくはそのあいだにレオンと話してくる」そして明らかにすごく興奮《こうふん》したようすで、お下げをなびかせ、アーチ形天井《てんじょう》の通路へとすっとんでいった。

ヴィヴィアンはジョナサンが指さしたバラ色のレンガの家へむかいながら、考えていた。ふうん、ジョナサンはレオン・ハーディと話すことを私《わたし》に聞かれたくないのね。いったいどうしてかしら？

ヴィヴィアンはドニゴール家の前に立ち、玄関扉《げんかんとびら》を見た。ノッカーも呼《よ》び鈴《りん》もない。でも、何かしら似《に》た機能《きのう》のものがあるはずだ。どうしたものかと考えていると、突然扉《とつぜんとびら》が開き、制服《せいふく》のパジャマ服の上からベルトをしめながら、サムの父親が出てきた。どうやらこれから仕事に出かけるところらしい。

「おはよう。来ると思っていたよ。サムは呼《よ》んでもむだだ、今日は学校には行けない。実はまたもやバターパイをどか食いして、死にそうにぐあいが悪くなっているんだ」ドニゴール氏は言った。

それを聞いたとたん、ヴィヴィアンは自分のクレジットが、からになったわけがわかった。「まあ。……わかりました、ありがとうございます」そしてくるりとうしろをむき、アーチ形天井《てんじょう》の通路へむかおうとした。ところがドニゴール氏はうしろで扉《とびら》を閉《し》めると、ずいぶん親しげなようすでヴィヴィアンとならんで歩きはじめた。

ヴィヴィアンはとてもまごついてしまった。ひとつには、サムにすごく腹《はら》がたっていたせいだ。それに、レオン・ハーディがジョナサンに何を話しているか、聞きたかったせいもある。だが、そのふたつよりも大きな理由は、サムの父親を前にすると、なんだかびくびくしてしまう、ということだ。ドニゴール氏は荒々《あらあら》しく活発で、ほかの『時の町』の人々にはない雰囲気《ふんいき》を持っている。人に命令してしたがわせることになれた、すごく力のある人、という感じが伝わってくるから、それだけでもじゅうぶん不安になる。

でも、ドニゴール氏は自分の伯父《おじ》だということになっているのを思い出し、ヴィヴィアンはせいいっぱい姪《めい》らしい笑顔を作ってにっこりした。「サムはクレジットを持ってないと思ってましたけど」

「持たせていない。きのうの夕方、儀式《ぎしき》の最中にパトロール庁《ちょう》にしのびこんで、私《わたし》のコンピュータをいじくったんだ。そしてだれかの口座《こうざ》のクレジットを、使いこんでしまった。なんてずる賢《がしこ》い悪ガキだ！」口調《くちょう》こそ厳《きび》しかったが、ドニゴール氏は内心サムのことを自慢《じまん》に思っている、とヴィヴィアンにはわかった。「だれの口座《こうざ》か、言おうとしないんだ。なかなかがんこでね」

私《わたし》にはわかってるわ、とヴィヴィアンは思った。ジョナサンと私《わたし》が、サムをおいて時空旅行に行くのが気に入らないってだけで、しかも、まだ実際《じっさい》には行ってもいないのに！

ヴィヴィアンは今まででいちばんサムに腹《はら》がたっていた。でも自分で仕返しをしてやりたかったから、ドニゴール氏には言いつけないことにした。代わりに「バターパイをいくつ食べたんですか？」ときいてみた。

「なんと、百ユニットぶんもだ！　信じられないだろう？」とドニゴール氏。

ヴィヴィアンには信じられた。これこそ決定的な証拠《しょうこ》だ。

アーチ形天井《てんじょう》の通路でレオン・ハーディと話しこんでいるジョナサンに、このことを話してやろうと思ったが、なんともいらだたしいことに、ヴィヴィアンがドニゴール氏と『時の庭』から通路へ近よっていくと、ジョナサンとレオンは二人してこっちをふりむくなり、そのまま熱心にしゃべりながら、先に『永久《とわ》の広場』へ歩いていってしまった。

「きみに二十番世紀のことを話したいと思っていたんだ」ドニゴール氏が言った。

「はい？」ヴィヴィアンはびくびくしながら言った。

「もうかなりの危機状態《ききじょうたい》になっていてな。第一次世界大戦にまで影響《えいきょう》が出てきた。ボーア戦争（一八八九〜一九〇二年。南アフリカの支配をめぐる英国とボーア人との戦争）とかいうものにまで、さかのぼってしまったようだ。第二次大戦は今では一九三七年から始まっている。ゆゆしき事態《じたい》になりつつある。きみにうそはつかない。だが、心配はしないでほしい」

心配するわよ！　ドニゴール氏とアーチ形天井《てんじょう》の通路の暗がりへと入りながら、ヴィヴィアンは思った。もうサムも、ジョナサンとレオン・ハーディもどうでもよくなり、お母さんとお父さんはどうなっちゃったの？　ということしか考えられなくなった。

『永久《とわ》の広場』の明るい空の下に出ると、ジョナサンとレオンが『フェイバー・ジョンの石』のむこうにいるのが小さく見えた。

「きみのお母さんとお父さんは無事だ」とドニゴール氏。まるでヴィヴィアンの心を読んだかのようだが、残念ながらドニゴール氏は、ちがうお母さんとお父さんのことを言っているのだ。「監視官《かんしかん》たちはしっかり守られているし、パトロール隊員がたびたびおとずれてようすの確認《かくにん》もしている。きみのお父さんが状態《じょうたい》悪化の報告《ほうこく》をずいぶん遅《おそ》くまでよこさなかったことには、正直いって少し腹《はら》がたつが、だからといってお父さんやインガをほったらかしにしてはいない。私《わたし》は『時の議会』に、あそこの不安定期の監視官《かんしかん》を全員呼《よ》び戻《もど》す決定をくだすよう、要求するつもりだ。このことをきみに知らせたかったんだ。『時の議会』はきっと決断《けつだん》するだろう。だが、創立儀式《そうりつぎしき》が次々にひかえているから、時期はやや遅《おそ》くなるかもしれない。まったく、まずいときにこんなことになったもんだ！　だが心配するな。三、四日のうちには、きみの両親も『時の町』へ無事帰っているから」

「あ……ありがとうございます」ヴィヴィアンはかろうじて言った。

二人は『フェイバー・ジョンの石』にむかって歩いていった。ドニゴール氏はその後もしゃべりつづけた。ヴィヴィアンはぼんやりしたまま、年代パトロール庁《ちょう》はいまだにすべての問題の元凶《げんきょう》を捕《と》らえることができていない、とドニゴール氏が言うのを、なんとなく耳にした。そのあとには、第二不安定期と第三不安定期も乱《みだ》れつつあると言われた気がするが、ちゃんと聞いてはいなかった。ドニゴール氏が元気よくヴィヴィアンの肩《かた》をたたき、サムそっくりに体を左右にゆすりながら、早足でようやくパトロール庁《ちょう》に入っていったときには、歩く気にもなれないほど気が重くなっていた。

ジョナサンはもう、『絶《た》えざる学舎《がくしゃ》』の入口にたどりついていた。レオンがジョナサンに手をふり、学舎《がくしゃ》へ急ぐ子どもたちの列とすれちがいながら、広場のむこうはしをすたすた歩いていくのが見えた。ヴィヴィアンは気力をふりしぼり、広場をよたよた走っていった。ほとんどまともに考えられないほど、とほうにくれていた。

三、四日のうちに、リー家の人たちが帰ってくる。本物のいとこのヴィヴィアンも一緒《いっしょ》だろう。なぜか、いつかそういうことが起こると本気で考えたことがなかったのだ。考えなかったなんて実に愚《おろ》かだ。何日も前にジェニーが、監視官《かんしかん》を呼《よ》び戻《もど》そうって話をしていたのに。

ヴィヴィアンは、あえぎあえぎつぶやいた。「私《わたし》ったら、ええと、お母さんならこういうのを、なんて言うんだっけ？　……そうそう、極楽《ごくらく》とんぼ。ほんとに、のんきもいいとこだったわ。もう、大ばか！」

学校では、ほかに考えることがあって助かった。数分おきにさわぎだすサムがいないので、午前中の授業《じゅぎょう》は静かなものだったが、少なくとも世界標準《ひょうじゅん》文字に取り組んでいれば、リー家のことは考えなくてすんだ。午後のヴィランデル博士の個人指導《こじんしどう》が、楽しみな気すらしたほどだ。博士のところへ行けば、勉強以外のことを考える余裕《よゆう》なんてなくなるからだ。

ところが午前の授業《じゅぎょう》がなかばすぎたころ、ヴィヴィアンのベルトの伝言ボタンが光りだした。これだけ頭がいそがしいときによく気がついた、と自分で自分をほめながら、ボタンを押《お》す。と、机《つくえ》の上のあいたところに、光る文字が現《あらわ》れた。

《ヘーコン・ヴィランデルよりV《ヴィ》・リーへ
すまない、今日の午後は面倒《めんどう》な儀式《ぎしき》があることを忘《わす》れていた。
明日また会おう》

やんなっちゃう！　これで午後は心配以外、することがないってわけね！

だが、昼になって食堂へ行くなり、ジョナサンに腕《うで》をつかまれた。

「早いとこ食べて、公邸《こうてい》へ帰るんだ。百一番世紀でレオンと待ちあわせしてる」ジョナサンはささやいた。

見るとジョナサンは、ダイヤの形がついたスーツを着ている。自分のスーツも見おろしてみると、ちょっと茶色っぽいオレンジ色の地に、細い白のしまが入っている。通路の暗がりでは、しまはよく見えなかったが、これこそが自分の幽霊《ゆうれい》が着ていた服だ、とはっきり感じた。しかもサムは今、ぐあいを悪くしている。

そのときが来たんだわ！　ヴィヴィアンは興奮《こうふん》しながら思った。まずは出かけていって、帰ってこなくてはならないけど、そのあと、もしうまくいけば、本物のヴィヴィアン・リーが戻《もど》ってくる前に、ここを離《はな》れられるかもしれない！

11
金の時代

ジョナサンはそのまますぐに食堂を出ていったが、ヴィヴィアンはまずバターパイを四つ、思いっきり味わうことにした。ひとつだけ残念なのは、サムに仕返しをするひまがないかもしれないことだ。でも、それをのぞけば、最後のバターパイを食べながら『永久《とわ》の広場』を歩いていったとき、ヴィヴィアンはうれしくてたまらなかった。

今夜までには、うちに帰っているかもしれない。親戚《しんせき》のマーティさんがいかにひどい人かをお母さんに説明しているところを思い浮《う》かべたら、お母さんが、よくわかったわ、空襲《くうしゅう》の危険《きけん》はあるけれどルイシャムに一緒《いっしょ》にいていいわよ、と言ってくれる姿《すがた》も目に浮《う》かんだ。週末に帰ってきたお父さんが、すごくびっくりするようすも想像《そうぞう》できる。こういう楽しい場面を空想するうち、いつのまにか軽くスキップを始めていた。『時の庭』まで戻《もど》ったときには、人目がないのをいいことに、バターパイの棒《ぼう》をふりながら、噴水《ふんすい》のまわりでばかげたダンスをした。

公邸《こうてい》の中の鎖《くさり》がかかったドアの前で待っていたジョナサンは、ヴィヴィアンを見ると、「何をやってたんだ？」ときいた。じれったくてたまらなかったらしい。ダイヤの形をしたたくさんのポケットが、ぼっこりふくらんでいる。

「ごめんなさい」ヴィヴィアンは適当《てきとう》に言った。ほとんどはじめから気づいていたが、時空旅行のいちばんいいところは、いつ出発しても、ちゃんと思いどおりの時刻《じこく》へ行けることなのだ。「だけど、どうして百一番世紀でレオン・ハーディと会わなくちゃいけないの？」

ジョナサンはヴィヴィアンをせかしながら、隠《かく》し扉《とびら》のある通路を通っていった。「レオンは暗黒の九十番代の世紀にくわしいんだ。行くなら身を守るための装備《そうび》がいるから、レオンがまず、できるだけ目的の時代に近い安定期へ行って、必要なものを手に入れてくれるってさ。川下にある駅の『時の門』を使って行かなくちゃならないから、レオン自身は当然、禁《きん》じられた不安定期には行けないんだ。でも、なるべく近くまで行ってくれるって。すごく親切なやつだよ」

ジョナサンは立ちどまり、なれたようすで隠《かく》し扉《とびら》をけった。扉《とびら》はくるりとまわった。二人は体を押《お》しこむようにして中へ入り、ベルトの明かり機能《きのう》をつけた。今ではらせん階段《かいだん》も、それほどえんえんと続くように思えなかったし、恐《おそ》ろしくもなかった。

「それで、なぜ暗黒の九十番代の世紀へ行くの？」ヴィヴィアンは階段《かいだん》をはいおりながらきいてみた。

先をおりていくジョナサンが返事した。「そこも長い不安定期だからだ。鉛《なまり》の時代か、金の時代にあたるはずだろう？　守り手を捜《さが》し出して、泥棒《どろぼう》が来る前に『極《きょく》』を持って『時の町』へ戻《もど》ってくるよう、頼《たの》んでみようと思うんだ。あの鉄の守り手が言ってたようにね」

ヴィヴィアンも、これはいい考えだと思った。だが、最後の段《だん》をすべりおりて小部屋に着いたとき、ジョナサンにそうしたら、と最初に言ったのは自分だった、と思い出した。

小部屋には二十世紀の服が脱《ぬ》ぎ捨《す》てられた状態《じょうたい》のままちらばっていて、一枚岩《いちまいいわ》は相変わらずちらちら光っていた。ジョナサンは突《つ》き出た岩の上から卵形《たまごがた》のコントローラを取りあげ、そっとポケットのひとつに入れた。ポケットの中でチン、とぶつかる音がする。

「何を持ってきたの？」ヴィヴィアンはきいた。

「金属探知器《きんぞくたんちき》、地図、方位磁石《ほういじしゃく》、ライトに非常用《ひじょうよう》食料さ。今回はきちんとやりたいんだ。今からレオンに意識《いしき》を集中させるから、だまってろ」ジョナサンは言い、何かを念じはじめた。が、何も起きない。ジョナサンは大声で言った。「レオン・ハーディ！」それでも、何も起こらない。ジョナサンは悲鳴《ひめい》のような声をあげた。「だめだ、コントローラがもう働かない！」

「そんなはずないわ。私《わたし》たち……というか、幽霊《ゆうれい》たちは帰ってきてるんだもの」とヴィヴィアン。

ジョナサンはポケットから卵《たまご》を取り出し、顔の前に持ってくると、大きな声でゆっくり言い聞かせるように唱《とな》えた。「レオン・ハーディのところだ。百一番世紀の、最初の年」

今度はうまくいった。一枚岩《いちまいいわ》が消え、うす暗い場所が現《あらわ》れた。暗いせいで、最初は卵《たまご》がちゃんと機能《きのう》したことに気づかなかったが、すぐに冷たい風が吹《ふ》きつけてきた。おがくずと濡《ぬ》れた草のにおいがぷんぷんする。

ジョナサンはベルトの明かりを消し、用心しいしい前へ進んだ。ヴィヴィアンも自分の明かりを消し、手探《てさぐ》りであとを追った。すぐ近くから、ツグミの大きな鳴き声がはっきりと聞こえてくる。ヴィヴィアンは、レオン・ハーディを捜《さが》してまわりを見ながら思った。この時代にもまだツグミがいるなんて！　もちろん、ここが本当に『歴史』全体の終わりに近い時代なのだとしたら、の話だけれど。どこにでもあるただの暗い朝、という感じしかしない。

　レオン・ハーディは、いた。二人のすぐうしろの倒木《とうぼく》の上にすわっている。暗さに目がなれたころ、レオンがふるえながら腕《うで》をさすりさすり立ちあがったのが見えた。いつもの短いキルト姿《すがた》なので、あまりあたたかくないのだろう。レオンは用心しているような低い声で言った。「うまくいったんだな！　ここのやつらが仕事に来る前に来てくれるだろうかって、不安になってきたところだった。必要なものは手に入れた。夜中からずっと、ここにすわって待っていたんだ。着るのを手伝ってやるよ」

　レオンの足もとに、樹皮《じゅひ》の山みたいなものがあった。その一部を拾いあげて見せてもらって、はじめて鎧《よろい》の上半分みたいなものだとわかった。暗いせいか、ひじや肩《かた》などの関節部分にしわのよった、なんだかさえないものにしか見えない。

「本当にいるの、それ？」ジョナサンが言った。

「決まってるだろう！　野蛮《やばん》な人間たちがうじゃうじゃうろついてるし、野犬《やけん》もたくさんいるし、九十番代の世紀には、ほかにもどんなものがいるか、わかったものじゃないんだぞ！　この百一番世紀でさえ、まだそういう連中に悩《なや》まされているんだ」レオンは言うと、さっそく二人に鎧《よろい》を着せはじめた。時間がないと思っているような、あわてたようすだった。

　鎧《よろい》は、よく曲がるけれど頑丈《がんじょう》な、はじめて見る素材《そざい》でできていた。見た目よりはるかに重い。下半分が脚《あし》の前側しか覆《おお》わないようになっていて、よかった。そうでもないかぎり、とても歩けそうにない。あたりがだんだん明るくなってきたとき、この鎧《よろい》は何色なのかしら、とヴィヴィアンは思った。どうも赤のような気がする。

日の出が近づくと、ジョナサンはどんどん不安そうになってきた。『歴史』の中の世界がどこまでも続いていることが怖《こわ》いからだ、とヴィヴィアンにはわかった。だが、『歴史』の人間であるレオンまで、やはり不安そうになっている。それがはっきりわかったのは、レオンがわざと明るい声でこう話しかけてきたときだった。

「ジョナサンに聞いたんだが、きみたち二人の『時の幽霊《ゆうれい》』が、公邸《こうてい》に出るそうだな。つまり、鎧《よろい》があろうとなかろうと、二人とも町へ戻《もど》れるってことだ。ところできみは、ロンドンにくわしいんだって？」

「ええ、そうよ」ヴィヴィアンもだんだん不安になってきて、あたりをちらちら見まわした。今いるのは、広々とした材木置場のようなところだった。切り倒《たお》された木がそこらじゅうに横たわっている。三人は、積みあげられた板材の陰《かげ》の、置場の中央からは見えない場所にいた。

レオンがヴィヴィアンの注意をひき戻《もど》した。「実は、例の器《うつわ》があるのはロンドンなんだ。それはたしかだ。まずまちがいなく金の器《うつわ》だと思う。でもぼくが見つけた文書には、ロンドンの三つの場所が書いてあって、そのうちのどこにあるのかはさっぱりわからなかったんだ。『バックハウス』と聞いて、何か思いあたる場所はないか？」

「バッキンガム宮殿《きゅうでん》？」とヴィヴィアン。

レオンはすかさず言った。「ふたつ目は『スポール』っていうんだけど、これは？」

ヴィヴィアンは自信がなかったが、言ってみた。「セント・ポール大聖堂《だいせいどう》かな？」

「それから『ネーソンテイ』……これが三つ目」とレオン。

もうじき日がのぼりそうだった。レオンはかがみこむようにして、顔を近よせてくる。ヴィヴィアンはこれまでになく不安になった。レオンのきき方は熱心すぎる気がする。

「ネーソンテイ、ネーソンテイ……」ヴィヴィアンはレオンから目をそらし、考えた。草の生えた地面に、深いみぞが何本かできている。木材をひきずったあとだろう。板材の山のわきにある黒っぽいかたまりは、明るくなるにつれ、しんぼう強そうな馬だとわかった。この馬が木材をひいているにちがいない。

「ネーソンテイ……あっ、わかった！　ネルソン提督《ていとく》よ！　トラファルガー広場にある提督《ていとく》の記念柱のことだわ」

レオンは一瞬《いっしゅん》にこっとしたかと思うと、ジョナサンの方をむいて、脚《あし》のとめ具をしめてやった。そしてジョナサンに話しかけた。「これで、三つの場所はわかったわけだ。鉛《なまり》の器《うつわ》のありかについては、その後何か思いついたことはないか？　ぼくが調べたかぎりじゃ、なんの手がかりもつかめなかったんだが」

ジョナサンったら、ずいぶんあれこれレオンにしゃべっちゃったのね！　そう思ったら、ヴィヴィアンはいっそう不安になった。今では、ジョナサンの鎧《よろい》が赤いのがはっきり見てとれる。ヴィヴィアンが自分の鎧《よろい》は、と見おろしたとき、板材の山のむこうから男の人の歌声が聞こえてきた。

レオンはちょっとびくっとし、こそこそとあたりを見まわした。それから、おとなしく板材のわきに立っていた馬に急いで近づくと、つないであった綱《つな》をはずし、こっちへ連れてきた。馬は巨大《きょだい》な丸いひづめで地面をカポカポけり、大股《おおまた》でやってきた。レオンが言った。「乗るんだ。早く」

二人はぎょっとして、明るい茶色の馬を見あげた。ヴィヴィアンが今まで見たことがあるどんな荷馬車馬よりもばかでかい、巨大《きょだい》な馬だった。きっと新種なのだろう。「かぶとをかぶって、乗れったら。ここの作業員たちがみんな来てしまうぞ」レオンがじれったそうに言った。

ジョナサンがとげとげした重いかぶとを拾いあげた。朝のピンク色の光に照らされたかぶとは、ほとんど血の色のように見える。ジョナサンは言った。「でもこの生き物は、ぼくたちの『時の門』には入らないよ。すごく小さな部屋だから」

「古いコントローラをひとつ持ってる、と言ってたじゃないか。ここから直接《ちょくせつ》九十番代の世紀へ行けばいいんだ。馬を盗《ぬす》むところを、ここの親方に見つかってもいいのか？　この時代では、馬を盗《ぬす》むのは重罪《じゅうざい》なんだぞ」

今ではもう、板材の山のむこうからかなりたくさんの人の声が響《ひび》いていた。朝のあいさつを交わしている人たちもいるが、少なくとも一人は、いらだった声で毒づいている。悪態《あくたい》の合間にこんなことを言っているのが、ヴィヴィアンの耳にも届《とど》いた。「あの茶色の材木運びの馬はどこへ行った？……だれか、おれの馬のやつを見なかったか？」

ヴィヴィアンとジョナサンは、あわててかぶとをぎゅっとかぶった。レオンが馬を倒木《とうぼく》の横にひっぱってきた。板材のむこうの男がますます怒《おこ》ってどなりだしたので、ジョナサンとヴィヴィアンはまず倒木《とうぼく》の上によじのぼり、それからなんとか馬の背中《せなか》に乗っかった。鞍《くら》はないし、あまりに大きな馬なので、背中《せなか》は広くてすべりやすく、しっかりまたがっているのがむずかしい。ヴィヴィアンは、ジョナサンの硬《かた》い殻《から》みたいな鎧《よろい》につかまった。ジョナサンは片手《かたて》で馬のたてがみをつかみ、もう片手《かたて》でポケットを探《さぐ》って卵形《たまごがた》のコントローラを取り出した。さいわいにも、馬はテーブルのようにどっしりと安定していた。すごく高いテーブルだけど……。ヴィヴィアンは、はるか下のレオンの顔を見おろした。レオンはすごくほっとしたような笑顔で、二人を見あげている。

「ロンドンのバックハウス、九五〇〇年」ジョナサンが言った。

と、二人は、ジョナサンが言ったとおりの場所に来ていた。少なくともヴィヴィアンは、そんな気がした。深い緑に覆《おお》われた夏の森のようなところで、まばゆいばかりの日射《ひざ》しがななめから射《さ》しこみ、光のあたるところだけが明るい緑に輝《かがや》いている。ピンク色の光に包まれて立っていたレオンの姿《すがた》は消え、まわりに見えるのは苔《こけ》むした大樹《たいじゅ》や老木ばかりだ。幹《みき》には耳みたいな形をした大きなキノコがびっしりと生えていて、深い森らしいにおいがする。木々のカサカサ、ギシギシいう音や、遠くの鳥のするどい鳴き声や羽音に耳をすますうち、何キロも続く深い森にちがいない、という気がしてきた。ジョナサンもその広さを感じとったらしく、不安そうにすわりなおした。

ヴィヴィアンは一瞬《いっしゅん》、今ごろレオンは、馬を捜《さが》している男の人になんて言いわけしているのかしら、と考えた。それからジョナサンの動きでわれに返り、自分たちと馬のまわりを飛びかっている小さな虫の大群《たいぐん》に目をやった。改めて見ると、二人の鎧《よろい》はたしかに赤く、生《お》い茂《しげ》る木々の緑に映《は》えて、血のようにあざやかだ。

「つまり、この時代のロンドンは森に覆《おお》われているってこと？」ヴィヴィアンはきいた。

「そうだよ。さっきぼくたちがいた次の時代では、その木を切り倒《たお》していたんだ」かぶとのせいでジョナサンの声がこもって聞こえる。

馬の方は、突然《とつぜん》森の中に来てしまったことに気づき、耳をぴんと立てていた。が、二人の声を耳にすると、どこかへ行かなくてはと思ったらしく、でこぼこした地面を踏《ふ》みしめ、歩きだした。馬の背中《せなか》がた右のわき腹《ばら》の方へずずずっとかたむき、落ちそうになった。

右にすべっていった。あわててジョナサンの真っ赤な肩《かた》につかまる。と、二人そろって、馬の広々とし

波にゆれるボートみたいにゆらゆらしはじめ、ヴィヴィアンの体は、毛の生えたあたたかい背中《せなか》の上で

「助けて！」とヴィヴィアン。

「離《はな》せ！　軽量化ボタンを押《お》せ！」ジョナサンが必死な声で言った。

ヴィヴィアンは頑丈《がんじょう》な鎧《よろい》の下に手をつっこんで探《さぐ》り、どうにか正しいボタンを見つけて押《お》した。とたんに、鎧《よろい》かぶとの重さのぶんくらい軽くなったので、馬の背《せ》に左腕《ひだりうで》をかけ、なんとかしゃんとすわりなおした。ジョナサンも同じようにできたらしい。だが、体をふわっとさせる軽量化機能《きのう》の奇妙《きみょう》な作用のせいか、今度は二人とも、馬のしっぽの方にむかってゆっくりとすべりだしてしまった。ジョナサンがあわてて馬のたてがみをつかみなおし、ヴィヴィアンはまたジョナサンの肩《かた》につかまった。それでやっと落ち着いた。馬の方は、背中《せなか》のさわぎにはまったくむとんちゃくなようすで、ゆっくりと木々のあいだを進んでいく。

「一度止まって地図を見て、金属探知器《きんぞくたんちき》を使わないと。馬を止めるのって、どうやるんだ？」ジョナサンがきいた。

「手綱《たづな》をひくのよ」

「手綱《たづな》なんてついてないぞ。頭のまわりに細い帯みたいなのがついているだけだ」

「止まれ！　どうどう！」ヴィヴィアンは叫《さけ》んだ。だが、馬は止まらない。ヴィヴィアンは頭をしぼり、フランス語ならわかるのかも、と思って、「アレテ、ヴ！」とどなってみた。が、相変わらず反応《はんのう》がないところをみると、もしかしたら耳が遠い馬なのかもしれない。馬は、大きなひづめで枯《か》れ葉《は》や苔《こけ》をサ

クサク、キュッキュッと踏《ふ》みつけ、木々のあいだをさらに進んでいく。ジョナサンは、自分の自動販売《はんばい》機《き》相手ならうまくいく方法をためしてみた。広々した茶色の肩《かた》をたたいたり、かかとでけったりしたのだ。ところが馬は、かえって少し足を早めただけだった。

「あれ、見ろよ！」ジョナサンが絶望《ぜつぼう》したようすで言った。

今の今まで、ヴィヴィアンはこの森がロンドンだとか、今通っているのがバッキンガム宮殿《きゅうでん》の廃墟《はいきょ》の中だとかいうことを、本気で信じてはいなかった。だがジョナサンが指さしたところには、根こそぎ倒《たお》れた木が一本あり、土のついた根っこが円形に広がっている下に、緑がかった石壁《いしかべ》の一部らしいものがのぞいていた。

「あそこかもしれないのに！　止まれ、このばか、こちこち頭の、ちくしょうめ！」とジョナサン。

それでも馬は安定した速さで進みつづけ、木々のあいだをどんどん抜《ぬ》けていった。やがて、もっと開けた場所に出た。馬はひづめでキイチゴをつぶし、ノバラを踏《ふ》みつけながら、小さな丸い丘《おか》をのぼっていく。あれがもし本当にバッキンガム宮殿《きゅうでん》だったのなら、この丘《おか》は宮殿《きゅうでん》の前の広場にある、階段《かいだん》がついた記念碑《きねんひ》だわ、とヴィヴィアンは思った。

丘《おか》の中腹《ちゅうふく》まで上がると、馬は少し進路を変えた。するとひづめの真下の草むらから、黄色っぽい動物が一匹《ぴき》ぱっととびだし、ときどきふりむいてうなり声をあげながら、大急ぎで逃《に》げていった。ヴィヴィアンはまたもや、鉄の守り手にふれたときのようにぞくっとした。

「野犬《やけん》だな」ジョナサンは、同じくらいぞっとしたような口調《くちょう》で言った。

馬はおだやかに進みつづけ、丘《おか》のてっぺんを越《こ》えてくだっていった。ヴィヴィアンは宮殿《きゅうでん》前の広い通り、ザ・マルが前方に続いているのに気がついた。両側の街路樹《がいろじゅ》が今ではすごく古い大きな木となっているせいで、道幅《みちはば》が狭《せま》くなり、しめった草の生《お》い茂《しげ》る小道といったようすになってはいるが、ぜったいにこれはザ・マルだという気がする。宮殿《きゅうでん》のあたりには、こんなにまっすぐな道はほかにない。

馬はだいぶスピードを上げてそっちへくだっていき、道にたどりつくなり、立ちどまって首を下げ、草をはみはじめた。ジョナサンはあやうく馬の頭からすべって落ちるところだった。

「さて、どうする？」とジョナサン。

「おりてみたら？」とヴィヴィアン。

「でもそうしたら、こいつがそのままどこかへ行っちゃって、もう二度と乗れなくなるぞ」

結局ほかにどうすることもできずに、二人は乗ったまま、馬が食べ終わるのを待つことにした。止まっていると、この時代に着いたときからずっとついてきていた小さな虫の大群《たいぐん》が、どんどん鎧《よろい》の下にもぐりこんでは、かむようになった。ヴィヴィアンが、馬なしの方がうまくやれるんじゃないかしら、と思いはじめ、そう言おうとしたとき、ジョナサンが前で、はっと体をこわばらせた。

「見ろ。あっちの左の方」

ヴィヴィアンはそっちを見るなり、同じくはっとした。木々のあいだに人間が何人かいる。どういう人々かはわからないが、ほとんど身動きせず、くすんだ緑色っぽいぼろ服をまとっているから、中の一人がたまに動くときだけ、ちらっと姿《すがた》が確認《かくにん》できるのだ。はじめに動いた一人は、やせこけた腕《うで》にかかえたいやな感じの手製《てせい》の槍《やり》を持ちかえたところだった。次の一人は、光るナイフを口にくわえなおしたため、残忍《ざんにん》そうなひげづらまで見えてしまった。

ジョナサンが少しふるえる声で言った。「馬を狙《ねら》ってるんじゃないか？　食うために」

輝《かがや》く赤の鎧《よろい》という目立つ格好《かっこう》の二人は、高い馬の背《せ》の上ですっかりとほうにくれてしまった。連中が心を決めて襲《おそ》いかかってくる前に、馬が食べるのをやめてくれるよう、願うしかなかった。でも馬は、落ち着いたようすでどんどん草をかみちぎっている。

「ねえ、動いて、馬さん、お願い！」ヴィヴィアンはささやいた。

すると、ふいに馬がそのとおり動きだした。頭をもたげると、耳をぴんと立て、車の変速レバーみたいにさっと前へ倒《たお》した。それから耳をつんざくような声でいななくと、緑のザ・マルを、どかどか早足でかけだした。ジョナサンとヴィヴィアンは骨《ほね》が折れそうなほどぼんぼんゆすられ、すべりながらも、馬にしがみついていた。ヴィヴィアンは舌《した》を思いっきりかんでしまった。まわりの木々がすごい速さでうしろへ流れていく。ただひとつよかったのは、木々のあいだにひそんでいた人間たちから、あっというまに遠ざかったことだ。

馬は早足から全力疾走《しっそう》に移《うつ》ったようだ。「こいつ、何をするつもりだ？」ジョナサンがあえいだ。

馬がなぜ走りだしたのかは、前方の木々のあいだに、アドミラルティ・アーチ（ザ・マルとトラファルガー広場のあいだにある凱旋門）の灰色《はいいろ》の残骸《ざんがい》が見えてきたときにわかった。崩《くず》れ落ちた門の左側部分にあたるらしい石のかたまりのうしろに隠《かく》れていたべつの馬が、さっと姿《すがた》を現《あらわ》し、ザ・マルにいるヴィヴィアンたちにむかってまっすぐに疾走《しっそう》してきたのだ。その馬には、形はヴィヴィアンたちのとそっくりだが、色は黒と緑の迷彩色《めいさいしょく》の鎧《よろい》かぶとをつけた人物がまたがっていた。長くて重そうな槍《やり》を右腕《みぎうで》にかかえている。槍《やり》の先はヴィヴィアンたちにむけられていた。

「止まって、止まって！　こっちは敵《てき》じゃない！」ヴィヴィアンとジョナサンは金切り声をあげた。

だが、むこうの乗り手も馬も、まったく反応《はんのう》しない。土くれを背後《はいご》にとばしながら、パカパカと勢《いきお》いよくせまってくる。一方、二人の馬は疑《うたが》うようすもなく、仲間にあいさつしようとかけ足で近づいていく。ジョナサンが大あわてでうしろむきに体をねじり、えいっとばかりにヴィヴィアンを押《お》した。二人とも馬の横へひゅうっととび、ふわっと浮《う》いたりまわったりしながら、地面に落ちた。軽量化機能《きのう》のおかげで、ちっとも痛《いた》くない。

それからのことは、すべてがスローモーションのようだった。まず、自分たちの馬がとまどったようすで、どたどた足を踏《ふ》み鳴らして止まった。その横を、黒い乗り手の馬が、パカパカと矢のように通りすぎていく。ごろごろころがってようやく止まったヴィヴィアンは、立ちあがろうとしながら、ジョナサンって、どうしてこういつもへまばっかりするのかしら！　と思うひまがあった。

少し離《はな》れたところでは、ジョナサンが目にかぶさったかぶとを押《お》しあげようとあがいていた。ヴィヴィアンの方は、右脚《みぎあし》部分の鎧《よろい》がずれて裏《うら》にまわり、ひざのうしろでそえ木のようになっていたせいで、また倒《たお》れてしまった。そのとき、乗り手が馬を、地面に深く長い茶色の線ができたほど、急に止めたのが見えた。ヴィヴィアンが脚《あし》の鎧《よろい》をもとどおりにしようとまわしているあいだに、乗り手は馬をくるりとこちらにむけ、また疾走《しっそう》してきた。今度は槍《やり》を下にむけ、ジョナサンにぴたりと狙《ねら》いを定めている。と思ったら、乗り手の馬はもう、ヴィヴィアンとジョナサンのあいだにいた。

ベキッ、という音がした。ヴィヴィアンが足を踏《ふ》み鳴らす馬を見あげると、槍《やり》がゆらりと半円を描《えが》き、冷酷《れいこく》にもこっちを指すのが目に入った。あわてて、ぱっとうしろにさがる。一瞬《いっしゅん》だけ、乗り手の顔が見えた。無表情《むひょうじょう》な、いやな感じの青白い顔で、細い目には同情《どうじょう》のかけらもない。だれだろうと、器《うつわ》の守り手でないことはたしかだ。その直後、槍《やり》がかぶとを直撃《ちょくげき》し、それからしばらくは何がなんだかわからなくなった。

しばらくといっても、ほんの一分ほどのことだったのかもしれない。だがヴィヴィアンが起きあがったときには、乗り手と馬はいなくなっていた。自分たちの馬まで見あたらない。ジョナサンは脚《あし》を投げ出し、ザ・マルの片側《かたがわ》の茂《しげ》みによりかかるようにすわっていた。まるで、見せしめとして体を切りひらかれた血まみれの人のように見える。視力調整機能《しりょくちょうせいきのう》のちらちらの下の目を見ひらいたまま、妙《みょう》にぼんやりとヴィヴィアンを見つめている。鎧《よろい》の胸《むね》のあたりがつぶされ、大きくへこんでいた。鎧《よろい》自体がまさに血の色をしているので、胸《むね》から血が流れているのかどうかはわからなかった。でもジョナサンがしゃべりだしたとき、口のすみから流れ出たものは、明らかに血だった。

ジョナサンは静かな声で淡々《たんたん》と言った。「ぼく、死ぬんだと思う。胸《むね》をすっかりつぶされた」口のすみから流れている血は、鎧《よろい》の色よりよほど紫《むらさき》に近かった。

ヴィヴィアンは脚《あし》の鎧《よろい》をもぎとり、信じられない思いでジョナサンのところへはっていった。こんなことが起こるはずないのに！　あの二人の『時の幽霊《ゆうれい》』は、私《わたし》たちが戻《もど》るっていう証拠《しょうこ》でしょ！　そう思ったあとで、ここが不安定期だったことを思い出した。何が起こってもおかしくない。こうなってみてはじめて、ヴィヴィアンは、サムとジョナサンが自分をさらったとき同様、自分も、今まで起こったすべてをただの冒険《ぼうけん》だと思っていたことに気づいた。でもいきなり、冒険《ぼうけん》どころではない、ひどく深刻《しんこく》な事態《じたい》になってしまった。

二羽の大きな黒いカラスが木からすうっと飛んできて、ジョナサンの頭の上の茂《しげ》みにとまり、期待するように見おろした。カラスはまず目をつつきだすっていうわ……。恐《おそ》ろしくて、ジョナサンに手をふれる気にはなれない。もう、どうしたらいいかわからない。それ以上考える気にもなれず、ヴィヴィアンは頭をそらし、悲鳴《ひめい》をあげた。

「助けて、助けて、だれか助けてーっ！」

と、女の人のいらいらした声がした。「わかったわかった。今行くから」ジョナサンのむこうのやぶをかきわけ、声の主《ぬし》が近づいてくる音がする。カラスたちは輪を描《か》いて飛びあがり、茂《しげ》みの上の木の枝《えだ》にとまった。女の人の声は、さらにするどい調子で続いた。「大きな声を出さないで。森じゅうに無法《むほう》者《もの》たちがひそんでるんだから」

声の主《ぬし》は、キイチゴの茂《しげ》みを押《お》しわけながら、見通しのいい草地へ出てきた。緑色がかった手織《てお》りのスカートを茂《しげ》みにひっかけた格好《かっこう》のまま、女の人はジョナサンの前にひざまずいた。「これでもせいいっぱい早く来たのよ。あの男には見られたくなかったから。まあまあ、これはひどいこと！」

「見た目ほど痛《いた》くはないんだ」さっきと同じおだやかな淡々《たんたん》とした口調《くちょう》で、ジョナサンが言った。

「それはよかった」と女の人。髪《かみ》は金髪《きんぱつ》で、ねじってひとつにまとめてある。これほどひどく日焼けしていなくて、これほど心配そうでもなかったら、きっと美しい人なのだろう。しわのある茶色い顔に浮かぶ表情《ひょうじょう》は、ジェニーかお母さんみたいだったが、手のひらをジョナサンのへこんだ胸《むね》にあてたときには、さらに心配そうな顔になった。「あの男は本当にあなたを殺すつもりだったのね？　できるだけのことをしてみましょう」女の人は低い声でささやくと、大きく息を吸《す》いこんだ。

鎧《よろい》のへこみがうねりだし、ガシャン、ボヨーン、とそうぞうしい音をたてて、もとの形に戻《もど》った。ジョナサンはほっとしたように深いため息をつき、手を上げて口もとの血をぬぐった。

「まだじっとしていて。今、肋骨《ろっこつ》と胸骨《きょうこつ》を治したけど、鎖骨《さこつ》はまだだし、ちぎれた筋肉《きんにく》もこれからよ」女の人は言って、しばらくジョナサンの胸《むね》に手を置いたままにしていた。

ジョナサンも手を上げた格好《かっこう》のまま、じっとしている。やがて、顔色がよくなり、顔つきもしっかりしてきた。ただ、目つきだけはまだぼーっとしている。「もうだいじょうぶみたいです」

「ええ。でも、しばらくはむりしないのよ」女の人は言い、手を離《はな》した。「骨《ほね》も筋肉《きんにく》も治ったけれど、ショックは残っているから」それから腕《うで》をとってジョナサンを立たせた。カラスたちはむっとしたように枝《えだ》から飛び立ち、ばたばたはばたいて、ザ・マルの上空を飛んでいってしまった。

「どうやって治したんですか？」ヴィヴィアンはきいた。頭がくらくらしていた。

女の人は疲《つか》れたような笑顔を浮《う》かべ、こっちを見た。そしてヴィヴィアンのかぶとを持ちあげると、頭の横のはれたところに手を置いた。

「ふむ、これは問題なさそうね。骨折《こっせつ》していてもおかしくなかったけれど、平気だったようだわ」女の人は低い声でつぶやいた。

ヴィヴィアンは急に、頭がすっきりしたのに気づいた。よくなってはじめて、今まで頭痛《ずつう》がしていたことがわかった。「どうやって治すんですか？」ヴィヴィアンはまたきいた。

女の人はうわのそらのようすで答えた。「どうやってって……『歴史』の最後に近い方に来ているからじゃないかしら。時がたてば、学ぶことも多いのよ。ところで、あなたたちはどこへ行くところだったの？」

「ネルソンの記念……えっと、『ネーソンテイ』に行ってみようかと……」とヴィヴィアン。

「じゃあ、まずそのばかげた鎧《よろい》を脱《ぬ》いで。私《わたし》も一緒《いっしょ》に行くわ」

「でも――」ジョナサンが言いかけると、女の人はいらいらしたようすでたたみかけた。

「でも、でもは、やめて。それじゃ目立ってしょうがないの。このあたりの人が見たら、殺しに来たのかと思って、先にあなたたちを殺そうとするでしょうよ。そういう時代なの。だれにもらったのか知らないけれど、とんでもない大まちがいよ」

二人は少し恥《は》ずかしくなって、鎧《よろい》をはずし、茂《しげ》みに投げこんだ。ヴィヴィアンは一瞬《いっしゅん》、体が舞《ま》いあがりそうに軽くなった気がしたが、すぐに、ずっしり重くなった。「ベルトが働かなくなったみたい」

「働かなくなったのは軽量化機能《きのう》だけだろ。ぼくのもだよ。切って、エネルゲンをたくわえさせろ」とジョナサン。

「早くいらっしゃい！」女の人がじれったそうに言った。だれかが近づいてくるのが聞こえるみたいに、耳をそばだてたり、茂《しげ》みをじっと見たりしている。

二人は急いで女の人と一緒《いっしょ》にザ・マルの残りの道を行き、アドミラルティ・アーチの基部《きぶ》を覆《おお》うようにのびた木々のあいだを通っていった。その先には、ヴィヴィアンが覚えているトラファルガー広場より少し狭《せま》く見える、四角い草地が広がっていた。これが本当にトラファルガー広場だとわかるような建《けん》造物《ぞうぶつ》は、ひとつも見えない。背《せ》の高い木に囲まれた草地は、ゆるやかなのぼり傾斜《けいしゃ》で、枯《か》れ草《くさ》まじりの草と少しの花が風にそよいでいた。

女の人はため息をつき、少し元気が出たような顔になった。「ここの方が安心。無法者《むほうもの》たちは、広々とした場所へはまず出てこないから。でも、注意してね。一歩一歩踏《ふ》みつけるように歩くのよ、ヘビがいるから」

草の下の地面はひどくでこぼこしていて、古い四角い石を踏《ふ》んでしまい、がくん、となることもあった。二人は女の人の歩いたあとをたどりながら、地面を踏《ふ》みつけていった。ガサガサいうような音があちこちから聞こえてくる。ヘビかもしれない。ただ草がそよいでいるだけかもしれないが。ヴィヴィアンはすごく怖《こわ》くなってきた。でもジョナサンは、きょろきょろしているようすからして、はてのないところにいることの方が怖《こわ》いらしい。それとたぶん、無法者も怖《こわ》いのだろう。ヴィヴィアンは改めて、ジョナサンの勇気に感心してしまった。ちょっとした冒険《ぼうけん》のつもりで始めたことかもしれないけれど、本気で最後までやり通そうとしているんだもの。

草地の真ん中近くまで来ると、女の人は立ちどまり、ノバラに少しサンザシがまじったこんもり高い茂《しげ》みを指さした。「そこよ。すぐ前までは行けないわ。上で番人が見はっているから」女の人は茂《しげ》みに背《せ》をむけ、へりがまっすぐな土手に腰《こし》をおろした。倒《たお》れた記念柱の一部なのかもしれない。

「一緒《いっしょ》に来ないいんですか？」ジョナサンがきいた。

女の人はむっつりと首を横にふり、手製《てせい》のケープをぎゅっと首もとにかきよせた。「ここの人は私《わたし》を無視《むし》するの。なんで来ちゃったのかしら」女の人はそう言って、ため息をついた。「ほっとする場所だからかしらね。あなたたちは行ってみたら？　むこうも相手にするかもしれない」

ジョナサンとヴィヴィアンは、ヘビよけに足を踏《ふ》み鳴らしながら、茂《しげ》みへ近づいてみた。茂《しげ》みは二人の頭よりも高い、何か台のようなものの上に生えていた。これはたしかにネルソン提督《ていとく》の記念柱の台座《だいざ》にちがいない。二人して草に隠《かく》れた急な石段《いしだん》につまずいたとき、ジョナサンが倒《たお》れないようにつかまった小山が、土と草に覆《おお》われてはいても、台座《だいざ》にある大きなライオンの石像《せきぞう》の形をしていたからだ。二人は立ちあがり、またつまずいた。どういうわけか、石段《いしだん》の最後の段《だん》を上がることができない。もう二回ためしてみたあげく、やっぱり茂《しげ》みのすぐそばには近よれないのだ、とさとった。

「だれかいませんか？」ヴィヴィアンは呼《よ》んでみた。

二人の上の方で、からまりあったノバラが少しゆれた。花びらが何枚《なんまい》か落ちてくる。ヴィヴィアンはぞくっとした。今までにももう何度も味わってきた感覚だ。

見あげると、石段《いしだん》のてっぺんの茂《しげ》みの前に、とても大きな若《わか》い男の人が腕組《うでぐ》みをして立ち、考えこむような顔でこっちを見おろしていた。農家の人、という感じで、顔はごつくてすっかり日焼けしている。しゃれた緑の帽子《ぼうし》の下は金色に近いもじゃもじゃの髪《かみ》だ。男は一本のわらを口にくわえてかんでいた。とても強そうで、がっしりしている。悲しみに沈《しず》む気の毒な鉄の守り手とはちがって、しっかりと実体感がある。だがたしかに伝説どおり、ふわっとしたシャツも、ぴちっとしたズボンも緑色だ。

「『かつてりっぱだった町を覆《おお》う森に住んでいるため、全身緑をまとっている』……か。あなたが金の器《うつわ》の守り手ですか？」ジョナサンは言った。

若《わか》い男は、わらを口の左はしから右はしへ動かして言った。「おれは『金《きん》の番人』と呼《よ》ばれている。その意味できいているのなら、そうだ。おまえは？」男の声は荒々《あらあら》しくて、かなり大きく響《ひび》く。

「ぼくたちは『時の町』から——」ジョナサンが話しだすと、若《わか》い男はすぐにさえぎった。

「それなら、来るのが早すぎる。自分の務《つと》めはわかっている。町が時間の始まりと終わりのあいだの空白の真ん中で止まるときが来たら、おれは金の器《うつわ》を町へ持っていく。行くのは、それより早すぎちゃいけないんだ。心配するな。そのときが来たら、行くよ」

「でも、もうほとんどおっしゃるところまで来ているんです」ヴィヴィアンが言った。

ジョナサンが続けた。「しかも、だれかが器《うつわ》を全部盗《ぬす》もうとしているんです。うそじゃありません。そいつは鉄の器《うつわ》を手に入れました。盗《と》るところをこの目で見たから、まちがいありません。だからあなたに警告《けいこく》を——」

「それはどうも」若《わか》い男は、わらをまた口の左はしに戻《もど》しながら言った。「だが、そいつのことはよくわかっているよ。この二週間くらい、ここと『スポール』と『バックハウス』をこそこそ嗅《か》ぎまわっているやつがいるんだ。金の器《うつわ》がそのうちのどこかにあると知ってはいるが、正しい場所はわかっていないらしいな。そういうやつがいるからこそ、おれはこの時代のここから動かない。やつを金の器《うつわ》に近づけはしない」

「でも泥棒《どろぼう》は、鉄の器《うつわ》を手に入れているんです……その力を使えば、あなたと対抗《たいこう》できるんじゃないですか？」ヴィヴィアンがきいた。

番人は肩《かた》をすくめた。「まずありえない。いかなるときも、金は鉄にまさる」

ヴィヴィアンは言った。「だけど、けさドニゴールさんが言っていたことからすると、もうそろそろ銀の器《うつわ》のところにも泥棒《どろぼう》が現《あらわ》れると思うんです。よく聞いてなかったから、たしかじゃないですけど。その泥棒《どろぼう》が銀の器《うつわ》も盗《ぬす》んでしまったら、あなたより強くなるんじゃありませんか？」

「かもな」番人は農夫のような顔をしわくちゃにしかめ、しぶしぶ認《みと》めた。「だが、そいつは事を始めるのが遅《おそ》すぎた。今おまえだって、町がもうほとんど空白の真ん中まで来ている、と言ったじゃないか。そうなれば、おれが金の器《うつわ》を持っていって、鉛《なまり》の器《うつわ》とひとつにする。鉛《なまり》と金を合わせれば、ほかのふたつを合わせたより三倍は強くなる。いや、心配はいらない。きっとうまくいく」

「それが、町は今、まずい状態《じょうたい》になっているんです。もしかしたら崩壊《ほうかい》してしまうかもしれません。鉄の器《うつわ》が盗《ぬす》まれたあと、『フェイバー・ジョンの石』全体にひびが入ってしまいました。だから念のため、今、金の器《うつわ》を町へ持っていくべきだと思うんです。よかったら、ぼくたちが代わりに持っていってもいいですけど」ジョナサンが言った。

番人はわらをペッと吐《は》き出して笑った。「で、時間のバランスを崩《くず》すのか？　いや、けっこうだ。金の器《うつわ》はおれの行くところへ行く。どっちも、しかるべき時がおとずれるまでは、ここにとどまる。最後の日の正午、日時計塔《とう》の鐘《かね》が鳴るときにはきっと行く。警告《けいこく》には感謝《かんしゃ》する」

番人はノバラの中へ入ろうとするように、二人に背《せ》をむけた。ジョナサンがあわてて言った。

「じゃあ、お願いです……鉛《なまり》の器《うつわ》がどの不安定期に隠《かく》されているか、教えてください。銀の器《うつわ》がどこにあるかも。そのふたつの守り手にも、警告《けいこく》しないといけないんです」

番人は肩《かた》ごしにふりむき、警戒《けいかい》するような目つきでジョナサンを見た。「だめだめ、おれはひっかからないよ。おれを見つける方法を知っているんだから、銀の器《うつわ》のありかもわかるはずだろう。隠《かく》されたなまり鉛《なまり》の器《うつわ》についちゃ、おまえが『時の町』から来たっていうのがうそでないなら、自分で思いあたるはずだ。うそだったら、おれから聞き出そうとしてもむだだ！」そして腕《うで》組《ぐ》みをやめ、いかにも自分の強さを見せつけるように、ゆっくりとのびをした。と、男の姿《すがた》が消えた。茂《しげ》みが少しゆれたように見えたが、暑さでかげろうが立っただけかもしれない。

番人は茂《しげ》みの中へ入っていったわけじゃない、とヴィヴィアンは思った。ただ、今のこの時間から抜《ぬ》け出してしまったのだろう。そう離《はな》れた時間へは行っていない――たぶん、ひそんでいる泥棒《どろぼう》を監視《かんし》するために、ほんの一週間程度《ていど》過去《かこ》へ戻《もど》っただけだ――が、とにかく二人のいるところにもういないことはたしかだった。

「ずいぶん自信ありそうだったけど」ヴィヴィアンは言った。

ジョナサンはライオンの形の小山によりかかった。視力《しりょく》調整《ちょうせい》機能《きのう》のちらちらに覆《おお》われた目の下に、くまができているのが見える。顔色が妙《みょう》に青い。「あいつ、あまり頭がいいとは思えないな。抜《ぬ》け目ない泥棒《どろぼう》なら、簡単《かんたん》にだませそうだ。なんとしても鉛《なまり》の器《うつわ》を捜《さが》そうぜ。それがいちばん力があるとしたら、ぜったい安全にしておかなくちゃ！」

ヴィヴィアンはジョナサンの顔色が気になってしかたなかった。さっきの女の人も、むりはしないでと言っていたのだから。「まずあの女の人を捜《さが》しましょうよ。それから、何か少し食べた方がいいかも」

ジョナサンは弱々しいようすでうなずいた。二人は、女の人がすわっていた場所まで戻《もど》ってみた。が、そこにはだれもいなかった。もうどこか遠くへ行ってしまったのかもしれない、とはじめは二人とも思った。それから、草地のはしの方で、レオンが盗《ぬす》んだあの巨大《きょだい》な馬が草をはんでいるのが目に入った。そのうしろに女の人がいて、スカートのすそを片手《かたて》でつまみあげ、ずしずし足を踏《ふ》み鳴らしながら馬に近づいていく。馬を呼《よ》びよせて手なずけようとしているらしい。二人は倒《たお》れた記念柱らしき土手に腰《こし》をおろし、見まもることにした。女の人がとても落ち着いたようすなので、そうしていても安全だと思ったのだ。女の人は馬のすぐそばまで行った。ところが、つかまえた、と思うと、馬はするりと前へ進んでしまう。それを何度もくり返している。

ジョナサンが持ってきた四角い非常用《ひじょうよう》食料を取り出し、二人は見物しながら食べはじめた。最初は女の人のぶんも少し取りわけておいた。だがしばらくすると、馬はだんだん森の中へ入っていき、女の人もついていってしまった。ジョナサンが言った。

「あの馬はさっきの番人そっくりだ。そうだ、サムみたいにがんこで、人の言うことを聞かなくて、たぶん、自分ではヴィランデル博士くらい頭がいいと思ってるんだ。でも、あのおばさんはきっと、最後にはつかまえるよ。まちがいないって。金の時代の人って、みんなあのおばさんみたいな力を持っているのかな?」ジョナサンの口調《くちょう》は、さっきまでのような暗い感じではなくなっていた。食べて元気が出てきたのかもしれない。

女の人がもう戻《もど》ってきそうにないとはっきりするまで、二人はすわって待っていた。それから、取っておいた食べ物を二人でわけた。ヴィヴィアンは気がとがめてしかたなかった。

「お礼を言わなかったわ。あなたの命を救ってもらったのに。そろそろ『時の町』へ戻《もど》らない？」

今では木々の長い影《かげ》が草地にのびていた。

「そうだな」ジョナサンは立ちあがり、ポケットから卵形《たまごがた》のコントローラを出した。「ここからでも働くといいんだけどな。あの細長い空地へ戻《もど》って、また無法者《むほうもの》と顔を合わせるのはぜったいごめんだ！　よし、行くぞ。『時の町』、ぼくたちが出かけたすぐあとの時間へ」

卵《たまご》は機能《きのう》しはじめたが、前に町へ戻《もど》ったときよりさらにのろのろした、不規則《ふきそく》な働き方だった。ジョナサンとヴィヴィアンはひっぱられ、止められ、またひっぱられ、止められた。見なれない光景が目の前にちらつく――何列にもならんだ泥《どろ》の小屋、煙《けむり》をもくもく上げて燃《も》える町、凍《こお》った川、そして旗をふって踊《おど》る人々の群《む》れ。一度などは、ロンドンの大きな赤いバスがはっきりと見えたが、ヴィヴィアンが知っているバスの形ではなかった。しまいに二人がもう帰れないのでは、とすごく恐《おそ》ろしくなったころ、やっと石のにおいがする暗闇《くらやみ》に包まれた。一枚岩《いちまいいわ》のかすかなちらつきが、あたりをほのかに照らしている。

「よかったあ！」とヴィヴィアン。

「帰れることはわかっていただろう」ジョナサンはすごくがっかりしているようすで、ライトを出してつけ、階段《かいだん》をのぼりはじめた。ヴィヴィアンがついていくと、ジョナサンは言った。「これじゃ、全然だめだ。あの『時の幽霊《ゆうれい》』たちみたいな気持ちじゃないもの。ぼくらの幽霊《ゆうれい》はすごく興奮《こうふん》しているみたいだったよな？　なのに今のぼくは、すごくみじめな気分だ。おまえもそうだろう？　いいことなんか何ひとつできなかった。鉛《なまり》の器《うつわ》がどこにあるかすら、教えてもらえなかったし。これじゃ、『時の町』も二十番世紀みたいに危機《きき》状態《じょうたい》になったとしか思えないよな！」

「だけど、二十世紀の方は、鉄の器《うつわ》が盗《ぬす》まれたせいで危機状態《ききじょうたい》になったのよ」ヴィヴィアンが下から言った。

その瞬間《しゅんかん》、がん、となぐられたように、二人は真実をさとった。

12

アンドロイド

ヴィヴィアンは言った。「『時の町』も不安定期なんだっけ！」

ジョナサンが応《おう》じた。「しかも、いちばん長いやつ！」

それから二人同時に言った。「じゃあ、鉛《なまり》の器《うつわ》はここにあるんだ！」

二人は階段《かいだん》の残りを、とぶようにかけあがった。てっぺんに着くと、隠《かく》し扉《とびら》はひとりでに閉《し》まっていたから、ぐいと押《お》してまわし、扉《とびら》をはさんで二人がいっぺんに体をねじこみ、通路に出た。ジョナサンはライトを消し、ヴィヴィアンと一緒《いっしょ》に通路を急ぎながら、ずっと熱心に話しつづけた。

「金が鉛《なまり》とひとつになる、ってあの人が言ったのは、そういう意味だったのよ」ヴィヴィアンも言った。

「『日時計塔《とう》』のどこかにあるに決まってる！　あそこの時計が正午に鳴るときに、っていう、金の番人の話ともぴったり合うよ。よかったなあ！　これで安全に守れるぞ」とジョナサン。

「どうやって知ったかは言わなくても、ここにあるってだれかに教えればいいわ」とヴィヴィアン。「そう、そしてしっかりとした護衛《ごえい》をつけてもらうんだ。『古びの館《やかた》』にいるみたいなおばあさんの護《ご》衛《えい》じゃだめだ。守り方がきっちりわかっている本物の年代パトロール隊員がいい」

「サムのお父さんに話しましょうよ」

ジョナサンも賛成《さんせい》した。「そうしよう。ちゃんと深刻《しんこく》に受けとめてくれるかもしれない。『極《きょく》』がどうしたこうした言う科学者たちなんかとちがって」

「『極』っていうのは器《うつわ》のことでしょ。鉛《なまり》の守り手はどこにいるんだと思う？　この町にいるはずよね。その人にも警告《けいこく》しなくちゃ」

「捜《さが》し出すのはたいへんだと思うよ。あの古い文書にもあったじゃないか、隠《かく》されているって」通路を半分まで来たところで、ジョナサンは目を落とし、自分がまだ卵形《たまごがた》のコントローラを手にしていることに気づいた。「ちぇっ、しまった！　これをもとの場所に戻《もど》すのを忘《わす》れたよ」

「そんなことだから、使った人たちがしょっちゅうなくしたのね」とヴィヴィアンが言い、二人で笑った。

ジョナサンが言った。「今はこのまま持っておくよ。何よりも先に、『日時計塔《とう》』へ行った方がいいからな」

「町が時の終わりに来たとき、全部の器《うつわ》が『日時計塔《とう》』に集まることになってるみたいじゃない？　でも、鉄の器《うつわ》は来ないのよ」

「わかってる。鉛《なまり》の器《うつわ》のことをなんとかしたら、銀の器《うつわ》を捜《さが》しに行こう。泥棒《どろぼう》が着く前の時間に行ってくれ、って卵《たまご》に言えばいい」ジョナサンは、鎖《くさり》のかかったドアをさっと開きながら続けた。「銀の守り手は、金の番人より少しは話がわかるやつだといいんだけどな」

ドアの外で、レオン・ハーディが待っていた。真ん中に青い突起《とっき》がある、先の光る筒《つつ》を手にしている。レオンは馬に乗った男が槍《やり》をむけてきたときのように、冷酷《れいこく》なようすでその筒先《つつさき》を二人にむけていた。

ヴィヴィアンには銃《じゅう》だとすぐにわかった。ジョナサンにもわかったらしい。二人はぴたりと立ちどまり、レオンをまじまじと見つめた。相手はきれいにならんだ真っ白な歯をむきだしていやな笑顔《えがお》を浮かべ、あざけるように言った。

「やつに殺されはしないとわかっていたよ。あの『時の幽霊《ゆうれい》』の話を聞かせてもらってたからな。おれもずいぶんうまいこと、おまえらに赤い鎧《よろい》を着せて、あの森へ行かせたもんだろう？　おれの作った鉄の守り手のホログラムは気に入ったか？　すっかり信じてたんだろう、なあ、ジョナサン？　金の器《うつわ》を渡《わた》せ。そうすれば撃《う》たないでやる」

「持ってない。番人が近づかせてくれなかったの」とヴィヴィアン。

「うそつくな」レオンはおどすように、ジョナサンにむけていた銃口《じゅうこう》をほんの少しヴィヴィアンの方へ動かした。

「うそじゃない」とジョナサン。顔色がまた青くなっていて、まるで死人のようだ。「誓《ちか》うよ！　けど、金の器《うつわ》がなぜほしい？」

「鉛《なまり》の器《うつわ》をのぞけば、もっとも強い力を持っているからだ。鉛《なまり》の器《うつわ》の方は、だれにも見つけられないとわかっている。『時の町』の終わりの動きに目を光らせているように、おれをここに送りこんだ連中が、よぶんなことまでいろいろしゃべってくれたのでね……おまえのようにな、ジョナサン君！　おれの気さくで人のよさそうな顔つきのおかげだな！」レオンはまたしても白い歯をちらっと見せて笑った。それからすっとまじめな顔になり、なさけ容赦《ようしゃ》なく言った。「金の器《うつわ》はどこだ？」

二人は同時に言った。「持ってない！」

「スカウトの名誉《めいよ》にかけて（ガール・スカウト、ボーイ・スカウトで使われる誓いの言葉）！」ヴィヴィアンはつけくわえたあと、じわじわと吐《は》きけがしてきた。こっちがなんと言おうと、レオンは撃《う》つにちがいない、とわかったからだ。だって、レオンの正体を知ってしまったんだもの。大理石の床《ゆか》に明るい日射《ひざ》しがあたっている、エリオの展《てん》示《じ》ケースが両側にならぶ場所でそんなことが起こるなんて、うそみたい。きっとガラスがずいぶんたくさん割《わ》れちゃうわ……

レオンは二人の言うことを信用しなかった。「よし、そっちがそのつもりなら、二人ともポケットを全部裏返《うらがえ》すんだ。まず、その卵《たまご》みたいなのを渡《わた》せ。便利そうだからおれが使おう」

ヴィヴィアンは頭がまひしたようになってポケットを裏返《うらがえ》し、中に入っていた海藻《かいそう》ガムをひとつ、さしだした。ジョナサンは手に持った卵《たまご》を見ると、やはりぼうっとしたようすでさしだした。ほかにどうしようもなかった。

そのとき、展示室《てんじしつ》の先の方から靴《くつ》ひもがパタパタいう音がして、サムの声が響《ひび》き渡《わた》った。「いやなやつら！　とうとうぼくをおいて、行ってきたな！」

レオンはぎょっとし（ヴィヴィアンたちもだ）、ぱっとふりむいた。と、レオンのうしろの展示《てんじ》ケースの陰《かげ》から何かが、かすむような速さでとびだした。そこにしゃがんでいただれかがすばやく立ちあがり、レオンにつかみかかったのだ。

次の瞬間《しゅんかん》には、エリオがうしろから左腕《ひだりうで》をまわしてレオンののどもとをしめあげながら、右手で銃《じゅう》を持った相手の手をがっしりとつかんでいた。レオンの肩《かた》ごしに見えるエリオの顔は落ち着いていたが、すぐ手前のレオンの顔は、恐怖《きょうふ》と怒《いか》りにみちている。

「どちらか、この男の手から銃《じゅう》を取っていただけませんか？」エリオがていねいに頼《たの》んだ。

ジョナサンは気絶《きぜつ》しそうな顔をしていたから、ヴィヴィアンがやった。しめつけられて血の気《け》のなくなったレオンの指から慎重《しんちょう》に銃《じゅう》を取りあげていると、サムが近づいてきて、目を見はった。「どうなってるの？」

サムはまだバターパイの食べすぎから回復《かいふく》していないらしく、顔色がかなり黄色っぽい。ジョナサンもサムも似《に》たような状態《じょうたい》ね、とヴィヴィアンは思った。そしてこっけいなことに、やっと銃《じゅう》を取りあげたとたん、サムをこらしめる方法を思いついた。でも、サムのことはあとまわしだ。

「これ、どうしたらいいの？」ヴィヴィアンは、銃《じゅう》をゆらゆらとレオンの方にむけて言った。レオンは、ひっ、と声をあげ、目をつぶった。

エリオはさっとレオンに横をむかせ、相手の首にまわしていた左腕《ひだりうで》をはずすとヴィヴィアンから銃《じゅう》を取り、レオンの背中《せなか》へつきつけた。そして「じっとしていなさい！」と警告《けいこく》してから、ヴィヴィアンにきいた。「この男はだれですか？　なぜこんなことを？」

「レオン・ハーディ。大学生だ」ジョナサンが代わりに答えた。消え入りそうな、みじめな声だ。「ぼく……ぼくがいろいろ教えすぎたんだ」

それを聞いて、レオンはかすかににやりとした。エリオもそれに気づいたようだ。

「ではすぐさま、邪魔《じゃま》にならないところへ行ってもらうことにしましょう。みなさん、『とこしえのきみ』様やパトロール庁長官《ちょう》のドニゴールさんには、このことを知らせたくないのですね？」

「そう！」全員が口をそろえた。サムはレオンよりも真剣《しんけん》な表情《ひょうじょう》だった。

レオンはというと、ずいぶんうれしそうな顔になっていた。きっと、エリオがこのまま自由にしてくれると思ったにちがいない。だが、エリオがヴィヴィアンに、そこの鎖《くさり》のかかったドアを開けてください、と頼《たの》むのを聞いて、レオンは顔色を変えた。エリオに通路へ追いたてられたときには、足をふんばり、「どうするつもりだ？」と言って、ドアからとびだそうとした。

が、エリオはびくともせずに、銃《じゅう》をつきつけ、レオンの手首をつかんだまま、通路をせきたてていった。そしてアーチ形の隠《かく》し扉《とびら》の前で足を止めると、ヴィヴィアンに言った。「これを開けていただけませんか？　左から三番目の列の下から三段《だん》目の石をけっていただくと、うまくいきます」

ヴィヴィアンがその石をけると、隠《かく》し扉《とびら》がくるりと開いた。ドアをはさんでぽっかり開いたふたつの暗闇《くらやみ》を見るなり、レオンはたまらなくなったらしく、叫《さけ》びだした。

「何をする気だ？　地下に連れていって撃《う》つのか？」エリオが手前の開いた隙間《すきま》へ押《お》しこもうとすると、レオンは「よせ、いやだ、いやだ！」とわめきだし、また足をふんばった。

だが、エリオはまったく気にとめるようすがない。わめき、脚《あし》をばたばたさせているレオンをただ押《お》しこみ、続いて自分も入っていく。エリオがこんなに力持ちだなんて、知らなかった。レオンはエリオより背《せ》が高いし、全身の筋肉《きんにく》がぴくぴく動くのが見えるほどたくましそうな体なのに、エリオの手にかかると、まるでサムみたいな小さい子があがいているみたいだ。エリオはもがくレオンを押《お》さえながら、自分のベルトの強力な明かりをつけることまでやってのけた。それからわめくレオンをひっぱったりせきたてたりして、らせん階段《かいだん》をおりていった。

明かりを追ってヴィヴィアンが階段《かいだん》をおり、そのすぐあとをサム、そのあとをジョナサンがついていくあいだも、レオンが壁《かべ》に足をつっぱり、頭の上の段《だん》につかまろうとしているような音が聞こえてきた。

だが、明かりは容赦《ようしゃ》なく下へ下へとおりていく。

「放《はな》せ！　撃《う》たないでくれ！　なんでも言うとおりにする！」レオンがわめく声がした。

「では、あなたを『時の町』へ送りこんだのはだれなのか、言いなさい」エリオの落ち着いた声がした。

少しのあいだ、沈黙《ちんもく》があった。「……それはできない。そいつは……精神《せいしん》戦争からいろんな技《わざ》を覚えたらしいんだ。しゃべりたくても、しゃべれなくされた」レオンはなさけない声でそう言ったあと、一瞬《いっしゅん》、間《ま》があってから、悲鳴《ひめい》をあげた。「本当だって！　言えないんだ！　誓《ちか》ってもいい！」

「あなたは秘密《ひみつ》の『時の門』を使ったはずです。それはどこにあるんですか？」エリオの声が響《ひび》き渡《わた》った。

「それも言えないんだ！　放してくれ！」レオンがわめく。

エリオの声が下から響《ひび》いた。「その話は信じないでもありません。ですが、いくら百一番世紀の服装《ふくそう》をしていても、その時代の出身とは思えませんね」

「ああ、うん、おれは六十六番世紀から来たんだ」レオンはべらべらと白状《はくじょう》した。白状《はくじょう》できることがあってうれしいらしい。「ヘルシンキの大学に通って、歴史とホログラムを学んだんだ。そら、これでおれの正体はばらしたぞ。こんな下まで連れてきて撃《う》たなくたって――なんだ！　ここがあいつらの秘《ひ》密《みつ》の『時の門』だったのか！」

二人は下の部屋にたどりついたらしい。ヴィヴィアンはあわてて巨大《きょだい》な古い階段《かいだん》をすべりながらぐるぐるおりると、最後の段《だん》に腰《こし》をおろした。サムとジョナサンも、ヴィヴィアンの肩《かた》の上からのぞきこんだ。

小部屋ではエリオが、レオンを放《はな》してやっていた。レオンは壁《かべ》に背《せ》をくっつけて立っている。ぎらぎらとした明かりで、エリオが片手《かたて》に握《にぎ》った銃《じゅう》と、もう片方《かたほう》の手に持った卵形《たまごがた》のコントローラらしいもののなめらかな表面が、輝《かがや》いて見える。コントローラはジョナサンが今も握《にぎ》っているものとよく似《に》ているが、エリオのものの方がずっと小さく、赤っぽい色をしていた。

「そうです、たしかにここは『時の門』です」エリオが言った。ちらちら光っていた一枚岩《いちまいいわ》が消え、風に乗ってこやしのにおいがぷーんとただよってきた。一枚岩《いちまいいわ》のあったところに現《あらわ》れたのは、あまり文明化されていない時代のようだ。一部が漆喰塗《しっくいぬ》りの塀《へい》のそばに、古い木の樽《たる》が積みあげてあり、ロープに干《ほ》した洗濯物《せんたくもの》が風になびいている。手前の上方には、ていねいにはわせたブドウのつるが見え、まだうれていない房《ふさ》がいくつもぶらさがっていた。ヤギが一匹《びき》とことこと現《あらわ》れ、こちらをのぞきこんだ。興味《きょうみ》しんしんのようすでエリオを見つめている。

エリオがレオンに言った。「さあ、選んでもらいましょう。この門を通りぬけるか、ここで撃《う》たれるかです。どちらがいいですか？」

レオンは絶望《ぜつぼう》した顔でヤギの方に手をふってみせ、きいた。「ここはどこだ？　いつなんだ？」

「十五番世紀です。場所はイタリアの農家の庭で、ヴィンチという小さな村の近くです」

「そんな原始的な時代か！　しかも不安定期だろう？　おれ、ヤギは大嫌《だいきら》いなんだ。まさか本気で、こんなところにおれをおきざりにするつもりじゃないだろう！」レオンがわめいた。

「では、撃《う》たれたいということですね」エリオは言い、銃口《じゅうこう》をぴたりとレオンの心臓《しんぞう》にむけた。

「ちがう、ちがう！　今、門を通るから！」レオンはあわてて農家の庭へとびだした。ベチャッと地面を踏《ふ》む音が聞こえた。ヤギがぱっとレオンの方をむくのが見えた、と思ったら、エリオがまた卵形《たまごがた》のコントローラを使ったらしく、その光景は見えなくなり、ちらちら光る一枚岩《いちまいいわ》に戻《もど》った。

エリオは満足そうにこっちをむいた。「これであの男のことは、とてもうまいぐあいに片《かた》づきました。おどされているところを、もっと早く助けてさしあげられなくて、申しわけありませんでした。あの男は、服の中に銃《じゅう》を隠《かく》してドアに近づいたのです。銃《じゅう》を持っているのがわかってからも、お二人を撃《う》たせずに押《お》さえるにはどうしたらいいか、すぐには思いつきませんでした。サミュエル坊《ぼっ》ちゃんが割《わ》りこんでくださったのは、幸運でした」

サムは誇《ほこ》らしげににんまり笑うと、言った。「でも、どうしてあそこの農家にやったの？」

「なぜなら、あの男の名前を聞いた瞬間《しゅんかん》、おもしろいことを思いついたからです」エリオは銃《じゅう》をベルトにさし、礼儀正《れいぎただ》しいしぐさで、階段《かいだん》をのぼるよううながした。三人はすなおに立ちあがり、のぼりはじめた。エリオはあとからついてくる。「十五番世紀の、とあるイタリア人のことを思い出したのです。名前をレオナルド・ダ・ヴィンチ（十五世紀イタリアのルネッサンスを代表する知識人。多芸多才で知られた。ヴィンチ村出身）といい、自分の生きた時代よりもはるかに進んだ考えを持っていたといわれています。で、それはひょっとしたらこういうことになるからではないか、と思ったのです。レオンさんはあちらで、少々場ちがいな気分を味わうかもしれませんが、きっと成功するでしょう。鉄の守り手だとかいうあのホログラムを見たとき、天才が作ったにちがいない、と思いましたから」

「ほかに何を知ってるんだ？」先頭にいるジョナサンが、疲《つか》れきったような沈《しず》んだ声できいた。

だが、エリオには聞こえなかったのかもしれない。全員が隠《かく》し扉《とびら》を抜《ぬ》け、通路に出るまでは何も言わなかった。ドアをまわして閉《し》めたあと、エリオはやっと、また口を開いた。「みなさんとお話ししなくてはいけませんね。私《わたし》の部屋までいらしていただけますか？」

三人はおとなしくエリオにしたがい、通路から展示室《てんじしつ》へ出た。エリオはふたつの展示《てんじ》ケースのあいだにあったドアを開け、ヴィヴィアンが一度も行ったことのない、公邸《こうてい》のうしろ側につながる通路を歩いていった。なんだか学校で悪いことをして、校長室へ連れていかれるときのような気分だ。ジョナサンとサムも同じ気分らしく、うしろをとぼとぼ歩いてくる。エリオは通路の先にあったドアを開け、三人を中へ通した。

そこは一階の広々とした部屋で、『時学者《ときがくしゃ》の間《ま》』のわきにある細長い庭に面していた。『時の町』へ来てから百年、ずっとここがエリオの部屋だったのだろう。置いてある家具は、様式も色あいもばらばらだった。そのひとつひとつの上に、何かものがのっかっている。ヴィヴィアンは、ピンク色の枠組《わくぐ》みだけの机《つくえ》の上に、フランケンシュタインの像《ぞう》がのっているのをまじまじと見た。次には、がらくたがこんもり積まれた円型の棚《たな》が目に入った。いちばん上の段《だん》には、南京錠《なんきんじょう》とビー玉がいっぱい入った金色の帽子《ぼうし》がひとつのっている。その下の段《だん》には、「衛星《えいせい》（タイタン）のちり」とラベルがはってあるびんがひとつ。天井《てんじょう》からさがっている宇宙船《うちゅうせん》の模型《もけい》に続いて、壁《かべ》のスクリーンが目にとまった。音は出ていないが、何かのアニメーション映画《えいが》が映《うつ》っている。はっとして見なおしたところ、『白雪姫《しらゆきひめ》』だとわかった。

「ええっ！　あの映画《えいが》、こっちでも見られるの？」ヴィヴィアンは叫《さけ》んだ。

「もちろんです、お嬢《じょう》さん」エリオは自動販売機《はんばいき》へむかった。この部屋のはすごく大きくて、パイプの数がジョナサンの販売機《はんばいき》の三倍はあり、金色に塗《ぬ》られている。「『時の町』には、『歴史』で作られたすべての映画《えいが》が保存《ほぞん》されています。『かつての塔《とう》』へリクエストするだけで、好きなものを中継《ちゅうけい》してもらえますよ」

「わあ、私《わたし》、映画《えいが》が大好きなの！」ヴィヴィアンは、サムがバターパイを好きなだけ食べられると思ったときのような気分になった。

「私《わたし》もです。特にアニメーションとホラーが好きですね……でも『ベン・ハー』（一九五九年公開のアメリカ映画がとくに有名）に出てくる、二輪戦車の競走シーンはぜひ見ていただきたいですね。私《わたし》はあれがたいへん気に入っているのです」エリオは自動販売機《はんばいき》のところから戻《もど》ってきて、泡立《あわだ》ったフルーツジュースのようなものを礼儀《れいぎ》正《ただ》しくヴィヴィアンにさしだし、ジョナサンにも同じものを渡《わた》した。「元気が出る飲み物です。どうぞすわって、お飲みになってください」そう言うと、エリオはサムの方を見た。「坊《ぼっ》ちゃんには何をさしあげたものやら……」

「ううん、何もいらないよ」サムがあわてて言った。まだ調子の悪そうな黄色っぽい顔をしている。

三人はただの枠組《わくぐ》みや、クッションつきのソファの上から、人形、自動車のタイヤ、絵画などをどけて、なんとかすわる場所を確保《かくほ》した。ジョナサンは、ソファのちょうどすわろうとしたところに入れ歯がひと組のっているのに気づくと、あやしむようにじっと見つめたあと、反対のすみにどさっとすわりこんだ。

「あの『時の門』のことは、どのくらい前から知っていたんだ？」ジョナサンがきいた。

「三日前からです。正確《せいかく》には、鎖《くさり》で開かなくなっているとばかり思っていたドアからヴィヴィアンお嬢《じょう》さんが出ていらして、お仲間から私《わたし》の注意をそらそうとなさったときからです」

ヴィヴィアンは飲み物から顔を上げて叫《さけ》んだ。「えーっ！　じゃあ、私《わたし》をだましてたのね！」

エリオはうなずいた。「ええ、いささか良心が痛《いた》みましたが。でも、事実をつきとめたかったのです。

そこで、その日の午後まで待って、記憶《きおく》を新たにしようと、何年か前に『とこしえのきみ』の奥様《おくさま》がごらんになってひどく心を痛《いた》められた、『時の幽霊《ゆうれい》』たちを見に行きました。幽霊《ゆうれい》はジョナサン坊《ぼっ》ちゃんとヴィヴィアンお嬢《じょう》さんだとはっきりわかったのですが、お嬢《じょう》さんの幽霊《ゆうれい》の服装《ふくそう》は、昼前にドアからとびだしておいでになったときのものとはちがう、と気づきました。そこで、お二人は先々何かたいへん重要なことをなさる、しかしそれを止めだてすることはできない、と考えたのです。なにしろ、私《わたし》が止めなかったことは、幽霊《ゆうれい》を見れば明らかですからね。それから通路を歩いてみて、隠《かく》し扉《とびら》と下の『時の門』を見つけました。あそこのコントローラはちゃんと働かないようですね、ジョナサン坊《ぼっ》ちゃん」

ジョナサンはまだ手に持っていた卵《たまご》に目を落とした。「そうなんだ……なかなか町へ戻《もど》してくれなくてさ。でも、なんでそんなことまで知ってるんだ？」

エリオは自分のコントローラをポケットから取り出し、みんなの前にかざしてみせた。ヴィヴィアンがさっき気づいたとおり、かなり小さくて、赤く輝《かがや》いている。しかも、しっかり握《にぎ》れるよう、指を置くのにぴったりなくぼみが表面にいくつかついている。エリオが言った。

「あなたがお持ちのものは、これよりもずっと古いモデルなのだと思います。当然ながら、私《わたし》もそちらのコントローラを使って門を通る実験を、二度ばかりやってみました。一回目のときには少しだけ誤動《ごどう》作《さ》しました。二十番世紀へ行ったのですが、ナパーム弾《だん》（一九四二年に発明された油脂焼夷弾《ぎょうてん》）やミサイル（一九四四年からドイツ軍が、液体燃料ロケットを使った、遠くまで飛ぶ弾道ミサイルを大量に使用する）が一九三九年にもう使われていて、いささか仰天しました。ありえないはずのことでしたから。そこで、その時代がたしかに危機状《ききじょう》態《たい》になっているとわかりましたので、急いで町へ戻《もど》ってこようとしました。ところが、戻《もど》る代わりに、ただ先の時代へ進んでしまったのです。ひどく恥《は》ずかしい思いをしましたよ。二十四番世紀で、女性《じょせい》たちが全裸《ぜんら》で水浴パーティーをしているところに――」

　ヴィヴィアンは思わず笑ってしまった。不安そうな顔をしていたジョナサンまで緊張《きんちょう》をゆるめ、にやっとしてたずねたくらいだ。「で、どうなった？」

　アンドロイドも普通《ふつう》の人間とまったく同じように、顔が赤くなるのね、とヴィヴィアンは感心した。

　エリオはすました顔を作って言った。「女性《じょせい》たちが文句《もんく》を言いはじめたところで、コントローラが町に戻《もど》してくれました。そういうことがあったのに、次の日にもまた使ってみたのは、あさはかだったかもしれません。ですが、第二不安定期も危機《きき》状態《じょうたい》になっていないかどうか、知りたかったのです。行ってみたら、だいじょうぶとわかりました。不安定期としては期間がひどく短いせいかもしれません。相変わらず野蛮《やばん》な状態《じょうたい》でしたけれど。それから『時の町』へ戻《もど》ろうとしたのですが、コントローラは今度は私《わたし》を第三不安定期へ連れていってしまい――」

「それが銀の時代だってことは、もうわかったよな」ジョナサンがヴィヴィアンにささやいた。

　エリオが続けた。「――そこでは大変動が起きていました。ほとんど危機《き》状態《きじょうたい》になりかかっています。そこからなかなか戻《もど》れなかったものですから、本気であわてるところでした。もちろん、年代パトロール隊に助けを求めることはできましたが、そんなことをしたら、禁《きん》じられた時代に侵入《しんにゅう》した罪《つみ》で起訴《きそ》されることになったでしょう。そこで私《わたし》は、コントローラへの命令を一段《いちだん》と強めました。やっと反応《はんのう》して門へ戻《もど》してもらえたときには、とてもうれしかったです」エリオは落ち着いたようすで三人を見つめた。「それから私《わたし》は、『時の町』で調査《ちょうさ》を開始しました」

「調査《ちょうさ》って、なんの？」ジョナサンが不安げにきいた。

「つまり、たった今坊《ぼっ》ちゃんが銀の時代だとおっしゃった時代にいる監視官《かんしかん》たちからの報告書《ほうこくしょ》に、目を通したのです」とエリオ。ジョナサンは、なんだ、調査《ちょうさ》ってそれだけのことか、とほっとした気持ちを隠《かく》すように、ふんふんとうなずいてみせた。エリオは続けた。「私《わたし》はほんの数分いただけで銀の時代の混乱《こんらん》に気づいたわけですが、報告書《ほうこくしょ》にはそれを裏《うら》づけるものは、ほとんどありませんでした。混乱《こんらん》の方がごく最近起きたのか、それとも報告《ほうこく》がまちがっているのか、どちらかでしょう。いずれにしても、どうもおかしなことになっています」

エリオは赤い卵形《たまごがた》のコントローラを軽く放《ほう》っては受けとめながら、ぶらぶらと窓《まど》の方へ歩いていった。そして、自分たちが一九三九年へ行く冒険《ぼうけん》をしたことはやっぱりだれも知らないんだ、とジョナサンとサムがにやにやめくばせしあった瞬間《しゅんかん》、エリオが爆弾《ばくだん》発言をした。

「駅の『時の門』の利用記録も調《しら》べました。『時の町』へヴィヴィアン・リー嬢《じょう》が到着《とうちゃく》したという記録は、残っていませんでした。あなたがたにしては、ずいぶんうかつでしたね」

三人はエリオをまじまじと見つめた。サムの顔はさらに黄色く、ジョナサンの顔はさらに青くなった。ヴィヴィアンは、自分は二人の顔色をまぜたような、気分の悪そうな顔になっているんじゃないかと想像《そうぞう》しながら、絶望《ぜつぼう》の思いできいた。「どうするつもりなの?」

「もう、すべきことはすませました。お嬢《じょう》さんが到着《とうちゃく》したという朝に、記録を挿入《そうにゅう》しておきました」

三人はエリオをまじまじと見つめつづけた。壁《かべ》のスクリーンでは、意地悪なお妃《きさき》が魔女《まじょ》に変身したところだ。この場面に似《に》つかわしいのだろうか、それとも……?

ジョナサンがやっと口を開いた。「なんで……どうしてそんなことを?」

エリオもスクリーンにちらりと目をやった。「私《わたし》はこっそりと時空旅行をしたことで、法を破《やぶ》りました。それならもうひとつ破《やぶ》ってもたいしたことではない、と思ったのです。そのあと、実はもうひとつ法を犯《おか》してしまいました。『とこしえのきみ』様の名を使い、『来しかた館《かん》』の科学研究所宛《あて》の公式文書を捏造《ねつぞう》しました。この新しいコントローラを公邸《こうてい》へ届《とど》けるように、と」

エリオはまた赤い卵《たまご》を放《ほう》りあげた。「おわかりのように、私《わたし》の頭はひどく混乱《こんらん》していました。もちろん、最初にヴィヴィアンお嬢《じょう》さんにお会いしたときから、あの『時の幽霊《ゆうれい》』たちの一人にそっくりだと気づいてはいました。それに、私《わたし》のヴィヴィアン・リー嬢《じょう》の記憶《きおく》と照《て》らしあわせてみて、『とこしえのきみ』様の姪《めい》ごさんではないということも、はっきりわかりました。ですが、何百年も前から『時の幽《ゆう》霊《れい》』として現《あらわ》れているのですから、お嬢《じょう》さんがここにいらっしゃるのは、たいへん重要なことのはずです。いったいどう重要なのか、私《わたし》はどうしても知りたくなったのです」

エリオはまじめな顔で三人を見た。「先日も申しあげましたが、私《わたし》は自分が知らないことがあるのは、好きではありません。だから、つきとめずにはいられなくなるのです」

ジョナサンがむっつりした顔で言った。「そしてつきとめたんだな。どうやって？……ぼくたちが今日、本当に幽霊《ゆうれい》と同じことをするまで、午後になると見はってたのか？」

「ぼくは見はってたよ。この子が噴水《ふんすい》のまわりをスキップしてたのも見た。でもそのあと、また気持ち悪くなって吐《は》いたりしてたせいで、ついていきそこなっちゃった」とサム。

「なるほど。ではサミュエル坊《ぼっ》ちゃんは、レオン・ハーディがどっちの方から現《あらわ》れたか、ごらんになってはいないのですね？」エリオがきいた。

「見てないよ」

「それは残念です。私《わたし》は『時の庭』の付近には、ほかにも秘密《ひみつ》の『時の門』があるはずだと考えています。わかっているのは、ハーディさんは『永久《とわ》の広場』の方から来たのではない、ということだけです。

川下の駅の門やパトロール庁《ちょう》の中のものを使ったのでしたら、そちらの方から来たはずなのにです。どうして知っているかと言いますと、実は、『来しかた館《かん》』の科学研究所の職員《しょくいん》が、今日の午後、私《わたし》が直《ちょく》接《せっ》行かないかぎり、この卵形《たまごがた》コントローラは渡《わた》せない、と言ってきたので、取りに行ったのです。戻《もと》るとちゅう、まずジョナサン坊《ぼっ》ちゃん、それからヴィヴィアンお嬢《じょう》さんが、アーチ形天井《てんじょう》の通路に入っていかれるうしろ姿《すがた》が見えました。私《わたし》は急いで、お二人に続いて通路に入りました。なのに、通りぬけましたら、すでにハーディさんが『時の庭』の奥《おく》の方にいて、私《わたし》より先に公邸《こうてい》へむかっていたのです。そのときは、坊《ぼっ》ちゃんがたより先に着いて、噴水《ふんすい》のあたりにでもすわって待っていたのかと思ったのですが――」

「すわってなかったよ。あいつをはじめて見たのは、幽霊《ゆうれい》の出る通路のドアの前だった」サムが言った。

「ハーディさんは私《わたし》よりも先に、ドアの前に行っていました。それで、ヴィヴィアンお嬢《じょう》さんとジョナサン坊《ぼっ》ちゃんのお帰りを迎《むか》えるつもりなのかと思った私《わたし》は、どういう話をするのかと思い、申しわけありませんが、隠《かく》れて盗《ぬす》み聞きすることにしました。銃《じゅう》を持っていることを知ってさえいたら――」

「あのときは、ありがとう。本当に撃《う》たれるところだった」ジョナサンがきまり悪そうに言った。

沈黙《ちんもく》がおとずれた。エリオは卵《たまご》を手から手へとぽんぽん放っている。スクリーンの白雪姫《しらゆきひめ》が、魔女《まじょ》の毒リンゴをかじった。気まずい静けさは、意味ありげな沈黙《ちんもく》になり、やがて耐《た》えがたいものになってきた。

ついに、エリオがはっきりと言った。「まだほかにも、私《わたし》が知らないことがたくさんあります。坊《ぼっ》ちゃんがたが率直《そっちょく》に話してくださると、こちらも気が楽《らく》になるのですが……教えてくださらなくても、ほかの方法でつきとめるつもりですけれど」

「話してよ。ぼくだって知りたい」とサム。

ヴィヴィアンはジョナサンに目をやった。ジョナサンはいばった態度《たいど》をとろうとしたが、なんとも格《かっ》好《こう》がつかなくなり、うなずいた。二人はエリオに話して聞かせた。

エリオは赤い卵《たまご》を放《ほう》るのはやめ、完全な無表情《むひょうじょう》で立ちつくし、能率《のうりつ》よくすべてをのみこんでいくように見えた。あまりに能率《のうりつ》がよさそうなので、ヴィヴィアンにはひどく恐《おそ》ろしく感じられた。どうしてエリオをだませるなんて考えたのだろう？　エリオが質問《しつもん》を始めたときには、いっそうそう思った。

エリオの質問《しつもん》で、とばした話が次々につつきだされ、二人はたくさんのことをしゃべってしまった。そのあいだに白雪姫《しらゆきひめ》は、王子と一緒《いっしょ》に馬に乗って去っていった。スクリーンが一瞬《いっしゅん》ちらついたあと、またべつのアニメーション映画《えいが》が始まった。ヴィヴィアンは見たことがない、ウサギたちの話だ。

エリオの最後の質問《しつもん》は、二人でさえも気づいていなかったことを明らかにした。「ハーディさんは、金の器《うつわ》のありかをどうやって見つけ出したと言っていましたか？」

「記録からだよ。それがどうかしたのか？」とジョナサン。

「それはうそです。私《わたし》ですら知らなかったことなのですから。私《わたし》は何年も前から『滅《ほろ》ばずの館《やかた》』、『続きの館《やかた》』、『来しかた館《かん》』の記録を調べ、さらに『千年館《かん》』と『かつての塔《とう》』、そのほか、思いつくかぎりの場所の記録をあさってきました。『極《きょく》』について書かれたものはずいぶん見つかりましたし、非常《ひじょう》に古い記録には、器《うつわ》についての記述《きじゅつ》もいくらか発見できました。でも隠《かく》し場所については、どこにも記《しる》されていませんでした。

なのにハーディさんは、半日で見つけたとおっしゃる。つまり、どこかほかに情報源《じょうほうげん》を持っていたことは明らかです。ハーディさんはそれを利用し、ジョナサン坊《ぼっ》ちゃんに金の器《うつわ》を持ってこさせようとした。たとえそれがうまくいかないとしても、『ネーソンテイ』がどこか、ヴィヴィアンお嬢《じょう》さんならわかるかもしれないから、ききだそうと思ったのでしょう」

「それで、あのホログラムを使ってぼくの興味《きょうみ》をひこうとしたんだな。実際《じっさい》すごく本物っぽかったよ！あの像《ぞう》が言ったことは、ひとことも信用できないってことだな」ジョナサンが沈《しず》んだ声で言った。

「いえいえ、坊《ぼっ》ちゃんがたが話をした相手は本物です」エリオはちょっと顔をしかめながら言った。とてつもなく賢《かしこ》い頭の大部分では、べつのことを考えているかのようだ。「ですが、最初に広場に現《あらわ》れたのはホログラムでしょう。二度目に同じところに現《あらわ》れたとき、私《わたし》は近づいて、つきぬけられるかどうかやってみたのです。中身はまったくありませんでした。もっとも優秀《ゆうしゅう》な六十六番世紀の技術《ぎじゅつ》をもってしても、中身のあるホログラムを作ることはできないのです。

ただ、ホログラムが本物とそっくりだったことから、ハーディさんを雇《やと》った者たちは彼《かれ》を第一不安定期に行かせ、本物の鉄の守り手に会わせたのだろう、とすぐにわかりますが、これはどうでもいい話です。私《わたし》がいちばんうろたえたのは、鉛《なまり》の器《うつわ》は『時の町』にある、と自分で思いつかなかったことです……言われてみて、なるほど四つの器《うつわ》はこういう働きをしていたのか、とわかりましたけれど。もっと前に気づくべきでした。自分が愚《おろ》かに思えます」

「じゃあ、ぼくなんか大ばかだ。四つの器《うつわ》はどういう働きをするのさ？」サムが言った。

「時計の文字盤《もじばん》の上に磁石《じしゃく》を四つのせたときのような働きに決まっているではありませんか。『歴史』の図を出して、それでご説明しましょう」

エリオはそう言うと、部屋じゅうをすばやく捜《さが》しはじめた。ソファをひっくり返したり、戸棚《とだな》を開けたり、がらくたの巨大《きょだい》な山を持ちあげたり……しまいには、顔をぴったり床《ゆか》につけ、家具の下をひとつひとつ見てまわった。

図は自動販売機《はんばいき》の下に丸まって落ちていた。エリオはそれをひっぱりだし、床《ゆか》に広げた。

ヴィヴィアンにとっても、もうすっかり見なれた馬蹄形《ばていけい》の『歴史』の図だ。左上のはしが石器時代で、右上のはしが地球脱出《だっしゅつ》となっている。エリオはてっぺんの隙間《すきま》を指した。

「『時の町』は、ここから始まります。これを時計と考えると、ちょうど、正午に針《はり》が指すところですね。そして『時の町』は、時計の針《はり》のように右まわりに、『歴史』とは逆方向《ぎゃく》に移動《いどう》します。『歴史』の時間の流れに巻《ま》きこまれないようにするためです。でもまわるためには、なんらかの動力を必要としますので、町には強力な発動機が置かれました。それが鉛《なまり》の器《うつわ》なのです。

ただ、時間の流れと逆行《ぎゃっこう》するのは、もともと非常《ひじょう》に不自然なことですので、発動機というものがたいていそうであるように、鉛《なまり》の器《うつわ》も動くための燃料《ねんりょう》を必要とします。そこで、ほかの器《うつわ》が『歴史』全体の中に等間隔《とうかんかく》に置かれ、町が近づくとひきよせ、先へ押《お》し出す役目をしているのです。

まず金の器《うつわ》が、時計でいえば三時ちょっと前くらいの位置に置かれたのは、まだ動きだしてまもない町には、止めようとする時間の慣性《かんせい》が強く働きますので、それにうち勝つために、いちばん強い力の助けが必要だからです。金が鉛《なまり》をひきよせ、銀にむかって送り出します。銀はだいたい六時半のあたりにありますが、これが町を、次の鉄へと送り出すのです。いちばん弱い鉄が最後にありますのは、町がだんだん速度をゆるめ、正午の位置にあたる時間の終わりに戻《もど》ったときには、ふたたび止まるようになっているることを考えれば、当然でしょう」

「止まるってどういうことだ？　町は永遠《えいえん》に続くと思っていたのに！」ジョナサンが、かっとしたように言った。

「推測《すいそく》しますに、町が止まっているあいだに、四つの器《うつわ》に力をたくわえなおし、ふたたび置きなおさなければならないのではないでしょうか。あるいは、町が今置かれている小さな時空間を、新しい時空間ととりかえる必要があるのかもしれません。私《わたし》が愚《おろ》かなせいで、どちらもまだ、ただの推測《すいそく》でしかありません。ですが、鉄の器《うつわ》が盗《ぬす》まれた今、このシステム全体が危機《きき》に瀕《ひん》していることは、私《わたし》にもはっきりわかります。どうしたらいいか、みんなで考えなければなりません」

三人はエリオをじっと見つめながら、『時の町』がこわれた時計のように二度と動かなくなってしまったらどうなるのか、想像《そうぞう》しようとした。こんなにたくさんの人たちと建物が……とヴィヴィアンは思った。ジョナサンやサム、エリオやジェニーはどうなってしまうの？　そのとき、川下の駅で『時の門』を必死になってたたいていた、『時の幽霊《ゆうれい》』たちのことが頭に浮《う》かんだ。あの人たちは、町から逃《に》げ出そうとしていたんだわ！　でもそのときには、町はもうこわれてしまっていて、手遅《ておく》れだったのよ！

とすると、町が崩壊《ほうかい》することはまちがいなさそうだ。自分たちにはどうしようもないのだ。

だがエリオは三人の顔を見て、こう言った。「この町は不安定期にあるのですから、将来《しょうらい》が決まっているわけではありません。できることはあるはずです。まず、鉛《なまり》の器《うつわ》を見つけ出し、絶対に安全なところへ移《うつ》します。どういう働きをするものかも、しっかり調《しら》べる必要があります。町にはそれができる科学者や『歴史』研究者がそろっていますし、私《わたし》にもできます。でも、器《うつわ》同士が相互《そうご》にどう作用しているか知るためには、ほかの器《うつわ》もひとつ必要ですね。鉛《なまり》以外で私《わたし》たちの手が届《とど》きそうな器《うつわ》というと、あとは銀しかありません」

ジョナサンが急いで立ちあがった。「今すぐ行こう。泥棒《どろぼう》より早くそこに着けば――」

だが、エリオは首を横にふった。「ジョナサン坊《ぼっ》ちゃんには、今はむりです。あやうく死ぬところだったのですから。私《わたし》も、こんなふうにずっとお話しさせるべきではありませんでした。いつ出かけても、泥棒《どろぼう》より先に着くことはできますし、町が再生《さいせい》の時にいたるまでには、まだあと二日あります。二日あれば、じゅうぶんいろいろなことができます。まずは休まなくてはいけませんよ」

エリオにそう言われたジョナサンは、見るからにいっそうふらふらしてきて、ソファの背《せ》につかまったが、それでも言い返そうとした。「でも――」

「でもは、なし。すごくぐあいが悪そうよ」ヴィヴィアンが言った。

「でもぼく、まだこれを持ってるんだ。もとに戻《もど》さなくちゃ」ジョナサンは卵《たまご》を持ちあげて言った。

「それはまったくお勧《すす》めできませんね。ほかのだれかがあの門を見つけて、使ってしまったらどうなります？　卵《たまご》がもっとおかしくなって、今度こそ、その人は『歴史』から戻《もど》れなくなってしまうかもしれませんよ。害にならないところへしまっておきましょう」エリオはジョナサンの手から卵《たまご》を取り、円型の棚《たな》のいちばん上にのった金色の帽子《ぼうし》の中の、ビー玉や南京錠《なんきんじょう》のあいだに埋《うず》めた。「これでよし。……非常用《ひじょうよう》にとっておくだけです」

エリオはそう言ってから、ジョナサンの腕《うで》をとって部屋の外へ連れ出した。レオンを『時の門』へ連れていったときよりはずっとやさしいしぐさだったが、有無《うむ》をいわせない点は同じだ。

「みんなでお部屋までお送りしましょう。あとで奥様《おくさま》には、坊《ぼっ》ちゃんは少し熱がおありだとお話ししておきます」とエリオ。

ジョナサンは自分の部屋へ連れていかれるあいだ、ずっと文句《もんく》を言っていた。サムも歩きながらぶうぶう言った。

「銀の器《うつわ》を取りに行くときは、ぜったいぼくも行くからね！　おいてきぼりにしちゃいやだよ！」

エリオがうなずいた。「ええ、一緒《いっしょ》においでなさい。でもその前に、私《わたし》に準備《じゅんび》をする時間をください。銀の時代は、少なくとも金の時代と同じくらい、危険《きけん》なのです」

エリオはサムをおじけづかせようとしてそう言ったのかもしれないが、サムは怖《こわ》くなんかない、と言いはった。ヴィヴィアンがエリオと一緒《いっしょ》になって、ジョナサンをベッドへせきたてるあいだもずっと、サムは同じことを言いつづけていた。

ジョナサンはかけぶとんの下に浮《う》かぶような形で横になるなり、とてもほっとした顔になった。「うわあ、気持ちいいや！　一週間くらいずっと起きてたような気がするよ！」

「ひと晩眠《ばんねむ》れば元気になります」エリオは言い、ジョナサンが熱を出して寝《ね》てしまった、とジェニーに知らせに行った。

サムも、枠組《わくぐ》みだけの椅子《いす》におなかをかかえるようにしてすわり、ぶつぶつ言いだした。「ぼくも気分悪い。おなかの底まで気持ち悪い」

ヴィヴィアンはそれを聞いて、ひそかに喜んだ。

「自分が悪いんだろ」ジョナサンはそう言うと、寝返《ねがえ》りをうって二人に背《せ》をむけた。「おまえらもひと休みしに行けよ。ぼくを一人にしてくれ」

サムはため息をついて立ちあがった。今だわ、と思ったヴィヴィアンは、やさしい声で言った。「ねえサム、行く前に、ジョナサンの自動販売機《はんばいき》を動かしてくれないかしら？　バターパイがほしいんだけど、どうやって出したらいいかわからないの」

サムはまったくあやしむようすもなく、のろのろと自動販売機《はんばいき》へむかい、パイプをガンガンたたき、真鍮《しんちゅう》の部分をドンドンけり、たれぶたの下から棒《ぼう》が突《つ》き出た例の植木鉢《うえきばち》みたいなものを取り出すと、持ってきた。「ほら」

「あなたはいらないの？」ヴィヴィアンは容器《ようき》を受け取りながらきいた。

「明日まではいらない」サムが本当に身ぶるいしたのを見て、ヴィヴィアンは、やった、と思った。

「そう。じゃあ、これを食べなさい。今。私《わたし》のお金を全部盗《ぬす》んだ罰《ばつ》よ」そしてサムが逃《に》げようとするより早く頭をうしろから押《お》さえ、サムの口をむりやりバターパイに近づけた。

サムはわめいたり、けったり、じたばたしたりしたが、ヴィヴィアンはサムより大きかったので、エリオがレオンをつかまえたのと同じくらいやすやすと、つかまえていることができた。そしてサムがわめこうと口を開くたびに、バターパイを押《お》しこみ、口を結べば、首のうしろにつっこんだ。ジョナサンはかけぶとんの下で、涙《なみだ》が出るほど笑いころげている。

もう百ユニットぶんくらいおしおきしてやったかな、と思ったヴィヴィアンが、やっとサムを放《はな》してやると、ジョナサンが言った。

「おかげですーっとしたよ！」

サムは暗い顔で言った。「ぼくはもっと気持ち悪くなった。これでもう一生、バターパイを食べたくなくなっちゃうかも」

ヴィヴィアンはそれを聞いて、うれしくなった。思ったとおり、サムは自分が受けたおしおきが公平かどうかは、ちゃんとわかるのだ。きっと、これに対してさらに仕返ししようとは考えないだろう。

13 日時計塔《とう》

自分の部屋へ帰ったヴィヴィアンは、ジョナサンと同じくらいくたびれていた。これが時空旅行の本当に不都合《ふつごう》なところだ。ヴィヴィアンとジョナサンは、『時の町』を離《はな》れてからほんの五分後かそこらの時点に帰ってきた。だが、そのあいだに金の時代で半日すごしたうえ、とても恐《おそ》ろしい目にあったのだ。

ところが町では、夜までまだ何時間もある。ヴィヴィアンはドアを横にすべらせて閉《し》め、今日はヴィランデル博士の授業《じゅぎょう》が休みだったおかげで、頭の痛《いた》くなる宿題が出なくて、本当によかったと思った。

エリオの声がベッドわきの「デッキ」から聞こえてきた。「ヴィヴィアンお嬢《じょう》さん、私《わたし》が好きな映画《えいが》の中からいくつか選んで、あなたのお部屋に中継《ちゅうけい》させるよう、手配しておきました。そちらの『デッキ』の白いボタンを押《お》せば、最初の映画《えいが》が始まります」

「ありがとう、エリオ。ほんとにいい人ね」ヴィヴィアンは言った。

「光栄です」とエリオの声。

ヴィヴィアンは、見えないベッドの上に浮《う》かんでいる毛布《もうふ》の上にすわった。エリオのように有能《ゆうのう》な人が味方になってくれると、ずいぶん心強い。といっても、エリオもこれはすべてただの冒険《ぼうけん》だと考えている、と思えてしかたがなかった。自分がそうだったように。

でもヴィヴィアンにはもう、ことの深刻《しんこく》さがわかっていた。今でも目を閉《と》じれば、茂《しげ》みによりかかって足を投げ出していたジョナサンの姿《すがた》が浮《う》かぶ。それに、深刻《しんこく》なことはほかにもある。『時の町』が完全に崩壊《ほうかい》してしまったら、『歴史』全体もとんでもない悪影響《あくえいきょう》を受けることになるだろう。そうなったら、お母さんとお父さんはどうなってしまうんだろう？

今はどうしてもここにとどまって、すべてがちゃんとした状態《じょうたい》になるよう、せいいっぱいがんばらなくては。この町で『歴史』のことを本気で心配しているのは、私《わたし》だけなんだから。

でも白いボタンを押《お》したとたん、ヴィヴィアンは心配事をすべて忘《わす》れてしまい、次から次へ上映《じょうえい》される映画《えいが》をたっぷりと楽しんだ。自分が生まれる前に作られた映画《えいが》も、自分の寿命《じゅみょう》よりずっとあとにならないと作られない映画《えいが》も見た。ペチューラがもうじき夕食ですよと言いに来てくれなかったら、下におりることも忘《わす》れていただろう。

実際《じっさい》、ジョナサンは夕食の席に来ない、ということは忘《わす》れてしまっていた。夢見心地《ゆめみごこち》でおりていったら、ダイニングにはジェニーと『とこしえのきみ』ウォーカー氏しかいなかったので、いきなり現実《げんじつ》にひき戻《もど》されてしまった。その日の午後にまたあった創立儀式《そうりつぎしき》のせいで、二人もかなり疲《つか》れたようすだった。

「ジョナサンのようすを見に行ってみたけれど、ぐっすり眠《ねむ》っていたわ。昼間はすごくぐあい悪そうだったの？」ジェニーが心配そうにきいてきた。

ヴィヴィアンは、事実を語ることでうそをつく技《わざ》が完璧《かんぺき》になったことに気づいた。考えもせず、さらりとこう答えていた。「最初はだいぶ悪かったんですけど、すぐに少し治《なお》りました。ベッドに入ったら、だいぶ気分がよくなったみたいです。笑ってましたから」

「まあ、よかった。それなら、そうひどい病気でもなさそうね」ジェニーは言った。

『とこしえのきみ』ウォーカー氏はヴィヴィアンに話しかけてはこなかったが、苦悩《くのう》にみちた妙《みょう》な視線《しせん》を何度となく投げてきた。こまったな、ウォーカーさんはきのう私《わたし》が笑ったことを、まだ許《ゆる》してくれていないんだ……そう思ったヴィヴィアンは、静かに二人の話に耳をかたむけていることにした。どうやら例の鉄の守り手が、ふたたび行列にくわわったらしい。かわいそうな守り手さん！　器《うつわ》をなくして、何をしたらいいかわからないんだわ。だが今回は、エンキアン氏も守り手に気づいてしまった。すっかり腹《はら》をたてたエンキアン氏は、機嫌《きげん》をとられるのさえいやだと言って、晩餐《ばんさん》の招待《しょうたい》をことわったのだという。

「あれがどんな学生のしわざかは知らないけど、ありがたいわ。エンキアンさんはこのごろ機嫌《きげん》が悪くて、恐《おそ》ろしくあつかいにくいんですもの」ジェニーが言った。

学生のしわざじゃないわ！　レオン・ハーディは、儀式《ぎしき》が邪魔《じゃま》されるより前に、大昔のイタリアへ行ってしまったのだから、グラモフォンだかなんだかを出せたはずがない。つまり、エリオは正しかったってこと。たしかに本物の守り手がいるのだ。

『とこしえのきみ』ウォーカー氏が、残念そうに言った。「ヴィランデルのやつがいつかエンキアンの首をひねってくれるんじゃないかと、ずっと期待しているんだが。あの細い首なら、ぽきんと折れるだろうな。腕力《わんりょく》さえあれば、私《わたし》がとっくにやっている」そして、またもやヴィヴィアンを苦悩《くのう》の表情《ひょうじょう》でにらみつけた。ヴィヴィアンはあわてて料理の皿に目を落とし、笑いたくなるのをこらえた。

食事が終わりに近づいたころ、ジョナサンから聞いていたこと、ジェニーが言った。「ところでヴィヴィアン、明日とあさってはお休みだってこと、ジョナサンから聞いているかしら？」

「いいえ、教えてくれるのを忘《わす》れたんだと思います。どうしてお休みなんですか？」

「子どもたちも儀式《ぎしき》を見られるようによ。最後のふたつの儀式《ぎしき》は、町じゅうの人が見に来るの。二日かけて、『時の町』がゆっくりと停止するのよ」

この言いまわしに、ヴィヴィアンはぎくっとした。ジェニーがさらにこうつけくわえたときには、いっそう気がめいってしまった。「でもね、ヴィランデル博士は、午後はいつもどおり指導《しどう》を受けに来るよう伝えてくれ、って」

ただ、それなら午前中はずっと、『日時計塔《とう》』で鉛《なまり》の器《うつわ》を捜《さが》せる、ということだ。ヴィヴィアンは翌《よく》朝《あさ》、早起きをし、ジョナサンも一緒《いっしょ》に行けそうかどうか、ぐあいを見に行った。だがジョナサンは自分の部屋にいなかった。『朝餉《あさげ》の間《ま》』にもいないし、どこを捜《さが》しても姿《すがた》が見えない。どういうことかとホールで首をかしげていると、公邸内《こうていない》でまたもやかけ足の音や叫《さけ》び声が響《ひび》きはじめた。

「えーっ！　こんなに早い時間から始めちゃったの？」ヴィヴィアンは叫《さけ》んだ。

「そうなんですよ、お嬢《じょう》さん。儀式《ぎしき》は十時半からだというのに」エリオがひだのいっぱい入ったコートを手に、大急ぎで通りすぎながら言った。

ジョナサンはこれにぴんときて、逃《に》げ出したのね！　エリオは急いでホールをつっきっていく。でもエリオは、実はもっとずっと早く走れるわけだから、『とこしえのきみ』に調子を合わせているだけなのだ。だが、万一ウォーカー氏が本当に遅《おく》れそうになったときには、エリオはきっと目にもとまらない速さで動きだし、ちゃんと時間に間に合わせるだろう、という気がした。

『朝餉《あさげ》の間《ま》』へ戻《もど》ろうとうしろをむいたとき、ヴィヴィアンは逆《ぎゃく》方向からずんずんやってきた『とこしえのきみ』ウォーカー氏と、あやうくぶつかりそうになった。ウォーカー氏はうすい緑の下着を着て、赤いスカーフを巻《ま》いているだけだ。てっぺんで丸くまとめてあったはずの髪《かみ》がばらけて、片耳《かたみみ》にかかっている。

思わず笑いだしてしまったヴィヴィアンは、とっとと退散《たいさん》しなくちゃと、ウォーカー氏をかわそうとした。が、『とこしえのきみ』ウォーカー氏の方は、ヴィヴィアンに激突《げきとつ》されたかのようによろよろとあとずさり、とがめるように指をつきつけてきた。

「早く、私《わたし》の記号論《きごうろん》スリッパを見つけてくるんだ！」

「ど……どういうものです？」ヴィヴィアンは頰《ほお》の内側をかんで笑いをこらえながら、ふるえ声できいた。

「爪先《つまさき》がねじれた黒い上靴《うわぐつ》で、プラチナの刺繡《ししゅう》が入っている。ぜったい上にあるはずだ。下は全部捜《さが》したが見あたらない。急いでくれ！」ウォーカー氏はそう言うと、ヴィヴィアンの横をさっさか通りすぎ、大きなはだしの足でバタバタ階段《かいだん》をかけあがっていった。

ヴィヴィアンもそのあとを追ってどたどたのぼりながら、片手《かたて》で口を押《お》さえ、ウォーカー氏がうしろになびかせている赤いスカーフと、とぶように走る毛むくじゃらの脚《あし》を見ないようにした。——これはきっと、私《わたし》が笑ったことへの仕返しね。このまま笑いをこらえていたら、苦しくて死んじゃうかも！

二階まで上がったところで『とこしえのきみ』ウォーカー氏はくるりとふりむき、理不尽《りふじん》にもこうどなった。「ついてくるんじゃない！　おまえはあっちへ行け。私《わたし》はこっちを捜《さが》す」そして手すりのついた通路を全速力でとんでいったが、半分くらい行ったところでまたぱっとふりむいた。ヴィヴィアンはまだ階段《かいだん》の上に突《つ》っ立って、どうにもたまらず両手で口を押《お》さえていた。

『とこしえのきみ』ウォーカー氏は大声で叫《さけ》んだ。「なにをもたもたしている？　おまえたちときたら、そろいもそろって役たたずだ！　これでは遅《おく》れてしまう！」それから怒《いか》りと失望の気持ちを表すように、あたりをぴょんぴょこはねまわった。

『とこしえのきみ』様が緑の下着姿《したぎすがた》でとんだりはねたり手をふりまわしたりしている姿《すがた》を見て、ヴィヴィアンはとうとうこらえきれなくなった。手すりから身を乗り出すようにして体をふたつ折りにし、キャーキャー笑いだしてしまった。

「船酔《ふなよ》いなどしている場合じゃないぞ！」『とこしえのきみ』ウォーカー氏がわめいた。

ヴィヴィアンはなんとか顔を上げた。今のわめき声で、公邸《こうてい》のお手伝いの人たちにも『とこしえのきみ』の居場所《いばしょ》がわかったようだ。ペチューラが刺繡《ししゅう》入りのローブを腕《うで》いっぱいにかかえ、手すりつきの通路のはしから爪先立《つまさきだ》ってやってくるのが見えた。ほかの人たちは反対側のはしからそっと近づいてきている。『とこしえのきみ』をはさみ打ちにして、持ってきたものを着せるつもりらしい。

一方、ウォーカー氏はまだはねまわっていた。てっぺんでしばっただけの髪《かみ》が、ジョナサンのお下げみたいにひゅんひゅん宙《ちゅう》を泳いでいる。ウォーカー氏はヴィヴィアンにむかって、両手をふりながらどなった。「スリッパを見つけてこい！」

ヴィヴィアンは笑いつづけたが、内心びっくりもしていた。なあんだ、ウォーカーさんたら、自分がこっけいだとわかっていて、私《わたし》に笑ってほしいんだわ！

「まさかご自分で隠《かく》したりしてないでしょうね！」ヴィヴィアンはキンキン声でどなり返した。

ウォーカー氏は叫《さけ》んだ。「隠《かく》したことなどない。勝手にどこかへ行ってしまうんだ！」そしてちょうどペチューラにつかまりそうになった瞬間《しゅんかん》に、バレエのステップのようにぴょーんととんでよけ、通路をかけていってしまった。遠くからどなり声が聞こえてくる。「スリッパだ！　たわけ者のエリオは、コーカサスのコートをどこにやった？」

ヴィヴィアンは、はなをすすり、涙《なみだ》をふくと、『とこしえのきみ』を追って大急ぎで走っていくほかの人たちのあとを、とことこついていった。

スリッパは、三階への階段《かいだん》の中ほどにあった。『とこしえのきみ』ウォーカー氏は、そこにあると知っていたはずだ。ヴィヴィアンはそれを拾いあげ、階段《かいだん》をかけあがって、追いかけっこにくわわった。――たぶんこれまでは、みんながまじめに受けとめすぎてたんだわ。もしかしたら、私《わたし》が笑いだすまでは、ウォーカーさん本人も大まじめだったのかもしれない。でも笑われてみて、けっこうおもしろいってことに気がついたんじゃないかしら！

理由はともかく、けさの『とこしえのきみ』ウォーカー氏のさわぎっぷりはとびぬけていた。廊下《ろうか》を疾走《しっそう》し、一段《だん》とばしで階段《かいだん》をかけおり、風呂《ふろ》に金色の帽子《ぼうし》を投げこんだかと思うと、靴《くつ》を人に投げつけた。どなり、踊《おど》る。追いつめられそうになるたびに、ローブやズボンをさしだすたくさんの手を、『時の幽霊《ゆうれい》』をすりぬけるかのようにのがれ、また新たな方向へかけだしながら、大声でべつの衣装《いしょう》を要求しはじめる。ヴィヴィアンは笑いすぎて、へとへとになってきた。

ジェニーは自分も少しずつ着替《きが》えながら、ちょくちょく追いかけっこにくわわっていたが、そのうちヴィヴィアンの笑いがうつってしまい、両手で顔を覆《おお》いながら、よろよろと逃《に》げ出した。ペチューラより若《わか》いお手伝いの一人も、すぐにヴィヴィアンと同じくらいヒイヒイ笑いだした。床《ゆか》みがきの男の人の一人も、とちゅうで裏階段《うらかいだん》にすわりこんでげらげら笑いだし、追いかけっこの列からはずれてしまった。

結局、ほとんど全員が笑いころげることになった。とうとうホールで『とこしえのきみ』ウォーカー氏をつかまえ、有無《うむ》をいわせずひだ入りのコートを着せたエリオでさえ、口もとに笑いじわを作っていた。

そのころには、儀式《ぎしき》の時間がせまっていた。外の『時の庭』には、『古びの館《やかた》』の護衛《ごえい》たちが深紅《しんく》と金の服を着てずらりとならんでいる。サムが『古びの館《やかた》』の踏《ふ》み段《だん》に立って、ガラスの扉《とびら》ごしににやにやこっちをのぞいているのが見えた。もうすっかり元気そうな顔色に戻《もど》っている。

『とこしえのきみ』ウォーカー氏は、エリオが赤いスカーフを頭飾《あたまかざ》りにとめつけるあいだ、じっとしていた。そしてジェニーがよこしたひだ入りのズボンをおとなしくはき、ほかのみんなから、そのいでたちに合ったさまざまな杖《つえ》やら鎖《くさり》やらを受け取った。最後に、足を片方《かたほう》ずつ持ちあげ、ヴィヴィアンに記号論《きごうろん》スリッパをはかせてもらった。ヴィヴィアンがはかせ終わって立ちあがると、ウォーカー氏はふだんにもまして苦悩《くのう》にみちた目つきでにらんできた。でもこれはウォーカー氏なりのウィンクなのだ、とヴィヴィアンにはわかった。

エリオが、ごわごわしたコートをなでつけてきちんと形を整え、『とこしえのきみ』ウォーカー氏を無事、『古びの館《やかた》』の護衛《ごえい》たちのもとへ送り出した。ジェニーがその横をついていく。エリオは、ヴィヴィアンの方をむいて言った。

「みんなして、ずいぶん楽しい思いをさせてもらいましたね。さて、私《わたし》はほかの場所を探《さぐ》ってみますから、そのあいだにお嬢《じょう》さんは、『日時計塔《とう》』を調《しら》べてきてくださいませんか？」

「ええ、そうしようと思ってるんだけど、ジョナサンが見あたらないの」とヴィヴィアン。

エリオは階段《かいだん》の方にうなずいてみせた。と、ジョナサンが、いばった顔ですましておりてきた。サムと同じくらい元気そうだ。「行こうぜ」

ジョナサンのお父さんに対する態度《たいど》って、ちょっと変じゃない？　考えてみると、二人が直接《ちょくせつ》口をきいているところすら、めったに見かけない。ヴィヴィアンは、サムとジョナサンと一緒《いっしょ》に『古びの館《やかた》』の護衛《ごえい》たちの最後尾《さいこうび》について『時の庭』を歩きながら、この親子関係をなんとかできないかな、と思って、言ってみた。

「お父さんが儀式《ぎしき》のしたくをしているとき、どうしていつもどこかへいなくなっちゃうの？　見ててごらんなさいよ、すごくおかしいんだから！　笑いすぎておなかが痛《いた》くなっちゃった！」

「自分の父親が笑い者になるなんて、がまんできない。なんたってぼくは、リーの血筋《ちすじ》の人間なんだから」ジョナサンはそっくり返って言った。

「でも、とっても楽しくしてくれる笑い者なのよ！」ヴィヴィアンは言い返した。しかしジョナサンの表情《ひょうじょう》から、これ以上何か言ったら許《ゆる》してもらえない、とわかったので、あきらめることにした。

三人はだんだん混雑《こんざつ》してくる人混《ひとご》みを縫《ぬ》って、『日時計塔《とう》』へむかった。ジェニーが言っていたことは本当だった。観光客も何千人といるものの、群衆《ぐんしゅう》の半数以上は『時の町』のパジャマ服を着ていた。

『四時代大通り』に着くと、さらにたくさんの人であふれ返っていた。通りそのものはロープをはって通れなくしてあり、年代パトロール隊員たちが見はりに立っている。『終わりなき丘《おか》』をのぼるジグザグの階段《かいだん》にもロープがはられ、色とりどりの制服《せいふく》を着た護衛《ごえい》たちが、前にずらりとならんでいた。

「しまった。今日の儀式《ぎしき》はここでやるってこと、忘《わす》れてたよ！　うしろからまわりこまないとだめだ」

ジョナサンが言った。

三人は人々の波に逆《さか》らって、また進みだした。ヴィヴィアンは、見たかったのにと残念に思いながら、うしろをふり返った。バンドが演奏《えんそう》している。大通りは、アーチ形の門からゆらゆら放《はな》たれている色とりどりの光の帯のおかげで、とてもきれいに見えた。群衆《ぐんしゅう》の中の子どもたちは、旗や、チャイムのような美しい音の出る長い棒《ぼう》を持っていた。楽しそうな儀式《ぎしき》ね、とヴィヴィアンが言うと、サムが返事した。

「うん、ほんとに楽しいんだ。でもいいよ、また来年見られるから」

私《わたし》は見られないんだけど、とヴィヴィアンが思ったのと同時に、ジョナサンが言った。「器《うつわ》を見つけ出さないかぎり、来年なんてものはないかもしれないんだぞ」

ヴィヴィアンはそれを聞いて、この町の人はみんなサムみたいらしいけど、ジョナサンだけはちがう、と思った。サムは、心の底ではだいじょうぶだと信じている。サムは小さいから、しかたないかもしれない。けれど、あのエリオでさえ、最後には何もかもうまくいくだろうと考えているのだ。ほかの人も全員、まったくふだんどおりにふるまっている。危険《きけん》がせまっているとわかっているのに、だ。『時の町』が永遠《えいえん》に続くとでも思っているのだろうか。まあたしかに、ほとんどの人たちは、そう思うしかないのかもしれない。でも、本気で心配する人がもう少しいたっていいのに！

三人は相当長いこと人波を押《お》したりかきわけたりしたあと、やっと『終わりなき丘《おか》』のうしろ側にまわりこむことができた。そちらの細い路地は、どこもがらんとしていた。ジョナサンは足を早め、二人の先に立って、金めっきされた背《せ》の高い鉄の門にむかった。

門を開けると、まっすぐな長い階段《かいだん》が見えた。『日時計塔《とう》』に入る道が表以外にもあることがあまり知られないよう、この門は開けっぱなしにはなってないけど、べつに通ってもいいんだ、とジョナサンは言った。

階段《かいだん》は丘《おか》の斜面《しゃめん》いっぱいに植えられた観葉植物のあいだを、まっすぐ塔《とう》にむかっていた。ジョナサンは一気にかけあがっていく。ヴィヴィアンは軽量化機能《きのう》のボタンを押《お》したが、それでも塔《とう》にたどりついたときには、ハアハアいっていた。けさはもう考えられないほど何度も、階段《かいだん》をのぼりおりしていたからだ。

「今日は入場禁止《きんし》ですよ」階段《かいだん》のてっぺんの正面にある小さな戸口にいた、『古びの館《やかた》』の護衛《ごえい》の女性《じょせい》が言った。「もうじき行列が到着《とうちゃく》しますからね」

塔《とう》へ入る扉《とびら》は全部で十二あるらしいが、見えるかぎりすべての扉《とびら》の前に、護衛《ごえい》が背筋《せすじ》をのばして立っている。本当に鉛《なまり》の器《うつわ》がこの『日時計塔《とう》』の中にあるのなら、たぶん自分たちがどうこうしなくても、とても安全だということだ。

でもジョナサンは、あわれっぽい表情《ひょうじょう》を作って言った。「入れないとこまるんです！　ヴィランデル先生が、今日の午後、『日時計塔《とう》』についての試験をするって言うんです。その前に中を見てこいって、先生が……」

それを聞くと、護衛《ごえい》はていねいな口調《くちょう》になった。「あら、ヴィランデル博士が？　あの方を敵《てき》にまわすようなことはしたくないわね。例外が認《みと》めてもらえるかどうか、きいてみましょう」そして扉《とびら》を開け、中に首をつっこんでだれかと相談しはじめた。

しばらくすると、となりの扉《とびら》から頭がふたつにゅっと出て、こっちを見た。その二人は年代パトロール隊員で、サムのことはよく知っている、と言い、三人とも中に入れてくれた。

塔《とう》のいちばん下にある丸い部屋には、らせん状《じょう》に点々と出っぱりがついた柱が真ん中に一本あるだけだ。十二の扉《とびら》のあいだの壁《かべ》にはそれぞれ、花の咲《さ》いた木々が『時の町』のその方向のながめを半分さえぎっているようすが描《えが》かれている。ひと目見ただけで、何かを隠《かく》せるようなところはないとわかる。床《ゆか》は巨大《きょだい》な丸い一枚岩《いちまいいわ》だ。

この床《ゆか》の下に器《うつわ》が隠《かく》されているんだとしたら、見つけられっこないわ、とヴィヴィアンは思った。

そのとき、サムの声が部屋じゅうに鳴りひびいた。「博士は塔《とう》のすみずみまで見てこいって言ったんだ」

「わかったよ、ぼうや。見せてやろう」パトロール隊員の一人が言った。

三人はガイドつきで見てまわることになった。塔《とう》の上へ上がるには、真ん中の柱を使うのだとわかった。パトロール隊員が柱のまわりにらせん状《じょう》に点々とついている足場のような出っぱりに足をのせると、足場は隊員をのせたまま、柱にそってまわりながら上がりはじめた。隊員の頭が絵の描《か》いてある天井《てんじょう》近くまで行ったころ、サムものれそうな足場に足をかけ、やはり上がっていった。ヴィヴィアンがそのあとを行き、最後にジョナサンがのぼった。

全員がぐるぐるらせんを描《えが》きながら上がっていき、通りぬける隙間《すきま》ひとつ見あたらなかった天井《てんじょう》を、不思議なことにそのまま突《つ》きぬけ、まばゆい光の中へ出た。ヴィヴィアンは思わず目をつぶった。かろうじて目を開けたときには、まわりにガラスの壁《かべ》が現れていて、ガラスの筒《つつ》の中をらせん状《じょう》にのぼっているのがわかった。

それからすぐに、光がめちゃくちゃに乱反射《らんはんしゃ》しているところを通った。なんのせいで光がこんなふうになっているのか、まったくわからない。さらにしばらくぐるぐるぐるまわるうち、いきなり『日時計塔《とう》』のてっぺんにある『時の鐘楼《しょうろう》』へ出た。

　ヴィヴィアンは少しめまいを感じながら、レースみたいな石でできた壁《かべ》にあるアーチ型の開口部から、眼下《がんか》に広がる『時の町』を見つめた。『年の館《やかた》』の円《まる》屋根《やね》のうしろで、『振子《ふりこ》庭園』の噴水《ふんすい》の水が高くなったり低くなったりしてい

るのが見える。奇妙《きみょう》にかたむいた『滅《ほろ》ばずの館《やかた》』の前には、『かつての塔《とう》』の優美《ゆうび》な尖塔《せんとう》がそびえている。『時学者《ときがくしゃ》の間《ま》』の建物のななめになった金の屋根も、遠くにちょこっと見えている。その前にある灰色《はいいろ》の屋根は、『古びの館《やかた》』だろう。これらの建物のむこうには、緑の田園が、空とぶつかるところまで広がっている。

ひとつとなりのアーチへまわると、『千年館《かん》』までのびる『四時代大通り』のすばらしいながめが見えた。儀式《ぎしき》の行列が、半分くらいまで進んできているのがわかる。

『時の鐘楼《しょうろう》』の中央の上方で空間の大部分をしめているのは、あの正午にしか鳴らない巨大《きょだい》な鐘《かね》だった。鐘《かね》の中に器《うつわ》が隠《かく》されているわけではないことは、見ればわかる。鐘《かね》はその巨大《きょだい》な舌《した》にいたるまで、何か透明《とうめい》なものでできていたからだ。南側のアーチから射《さ》しこむ太陽の光で、目がくらむほどまぶしく輝《かがや》いている。

「ここに長居《ながい》は無用だ。鐘《かね》が鳴ったら、耳が聞こえなくなってしまうぞ。鼓膜《こまく》がだめになってしまうからな」パトロール隊員がおどすように言った。

ジョナサンは『時の鐘楼《しょうろう》』のぐるりにある、レース状に穴《あな》がいっぱい開いている石壁《いしかべ》をくまなく調べてまわったが、穴があまりに細かいので、とても何か隠《かく》せそうには見えなかった。ちょっと大きめの穴《あな》が開いているところに、観光客がバターパイの棒《ぼう》をつっこんで捨《す》てていたが、それもパトロール隊員がすぐに見つけた。隊員はけわしい顔で棒《ぼう》を抜《ぬ》き取《と》ると、三人を連れ、塔《とう》の外側についたらせん階段《かいだん》をおりていった。

階段《かいだん》はのっぺりした高い外壁《がいへき》と内側の壁《かべ》のあいだを通っていて、地面から見ただけではわからないほど、うまく隠《かく》されていた。四人は長いこと階段《かいだん》をおりなくてはならなかった。すぐ下の階というのが、

『日時計塔《とう》』の真ん中くらいの高さにあったからだ。

「これが時計のからくりだ」パトロール隊員が、階段《かいだん》から高くて幅《はば》の狭《せま》い戸口へと入っていくときに、誇《ほこ》らしげに教えてくれた。

時計の部品はすべてガラスでできていて、ひとつひとつがきちんと動いていた。ヴィヴィアンは、きらきら光る歯車がゆっくりとまわって透明《とうめい》な爪車《つめぐるま》とかみあうようすや、ガラスの棒《ぼう》やぜんまいが動くさまに目を見はった。見まわすと、部品は何百とあり、どれもきらめきながらゆるやかに動いていて、やはりそろそろとまわっている中央の巨大《きょだい》なガラスの柱と、どこかでつながっていた。

私《わたし》たち、あの中を上がっていったんだわ！　ヴィヴィアンは時計のからくりの虹《にじ》のようなきらめきに目をぱちぱちさせながら、緑がかった透明《とうめい》な柱の太さに肝《きも》をつぶした。でも何もかもが透《す》けているから、ここに器《うつわ》が隠《かく》されていることはありえない。たくさんある細長い窓《まど》のあいだの内壁《ないへき》さえ、半透明《はんとうめい》の物質《ぶっしつ》でできていた。その壁《かべ》ごしに、バターパイのような色の日光が射《さ》しこんでくる。ここに鉛《なまり》でできたものがあったとしたら、インクのしみみたいに目立つはずだ。

ジョナサンの目の前のちらちらの色は、まぶしさから目を守るためか、濃《こ》い色になっていた。が、隊員のあとについてみんなで出ていこうとしたとき、ジョナサンががっかりした目つきになったのに、ヴィヴィアンは気づいた。隊員は、ここにも長居《ながい》してほしくないらしかった。正午の鐘《かね》は、ここにいても耳が聞こえなくなるほどだという。

「フェイバー・ジョンは、ここには隠《かく》してないってことをみんなに見せたかったんだ」サムが荒《あら》い息を吐《は》きながらささやいた。

「しいっ！」ヴィヴィアンはささやき返した。だが、ガラス部品が動くチリンチリンいう音がさかんにしていたから、隊員にはたぶん、サムの言ったことは聞こえなかっただろう。

塔《とう》は下に行くほど太くなっているらしい。外側の階段《かいだん》は地面まで続いていたが、壁《かべ》の内側にそって、もうひとつべつの階段《かいだん》があり、ひとつ下の階へ続いていた。この塔《とう》は、昔は監視塔《かんしとう》か何かだったのかもしれない。こちらの部屋には、全方向に広い窓《まど》がついていた。が、この階も今は、退屈《たいくつ》そうな小さな展《てん》示室《じしつ》になっていた。めずらしいものといえば、真ん中でゆるやかにずっとまわりつづけているガラスの柱くらいだ。でもここなら、鉛《なまり》の器《うつわ》が普通《ふつう》に展示品《てんじひん》として飾《かざ》られている、ということもありうる。三人はすぐ近くの展示《てんじ》ケースへ、どっとかけよった。

パトロール隊員は階段《かいだん》のそばにあった機械の前に立ち、言った。「これは、いちばん最初に作られた自動販売機《はんばいき》のうちの一台だ。しかも、今もちゃんと動くんだぞ！　よかったらバターパイでも食べないか？」

サムはぶるぶるっと肩《かた》をふるわせた。

「えっと……けっこうです。ぼくたち、その、勉強に来たわけですから」ジョナサンが言った。

ジョナサンはペン機能《きのう》のボタンを押《お》し、展示《てんじ》を見てまわりながら、ポケットから捜《さが》し出したよれよれの紙に一生懸命《いっしょうけんめい》メモをとっているふりをした。

ヴィヴィアンはジョナサンよりも先にぐるりと見てまわり、鉛《なまり》の器《うつわ》らしいものはここにもない、と早々に見てとった。展示品《てんじひん》のほとんどは、フェイバー・ジョンの遺品《いひん》といわれているものだった。『とこしえのきみ』ウォーカー氏のアンポリアの祭司帽《さいしぼう》によく似《に》た帽子《ぼうし》もあったが、こっちのはずいぶん頭の大きい人用らしい。横に倒《たお》して飾《かざ》られていたから、中に何も隠《かく》されていないのがわかった。それからこれもとても大きな、すり切れた手袋《てぶくろ》。星形の金のメダル。世界標準《ひょうじゅん》文字で書かれたメモ一枚《まい》。たくさんの書類。興味《きょうみ》をひかれるものは、ひとつもない。ヴィヴィアンはガラスの柱の方へふらふらと歩いていき、ジョナサンがあきらめるまで待つことにした。

するとと、柱の目の高さのあたりに、くぼみが四つあるのに気づいた。ジョナサンとサムがケースをひとつひとつていねいに調《しら》べているあいだも、柱はゆっくりとまわっていたので、くぼみが次々に目の前を通っていった。それからヴィヴィアンは柱をひとめぐりし、それぞれのくぼみをもう一度よく見てみた。

四つのくぼみの形は、ひとつひとつ異《こと》なっていた。大きさも形もちがう四つのものをぴったりとはめこむように、特別にかたどられたものだとわかる。ひとつは平らで四角くて、かなり大きい――鉄の器《うつわ》だわ！　その両側のふたつのくぼみはどちらも楕円形《だえんけい》で、片方《かたほう》は小さく、もう片方《かたほう》は大きい――きっと、どっちかが銀で、もうひとつは鉛《なまり》ね――でも、どっちがどっちかはわからない。鉄の器《うつわ》用の四角いくぼみのちょうど裏側《うらがわ》にあたる四つ目のくぼみは、細長い多角柱のようなものがはまるようになっている。きっとこれが金ね！　このくぼみと、大きな楕円形《だえんけい》のくぼみにこまかなみぞがたくさん入っているところを見ると、このふたつの器《うつわ》には美しい装飾《そうしょく》がほどこされているらしい。

ヴィヴィアンは本当にそうなのかたしかめようと、パトロール隊員にきいてみた。「ここのへこみは、なんのためにあるんですか？」

隊員は気恥《きは》ずかしそうな顔になった。「ああ、それはフェイバー・ジョンの『極《きょく》』をおさめるところだといわれているんだ。時の終わりに、すべての『極』がここへ戻《もど》ってくるんだそうだ。もちろん、ただの言い伝えだが。念のため、くぼみはからのままにしてあるんだ」

ヴィヴィアンはジョナサンに言った。「どうして知らなかったの？」

ジョナサンは顔を赤らめ、そっくり返って言った。「町に住んでる人間は、『日時計塔《とう》』なんて観光客用だと思って、来ないのさ。行こうぜ。行列がもうすぐ着いてしまう」

「儀式《ぎしき》を見るのにいちばんいい場所は、この窓《まど》だ。ここで一緒《いっしょ》に見ていってもいいぞ」パトロール隊員が言った。ジョナサンが儀式《ぎしき》を見たくて急いでいると思ったらしい。

「やったー！」サムは言い、帽子《ぼうし》が展示《てんじ》してあるケースと手袋《てぶくろ》が入ったケースの隙間《すきま》にするりと入りこみ、窓《まど》からのぞいた。ヴィヴィアンもサムの横にならんだ。ジョナサンはため息をつき、帽子《ぼうし》のケースの上に身を乗り出した。

この窓《まど》は、塔《とう》の正面側にあり、ジグザグの階段《かいだん》が真下に見おろせた。行列はちょうど、丘《おか》のふもとに到着《とうちゃく》していた。先頭の、巨大《きょだい》な金の槍《やり》をかかえた『古びの館《やかた》』の年配の護衛《ごえい》が、階段《かいだん》をのぼりはじめたところだ。そのうしろを、ウォーカー氏が歩いている。ひだ入りのコートに高い頭飾《あたまかざ》りという格好《かっこう》をしているせいで、きちっとした雰囲気《ふんいき》だし、いっそう背《せ》が高く見える。そのうしろからは、さまざまな色のローブを着た人々が大勢《おおぜい》、それぞれにのぼりや旗、赤い煙《けむり》を噴《ふ》き出すつぼや大きな羽根の扇《おうぎ》を持って歩いてくる。

『とこしえのきみ』が階段《かいだん》の一段《だん》目に足をのせた瞬間《しゅんかん》、大音声《だいおんじょう》が鳴り渡《わた》った。音は部屋じゅうをゆるがした。耳がわんわんする。展示《てんじ》ケースもぶるぶるふるえている。

パトロール隊員が、ジョナサンの横で身を乗り出しながら言った。「そら、鐘《かね》が鳴りはじめた。さすがは『とこしえのきみ』様だな、儀式《ぎしき》を始める時間はぴったりだ。完璧《かんぺき》だったぞ！」

『とこしえのきみ』ウォーカー氏は階段《かいだん》をのぼりはじめた。と、ふいに、となりに緑の姿《すがた》が現《あらわ》れ、階段《かいだん》を必死でのぼりはじめた。

「いつもの『終わりなき幽霊《ゆうれい》』だ」隊員は三人を安心させるように言った。

鐘《かね》の振動《しんどう》のせいで頭がぼーっとなっていたヴィヴィアンは、隊員にうなずいてみせ、しっかりしなくちゃと頭をふった。が、やっと落ち着いたと思ったら、また同じ音が鳴りひびいた。今度は塔《とう》全体が振《しん》動《どう》しはじめたようだ。下では『とこしえのきみ』ウォーカー氏が、『終わりなき幽霊《ゆうれい》』には目もくれず、追いこしてのぼっていく。色とりどりのおごそかな行列もあとに続いた。だれもが、必死なようすの緑の男を無視《むし》して、遠くや近くを通りすぎたり、突《つ》きぬけたりしている。

鐘《かね》がまた鳴った。すると、行列の中の一人が、苦闘《くとう》している緑の幽霊《ゆうれい》を見て足を止めた。色あざやかなローブの中で一人だけ灰色《はいいろ》をまとったその男が、かがんで緑の幽霊《ゆうれい》に手をさしのべるのが、ちらちらと見えた。男は自分の手が幽霊《ゆうれい》を突《つ》きぬけてしまったのに気づくと、首をかしげ、ますます一生懸命《いっしょうけんめい》になって何度も手を貸《か》そうとしている。だが、『終わりなき幽霊《ゆうれい》』は必死で階段《かいだん》をのぼりつづけるばかりだし、行列の人々は幽霊《ゆうれい》も灰色《はいいろ》の男も、両方無視《むし》していた。人々がおごそかなようすでどんどん二人の横を通りすぎていくあいだに、時計の鐘《かね》は四つ、五つ、六つ、と鳴った。

「鉄の守り手だ」サムがささやいた。窓《まど》ガラスが息でくもる。

「かわいそうな人……」ヴィヴィアンはつぶやいた。これまで以上に、鉄の守り手のことが気の毒になってしまった。手を貸《か》そうとしている相手がただの幽霊《ゆうれい》だということが、どうしてもわからないらしい。でも守り手があきらめないわけが、ふいにわかった。必死でのぼっている『終わりなき幽霊《ゆうれい》』は、金の番人だったのだ。金の器《うつわ》を塔《とう》へ持ってくるとき、番人は何かに邪魔《じゃま》されてしまうってことだわ！

ヴィヴィアンはジョナサンの方を見た。ジョナサンも番人の顔に気づいたらしく、ぎょっとしたように青くなっている。

時計の鐘《かね》は鳴りつづけ、行列はのぼりつづけた。『とこしえのきみ』ウォーカー氏が、ちょうど十二番目の鐘《かね》が鳴った瞬間《しゅんかん》にみごと階段《かいだん》のてっぺんに着いたときには、階段《かいだん》は色あざやかな式服を着た本物の人々であふれ返り、『終わりなき幽霊《ゆうれい》』も鉄の守り手も、姿《すがた》が見えなくなっていた。

「ぼくたち、もう帰ります」ジョナサンがていねいな口調《くちょう》で言った。

「ぼくはまだいる」とサム。

「わかった。でもV《ヴィ》・S《エス》とぼくは、ヴィランデル先生のところへ行く前にお昼を食べなくちゃいけないから」とジョナサン。

ヴィヴィアンはジョナサンと一緒《いっしょ》にパトロール隊員に礼を言い、展示室《てんじしつ》を離《はな》れ、塔《とう》の外の階段《かいだん》を使っておりていった。この階段《かいだん》からだと塔《とう》のうしろに出られたため、儀式《ぎしき》と鉢《はち》あわせしなくてすんだ。

ヴィヴィアンは、まだ鐘《かね》の振動《しんどう》のせいでふらふらしていた。足ががくがくする。地面におりたときも、しっかりとしているはずの『終わりなき丘《おか》』全体がゆれているような気がした。そう口に出すと、ジョナサンは言った。

「あの音のせいで、しばらくそう感じる人もいるんだ。今に治るよ。ところで……どう思う？　鉛の器《なまりうつわ》はいかにもここにはありません、って感じだったから、ぼくは逆《ぎゃく》に、あそこのどこかにあるんじゃないかと思うんだけど」

「考えすぎじゃない？」とヴィヴィアンは言い、「いつものように！」とつけくわえたくなったのをかろうじてがまんして、続けた。「あの塔《とう》をああいうふうに作った人は、器《うつわ》はべつのところにあるってことを知らせたかったのよ。サムがそう言ってたでしょ。サムの思いつきって、だいたいあたるもの」

「サムの方こそ考えすぎだよ。おまえもな。なら、ほかにどこを捜《さが》せって言うんだ？　あとでヴィランデル先生からききだしてくれよな」

「あなたがきいてよ」

「いや、おまえだ。この前のときはすごくうまくききだしたじゃないか。それに、ぼくは町にはくわしいことになっているわけだから、おまえがきいた方が自然だ」

「でもあなたの方が、先生を調子に乗せるのが上手じゃない」

二人は『永久《とわ》の広場』の店で海藻《かいそう》と小エビのカクテルを食べながら、ずっとこのことで言いあらそった。ヴィヴィアンはそのあいだも、地面がゆれている気がしてならなかった。まだ鐘《かね》のせいだなんてはずはないわ、と思い、きいてみた。

「ジョナサン、正直に言って。なんだか地面がゆれていると思わない？」

さっとこっちを見た目つきから、ジョナサンもそう思っていたことがわかった。「鐘《かね》のせいだったらいいと思ってたんだけど」

「やっぱり町が時の終わりに来たんだわ。これが証拠《しょうこ》よ」

「証拠《しょうこ》って、なんの？　ゆっくり止まろうとしているからゆれてるのか、それとも崩壊《ほうかい》する証拠《しょうこ》か？」とジョナサン。二人は席を立ち、儀式《ぎしき》が終わってぞろぞろ帰る人でいっぱいの広場をつっきっていった。

「ぜったいおまえがきけよ。うまく考えてさ。非常事態《ひじょうじたい》なんだから」ジョナサンが言った。

「なんで私《わたし》なのよ？」ヴィヴィアンは強く言い返した。

そこで、またもや口論《こうろん》が始まってしまい、『滅《ほろ》ばずの館《やかた》』の階段《かいだん》をのぼりきるまで続くことになった。館の階段《かいだん》を上がれば上がるほど、ゆれはひどくなっていくように感じられた。『ヘロドトス堂』へ入るとき、ジョナサンが言った。

「おまえがやるしかない。先生はおまえのことが気に入ってるんだから」

「どうしてそんなことを思いつくわけ？　毎回にらまれたり、がみがみ言われたり、からかわれたりしてるのに！」部屋に通じる暗い木の通路が、ギシギシいいながらゆれている。

「先生は気に入った相手でなきゃ、からかったりしないんだ」とジョナサンが言ったので、勝負は決まった。ヴィヴィアンは質問《しつもん》するのをひきうけ、二人は『まれなるはて』のドアをノックした。

が、中に入るなり、ヴィヴィアンの勇気はしぼんでしまった。木と本のあたたかなにおいがただよう中、ヴィランデル博士は、けばだった上着を着てすわったまま、パイプに火をつけていた。そして煙《けむり》ごしに、小さな賢《かしこ》そうな目で二人を見つめた。二人がこの前ここを出てから、一度も動かなかったみたいに見える。ただ、「本キューブ」を積みあげた上によれよれの紫《むらさきいろ》色のローブが乱暴《らんぼう》にかけてあるから、ヴィランデル博士も儀式《ぎしき》に参加してきたことはまちがいなさそうだ。

博士はとげとげしい口調《くちょう》で話しはじめた。「今日は精神《せいしん》戦争のことを勉強してもらう。しっかりと聞いていたまえ。この戦争は、安定期という安定期の中で、もっとも不愉快《ふゆかい》なできごとなのだ。この戦争はその後のすべての不安定期に影響《えいきょう》を与《あた》え、さらにアイスランド帝国《ていこく》の成立の土台ともなっている。ヴィヴィアン、『歴史』の図をよく見て、精神《せいしん》戦争に関する主な事実をあげてみなさい」

ヴィヴィアンは図を見てみた。ヴィランデル博士、どうして地面がゆれているんですか？　と、無邪《むじゃ》気《き》にきいてしまった方がいいかもしれないと思ったが、ここではなぜかゆれが感じられなかった。どう見てもヴィランデル博士は、私《わたし》たちのどっちも、気に入っているとは思えない。こっちをにらんでいる目つきなんて、好意どころか、嫌悪《けんお》や軽蔑《けいべつ》にみちているといってもいいくらいだ。

ヴィヴィアンがこまっているのがわかったらしく、ジョナサンが言った。「その前に、ヴィヴィアンが何かききたいことがあるそうです」

人でなし！　とヴィヴィアンは思った。

「それなら本人がそう言うべきだろう。まあ、聞かせてもらおうか、ヴィヴィアン。なんなら手真似《てまね》できいてくれてもいいぞ」ヴィランデル博士がうなるように言った。

またからかってるのね。これで本当に私《わたし》を気に入っているわけ？　ヴィヴィアンは大きく息を吸《す》いこみ、口を開いた。「あの、その、翻訳《ほんやく》するようにとくださった、あの文書のことなんですけど。三つの器《うつわ》はどこにあるか書いてあるのに、どうして鉛《なまり》の器《うつわ》のありかは書かれていないんですか？」

「おそらくは、鉛《なまり》の器《うつわ》がより力の弱い三つの器《うつわ》をひきよせることで、自然に見つかるようになっているからではないかな」ヴィランデル博士が低い声で言った。「きみが見ているのは石器時代だぞ。そんなところで精神《せいしん》戦争を捜《さが》したって、見つかるわけがない。五十七番世紀だ」

「でも、それがうまくいかなくなって、だれかがどうしても鉛《なまり》の器《うつわ》を捜《さが》し出さなくちゃならなくなったら？　先生は、フェイバー・ジョンがどこに置いたと思われますか？」ヴィヴィアンは食いさがった。

ヴィランデル博士はするどく言い返した。「伝説上の器《うつわ》の宝捜《たからさが》しゲームをして、午後じゅうむだにするつもりはないぞ。だが、話が出たついでにきいておこう。フェイバー・ジョンという名前の意味は？」

ヴィヴィアンはため息をついた。ヴィランデル博士から何かききだそうとするたびに、話を変えられてしまう。これ以上がんばったってむだだよ！　急にひどく腹《はら》がたってきて、一瞬《いっしゅん》、自分がヴィヴィアン・リーになっていることをきれいさっぱり忘《わす》れてしまった。「フェイバーは職人《しょくにん》、つまり、スミスと同じ意味です。ジョン・スミスっていうつまらない名前だってこと」

とたんに、ヴィランデル博士の長談義《ながだんぎ》を聞かされるはめになってしまった。

「つまらない？　われらが町の創造者《そうぞうしゃ》の名前が、つまらないだと！　これほど名誉《めいよ》ある名前はないんだぞ！　人がはじめて名字《みょうじ》を持つようになったころは、スミスという名を勝手につけることは許《ゆる》されなかったのだ。その地域《ちいき》でもっとも有能《ゆうのう》な者となって、はじめてえられた名字なのだ。スミスという名の最初の男は、金属《きんぞく》の細工のしかたを見つけ出した天才だった。人々はその男から、科学と魔法《まほう》を習おうと押《お》しよせた。細工師《さいくし》だからといって、腕力《わんりょく》しかないやつだったわけではないぞ、そういうつもりでつまらないと言ったのならな。ものを作り出し、きちんと使えるように、くふうをほどこすことができたのだから。知識《ちしき》をたくわえ、細工のしかたを自分で見つけ出したのだ。

それとも、スミスという名前がありふれているという意味で言ったのだとしたら、人類の中には才能《さいのう》あふれる人々が驚《おどろ》くほどたくさんいるということになるではないか。それだってつまらないとは言えない話だ。さて、精神《せいしん》戦争について答えてくれたまえ」

そのとおりにするしかなかった。この戦争はひどくいやなものに思えた。人の精神《せいしん》にこれほど残酷《ざんこく》な攻撃《こうげき》をくわえられる、さまざまな武器《ぶき》が開発されたなんて……そしてそんな武器《ぶき》のせいで、自分の知っていた国々がすべて完全に消滅《しょうめつ》したとわかって、ヴィヴィアンはすっかり動揺《どうよう》してしまった。木の香《かお》りがするむんむん暑くて小さな『まれなるはて』を出てきたときには、これまでになくうれしかった。

ところがジョナサンは、ずっと何かべつのことを考えていたらしく、ゆれる階段《かいだん》をおりながらこう言いだした。「ほかの器《うつわ》と鉛《なまり》がひきあうっていうのが本当なら、鉛《なまり》を見つけるためにはぜったいに銀を手に入れなくちゃだめだ」

それを聞いて、ヴィヴィアンは気分が悪くなった。「でも銀の時代って、精神《せいしん》戦争のすぐあとなのよ」

ジョナサンはそれがどうした、といわんばかりのいばったようすで言った。「わかってるって。でも銀がないことには、どうにもらちが明かないからな。……エリオが今日、もっといい情報《じょうほう》をつかんでくれてたらべつだけど」

14

銀の時代

エリオとサムは、『時の庭』の噴水《ふんすい》のそばで二人を待っていた。地面がゆれているせいで、噴水《ふんすい》の水全体が縦横《たてよこ》に波打っている。エリオは不満そうだった。つるっとしたひたいにしわをよせているのは、地震《じしん》のせいではなさそうだ。

「記録をくまなく調《しら》べましたが、レオン・ハーディが知っていたことにあたる情報《じょうほう》は、まったく見つかりませんでした。あんなにあわててイタリアへ追いはらうんじゃありませんでしたよ。それに、あの金の器《うつわ》を見はっている人はとんでもない愚《おろ》か者ですね！」エリオは言った。

「じゃあ、金の時代へ行ってきたってこと？　今日？」ジョナサンがきいた。

「行く前に会えればよかったのに。あのね、『日時計塔《とう》』の階段《かいだん》をのぼっていく『終わりなき幽霊《ゆうれい》』は、

金の番人だとわかったの」とヴィヴィアン。

「またひとつ、私《わたし》が知らないことがあったわけですか」エリオはさらに顔をしかめた。「つまり、私《わたし》が何を言いに行こうと、彼《かれ》はここに来ると決まっていたわけですね」

あまりにかっかしているようすなので、ヴィヴィアンは思いきってエリオの腕《うで》をなでてやった。鉄の守り手をさわったときとは全然ちがって、エリオの腕《うで》は、ごく普通《ふつう》の人間の腕《うで》と同じ感触《かんしょく》だった。

「とにかく早く銀の器《うつわ》を捜《さが》した方がいいと思うな」ジョナサンが不安そうに言った。

エリオもうなずいた。「そうですね。今から行きましょう」

四人は公邸《こうてい》の方へ歩いていった。儀式《ぎしき》用のローブを着た、一人の『時の幽霊《ゆうれい》』の横を通りすぎる。昔の『とこしえのきみ』だった人にちがいない。エリオは言った。

「金の時代へ行ったのは、まったく体力のむだ使いでした。森の中には野蛮《やばん》な人々がいて、しつこく私《わたし》を殺そうとしましたし、そのあと馬に乗って現《あらわ》れた武装《ぶそう》した人物などは、だれもかれもを殺すのが仕事だと考えているようでした。やっとその人々をまいて逃《に》げ、『ネーソンテイ』まで行ったというのに、番人ときたらわらをくわえて立ったまま、私《わたし》が何を言おうと、返事ひとつしないんですから。結局、例の馬に乗った男がまたやってきたので、あわててそこを離《はな》れなければなりませんでした」エリオはため息をついた。それから、四人で公邸《こうてい》のホールへ入ったときにこうつけくわえた。「銀の時代では、もっとうまくいくといいですね」

だれも何も言わなかった。あたっているかどうかはともかく、ジョナサンとサムは、何か銀の時代に行けない理由ができるといい、と思っている感じだ。エリオが言った。

「ジョナサン坊《ぼっ》ちゃんは、ハーディさんが第三不安定期のどこに銀の器《うつわ》があると言ったのか、まだ教えてくださっていませんよ」

ジョナサンはそっくり返り、ぞんざいな口調《くちょう》で言った。「へえ、そうだっけ？」

それはちょうど、角を曲がって展示室《てんじしつ》へ入ったときだったので、強い光で、ジョナサンの顔が赤くなっているのがはっきりと見えた。

「裏切《うらぎ》り者！　またぼくをおいていったんだな！」サムが大声をあげた。

「けさ、いなかったのは、そっちへ行ってたせいだったのね！」ヴィヴィアンが言った。

エリオもとがめるように言った。「非常《ひじょう》に危険《きけん》なことをしましたね、ジョナサン坊《ぼっ》ちゃん。あの時代では、とぎれることなく戦争が続いているのです。しかも、あのうまく機能《きのう》しないコントローラをお使いになったのでしょう？　きちんと動く方は、私《わたし》が朝からずっと持っていたんですから」

ジョナサンは言った。「もう帽子《ぼうし》の中に戻《もど》しておいたよ。そんなににらむことないってば、サム。何も見つからなかったんだ。塩の砂漠《さばく》が広がっているだけで、人っ子一人いなくてさ。ぜったい安全なようにと思って、泥棒《どろぼう》が来る百年前に行きたいって言ったからだろうけど。大声で呼《よ》んでみても、守り手なんてどこからも現《あらわ》れなかったし、器《うつわ》がどこにあるかもさっぱりわからなかったよ。行って損《そん》したようなもんだ」

「卵《たまご》はちゃんと働いた？」ヴィヴィアンがきいた。

「いや。戻《もど》ろうとしたら、金の時代の、『ネーソンテイ』のすぐ近くへ連れていかれた。さっきの話でわかったけど、そこでエリオを見かけたよ。そうかなとは思ったんだけど、草地をものすごい勢《いきお》いで走ってたから、はっきり見えなかったんだ」

「でも、最後には連《つ》れ戻《もど》してもらえたのね？」とヴィヴィアン。

「あたり前だろ、でなきゃここにいるはずがないじゃないか。でもやけに時間がかかったし、帰ってきたのも、両親が儀式《ぎしき》に出かけるほんの少し前だったんだ。すごく怖《こわ》かったよ」

「当然です。今回は私《わたし》のコントローラを使いましょう。そして、泥棒《どろぼう》が器《うつわ》に手を出す五分前に行くことにします。泥棒《どろぼう》はどうやら私《わたし》たちが知らない情報《じょうほう》をつかんでいるようですから、相手に器《うつわ》のところまで案内してもらうのです。そこでですね、ジョナサン坊《ぼっ》ちゃん、どこへ行ったらいいのかをそろそろ教えていただきたいのですが」とエリオ。

ジョナサンはとうとう、うちあけた。「器《うつわ》はバルト海の中だ。レオンは六十四番世紀に行くのがいちばんいいと言ってた。その世紀だけじゃなくて、前後百年にわたって、海がひあがっているからだって」そしてくわしい位置の説明をしたが、ヴィヴィアンにはさっぱりわからなかった。

だがエリオにはわかったらしく、半信半疑《はんしんはんぎ》の顔で言った。「ハーディさんが正しい場所を教えたのだといいですが。その時代のその地域《ちいき》は、『歴史』の流れがどう変わろうと、まちがいなく交戦地帯になっているところです。しかも、前にも申しあげましたが、その時代はかなり乱《みだ》れはじめているのです。ですが――」エリオは少し明るい表情《ひょうじょう》になってつけくわえた。「あなたがたの安全を守るために私《わたし》もまいりますし、全員ぶんの防護服《ぼうごふく》の用意もきちんといたしました。こちらへどうぞ」

エリオは三人を、展示室《てんじしつ》の奥《おく》の方へ案内していった。とちゅう、ヴィヴィアンは自分の荷物が展示《てんじ》してあるケースの前で立ちどまった。今見るとなんともつまらない、なじめないものに見える。ちっとも実用的とは思えない。でもヴィヴィアンは言った。

「エリオ、もし本当に銀の器《うつわ》が手に入って、『時の町』はだいじょうぶだってわかったら、私《わたし》、うちに帰るから、この荷物を返してね」

エリオは立ちどまって首をこっちへねじり、いかにも残念そうに荷物を見つめて言った。「二十番世紀の展示品《てんじひん》は、これまでひとつもなかったんですが。でも、そうですね、ご入り用なときにはどうぞ」

身を切られるような思いで言っているのがわかった。

でも、なんてったって私《わたし》のものなんだから、とヴィヴィアンが思っているあいだに、エリオはいちばん奥《おく》のケースへ近づいた。以前は火星の登山靴《とざんぐつ》が飾《かざ》ってあったところだが、今は、平べったい銀色の包みが四つ入っている。説明書きには「二十四番世紀、ナイロンストッキング（男性用《だんせいよう》）」とある。エリオはそのケースを開け、包みを取り出すと、説明書きを裏返《うらがえ》した。裏《うら》には「展示物修復中《てんじぶつしゅうふくちゅう》」と書いてあった。エリオは鎖《くさり》のかかったドアへとむかい、それぞれにひとつずつ包みを渡《わた》してくれた。

ヴィヴィアンは胃がよじれるような気分になった。地下の部屋へおりるあいだも、気分はひどくなる一方だった。エリオのベルトの明かりを頼《たよ》りに自分の包みを開けたときには、指先がふるえていた。包みからは、うすい膜《まく》みたいな妙《みょう》な形の銀色の服がするりと出てきた。エリオが説明した。

「これは五十六番世紀の精神防護《せいしんぼうご》スーツです。なぜ五十六番世紀かと言いますと、この時代のものがいちばんしっかりできているからです。頭からすっぽりかぶって、足もとまでたらすようにしてください」

「どうして体を全部覆《おお》わなくちゃいけないの？　脳《のう》みそは頭にあるのに」サムがきいた。

「ええ、ですが、脳《のう》につながる神経《しんけい》は、体のすみずみまで通っているんですよ。無防備《むぼうび》な神経《しんけい》が一本でもあれば、精神《せいしん》戦争の戦士に攻撃《こうげき》されてしまいます。でもこのスーツがあれば、だいじょうぶです。至《し》近距離《きんきょり》でなければ、ある程度《ていど》はほかの武器《ぶき》による攻撃《こうげき》からも守ってくれます」

これを聞いて、ヴィヴィアンの胃はますますぎゅうっとよじれてきた。この地下にいても、地面がまだゆるやかにゆれているのが感じられ、よけいいやな気分になる。ヴィヴィアンは奇妙《きみょう》な服を、頭からかぶってみた。呼吸《こきゅう》は普通《ふつう》にできるし、とても軽くて、肩《かた》から足先までふわふわとかかった。手を広げてのばし、見おろすと、体全体がゆるやかにたれる銀のひだに覆《おお》われていた。こんなものをひきずっていたら、そう遠くまでは歩けないわ、と思ったが、ちょっとすると、服が体に合わせて調整されたらしく、いきなり縮《ちぢ》みはじめ、体にぴったりとくっついた。

「足を片方《かたほう》ずつ持ちあげてください」エリオが言った。

言われたとおりにすると、銀色の服はすぐに脚《あし》から靴底《くつぞこ》まで、片方《かたほう》ずつぴったり包みこんだ。それで、銀色のうすい膜《まく》のようものに全身を覆《おお》われた格好《かっこう》になった。ほかの三人もみんな、頭から足先まで銀色だ。サムとジョナサンが、膜《まく》ごしにヴィヴィアンを見た。どちらの顔もぺったりつぶれたような感じで、白っぽくなっている。

「あんまりよく見えないよ。この膜《まく》、視力調整機能《しりょくちょうせいきのう》をうち消してしまうみたいだ」ジョナサンが言った。

「でしたら、私《わたし》のそばから離《はな》れないでください」エリオが言った。スーツの下から光っているベルトの明かりのせいで、光る幽霊《ゆうれい》みたいに見える。「三人とも、離《はな》れないでください。せいいっぱい、みなさんの安全をお守りするつもりですので。ごぞんじのように、私《わたし》のせいいっぱいの力は、人から生まれた人間の倍以上にあたります」エリオは、赤い卵形《たまごがた》のコントローラを持ったまま精神防護《せいしんぼうご》スーツの膜《まく》で覆《おお》われた手を持ちあげ、ちらちら光る一枚岩《いちまいいわ》の方へむけた。

一枚岩《いちまいいわ》がぱっと消え、むこうにぎらぎらまぶしい世界が現《あらわ》れた。真っ白な砂《すな》が、遠くのうすい青色の空までずっと続いている。そこへ足を踏《ふ》み出すと、スーツに覆《おお》われた足が霜柱《しもばしら》みたいなものをジャリッと踏《ふ》みつけ、全員がすべりそうになった。ひあがった海の塩にちがいない。

とても寒いところだった。このスーツには、痛《いた》いほど冷たい風までさえぎる効果《こうか》はないらしい。ヴィヴィアンは風と白い光が襲《おそ》ってくる方向から、顔をそらした。すると、この白い陸地《りくち》は真っ平らではないことに気づいた。青っぽい影《かげ》があちこちに見えるから、小山や穴《あな》がたくさんあるらしい。中には、きちんと掘《ほ》られたみぞのようなものもあり、ヴィヴィアンは第一次世界大戦の戦場の塹壕《ざんごう》を思い出した。

強い光のせいで、ジョナサンの視力《しりょく》調整《ちょうせい》機能《きのう》のちらちらは暗い色に変わっていた。ジョナサンはよく見えていないようすで左右に顔をむけ、言った。「どうなってるんだ？　けさ来たときは、真っ平らだったのに」

「だれかがいっぱい穴《あな》を掘《ほ》ったみたい」サムが教えてやった。

と、突然《とつぜん》、頭上からどなり声がした。聞いたことのない言葉だ。

「ふせて！」エリオが言い、自分も白い地面に体を倒《たお》した。

三人はいっせいにエリオのそばへふせた。白い地面は氷みたいに冷たい。ヴィヴィアンがとっさに横になったところは斜面《しゃめん》になっていたので、体が自然にころがりだし、さらにずるずるすべってしまった。

気がつくと、みんなから少し離《はな》れたところであおむけに横たわり、雲ひとつない空を見あげていた。ほぼ真上、十五メートルほどの上空に、半透明《はんとうめい》の大きないかだみたいなものが浮《う》かんでいる。……レオン・ハーディはうそを教えたんだ！　私《わたし》たちを殺すつもりだったのね！

とても動く気にはなれなかった。いかだは青っぽい色をしていて、乗っている人々の足の裏《うら》が下から透《す》けてみえた。人々は、いかだのはしについている、本体よりうすい色の泡《あわ》みたいなものを通して、下をのぞいている。黄色い膜《まく》に覆《おお》われた、無表情《むひょうじょう》なのっぺりした顔ばかりだ。あの膜《まく》も、精神防護《せいしんぼうご》スーツみたいなものにちがいない。

さっきのどなり声がまた聞こえたと思ったら、いかだがこっちを攻撃《こうげき》してきた。なんだかわからないが、白い波のようなものがふりかかってくる。ヴィヴィアンは悲鳴《ひめい》をあげた。ほんの一瞬《いっしゅん》だが、スーツが波の効果《こうか》をうち消してくれるまでのあいだ、心がひきさかれるような感じがしたのだ。その感覚が去ると、ヴィヴィアンはじっと横たわったまま、白い波みたいなものをながめながら、ほかの三人のスーツもちゃんと働いていますように、と祈《いの》っていた。

攻撃《こうげき》がやんだ。が、いかだの人たちの気がすんだせいではなかった。緑色っぽいべつのいかだが、青い方を攻撃《こうげき》しようと、もっと高い上空から風を切って勢《いきお》いよくおりてきたのだ。青い方は十五メートルほど上昇《じょうしょう》し、横へと逃《に》げはじめた。が、それが動きだすなり、三つ目のいかだが目に入った。こちらはやや藤色《ふじいろ》がかっていて、さらに高いところからほかの二艘《そう》めがけ、急降下《きゅうこうか》してくる。下にいたふたつのいかだはぱっとよけ、それから戻《もど》ってきて、藤色《ふじいろ》のに襲《おそ》いかかった。

三艘《そう》のいかだが空を旋回《せんかい》し、たがいに上になったり下になったり、まわりこんだりしながら、激《はげ》しく戦っている。だが聞こえてくるのは、ヒュンヒュンと風を切る音だけだ。こんな形の戦争があるなんて、想像《そうぞう》したこともなかった。スーツは、ヴィヴィアンを狙《ねら》った攻撃《こうげき》でない場合《いか》は、あまり防《ふせ》いでくれなかった。横から波がさっと通りぬけていくと、狂気《きょうき》じみたおだやかな声や怒りのくすくす笑い、不快《ふかい》なものへの賛歌《さんか》、疲労困憊《ひろうこんぱい》の叫《さけ》び、死のさえずり、絶望《ぜつぼう》のささやき、声高《こわだか》な恐怖《きょうふ》の歌声が頭の中で響《ひび》いた。どれも実際《じっさい》に音がするわけではない。ヴィヴィアンは冷たい地面に横になって、こうしためちゃくちゃにちぐはぐな感覚に耐《た》えているしかなかった。

そのうち、足のむこうの空に、青みがかった灰色《はいいろ》の煙《けむり》が上がったのに気がついた。いったん空高く上《じょう》昇《しょう》した煙《けむり》は、ぐんぐん近くへ流れてきて、何かを捜《さが》しているようにあっちこっちへむきを変えたあげく、戦っている三艘《そう》のいかだの位置を捕《と》らえたようだ。煙《けむり》はくねくねと三艘《そう》に近よると、巨大《きょだい》な灰色《はいいろ》っぽい手の形になり、つかむように襲《おそ》いかかった。

いかだは三艘《そう》とも、必死で逃《に》げ出した。一艘《そう》はまっすぐに急上昇《きゅうじょうしょう》し、はずみで男が一人落ちた。男が本物の悲鳴《ひめい》をあげ、地面にベシャッとぶつかる音が聞こえた。べつの一艘《そう》は急降下《きゅうこうか》し、ヴィヴィアンの一メートルくらい頭上の低空を、勢《いきお》いよく飛んでいった。波をまきちらし、ジグザグにふらつきながら飛んでいて、なんだかどこか故障《こしょう》しているみたいに見える。三艘《そう》目は速度を上げ、二艘《そう》目とは逆《ぎゃく》の方向へぐんぐん逃《に》げていった。煙《けむり》はぐーんと曲がって、その一艘《そう》を追いかけていく。二秒後には、青空とぎらぎらする白い砂漠《さばく》のほかは何も見えなくなった。

サムがごろごろころがってきて、ヴィヴィアンのすぐ上の斜面《しゃめん》で止まった。「この戦争って、いったいいくつの側にわかれてやってるの？」

「知るか！　ああ、いやな感じだった！」ジョナサンが手とひざをついて体を起こし、ふるえながら立ちあがった。

ヴィヴィアンも歯をガチガチいわせながら立ちあがり、サムに手を貸《か》して立たせてやった。最後に立ちあがったのはエリオだ。痛《いた》そうにゆっくりと体を起こしているので、三人が目をやると、恐《おそ》ろしいことに、スーツの右のわきあたりの部分が青くなり、とけてしまっていた。

エリオは言った。「なんでもありません。あの低空飛行していたいかだにやられたのですが、だいじょうぶです。私《わたし》は災難《さいなん》に耐《た》えうるように作られていますから。これ以上戦士たちが現《あらわ》れないうちに、器《うつわ》を見つけましょう」

エリオは、スーツのとけて青くなった方とは反対側のわきを破《やぶ》って開け、何か小さくてきらきらする道具を取り出した。スーツはひとりでにまた閉《と》じた。

サムはおびえていたことも忘《わす》れ、叫《さけ》んだ。「あーっ！　それ、百十番世紀の金属探知器《きんぞくたんちき》じゃないか！ぼくの父さんもひとつ持ってる。最近じゃ、どうがんばっても手に入らないものだって言ってるよ。どこで見つけたの？　ぼくが使ってみてもいい？」

サムの思いどおりになった。エリオは足をひきずってふらふらしているし、ジョナサンは夢遊病者《むゆうびょうしゃ》みたいに両手を前に突《つ》き出してよろよろ歩いていて、とても探知器《たんちき》を使えそうになかったからだ。ぎらぎら照りつける光に対抗《たいこう》して視力調整機能《しりょくちょうせいきのう》が真っ黒になっているのと、スーツのうすい膜《まく》がその前にかかっているせいで、ジョナサンはほとんど何も見えないらしい。しまいにはいやになったらしく、視《し》力調整機能《りょくちょうせいきのう》を切ってしまった。

サムは自信たっぷりに、金属探知器《きんぞくたんちき》が銀を探《さが》すようにセットすると、だんだんと大きな輪を描《えが》きながら大股《おおまた》で歩いていき、遠くから大声で言った。「父さんは、この機械にまさるものはないって言ってる。干《ほ》し草の山の中から針《はり》を見つけることだってできる、って。早くついてきて。もう反応《はんのう》が出てるよ！」

サムはさっき煙《けむり》がやってきた方にむかって、ずんずん歩いていく。ほかの三人はサムに遅《おく》れずついていこうとしたが、簡単《かんたん》にはいかなかった。塩の砂漠《さばく》には、くぼみ、かちかちの小山、みぞ、丘《おか》といったものがやたらとあった。ぎらぎらする斜面《しゃめん》をすべりおりたと思ったら、次には青色の影《かげ》のように見える深い塹壕《ざんごう》をとびこさなくてはならない。ヴィヴィアンはほとんどずっと、ジョナサンの手をひいてやることになった。エリオにも手を貸《か》そうとしたのだが、あえぐようにこう言われ、ふりはらわれてしまった。

「だいじょうぶです。私《わたし》の能力《のうりょく》は、ちっともおとろえておりません」

その言葉は信じられなかった。スーツを通してぼんやりとしか見えないものの、エリオの顔は苦痛《くつう》にゆがんでいたからだ。もしエリオがひどいけがをしていたら、『とこしえのきみ』ウォーカーさんはなんて言うかしら？　そのとき、サムが探知器《たんちき》を前方の高く白い丘《おか》の中腹《ちゅうふく》にむけた。ピピピピ、と強くはっきりとした音が鳴りだした。

「見つけた！　あそこだ！　掘《ほ》る道具は持ってきた、エリオ？」サムが叫《さけ》んだ。

そのとき丘《おか》のてっぺんから、やさしい声がした。「掘《ほ》る必要はありませんわ」

四人はいっせいに顔を上げた。丘《おか》の上に、銀色っぽい人影《ひとかげ》が立っている。どうやら女の人のようだが、全身が、幾重《いくえ》にも重なってひらひらたれさがる銀色っぽいものでできているみたいで、あまりはっきりとは見えない。全身銀をまとっている、か……とヴィヴィアンは思った。人が驚異的《きょういてき》な創造《そうぞう》をし、並《なみ》はずれた殺人を行う時代にふさわしく、だっけ。この人、何枚《なんまい》も何枚も重ねた精神防護《せいしんぼうご》スーツでできているみたい！　でも、幾層《いくそう》もの銀色っぽいものの下にうっすらと見える顔は、かなりの美人のようだ。

「銀の器《うつわ》の守り手なの？」サムがきいた。

「そうですわ」女の人が言った。うきうきした感じのしゃべり方で、やや異国《いこく》ふうのなまりがある。守り手は、銀色の層《そう》ごしにかろうじて見える真っ赤なくちびるを開き、にこやかなようすで続けた。「正しい時より一日早く、あたくしと器《うつわ》を捜《さが》しにいらしたのはなぜでしょう？」

「泥棒《どろぼう》が、あなた様の器《うつわ》を盗《ぬす》もうとしているのです」エリオが言った。むりにしぼりだしているようなざらついた声だ。きっとかなり苦しいのだろう。「万が一盗《ぬす》まれるようなことがありますと、『時の町』が崩壊《ほうかい》するだけでなく、おそらくは、『歴史』全体がひどく不安定になってしまうでしょう。ですから、あなた様の器《うつわ》を、直《ただ》ちに『時の町』の安全なところへお持ちいただきたくぞんじます。そうしていただければ、私《わたし》どもで四つの器《うつわ》の働き方を調《しら》べられるようになります。特に、鉛《なまり》のですが」

ジョナサンは守り手を見ようとして、日光をさえぎるように両手で目のまわりを囲むと言った。「銀の器《うつわ》が大急ぎで必要なんです。つまりぼくたちは、器《うつわ》同士がたがいにひきよせあうと考えているのですが、もし本当にそうなら、銀があれば、手遅《ておく》れになる前に鉛《なまり》を見つけ出せるかもしれないんです」

「鉛《なまり》の器《うつわ》を持っていないのですか？」と、守り手。かなり驚《おどろ》いた口調《くちょう》だ。

「まだでございますが、『時の町』にあることはわかっております」エリオが言った。

「鉛《なまり》の器《うつわ》は、『時の町』にある」守り手は宣言《せんげん》するように言った。はげますような力強い声があたりに響《ひび》き渡《わた》る。「銀を使ってひきよせれば、見つけられる、ですか。よくわかりました。そんなにも銀の器《うつわ》を必要としていらっしゃるなら、あたくしは自分にくだされた命令にそむき、今この器《うつわ》をお渡《わた》ししましょう」そして、一同がひどく驚《おどろ》き、またほっとしたことに、守り手はふわふわした覆《おお》いの中からほっそりとした銀色の手をのばし、きらきらした大きな卵形《たまごがた》のものをさしだした。

エリオがぎこちない動きで足をひきひき丘《おか》をのぼり、受け取った。卵形《たまごがた》の器《うつわ》にレースの柄《がら》みたいなきれいな飾《かざ》りがついているのを見て、イースターの卵《たまご》そっくり、と思ってしまったあと、ヴィヴィアンは少し恥《は》ずかしくなった。

でも次の瞬間《しゅんかん》には、そんなことは忘《わす》れてしまった。視界《しかい》のすみで、白いものがさっと動いたのだ。えっと思ってそっちをむくと、銀色を帯びた小さな姿《すがた》が、すぐ近くのみぞの青い陰《かげ》の中をすべるように走り、そのむこう側に連《つら》なる小山のあいだへかけこむのが、ちらりと見えた。

「あの泥棒《どろぼう》よ！」ヴィヴィアンはわめき、あとを追ってかけだした。

みぞにそって走り、小山のあいだをとぶように進んでいくと、うしろから「ヴィヴィアン！」という悲鳴《ひめい》のような声が聞こえた。でもヴィヴィアンは気にもとめなかった。今では、銀色の小さな姿《すがた》が太陽にぎらぎらと照らされ、はっきりと見えるようになっていた。例の少年が、でこぼこした地面を全速力で逃《に》げていく。でも自分の方がもっと早く走れることは、わかっていた。前のときだって、あとちょっとでつかまえられたのだから。少年はどうやって手に入れたのか、精神防護《せいしんぼうご》スーツを着ているが、あの鉄の器《うつわ》をかかえてはいないようだから、今回は時空旅行で逃《に》げ出すことはできないはずだ。

そうか、器《うつわ》を持ってると時空旅行ができるんだ！　と、ヴィヴィアンははたと気づいた。

凍《こご》えていた足がだんだんあたたかくなってきた。冷たい空気を吸《す》いこむたびに、胸《むね》が痛《いた》くなる。ヴィヴィアンは口を閉《と》じ、今度こそつかまえてやる、と、穴《あな》だらけのでこぼこした地面をかけていった。泥棒《どろぼう》はちらとふりむき、距離《きょり》が縮《ちぢ》まっているのに気づくと、必死なようすでぱっと横にそれた。

と、ヴィヴィアンの足もとの地面が割《わ》れた。砂《すな》と同じように白いものを踏《ふ》みつけたとたん、それが裂《さ》け、ズブズブというような音をたててまわりじゅうが崩《くず》れ落ちた。深い穴《あな》へ、まっさかさまに落ちていく。だがいつのまにか、指が勝手に、精神防護《せいしんぼうご》スーツの下のベルトの軽量化ボタンを押《お》していた。

おかげで、あやういところで骨《ほね》を折らずにすんだ。穴《あな》の底の灰色《はいいろ》の岩にぶつかる直前に軽くなったヴィヴィアンは、一度ゴムまりのようにはねあがったあと、また落ちた。そして底に横になったまま、ずっと上のぎざぎざの穴《あな》から、青空を見あげた。

「あーあ、やられた！」泥棒《どろぼう》のわなにひっかかり、またもや逃《に》げられてしまったのだ。

「ひどいけがをしたのかい？」だれかがきいた。おずおずとした口調《くちょう》の、甲高いふるえ声だが、男の人のようだ。

ヴィヴィアンは体をこわばらせ、そっと横目で声のした方を見た。自分たちのに似《に》た銀色の精神防護《せいしんぼうご》スーツを着た戦士が、穴《あな》の奥《おく》の方で縮《ちぢ》こまっていた。そういえば、いかだから悲鳴《ひめい》をあげて落ちた戦士がいたっけ。死んだふりをしていよう。そうしたら穴《あな》をよじのぼって、いなくなってくれるかもしれない。

戦士はおずおずしたフルートの音色《ねいろ》のような声で言った。「どうしてこんなことをきくのかというと、ぼくは人の傷《きず》を癒《いや》した経験《けいけん》があるからなんだ」ヴィヴィアンが返事をしないでいると、戦士は大きなため息をついた。「信じてもらえないかもしれないけど、ぼくはとてもおとなしいんだ。このひどい戦争が始まるまでは、さまざまな芸術《げいじゅつ》を楽しんでいた。絵を描《か》いたり、曲を作ったり、それに、叙事詩《じょじし》を書いたこともある」

ヴィヴィアンは静かに横になったまま、できるだけゆっくりと目を閉《と》じた。私《わたし》は死んだの、と自分に言い聞かせる。最後の言葉は「やられた!」よ……

戦士はもう一度ため息をついた。「ぼくの作った詩を暗唱してあげたら、人に危害《きがい》をくわえるような者じゃないと信じてくれるかもしれないな。大昔の形式にのっとって十二巻《かん》にわけてあって、題名は『銀の海』というんだ。はじめの一行は、『人知をたたえ、われ歌わん』。この海の岸辺に、かつて偉大《いだい》な文明がいくつも栄えていたことを歌う詩だからね。なあ、どうかな? 聞いてみないか?」

聞いてみない! どこかへ行って!

そのとき、頭上からギシギシと足音がした。膜《まく》に覆《おお》われたエリオの顔が、頭上のきざぎざの裂《さ》け目からこっちを見おろした。「ヴィヴィアンお嬢《じょう》さん?」声がふるえてしゃがれている。

ヴィヴィアンはがばっと起きあがった。すると戦士は、襲《おそ》ってくるどころかしりごみし、穴《あな》の壁《かべ》にぴたっとはりついた。ヴィヴィアンはエリオに呼《よ》びかけた。

「エリオったら！　私《わたし》を追っかけて走ってきて、よけい体を痛《いた》めちゃったんでしょ！」

「ご無事ですか？」エリオが上からきいてきた。

「ええ。戦士が一人ここにいるけど、戦闘《せんとう》で精神《せいしん》をやられちゃってるみたいだから」

そんなことは言わない方がよかった。エリオはつらそうだったのに、たちまち軽量化機能《きのう》を使い、ふわふわとおりてきてしまった。そして着地すると、壁《かべ》ぎわにうずくまっている戦士の方をむいて、あえぎあえぎしわがれ声で言った。「このお嬢《じょう》さんを傷《きず》つけていたら、ただではおきませんよ」

戦士は首を横にふり、きらきらする両手を上げてみせた。「何もしていない。ぼくは芸術家《げいじゅつか》で、平和を愛しているんだ。たしかに精神《せいしん》はやられているけど、戦闘《せんとう》のせいじゃない」

エリオはただ、フンと鼻を鳴らすと、あえぎながらへたりこんだ。そのようすを見た戦士は興味《きょうみ》を持ったらしく、壁際《かべぎわ》を離《はな》れ、そろそろとエリオの方へはってきたので、ヴィヴィアンはどきりとした。

上からサムの大声が響《ひび》いたときには、心からほっとした。

「二人ともこの中だ」

戦士はその声を聞くなり、すぐにまたさっとあとずさり、壁《かべ》ぎわで縮《ちぢ》こまった。サムの声が続いて響《ひび》く。

「ぼくをかかえてボタンを押《お》して、一緒《いっしょ》にとんで」

頭上の裂《さ》け目が暗くなった。何が起きるかさとったヴィヴィアンは、あたふたとはっていき、エリオの真上に勢《いきお》いよく落ちてきたジョナサンとサムを、ぎりぎりのところで突《つ》き飛ばした。ジョナサンのベルトの軽量化機能《きのう》だけでは、二人ぶんの体重をじゅうぶん軽くすることはできなかったのだ。二人は戦士とは反対側の壁際《かべぎわ》に着地した。

「あいたっ！　なんだ、ここは？」ジョナサンが言った。

「防空壕《ぼうくうごう》だよ。戦士つきの」サムが教えてやった。

ジョナサンはいらだったようにうなり、視力調整機能《しりょくちょうせいきのう》のボタンを押《お》した。そのちらちらは精神防護《せいしんぼうご》スーツの膜《まく》のせいで効果《こうか》がないはずだが、ジョナサンは穴《あな》の中のようすに目を凝《こ》らした。そしてヴィヴィアンにささやいた。

「エリオは自分で言っているより、だいぶ悪そうだな。あの戦士っていうのは危《あぶ》なくないのか？」

「頭が変なの。さっきのいかだから落ちた人だと思う。あの波にやられちゃったんじゃないかしら」

ヴィヴィアンはささやき返した。

「いや、ぼくはその戦士じゃない」戦士が言った。今は穴《あな》の真ん中あたりでひざをつき、お手あげとでもいうように両手を広げている。破《やぶ》けた穴《あな》の口から射《さ》しこむ光の真下に出てきたので、はじめてはっきりと姿《すがた》が見えた。ヴィヴィアンはこれほど骸骨《がいこつ》そっくりな顔を見たことがなかった。しかも、むきだしの顔だ。スーツに覆《おお》われていないのだ。

「あの男は、ここから何メートルか離《はな》れたところに落ちた。死んでしまったと思う」と言うと、戦士は骸骨《がいこつ》みたいな顔をエリオにむけた。「どうか気を悪くしないでほしいんだけど、きみはひどいけがをしているようだね。よかったら助けさせてくれないかな？　ぼく、以前は傷《きず》を癒《いや》すのがとっても上手だったんだ」

エリオはつんとしたようすになり、壁際《かべぎわ》に身をひいた。「お言葉には感謝《かんしゃ》しますが、けっこうです。ただのひっかき傷《きず》ですから。ひと休みしたら、みんなで出ていきます。べつのところで大事な用がありますので」

戦士は礼儀正《れいぎただ》しく頭をさげた。「もちろん、きみの好きにすればいい。でも、そのひっかき傷《きず》ってどれくらいの大きさなのか、教えてくれないかな？」

「せいぜい三十センチ程度《ていど》の長さで、幅《はば》も十五センチほどしかないと思います。私《わたし》としたことが、これしきのことで不便を感じるとは」エリオはそっけなく言った。

だが、エリオが言い終わるよりも早く、サム、ジョナサン、ヴィヴィアンは叫《さけ》んでいた。「エリオ！」

「それは重傷《じゅうしょう》だってば！」

「そうなんですか？」エリオはいぶかしげに一人一人を見つめ、最後に戦士へ目をやった。

戦士はうなずいた。「たいていの人は、重傷《じゅうしょう》だと考えるだろうね」

「それは知りませんでした！　けがをしたのは、これがはじめてなものですから。でしたら私《わたし》も、その状態《じょうたい》にしては、ずいぶんよく機能《きのう》していたと言えるのかもしれませんね。修理《しゅうり》していただけますでしょうか？」

「やってみよう」戦士は前へはってくると、銀に覆《おお》われた骨《ほね》ばった手を、エリオのスーツのぐしゃぐしゃになった青い部分へのばした。手がまださほど近よりもしないうちに、エリオは悲鳴《ひめい》のような声をあげ、ぱっと横によけた。戦士はエリオを追って、はっていき、また手をのばした。戦士は結局、一度もエリオにふれはしなかったが、エリオが悲鳴をあげつづけたので、ヴィヴィアンたちは戦士を止めようとかけよった。

「やめて！　痛《いた》がってるじゃない！」ヴィヴィアンが叫《さけ》んだ。

「こいつ、エリオを殺そうとしてる！」とジョナサン。

「敵《てき》だ！　止めてよ！」サムがどなった。

だがそれから、三人ともしんとなった。エリオが銀の卵《たまご》のようなものをわきにかかえて、立ちあがったのだ。エリオはちょっと不思議そうに、もう片方のわきのくしゃくしゃになった青い部分をさすった。まだあまりぐあいがよさそうではない。汗《あせ》で顔がてかてかしている。でもエリオは言った。

「今のが痛《いた》いという感覚なのですね。ありがとうございます。あなた様は私《わたし》に、新たな経験《けいけん》をさせてくださいました。おかげ様でひっかき傷《きず》も治ったようです」

「スーツまでは直せないけど」戦士は申《もう》しわけなさそうに言った。最初にいたすみへ戻《もど》って、立ちあがろうとしている。ヴィヴィアンたちは立ちあがった戦士を見て、またもや落ち着かない気持ちになった。戦士はとても背《せ》が高く、骸骨《がいこつ》なみにひょろりとしていた。

「きみは何者？　スーツほどではないけれど、とても治しにくかった」戦士がエリオにきいた。

「私《わたし》はアンドロイドです」エリオは、ジョナサンが自分のことをリー家の血筋《ちすじ》だ、と言うときそっくりに、誇《ほこ》らしげに言った。「あなた様もでしょうか？　どうも普通《ふつう》の人間とは思えないのですが」

「どうだろう。たぶん、ぼくもきみと同じように、特別に作られたのだとは思うけど」

戦士は骸骨《がいこつ》みたいな顔を上げ、頭上の覆《おお》いが破《やぶ》けているところを見ると、ため息をついた。「ああ、もう終わってしまった。あの女はいなくなった。ぼくは自分の任務《にんむ》に戻《もど》らなくては。そのために作られたのだから。なんのことかわからないだろうけど、ぼくはフェイバー・ジョンの銀の器《うつわ》の見はりとして作られたんだ。でも、失敗してしまったらしい」

「うそつけ！」ジョナサンが大声をあげた。

「こいつ、ほんとに頭が変だ！」サムがわざと大きめの声でヴィヴィアンにささやいた。

エリオは礼儀正《れいぎただ》しく言った。「恐《おそ》れ入りますが、あなた様は何か誤解《ごかい》しておいでのようです。器《うつわ》の守り手は女性《じょせい》で、つい先ほど私《わたし》にその器《うつわ》を渡《わた》してくれました。これです」そしてわきの下にかかえていた銀の卵《たまご》を、戦士にさしだして見せた。

戦士は悲しげにほほえんだ。あまりに悲しげなので、ますます骸骨《がいこつ》のように見える。戦士は銀色の頭を横にふった。「それは、かの器《うつわ》ではないよ。銀ですらない」

戦士は前へ進み出て、骨《ほね》みたいな長い指を卵《たまご》の方へのばした。さわってもいないのに、卵《たまご》の片《かた》はしがとけはじめ、とけたロウのようにエリオの指のあいだを流れ落ちた。

「ほらね？　ちゃちなプラスチックだ」戦士が言った。

エリオは手についた銀色のものをはがし、不審《ふしん》そうに見つめた。「たしかですか？」

「開けてみてごらん」と戦士。

エリオは卵《たまご》を両手で持ち、ぱかっと半分に割《わ》った。それからだまったまま、みんなに中が見えるように持ちあげた。

「なんて書いてあるんだ？」ジョナサンがのぞきこんできいた。

エリオはげんなりしたように言った。「片方《かたほう》には、こう書いてあります……『イースター島からの贈《おく》り物』。もう片方《かたほう》には『二〇三九年、韓国製《かんこくせい》』とあります。おそらく、これが作られた年と場所を表しているのでしょう。あの女性《じょせい》のところへ戻《もど》って、だまされたことに気づいたと言ってやらなくては」

「あの女はもう行ってしまったよ」戦士が暗い声で言った。

「行ってたしかめてみます。私《わたし》は、だまされるのは好きではありません。ところで、もしあなた様が本当に銀の器《うつわ》の見はりでいらっしゃるのでしたら、あの女性《じょせい》の方《ほう》は人から生まれた人間だということですね？」

「そうだと思う。でも、精神防護《せいしんぼうご》のヴェールを何枚《なんまい》もかぶっていたから、よくわからなかった。あんなに着ていられちゃ、対抗《たいこう》しようがなかったし」戦士が答えた。

「それだよ！　ああ、今思えばたしかに、あれは精神防護《せいしんぼうご》スーツの重《かさ》ね着《ぎ》だ！」ジョナサンが言った。

どうやらエリオは、怒《いか》りを覚えるというまたしても新しい経験《けいけん》をしているらしく、いらだたしげに言った。「アンドロイドは考えることが得意中の得意なのです。普通《ふつう》の人間になどだまされるはずがないのに！　早くこの穴《あな》から出ましょう」そして、ふたつに割《わ》れたプラスチックの卵《たまご》を投《な》げ捨《す》て、軽量化機能《きのう》をつけることもせずに、穴《あな》のへりへとびついた。穴《あな》を覆《おお》っていたものがベリベリとなさけない音をたてて破《やぶ》れたかと思うと、日光がぎらぎらと射《さ》しこんできた。上のまぶしくて見えないところから、エリオの声がする。「どなたか一人、私《わたし》の手をつかんでください」

ヴィヴィアンは穴《あな》の壁《かべ》を支《ささ》えにして、サムを持ちあげてやった。サムのふりまわす手をエリオがつかみ、ひょいとひきあげた。ヴィヴィアンとジョナサンは軽量化機能《きのう》をつけた。エリオは二人とも軽々とひきあげてくれた。

外に出て最初のうちは、まぶしくてほとんど何も見えなかった。だがエリオはすぐに、ぎらつく地面をすごい速さで突《つ》っ走《ぱし》っていってしまったから、ヴィヴィアンは追うのに苦労した。ジョナサンの方は、視力調整機能《しりょくちょうせいきのう》がまた真っ黒になってしまい、みんなに遅《おく》れまいとしながら機能《きのう》を切ろうと、あたふたしていた。

ヴィヴィアンがハアハアいってやっとエリオに追いついたとき、サムがあえぎあえぎ言っているのが聞こえた。「方向がまちがってるよ。丘《おか》はあっちにあったんだ」

そのころにはヴィヴィアンも、ちゃんとあたりが見えるようになっていた。青い影《かげ》だらけの砂漠《さばく》をぐるっと見まわし、見覚えのあるところを探《さが》すと、サムとは逆《ぎゃく》の方向を指して言った。

「ちがうわ、むこうよ。あのみぞは覚えているもの……ううん、ちがった！　そっちのみぞかも」

全員が、どこも似《に》たりよったりに見える砂漠《さばく》をぐるぐる見まわした。ちがいがちっともわからない。

エリオが叫《さけ》んだ。

「迷子《まいご》になってしまいました！　私《わたし》はなんて頼《たよ》りなくなってしまったのでしょう！　場所をまったく記《き》憶《おく》していません！」エリオはコントローラで自分の頭を激《はげ》しく打ちはじめた。「私《わたし》は不良品です！」

「けがをしたせいよ」ヴィヴィアンはなぐさめた。

「けがをしたくらいで機能《きのう》しなくなるアンドロイドなんて、いったいなんの役にたちます？」エリオは強い調子で言い返し、また頭を打ちはじめた。

エリオは相当おかしくなっている、と気づいたちょうどそのとき、さっきの戦士がうしろからやってきた。ヴィヴィアンもサムも、ありがたいと思った。戦士はジョナサンに親切に手を貸《か》していた――少なくとも遠目には、歩くのを手伝っているように見えた。だが、一緒《いっしょ》に小山をのぼったりみぞを越《こ》えたりするたびに、きらきらする細長い手をさしだしはするものの、実際《じっさい》には戦士が一度もジョナサンにふれていないのにヴィヴィアンは気づいた。なのにジョナサンは、だれかにしっかりと腕《うで》を支《ささ》えてもらっているような歩き方をし、しきりに「ありがとう」とか、「悪いね」とか、「いや、いいって！」などと言っている。だれかに助けてもらうしかないけれど、本当は一人でやれたらいいのに、と思っているような言い方だ。

これを見たとたん、はっきり感じた。この戦士は本物の銀の見はりだ。日光が見はりのひょろっとした銀色の体にあたってきらきらと反射《はんしゃ》しているから、鉄の守り手みたいにうすくひきのばされた感じがあるかどうかは、よくわからない。金の番人と同じくらいしっかり中身があるようにも見える。ただ、体が銀色なのは、精神防護《せいしんぼうご》スーツを着ているからではなかった。あらわになった骸骨《がいこつ》みたいな顔すら、銀色を帯びている。

二人がそばまで来てみると、ジョナサンも、エリオと同じくらいうろたえているのがわかった。見はりがフルートのようなやさしい声で言った。

「場所はあそこだ。急いで、静かについてきて。あの女が来る少し前から、この時代はひどく乱《みだ》れはじめていた。今は危機状態《ききじょうたい》になってしまったにちがいない。戦士たちもまた現れるだろうし」

それを聞くなり、エリオはやっと少し落ち着きを取《と》り戻《もど》し、雲ひとつない青空を注意深く見まわした。ヴィヴィアンとサムは、一、二歩進むたびに、そわそわとうしろをふり返った。なにしろあのいかだは、ものすごく静かに飛べるのだから。

「あの女の人はだれだったんだ？」見はりにせかされながら歩いていたジョナサンが、だしぬけにきいた。

「見当がつかない」と、銀の見はり。「わかったのは、時空旅行をしてきたようすがあったこと。きみたち四人と同じようにね。それと、器《うつわ》のことを知っていたこと、それだけだ。あの女が子どもと一緒《いっしょ》に現《あらわ》れたとき、ぼくは、さっききみたちにもしたように、ていねいに話しかけた。だってぼくは、知識人《ちしきじん》だからね。争うのは嫌《きら》いなんだ。でもその女は失礼な言い方で、銀の器《うつわ》をよこせと言いだした。『時の町を支配《しはい》するために必要なのよ』だとさ。もちろんぼくはことわった。もうじき自然なりゆきで、ぼくが器《うつわ》を『時の町』へ持っていくことになっているから、それまで待ったらどうだろうか、と言ってやった。そうしたら、笑われた。『いいえ、今ほしいの。町が動かなくなって無防備《むぼうび》になる前に、用意しておきたいのよ』だと。それでもぼくが渡《わた》すのをことわったら、ヴェールの下から鉄の器《うつわ》を取り出したんだ」

「きっとあの泥棒《どろぼう》の母さんだ」サムが言った。

見はりは悲しそうに言った。「だれであれ、あの女は器《うつわ》の性質《せいしつ》をよく知っていた。器《うつわ》は、それを手にした者の意志《いし》にしたがうんだ。鉄はぼくの銀よりは弱いけれど、女はヴェールで銀の力から身を守っていたから、ぼくは気づかないうちに、鉄の力で心をあやつられてしまったんだ。『あそこの穴《あな》の中に入って、小さくなっていなさい。私《わたし》たちがいなくなるまで、出てくるんじゃないわよ！』と言われたら、そのとおりにしないわけにはいかなかった。精神《せいしん》をやられた、ってさっき言っただろう？……ここがあの丘《おか》だ」

ほかの丘《おか》と変わらないように見える。ただ、そのむこうにある幅《はば》の広い青いみぞは、たしかに少年の隠《かく》れていた場所だという気がした。見はりはみんなの先に立ち、丘《おか》のむこう側へすばやくまわりこんだ。と、全員が棒立《ぼうだ》ちになり、みじめな思いで目を見はった。丘《おか》の白い斜面《しゃめん》に、さっきはなかった穴《あな》が開いていた。穴《あな》の深い青色の陰《かげ》の中には、きらきらする羽根みたいなものがきれいにつまった四角く仕切られた空間があった。その羽根みたいなものの真ん中に、大きな卵形《たまごがた》のくぼみがぽかんと開いている。羽根みたいなもののかたまりが、丘《おか》の斜面《しゃめん》にもふわふわ飛んでいるのが見えた。泥棒《どろぼう》たちがそっちに放《ほう》ったのだろう。銀の見はりは悲しそうにそのかたまりを拾いあげると、両手ではさむようにして浮《う》かばせ、穴《あな》へ戻《もど》した。

「器《うつわ》を盗《と》られてしまった」見はりは言った。

「なんてあくどいやつら！　ぼくが金属探知器《きんぞくたんちき》で器《うつわ》を見つけてやっちゃったんだ！」とサム。「ぼくたちが来て見つけるのを、待っていたんだな。何もかも、レオン・ハーディにあれこれしゃべりすぎたぼくが悪いんだ！」ジョナサンが苦々しげに言った。

すると、エリオがふたたび絶望《ぜつぼう》にかられて叫《さけ》びだした。「私《わたし》はとんでもなくどうしようもなく愚《おろ》かでした！　陶器《とうき》の卵《たまご》を気づかずにあたためているガチョウなみにとんまです！　こんなアンドロイドはリサイクルすべきです！」

ヴィヴィアンは自分の横でさびしそうにうなだれている背《せ》の高い銀の見はりに目をやり、あやまった。「ごめんなさい」自分があの男の子にまんまとおびきよせられ、丘《おか》から離《はな》れてしまったことが、何よりも大きな失敗だったとわかっていた。あの子はみぞの中で耳をすまし、姿《すがた》を見せるのにいちばんいいタイミングを待っていたのだ。

「ぼくはもう用なしだ」見はりが言った。

サムは怒《おこ》りだし、いかにもサムらしく、ものすごい声でわめきちらした。「見てろよ、ぜったい、仕返し、してやるから！」

エリオがとり乱《みだ》したようすで言った。「しーっ、静かに！　戦士たちが聞きつけてやってきますよ」

だがもう、すでにやってきていた。サムの声がびんびん響《ひび》いたのとほぼ同時に、ザクザクバリバリというブーツの音が聞こえてきた。うすい膜状《まくじょう》の精神防護《せいしんぼうご》スーツを着た戦士たちが、両わきの塹壕《ざんごう》からとびだしてきたのだ。さらに多くの戦士たちが、丘《おか》のてっぺんにさっと現《あらわ》れる。サムのわめき声がぎらぎらする大地のかなたへ広がる前に、みんなは囲まれてしまった。どっちを見ても、うすい膜《まく》に覆《おお》われたきらめくブーツで地面を踏《ふ》み鳴らし、見るからに銃《じゅう》らしいものをこっちにむける戦士だらけだ。

「よし、攪乱因子《かくらんいんし》をつかまえたぞ。連れていけ」戦士の一人が言った。

あたりを見まわしたエリオは、戦うには相手の数が多すぎるとさとると、両手を上げた。

「そう、それが賢明《けんめい》なやり方だ。全員、手を上げなさい」もう一人の戦士が言った。こちらは女性《じょせい》の声だ。

うすい膜《まく》に覆《おお》われた戦士たちが、輪を縮《ちぢ》めてきた。ヴィヴィアンは上げた両腕《りょううで》をつかまれ、塹壕《ざんごう》のひとつへひき立てられていくうちに、仲間たちの姿《すがた》を見失ってしまった。でも、戦士たちが銀の見はりをつかまえようとしているようすは三度、ちらっと目に入った。戦士たちはつかみかかり、またつかみかかるのだが、そのたびに見はりは、手をふれさせずにするりとよけている。

ヴィヴィアンがうすい膜《まく》に覆《おお》われたたくさんの戦士に囲まれ、ひき立てられていくあいだに、一人の戦士が息を切らして言うのが聞こえた。「この男はどうも変だぞ！　まったくさわれない……あきらめるしかなさそうだ！」

べつの戦士が言った。「ほっといてもついてくるようだから、いいじゃないか。でも、目を離《はな》すなよ」

何か妙《みょう》な気がする。塹壕《ざんごう》の方へすごい早さでひっぱっていかれながら、ヴィヴィアンは思った――変だわ、この人たちのブーツとそっくりなのを、前にも見たことがある！

そのとき、ブーツの主《ぬし》がヴィヴィアンの腕《うで》をつかんだまま塹壕《ざんごう》にとびこんだ。とたんに塹壕《ざんごう》がぱっと消えてしまい、ヴィヴィアンは一瞬《いっしゅん》、心底恐《おそ》ろしくなった。

15
疎開《そかい》の子どもたち

ヴィヴィアンの足はたくさんのブーツに囲まれて、カーン、という音をたてて金属《きんぞく》の床《ゆか》に着地した。それからすばやく前へひっぱられ、灰色《はいいろ》と白の硬《かた》い床《ゆか》へ踏《ふ》み出した。あたりの光は、銀の時代のぎらぎらする陽光より、よほど目にやさしかった。どうやら大理石らしい床《ゆか》は、ゆれている。

でも、それ以上はまだ見えなかった。ひあがったバルト海にいたときのまぶしさのせいで、目がひりひりして、涙《なみだ》が止まらないのだ。いちばんはっきり感じたのは、ここはあたたかいということだった。汗《あせ》が出てきてはじめて、今までどんなに寒かったか気づいたみたいに、体がぶるぶるふるえだした。

「第三パトロール隊、六十四番世紀のバルト海地域《ちいき》より帰還《きかん》いたしました。攪乱因子《かくらんいんし》を捕《と》らえてまいりましたが、ごらんになったらお喜びにはならないでしょう」ヴィヴィアンの前に立っていた精神防護《せいしんぼうご》スーツを着た一人が言った。

のびてきた手が、ヴィヴィアンの顔にかかった膜《まく》をなれたようすでぐいとひっぱった。スーツの顔のところがびりっと破《やぶ》れ、ヴィヴィアンはぱちぱちまばたきした。

今までぼやけていた世界が急にはっきりし、年代パトロール庁《ちょう》の広々としたホールにいるのがわかった。石の階段《かいだん》が振動音《しんどうおん》をたてて、上へ下へゆっくり動いているのが見える。真ん中に円形のブースがあり、そのむこうには『時の門』のボックスが弧《こ》を描《えが》いてずらりとならんでいて、どれにも人がいそがしく出入りしていた。ヴィヴィアンの背後《はいご》にも、そっくり同じように弧《こ》を描《えが》いて、きらめくボックスがならんでいる。前方左手にあるボックスのひとつには、金の時代の鎧《よろい》かぶとを身につけた男女が一列にならんで入っていくところだ。

入口の大きなガラス扉《とびら》を通して、旗を持った明るい色のローブ姿《すがた》の人々が『永久《とわ》の広場』に集まっているのも見えた。明らかに何かの儀式《ぎしき》が行われているところだ。光のようすからすると、早朝らしい。これだけでもヴィヴィアンは胃がずんと重くなった気がしたのに、さらに悪いことに、目の前にはなんと、ひどくけわしい顔をしたドニゴール氏が立っていた。

「いったいどういうつもりで、こんなことをしでかした？」ドニゴール氏は言いながら、ヴィヴィアンからエリオ、ジョナサン、そしてサムを順ににらみつけた。「おまえたちは、法という法の半数を破《やぶ》ったことがわかっているのか？　しかも、『歴史』を激《はげ》しく変動させたってことも！　今回はむち打ちくらいじゃすまないぞ！」

最後の言葉は、サムにむけられたものだった。サムは涙《なみだ》の止まらない赤い目で父親をじっと見返した。言う言葉がひとつも思いつかないようだ。

ドニゴール氏はエリオの方をむいた。「おまえには驚《おどろ》いたどころじゃない、まったく仰天《ぎょうてん》しているぞ、エリオ！『時の町』じゅうの人間を合わせたよりもっと分別があるものと思っていたおまえが、不安定期をほっつき歩いて、子どもたちまでひきずりこむとは！」

エリオの目もバルト海地域《ちいき》のぎらぎらした陽光で赤くなっていたが、顔色は絶望《ぜつぼう》のために真っ青になっていた。エリオはぎくしゃくした口調《くちょう》で言った。「お許《ゆる》しください。私《わたし》たちは、泥棒《どろぼう》どもが『時の町』の『極《きょく》』を盗《ぬす》んでいるという事実をつかみ、それを止めようとしていたのです。でも、失敗してしまいました。もはや、ふたつの『極』が行方知れずとなっています。『歴史』が激《はげ》しく変動してしまったのは、そのためです」

ドニゴール氏はひとことも信じない、という顔つきでエリオを見たまま、ジョナサンの方へ体をむけながら言った。「だったらなぜ、年代パトロール庁《ちょう》へ報告《ほうこく》しなかった？」それからジョナサンに言った。「ジョナサンもまったく……おまえのお父さんはいったいなんて言うだろうな？　おまえたちはきのうの午後から行方不明だったんだぞ、わかっているのか？　ジェニーとラモーナがどんなに心配していることか！」

「えっ、そうなんですか？」ジョナサンがちらちらの下で目をぱちくりさせた。サムやエリオとちがって、ジョナサンは目が赤くなっていないので、内心よりもかなり落ち着いているように見える。「もし、本当に行方不明だったのなら、それは年代パトロール隊が悪いんです。ぼくたちをこの時間へ戻《もど》しちゃったからですよ。ほっといてくれたらきのう、戻《もど》っていたはずなんだから」

「いいかげんにしろ！　これだけ大問題を起こしておいて、私《わたし》にむかって生意気な口をきくんじゃない！」ドニゴール氏はどなり、今度はヴィヴィアンたちを連れ帰ったパトロール隊員の一人に命令した。「『とこしえのきみ』様に、こいつらを見つけたと知らせに行け」そして残りの隊員たちにはこう言った。

「そっちの二人は、こいつらをブースのむこう側の邪魔《じゃま》にならないところへ連れていけ。私《わたし》が戻《もど》るまで、おとなしく待たせておくんだぞ。ほかの者は全員、精神防護《せいしんぼうご》スーツを脱《ぬ》ぎ、三十八番世紀のガス防護《ぼうご》コートを着用するように。パリで六人の監視官《かんしかん》が、戦争のために身動きがとれなくなっている」

それからもう一度エリオの方をむき、にらみつけた。「おまえたちのせいで、監視官《かんしかん》を一人残らず呼《よ》び戻《もど》すはめになってるんだ！　おまえたち全員、『歴史』全体が、おまえたちの悪ふざけがもとで、一夜にして危機状態《ききじょうたい》になってしまった！　おまえたち全員、『時の議会』に射殺刑《しゃさつけい》を言い渡《わた》されりゃいい！」そう言うなり、ドニゴール氏はさっと背《せ》をむけ、動く石段《いしだん》へだだだっとかけていった。

「こっちへ来なさい」ヴィヴィアンの横にいたパトロール隊員が言い、ヴィヴィアンとエリオを押《お》すようにして、いそがしそうな人の群《む》れを縫《ぬ》ってブースの方へ連れていった。ジョナサンとサムは、もう一人のパトロール隊員にひったてられてきた。ほかの隊員たちはブーツをうるさくカッカッと鳴らして、建物の奥《おく》へすっとんでいった。

どうしよう、本当にまずいことになっちゃった！　ヴィヴィアンは、『とこしえのきみ』に知らせに行けと言われた、輝《かがや》く精神防護《せいしんぼうご》スーツを身につけたままのパトロール隊員を目で追った。その隊員は、考えられるかぎりのありとあらゆる衣装《いしょう》をつけたほかの隊員たちをかきわけて進み、もうすぐ入口の扉《とびら》にたどりつくところだった。知らせを聞いた『とこしえのきみ』ウォーカー氏がなんと言うか、とても想像《そうぞう》がつかない。

ジェニーおばさんをすごく心配させてしまったうえ、次には私《わたし》が本当の姪《めい》ですらないってばれることになるんだわ！

精神防護《せいしんぼうご》スーツを着た隊員がガラスの扉《とびら》へたどりついたとき、扉《とびら》がすっと開いた。隊員がぱっとよけると、くたっとした帽子《ぼうし》をかぶった脚《あし》の長い人物が、建物の中へぴょんぴょこ入ってきた。

「またたわ！」と、ヴィヴィアンたちを見はっているパトロール隊員の片方《かたほう》が言った。「あれ、夜中じゅう何度もここを出たり入ったりしていたのよ」

「けさからはずっとだぜ。どうせ、だれか学生のいたずらだ。知らんぷりしとけ」と、もう一人のパトロール隊員。

二人の隊員は入口に背《せ》をむけ、厳《きび》しい顔つきでエリオを見つめた。ヴィヴィアンとサム、ジョナサンは、鉄の守り手を見まもった。守り手は何かを捜《さが》しているように、あっちへとび、こっちへはね、わざと自分を無視《むし》している人々のあいだでうろうろしていたが、やがて急に足を止め、耳をすますようなしぐさをした。それから顔いっぱいににっこりすると、迷《まよ》うことなく、たくさんあるガラス扉《とびら》のそばのだれもいない空間めざして、ぴょんぴょんとんでいった。

と、その空間に突然《とつぜん》、どこからともなく銀の見はりが現《あらわ》れた。二人は腕《うで》を広げ、ひしと抱《だ》きあった。それから一歩ずつさがり、たがいに見つめあった。鉄の守り手が悲しそうに首を横にふると、銀の見はりはさらに悲しそうに、やはり首をふった。そのあと二人とも、ゆっくりとうすれていった。扉《とびら》のそばの空間に、細長いふたつの残像《ざんぞう》だけが残った。

「かわいそうに。二人とも、どうしたらいいかわからないんだわ」ヴィヴィアンは言った。

「どうしたらいいかわからないのは、あいつらだけじゃない」ジョナサンが言った。

外ではまだ儀式《ぎしき》が続いていた。終わるまでは、『とこしえのきみ』ウォーカー氏がここにやってくることはなさそうだ。ドニゴール氏もいっこうに戻《もど》ってくる気配がない。ヴィヴィアンたちはしばらくほったらかしにされたまま、うしろめたい思いで立っていた。二人のパトロール隊員がそばにぬっと立っているのを意識《いしき》しながら、ひっきりなしに開《ひら》いたり閉《し》まったりしている『時の門』のようすを見たり、ブースの通信手たちがあいつぐ緊急連絡《きんきゅうれんらく》をてきぱきとさばく声を聞いたりしていた。

「こちら年代パトロール庁《ちょう》、朝十時二分です」ヴィヴィアンにいちばん近いところにいる女性《じょせい》の通信手が言った。「監視官《かんしかん》どの、西暦《せいれき》七九年においでの位置を確認《かくにん》いたしました。ポンペイ近郊《きんこう》で火山が大噴火《だいふんか》しています（ポンペイはイタリア南西部にあった古代都市。七九年に近くの火山の噴火によって壊滅した）。呼吸装置《こきゅうそうち》と断熱《だんねつ》衣類を装着《そうちゃく》なさってください。できるだけ早く救援《きゅうえん》を送ります」

ほとんど同時に、そのとなりの男の人がしゃべりだした。「ええ、そちらの位置を確認《かくにん》しました、監視官《かんしかん》どの。九八九二年に、六十番世紀の服装《ふくそう》をして、子連れで森を通っている女性《じょせい》ですね。無法者《むほうもの》たちをよせつけずに、もうしばらく報告《ほうこく》を送っていただくことは可能《かのう》ですか？　かなり深刻《しんこく》な事態《じたい》かもしれませんので。むりですか？　でしたら九十三番世紀にいる班《はん》を、急遽救援《きゅうきょきゅうえん》にむかわせます」

そのあいだも、ウェットスーツやキルト、ゆったりしたローブ、ポンチョ、はり骨《ぼね》の入ったズボン、短パンを身につけた人や、あまりにたくさん着こんでいて顔も何も見えない人など、ありとあらゆる衣装《いしょう》を身につけた隊員たちが、動く石段《いしだん》に乗ってぞくぞくとおりてきた。みんながみんな、『時の門』のボックスへ押《お》しよせ、中に入り、次の瞬間《しゅんかん》にはくたくたになったようすで、自分と同じような服を着た人を助けて戻《もど》ってくる。

救出されてきた中には、ひどいようすの人もいた。泥《どろ》だらけだったり、服がびりびりだったり、やたらと興奮《こうふん》していたり、出血していたりする。はり骨《ぼね》の入ったズボンをはいた男などは、頭からだらだらと血を流していた。そういう人は医療班《いりょうはん》にひき渡《わた》され、すぐに手あてを受けた。隊員たちの方は、上がっていく方の石段《いしだん》にのろのろと列を作っている、さまざまな衣装《いしょう》を着た仲間のうしろにならんだ。

「本当に、監視官《かんしかん》を全員呼《よ》び戻《もど》してるんだ」頭から血を流していた男が宙《ちゅう》に浮《う》かぶ担架《たんか》にのせられるのを見ながら、サムが言った。

ブースの中の女の人は、今度はこんなことを言っていた。「フランスのロケット基地《きち》のそばで、穴《あな》を掘《ほ》って隠《かく》れているんですね。パトロール隊が今むかっています、監視官《かんしかん》どの。紫外線弾《しがいせんだん》で位置を知らせてください」

「牢屋《ろうや》は独房《どくぼう》ですか？」さっきとは逆《ぎゃく》どなりの通信手がきいている。

べつの通信手が言った。「カナダで予定外の革命《かくめい》ですか。落ち着いてください、監視官《かんしかん》どの。モントリオールの『時の門』がおっしゃるとおり爆撃《ばくげき》を受けているとしても、ちゃんと助けに行くことはできますから」

さらにべつの声が聞こえた。「オランダ軍戦闘機《せんとうき》の攻撃《こうげき》により、船が炎上《えんじょう》」

いちばん近くにいる男の人が言った。「避難民《ひなんみん》のふりをしてください、監視官《かんしかん》どの。そうすれば、アイスランド帝国《ていこく》の戦線を通りぬけることができます。チュービンゲン（ドイツ南西部の都市）の郊外《こうがい》へ救援《きゅうえん》を送りますので」

「医療班《いりょうはん》の見解《けんかい》では、その疫病《えきびょう》は馬が媒介《ばいかい》して……」少し遠くで女の人が言ったが、その声は、もっと近くの大声にかき消されてしまった。

「ええ、監視官《かんしかん》どの、でも今や『歴史』全体が危《き》機状態《きじょうたい》になっているのです。暴動《ぼうどう》がまだカーディフ（英国ウェールズ地方南部にある都市）までおよんでいないのでしたら、あと一時間くらいはお待ちいただくことになります」

エリオはみじめな顔でうなだれた。「すべて、あの女性《じょせい》にまんまとかつがれた私《わたし》が悪いんです」

と、ジョナサンが言った。「いや、ぼくだって同じくらい悪いんだ。二十番世紀を二回もかき乱《みだ》しちゃったんだから。もう一度戻《もど》って、全部ちゃんとした状態《じょうたい》に直せたらなあ！」

「ほんと、そうしてくれたらいいのに。そうなったら、うちに帰れるかもしれないもの」ヴィヴィアンが言った。

しばらくは四人とも、サムのゼイゼイいう息づかい以外は声ひとつたてずに突《つ》っ立ったまま、ブースの通信手たちの話し声に耳をかたむけていた。四十二番世紀では、救援隊《きゅうえんたい》が生物兵器で攻撃《こうげき》されているらしい。八十番世紀のアフリカでは洪水《こうずい》が起きている。安定期も不安定期も関係なく、あらゆる年代で戦争が始まっている。一二六四八年では宇宙船《うちゅうせん》がハイジャックされ、乗っていた監視官《かんしかん》が監禁状態《かんきんじょうたい》にある。

ヴィヴィアンたちを見はっていた二人のパトロール隊員は、この監視官《かんしかん》の話に注意をひかれた。男だか女だかわからないが、その人物は二人の友人らしい。二人ともブースからはりだした台の上にひじをつき、中の通信手の女性《じょせい》が言っていることに耳をすましている。

「救援隊《きゅうえんたい》を宇宙《うちゅう》に送るのはむずかしいのよ」片方《かたほう》が言った。

「そうなんだよな。キム・ヨーのやつ、帰れないんじゃないか？」もう片方《かたほう》が言った。

サムはその二人にちらりと目をやって、こっちに注意がむいていないと見てとると、重い息を吐《は》きながらジョナサンにささやいた。「きちんと直せるかもしれないよ。あの駅へひき返して、泥棒《どろぼう》のやつが、いぼおばさんに近づく前につかまえるんだ。ここへ連れてきて、父さんに見せてやればいい」

「そうね、うまくいくかも！」ヴィヴィアンもささやいた。

エリオが自分の手を覆《おお》っていた精神防護《せいしんぼうご》スーツの膜《まく》を破《やぶ》り、卵形《たまごがた》のコントローラをジョナサンの手の中へすべりこませると、小声で言った。「これは、ここの『時の門』でも使えます。私《わたし》がみんなの注意をそらしますから、そのあいだに開いているボックスへとびこむんです」

「おまえも来るんだ、V《ヴィ》・S《エス》。やつを逃《に》がさないためには、二人は必要だ」ジョナサンがささやいた。

「ぼくも！」サムがあまりに荒々《あらあら》しく息を吐《は》きながら強い調子でささやいたので、二人のパトロール隊員がくるっとふりむいた。「ぼくも、おなかすいた」サムはあわてて言いなおした。

だが、隊員たちはだまされなかった。「それは気の毒に」片方《かたほう》が言い、どちらももう、ブースの方をむこうとはしなくなった。四人は手も足も出なくなった。ジョナサンは卵形《たまごがた》のコントローラを見られないよう、うしろに隠《かく》した。

ブースの中の女性《じょせい》が言った。「キム・ヨー監視官《かんしかん》、聞こえますか？　よかった。作戦本部がハイジャック犯《はん》たちを制圧《せいあつ》する方法を考えました」

これを耳にした隊員たちは、思わずさっとブースをふり返った。

そのとたん、エリオが暴走《ぼうそう》しはじめた。

今ブースのわきに立っていたと思ったら、次の瞬間《しゅんかん》には、精神防護《せいしんぼうご》スーツを着たまま、目にもとまらぬ速さでホールの人々のあいだをジグザグに走りだしたのだ。

「私《わたし》を撃《う》ってください！　撃《う》ってください！　私《わたし》は不良品です！」エリオの声が響《ひび》き渡《わた》る。あんまり速く走りまわるので、声があちこちから同時に聞こえるような気がした。

ヴィヴィアンは半円形にならんだ『時の門』のボックスめざして突《つ》っ走《ぱし》りながら、少なくとも二人のパトロール隊員が銃《じゅう》をかまえ、次にエリオが行きそうなところを、自信なさそうに狙《ねら》っているのを目にした。

「私《わたし》なんか撃《う》たれて当然なのです！」エリオは叫《さけ》んだ。そして動く階段《かいだん》にとび乗ると、下むきに動いている階段《かいだん》を、真ん中あたりまでかけあがった。衣装《いしょう》を着終えて階段《かいだん》に乗っておりてくる人々は、仰天《ぎょうてん》したあまり、エリオがわきをすりぬけていくのを止めようともしなかった。

「撃《う》ってください！」エリオがわめいた。

「ばかはよせ、エリオ！　おまえほど高価《こうか》なやつを撃《う》てるか！」ホールの真ん中あたりから、ドニゴール氏が叫《さけ》んだ。

ヴィヴィアンが見たエリオの活躍《かつやく》は、そこまでだった。背後《はいご》でだれかが叫《さけ》びだし、パトロール隊員の一団《いちだん》がすごい勢《いきお》いでこっちを追いかけてくるのが、ちらっと見えたからだ。ジョナサンの方は、もうボックスのならぶあたりまで行っていた。ヴィヴィアンは歯を食いしばり、追いつこうと走った。うちに帰る！　つかまらなかったら、うちに帰れる！

サムも、顔がどす黒くなって汽車みたいにシュッシュッと息を吐《は》いてはいるものの、どうにかヴィヴィアンについてきていた。ちょうどジョナサンが半円形にならぶボックスの前にたどりついたとき、運よくひとつが開いた。三人はその中へとびこんだ。

中にいた三人の監視官《かんしかん》たちが、あわてて自分たちの荷物をかかえ、入れちがいに外へ出ようとした。たぶんぎりぎり間に合って出たのだろう、ジョナサンがコントローラを使い、一九三九年に着いたときには、監視官《かんしかん》たちの姿《すがた》はもうなかった。ジョナサンはボックスにかけこみながら、大声でコントローラにむかって叫《さけ》んだだけだったが、気づいたときには三人とも、駅のがらんとしたホームを走っていた。

駅にはだれもいないようだった。ヴィヴィアンはまず、なんてみすぼらしくて汚《きたな》いところなの――しかもくさい！　と思った。でも次に、速度をゆるめながらこう思った。みんな、いったいどこにいるの？

横ではサムがしゃがみこみ、苦しそうにげほげほせきこんでいた。ジョナサンは棒立《ぼうだ》ちになってまじまじとホームを見ている。列車を待っている大人は一人もいない。マーティさんの姿《すがた》もない。疎開《そかい》の子どもたちもいなければ、列車すら停《と》まっていない。

「どうなってるの?」とヴィヴィアン。

「『歴史』が危機状態《ききじょうたい》になってしまったからだ。そのことを考えておくべきだったよ。状況《じょうきょう》がすっかり変わってしまっている。でも、ぼくの父とほかの人たちはどこかにいるはずだ、来たことはまちがいないんだから。それに、列車が着く少し前に連れていってくれって卵《たまご》に言ったから、列車も来るはずだ」とジョナサン。

「だれかにきいてみましょうよ」ヴィヴィアンは言った。

そこで二人は、サムを立たせると、自分たちがどんな服装《ふくそう》をしているかもすっかり忘《わす》れ、ホームの先の方にある出口へと急いだ。

出口に立っていた駅員が、びっくりしたようすで三人を見つめた。その人は先のとがったフードをかぶり、顔全体を覆《おお》う透明《とうめい》なマスクをつけていたが、濃紺《のうこん》の制服《せいふく》を着ていたので、ヴィヴィアンは駅員だろうと思った。が、その制服《せいふく》も全身を覆《おお》う妙《みょう》にかさのあるもので、濃紺《のうこん》の手袋《てぶくろ》までついている。

「すみません、疎開《そかい》の子どもたちを乗せた列車は来るんでしょうか?」ヴィヴィアンは息を切らしていた。

「ああ、もうじきだ」という駅員の返事が、マスクの正面にある透明《とうめい》な網《あみ》ごしに聞こえてきた。駅員はマスクの中から、ジョナサンのお下げがたれた形のまま精神防護《せいしんぼうご》スーツに包まれているのを不思議そうに見つめたあと、ジョナサンの目を覆《おお》うちらちらに目を移《うつ》して言った。「それが新しく支給《しきゅう》された防護《ぼうご》服《ふく》なのか?」

「政府《せいふ》からのいちばん新しい配給品です」ヴィヴィアンはあわてて言った。「列車を待っているほかの人たちは、みんなどこにいるんですか?」

「駅前の地下壕《ちかごう》に決まってるだろう。きみらもそこにいるべきなんだが、しっかり防護《ぼうご》された服装《ふくそう》のようだから、ここにいてもいい。ただし、じゅうぶんさがっているんだぞ。あっちでな」

三人が言われたとおりに待合室《まちあいしつ》の方へおとなしくひきさがるあいだ、駅員は横目でこっちを見、マスクの下でくすくす笑っていた。「政府《せいふ》は次にはどんなものを作る気だろうな? その服、まるで天国から来たみたいに見えるぞ。ついでに頭の上に、光の輪もつけてくれりゃよかったのにな!」

地下壕《ちかごう》? 防護服《ぼうごふく》? この戦争、ずいぶん変なことになってるわ、とヴィヴィアンは思った。だが、線路は普通《ふつう》の線路らしく見えた。たしかに列車もやってくるようだ。近づく列車の振動《しんどう》で、金属《きんぞく》のレールがブンブン低い音をたてはじめた。

「来るぞ!」駅員が三人に声をかけた。

ほとんどすぐに、列車は到着《とうちゃく》した。雷《かみなり》のようなすごい音をたてて入ってきたので、ヴィヴィアンは思わず耳をふさいだ。それはヴィヴィアンが乗った蒸気《じょうき》機関車ではなく、においもしなければ、煙《けむり》も出さない列車だった。濃《こ》い緑で、鼻のとがった巨大《きょだい》な怪物《かいぶつ》みたいに見える。先頭の機関車がわめくような音をたてて目の前を通りすぎ、ホームのうしろの方で速度を落として停《と》まろうとしたとき、機関車の側面の白地に赤い字で書いてある注意書きが目にとまった。「放射性燃料《ほうしゃせいねんりょう》 この車両に近づかないこと」。

ヴィヴィアンは、覆《おお》いのかかった窓《まど》がガタガタ鳴りながら次々に目の前を通りすぎていくのを、呆然《ぼうぜん》と見つめていた。

「まずい！」ジョナサンがホームのうしろの方を指さした。

年代パトロール隊が追跡《ついせき》してきていた。『時の門』のボックスまで追ってきた隊員たちが、機関車のそばにちらほらと現《あらわ》れはじめている。急ぐあまり、二十世紀の服装《ふくそう》に着替《きが》えなかった人がほとんどだ。たぶん、『歴史』がひどくめまぐるしく変わっているせいで、対応《たいおう》しきれなくなったのだろう。うち二人は精神防護《せいしんぼうご》スーツを着ていた。べつの二人ははり骨《ぼね》入りのスカートをはいていた。短いキルト、すけすけのローブ、パトロール隊員の制服《せいふく》も見えたし、赤い羽根だらけの人も一人いた。

でも、ヴィヴィアンたちが何か行動を起こすひまはなかった。そのとき頭上から放送が聞こえ、覆《おお》いのついた列車のドアが機械で制御《せいぎょ》されているかのようにいっせいに開くと、何百人もの疎開《そかい》の子どもたちがどっとおりてきたのだ。

サムとジョナサン、ヴィヴィアンはあっというまに、ひしめく子どもの大群《たいぐん》にのみこまれてしまった。そこらじゅうが、灰色《はいいろ》の半ズボンや学校用ブレザー、「陸軍省支給《しきゅう》放射能《ほうしゃのう》防護服《ぼうごふく》」というラベルがはってあるプラスチックの箱、しまの入った帽子《ぼうし》にチュニックドレス（女生徒の制服として一般的なエプロンのようなドレス）、青白い顔、麦わら帽子《ぼうし》、名札、がりがりの脚《あし》、それとロンドンなまりのキンキン声だらけになった。

ホームのうしろの方では、パトロール隊員たちがこっちへ来ようとして、子どもたちの群《む》れともみあっていた。でも子どもたちは、さらにぞくぞくと列車からおりてくるので、隊員たちは全然前に進めない。この緑の怪物《かいぶつ》列車は、ヴィヴィアンの覚えている列車の倍は子どもを乗せているにちがいない。

あのときの私《わたし》もそうだったんでしょうけど、みんなさえない顔をしてるわね、と思いながら、ヴィヴィアンはどんどんふくれあがる人混《ひとご》みの中から、あの泥棒《どろぼう》少年の顔を必死で捜《さが》し出そうとした。

遠くに、青いフェルト帽《ぼう》をかぶった自分自身の青白い顔が、ちらっと見えた。とても不安そうな表《ひょう》情《じょう》だ。きっと前のジョナサンもそのあたりにいるはずだと思ったが、見あたらなかった。泥棒《どろぼう》のネズミみたいな細い顔も、どんなに見まわしても目に入らない。

「こんなにいっぱいいいちゃ、とても見つけられないわ！」ヴィヴィアンはジョナサンにむかって叫《さけ》んだ。

ジョナサンが叫《さけ》び返した。「でも見つけなくちゃ！　よく捜《さが》し――うわっ、なんだあれは？」

空が裂《さ》けるような轟音《ごうおん》がした。さっきの列車の雷《かみなり》みたいなとどろきさえ、弱々しく思える音だ。どこから聞こえるの？　と見あげてみると、空から巨大《きょだい》な黒いものが、列車にむかって急降下《きゅうこうか》してくるのが目に入った。結局はっきりと姿《すがた》をとらえることはできずじまいだったが、黒いものが列車めがけておりてきたあと、ふたたび空をひきさくような轟音《ごうおん》をたてて駅の上空へ急上昇《きゅうじょうしょう》し、去っていったことはわかった。

と同時に、列車が燃《も》えあがった。炎《ほのお》がたちまち、激《はげ》しく高くめらめらと上がる。窓《まど》の覆《おお》いの内側で窓《まど》ガラスがパーンと割《わ》れ、ホームにガシャガシャ落ちた。あたりは黒っぽい黄色の煙《けむり》に包まれた。強烈《きょうれつ》なにおいに、息がつまりそうだ。

あちこちで悲鳴《ひめい》があがった。どこかでサイレンも鳴りだした。上がったりさがったりするサイレンの音は、しゃがれ声のネコが船酔《ふなよ》いして鳴いているみたいに聞こえる。駅員も、大声でどなっていた。

「さがれ！　離《はな》れろ！　機関車が爆発《ばくはつ》する前に、全員避難《ひなん》するんだ！」

「町へ戻《もど》ろう！　帰らなくちゃだめだ！」ジョナサンが金切り声をあげ、サムの腕《うで》をつかんだ。そして黒い煙《けむり》と炎《ほのお》とひしめく子どもたちのあいだを縫《ぬ》い、サムをひきずり、せきこみながら、卵形《たまごがた》のコントローラに行き先を叫《さけ》んだ。だがエリオの卵《たまご》は、到着《とうちゃく》した地点に戻《もど》らないと働かないようだ。

ヴィヴィアンはうしろにまわりこんで、サムの背中《せなか》を押《お》してやった。三人は人をかきわけ、ホームのうしろの方へ進んだ。悪夢《あくむ》のように時間がかかる。まさに悪夢《あくむ》にふさわしく、前に三人でここへ来たときの自分たちが、逆方向《ぎゃく》へ落ち着いたようすで歩いていくのが見えた。サムはしま入りの学校用の帽子《ぼうし》をかぶり、大きなブーツをはいている。ヴィヴィアン自身は縮《ちぢ》んだ濃紺《のうこん》のカーディガンを着ているが、隠《かく》したつもりの紫《むらさき》と黄色のしましまが下からのぞいてしまっている。ジョナサンはガスマスクの箱みたいなものを肩《かた》からさげ、いばったようすで現《あらわ》れたところだ。ヴィヴィアンはその三人が黄色い煙《けむり》に包まれるのを見た――そんな！　三人とも死んじゃうじゃない！

三人がどこへ行ったかと目を凝《こ》らしていると、ジョナサンが叫《さけ》んだ。「早くしろ！　こっちだ！」行く手では、パトロール隊員たちも叫《さけ》んでいた。「こっちだ！　こっちに来い！　こいつが爆発《ばくはつ》する前に戻《もど》れ！」

疎開《そかい》の子どもたちのほとんどは、隊員たちにむかって走りだした。自分たちへの指示《しじ》だと思ったらしい。おかげでヴィヴィアンとジョナサンも、サムを押《お》したりひいたりして連れていくのが楽《らく》になった。しばらくは三人とも、灰色《はいいろ》の子どもたちの群《む》れの一部となって、濃《こ》い煙《けむり》の中をひたすら走りつづけた。

それからやっと、卵《たまご》が働いた。次の瞬間《しゅんかん》には、年代パトロール庁《ちょう》のホールを、せきこみながら恐怖《きょうふ》にかられて突《つ》っ走《ぱし》っていた。精神防護《せいしんぼうご》スーツは煙《けむり》ですっかりすすけ、耳にはまだ爆発音《ばくはつおん》がわんわん響《ひび》いている。

「そこの三人、こっちへ来い！」ドニゴール氏が大声で呼《よ》んだが、つい今しがた聞いた音にくらべると、か細く遠い声に思えた。ドニゴール氏は怒《おこ》ったようすで、ブースのそばで手まねきしている。

エリオも二人のパトロール隊員にはさまれて、そのそばに立っていた。がっくりとうなだれているようすから、さっきエリオが叫《さけ》んだことは本心だったにちがいない、とヴィヴィアンは思った。

一緒《いっしょ》にブースへむかってとぼとぼ歩きはじめたとき、サムが言った。「よけいまずいことになっちゃった」

「ひゃあ、田舎《いなか》ってこんなふうだとは思わなかったな！　あのどでかいエスカレーターを見てみろよ！」背後《はいご》から、ロンドンなまりの声がした。

三人ともぎょっとして、ぱっとふりむいた。疎開《そかい》の少年が一人、ヴィヴィアンたちに続いてボックスから出てきて、動く階段《かいだん》をじろじろ見ているところだった。横には妹らしい子がいて、サムを指さし、疑《うたが》っているような口《く》調《ちょう》で言った。「ここ、ほんとにてんこくじゃないの？　あん人たち、天使みたいだよ」

だがそう言ったとたん、女の子はうしろのボックスから押《お》しあいへしあいとびだしてきたほかの子どもたちに、押《お》しのけられてしまった。そのとなりのボックスからも、さらにたくさんの子どもたちがどっと出てきた。改めて見まわすと、半円形にならぶ『時の門』のボックスというボックスが開きっぱなしの状態《じょうたい》で、そのすべてから、疎開《そかい》の子どもたちがぞろぞろと出てきていた。だれもがホールを見るなり口をぽかんと開け、いったん立ちどまるが、すぐに、うしろから現れる子どもたちに押《お》されて前へ進んでくる。

「百倍まずいことにしちゃっただけらしいな」ジョナサンが言った。ちょうどそのとき遠くのボックスから、赤い羽根だらけのパトロール隊員が、ブレザーを着た小さい女の子たちにまじってよろよろと出てきた。

今ではブースからクィ、クィという警告音《けいこくおん》が鳴っていた——駅のサイレンを聞いたあとだと、とてもやさしく聞こえる。

「『時の門』が誤動作中《ごどうさちゅう》。『時の門』が誤動作中《ごどうさちゅう》。武装職員《ぶそうしょくいん》と医療《いりょう》チーム以外は待避《たいひ》せよ」と機械的な声がくり返した。

ドニゴール氏が大股《おおまた》で近づいてきて叫《さけ》んだ。「今度はこんなことをしでかすとは！　三人ともぶちのめしてやる！」

「そんなのないよ。ぼくたちが行かなかったら、この子たちはみんな死んじゃってたんだぞ。列車が爆《ばく》発《はつ》したんだ」サムが言った。

「それがどうした？　この子どもたちはただの『歴史』上の存在《そんざい》にすぎん！」ドニゴール氏は群《むら》がる子どもたちの方へ腕《うで》をふり、どなった。子どもたちにも聞こえたようだ。全員が立ちどまり、目を見はってドニゴール氏を見た。

「あの人、防空指導員《ぼうくうしどういん》？」一人がきいた。

ヴィヴィアンはとっさに、ドニゴール氏にむかって叫《さけ》び返していた。「ただの『歴史』上の存在《そんざい》なんかじゃないわ、生身の人間よ！　『時の町』の人って、これだからいやになる。こっちでのうのうと観察してるだけなんだから！　だれかを助けようなんて、これっぽっちも思わないのよね。もともとはみんな、『時の町』が悪いんじゃないの！　『歴史』をいじくりまわしたのは、あなたたちの方でしょう？　それで今、『歴史』が危機状態《ききじょうたい》になって、どの時代にもこの子たちみたいに傷《きず》ついてる人がいるっていうのに、あなたたちの考えることとったら、いやったらしい監視官《かんしかん》を脱出《だっしゅつ》させることばっかり！」

「だが、この子どもたちをどうしろっていうんだ？　五百人はいるじゃないか！」ドニゴール氏がどなり返した。

子どもたちは今ではヴィヴィアンたちをとり囲み、じろじろ見ながら話に聞き入っていたが、ヴィヴィアンは怒《いか》りのあまり、恥《は》ずかしいとも思わなかった。そしてドニゴール氏に面とむかい、ふたたび思いっきり叫《さけ》んだ。「面倒《めんどう》を見てあげればいいじゃない！『時の町』は人類全体を助けられるくらい、いろんなものを持っているんでしょ？　たったこれだけの人数を助けるのなんて、どうってことないはずよ。だいたいこの町は、子どもの数が少なすぎるのよ。恥《は》ずかしくないの！」

ドニゴール氏は手をふりあげ、ヴィヴィアンをぶとうとした。ヴィヴィアンはびくっとして身がまえた。が、手がふりおろされるより早く、大きな声が響《ひび》き渡《わた》った。

「よく言った！」

顔を上げてみると、ドニゴール氏はしょげた顔でうしろにさがっていくところで、目の前には、よれよれの紫《むらさき》のローブを着たヴィランデル博士がぬっと立っていた。賢《かしこ》そうな小さな目はいつものように、ヴィヴィアンをからかうような目つきだったが、まちがいなく味方してくれているとわかった。

「あの人は司祭だな」疎開《そかい》の少年の一人が友だちに話す声がする。ヴィランデル博士の横に、銀色の平べったい帽子《ぼうし》をかぶった『とこしえのきみ』ウォーカー氏が現《あらわ》れると、その子は続けた。「ほかのやつらは主教とかだ」ウォーカー氏は、心底苦悩《くのう》にみちた目つきでヴィヴィアンを見つめている。二人とも、儀式《ぎしき》からまっすぐにここへ来たらしい。

赤い羽根だらけのパトロール隊員の女性《じょせい》が子どもたちをかきわけ、ドニゴール氏の隣《となり》へやってきた。

「こんなことになってしまい、申しわけありません。『歴史』で起きた爆発《ばくはつ》によって『時の門』のボックスがすべて開き、作動停止してしまいまして――」

「つまり『時の町』も、ほかの『歴史』同様、危機状態《ききじょうたい》におちいったというわけだな。さあ、わしと一緒《いっしょ》に来て、この子どもたちの面倒《めんどう》を見るのを手伝ってくれ」ヴィランデル博士が言い、女性《じょせい》隊員の羽根だらけの肩《かた》を片方《かたほう》つかんで前を歩かせ、自分もつかまったまま脚《あし》をひきずって進みはじめ、低く響《ひび》く声で続けた。「わしと来たまえ。子どもたちはみんな、わしと一緒《いっしょ》に来るんだ」

ほとんどの子どもたちはすなおにしたがったので、ヴィランデル博士とパトロール隊員はへんてこな二人組のハーメルンの笛吹《ふえふ》き（町じゅうの子どもを連れさったというドイツの伝説上の存在）みたいに、山ほどの子どもをひきつれて出ていくことになった。

だが何人かの子どもたちはホールにとどまり、あたりをじろじろ見ていた。うち一人がせつなそうに言った。「母さんが迎《むか》えに来てるやつもいる。いいなあ」

これは、『とこしえのきみ』ウォーカー氏と一緒《いっしょ》に儀式用《ぎしきよう》のドレスを着て現《あらわ》れたジェニーとラモーナのことで、ラモーナはサムを抱《だ》きしめてはゆさぶり、また抱《だ》きしめているし、ジェニーは「心配したのよ！」としきりに言いながら、ジョナサンをぎゅうっと抱《だ》いていたからだ。

ヴィヴィアンが目を上げると、ジョナサンはジェニーの肩《かた》ごしに、恥《は》ずかしそうにこっちを見ていた。抱《だ》きしめられているせいかしら、と思っていたら、ジョナサンは言った。

「おまえが『時の町』について言ったことは正しいよ。町は、だれのことも助けてこなかった」

本当の災難《さいなん》がおとずれたのは、そのときだった。さっきとはうって変わって満面の笑みを浮《う》かべたドニゴール氏が、人をかきわけてやってくると、「ラモーナ！　だれが来たかあててごらん！」と、にこにこしている三人の人物を前に押《お》し出したのだ。

それは、ヴィヴィアンたちが一九三九年めざしてかけこんだボックスの中から入れちがいに出てきた、あの三人の監視官《かんしかん》だった。一人目の男の人は背《せ》が高く、ジョナサンやジェニー、サムと同じ一重《ひとえ》まぶただった。だぶだぶしたツイードのスーツを着て、フェルトの中折《なかお》れ帽《ぼう》をかかえている。二人目は女の人で、肩《かた》がぴんとはりだしたドレスを着て、真っ赤な口紅《くちべに》をつけ、ヴィヴィアンのひも編《あ》みの袋《ふくろ》に似《に》たもので金髪《きんぱつ》を半分覆《おお》うようにしている。ヴィヴィアンには自分の時代の流行の髪型《かみがた》だとわかったが、今ではすごくいやらしく見えた。でも三人目の女の子の、半そでのパフスリーブや、足首にベルトがついたてかてかする靴《くつ》にくらべれば、まだましだ。

「ヴィヴとインガ・リーだ！　やっと戻《もど》ってきたんだ！　これがいとこのヴィヴィアンだぞ、サム」ドニゴール氏が言った。

ヴィヴィアンは見物している疎開《そかい》の子どもたちのうしろに隠《かく》れようと、そっとあとずさった。どうしたらいいか、見当もつかない。ホールの左右にそれぞれ半円形にならんだ『時の門』のボックスは、どれもがらんと開きっぱなしになっていて、赤い羽根のパトロール隊員が言ったとおり、作動停止しているようだ。ヴィランデル博士がいれば助けてくれたかもしれないが、もう博士の姿《すがた》はホールのどこにも見あたらない。エリオは、と捜《さが》すと、二人のパトロール隊員にどこかへ連れていかれるところだった。リー家の三人は一族の人たちに抱《だ》きしめられ、歓迎《かんげい》されて笑っている。でもすぐにきっと、だれかが自分の方を見て言うはずだ。「じゃあ、この子はだれなんだ？」と……

だが、事態《じたい》はそれよりもさらに悪いことになっていた。ヴィヴィアンは、ジェニーがすごくうれしそうに抱《だ》きしめている男の人の顔に見覚えがあった。金の時代でジョナサンを殺そうとした、かぶとをかぶったあの男の顔だ。『とこしえのきみ』ウォーカー氏は女の人の手を握《にぎ》っていたが、その手は、銀の時代でにせもののプラスチックの卵《たまご》を渡《わた》してよこした手にちがいない。口紅《くちべに》の色が、何枚もの精神防護《せいしんぼうご》スーツの下に見えていたのとそっくり同じなのだ。

そして、ラモーナがキスしている女の子は、忘《わす》れようったって忘《わす》れられない顔だ。今は笑みをたたえ、頭にはベビーブルーの大きな蝶結《ちょうむす》びのリボンをつけているけれど、ジョナサンが鉄の器《うつわ》を盗《と》らせまいとしたときにこの子が見せた、追いつめられたネズミのような敵意《てきい》のまなざしは、はっきりと覚えている。私《わたし》たちと入れちがいにあわてて『時の門』を出たあと、このリー家の三人は、今まで何をやっていたのかしら？　たぶん、まわりの状況《じょうきょう》をうかがい、姿《すがた》を見せるのにちょうどいいころあいを見計らっていたのだろう。

ジョナサンとサムも、三人があの泥棒《どろぼう》たちだと気づいたようだ。いちばん小さいサムは、ほとんどすぐに握手《あくしゅ》や抱擁《ほうよう》から抜《ぬ》け出し、そろそろとこっちへやってきた。ヴィヴィアンとサムはたがいに言葉を失ったまま、見つめあった。一瞬《いっしゅん》あとには、ジョナサンも自分の叔父《おじ》のわきをすりぬけ、真っ青な顔でやってきて、ささやいた。

「信じられないよ！　ひょっとして、実は『時の町』のためにやったことなのかな？」

「ちがう！」ヴィヴィアンとサムが同時に言った。

そのとたん、全員――ドニゴール氏、『とこしえのきみ』ウォーカー氏、ジェニー、ラモーナ、そしてリー家の三人――がこっちをむき、にこにこと近づいてきた。ヴィヴィアンは覚悟《かくご》を決めた。サムとジョナサンも大きく息を吸《す》いこんだ。

と、ジェニーが言った。「三人で、リー家の人たちに町を見せてあげてくれないかしら？　早くまた町になれたいって言うのだけど、私《わたし》たち大人はやらなくちゃならない仕事が山ほどあるのよ」

だれ一人として、ヴィヴィアンが何者だろうと疑問《ぎもん》に思ってはいないようだ。ヴィヴィアンはジェニーをまじまじと見つめ、ほほえんでいるリー家の三人を見やった。たたかれてもしかたないことをしたのに、ここどとひとつ言われなかったときみたいな……いや、それよりもっといやな感じがした。なんだか恐《おそ》ろしく変だ。

「え？　今から？」ジョナサンが言った。

「ええ、でも、お昼にはかならず公邸《こうてい》へ連れて帰ってね」とジェニー。

「ぼくは行かない」サムが言った。

「何言ってるんだ。もちろん来るんだ」リー氏が言い、にっこり笑いながらサムにむかって中折《なかお》れ帽《ぼう》をふった。

するとと、どうしてだかわからないが、三人ともそのとおりにしてしまった。サムとジョナサンの両親たちがブースの横からにこやかに手をふる中、リー家の三人と一緒《いっしょ》に、人であふれ返ったホールをつっきり、ガラスの扉《とびら》を通って外に出てしまったのだ。

16

鉛《なまり》の器《うつわ》はどこに？

『永久《とわ》の広場』へ出るなり、リー氏が笑いだした。

「簡単《かんたん》だったな！　銀の器《うつわ》がこんなに強力だとは思わなかったよ。あっというまに全員をいいようにあやつることができた！」リー氏はそう言って、また帽子《ぼうし》をふってみせた。中で銀色のものがきらりと光った。

インガ・リーは四角い白のハンドバッグをなでて、言った。「鉄の器《うつわ》の助けもあるからではないかしらね」銀の時代で聞いた覚えがある、やや異国《いこく》ふうのなまりがあった。インガは続けた。「これを使ったときの銀の見はりの反応《はんのう》、お見せしたかったたわ！」

「楽しかったよねえ！」いとこのヴィヴィアンが、両親の横をスキップしながら言った。「私《わたし》もえらかったと思うんだ、やつらをだますのに使うにせものの銀の卵《たまご》を見つけたんだもん。それに、ママはすごくうまくやったわ。知りたかったことを全部あいつらにしゃべらせちゃったあのやり方、最高だったなあ！」それからスキップをやめ、続けた。「地面、ほんとにゆれてるんだね。『フェイバー・ジョンの石』がどうなっているか見に行こうよ。リー家の文書が石についても正しかったのかどうか、知りたいな」

　地面はたしかにゆれていた。前よりずっと激《はげ》しいゆれだから、『永久《とわ》の広場』はとても歩きづらかった。地下のどこかがぎしぎしぎし動いているような感じがする。でもヴィヴィアンはゆれているのより、リー家の三人が自分やジョナサン、サムがそばにいないみたいにふるまっていることの方が、よほど気になっていた。早足で広場の真ん中の『フェイバー・ジョンの石』へとむかうとちゅう、ヴィヴィアンはすぐそばを急いで通りすぎていく観光客のグループに、助けて、と声をかけようとした。が、ただひたすらリー家の人々のあとについていく以外何もできない、とわかって、ぞっとした。

　そもそも、今まで儀式《ぎしき》が行われていたというのに、広場にほとんど人がいないのも妙《みょう》だった。観光客がぱらぱらといるだけで、しかも全員が同じ方向、『四時代大通り』へと急いでいるようだ。遠くの方に儀式用《ぎしきよう》のローブや『時の町』のパジャマ服姿《すがた》の人もちらほら見えるが、その人たちも急いで去っていく。

　急いでいないのは、ヴィランデル博士がまとめて面倒《めんどう》を見ようと言ったにもかかわらず、なぜだか逃《に》げ出してしまったらしい疎開《そかい》の子どもたちのいくつかのグループくらいだ。リー家の人々とヴィヴィアンたちは、「陸軍省」というラベルのついたプラスチックの箱をかかえた、うす汚《よご》れた小さい子どもたちの横を、何度か通りすぎた。

「ここって、ほんと、ハリウッドって感じ！」一人の子どもが言うのが聞こえた。

次に通りすぎたグループは、言いあらそっていた。「ここは田舎《いなか》なんかじゃねえって！　ウシとかいうもんが一頭もいねえじゃねえか！」という声が、ヴィヴィアンの耳にとびこんできた。

相手の子どもがふん、という顔をして言った。「ばか抜《ぬ》かせ！　まだあの駅んとこにいるんだよ。地面がゆれてんのは列車のせいさ！」

べつの一人が心もとなさそうに言った「じゃあ、すんごい大きいりっぱな駅なんだね」

もし話しかけることができたとしても、この子たちではてんで助けになりそうにない。リー家の人たちが『フェイバー・ジョンの石』のところに着いたころには、ヴィヴィアンは怖《こわ》くてたまらなくなっていた。サムはくちびるをかんでいるし、ジョナサンは顔面蒼白《そうはく》だ。

石はばらばらに砕《くだ》けていた。ヴィヴィアンは、ルイシャムの教会の墓地《ぼち》にもちょうど同じような、小さな大理石の破片《はへん》をきれいにならべた墓《はか》がいくつかあったことを思い出した。リー家の三人はとても満足そうに石を見た。

「本当にこわれてる！　リー家の文書は正しかったのね、パパ！」いとこのヴィヴィアンが大喜びで言った。

「ああ。つまり町の終わりまでは、あと一時間くらいしかないはずだ。ごたごたはあったが、ちょうどいい時間に戻《もど》ってきたな」と、リー氏。

「ええ、タイミングはぴったりでしたわ、あなた。あの子たちが銀より先に金の時代へ行くだなんて、あなたは知るよしもなかったんですもの。時空旅行って、本当に混乱《こんらん》しますこと」インガ・リーが言った。

いとこのヴィヴィアンは、『フェイバー・ジョンの石』のまわりをスキップしている。「あたしは時空旅行大好き！　レオン・ハーディと一緒《いっしょ》に、あのまじめくさった顔した鉄の守り手をからかったときは楽しかったなあ。リー家の秘密《ひみつ》の『時の門』を使って、あいつの前に現《あらわ》れたり、消えたりして。それで守り手のやつがひっかかって、うろうろしはじめたら、次は列車を使って、わざと遠まわりして鉄の器《うつわ》を取りに行ったの！　それに、いぼだらけの顔のいやなおばさんに思ったことを言ってやったときの、おばさんの顔つき、パパとママにも見せたかったな！」

「さあ、『日時計塔《とう》』へ行こう」リー氏が言った。

三人はまたしてもきびきびと歩きだし、『続きの館《やかた》』の方へむかった。ヴィヴィアンとサム、ジョナサンは板石のかけらを踏《ふ》み、いやでもとぼとぼとついていくはめになった。インガ・リーは少し落ち着かないようすで、年代パトロール庁《ちょう》の建物をちらっとふり返った。

「だれも追ってきてはいないでしょうね。パトロール庁《ちょう》の『時の門』を通って戻《もど》るなんて、危《あぶ》ない橋を渡《わた》ったものだこと」

「それだけのことはあったじゃないか。ちゃんと人質《ひとじち》が手に入った」と、リー氏。

『続きの館《やかた》』まで来たころには、『永久《とわ》の広場』にはほとんど人がいなくなっていた。リー氏は『続きの館《やかた》』の塔《とう》をいかにも愛着がありそうな目つきで見あげると、科学研究所の双子《ふたご》のドームへ視線《しせん》を移《うつ》した。そこへ、ちょっと離《はな》れていたいとこのヴィヴィアンがスキップで戻《もど》ってきて、興奮《こうふん》したようすで言った。

「あのかたむいたおかしな建物、『滅《ほろ》ばずの館《やかた》』だよね！　あれはすごくよく覚えてる！」

父親の方は、金の時代にいたときのようなけわしい表《ひょう》情《じょう》になり、『滅《ほろ》ばずの館《やかた》』を見あげた。「『時の町』でいちばん役にたつ館だ。あそこにある情報《じょうほう》はすべて、鍵《かぎ》をかけて厳重《げんじゅう》に保管《ほかん》するつもりだ。今後、安定期のやつらからは、知りたい情報《じょうほう》に対してそれ相応《そうおう》の見返りをもらうことにする。そしてエンキアンのばかは『歴史』に放り出してやろう。ヴィランデルは残しておいて、管理にあたらせる。ヴィランデルのやつの苦しむ顔が見たいんだ。あいつにひどい成績《せいせき》をつけられたせいで、おれは監視官《かんしかん》として『歴史』に追いやられるはめになったんだからな」

「ええ、そういうお話でしたわね、あなた。その男をあたくしにひき渡《わた》してくだされればいいわ」とインガ・リー。

「私《わたし》にも仕返しさせて。私《わたし》もあいつ、大っ嫌《きら》い。愚《おろ》かな小娘《こむすめ》って言ったんだもん」娘《むすめ》が言った。

娘《むすめ》は先に立って『四時代大通り』に続く階段《かいだん》の上へスキップしていくと、いっそう興奮《こうふん》したようすになり、右の方を指さした。リー氏の帽子《ぼうし》の中の銀の器《うつわ》の力にひきずられるまま、ヴィヴィアンたちがリー氏のうしろから階段《かいだん》まで来てみると、下の大通りが混雑《こんざつ》しているのが見えた。観光客も、『時の町』の人々も、船着き場へ続くアーチめざして通りの両はしから押《お》しよせている。アーチの先には、水上タクシーの順番待ちの長い行列があり、だれもが包みやカバンを持っている。

『時の川』が畑のあいだをうねる田園には、川の土手ぞいの小道を急ぐ人の姿《すがた》が点々と見えた。こちらもみんな、川下の駅の『時の門』をめざしているようだ。まだパニックというほど混乱《こんらん》してはいない。でも、前に見た『時の門』をたたく『時の幽霊《ゆうれい》』たちのようすを思えば、もうじきそうなることはまちがいない。この人たちのほとんどが、あそこまでたどりついてから、『門』が働かなくなっていることを知るのだ。

だが、いとこのヴィヴィアンが指さしていたのは、人の群《む》れのむこうだった。「あの青いガラスのドームがある、きれいな建物は何？」

「『千年館《かん》』よ」母親が答えた。

「わあ、ねえ、この町を手に入れたら、あそこに住もうよ！」と、いとこのヴィヴィアン。

父親はかなり面食らった顔をした。「……考えておこう」

「ねえ、お願い、そうしようよ、パパ！」みんなと一緒《いっしょ》に階段《かいだん》をおりながら、娘《むすめ》は父親にすりよってせがんだ。「だって、ママはアイスランド帝国皇帝《ていこくこうてい》の娘《むすめ》なんだし、私《わたし》とパパはリー家の血筋《ちすじ》でしょう。『古びの館《やかた》』なんてぼろっちいとこは似合《にあ》わないわ」

リー氏は笑いだし、『日時計塔《とう》』にむかって左へ曲がりながら言った。「まだ町を手に入れてはいないんだぞ。でも、考えておくよ」

大通りを進むのはひと苦労だった。ほかの人々が全員、逆方向《ぎゃく》に急いでいるためだ。リー家の三人はするすると人のあいだを縫《ぬ》っていったが、ヴィヴィアン、ジョナサン、サムが通れる道を作ろうとまでは考えてくれなかった。ヴィヴィアンたちは、ぶつかられたり押《お》されたりしっぱなしで、こっちにむかって急いでくる人々をよけられないこともしょっちゅうだった。しかもここでは、地面のゆれがさらにひどかった。レースみたいな金属《きんぞく》細工でできたアーチ形の門はどれもびりびりゆれていて、その下を通るたびに、なんとなくいやな気分になる。

インガ・リーは、ヴィヴィアンのうしろのあたりをたびたびふり返っていた。見るからに落ち着かないようすなので、うしろから助けが来ているのかしら、という望みがわいてきた。そこでヴィヴィアンは、逆方向《ぎゃく》に急ぐ太った女の人に体の横をわざとぶつけ、半分うしろむきになって、銀の器《うつわ》の力でまた前をむかされる前に、ようすをうかがった。

すると、数メートルうしろから鉄の守り手と銀の見はりが、二人ならんで人混《ひとご》みをすりぬけ、ついてきているのが見えた。鉄の守り手の長い顔はまじめくさった表情《ひょうじょう》で、銀の見はりの骸骨《がいこつ》みたいな顔はけわしく、悲しそうだ。インガ・リーがこの二人のことを気にしているのはまちがいない。だが疎開《そかい》の子どもたちにもまして、助けにはなりそうにない。

リー氏が妻《つま》をなだめるように言った。「気にするな。たぶん、器《うつわ》のあとをついてこずにはいられないんだろう」

一同は『終わりなき丘《おか》』へたどりつき、飾《かざ》りたてられた手すりが両わきにあるジグザグの階段《かいだん》をのぼっていった。階段《かいだん》のむきが変わるたび、銀色の姿《すがた》とくすんだ茶色の姿《すがた》がちらっと目に入った。二人とも、大きな足で音もたてずについてきている。ヴィヴィアンは祈《いの》った――ああ、この人たちがどうにかしてリー家の人たちを止めてくれますように！

だが、真正面から塔《とう》へむかう最後のひと続きの階段《かいだん》をのぼりはじめると、守り手も見はりも、その下の広い踊《おど》り場でぴたっと立ちどまってしまった。サムが自分のわきの下からうまいことうしろをのぞいているのを見て、真似《まね》してみると、二人がならんで突《つ》っ立っているのが目に入った。ヴィヴィアンはがっかりしてしまった。

リー氏はすごくうれしそうに高笑いを始めた。実は妻《つま》と同じくらい、二人のことが気になっていたようだ。「な？　やつらには何もできないんだ！」それからリー氏は、灯台のようにそびえる『日時計塔《とう》』をいらいらしたようすで見あげた。塔《とう》の窓《まど》を通して、むこうの空が見える。てっぺんの『時の鐘楼《しょうろう》』では、正午にしか鳴らない鐘《かね》が、日の光にまぶしく輝《かがや》いている。「レオンはどこだ？　ここで待ちあわせだと言っておいたのに」

「あの若者《わかもの》は、もともとふた心ありそうな顔でしたわ。気をつけてって言ったでしょう」とインガ・リー。

「わかってる。だが、おれたちのことがばれそうになっていないか、『時の町』にいて見はるやつが、どうしても必要だったじゃないか。それに、やつもけっこう役にたっただろう？　うまいことそそのかして、子どもたちがおまえの代わりに銀を捜《さが》し出すようにしてくれたのだからな。ジョナサンがだいぶやっかいな存在《そんざい》になってきたとわかったときには、おれが殺せるように手はずを整えてもくれたぞ」

リー家の人々はまたもや、ジョナサン本人がうしろからのろのろ階段《かいだん》を上がってきていることをまったく無視《むし》して話している。インガ・リーが言った。「それはそうですけれど――でも、あの子どもたちが先に金を捜《さが》しに行くことは言いませんでしたわよ、ヴィヴ。信用してはだめ」

「しないよ。あいつが来たらすぐに始末する」とリー氏。

一同は最後のひと続きの階段《かいだん》をのぼり終え、塔《とう》の前の広い部分をつっきると、手近の開いている扉《とびら》から中へ入っていった。

中では『古びの館《やかた》』の護衛《ごえい》が一人、番をしていた。年をとった男性《だんせい》で、顔じゅうしわくちゃにして笑いながら近づいてくる。「リーさんですね？　よくぞ帰られました。今日は『日時計塔《とう》』にはだれも来――」

護衛《ごえい》の言葉はそれきりになった。リー氏がハエを打つようなしぐさで帽子《ぼうし》をふると、護衛《ごえい》は笑顔のままあおむけに倒《たお》れ、動かなくなってしまったのだ。リー家の三人は、それっきり護衛《ごえい》には目もくれない。リー氏はらせん状《じょう》に足場のついた柱へと進み、上の階へ上がっていった。娘《むすめ》もそのあとを追う。インガ・リーがハンドバッグをふると、ジョナサンもいとこのあとを追わないわけにはいかなくなった。その次にはヴィヴィアンも、あのらせん状《じょう》に突《つ》き出た妙《みょう》な出っぱりに足をのせてしまい、上がっていくことになった。そして驚《おどろ》いたことに、硬《かた》いガラスでできているはずの柱の壁《かべ》を知らないうちに通りぬけ、明るい日の射《さ》す二階の展示室《てんじしつ》へ足を踏《ふ》み入れていた。

ちょうど柱を出たとき、目の前でジョナサンがどさっと倒《たお》れた。ヴィヴィアンも足を止められないいま、ジョナサンの上にころんだ。と、そこから、展示室《てんじしつ》の番をしていたらしい女性《じょせい》パトロール隊員の姿《すがた》が見えた。展示《てんじ》ケースによりかかって倒《たお》れていて、頭が変な角度にねじれている。

そのとき、サムがガラスの柱から現《あらわ》れた。「知らなかった――」と言いかけて、パトロール隊員を目にするなり、声を失った。

サムのうしろから、インガ・リーが出てきた。もう鉄の器《うつわ》の力を使うのはやめたらしい。ヴィヴィアンもジョナサンも、好きなように動けることに気づいた。だが二人が立ちあがろうとしていると、いとこのヴィヴィアンが柱の陰《かげ》からとびだしてきて、二人を強くけりつけた。「ずっとやりたいと思ってたんだ！　邪魔《じゃま》したお返しよ！」

「やめなさい、ヴィヴィー」リー氏がうわのそらで言った。ひどくうれしそうなようすで、さっきまで持っていなかったスーツケースをかかえている。「見ろよ、インガ！　銀の器《うつわ》に指示《しじ》しておいたとおり、このスーツケースがぴったりの時間に来たぞ！　おれがここへ上がってきたときに、ちょうど現《あらわ》れたんだ。そいつら三人は上の階に上げろ。用意をするあいだ、邪魔《じゃま》になるからな」

ヴィヴィアンは立ちあがるなり、またむりやり歩かされることになった。初代の自動販売機《はんばいき》の横を通り、壁《かべ》に開いたアーチを抜《ぬ》け、階段《かいだん》を上がっていく。三階に入る背《せ》の高いアーチのところまで来ると、くるっとむきを変えてそこをくぐらされ、大きな時計のからくりがある場所に入った。チリンチリン音がして、ひどくまぶしい。ここに来ると、体がまた自由になり、アーチの方をふりむくことができた。

すぐあとからは、サムがゼイゼイいいながら入ってきた。泣くのを懸命《けんめい》にこらえているようだ。ジョナサンはそのあとからやってきた。顔色がどす黒い。

カッカッカッと階段《かいだん》をのぼるハイヒールの靴音《くつおと》がしたので、インガ・リーが続いて入ってくるのかと思ったが、姿は現れないまま、かすかにシューッという音がした。黄色みを帯びた石の鎧戸《よろいど》が横からすべりでて、アーチ型の出口をふさごうとしている。ジョナサンが、ぱっとうしろをむき、完全に閉《し》まる前に隙間《すきま》に足をはさもうとした。でも遅《おそ》かった。ジョナサンがひっかいたり、けったりしても、アーチをすっかりふさいでしまった鎧戸《よろいど》は、びくともしなかった。もう何をしても、動きそうにない。

ジョナサンはまたこっちをむいた。だんだん黒っぽくなってくる視力《しりょく》調整機能《ちょうせいきのう》のちらちらの奥《おく》の目が、呆然《ぼうぜん》とした変な目つきになっている。ジョナサンは押《お》し殺《ころ》したようなおかしな声で言った。「あのおやじ、パトロール隊員を殺したんだ！　自分の手で！　ぼくが柱から出たときは、まだ生きてたんだ。でもあいつが器《うつわ》ではり倒《たお》して、頭をけってさ。止めようとしたら、ぼくまで器《うつわ》でぶんなぐりやがった！」ちらちらはもう真っ黒になっていたが、ジョナサンはその上から両手で顔を覆《おお》い、サムとヴィヴィアンに背《せ》をむけた。

サムはガラスの床《ゆか》にすわりこみ、ぼそぼそと言った。「あいつはもう、ぼくの叔父《おじ》さんじゃない。あのガキもいとこじゃない。親戚《しんせき》の縁《えん》を切る」

ヴィヴィアンは二人のあいだでどうしようと思いながら突《つ》っ立っていたが、サムの頬《ほお》を涙《なみだ》が伝《つた》うのを見て、となりにすわった。そして、つるつるした精神防護《せいしんぼうご》スーツに覆《おお》われた肩《かた》をさすってやった。——この精神防護《せいしんぼうご》スーツは、あのふたつの器《うつわ》の力には、たいして対抗《たいこう》できなかったわけね。そういえばインガ・リーは、銀の見はりの力に負けないよう、何枚《なんまい》も何枚も重ね着してたっけ！

サムは何も言わなかったが、ヴィヴィアンの手をふりはらおうともしなかった。ヴィヴィアンはサムの横にすわったまま、ガラスでできた時計のからくりがきらきら光りながらまわっているようすを見つめ、その動きとともに聞こえるチリン、ジャン、チャリンというかすかな音に耳をかたむけながら、何かまだできることはないかしら、と考えていた。

サムのように泣くことはできなかった。これほどひどいことになってくると、涙《なみだ》も出なくなる。うちのことは考えないようにした。二十世紀があんなに変なふうに変わってしまった今、お母さんとお父さんがどうなっているかも、考えたくない。『時の町』がこれからどうなってしまうかも。

でも、塔《とう》がたえまなくゆらゆらゆれているので、『時の町』のことを考えないでいるのはむずかしかった。走る列車の中と同じくらいゆれている。そのうえ、真ん中のガラスの柱の中を、大きな黒っぽいものがゆっくりぐるぐる上がっていくのが目に入った。さまざまなガラス部品を通して見るせいで、形が絶《た》えず変なふうにゆがんでいたため、それが死んだパトロール隊員だと気づくまでにはちょっと時間がかかった。気づいてからは、目で追わないようにした。ジョナサンとサムはそっちを見ていないようなので、ヴィヴィアンはほっとした。

ヴィヴィアンは自分のひざをじっと見つめて考えた。リー氏みたいな人に支配《しはい》されたら、『時の町』はひどいところになってしまうだろう。そう思ったとたん、いちばん考えたくなかったことが頭をよぎった。時計の鐘《かね》が鳴るあいだも私《わたし》たちをここに閉《と》じこめておいて、一生耳が聞こえないようにする気なのかしら？　どんなに考えまいとしても、このことが頭から離《はな》れなくなった。目の前に無数のガラスの歯車を見せつけられているのに、忘《わす》れられるわけがない。塔《とう》が震動《しんどう》しているせいで、時計のからくりの規則的《きそくてき》なチリンチリンという響《ひび》きにくわえ、リン、チャン、キー、とあちこちでガラスがぶつかるよけいな音がするので、神経《しんけい》が逆《さか》なでされ、気ばかりあせる。たまらなくなったヴィヴィアンは、正午まであとどれくらいかしらと思って、時計機能《きのう》をつけてみた。

手首が明るくなり、十時六分を表示《ひょうじ》した。あ、そうか。銀の時代へ行き、そのあと二十世紀にも行ったのだから、時計機能《きのう》は『時の町』の時間とはまったく合わなくなっているのだ。これでは大きな時計の鐘《かね》が鳴りだすまであとどのくらいあるのか、知りようがない。「まったくもう!」ヴィヴィアンはつぶやいた。

そのとき、ガラス部品のすべてが、暗い黄色になった。三人はいっせいに上を見あげた。今やすべての窓《まど》が、壁《かべ》と同じ半透明《はんとうめい》の黄色っぽい石でできた鎧戸《よろいど》で覆《おお》われてしまっている。どこが窓《まど》でどこが壁《かべ》か、見わけがつかないくらいだ。ジョナサンが口を開いた。

「塔《とう》を封鎖《ふうさ》しているんだ。この塔《とう》には全部の扉《とびら》と窓《まど》をふさぐ鎧戸《よろいど》があるって聞いてはいたけど、今まで使われたことは一度もないと思う。これって、あいつらが中に入れたくない人間が、外にいるってことかな?」

三人はぱっと希望の光が見えたような気分になり、見つめあった。ジョナサンはさらに言った。

「展示室《てんじしつ》の階で柱に出入りできるんなら、この階からも同じことができるんじゃないか? この時計のからくりのあいだを縫《ぬ》って、柱まで行けないかな?」

サムがぴょんと立ちあがった。「やってみる。ぼくがいちばん小さいから」

「でも——」ヴィヴィアンは死んだパトロール隊員のことを思い出して、言いかけた。が、結局そのことを話すのはやめた。サムはもう、すぐ近くにいくつか見える、ふちがぎざぎざになった巨大《きょだい》な歯車のあいだをすばやくはい進んでいた。いつ歯車にはさまれてずたずたにされるか、わかったものではない。

ヴィヴィアンはかすれ声で言った。「戻《もど》ってきて！」

「行かせとけ。サムならうまくやるかもしれない。もうこれしか手がないんだ」ジョナサンはそう言うと、高い天井《てんじょう》を見あげ、わめきだした。「みんなぼくが悪いんだ！　何か思いつくたびに、とんでもないへまばっかりして！　やつらのために銀の器《うつわ》を見つけてやっただけじゃない、インガ・リーに鉛《なまり》の器《うつわ》のことをぺらぺらしゃべっちゃった！」

「うるさいってば！」ヴィヴィアンはぴしゃりと言った。かすかに光るからくりの中にいるサムを、とても見ていられなくなっていた。サムはじりじりとおりてくるガラスの棒《ぼう》の下をはってくぐろうとしているが、うしろからは、巨大《きょだい》な円盤《えんばん》がせまっていたのだ。

そこでヴィヴィアンはジョナサンの方にむきなおり、どなった。「エリオみたいな真似《まね》しないで！　あなたのせいじゃないでしょ。悪いのはリー家の三人よ！　それに、鉛《なまり》の器《うつわ》はまだだれも手に入れてないんだから。そんな、まるで……まるで、頭がどうかなったアンドロイドみたいに大さわぎしてないで、鉛《なまり》がどこにあるか、考えたらどうなのよ！」

「そう言うおまえも考えろ！」ジョナサンは言って、ちらりとサムの方を見た。サムは今度は、巨大《きょだい》なガラスのひじみたいなものがピストンのように上下しているのがぼんやり見える下を、はい進んでいた。サムがつぶされるところなんか見たくない、とばかりにこっちをむいたジョナサンは、理論《りろん》だてるように話しはじめた。

「鉛《なまり》の器《うつわ》は……わかっているのは、柱のくぼみの形からすると、小さな卵《たまご》の形をしているはずだってことだ。銀が大きい方だということは、あの穴《あな》の中にあったつめもののへこんだ形を見て、わかったからな。それから、鉛《なまり》の器《うつわ》はほかの器《うつわ》にひきつけられる、と思われる……」

ここで、ジョナサンもヴィヴィアンも、またサムのことが気になって、目をやった。サムは円形ののこぎりみたいな歯車からあとずさっていたが、横からさらに大きなべつの歯車が近づいている。それを見るなり、ジョナサンは怒《いか》りがこみあげてきたらしく、ヴィヴィアンにむかってきつい口調《くちょう》で言った。

「でもそんな形で、ほかの器《うつわ》にひきつけられるものなんて、知っていたら教えてほしいよ。ぼくはそんなもの、見たこともないからな！」

サムはガラスの床《ゆか》にあおむけに横たわり、どちらの歯車もやりすごした。

「ううん、見たことある！」ヴィヴィアンは叫《さけ》んだ。安堵《あんど》の思いがどっと押《お》しよせてくる。「みんな見たことがあるじゃない！　あの卵形《たまごがた》のコントローラ！　エリオが役にたたないって言った方。鉄の器《うつわ》を追うときは百年先まで私《わたし》たちを連れていったのに、『時の町』に戻《もど》ってくるのはいやがった、あれ！」

ジョナサンは一瞬《いっしゅん》、まじまじとヴィヴィアンを見つめた。それから、大声でサムに呼《よ》びかけた。「サム、ちょっとそのまま横になってろ！　大事な話がある。聞こえるか？」

「なんとか。ブンブンいってて聞きづらいけど。話って何？」とサム。

ジョナサンははっきり言葉を区切りながら、言ってやった。「卵形《たまごがた》で、暗い灰色《はいいろ》で、ぼくの手に、おさまるくらいの大きさで、器《うつわ》にひきよせられるものは、なんだ？」

サムの声が、チリンチリン鳴るからくりの中から響《ひび》いてきた。「それって、あの古いコントローラのこと？　エリオが使ったときも、銀を追いかけて、はだかの女の人たちのとこへ行っちゃったんだよね？」

ジョナサンとヴィヴィアンはぎゅっと抱《だ》きあった。

「そう、それ！」ヴィヴィアンは叫《さけ》んだ。

ジョナサンはゆっくりと言った。「いいか、サム。あの卵《たまご》が、鉛《なまり》の器《うつわ》だ。わかったか？」

サムはじれたようすで言った。「聞こえない！　卵《たまご》が鉛《なまり》の器《うつわ》だ、って言ったの？」

「そのとおり！」ジョナサンとヴィヴィアンは口をそろえた。

ちょっとのあいだ、ブンブンチリチリいう音しか聞こえなくなった。それから、サムの声が返ってきた。「だれに話せばいい？」

「外に出られたら、ヴィランデル博士に言え」ジョナサンは大声で言うと、ヴィヴィアンにはこう言った。「博士は叔父《おじ》のヴィヴがどんなやつか、わかっていたみたいだからな。ほかには？　サムが博士を見つけられなかったら、だれに言えばいい？」

「あの人に銀の力であやつられちゃった人は、やめておいた方がいいと思う」ヴィヴィアンは言った。そして、ほかに思いつかなかったので、「エンキアンさん」と大声で言った。

「エンキアンさんだね。わかった」サムが大声で返事し、あおむけになったまま、中央の柱にむかってもぞもぞ動きだした。だが三十センチほど進むと、ガラス棒《ぼう》の束《たば》に行く手をはばまれてしまい、立ちあがって横歩きでまわりこむことになった。そのむこうにも、いろいろな形のガラスがごちゃごちゃとあり、どれもものすごい速さで動いている。そこを越《こ》えたら、あのガラスの柱だ。

ちょうどサムがガラス棒《ぼう》の束のむこうにまわりこみ、着ている白っぽい精神防護《せいしんぼうご》スーツがかなり見えにくくなったとき、アーチ型の出口の鎧戸《よろいど》がするりと横に開いた。

いとこのヴィヴィアンが、パトロール隊員の銃《じゅう》をかまえて入ってきた。

「みんな下におりなさいって」パフスリーブの半そでからにゅっと出ているか細い腕《うで》が銃《じゅう》を持っているなんて、ものすごくこっけいに見えたが、ヴィヴィアンもジョナサンも、この子ならレオン・ハーディよりはるかに容赦《ようしゃ》なくあっさりとひき金をひく、とわかっていた。二人はゆっくりとそっちへ近づいていった。ヴィヴィアン・リーは銃《じゅう》を握《にぎ》る両手を安定させてチリンチリン音のするうす暗い部屋じゅうを見渡《みわた》せるように、出口の横に背《せ》をつけた。

「もう一人はどこ？　赤毛のひっつき虫のことよ」ヴィヴィアン・リーがするどい口調《くちょう》できいた。

「サムのことだったら、時計のからくりの中に隠《かく》れている。撃《う》とうとしてみろ、サムは時計を止めるぞ」ジョナサンが言った。

「決死の作戦よ」とヴィヴィアンは言いながら、どうか本当のことになりませんように、と祈《いの》った。

「ばかじゃないの。この時計を止められるわけないじゃない！」いとこのヴィヴィアンは言うと、さらに声をはりあげた。「出てきなさい！　つぶされるのが落ちよ！」

ヴィヴィアンもジョナサンも、最後にサムが見えた方へ目をやらずにはいられなかった。

サムはやりとげていた。精神防護《せいしんぼうご》スーツのかすかなきらめきが、柱の中をゆっくりと上がっていくのが見える。

「じゃあ、勝手にそこにいればいいわ。時計が鳴ったら耳が聞こえなくなるけど、いいのね？　正午まであと十分よ！」いとこのヴィヴィアンはどなり、ちょっとのあいだだけ、サムが出てこないかと待った。ヴィヴィアンとジョナサンは、のぼっていくきらめきを目で追ってしまったら気づかれると思って、ガラスの床《ゆか》をじっと見おろしていた。

「いいわ。そこにいなさい！」いとこのヴィヴィアンは言うと、出ろと銃《じゅう》をふって合図し、おどすように続けた。「安全装置《そうち》ははずしてあるのよ」

ヴィヴィアンとジョナサンは銃《じゅう》の前を通り、先に立って内階段《うちかいだん》をおりることになった。もう一度柱の方を見ることはできなかった。外側には、ずっと下までおりられる階段《かいだん》があるんだもの。時計が鳴るころにはとっくに塔《とう》から出ているはず……

二階の展示室《てんじしつ》も、上の階と同じくらいうす暗く、黄色っぽくなっていた。ほとんどの窓《まど》に鎧戸《よろいど》がおりている。ただし、『四時代大通り』をまっすぐ見おろせる窓《まど》だけはもとのままだった。リー夫妻《ふさい》は、その窓《まど》の前にあった展示《てんじ》ケースをわきにどけ、何かの装置《そうち》をすえているところだ。

ふたつの器《うつわ》は、柱のくぼみにはめこまれていた。はじめに見たときは、ガラスの柱の裏側《うらがわ》にあり、暗くひずんで見えたが、柱がまわるにつれはっきりしてきて、やがて順に直接《ちょくせつ》見えるようになった――ひとつはやや平たい、錆《さび》のついた鉄の箱。もうひとつは大きな銀の卵《たまご》で、渦巻《うずま》き状《じょう》にはめこまれた真珠《しんじゅ》や赤い宝石《ほうせき》が、かすかに光っている。

「二人だけ連れてきたよ。もう一人は時計の中に入っちゃったの」いとこのヴィヴィアンが言った。

インガ・リーがこっちをむいて、不安そうに言った。「いちばん小さい子ね……小さいから、柱までたどりつくかもしれない」

だが、リー氏はふりむきもせず言った。「行けたとしても、どうってことはない。『時の鐘楼《しょうろう》』の鎧《よろい》戸《と》もおろしておいたからな。耳がぶっこわれるだけだ。この塔《とう》には今、だれ一人出入りできないのさ。どうせサムが必要になるのは、もっとあとになってからだ。その二人をこっちに連れてこい、ヴィヴィー。そいつらは今、必要なんだ」

「どうしてぼくたちが必要なんだ？」ジョナサンが言った。

「だまれ」とリー氏。逆《さか》らうことは許《ゆる》さない、という口調《くちょう》だ。ヴィヴィアンとジョナサンはそれ以上何も言う気になれないまま、窓《まど》に近づいた。リー氏は二人を窓《まど》の片側《かたがわ》へ押《お》しやりながら言った。「そこに立ってろ。いいか、おまえたちはただの人質《ひとじち》だ。時計が鳴りだして、金の器《うつわ》がここに届《とど》くまで、静かにしていろ。それがすめば、逃《に》がしてやるかもしれないぞ」

「サムはどうして、あとで必要なんだ？」ジョナサンがきいた。

リー氏は笑った。「リーの家系《かけい》を絶《た》やさないためにだ。ヴィヴィー、おまえは夫が耳が聞こえなくてもかまわないだろう？」

はりだした窓《まど》のわきに背《せ》を押《お》しつけていたヴィヴィアンからは、いとこのヴィヴィアンの顔は見えなかったので、これを聞いて本人がどう思ったのかはわからなかった。ヴィヴィアンのとなりでは、ジョナサンがお下げの先をかんでいる。きっとサムのことを考えているにちがいない。死んだパトロール隊員の横で、耳が聞こえなくなるのを待っているなんて。『時の鐘楼《しょうろう》』を出るには外の階段《かいだん》を使うしかないけれど、リー氏が言ったことからすると、出口は鎧戸《よろいど》でふさがれて、サムは階段《かいだん》へ出られないらしいのだから。

「おお、来た来た、ばか者どもが！　やっと変だと気づいたようだ」リー氏が言った。

ヴィヴィアンはジョナサンの横から首をのばしてみた。パトロール隊員をふくむ人々の群《む》れが『日時計塔《とう》』をめざし、ジグザグの階段《かいだん》を急いでのぼってくるところだった。先頭をだだだっとかけあがってくるのはドニゴール氏だ。うしろの方には最高位科学者のレオノフ博士とならんで、『とこしえのきみ』ウォーカー氏の姿《すがた》も見える。真ん中あたりには、紫《むらさき》をまとったヴィランデル博士の大きな姿《すがた》がぬっとそびえている。

その集団《しゅうだん》のあとから、さらにばらばらと追いかけてくる人々もいた。ほとんどはパトロール隊員か『古びの館《やかた》』の護衛《ごえい》だったが、一人はまちがいなくペチューラだし、ラモーナらしい人も見える。さらに、ずっと離《はな》れた『四時代大通り』のまだ真ん中あたりに、ローブをひるがえしながらびりで走ってくるエンキアン氏の姿《すがた》もあった。

「あのアンドロイドもいるわ……ヴィランデルのとなりよ。監禁《かんきん》しておきなさいって言ったのに」とインガ。

「アンドロイドが逃《に》げ出して、ほかの連中に知らせたんじゃないか？　まあ、やつらなんかどうってことない。正直なところ、もっとしっかり組織《そしき》だってくるかと思っていたよ！」

だがヴィヴィアンは、ドニゴール氏はリー氏が思うより、うまく指揮《しき》ができている気がした。階段《かいだん》のわきの茂《しげ》みがかすかに動いている。もっとたくさんの人が、姿《すがた》を隠《かく》したまま、『終わりなき丘《おか》』全体を包囲しようとしているのだろう。本当にパトロール隊員たちが茂《しげ》みの中にいるのかたしかめたくて、制《せい》服《ふく》でも見えないかと目を凝《こ》らしたとき、かすかにパタパタいう音が聞こえた。塔《とう》の外、どこか上の方からだ。ジョナサンが頭をかすかに動かし、それからぴたっと止めた。やはり聞こえたらしい。うそ、靴《くつ》ひもをひきずる音のはずはないでしょ！　サムの足はあの精神防護《せいしんぼうご》スーツに包まれているんだから。でも、本当にそっくりな音だ。しかも、塔《とう》の周囲をまわりながらだんだんとおりてくる。今にリー家の人たちにも、聞きつけられてしまうにちがいない。

ヴィヴィアンはリー氏に目をやった。リー氏はにんまりしながら、小さな丸い金属製《きんぞくせい》のものを口に近づけ、しゃべりはじめたところだった。

「止まれ！」リー氏の声が塔《とう》の外から聞こえ、中にもがんがん響《ひび》く。「だれ一人、それ以上近づくんじゃない。こちらはヴィヴ・リーだ」

階段《かいだん》をのぼっていた人々は、たじろいだようすで窓《まど》を見あげたが、だれも足を止めはしなかった。リー氏の声が響《ひび》き渡《わた》った。

「止まれと言ったはずだ、アブドゥル。われわれは『日時計塔《とう》』を占拠《せんきょ》した。『時の町』の『極《きょく》』なるものをふたつ、ここに持っている。近づくやつには、容赦《ようしゃ》なくこの『極』の力を使ってやるから、そう思え！　階段《かいだん》をおりろ！」

階段《かいだん》の上の人々は足を止めた。期待に反して、やはりちっとも組織《そしき》だってはいなかったようだ。みんながてんでに顔を見あわせ、何かたずねあっているようすだ。あたりが静まり返った中、ヴィヴィアンは必死で耳をすましたが、もう、さっきのパタパタいう音は聞こえない。

そのうち、一人のパトロール隊員が階段《かいだん》横の石の手すりを外側から乗りこえ、そばにいたドニゴール氏に何かを手渡《てわた》した。するとドニゴール氏の声が、すぐ横でしゃべっているのかと思うほど、はっきりと聞こえるようになった。

「ヴィヴ、頭がおかしいんじゃないか？　そんなところで何をする気だ？」

リー氏の声がびんびん響《ひび》く。「『時の町』はおれのものだ。六分後に『時の終わり』がおとずれ、町は止まる。そのとき、金の器《うつわ》と鉛《なまり》の器《うつわ》がこの『日時計塔《とう》』へ運ばれてくる。邪魔《じゃま》をするんじゃないぞ。階《かい》段《だん》をおりろ」

「ヴィヴ、まずは話しあおうじゃないか」ドニゴール氏の静かな声が、リー氏の肩《かた》の横あたりから聞こえてきた。

リー氏ががなる。「言われたとおりにしろ！　こっちには人質《ひとじち》がいるんだ。本気だということを見せるために、これから一人、撃《う》ってやる」リー氏は自分の娘《むすめ》にうなずいて合図した。娘《むすめ》は銃《じゅう》の先でまずヴィヴィアンの、続いてジョナサンの腕《うで》をつつき、窓《まど》の正面へ押《お》しやった。見あげている人々から、はっきりと見える位置だ。リー氏は娘《むすめ》から銃《じゅう》を取り、それも見えるようにふった。

とても現実《げんじつ》のこととは思えなかった。パトロール庁《ちょう》の建物に着いた最初の夜みたいな気分だ。まるで映画《えいが》の一シーンを演《えん》じているような……でも、そういう気持ちでいる方がむしろいいのかもしれない。

リー氏の声が響《ひび》く。

「見えるか？　一人撃《う》ってほしいか？」

下の人たちはまたもや騒然《そうぜん》となった。たがいに何か言いあい、下から遅《おく》れてあたふたかけあがってくる人たちに手をふって合図している。ドニゴール氏のいらいらした声が聞こえた。「凶暴《きょうぼう》なやつだと思ってはいたが！　あいつのかみさんも――」そのあと、拡声器《かくせいき》のスイッチを切ったらしく、カチッという音がした。ドニゴール氏がみんなに、階段《かいだん》わきの茂《しげ》みへ行くよう指図しているのが、手ぶりでわかった。全員がどっとかけだし、ばらばらに手すりへむかうと、押《お》しあいへしあいしながら乗りこえ、茂《しげ》みに入っていった。ジョナサンがお下げをがりっとかんだ。

エリオが一人だけ、まだ階段《かいだん》に立っていた。精神防護《せいしんぼうご》スーツを着て、青白く小さく見えるエリオにむかって、二人の守り手が階段《かいだん》をおりていった。背《せ》がひょろ高くて銀色にきらめく銀の見はりと、やはり背《せ》の高いくすんだ茶色の鉄の守り手の妙《みょう》にうすい影《かげ》にはさまれると、エリオはますます小さく見えた。

「インガ！」リー氏がするどい口調《くちょう》で言った。「あいつらの話し声を拾うんだ。早く！」そして銃口《じゅうこう》をジョナサンの頭にむけた。ジョナサンもヴィヴィアンも、とても動く気にはなれなかったから、インガが装置《そうち》の上のボタンをいじくるのを横目で見まもるだけだ。

アルミ箔《はく》の上を軍隊が行進するようなバリバリといううるさい音が聞こえだした。その中から、かすかにエリオの声がした。「鉛《なまり》の器《うつわ》……」その直後、エリオは体のむきを変えて階段《かいだん》の手すりを越《こ》え、横の茂《しげ》みにとびこんだ。守り手と見はりはだんだんとうすくなって消えていき、階段《かいだん》に細長いふたつの残《ざん》像《ぞう》だけがぼんやり残った。

「あの者どもが、妨害波《ぼうがいは》を出したみたいですわ。茂《しげ》みの中の話し声も、ちっとも拾えない」インガがいらいらしたようすで言った。

「少なくとも、これで階段《かいだん》がすっきりして、ほかの二人の守り手が上がってきやすくなった」とリー氏が言い、銃《じゅう》を娘《むすめ》に渡《わた》すと、インガに手を貸《か》しに行った。装置《そうち》からまた、アルミ箔《はく》をくしゃくしゃにするような音がした。エリオのように思える声がする――「見つけられなかった……」

「ほかの守り手たちはどこから来るの?」いとこのヴィヴィアンがきいた。

「階段《かいだん》の下にあるという『時の門』からだ……声をかけるな」父親が言った。

ちょうどそのとき、見るからに走るのが苦手らしいエンキアン氏が、やっと階段《かいだん》の下へたどりついた。のぼる前に息をつこうと、手すりによりかかっているようだ。

と、小さな人物が丘《おか》のうしろの方からぐるっとまわってきて、くたびれたようにふらふらした足どりでエンキアン氏にかけよる姿《すがた》が、目にとびこんできた。サムだ。わかったのは、走り方のせいだった。体の大部分は、形をなさないひらひらしたものに覆《おお》われている。精神防護《せいしんぼうご》スーツがずたずたに裂《さ》け、無数の細い帯になってたれさがっているらしい。

ジョナサンがヴィヴィアンのわきをひじでついた。二人はリー家の三人の注意をなんとかしてそらそうとした。

「おなかがすいた。あそこの自動販売機《はんばいき》は今でも動くんだってさ」とジョナサン。

ヴィヴィアンは大げさに喜んでみせた。「ええっ、本当? 私《わたし》、バターパイが食べたいなあ!」

「自動販売機《はんばいき》を動かしてもいい、パパ？」いとこのヴィヴィアンがきいた。

ちらっと外に目をやったところ、エンキアン氏はサムの話に耳をかたむける気がないようだ。怒《おこ》った顔で手をふり、追いはらおうとしている。

「銃《じゅう》をママに渡《わた》してからにしなさい、ヴィヴィー」リー氏が、ガリガリ鳴っている装置《そうち》の上にかがみこんだまま言った。

いとこのヴィヴィアンが細い腕《うで》をのばし、銃《じゅう》をインガ・リーに渡《わた》そうとするのがちらりと目に入った。一方、ヴィランデル博士が紫《むらさき》のクジラみたいに茂《しげ》みからぬっと立ちあがり、サムの方にむかってずんずんと『終わりなき丘《おか》』をくだっていくのも見えた。博士はジグザグのむきがちょうどサムの方へむかっている階段《かいだん》にぶつかると、ローブをひるがえして手すりをとびこし、足をひきずりながらも、二段《だん》とばしで階段《かいだん》をかけおりた。踊《おど》り場に着き、階段《かいだん》がちがう方向へ折れ曲がると、また手すりをとびこして、茂《しげ》みをべきべき踏《ふ》みわけてまっすぐおりていく。そしてエンキアン氏がまだサムを追いはらおうとしているうちに、階段《かいだん》のいちばん下にたどりついた。エンキアン氏は怒《おこ》ったようにくるっとふりむき、ヴィランデル博士とどなりあいを始めたようだ。

こんなときにまたけんかを始めるなんて、と思いながら、ヴィヴィアンはいとこのヴィヴィアンの方をうかがった。年代物の自動販売機《はんばいき》から、棒《ぼう》の突《つ》き出た小さな鉢《はち》を取り出したところだ。「バターパイひとつでーす」と、いとこのヴィヴィアンは言うと、ふふんと二人をあざ笑い、自分で食べはじめた。

エリオが、ヴィランデル博士が茂《しげ》みを踏《ふ》みつぶして作った道を通り、丘《おか》をだーっとかけおりていくのが見えた。下に着くなり、サムがエリオの腕《うで》をつかんだ。説明しているようだ。

何がなんでもリー家の連中の気をそらさなくちゃ、と思い、ヴィヴィアンはわめいた。「なんて意地悪なの！　こっちはおなかぺこぺこなのに！」

「あいつは昔から意地悪なんだ。ぼくが新しい自動販売機《はんばいき》をもらったときなんか、速乾性《そっかんせい》の樹脂糊《じゅしのり》を流しこみやがった。そのせいで、古いやつでがまんしなくちゃならなくなったんだ」ジョナサンも調子を合わせたが、緊張《きんちょう》のあまりふるえている。

「いつもえらそうにそっくり返ってるからよ！」いとこのヴィヴィアンは言い、うっとりと目をつぶった。「ああ、これってこんなにおいしかったんだっけ！」

ヴィヴィアンがまた目をそらして窓《まど》の外を見ると、階段《かいだん》の下にはもうだれもいなくなっていた。エンキアン氏も姿《すがた》を消している。

リー氏は装置を使うのをあきらめ、スイッチを切った。「どうせここまできたら、やつらにできることなんてほとんどないんだ」と言い、はりつめたようすで腕時計《うでどけい》に目をやった。「十二時まであと一分」

だれもが待った。一分はいつまでもすぎないように思えた。ジョナサンは自分の時計機能《きのう》をつけた。六時二十九分、と出る。ジョナサンとヴィヴィアンは、緑に光る秒針《びょうしん》が三十分にむけてじわじわまわっていくのを見まもった。三分の二までまわったとき、『四時代大通り』のはるか先に、小さく何かが現《あらわ》れた。信じられないようなスピードでどんどん近づいてくる――エリオだ。エリオが、不可能《ふかのう》なほどの速さで走ってきているのだ。ズームレンズを通して見ているみたいに、ぐんぐん大きくなってくる。地面をけり、腕《うで》をふり、頭を左右にゆらしている。これがエリオの全速力なのだろう。でもどんなにエリオが速くても、ジョナサンの時計の秒針《びょうしん》の方がもっと速く進んでいるようだ。もうじき三十分をさしてしまう。頭上からチリン、カシャン、という音が聞こえてきた。『終わりなき時計』のからくりが、塔《とう》と一緒《いっしょ》にゆれながら、鐘《かね》を鳴らす準備《じゅんび》を始めたようだ。

エリオは卵《たまご》のコントローラを持ってきたのだろう。でも、もしあれが鉛《なまり》の器《うつわ》じゃなかったら？　それとも、実際《じっさい》そうだとしても、むしろリー家の手に入りやすくなってしまったら、どうしよう？

ゴーン、と大きな時計が鳴り、まわりじゅうのものがびりびりふるえた。

そのとたん、緑に身を包んだ背《せ》の高い若《わか》い男が階段《かいだん》の下に現《あらわ》れて、大きく足を踏《ふ》み出し、自信満々でさっそうとのぼりはじめた。

17 フェイバー・ジョン

この男は『時の幽霊《ゆうれい》』ではなく、金の器《うつわ》を持ってきた本物の金の番人だった。階段《かいだん》の上に折れ曲がって落ちている影《かげ》もちゃんと濃《こ》いし、どう見てもしっかりと実体があり、自信にみちたようすだ。

エリオは走りながら、道の片側《かたがわ》によった。番人はこれぞ自分の務《つと》め、というように意気ようようと上がってくる。もう、最初のひと続きの階段《かいだん》の中ほどまで来ている。

ゴーン、と二度目の鐘《かね》が鳴り、またもやまわりじゅうがびりびりふるえた。ヴィヴィアンはエリオの姿《すがた》を捜《さが》したが、茂《しげ》みの中にとびこんでしまったらしく、見えるのは元気よくのぼる番人だけになっていた。「そら、金の器《うつわ》がやってくるぞ！」リー氏がゆれる塔《とう》の中で勝ち誇《ほこ》ったように言った。

ゴーン。三度目が鳴った。と、番人の足どりが急に重くなった。ブーツがそれぞれ一トンの重さに

なったみたいに、一段《だん》一段《だん》を上がるのが苦しそうなようすだ。ゴーン、と四度目が鳴る。番人はよろよろと最初の踊《おど》り場に着くと、手すりにつかまってそこを通りすぎた。そして重そうに足を持ちあげ、しぶとく次のひと続きをのぼりはじめた。

「あいつをのぼらせまいとしているのがだれか、わかったぞ」五度目の鐘《かね》が鳴りひびいたとき、リー氏が言った。「あの二人の守り手のやつらだ、くそっ」

鉄の守り手と銀の見はりが、塔《とう》への最後のひと続きの階段《かいだん》の下に姿《すがた》を現《あらわ》していた。二人は何かを待つように、じっと立ちつくしている。だがヴィヴィアンには、二人よりもくだったところの、ヴィランデル博士が踏《ふ》みわけて通ったあとの外側の茂《しげ》みに、紫色《むらさきいろ》のものと、精神防護《せいしんぼうご》スーツのきらめきらしいものが、ちらりと見えた。それで、本当は何が番人の邪魔《じゃま》をしているかわかった。あの卵形《たまごがた》のコントローラだ。やはり思ったとおり、あれが鉛《なまり》の器《うつわ》だったのだ。エリオが今、あれを磁石《じしゃく》のように使って、金の器《うつわ》をひき戻《もど》そうとしているにちがいない。でも、博士が踏《ふ》みあらしたところへ出てしまうと、リー家の連中に見つかって、ヴィヴィアンたちが撃《う》たれてしまう。だからエリオは、番人がのぼる階段《かいだん》が自分から遠ざかる方向に曲がっていても、それ以上近よることはできないのだ。

番人は次のゴーン、という音が朗々《ろうろう》と鳴っているあいだに、そのひと続きをなんとかのぼり終えてしまった。だが、エリオはふたつ目の踊《おど》り場のそばの茂《しげ》みに先まわりして、待ちかまえていた。番人はがくんとよろめき、ひざをつきそうになった。まだ遠いが、ヴィヴィアンの目にも金の器《うつわ》が見えた。ずっしり重そうな細長いもので、きらきら光っている。番人はそれをしっかり胸《むな》もとにかかえているため、踊《おど》り場を進むときも、片手《かたて》でしか手すりにつかまれない。

「結局、てっぺんにはたどりつけないんじゃなかった？」インガ・リーが心配そうに言った。

リー氏は強い口調《くちょう》で反論《はんろん》した。「それはわからないぞ。幽霊《ゆうれい》は、十二番目の鐘《かね》が鳴ったときに消えてしまうんだから。ヴィヴィー、銀の器《うつわ》を取ってくれ。やつを少し助けてやろう」

ゴーン、と大きな時計の鐘《かね》が鳴った。ヴィヴィアンにはもう何度目かわからなくなっていた。いとこのヴィヴィアンが、バターパイをもったいなさそうにちびちびなめながら柱へむかい、真珠《しんじゅ》で飾《かざ》られた巨大《きょだい》な卵《たまご》を持って戻《もど》ってきたころには、番人はひざをつき、三番目のひと続きの階段《かいだん》の上の方をはいのぼっていた。茂《しげ》みのゆれ方からして、エリオのそばにはほかにもたくさん人がいて、一列につながってエリオをひっぱり、金の器《うつわ》にひっぱられないよう、助けているらしい。リー氏が真珠《しんじゅ》つきの卵《たまご》を受け取り、かがみこむと、ヴィヴィアンは、どうかエリオたちのことが気づかれませんように、と祈《いの》った。

おかしいわね、番人の『時の幽霊《ゆうれい》』を見たときは、なんとかてっぺんまで上がってほしいと思ったのに、今はどうかどうか上がってきませんようにと祈《いの》っているなんて！　ヴィヴィアンの横では、ジョナサンがお下げを口いっぱいにつっこんでいた。

今、番人がのぼっている階段《かいだん》は、鉛《なまり》の器《うつわ》から遠ざかる方向にのびている。リー氏の銀の器《うつわ》の助けもえて、次の鐘《かね》が大きく鳴りひびくあいだ、番人はしぶとくその階段《かいだん》をのぼりつづけた。だがそれをのぼりきって三番目の踊《おど》り場に着くと、ほとんど動けなくなった。三つの器《うつわ》が力をうち消しあい、番人をその場に釘《くぎ》づけにしているかのようだ。

「あたくしに鉄の器《うつわ》をちょうだい、早く！」インガ・リーが言った。いとこのヴィヴィアンは今度は走りだし、大きな時計が次にゴーン、と鳴ったときには戻《もど》ってきた。

「ねえ、私《わたし》たち、勝てるんでしょう？」いとこのヴィヴィアンは母親にさびた四角い箱を手渡《てわた》しながら、すがるようにきいた。

「もちろんよ。決まっているわ」とインガ・リー。そして銃《じゅう》を装置《そうち》の上に置き、鉄の器《うつわ》の上にかがみこんだ。

今や、もがきながらのぼってくる緑の男を横目で見れば、使われている銀と鉄の器《うつわ》の力を目にすることができた。力はほぼ透明《とうめい》ではあるが、いくつもの渦巻《うずま》きになって空気をかき乱《みだ》し、筋《すじ》を描《えが》いているので、またもや鐘《かね》が鳴ってあたりをふるわせたときには、番人の姿《すがた》がはっきりとは見えなくなっていた。緑のしみみたいなものが、まだはいあがってくるとわかる程度《ていど》だ。ビリビリいう音が少しおさまったとき、力がふくらみながら舞《ま》いおり、階段《かいだん》の上に立つ二人の守り手をのみこんだ。それから、番人が四番目の踊《おど》り場をすぎ、次のひと続きの階段《かいだん》を必死でのぼりはじめたところへくだっていくと、そのまわりで渦《うず》を巻《ま》いてから通りすぎていった。

ゴーン、と鐘《かね》が鳴った。ジョナサンがお下げを口につっこんだまま、つぶやいた。「十一」

守り手たちが動きだした。ゆっくりと階段《かいだん》をおり、番人のもとにむかっている。今も器《うつわ》を胸《むな》もとに大事そうにかかえた番人は、顔を上げて二人を見た。

「よし、勝てそうだぞ。やつらにあいつを迎《むか》えに行かせることができた。あいつの頑強《がんきょう》さの勝ちだな」リー氏が言った。

ゴーン。最後の鐘《かね》が鳴った。ビリビリという震動《しんどう》がやみ、そのあとは塔《とう》が静かにチリンチリンいいながらゆらいでいるだけになり、渦巻《うずま》き形の力も、くるくるとくねりながら、すーっと消えていった。

番人が立ちあがった。もうかなり近くまで来ていたので、その顔がほほえんでいるのが見える。番人はきびきびと階段《かいだん》をのぼり、おりてきた二人の守り手たちと合流した。守り手たちは塔《とう》の方にむきなおり、番人をあいだにはさんでふたたびのぼりはじめた。上へ、上へ。そして『日時計塔《とう》』の入口までやってきた。エリオとほかの人々も、守り手たちの歩みに合わせ、階段《かいだん》の両側の茂《しげ》みの中を進んでくるようだったが、もう鉛《なまり》の器《うつわ》がなんの効果《こうか》もおよぼしていないのは明らかだ。

「勝ったぞ!」とリー氏。リー家の三人はそっくり返って一緒《いっしょ》に笑いはじめた。

「扉《とびら》を開けてやりなさいよ」インガ・リーが言った。

「今やる。だがその前にまず、人質《ひとじち》を始末してしまおう。『時の町』は自分のものだ、などと言いだすリーの血筋《ちすじ》が、ほかにもいてもらっちゃこまるからな。それに、この二人はいろいろ知りすぎた」リー氏は身をかがめ、装置《そうち》の上の銃《じゅう》を取りあげた。

ヴィヴィアンもこのときには、いくら映画《えいが》の一シーンみたいだと思いたくても、思えなかった。自分にむけられている銃《じゅう》は、どう見ても本物だ。死ぬ前には、生まれてからのあらゆる記憶《きおく》がどっとよみがえるというが、どうやらそれは本当のようだ。ヴィヴィアンはお母さんのこと、お父さんのこと、ロンドンのこと、戦争のこと、そして『時の町』のことを思い、リー氏にこう叫《さけ》びたくなった——待って!まだ全部思い出してない! となりではジョナサンが、口からお下げを吐《は》き出すと、しゃきっと背筋《せすじ》をのばし、堂々とした態度《たいど》になった。

だが、守り手たちはすでに、勝手に塔《とう》に入ってきてしまったようだ。上から下から、塔《とう》のすべての鎧《よろい》戸《ど》や扉《とびら》がするする開く音がした。窓《まど》を覆《おお》っていた黄色の鎧戸《よろいど》が横の壁《かべ》の中へひっこむと、展示室《てんじしつ》の階にも、陽光がさんさんと射《さ》しこんできた。ヴィヴィアンはまぶしくて目がうるんでしまったが、真ん中の柱に急に影《かげ》がさし、だれかが上がってきたのはかろうじて見えた。リー氏がそっちをむき、おぼつかなげに銃《じゅう》をむけながら、だれだろうと目を凝《こ》らした。

柱の不思議な素材《そざい》が横に大きくふくらみ、中から巨体《きょたい》のヴィランデル博士が出てきた。片方《かたほう》の巨大《きょだい》な手の中に、あの卵形《たまごがた》のコントローラを持っている。コントローラはハトの卵《たまご》くらいに小さく見えた。

リー氏は博士にむけて銃《じゅう》を発射《はっしゃ》した。一回、二回。せきに似《に》たにぶい音が響《ひび》いた。が、ヴィランデル博士は、もう片方《かたほう》の巨大《きょだい》な手でよれよれのガウンをかきよせ、「えへん」とせきばらいをしただけだった。銃《じゅう》がゴトン、と床《ゆか》に落ちた。

博士はジョナサンとヴィヴィアンにむかって、低い声で言った。「申《もう》しわけない。きみたちをこんなさわぎに巻《ま》きこむべきではなかった」大きなクマのような顔は、ひどくきまり悪そうだ。「実は、自分が何者か思い出すためには、わしはこの品を手に取らなければならなかったのだ……いや、やめておけ」急に、うなるような怒《おこ》った口調《くちょう》になった。リー氏が銀の器《うつわ》へ手をのばしていたのだ。「むだなことだ。おまえはこれに対抗《たいこう》しようとして、銀と鉄の力をすっかりしぼりだしてしまった」

博士は巨大《きょだい》な手のひらにのせた、小さな鉛《なまり》の卵《たまご》を掲《かか》げてみせた。卵《たまご》のまわりの空気は、たくさんの透《す》き通った渦巻《うずま》きできらめいている。「すべての力は本来のありか、つまりこの中へひき戻《もど》した。エリオが思いついてくれたことだ。だが、いずれにせよおまえたちは、勝てるわけがなかったのだ。鉛《なまり》と金のふたつが、塔《とう》の外にあったのだからな。ただわれわれとしては、だれかが撃《う》たれるようなことになってほしくなかったのだ。さて、残念ながら、おまえたちを始末しなくてはならないな」

いとこのヴィヴィアンが、食べかけのバターパイを口から離《はな》して言った。「始末なんてできないわよ。私《わたし》たちはリー家の人間なんだから！」

「それがどうした？　おまえたちの家系《かけい》は、ずいぶん昔に『時の町』へ中国からふらりとやってきた感じのいい若《わか》い男が、統治者《とうちしゃ》の娘《むすめ》と結婚《けっこん》したことから始まったわけだが、だからといっておまえたちに特《とっ》権《けん》があるわけではないんだぞ。おまえが六歳《さい》のときにも、そう教えてやったではないか。ふむ、おまえたち三人をどうしたものだろうか？」ヴィランデル博士は考えこむように、小さな灰色《はいいろ》の卵《たまご》をしばらくにらんでいた。「『リーの館《やかた》』の『時の門』へ戻《もど》ってこられそうなところへは、やるわけにいかない。それに三人とも、とんでもなく秩序《ちつじょ》をかき乱《みだ》す性質《せいしつ》だから、どこか安定したところでないとな。ふむ。では、若《わか》いヴィヴィアンは古代中国へ——」

「とんでもない、あたくしがぜったいに許《ゆる》しません！　娘《むすめ》はアイスランド帝国皇帝《ていこくこうてい》の孫なのですよ！」

インガ・リーが叫《さけ》んだ。

「では、何か愚《おろ》かなことをしでかさないうちに、おまえから先に片《かた》づけよう」ヴィランデル博士が低い声で言った。

卵形《たまごがた》の器《うつわ》のまわりでゆらめいていた空気が、波となってインガ・リーに押《お》しよせ、全身を包んだ。ほんの一瞬《いっしゅん》、インガが濡《ぬ》れた草の上に立っているところが見えた。すぐ横には荒《あら》けずりの石を積みあげた低い家があり、インガの前には波打《なみう》ち際《ぎわ》が凍《こお》った海、うしろには白くけわしい山があった。だが、うねる空気の両はしが、わっと合わさると、インガ・リーの姿《すがた》は消えて、一陣《いちじん》の冷風とくねくねする渦《うず》巻《ま》きだけが残った。

「何を、した？」リー氏が声をつまらせた。

ヴィランデル博士が答えた。「アイスランドに送った。はじめて人が移《うつ》り住んだ時代だ。おまえの妻《つま》には似《に》つかわしいところだろう。あの手の女性《じょせい》は、そこでは『おさわがせ女』と呼《よ》ばれていたものだ。ヴィヴ、おまえの方は、地球脱出《だっしゅつ》の最終日あたりへ送るしかなさそうだ。もうインガと一緒《いっしょ》にさせるわけにはいかない。おまえはまたインガにそそのかされ、悪事に走るだろうからな。最後の宇宙船《うちゅうせん》のそばに送ってやろう。ていねいに頼《たの》めば、乗せてもらえるかもしれん。保証《ほしょう》はできないが」

卵《たまご》から、また波がわきおこった。リー氏のまわりに、熱そうなコンクリートの地面が広がった。レンガの壁《かべ》の残骸《ざんがい》があちこちに立っているのも見える。リー氏は大声をあげた。「待ってくれ！　改心する！」

「それは前にも何度か聞いた」ヴィランデル博士が低い声で言った。波がまたひとつに合わさり、リー氏のいたところには、一陣《いちじん》の熱風と化学薬品のにおいだけが残った。

ヴィランデル博士はそれから、いとこのヴィヴィアンの方をむいた。

いとこのヴィヴィアンは小首をかしげ、バターパイを小さな花束《はなたば》みたいにかかえていた。涙《なみだ》がひと筋《すじ》、鼻のわきをかわいらしく伝《つた》っていく。「へーコンおじちゃま、私《わたし》にはあんなこと、しないでくれるでしょ？　私《わたし》、まだたったの十一よ」ちっちゃな声で舌足《したた》らずなしゃべり方をしている。

ヴィランデル博士が返事をしようと口を開いたとき、ヴィヴィアンは急いで口をはさんだ。

「ちょっと待っていただけますか、ヴィランデル先生？」博士は小さな目でヴィヴィアンを見ると、おもしろがるような顔になった。大きな頭がうなずく。

「ありがとうございます！」ヴィヴィアンはいとこのヴィヴィアンにとびかかった。

まず、いとこのヴィヴィアンの手をつかみ、バターパイを持ったまま顔にべちゃっとぶつけてやった。それから鉢《はち》をうばいとり、中身をひらひらした青いワンピースのえり首へむりやりつっこむ。いとこのヴィヴィアンは金切り声をあげ、サムより激《はげ》しくけったりもがいたりした。が、ヴィヴィアン・スミスはもう、この技《わざ》がちょっと得意になっていたから、いとこのヴィヴィアンのふりふりのえりの中へ、バターパイをどんどん入れつづけた。やがて冷たい部分がとけ、熱い部分があふれでてきた。

「あちっ！」いとこのヴィヴィアンが悲鳴《ひめい》をあげた。

ヴィヴィアンはそこで手を放《はな》し、言った。「ずっとこうしてやりたかったのよ!」

「こんな格好《かっこう》で中国になんか行けないわ!」いとこのヴィヴィアンはキンキン声で言った。

でも、行くしかなかった。いとこのヴィヴィアンがまだ叫《さけ》んでいるあいだに、波が体を包んだ。一瞬《いっしゅん》、雨のふる通りと、屋根のはしがそり返った家が一軒《けん》見え、ヴィヴィアンとジョナサンは目を見はった。大きな傘《かさ》をさし、かちっとした礼服を着たえらぶったようすの人物が立ちどまった。長いひげを生やした一重《ひとえ》まぶたのその人は、信じられないというように、いとこのヴィヴィアンをまじまじと見つめた。

その光景が消えると、ヴィランデル博士が低い声で言った。「これで片《かた》はついた。こんなことになるまで連中のたくらみに気づかなかったことが、残念でならん。『時の町』が時のはじめへ戻《もど》ってくるとき、危機《きき》状態《きじょうたい》になることはわかっていた。そのせいで、かえって危険《きけん》をさとれなかったようだ。下におりよう。器《うつわ》をひとつずつ持ってくれないか?」

ジョナサンは少しびくびくしたようすで、宝石《ほうせき》のちりばめられた銀の卵《たまご》を拾いあげた。ヴィヴィアンは喜んで重い鉄の箱を手にした。なんといっても、自分の時代にあったものなのだから。ヴィランデル博士はまたガラスの柱へむかった。見ると、柱はもうまわっていない。

「時計が止まっているんですか?」ジョナサンがきいた。

「しばらくのあいだはな」ヴィランデル博士が答えながら、柱の壁《かべ》を押《お》し広げて中に入り、下へすーっと姿《すがた》を消した。ジョナサンがあとに続き、それからヴィヴィアンも柱に入った。上がったときと同じくらい簡単《かんたん》だった。不思議なのも同じだ。

『日時計塔《とう》』の一階の丸い部屋へ足を踏《ふ》み出してみると、十二の扉《とびら》はすべて開いていて、『古びの館《やかた》』

の護衛《ごえい》の年とった男性《だんせい》が床《ゆか》にすわり、目がまわっているような、とまどった顔をしていた。ヴィランデル博士は足をひきずって横を通りすぎるとき、護衛《ごえい》の肩《かた》をたたいてきいた。「気分はよくなったか？」それから正面の扉《とびら》を抜《ぬ》け、階段《かいだん》のいちばん上の広い場所へ出た。

片側《かたがわ》にはドニゴール氏が、パトロール隊員たちと立っていた。反対側には、少し息を切らしているエリオと、『とこしえのきみ』ウォーカー氏、エンキアン氏、ラモーナ、ほかにも何人かの人がいた。サムは母親のラモーナの足もとにすわりこんでいる。くたびれたようすで、精神防護《せいしんぼうご》スーツはやっぱりぴらぴらした帯状《おびじょう》に細く裂《さ》けていた。

　ヴィランデル博士のうしろからヴィヴィアンとジョナサンが出ていくと、みんな歓声《かんせい》をあげたが、一人として動きはしなかった。三人の守り手の邪魔《じゃま》をしたくないらしい。

　守り手たちは扉《とびら》の正面で、横一列にならんでいた。護衛《ごえい》に立つパトロール隊員みたいにも見えるが、どんなパトロール隊員よりもずっと力がありそうだ。

　金の番人がゆっくりと前に進み出て、あの無愛想《ぶあいそう》だった顔に満面の笑みを浮《う》かべ、ヴィランデル博士に金の器《うつわ》をさしだした。それは、『日時計塔《とう》』をかたどったとても美しい金色の品だった。番人がさしだしたとき、てっぺんについている金の鐘《かね》がチリンと鳴った。

「ちょっと待て」ヴィランデル博士は番人に言うと、ヴィヴィアンとジョナサンに頼《たの》んだ。「ほかの二人にも、それぞれの器《うつわ》を返してやってくれないか？」

　ジョナサンは、銀の見はりの細長いきらきらする両手に、銀の器《うつわ》をそっと渡《わた》した。見はりは受け取ると、丁重におじぎをした。ヴィヴィアンは、鉄の守り手がうれしそうにのばしてきたぼやけた手に、鉄の器《うつわ》を渡《わた》した。守り手はお礼の代わりに、にかっと思いきりひょうきんな笑顔を返してくれたが、ヴィヴィアンは相手が器《うつわ》にふれた瞬間《しゅんかん》、前に守り手にふれたときも感じた、あのぞくっとする感覚を味わうことになった。そういえば、ヴィランデル博士に対しても、何度かこの「ぞくっ」を感じたことがあったっけ。

「ありがとう」鉄の守り手が静かに言った。それからほかの二人の守り手と一緒《いっしょ》に、何かを期待するような顔で、器《うつわ》をヴィランデル博士にさしだした。

博士は軽くため息をついた。「わかった。どうやらその時が来たようだ」

博士が鉛《なまり》の器《うつわ》を前へさしだすと、三人の守り手たちは前に進み出、自分の器《うつわ》を近づけた。この三人は見かけはまるっきり似《に》ていないけれど、背丈《せたけ》はヴィランデル博士とぴったり同じだ、とヴィヴィアンは気づいた。

四つの器《うつわ》が、全員ののばした手の中でくっつきあい、一瞬《いっしゅん》ちらっと光ったと思ったら、鉛《なまり》の小さな卵《たまご》の中にほかの三つがとけこんでいった。同時に、三人の守り手たちもちらちら光りだし、ヴィランデル博士の体に重なるように入りこんでいく。博士の顔がぱっと、鉄の守り手の気のふれたような細長い顔に変わった。次いで銀の見はりの、おとなしく悲しそうな骸骨《がいこつ》みたいな顔がとってかわった。その次には、金の番人の農夫のような顔つきが現《あらわ》れる。

ヴィランデル博士は、気持ちよさそうには見えなかった。腕《うで》をふりまわし、足を踏《ふ》み鳴らしている。四つの顔がまざりあい、苦痛《くつう》の表情《ひょうじょう》にも見えるしかめっつらになった。でも最後にぶるっとふるえ、大きなせきばらいをすると、博士は鉛《なまり》の器《うつわ》をしげしげと見た。今は前よりもうすい色になって、銀と茶と金の筋《すじ》が入っていた。卵《たまご》のまわりの空気は、さっきよりも勢《いきお》いのある渦《うず》を描《えが》き、ヴィランデル博士の紫《むらさき》のローブの前でゆらいでいる。博士は満足そうにうなずいた。

この人物はヴィランデル博士にはちがいないが、前とそっくり同じではなかった。顔がより整って、大きな口のはしがきゅっとつりあがっているところは、鉄の守り手そっくりだ。ただし、神経質《しんけいしつ》そうな礼儀正《れいぎただ》しさを感じさせるところは、銀の見はりの特徴《とくちょう》だろう。あごは丸くてがんこそうで、まさに金の番人のものだ。突然《とつぜん》ぎろりとこちらを見た目は、前ほど小さくはない。でも相変わらず賢《かしこ》そうで、クマみたいだし、やっぱりヴィヴィアンのことをからかっているようだ。

「わしがだれだか、わかるか？」博士がヴィヴィアンにきいた。もうあまり低い声ではない。金の番人の声みたいに大きく響《ひび》くが、鉄の守り手と銀の見はりの声音《こわね》でやわらげられている。

「まだ私《わたし》をからかうつもりなんですね。えーと、いろんな人がまざりあった人みたい。人間ってだれでも、そうなのかもしれませんけど。でも、もしかしたらと思うんですけど、フェイバー・ジョンじゃありませんか？」

そこにいた全員が息をのんだ。

「正解《せいかい》だ！」ヴィランデル博士が叫《さけ》んだ。「この子がめずらしく正しい答えを出したぞ！　だがまあ、この子は、『歴史』の中で町を支《ささ》えていた私《わたし》の分身全員に、実際《じっさい》に会っているのだからな」

エリオがせかせかと進み出て、片《かた》ひざをついた。「フェイバー・ジョン、ご主人様。私《わたし》を注文して作らせてくださったお方——」

「こら、立たないか！　注文したのはたしかだが、ご主人呼《よ》ばわりはやめてくれ。今は急いで『永久《とわ》の広場』へ行かなければならん」フェイバー・ジョンはそう言うと、エリオの横を大股《おおまた》で通りすぎ、階段《かいだん》をおりていった。今も少し足をひきずっている。フェイバー・ジョンは『永久《とわ》の広場』で何をするつもりなのだろうと、全員があわててあとを追った。

階段《かいだん》をおりはじめたころには、『時の町』のいたるところで、大変動が起きていた。ヴィヴィアンは列車のゆれになれるように、地面がゆれても平気になってしまっていて、どんどんひどくなっていることに気づいていなかった。今ではかなり大きなゆれになっている。おりていく足の下で、階段《かいだん》がぐらぐらゆれながら持ちあがり、ひびが入ったりした。遠くの方で、人々が『四時代大通り』を走って渡《わた》るのが見える。川へ逃《に》げようとしているらしい。そうしたい気持ちはヴィヴィアンにもよくわかった。

特に激《はげ》しい横ゆれが起きたとき、右上の方から、何かが崩《くず》れるすさまじい音がした。ぱっと見ると、ちょうど『年の館《やかた》』の金の円屋根《まるやね》が横すべりし、もうもうとわきおこる粉塵《ふんじん》の中に消えていくところだった。『四時代大通り』の金属《きんぞく》のアーチがひとつ、ねじれて倒《たお》れ、そのむこうでは、シャリンシャリンとものすごい音をたてて『千年館《かん》』の青いガラスドームがべしゃっとつぶれ、ガラスの破片《はへん》が大量に『時の川』へなだれ落ちた。

フェイバー・ジョンは、こうしたことは何ひとつ起こっていないかのように、ただ足をひきずって進みつづけた。ヴィヴィアンは、フェイバー・ジョンが落ち着いているならだいじょうぶ、と自分が思っていることに気づくと、階段《かいだん》の下から、もりあがってうねる通りをだーっと走り、フェイバー・ジョンに追いついた。フェイバー・ジョンのとなりにはジョナサンがいた。サムを抱《だ》いて歩いているエリオもいた。サムはエリオの肩《かた》にもたれかかり、英雄《えいゆう》ぶった得意げな顔つきをしていた。ヴィヴィアンが追いついたのを見ると、前歯を二本見せてにーっと笑った。

フェイバー・ジョンがヴィヴィアンに言った。「いろいろ建《た》てなおさねばならんな。崩《くず》れたのはほとんど、わしが分裂《ぶんれつ》したあとに造《つく》られた、できの悪い建物ばかりだ」

アーチから光の帯を発していたしくみが、おかしくなってしまったらしく、ポンポン音をたて、ぽんやりしためちゃくちゃないたずら描《が》きのような光を放《はな》っている。が、卵《たまご》を持ったフェイバー・ジョンが足をひきずりながら下をくぐると、ひとつ目のアーチは少し回復《かいふく》したようだ。

「どういうことが起こるか、わかってたんですか?」みんなでそのアーチを抜《ぬ》けたあと、ヴィヴィアンはきいてみた。

「だいたいは想像《そうぞう》がついていた。それをすべて書きとめたものを『リーの館《やかた》』なんぞに残しておいて、あのやたらと銃《じゅう》を撃《う》ちたがるなさけないやつの手に渡《わた》してしまったのは、わしの大失敗だ。だが、何かまずいことがあったときのために、わしの子孫には少しくらい手がかりをやっておかねばと思ったのだ。器《うつわ》が永遠《えいえん》に失われるようなことになってほしくなかったからな。そこで、器《うつわ》をどうしたかについて、おおまかに書いた文書を残しておいたのだ。

鉄の器《うつわ》は、わりあい簡単《かんたん》に見つかるようにしてあった。というのも、いちばん力が弱い器《うつわ》だから、まちがった者の手に渡《わた》ってもそう問題はないと思ったからだ。銀の器《うつわ》のありかも書いたが、ひどくやっかいなところに置くことで、『歴史』のかなりあとの時代に生み出される高等技術《ぎじゅつ》がないと、発見できないようにした。それから金の器《うつわ》については、盗《ぬす》もうとする者をまどわすため、三つの場所を記《しる》しておいた。さいわいにも、鉛《なまり》についてはひとことも書かなかった。わしの一部がこの町に残り、守るだろうと思ったからだ」

「私《わたし》がだれかということは知っていたんですか?」ヴィヴィアンはきいた。

「そんなはずがないだろう? 自分のことすら知らなかったのだから。もちろん、会った瞬間《しゅんかん》から、にせ者だということは見ぬいていたよ。あの『時の幽霊《ゆうれい》』のうちの一人だということも。だから、きみをわしの生徒にして、大事な事実をしっかり教えてやるのがいちばんいい、と思ったわけだ。だが、これからきみをどうするかについては、きいてくれるな。そういうことを決めるのは『時の奥方《おくがた》』の方だからな」

なんだか不安になる言葉だった。ヴィヴィアンはそのあとはだまったまま、フェイバー・ジョンの巨《きょ》体《たい》の横をちょこちょこ走ってついていった。アーチを次々にくぐるにつれ、光の帯が順にパチパチいって、もとどおりに働きだした。大通りの中ほどまで来たころには、逃《に》げる人の姿《すがた》はぱらぱらとしか見えなくなっていた。フェイバー・ジョンが人々のそばに近づいたとき、少し離《はな》れたところで一軒《けん》の家が倒《たお》れ、がれきがざざーっと通りへなだれ落ち、フェイバー・ジョンのすぐ足もとまで押《お》しよせてきた。エンキアン氏がぎょっとしたようすで、横っとびにがれきをよけた。

フェイバー・ジョンが逃《に》げる人々を指しながら言った。「エンキアン、きみも逃《に》げたかったら、あの連中についていってもかまわんぞ」

エンキアン氏はちょっとそうしたそうな顔で川の方を見たあと、いかにも威厳《いげん》たっぷりにつんとあごを上げ、返事をした。「私《わたし》は喜んでこの町に残る。町のために働けることを誇《ほこ》りに思っているのだ」

「うそもたいがいにしろ！　まじめな話、きみが行くことにしても、わしはとがめないよ、エンキアン」とフェイバー・ジョン。

エンキアン氏は口ごもった。「私《わたし》は……その……どうしても知りたいのなら言うが、『歴史』のえんえんと開けた空間が、何よりも恐《おそ》ろしいんだ」

ジョナサンと同じなんだ、と思ったヴィヴィアンは、エンキアン氏に対して前よりはやさしい気持ちが持てるようになった。たぶんフェイバー・ジョンも同じように感じたのだろう、こわれた家のがれきをみんなで踏《ふ》みこえるとき、ジョナサンにこう頼《たの》んでいた。「今後わしがあの男をいじめることがあったら、注意してくれないか？」

一同は階段《かいだん》をのぼり、『滅《ほろ》ばずの館《やかた》』と科学研究所のあいだの道に出た。研究所の『来しかた館《かん》』と『ゆくすえ館《かん》』の双子《ふたご》のドームは、どちらもびくともしていない。フェイバー・ジョンは横目でちらっと見あげると、うれしそうな顔をした。『滅《ほろ》ばずの館《やかた》』も、かたむいたハチの巣形のすべてがぐらぐらゆれていたが、こわれる気配はなかった。こういう力に負けないように、最初から造《つく》られていたかのようだ。

「いいぞ。このあたりの建物は全部、わしが建てたんだ」フェイバー・ジョンは言い、早足で『永久《とわ》の広場』へ入っていった。

ここでも建物はゆれていたが、ほとんどがこわれてはいなかった。ただひとつ、年代パトロール庁《ちょう》の建物だけは、正面部分の白い壁《かべ》がごっそり落ちていた。『永久《とわ》の広場』の真ん中には、たくさんの人が集まっている。たしかにここは、町でいちばん安全な場所のひとつだろう。大多数が『時の町』の人々だが、逃《に》げおくれた観光客もけっこうまじっていた。疎開《そかい》の子どもたちもたくさんいて、遠くで崩《くず》れる円屋根《まるやね》や、ゆれる塔《とう》をおびえた顔で見つめている。

フェイバー・ジョンが近づいていったとき、一人の疎開《そかい》の少年の言葉がヴィヴィアンの耳にとびこんできた。「空襲《くうしゅう》だ！　こんなとこにいちゃいけねえ。防空壕《ぼうくうごう》に入ってねえと」

だが、まわりの『時の町』の人々と観光客のあいだには、どうしてわかったのか、こんなささやきが広がっていた。

「フェイバー・ジョンだ！」

真ん中の石のところへたどりついたときには、フェイバー・ジョンはすでに、畏《おそ》れうやまう人々の輪に囲まれていた。

ジェニーも広場にいた。疎開《そかい》の子どもたちをまとめようとしていたのをあきらめ、ジョナサンにかけよってきた。「よかった、無事だったのね！　でも、どうなっているの？　いったいこれから何が起こるの？　ヴィヴはどこ？」

ジェニーは『とこしえのきみ』ウォーカー氏を見、ラモーナを見た。そして二人の表情《ひょうじょう》から、リー家の三人の運命をさとったらしい。そのときのジェニーの顔を見て、ヴィヴィアンはまじめに考えさせられてしまった——こういう心の傷《きず》って、きっと治せない。どうしたってむり。心にぽっかり穴《あな》が開いちゃって、埋《う》まることは決してないのよ。

フェイバー・ジョンは、こまかく砕《くだ》けた板石から少し離《はな》れたところに立つと、腕組《うでぐ》みをして板石を見つめた。「ほぼぴったりの時間に来られたな。まだのようだが、いつ来てもいいころだ」

と、その直後、地面が今までにまして激《はげ》しく突《つ》き動かされた。遠くにある『かつての塔《とう》』の指みたいに細い尖塔《せんとう》が、大きくゆらゆらゆれている。中に保存《ほぞん》されている映画《えいが》はだいじょうぶかと、心配になって見つめていたせいで、ヴィヴィアンは、『フェイバー・ジョンの石』の破片《はへん》が粉々になって吹《ふ》き飛んだ瞬間《しゅんかん》を、あやうく見のがすところだった。粉塵《ふんじん》が砂嵐《すなあらし》のようにばらばらと顔にあたる。ヴィヴィアンは顔を腕《うで》で覆《おお》ったあと、粉塵《ふんじん》がもうもうと横へ流れていくようすにふたたび目をやった。石があったあとには、細長い穴《あな》がぽっかりとあいていた。

「防空壕《ぼうくうごう》があるぞ！」疎開《そかい》の子どもの一人が、ひどくほっとしたように叫《さけ》んだ。

しかし次の瞬間《しゅんかん》には、その子たちも、ほかの人々と一緒《いっしょ》にあとずさっていた。穴《あな》の中で何かが動く気配がする。何かすごく大きなものが、ぎこちなくのろのろと上がってくるらしく、重そうな足音のようなものが聞こえる。

　ヴィヴィアンはぞくぞくしてきた――『時の町』の下で寝《ね》ていた何かが、本当に目を覚まし、今、出てこようとしているんだ！　足音からすると、すべりながらも、足がかりを見つけて上がってくるらしい。ドスン……ズルッ……バン！

　穴《あな》から巨大《きょだい》な馬の頭が現《あらわ》れた。馬は耳をぴんと立て、『永久《とわ》の広場』と、穴《あな》のまわりで目を丸くしている人々を見てまばたきをした。それからぐっと力をこめて体をひきあげると、巨大《きょだい》なひづめをひとつずつ、ゆっくりと敷石《しきいし》の上へおろして、すっかり姿《すがた》を現《あらわ》した。

　馬の背《せ》には、女の人が乗っていた。手作りの服を着た、身なりにかまわない感じの女性《じょせい》だ。金髪《きんぱつ》は結いあげてあり、顔には心配そうなしわが刻《きざ》まれている。

　フェイバー・ジョンは女の人を見るなり、すごくうれしそうににっこりした。「『時の奥方《おくがた》』、わが妻《つま》よ。またなぜ馬など？」

『時の奥方《おくがた》』もちょっとほほえんだ。「いいでしょう？　体を残して出かけたとき、金の時代でうろうろしているのを見つけたのよ。私《わたし》が目覚めるころには、たぶん町には動物があまりいなくなっているだろうと思ったから、連れてきたの」

「あまりいないどころか、まったくいないいないんだ。町のやつらが汚《きたな》いのなんのと言って、いやがったのでな」とフェイバー・ジョン。

「まあ、ばからしい！　すぐにもっと連れてこなくては」『時の奥方《おくがた》』は片脚《かたあし》をひゅんと上げて馬の広い背《せ》の上で横乗りの姿勢《しせい》になり、今にも馬からおりそうになったが、そのまま馬上から、『永久《とわ》の広場』を見まわした。ジョナサンとヴィヴィアンは、信じられない思いで顔を見あわせた。この馬のことなら、知りすぎるくらいよく知っている。それに、奥方《おくがた》にも見覚えがある。ジョナサンを癒《いや》してくれた女の人だ。だが、金の時代で会ったときとまったく同じようすではない。あのときよりも色が白く、顔つきも、もっと複雑《ふくざつ》な性格《せいかく》に見える。町の下に残って眠《ねむ》っていたのは、彼女《かのじょ》のとても大事な部分だった、という気がする。

ヴィヴィアンは思った——私《わたし》ったらばかね！　地下で眠《ねむ》る人の姿《すがた》を見たとき、真っ先にお母さんのことを思ったくせに、女の人だとはまるっきり考えなかったんだから。でも、あの地下の姿《すがた》ほど大きくはないわ。どういうわけかしら？

「新しい血を入れたようね」『時の奥方《おくがた》』が、疎開《そかい》の子どもたちの方にうなずいてみせながら言った。

「いや、入れたわけではない。勝手にやってきたんだ。しかし、再生《さいせい》に合わせて、新しい子どもたちがなんらかの方法で現《あらわ》れるような気はしていたよ」と、フェイバー・ジョン。

『時の奥方《おくがた》』は笑いだした。それからやっと馬からおり立ち、フェイバー・ジョンにかけよった。見るからにどちらも、すごくうれしい、というようすだ。

「じゃあ、やってのけたのね、天才さん！　再生《さいせい》させるのはぜったいむりだと思っていたわ」奥方《おくがた》が言った。

奥方《おくがた》がおりるなり、馬はジョナサンとヴィヴィアンの方へポクポクとやってきて、じっとりした大きな鼻先をヴィヴィアンの顔に押《お》しつけた。馬の方も、二人のことを覚えていたのだ。ヴィヴィアンは馬に何をしてやったらいいかわからなかったが、サムはわかったらしく、エリオの腕《うで》からすべりおり、全体が無数の細い帯になった精神防護《せいしんぼうご》スーツをぴらぴらさせてかけよってきた。そして「ほら、ペパーミントのあめがあるよ」と言い、馬にあめをやってくれた。

「そのスーツ、どうしたんだ？　時計の部品にはさまれたのか？」ジョナサンがきいた。

サムは答えた。「ううん、『日時計塔《とう》』のてっぺんの鎧戸《よろいど》だよ。下が少し開いてて、ふちがとげとげになっていたんだ。でも、ゆっくりはっていったら、ぎりぎりでくぐれたよ。ジョナサンじゃぜったい出られなかったな。そっちは何があったの？」

「そうだな、最高だったのは、V《ヴィ》・S《エス》がV《ヴィ》・L《エル》（Lはリーの頭文字）の背中《せなか》にバターパイをつっこんだときだな」

サムは前歯を二本見せてにかっと笑ったが、すぐにせつなそうな顔になった。「バターパイかあ。それだよ、今ほしいのは」

「何言ってるの！　バターパイ中毒は、治してあげたでしょ！」ヴィヴィアンが言った。

「そうだけど。ぶり返しちゃったみたい」

最後の重要なできごとは、その日、少しあとになってから、『時学者の間《ときがくしゃのま》』で起きた。

ヴィヴィアンはどきどきしていた。ひとつにはそれが裁判《さいばん》の審問会《しんもんかい》であり、自分は審問《しんもん》にかけられる側の一人だったからだ。もうひとつには、昼間の光で見ると、『時学者の間』が思っていたよりずっと豪華《ごうか》に装飾《そうしょく》されていることに気づいたからだ。ヴィヴィアンは畏怖《いふ》の念にうたれてしまった。準貴石《じゅんきせき》でモザイクがほどこされた床《ゆか》から、きらめく星空が描《えが》かれた天井《てんじょう》にいたるまで、どこもかしこも、装《そう》飾画《しょくが》で飾《かざ》られているか、金箔《きんぱく》がはられているか、宝石《ほうせき》がちりばめられているかなのだ。

彫刻《ちょうこく》のついた座席《ざせき》は、人でいっぱいだった。こんなことはめったにない、とジョナサンに教えられ、そのことにもどきどきした。ヴィヴィアンの知っている人は、全員集まっていた。ペチューラとお手伝いたちもいれば、銀の時代でヴィヴィアンたちをつかまえたパトロール隊員たちもいる。『時の町』の人口の少なくとも半数は、ゆれがひどくなりはじめたとき、『歴史』の中へと逃《に》げてしまっていたものの、代わりに、戻《もど》ってきた監視官《かんしかん》たちや、川下の駅の『時の門』が正午から働かなくなったため、帰れなくなった観光客がいっぱいいた。そのため、『古びの館《やかた》』の護衛《ごえい》やパトロール隊員たち、ローブを着たえらい人たちがうしろで立ち見をするはめになっていた。

疎開《そかい》の子どもたちも、あちこちにたくさんまじっていた。『時の町』に残った人々にそれぞれひきとられたあと、裁判《さいばん》のようすを見たくてたまらない養父母に連れられ、やってきたのだ。子どもたちは眠《ねむ》そうな目を見ひらき、『時の町』のパジャマ服を不思議そうにいじくっていた。どうやらほとんどの子どもたちは、新しい両親にずいぶんと甘《あま》やかされているようだ。新しいおもちゃを持っていたり、こってり甘《あま》いものをもらったりしているのが見えた。

さらにめずらしくてどきどきするのは、前方片側《かたがわ》にある『とこしえのきみの座《ざ》』にすわった『とこしえのきみ』ウォーカー氏が、儀式用《ぎしきよう》のローブを着ていないことだった。簡素《かんそ》な黒い服を身につけているせいで、とても厳《きび》しくまじめそうに見える。うわさによると、フェイバー・ジョンが、だれも礼服を着るなと言ったらしい。

　そしてもちろん、フェイバー・ジョンこそが、いちばんどきどきさせられる存在《そんざい》だった。奥《おく》の天蓋《てんがい》の下にはふたつのりっぱな玉座《ぎょくざ》があり、ひじかけの先には動物の頭の彫刻《ちょうこく》、高い背《せ》もたれの上には翼《つばさ》のある太陽をかたどった、光り輝《かがや》く飾《かざ》りがついている。ジョナサンによると何千年も使われていなかったというこの玉座《ぎょくざ》が、今はフェイバー・ジョンと『時の奥方《おくがた》』によってしめられていた。そして、フェイバー・ジョンが礼服について実際《じっさい》なんと言ったかはわからないが、『時の奥方《おくがた》』はうまいこと夫に新しい紫《むらさき》のガウンを着せてしまっていた。奥方《おくがた》自身は、深い紺色《こんいろ》のドレスを身にまとっている。

『とこしえのきみ』ウォーカー氏が槌《つち》を打ち鳴らし、裁判《さいばん》の始まりを知らせた。それからふたつの大きなダイヤがはめこまれている翼《つばさ》の生えた太陽を取りあげ、厳粛《げんしゅく》なおももちでフェイバー・ジョンのところへ持っていった。

　フェイバー・ジョンは低く重々しい声で言った。「なんだ、それは？　どういうことだ？　うちわ代わりに使えとでも？」

『時の奥方《おくがた》』がフェイバー・ジョンをそっとひじで突《つ》いた。「わかっているくせに」

「職務《しょくむ》の証《あかし》です。これより先は、あなた様が『時の町』の『とこしえのきみ』の座《ざ》につかれるのでしょうから」『とこしえのきみ』ウォーカー氏が言った。

　フェイバー・ジョンはきっぱりと言った。「いや、『とこしえのきみ』にはならん。わしはどんなにがんばろうと、きみのように上手に儀式《ぎしき》の行列をやったり、大使たちを迎《むか》えたり、演説《えんぜつ》したりはできない。そういうことをしてくれる『とこしえのきみ』がいないとこまるのだ。きみはその職《しょく》からのがれられんよ、ランジット。その証《あかし》とやらをどけてくれたまえ」

「ですがもちろん、今後は『古びの館《やかた》』に住まわれることをお望みでしょうね？　一日猶予《ゆうよ》をくだされば——」

「それも望んではいない。『時の奥方《おくがた》』とわしはつねに、『リーの館《やかた》』として知られる屋敷《やしき》に住んできた。ちょうど今はあいているわけだから、二人であそこに戻《もど》ろうと思う。だがここにいる全員が、どうもわしに何か王らしいことをしてほしがっているようだから、ひとつ、短い演説《えんぜつ》をするとしよう」

『とこしえのきみ』ウォーカー氏は、自分の席に戻《もど》った。顔に浮《う》かんだ苦悩《くのう》の表情《ひょうじょう》からは、ほっとしているのか、それともがっかりしているのか、ヴィヴィアンにはわからなかった。ウォーカー氏が腰《こし》をおろすなり、フェイバー・ジョンが演説《えんぜつ》を始めた。

「不便なことになっていて申《もう》しわけない。『時の門』はすべて、『時の町』が新しい時空と結びつくまでの三日間、閉鎖《へいさ》される。そのあと、新たに『歴史』の上を周回しはじめることになる。そのころには『歴史』の方もおのずから整理され、新しい安定期、不安定期にわかれているだろう。よって、器《うつわ》をわけて配置する時期が来れば、置くのにもっとも適した時代を検討《けんとう》することになるだろう。だが当分のあいだは、すべての力を集め持った鉛《なまり》の器《うつわ》が、『時の町』を動かしていく。わしも、しばらくはこの町にとどまろう。何百年かしたら、また分身を作り、出ていかねばなるまいが——」

と、『時の奥方《おくがた》』が言った。「次は私《わたし》が出ていって、あなたが眠《ねむ》る番よ。そのことでまたけんかするのは、よしましょう」

「それについては、あとで話しあおう。分裂《ぶんれつ》するのはいやなものだぞ。それはともかく、わしがみなに言いたいのは、次の周回はもっとうまくやろう、ということだ。『時の町』は、安定期とばかり長く関係を持ちつづけた結果、自らも安定期だと勘《かん》ちがいするようになった。人々はひどく自分本位になり、危機感《ききかん》を失いすぎた。不安定期から来たごく若《わか》い人間に指摘《してき》されて、はじめてそのことに気づいたのだ。今後われわれは、『歴史』全体にとって役だつ存在《そんざい》となろうではないか。『時の議会』は、われわれがどういうことで役にたてるかを研究し、年代パトロール庁《ちょう》は、それを実行する手だてを考えることとする。わかったかね、アブドゥル？　では、審問《しんもん》を始めてくれ」

　サムの父親が立ちあがった。せきばらいをし、もじもじした。大勢《おおぜい》の前で話すより、人に命令する方が、ずっと性《しょう》に合っているらしい。

　ドニゴール氏はやっと口を開いた。「二カ月前、『ゆくすえ館《かん》』の科学研究所が、年代パトロール庁《ちょう》に対し、第一不安定期にはなはだしい異状《いじょう》が起きていると警告《けいこく》してきました。……なあ、これは全部知っていることだろう？　私《わたし》が『時の議会』に報告《ほうこく》したとき、おたくも聞いていたじゃないか」

「ああ、だが、『時の奥方《おくがた》』は聞いていない。すっかり知りたいそうだ」とフェイバー・ジョン。

「……そこで、えー、『時の議会』は、『ゆくすえ館《かん》』に詳細《しょうさい》な分析《ぶんせき》を依頼《いらい》しました。内容《ないよう》については、レオノフ博士がご説明します」ドニゴール氏は言い、やれありがたい、というようすですわった。

　疎開《そかい》の子どもたちと観光客のあいだにいたレオノフ博士が、立ちあがった。礼服を着るか着ないかでさんざん悩《なや》んだらしく、結局選んだのは黒いパジャマ服に科学者用の白く高い帽子《ぼうし》という、ちょっと妙《みょう》な組みあわせだった。博士は言った。「われわれは徹底的《てっていてき》に分析《ぶんせき》を行いました。『時の奥方《おくがた》』様には、眠《ねむ》りにつかれる前とはちがい、今はまったく新しい、高感度かつ高精度《こうせいど》の測定機器《そくていきき》が数多くございますことを、ご理解《りかい》いただきたくぞんじます」

『時の奥方《おくがた》』はにこっとし、じれったそうにうなずいた。たぶん、手短《てみじか》にしゃべってほしいというつもりだったのだろうが、そうはいかなかった。レオノフ博士は一時粒子《りゅうし》や時間粒子《りゅうし》、社会経済的《けいざいてき》図式法や一日標本抽出法《ちゅうしゅつほう》、指標時や時間結合効果《こうか》などについて話しつづけ、疎開《そかい》の子どもたちのほとんどは居《い》眠《ねむ》りを始めてしまった。ヴィヴィアンも、以前『とこしえのきみ』ウォーカー氏がエンキアン氏をなだめたとき以来、これほど退屈《たいくつ》な話は聞いたことがない、と思った。

「つまり、いったいどういうことなの？　もっと簡単《かんたん》な言葉で言うと？」とうとう、『時の奥方《おくがた》』がきいた。

「二種類の攪乱因子《かくらんいんし》があったということです、奥方様《おくがた》。どちらも時間粒子《りゅうし》をふくんでおり、『時の町』にとって脅威《きょうい》となりうるものでした。一方は局所的で一九三九年に存在《そんざい》し、他方はその時代全体に広がる、はるかに重みのあるものでした。後者と同様に重量のある時間粒子《りゅうし》は、べつのふたつの不安定期と、この『時の町』自体からも検出《けんしゅつ》されました。根源《こんげん》は、最終的には、一九三九年九月に存在《そんざい》するヴィヴィアン・スミスという名の少女と特定されました」

ヴィヴィアンは目を見ひらき、思わずすわりなおした。

レオノフ博士は着席した。ドニゴール氏がしぶしぶまた立ちあがり、フェイバー・ジョンに言った。

「その報告《ほうこく》は受け取りましたが、もちろん、すぐに『時の議会』へ提出《ていしゅつ》しました——そのときもおいででしたよね。私《わたし》は、年代パトロール隊が、問題の根源《こんげん》たる娘《むすめ》が乗っている列車を待ちうけ、娘《むすめ》をどこかの安定期へ移動《いどう》させる許可《きょか》を議会に求めました。そうすれば、娘《むすめ》のになう時間粒子《りゅうし》の影響力《えいきょうりょく》を消せるかもしれないと思われたからです」

エンキアン氏がうしろの方のベンチから立ちあがり、注目をうながすようにせきばらいした。「私《わたし》としましては、この計画はとても乱暴《らんぼう》なものと感じましたことを申しあげておきます。私《わたし》は反対したのです。このときばかりは、『とこしえのきみ』ウォーカー様も私《わたし》に賛成《さんせい》してくださり、たいへんうれしく思いました。しかし残念ながら、多数決で負けてしまいました。

そこで、私《わたし》と『とこしえのきみ』様は、せめてパトロール庁《ちょう》がその娘《むすめ》のために四十二番世紀で見つけたという、里親となる家族を査察《ささつ》させてほしい、と主張《しゅちょう》しました。そして私《わたし》が個人的《こじんてき》にかなりの努力をはらって、実際《じっさい》に見てまいりましたところ、不適切《ふてきせつ》であるとわかりましたので、私《わたし》自身の手でべつの里親を選びなおしたのです。その後、『とこしえのきみ』様と私《わたし》は、列車を迎《むか》える一行にくわわりたいということも主張《しゅちょう》しました。混乱《こんらん》し、怖《こわ》がるにちがいないその娘《むすめ》に、なぜそのようなことをせざるをえないのか、きちんと説明したいと思ったからです。ですが、そのあとどうなったかは、いわば『歴史にあるとおり』です。娘《むすめ》を見つけることができなかったのです」

エンキアン氏がしゃべっているあいだに、ジョナサンの顔はどんどん赤くなっていた。エンキアン氏が着席すると、ジョナサンはだれの目にもとまりたくないというように、ひざに顔がつくほど縮《ちぢ》こまった。

だが、フェイバー・ジョンはこう言った。「どうやらここで、ジョナサン・ウォーカー君の話を聞いた方がよさそうだな」

父親そっくりの苦悩《くのう》にみちた表情《ひょうじょう》を浮《う》かべ、ジョナサンはのろのろと立ちあがった。「ぼくはまちがえてしまいました。というか、まちがえて、正しい女の子をつかまえたんです」

『時の奥方《おくがた》』が笑った。「順を追ってお話しなさい」

「最初はただの冒険《ぼうけん》のつもりでした」とジョナサンはまず白状《はくじょう》したが、それからは最後まで、とてもしっかりとわかりやすく説明した。言いわけしたり、必要以上に自分を責《せ》めたりもしない。ヴィヴィアンは感心してしまった。ジョナサンはすごく成長したのね！　私《わたし》はどうかしら……？

　ジョナサンの話を聞いて『時の奥方《おくがた》』はどう思っているのだろうか、と目をやると、奥方《おくがた》はひざの上にひじをつき、両手であごを支えて、顔をしかめていた。フェイバー・ジョンもしかめっつらだ。ジョナサンの話が、エリオがレオン・ハーディから二人を救ったところまで来ると、フェイバー・ジョンは言った。「もうすわっていい。次のところはエリオに話してもらおう」

　エリオはぴょんと立ちあがった。玉座《ぎょくざ》の前のあいたところへ出るなり、またもや片《かた》ひざをつく。「お許《ゆる》しください、ご主人様！　奥方様《おくがた》！　私《わたし》は非常《ひじょう》に賢《かしこ》く行動したつもりでしたが、実際《じっさい》にはひどく愚《おろ》かでした。罰《ばっ》せられて当然なのです！」

　フェイバー・ジョンが言った。「エリオ、そうやって卑屈《ひくつ》にふるまうのがやめられないのなら、あの研究所に送り返すぞ。わしがおまえを、町の再生《さいせい》が始まる前に届《とど》くよう注文したのは、まずいことが起きるのをおまえが止めてくれるかもしれないと思ったためもあるが、主《おも》には、再生後《さいせいご》わしが町で暮《く》らす数百年のあいだ、知的な話し相手がほしかったからなのだ。まともになれないのなら、『時の門』が使えるようになったらすぐ、火星に送ってしまうからな。さあ、立って、少しは人間らしくしたまえ！」

　エリオはあわてて立ちあがった。「でも私《わたし》は、鉛《なまり》の器《うつわ》を見ても、それと気づけませんでした！」

「もともとわかりにくいようにしてあったのだ。そんじょそこらのやつに、これがそうだとふりまわされてはかなわんからな。いいから早く、おまえの話を聞かせてくれ」

　そこでエリオは話しはじめた。年代パトロール隊にけさ町へ連《つ》れ戻《もど》されたところまで来ると、フェイバー・ジョンはそこまででいいとエリオに言い、今度はサムにきいた。「きみは何か言いたいことがあるかね？」

サムはきっぱりと言った。「ない！」

「よろしい。ではわが妻《つま》、『時の奥方《おくがた》』よ、その先は私《わたし》から説明しよう。『歴史』全体が崩壊《ほうかい》しつつあるにもかかわらず、ジョナサンはヴィヴィアン・スミスを連れて、またもや二十番世紀にとびこんだ。少年に変装《へんそう》していた自分のいとこをつかまえようとしたのだが、『歴史』が危機状態《ききじょうたい》になっていたばかりか、いとこはすでに『時の町』へ戻《もど》っていたため、当然のことながら失敗した。ひとつだけ幸運だったのは、二人がこのときは鉛《なまり》の器《うつわ》を持っていかなかったことだ。……さて、全部聞いて、どう思うかね？」

『時の奥方《おくがた》』は両手であごを支えたまま、しばらく考えていた。これから奥方《おくがた》が裁《さば》きをくだすのだろう。ヴィヴィアンは、顔をしかめている『時の奥方《おくがた》』を見まもりながら、リー氏に銃《じゅう》をむけられたときと同じ気分を味わっていた。『時の奥方《おくがた》』はゆっくりと口を開いた。

「まずは、ジョナサンのことから始めましょう。エリオについては、あなたにまかせないと、よけいな口出しをするなと言われそうだものね。ジョナサンは法を破《やぶ》りました。でも彼《かれ》は『時の町』の民《たみ》ですから、レオノフ博士が言う時間粒子《りゅうし》とやらを持っていないことになるため、町がもとどおりになるのを待って、改めて『時の議会』による裁判《さいばん》を受けることとします」

ジョナサンは青くなった。ヴィヴィアンは知らないうちに立ちあがり、気づいたときにはこう言っていた。

「そんなのひどいわ！　『時の町』のことを本当に心配していたのは、ジョナサンだけだったのよ。最後には、『歴史』のことも心配してくれるようになったんだから！」

『時の奥方《おくがた》』はまたいらいらしたように言った。「ちっともひどくありません。『時の議会』はちゃんと、ジョナサンの動機も考慮《こうりょ》に入れて裁《さば》くでしょう。次はサムのことですが――」

「なんで？　ぼくはいいでしょ？　ヒーローなんだもん。『時の町』を救ったんだ」サムの大声が響《ひび》いた。

「でも、やはり法を破《やぶ》ったでしょう。『時の議会』には、あなたがもう少し大きくなるまで、裁判《さいばん》は延期《えんき》するよう提案《ていあん》しておきます。それまでにもっと法を破《やぶ》らなければ、の話だけれど」と『時の奥方《おくがた》』。

サムは呆然《ぼうぜん》としたようすで、ラモーナの方に倒《たお》れこんだ。『時の奥方《おくがた》』はさらに続けた。

「さて、ヴィヴィアン・スミスのことですが、この子はとてもやっかいな立場にいます」

「私《わたし》は何もまちがったことはしてません」とヴィヴィアン。

『時の奥方《おくがた》』はするどい口調《くちょう》で言い返した。「まちがったことをするつもりはなかった、ということでしょう？　まだわかっていないようね？　いい、あなたは『歴史』から町へやってきた。ということは、あの口の達者《たっしゃ》なレオノフ博士の言う、一時粒子《りゅうし》をもともと持っていたわけ。しかも、まったく同じ場所の同じ時間に三度も存在《そんざい》してしまった。二度目のときには鉛《なまり》の器《うつわ》も一緒《いっしょ》だったわね？　さらに、その器《うつわ》を使って、『歴史』のあちこちの時代をとびまわったのよ。『ゆくすえ館《かん》』の科学研究所の目にとまるのも当然だわ！　パトロール隊が銀の時代からあわててひったてきたのも、むりないわ！　レオノフ博士の言い方を借りると、あなたは時間粒子《りゅうし》を山ほど負ってしまったの。つまり、私に言わせれば、この先ずっと、あなたが行く『歴史』はどこであれすべてかき乱《みだ》されてしまう、ということよ。うちに帰すわけにはいかない。帰ったら、二十番世紀があなたのまわりで吹《ふ》っ飛《と》んでしまうわ。どこかべつの星へ行ってもらうしかないわね。どう、それは？」

ヴィヴィアンはどう考えたらいいかわからなかった。人が本当にべつの星に行けるなんてことは、ありえない気がする。突《つ》っ立ったまま、故郷《こきょう》の二十世紀のことも考えてみた。でも、二十世紀だって、今は地下壕《ちかごう》や放射性燃料《ほうしゃせいねんりょう》で走る列車がある、変なところになってしまった。私《わたし》の居場所《いばしょ》なんてないのかもしれない。どこにも行くところがないのだ。

『とこしえのきみ』ウォーカー氏が立ちあがり、「公邸暮《こうていぐ》らしには欠かせない存在《そんざい》」がどうのこうのと話しはじめたが、ヴィヴィアンはぼんやりとしか聞いていなかった。ところが次には、ジェニーもぱっと立ちあがった。ヴィヴィアンは今まで、努《つと》めてジェニーを見ないようにしていた。ジェニーは弟のヴィヴのことを思って、静かに涙《なみだ》を流していたからだ。でもそのジェニーが、彫刻《ちょうこく》のほどこされた席をけって立ちあがり、どなりだしたときには、ヴィヴィアンもほかの人たち同様、見ないではいられなかった。

「何言ってるのよ！　あなたもフェイバー・ジョンも、くそ食らえよ！　この子がくだらない時間粒子《りゅうし》とやらを山ほど持っている、ですって？　それがどうしたっていうの？　私《わたし》は気にしないわよ！」

あたりがしーんと静まり返った。ジェニーは顔を真っ赤にして、視力調整機能《しりょくちょうせいきのう》のちらちらの下から涙《なみだ》をぼろぼろ流しながら、そのままどすん、とすわった。だが『とこしえのきみ』ウォーカー氏は立ったままだ。ウォーカー氏は、人々がもぞもぞしはじめたのを見計らって、大声で言った。

「妻《つま》と私《わたし》は、ヴィヴィアン・スミスをこの『時の町』にとどめ、公邸《こうてい》で私《わたし》たちと生活させることを要求する。この要求をのんでもらえないなら、私《わたし》は『とこしえのきみ』の職《しょく》をおりる」そしてふたたび『とこしえのきみ』の証《あかし》を取りあげ、玉座《ぎょくざ》へ持っていった。「さあ、どうぞ。たぶんお二人のどちらかが、この仕事をせざるをえないでしょうな。これをやってみようなどというたわけ者は、この町にはほかにいないでしょうから」

あたりはまたもや、ぴたりと静かになった。フェイバー・ジョンが、やわらかいが死刑《しけい》を宣告《せんこく》するような声で言った。「どうだね、きみとジェニーは石器時代で暮《く》らすというのは？」

「ありがたくない話です。でも、耐《た》えましょう。ジェニーもです。ジョナサンの面倒《めんどう》は見てくださるよう、お願いすることになりますが――」

「頼《たの》まなくていいよ。ぼくも一緒《いっしょ》に行く。お父さんが正しいよ」ジョナサンが言った。

エリオも立ちあがり、フェイバー・ジョンにむかって言った。「そういう取り決めになるのでしたら、私《わたし》もウォーカー様と一緒《いっしょ》にまいります。私《わたし》の助けが必要になるでしょうから。それに私《わたし》は、ヴィヴィアンお嬢《じょう》さんのことが特に気に入っているのです」

それを聞いて、フェイバー・ジョンは頭をそらし、大笑いを始めた。「さて、『時の町』は今のところ、なんとかヴィヴィアン・スミスの存在《そんざい》に耐《た》えているようだな。こわれても、建てなおしはいくらでもできる。どうだね、『時の奥方《おくがた》』よ？」

奥方《おくがた》もほほえんだ。「危険《きけん》な賭《か》けだけれど、いいんじゃないかしら。ヴィヴィアン、あなたの気持ちはどう？」

ヴィヴィアンはうれしかったが、同時に悲しい気もした。「私《わたし》……すごくうれしいですけど……けど、お母さんとお父さんにとっても会いたいんです」

「それはなんとかできるかもしれない。きみのいた時代は、戦争のさなかだ。戦争中は、人が大勢《おおぜい》行方不明になるものだからな」フェイバー・ジョンが言い、『時の奥方《おくがた》』に問いかけるようなまなざしをむけた。奥方《おくがた》はうなずいた。すると、フェイバー・ジョンはヴィヴィアンに言った。

「ようし。『時の門』が開くまでは何もできないが、ご両親を連れてこられるとなれば、次回の個人指《こじんし》導《どう》のときに知らせてやろう」

ヴィヴィアンはこんな返事をされるなんて、思ってもいなかった。「これからも私《わたし》を教えるってことですか？」

フェイバー・ジョンは答えた。「わしはいったん始めたことは、決してあきらめないのだ。もっと頭を使うようにしこめば、なかなかどうして、いい生徒になるかもしれん。三日後に、ジョナサンと一緒《いっしょ》に来たまえ。場所はいつもどおり、『まれなるはて』だぞ」

て盛《も》りこみながらも、物語がテンポよくすいすい進むようにと、私《わたし》はさらに時間をかけ、ていねいに書き上げました。

ダイアナ・ウィン・ジョーンズ

日本の読者のみなさんへ

私《わたし》は、実際《じっさい》に書く何年も前から、作品の構想《こうそう》を暖《あたた》めることがよくあります。『時の町の伝説』は、そうした物語のひとつです。最初に頭に浮《う》かんだ〈時の町〉は、ひどく変わった町でしたから、どんな感じのところで、どんなものがあるかがはっきりわからないと、書けないと思ったのです。

まずは、〈時の幽霊《ゆうれい》〉、〈時の町〉と〈歴史〉を行き来できる〈時の門〉、それに〈時の議会〉や〈滅《ほろ》ばずの館《やかた》〉、〈絶《た》えざる学舎《がくしゃ》〉といったものが、だんだんと見えてきました。何よりも知りたかった、どうしたら時空旅行によって〈歴史〉が変えられるのかということも、わかるようになりました。ただ、〈歴史〉の中で不安定期と安定期があることや、それぞれがいつの時代にあたるかが理解《りかい》できるようになるまでには、かなり時間がかかってしまいました。

やっと何もかもが明らかになり、いざ書こうとしたときには、今度は逆《ぎゃく》にあれこれ知りすぎてしまった気がしました。〈時の町〉についてわかったことをすべ

訳者あとがき

時間というのは、ただ過去《かこ》から現在《げんざい》、未来へと、直線のようにまっすぐに進んでいる、と思いますか？　実はほとんどの古代文明では、時間は「丸い」と考えられていました。丸いというのはつまり、始まりからある期間がたつと、すべてがもとの状態《じょうたい》に戻《もど》ってやり直しになる、ということです。たとえば太陽は、毎日のぼっては沈《しず》みます。夜空に見える星々も、一年たてば同じ配置に戻《もど》ってきます。冬が来たあとはかならず春がおとずれますし、生き物は生と死をくり返します。そうしたことから、人類、星々、ひいては宇宙全体《うちゅうぜんたい》が誕生《たんじょう》と消滅《しょうめつ》を規則的《きそくてき》に円を描《えが》くようにくり返しているという考えが、古代では主流だったのです。では、円のようにぐるぐるまわっている時間を外から見ると、どんな感じなのでしょう？

このお話の主人公のヴィヴィアンは、第二次世界大戦が始まったころの英国に暮《く》らすごく普《ふ》通《つう》の女の子だったのですが、知らない少年にさらわれ、人類の歴史全体の「時間の円」の外にあるという、『時の町』へ連れていかれました。そして『時の町』は、町独自《どくじ》の時間の流れの終わりに来ていると聞かされます。せまっている危機《きき》を乗りこえ、新たに町を再生《さいせい》することはできるのでしょうか？　また、ヴィヴィアンはもとの暮《く》らしに戻《もど》ることができるのでしょうか？

本書『時の町の伝説（A Tale of Time City）』は一九八七年に英国で出版《しゅっぱん》された、世界的に有名なファンタジー作家、ダイアナ・ウィン・ジョーンズの作品です。

ジョーンズは現在までに四十ほどのユニークなファンタジーを書いています。うれしいことに、近年日本でもずいぶん紹介《しょうかい》されるようになりました。「魔法使《まほうつか》いハウル」のシリーズ二作、「大魔法使《だいまほうつか》いクレストマンシー」のシリーズ五作、『マライアおばさん』、『七人の魔法使《まほうつか》い』と徳間書店《とくましょてん》から出ているほかにも、東京創元社《とうきょうそうげんしゃ》（「ダークホルム」シリーズなど）や、最近では東洋書林（『ダイアナ・ウィン・ジョーンズのファンタジーランド観光ガイド』）からも訳書《やくしょ》が出版《しゅっぱん》されています。

ダイアナ・ウィン・ジョーンズの作品には魔法《まほう》が多く出てくるのですが、本書の中で起こる不思議なことは魔法《まほう》ではなく、しくみは謎《なぞ》ながらも科学的なものとして描《えが》かれているので、ややSFの趣《おもむき》があります。でも主人公が次から次へと困難《こんなん》に見舞《みま》われる中、ユーモアをまじえて勢《いきお》いよく物語が進むところは、いかにもダイアナ・ウィン・ジョーンズらしいと感じます。

この物語の中で重要な鍵《かぎ》として登場するものに、鉛《なまり》、金、銀、鉄の四つの器《うつわ》があります。四つの中で、鉛《なまり》がいちばん力があることになっているのですが、鉛《なまり》が金や銀よりまさるって、どうして？　とお思いになるかもしれません。これはおそらく、中世に特にさかんだった錬金《れんきん》術《じゅつ》において、鉛《なまり》が原材料として重要視《じゅうようし》されていたからではないかと思われます。鉛《なまり》から金などの金属《きんぞく》が作れるという当時の考え方が、鉛《なまり》の器から金や銀、鉄の器が分身として生み出される、というアイディアにつながったのではないでしょうか。

また、ヴィヴィアンの個人指導教授《こじんしどうきょうじゅ》として登場するヴィランデル博士の名前は、北方ドイツから来て英国に住み着いた古代民族サクソン人の伝説や、北欧神話《ほくおうしんわ》にある、冶金《やきん》の神あるいは妖精王《ようせいおう》の「ヴェーラント」に由来していると思われます。ヴェーラントは鍛冶《かじ》の腕前《うでまえ》があまりにすばらしかったので、ぜひとも手もとにとどめておきたいと考えた王に、脚《あし》の腱《けん》を切られた、と言われています。ギリシャ神話の火と鍛冶《かじ》の神へパイストスもまた、理由はちがいますが、脚《あし》が不自由です。へパイストスは、美の女神アフロディテの夫になりましたが、夫婦仲《ふうふなか》はよくなかったといいます――フェイバー・ジョンと「時の奥方《おくがた》」は、とても仲がいいようですが。

さらに、ヴィランデル博士の住む小部屋『まれなるはて』のあるところは、『ヘロドトス堂』です。ヘロドトスは、『歴史』という大著《たいちょ》を著《あらわ》した古代ギリシャの人で、「歴史の父」とも呼《よ》ばれています。

ちなみに作中出てくる『フェイバー・ジョンの石』に刻《きざ》まれているラテン語の碑文《ひぶん》は、まるで暗号のようですが、ラテン語の辞書などをあたってだいたいの意味の見当をつけ、作者にも確認《かくにん》したところ、「ファブ（FAB）……イオウ（IOV）」はフェイバー・ジョンをラテン語にしたもののそれぞれ頭の部分、「アエト（AET）」は「アエタース」、つまり時代、「Ⅳ」はローマ数字の四、「コンディ（CONDI）」は「コンドー」、設立《せつりつ》するという意味の動詞《どうし》の活用形の一部だということで、つまり、この石に刻《きざ》まれてるのは、ヴィヴィアンが訳《やく》すよう言われた文書そのものなのだそうです。

主人公のヴィヴィアンは、第二次世界大戦が始まったころの子どもということになっています。一九三四年生まれの作者自身、五歳《さい》のころにこの戦争の開戦を経験《けいけん》し、「世界が一気におかしくなった」と感じたといいます。「このときの経験《けいけん》が今の自分の作風を作っている」と語るほど、戦争は異常《いじょう》なものとして心に焼きついているようです。そうした作者の経験《けいけん》からすると、ヴィヴィアンや疎開《そかい》の子どもたちが、戦争のさなかにある二十世紀の世界に帰れないのも、あながち不幸ではない、ということになるのかもしれません。

ところで原書には英国版《えいこくばん》と米国版《べいこくばん》があるのですが、作者によると「米国版《べいこくばん》の編集者《へんしゅうしゃ》は非常《ひじょう》に入念な仕事をする」ため、米国版《べいこくばん》の方が何カ所かに文や語句《ごく》が多く入っていました。作者と相談した結果、訳書《やくしょ》ではそういう箇所《かしょ》もすべてとり入れることにしました。

この本が出る翌月《よくげつ》の七月には、ジョーンズ・ファン仲間でもある友人、野口絵美さんが訳《やく》される"Power of Three"が出版《しゅっぱん》されることになっていますので、私《わたし》もとても楽しみにしています。またその翌月《よくげつ》にはもう一冊《さつ》、英国《えいこく》でのジョーンズの最新作"The Merlin Conspiracy"が拙訳《せつやく》で出る予定です。これはダイアナ・ウィン・ジョーンズが書いた中でもとりわけ長い話ですが、あるめずらしい身の上の男の子と、異世界《いせかい》の女の子の二人の視点《してん》から描《えが》かれた、またまたユニークなファンタジーです。こちらも楽しんでいただければ幸いです。

いつも快《こころよ》く質問《しつもん》にお返事をくださるダイアナ・ウィン・ジョーンズさん、今回原文との突《つ》きあわせをしていただいたのがご縁《えん》で、お知りあいになれた翻訳家《ほんやくか》の多賀京子《たがきょうこ》さん、毎度楽しい表紙や挿絵《さしえ》を描《か》いてくださる佐竹美保《さたけみほ》さんと編集《へんしゅう》の上村令さんをはじめ、ちょっぴりいそがしかったスケジュールで苦楽をともにした皆様《みなさま》に、心から感謝《かんしゃ》いたします。

二〇〇四年三月

田中薫子《たなかかおるこ》

【訳者】
田中薫子（たなかかおるこ）
1965年生まれ。子どものころ、ニューヨークとオーストラリアのシドニーで計五年半暮らす。慶應義塾大学理工学部物理学科卒。訳書に「力と運動」（東京書籍）「ウサギの丘」（フェリシモ出版）「ぞうって、こまっちゃう」「じゃーん！」「魔法使いの卵」「時間だよ、アンドルー」「大魔法使いクレストマンシー　クリストファーの魔法の旅」「同　魔女と暮らせば」「マライアおばさん」、「チャーリー・ボーンの冒険」シリーズ（以上徳間書店）など。

【画家】
佐竹美保（さたけみほ）
富山県に生まれる。上京後、SF・ファンタジーの挿絵を描き始め、のちに児童書の世界へ。主な挿絵に、「十五少年漂流記」「メニムー家の物語」シリーズ（以上講談社）、「不思議を売る男」「宝島」「虚空の旅人」（以上偕成社）、「シェーラひめのぼうけん」シリーズ（童心社）、「ハウルの動く城」シリーズ、「魔法使いの卵」「マライアおばさん」「七人の魔法使い」「大魔法使いクレストマンシー」シリーズ（以上徳間書店）、「これは王国のかぎ」「西の善き魔女」（中央公論新社）など。

【時の町の伝説】
A TALE OF TIME CITY
ダイアナ・ウィン・ジョーンズ作
田中薫子訳 translation © 2004 Kaoruko Tanaka
佐竹美保絵 illustrations © 2004 Miho Satake
424p、19cm NDC933

時の町の伝説
2004年６月30日　初版発行
2010年９月30日　７刷発行
訳者：田中薫子
画家：佐竹美保
装丁：鈴木ひろみ
フォーマット：前田浩志・横濱順美

発行人：岩渕　徹
発行所：株式会社　徳間書店
〒105-8055 東京都港区芝大門2-2-1
TEL(048)451-5960(販売)(03)5403-4347(児童書編集)　振替00140-0-44392
本文印刷：本郷印刷株式会社　カバー印刷：株式会社トミナガ
製本：ナショナル製本協同組合
Published by TOKUMA SHOTEN PUBLISHING CO., LTD., Tokyo, Japan.　Printed in Japan.
徳間書店の子どもの本のホームページ　http://www.tokuma.co.jp/kodomonohon/

ISBN978-4-19-861876-6

魔女と暮らせば

田中薫子 訳／佐竹美保 絵

両親をなくしたグウェンドリンとキャットの姉弟は、遠縁にあたるクレストマンシーの城にひきとられた。
だが、将来有望な魔女グウェンドリンは、城の暮らしがきゅうくつで我慢できず、魔法でさまざまないやがらせをしたあげく姿を消してしまう。
代わりに現れた、姉にそっくりだが「別の世界から来た別人だ」と主張する少女を前に、キャットは頭を抱える。やがて、グウェンドリンの野望の大きさが明らかになる事件が…？　**ガーディアン賞受賞作。**

トニーノの歌う魔法

野口絵美 訳／佐竹美保 絵

魔法の呪文作りで名高い二つの家が、反目しあうカプローナの町。両家の魔法の力がなぜか弱まって、他国に侵略されそうな危機の中、活路は失われた「天使の歌」をふたたび見出すことしかない。

だが大人たちは「危機は悪の大魔法使いのせいだ」というクレストマンシーの忠告にも耳を貸さず、互いに魔法合戦をくり広げている。

そのとき、両家の子どもたちトニーノとアンジェリカが、「呼び出しの魔法」に惑わされ、人形の家に囚われてしまい…？

魔法がいっぱい

シリーズ外伝

田中薫子・野口絵美 共訳／佐竹美保 絵

次代クレストマンシーのキャットは、イタリアからやってきた「興味深い魔法の力を持った少年」トニーノのことが気に入らない。でも、邪悪な大魔法使いにさらわれてしまった二人は、力をあわせ…？
クレストマンシーをめぐるおなじみの人々が大活躍する『キャットとトニーノと魂泥棒』をはじめ、『妖術使いの運命の車』『キャロル・オニールの百番目の夢』『見えないドラゴンにきけ』の計四編を収めた、クレストマンシーシリーズの外伝。

ダイアナ・ウィン・ジョーンズの代表連作

大魔法使いクレストマンシー

クレストマンシーとは、
あらゆる世界の魔法の使われ方を監督する、大魔法使いの称号。
魔法をめぐる事件あるところ、つねにクレストマンシーは現れる!

魔法使いはだれだ

野口絵美 訳／佐竹美保 絵

「このクラスに魔法使いがいる」なぞのメモに寄宿学校は大さわぎ。魔法は厳しく禁じられているのに…。続いて、魔法としか思えない事件が次々に起こりはじめる。突如襲う鳥の群れ、夜中に講堂にふりそそぐ靴の山、やがて「魔法使いにさらわれる」と書き残して失踪する子が出て、さわぎはエスカレート。

「魔法使いだ」と疑われた少女ナンたちは、古くから伝わる助けを呼ぶ呪文を、唱えてみることにした。「クレストマンシー!」すると…?

クリストファーの魔法の旅

田中薫子 訳／佐竹美保 絵

クリストファーは幼いころから、別世界へ旅する力を持っていた。クリストファーの強い魔力に気づいた伯父の魔術師ラルフは、それを利用し始める。
一方老クレストマンシーは、クリストファーが自分の跡を継ぐ者であることを見抜き、城に引き取る。だが、クリストファーが唯一心を許せるのは、別世界で出会った少女「女神」だけだった。やがてクリストファーの力をめぐり、城は悪の軍勢の攻撃を受け…?
クレストマンシーの少年時代を描く。

時空を元気よく駆け抜ける子どもたち

時の町の伝説

田中薫子 訳／佐竹美保 絵

歴史の流れから切り離されて存在する別世界〈時の町〉に、人ちがいでさらわれた11歳のヴィヴィアン。風変わりな少年たちとともに二十世紀へ戻ると、すでにそこは…?
アンドロイドに幽霊、〈時の門〉…
不思議いっぱいの町と、さまざまな時代を行き来して華々しく展開する異色作。

英国の霧にかすむ湿原に脈うつ呪いとは?

呪われた首《くび》環《わ》の物語

野口絵美 訳／佐竹美保 絵

同じ湿原に暮らす〈人間〉と〈巨人〉、水に棲《す》む〈ドリグ〉。怖れ、憎みあっていた三種族の運命が、ひとつの呪われた首環をめぐって一つにあざなわれ、〈人間〉の長《おさ》の後継ぎゲイアは、巨人の少年と友だちになるが…? 妖精伝説・巨人伝説に取材した、独特の雰囲気ある物語。

魔法使いマーリンの恐るべき罠!

花の魔法、白のドラゴン

田中薫子 訳／佐竹美保 絵

魔法に満ちた世界〈ブレスト〉に住む、宮廷付き魔法使いの娘ロディは、国中の魔法を司る「マーリン」が陰謀を企てていることに気づいてしまう。一方、〈地球〉に住む少年ニックはある日、異世界に足を踏み入れ、ロディと出会うが…? 冥《めい》界《かい》の王、燃えあがるサラマンダー、古《いにしえ》の魔法に伝説の竜《ドラゴン》…多元世界を舞台に二つの視点から描かれた、波乱万丈のファンタジー巨編!

https://www.tokuma.jp/kodomonohon/
徳間書店

読者と著者と編集部をむすぶ機関紙
子《こ》どもの本《ほん》だより
2021年9月／10月号　第28巻　165号

『オンボロやしきの人形たち』より　

編集部　小島範子

数年前から中学の図書館司書として働いている友人から、「中学生に読んでほしい司書からの課題図書」を考えているから、さまざまな切り口からお薦めの本を教えてほしいと頼まれました。喜んでお手伝いすることに。

生徒たちは、新しい本についての情報に敏感で、本屋大賞に入った本などは進んで読み、昨年その中学で一番読まれた本は、『ぼくはイエローでホワイトで、ちょっとブルー』だとか。毎日図書室に来る子もいて、どんどん新しい本を借りていくそう。そんな生徒たちに、「こんな本もあるんだよ」と、幅広いジャンルの本を薦めようと思い立ったそうです。

子どもたちがさまざまな「実体験」をすることが難しいいまこそ、読書を通じて、心を豊かにし、広い世界を旅してほしいと、私も思いを同じくしました。

とはいえ、本を作る立場からすると、あれもこれも読んでほしいものばかり。迷いに迷って三十冊ほどに絞り込み、あらすじとお薦め理由をつけてリストを提出、生徒たちからのフィードバックを心待ちにしているところです。

『劇場版 アーヤと魔女』がもっと楽しくなる！

東京都三鷹市 「アーヤと魔女展」（三鷹《みたか》の森ジブリ美術館）

八月二十七日に公開されたスタジオジブリのアニメーション映画『劇場版《げきじょうばん》 アーヤと魔女』。その映画制作の舞台裏を知ることができる企画展、「アーヤと魔女展」が、三鷹の森ジブリ美術館にて開催中です。

今号は「子どもの本の本屋さん」のコーナーをお休みし、この「アーヤと魔女展」について美術館の広報ご担当の桐《きり》林《ばやし》さつきさんにお話をうかがいました。

Q 「アーヤと魔女展」の企画が立った経緯《いきさつ》を教えてください。

A 展示スタッフによると、二〇二〇年九月頃に『アーヤと魔女』の社内試写会があり、その頃から当館でこの作品を紹介する展示ができないか、と案が出ていたそうです。その後、企画の実現にむけて当館から監督の宮崎《みやざき》吾朗《ごろう》に相談していくなかで、展示したいこと・ものがしだいに具体的になり、企画展が決まりました。

3DCGアニメーションは、コンピューターだけを使って映像を作る、と思われがちですが、実際には手描きで絵を描いたり、登場する小道具を作って造形を確かめてみたりすることもあります。その制作工程がよくわかり、お客さまに楽しんでいただけるような展示をめざして構成を考えていきました。

監督はこの展示への思い入れが強く、物量も情報量も多い展示になったと思います。

Q 展示の見どころは？

A 監督が原作『アーヤと魔女』をもとに絵コンテを作り、その絵コンテをもとに、近藤勝也《こんどうかつや》がキャラクターデザイン、美術デザインのスタッフが物語に出てくる世界の建物や小道具の詳細を詰めて、その後3DCGアニメーターがキャラクターを作っていく過程がわかる構成になっています。

児童書が好きで、学生時代には、ちひろ美術館で働いていたという桐林さつきさん。

絵コンテとは、ひとつのカットに使う時間や、キャラクターの動き、台詞、意図などが書き込まれた映像の設計画のようなもので、『アーヤと魔女』の場合は全部で千五十四カット分ある絵コンテを全て吾朗監督が描きました。

美術デザインのスタッフたちが美術設定のために描いた背景や小道具の手描きの絵も、映画では見ることができないのでおすすめです。

『アーヤと魔女』のスタッフのなかには、物語の世界観をつかむために、一週間ほどイギリスに行ってロケハンをした者もいます。

たとえば、ベラ・ヤーガと名乗るド派手な女と謎の男マンドレークが暮らす十三番地の家にある物干しは、実際にイギリスでスタッフが見たものを参考に描いています。私は、アーヤが魔女の家に引き取られるまで暮らしていた「聖モーウォード子どもの家」を描いた絵が特に好きです。アーヤにとってこの家は天国のような

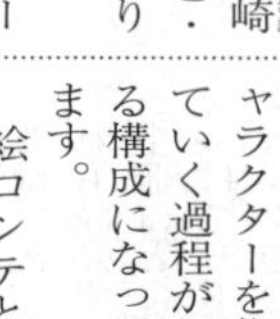

『劇場版 アーヤと魔女』のポスター

場所なので、とても明るくて住みやすい素敵な居場所として描かれているなと感じます。

ベラ・ヤーガの作業部屋は、美術デザインをもとにモデリングするのにおよそ一年ほどかかりました。一瞬しか映画に登場しない小道具もありますが、形が3DCG上で見たときにおかしく見えないように、実際に作ってみたものも多いんです。

展示ではほかにも、アーヤの顔の表情を3DCG上で動かして遊ぶことができる体験コーナーがありますので、お子さんといっしょに楽しんでいただけたらと思います。アーヤの顔の表情には作った方の個性が出るので、ご自身の顔と似ていることがよくあります。体験コーナーには鏡がありますので、ぜひ見比べてみてください。

ベラ・ヤーガの人形も実際に作っていました！

Q　展示にまつわるエピソードで印象に残っていることはありますか？

A　展示の配置からキャプションまで、至るところに宮崎吾朗のこだわりと心遣いを感じました。体験コーナーに鏡を設置しようと提案したのも、監督です。公開の直前まで悩んで、全体の構成を作りこんでいました。

Q　最後に桐林さんからメッセージを一言、お願いします。

A　３ＤＣＧアニメーションはジブリの新しい試みですので、これまでの２Ｄアニメーションのジブリ作品との違いに驚く方はいらっしゃると思います。

でもこの展示をご覧になれば、スタジオジブリの物づくりへのこだわりは３Ｄのアニメーションになっても変わらないことが、わかっていただけるのではないでしょうか。

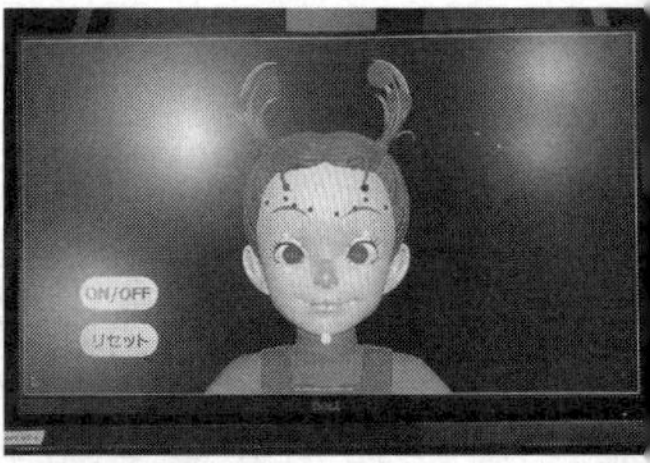

アーヤの表情を作って遊ぶことができる体験コーナーの画面。

映画を観てから展示を見ても、展示を見てから映画を観ても、「アーヤ」の世界観への理解が深まり楽しめると思いますので、映画とあわせて足を運んでいただけるとうれしく思います。

ありがとうございました！

原作の児童文学『アーヤと魔女』とアニメ絵本『アーヤと魔女』も徳間書店から好評発売中です。この機会に手にとってみてください。

※三鷹の森ジブリ美術館は日時指定の予約制です。今後、開館時間やチケット販売方法などは変更になる可能性がありますので、美術館の公式ＨＰにて最新情報をご確認ください。

三鷹の森ジブリ美術館

〒181-0013
東京都三鷹市
下連雀1丁目1-83

TEL：0570-055-777

https://www.ghibli-museum.jp/

Twitter @GhibliML

JR「三鷹駅」「吉祥寺駅」から徒歩約15分

コミュニティバス「三鷹駅南口」発、「三鷹の森ジブリ美術館」下車、約５分

絵本の魅力にせまる!

絵本、むかしも、いまも…

第144回「生きていることの喜びに溢《あふ》れた絵本」
シビル・ウェッタシンハ『かさどろぼう』

文：竹迫祐子《たけさこゆうこ》
ちひろ美術館学芸員、同財団理事。主な著書に、『ちひろの昭和』ほか。

鮮やかな色彩が心奪う絵本『かさどろぼう』は、日本でも人気の一冊。昨年六月に九十三歳でこの世を去ったスリランカの画家、シビル・ウェッタシンハの代表作です。

人々がまだ「傘《かさ》」を見たことがない、そんなスリランカの小さな村が舞台のお話です。雨が降れば、バナナやヤム芋の葉っぱや籠《かご》をかぶってしのぎます。この村に暮らすキリ・ママおじさんが、ある日バスに乗って街へ行くと、そこには赤、青、黄色、花模様や水玉模様の色鮮やかな大きな花のようなものをさして歩く人たち。すっかり心を奪われ、早速、その色鮮やかなもの＝傘を買いに行ったキリ・ママおじさんは、選びに選んでお気に入りの一本を買って帰ります。傘を見たことのない村人に、どんな風に見せびらかそうか？ ニンマリ、お披露目の仕方を思案しながら、コーヒー屋さんに寄って…。

ところが店を出ると、自慢の傘がありません。それから、何度買って帰っても、その度に傘は盗まれ、盗まれ…。はてさて、傘泥棒は誰？

描かれた村人たちの暮らしぶりは、まさに画家が生まれ育った土地のもの。ウェッタシンハは、インドの南に浮かぶ島国スリランカ南部のゴール県ギントタという集落に生まれます。彼女の自伝『わたしのなかの子ども』（松岡享子訳／福音館書店）には、六歳になりイギリス式の教育を受けるために一家で首都コロンボに移るまでの、ギントタでの日々が、微に入り細に亘《わた》って綴られています。

父は建設業を営むおおらかでユーモアのある人。母は愛情豊かで家族にも集落の人々にも面倒見のよい人でした。父方の祖母、亡くなった父の兄の未亡人とその息子等々たくさんの家族と近所の人々皆に愛されて育った少女は、鬱蒼《うっそう》と木々が茂り色とりどりの鳥が飛び交う豊かな自然の中、伝統的な料理やお菓子を食べ、毎日毎夜父母が語る昔話に胸躍らせ、村人たちの歌を聴き、母の自慢の刺繍や暮らしを彩るさまざまな装飾を愛で、それらひとつひとつを心に刻み込んで育ちます。

何より、育《はぐく》まれた自由な心、旺盛な好奇心と観察眼が、長じて彼女をさらに広い世界、未知の世界へと誘《いざな》いました。物心ついて最初に絵を描く喜びに目覚めたのは、緑色にきれいに塗りなおされたリビングの壁。彼女は台所の炭で我を忘れて絵を描いたといいます。それを見つけて、大いに感動するお父さんと、大慌てで消させるお母さんが愉快です。

絵は独学。十五歳の時に本の挿絵を描きはじめ、十七歳で地元の新聞社に勤めてからは、主に子ども向けの記事やコラムに絵を描くようになり、子どもの本の仕事へ。

鮮やかでありながら、眼に優しい独特の色彩。幼い日に炭で描いたのと同様に、対象を自身の眼が捉《とら》えたままに自由に引かれる太い黒い線。愉快なことを見逃さないような登場人物の大きな目。ウェッタシンハの世界には、生きていることの喜びが溢れ、それが読者の心も満たしてくれます。

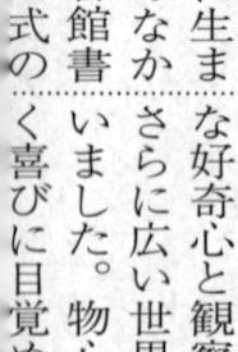

『かさどろぼう』
シビル・ウェッタシンハ 作・絵
いのくまようこ 訳
徳間書店

野上暁の児童文学講座

「もう一度読みたい！」'80年代の日本の傑作

第73回 遠藤文子《えんどうふみこ》『ユリディケ 時をこえた旅人たちの物語』（一九八九年／理論社）

文：野上《のがみ》　暁《あきら》
児童文学研究家。著書に『子ども文化の現代史～遊び・メディア・サブカルチャーの奔流』（大月書店）ほか。

　この作品は、今から三十年以上も前に刊行された、当時二十代の新人作家のデビュー作です。当時、ユニークな構想力と起伏に富んだ物語作りの巧みさに驚嘆させられたことを思い出します。冒頭に記された「やがて闇が天を覆い／氷が地を閉ざすとも／暗黒の長き冬は／序《はじ》まりのまえの終焉」に始まる詩が、叙事詩的な物語を予感させ、びっしり文字の詰まった三百ページを超えた大作でしたが、一気に読まされました。

　伝説の戦争が終わった後、地上の温度が急激に下がり、世界は氷に閉ざされて、現代よりも進んだ文明が滅びてから二千年後。再び暖かくなつた世界に誕生した緑豊かで平和な国ウォルダナが舞台です。美しく、好奇心旺盛で夢多き少女ユナ（ユリディケ）は、二十歳を迎える若者たちを祝う伝統のダンスパーティーの夜、思いもよらぬ運命を告げられます。二千年前の予言に従って、ユナは世界を救うためにダイロスの剣を探す旅に出ることになるのです。

　その剣は、悪い魔法を使うダイロスという王が、世界征服を目指し、人間に永遠の命を与えるためにつくらせたものです。死なない命が欲しいばかりに、ダイロスは自分の言いなりになる灰色の騎士をどんどん増やし、全世界を支配し、巨大王国に永遠に君臨しようとしたのです。しかし、野望を阻止しようとした王子と相打ちになり、ダイロスは悪の生涯を閉じました。にもかかわらず、灰色の騎士たちは主人の復活を待ちながら、さまよい続けています。

　ユナは、行方不明のダイロスの剣を探す使命を与えられるのですが、そんな伝説をにわかに信ずることができません。ところが、ユナの気持ちなどお構いなしに、永遠の命を得るためにダイロスに身を売った、影のない灰色の騎士たちが立ち現れ、危険が身近に迫ってきます。ハラハラドキドキの冒険活劇的な要素を織込みながらの展開は意外性に満ち、物語の面白さを堪能させられます。

　そしてユナは、波乱万丈の困難な旅を通して、運命の申し子であることを次第に自覚し、身を挺して悪と戦うことになるのです。そんなユナの内面の変化や、彼女の周辺の登場人物の個性も実に鮮やかに描かれ魅力的です。

　冒険ファンタジー的な要素にラブロマンスも絡めた物語の面白さは抜群で、いま読んでもワクワクさせられますが、そこに込められた地球温暖化や環境破壊への危機感、平和への熱い願いなど、今日的な課題についていち早く取り上げていた作品です。

　紙の本は、残念ながらしばらく前から書店では手に入らなくなっていますが、作者自身が大幅に加筆し、ユナの年齢も二十歳から十七歳に若返らせるなど修正を加え、ウェブ上で改訂版を公開しています。いまも物語は新たな展開を続け、未完の大作となっています。タイトルを打ち込んで検索すれば、どなたでも自由に全文を読むことができますので、ぜひご覧ください。

『ユリディケ
時をこえた旅
人たちの物語』
遠藤文子 作
宇野亜喜良 絵
初版1989年
理論社

読書の秋にお薦め！　このシリーズ、読んだ？

秋は、読書にぴったりの季節。ゆっくりじっくり、シリーズ物の物語を読んでみてはいかがでしょう？ 徳間書店から刊行しているお薦めのシリーズを一挙にご紹介します！

【小学校低・中学年から】
「ごきげんなすてご」シリーズ（全3巻）
いとうひろし作

弟が生まれて三か月、弟ばかりかわいがられることに腹を立てたおねえちゃんが家出をする一巻目。それから二か月たった二巻目では、おねえちゃんは弟がいる幸せを、ほかの人にもわけてあげようとして…？ 三巻目では、生後八か月になった弟に、芸を教えようと…？ 小さなおにいちゃん、おねえちゃんの心をぎゅっとつかむロングセラーの幼年童話です。

「モンスタータウンへようこそ」シリーズ（既4巻）
土屋富士夫作・絵

モンスタータウンは、モンスターと人間がなかよくくらす町。主人公のモン太くんは、子どものドラキュラ。おかあさんは魔女、おとうさんはフランケンシュタインで、親友はガイコツくん。エジプトから遊びにきたミイラくんとのエピソードや、モンスターたちが大はりきりするハロウィーンパーティーのお話など、ユニークなモンスターたちが楽しくくらすモンスタータウンを、のぞいてみませんか。

ゆかいなイラストがいっぱいで、はじめての「ひとり読み」にもぴったりです。

「四つの人形のお話」シリーズ（全4巻）
ルーマー・ゴッデン作／久慈美貴訳

人形の家に入れられっぱなしで、外に出たいと願う人形、おもちゃ屋さんでだれかに買ってもらうのを待つ人形、持ち主の人間を助ける人形、子どもの願いを叶える人形など、物語の名手ルーマー・ゴッデンによる、人形をテーマにした珠玉の幼年童話のシリーズ。人形たちの想いが細やかに描かれ、胸を打ちます。

「ふたりはなかよし、マンゴーとバンバン」シリーズ（全2巻）
ポリー・フェイバー作
クララ・ヴリアミー絵／松波佐知子訳

マンゴー・ナンデモデキルは、勉強も運動もなんでもできる女の子。ある日マンゴーは、横断歩道にうずくまっているバクの子を見つけます。一緒にくらすことになったマンゴーとバクのバンバンはすぐになかよしになりますが、いろんな騒動を引き起こして…？ おしゃれでかわいいイラスト満載の、人間の女の子と、バクの子のゆかいなお話。

【小学校中・高学年から】
「もうジョーイったら」シリーズ（全2巻）
ジャック・ギャントス作／前沢明枝訳

ジョーイは、教室で落ちついて座っていられず、問題児扱いされている男の子。ある日、ちょっとした事件から、「特別支援センター」へ送られることに。そこで信頼できる人たちに出会って…? 個性豊かな少年の内面と家族との絆を軽妙な筆致で描いた物語です。

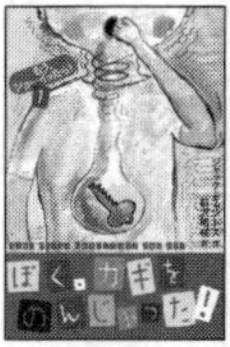

「ものだま探偵団」シリーズ(既4巻)
ほしおさなえ作/くまおり純絵

五年生の七子《ななこ》は、坂木《さかき》町《ちょう》に引っ越してきたとたんに、物にやどった魂=「ものだま」の声が聞こえるようになった。同じく、ものだまの声を聞くことができるクラスメイトの鳥羽《とば》といっしょに、七子は「ものだま探偵団」として、ものだまのしわざで起きる不思議な現象を解決していくことになり…? 小学生のものだま探偵団が大活躍する、ワクワクのミステリー。

十二月には新刊も登場します!

「大魔法使いクレストマンシー」シリーズ(全7巻)
ダイアナ・ウィン・ジョーンズ作
野口絵美・田中薫子訳/佐竹美保絵

「クレストマンシー」とは、あらゆる世界の魔法の使われ方を監督する、大魔法使いの称号。魔法をめぐる事件があるところ、常に魅惑のクレストマンシーが現れる! 〈ファンタジーの女王〉、〈英国の宝〉と評された著者による魔法ファンタジーの傑作。

【小学校高学年から】
「オリガミ・ヨーダの事件簿」シリーズ(全5巻)
トム・アングルバーガー作/相良倫子訳

クラスの変わり者のドワイトは、いつも折り紙で作った「スター・ウォーズ」のヨーダの指人形をはめている。何か困ったことがあると、ドワイトは折り紙のヨーダに相談。すると、アドバイスがもらえるのだ。クラスメイトのレポートをまとめた形のユニークな読み物。シリーズ中盤から子どもたち対教育委員会の攻防戦に発展し…?

「バンダビーカー家は五人きょうだい」シリーズ(既2巻)
カリーナ・ヤン・グレーザー作・絵/田中薫子訳

舞台は、ニューヨーク・ハーレム地区にある、歴史ある建物のアパート。にぎやかなバンダビーカー家の五人きょうだいそれぞれの成長や、一家と近所の人たちとの交流を描いた心あたたまる物語。〈現代の都会を舞台にしながら、クラシックな香りのする、心温まるファミリードラマ〉と、全米で高い評価を受けた児童文学。

【十代から】
「勾玉三部作」シリーズ(全3巻) 荻原規子作

神々が地上を歩いていた古代日本、光と闇がせめぎあう戦乱の世を舞台に絢爛豪華《けんらんごうか》に織りあげられた『空色勾玉』。ヤマトタケル伝説を下敷きに描かれた『白鳥異伝』。平安の暁を壮大なスケールで描いた『薄紅天女』。日本のファンタジーの金字塔と評される、勾玉をめぐるシリーズです。

私と子どもの本

第139回「瀬田貞二訳で親しんだナルニア国」『ライオンと魔女』

文：久保陽子
東京大学文学部英文科卒。児童書編集者を経て翻訳家に。訳書に『ぼくの弱虫をなおすには』（徳間書店）『ハートウッドホテル』（童心社）などがある。

「ナルニア国ものがたり」は神学者でもあったC・S・ルイスによる児童文学です。豊かな自然と魔力のあふれる架空の国ナルニアが創られ、崩れ去るまでを全七巻にわたり描いた壮大なファンタジーです。

わたしがこの本を読んだのは大きく言って三回で、いずれも瀬田貞二訳です。初めは中学生のときでした。わたしの育った鹿児島の家は祖父母と同居で、一日二回、仏壇に線香をあげ、お墓は手入れをかかさない、日常に仏教文化の浸透している環境でした。そんな中で手にしたこの本が表すキリスト教のアレゴリーは新鮮で、キリストを想起させるナルニアの王アスランの言葉を噛みしめて読みました。児童文学、翻訳文学に関心を持つきっかけにもなりました。

鹿児島を出て東京の大学に進学し、英文学を専攻したのも、将来の道として出版界と翻訳文学が視野にあったからでした。出版社の児童書編集者の職に内定した後、卒論のテーマにこの本を選び、原書とともに読み返しました。まだ学生だったわたしは、中学時代とそう変わらず作品を楽しみましたが、以前はぼんやりと捉《とら》えていたキリスト教的な要素を具体的に認識するようになりました。

善と悪。誘惑に負ける者と負けない者。アスランに対し好感情を抱く者と悪感情を抱く者。ルイスは各シーンで登場人物の行動や感情を二つのタイプに分け、その対比によって、読者である子ども達に道徳観を「教え」という形ではなく、物語を楽しむ中で自然に学ばせているのだと気づきました。

それから社会人となって公私ともに様々な経験をし、編集者から翻訳家に転身し、今では四十歳となりました。先日、久しぶりに読み返したところ、昔はアスランの教えに圧倒され、未知なことだらけの世界に取り込まれるようだった読書体験は、少しちがうものになっていました。今では俯瞰《ふかん》的に内容を捉えるようになり、アスランの言葉もより納得いくようになりました。

翻訳面からも気づくことがあります。瀬田訳の特徴の一つに、登場人物の名前の意味を邦訳で生かすという点があります。例えば『ライオンと魔女』に出てくるGiant Rumblebuffinを「巨人ごろごろ八郎太」とするなど。わたしが『ハートウッドホテル』などのファンタジーを訳した際にも、名前の音よりも意味を生かしてきましたが、それは瀬田訳に親しんできたことが影響しているのだと思います。

瀬田訳の定着していた『ナルニア国ものがたり』ですが、今は新訳も刊行されています。読み比べると、新訳の方がわかりやすいと感じる面もある一方、やはりわたしはこれからも瀬田訳の独特な味わいで読み返すだろうと思います。それは文体が好みだからかもしれませんし、遠い中学生時代からの思い出と重ねているからかもしれません。一つの作品に対し、折々の年齢で読み返したときの感覚の違いを体験してみるのも、読書の楽しみだと思います。

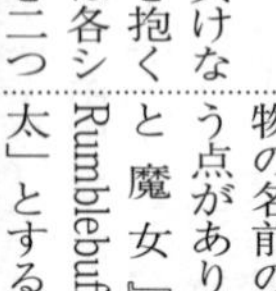

『ライオンと魔女』
C・S・ルイス 作
瀬田貞二 訳
岩波少年文庫

上大崎発 読書案内

『結婚式ってなに？』

編集部おすすめの本をご紹介します。

「結婚」について小学生が真剣に考える児童文学『ネバーウェディングストーリー』は、「モールランド・ストーリー」シリーズの三作目。

主人公は、小学校六年生の女の子コトノハ。三十四階建てのマンションの三十二階に住んでいます。小学校までの通学路は、大きなショッピングセンター「モールランド」の中と、そこにつながっているデパート「カールホフ」の横の通路で、雨が降っても濡れる心配もなく、夏でもエアコンが効いているから快適。クラスでよく話をするのは、700《ななひゃく》とパルという男子。三人は、モールランドとカールホフを遊び場にしています。特殊な設定のようにもとれますが、都市部に暮らす子どもたちのなかには、同じような環境で暮らす子もいることでしょう。

近所に豪華なホテル「プーロ」がオープンし、コトノハはプーロが遊び場になるかどうか、見学にでかけます。と、ロビーで行われていたのが、公開結婚式。生まれて初めて見る結婚式、コトノハは、席について見学することにします。「新婦の父から新郎の手へ新婦が渡されます」というアナウンス、結婚指輪の交換、結婚証明書のサイン、ブーケトス…どれも初めて見聞きすること、自分の両親も同じようなことをしたのだろうか、とふしぎでなりません。

コトノハの家は、夫婦も親子も互いに「個」を大切にしていて、それぞれが相手を尊重し、意見や考えを述べています。コトノハは、周囲をじっくりと観察し、変だなと思ったことを拾い上げ、違和感をもった部分を言語化し、疑問を解こうと考えを深めていく子どもですが、その姿勢がとても魅力的。

パルと700も一緒に、コトノハは、その後プーロで行われた模擬結婚式を見学してから、結婚式は誰が主役なのか、考えこみます。「新婦が父親と歩いて新郎に渡される」場面は、それぞれがどんな気持ちなのか想像できないため、自分たちで試してみることに。結婚式をまねて役割分担をし、父親にリードされて歩く新婦の気持ちで廊下を歩くと、コトノハは気持ち悪さを感じます。新婦は、父親に保護され、渡されたあとは新郎に保護される存在？　一人で歩いてはいけないの？　じゃあ、待っている新郎はどんな気持ちなんだろう、と役割を交代してみたり…。

やがてコトノハは、自分の両親が結婚式をあげていないことを知り、驚きます。結婚式は必ずあげなければいけないものではない、ということなの？　いろんな大人にインタビューしていくうちに、「結婚式は結婚とセット」だけれど、「結婚は結婚式とセット」ではないことに気がつきます。

主人公の思いが、ひとつひとつ順を追って細やかに描かれているため、読者は、どうしてコトノハが「そこ」に疑問をもったのかが理解でき、疑問を解決するために、考えていく道筋、行動していく姿に、共感を覚えていくことと思います。子どもたちは、「既成概念」に対して疑問を抱き、自分自身で考えることの大切さを感じることでしょう。

「あたりまえ」のことに疑問をもち、考えるコトノハが、次にどんなことで立ち止まるのか、著者のユニークな視点が生きるこのシリーズの続きが気になります。

（編集部・小島）

『モールランド・ストーリーⅢ ネバーウェディングストーリー』
ひこ・田中 作
中島梨絵 絵
福音館書店

徳間のゴホン!

第138回「いつもだれかが…」

表紙には、天使の像の前を元気よく歩いていく男の子。そして、像からは、青い線だけで描かれた天使が、抜け出そうとしています。何が起こるのか、知りたくなってページをめくると…?

『いつもだれかが…』は、「病院にいるおじいちゃんを訪ねる孫の少年」と、その子に、自分の一生の回想を聞かせるおじいちゃん、という、二重の構造を持つ絵本。作者は、ドイツの第一線の絵本作家、ユッタ・バウアーです。

少年時代のおじいちゃんは、バスに轢《ひ》かれそうになっても、木から落ちそうになっても、いつもふしぎと助かります。言葉では語られませんが、絵を見ている読者には、それが、青い線で描かれた天使に守られているおかげだとわかります。

でも、おじいちゃんが友だちとケンカをすると、天使はおじいちゃんに加勢したりはせず、怒ったようすで、雲に腰かけて見ているだけ。

やがておじいちゃんが大人になったころ、戦争が始まり、おじいちゃんも兵士となって戦場へ。天使も、もうおじいちゃんを助けることはできず、ただそばにいて、おびえています。戦後の飢餓《きが》のさなか、食料をもらう列に並ぶおじいちゃんのそばにいる天使は、すっかりやせ細っています。でもその後の仕事探し、結婚や子どもの誕生のときには、また、おじいちゃんを守ってくれる天使の姿が…。

人は一生のうちに、さまざまな困難に出会います。困難を切りぬけようと必死に努力し、もうこれ以上がんばれない、と思ったとき、「何か見えない存在が力を貸してくれる…助けるのは無理だとしても、いっしょにいてくれる」と感じられれば、少なくとも、孤独感に苛《さいな》まれることはなくなるかもしれません。この世界は捨てたものじゃない、だれかが見ていてくれるはずだ…という、「世界への信頼」を、この絵本は伝えてくれているように思います。

この本の原題は、直訳すると、「おじいちゃんの天使」でした。そのまま訳すと、キリスト教的になりすぎるため、日本語のタイトルをどうするか、翻訳者の上田真而子《うえだまにこ》さんと、ずいぶん頭をひねったことを、なつかしく思い出します。上田さんは、著書『幼い日への旅』(福音館日曜日文庫)にもあるように、お寺の娘として育った方で、「こういう存在って、キリスト教に限ったことじゃないと思うのよ、だれかが見ていてくれるって感じるのはね」と仰いました。そこから、「いつもだれかが…」という題が生まれたのでした。

物語の最後、子どもの読者は、孫の少年といっしょに、「おじいちゃんのお話も聞いたし、さあ、これから何をして遊ぼうかな?」と、明るい気持ちで読み終えるでしょう。でも、少し大きくなってからもう一度読み返し、最後の場面の絵をじっくり見ると、また別のことに気づくはず。子どもの視点と大人の視点、両方から読める大人にとっては、胸を打たれる、忘れがたいラストです。

困難の続く日々に、元気と勇気を与えてくれる一冊。ぜひ手に取ってみてください。

(編集部　上村)

『いつもだれかが…』
ユッタ・バウアー 作・絵
上田真而子 訳

編集部のこぼれ話

■読書感想画中央コンクールの指定図書に選ばれました！

　児童文学『お話のたきぎをあつめる人―魔法の図書館の物語』（ローレンティン妃＆パウル・ヴァン・ローン作／西村由美訳／佐竹美保絵）が、第三十三回読書感想画中央コンクールの指定図書（小学校高学年の部）に選ばれました！

　だれもいないお城にある、ふしぎな図書館に足をふみ入れた、女の子ステレの物語！

　子どもの本に造詣が深く、識字教育への取り組みでも知られるオランダ王室のローレンティン妃が、人気作家とともに書いた本です。佐竹美保の六十点を越える挿絵にもご注目！

■ピーター・シス展覧会開催

　絵本『星の使者　ガリレオ・ガリレイ』『生命の樹　チャールズ・ダーウィンの生涯』でおなじみ、チェコスロバキア出身のアメリカを代表する絵本作家、ピーター・シスの展覧会「ピーター・シスの夢と闇」が開かれます。日本ではじめて開催されるシスの展覧会。代表作の絵本原画やシスの創作活動の原点であるアニメーション作品を中心に、オブジェや構想メモ、スケッチ、日記など様々な作品や資料を含んだ約百五十点を通して、シスの芸術を俯瞰《ふかん》します。

　九月二十三日から十一月十四日
練馬区立美術館（東京都）

■映画「劇場版　アーヤと魔女」絶賛公開中！

　劇場公開が延期されていたスタジオジブリの最新長編アニメーション「劇場版　アーヤと魔女」（企画・宮崎　駿、監督・宮崎吾朗）が、全国で公開中！　徳間書店からは、ダイアナ・ウィン・ジョーンズによる原作本と、アニメ絵本などを刊行しています。映画と一緒にお楽しみください。

■「アーヤと魔女展」開催中

　三鷹の森ジブリ美術館では、スタジオジブリが挑んだ、初のフル３ＤＣＧアニメーション作品「アーヤと魔女」の制作過程を紹介する企画展を開催中です。

　展示では、「アーヤと魔女」監督の宮崎吾朗が、アニメーション制作のあらましを紹介、主人公アーヤの表情を３ＤＣＧで作る体験コーナーもあります。ぜひお出かけください。

■ムーミンコミックス展開催中

　ムーミンコミックスの原画や習作など貴重な作品が見られます。

　九月十一日から十一月十四日
名古屋市博物館（愛知県）

■映画『ＴＯＶＥ／トーベ』公開

「ムーミン」を生み出した芸術家トーベ・ヤンソンの人生とその創作の秘密に迫る映画が十月一日より全国公開されます。

メールマガジン配信中！

ご希望の方は、左記アドレスへ空メールを！（件名「メールマガジン希望」）

→tkchild@shoten.tokuma.com

児童書編集部のツイッター！

ツイッターでは、新刊やイベント、ｎｏｔｅの投稿告知など、さまざまな情報をお知らせしています。

→@TokumaChildren

児童書編集部のインスタグラム！

インスタグラムでは、新刊情報をお知らせしています。

→http://www.instagram.com/tokuma_kodomonohon/

児童文学９月新刊

物語　王さまとかじや

９月刊　文学

ジェイコブ・ブランク文
ルイス・スロボドキン絵
八木田宜子訳
Ａ５判／６４ページ
小学校低中学年から
定価（本体一七〇〇円＋税）

八歳の王さまは、なんでも大臣たちのいうとおりにしなければならないことを、とてもきゅうくつに思っていました。ボール遊びをしたくても、つりにいきたくても、いつも止められてしまうのです。

そんなある日、森の中で、大切な王冠がカラスに盗まれてしまいました。ところが、「王冠をとりもどす大臣」がいないため、大人たちはなにもすることができません。

そこで、王さまは、国じゅうかじやを呼んでくるよう、家来に命じますが…？

王さまが機転をきかせて大臣たちをやりこめる、昔話風のお話に、コールデコット賞受賞画家が絵をそえた絵本が、小学校低学年から一人読みできる、カラー挿絵たっぷりの読み物の形で再登

アリスとふたりのおかしな冒険

９月刊　文学

ナターシャ・ファラント作
ないとうふみこ訳
佐竹美保絵
Ｂ６判／３９２ページ
小学校中高学年から
定価（本体一九〇〇円＋税）

十一歳の黒髪の女の子アリスは、売れない俳優のパパと、おばの三人でサクランボ屋敷にくらしていた。四年前にママが病気でなくなってから心をとざし、じぶんの部屋にこもって物語を書いてばかりいたが、おばの計らいでスコットランドの寄宿学校に行くことになる。

行きの列車の中で、まじめすぎる男の子ジェシーと出会い、バスに乗りかえて学校にむかっていると、ラジオからローマの富豪の部屋からひすいの像がぬれてきた…。

内気な性格のアリス、まじめすぎる男の子ジェシー、いたずら好きの天才の男の子ファーガスは、三人で秘密の計画を立てることに…！

自然の美しいスコットランドを舞台に、大嵐に見舞われても、悪党に追われても、信頼している人にうらぎられても、たくましく前へ進む三人のすがたを描く、わくわくする冒険物語。

児童文学9月新刊

十一歳のジョシュは、十六歳の兄ヤードランの面倒をいつもみている。ヤードランは、体は大きいけれど小さな子どもみたいで、ときどき、とんでもないことをしてしまうからだ。
　秋の初め、二人は、ケガをして群れに置いていかれた鶴の子どもを見つける。ヤードランは、鶴の子に飛ぶことを教えて家族のところへ戻してやる、という考えにとりつかれる。
　だが、昔、女優だったママが舞台でつけていた「青いつばさ」を使って、鶴に飛び方を教えようとしていたとき、思わぬ事故が起き、ジョシュはヤードランにケガをさせられてしまう。そのせいで引き離されそうになった二人は、鶴の子を連れて家を出、鶴たちが冬を過ごすという「南」を目指して、トラクターで旅を始めるが…？
　変化していく家族の形の中で、変わらない兄弟や親子の深く強い絆を描き、心にしみる物語。兄弟それぞれの個性が生き生きと描かれ、忘れがたい印象を残す、オランダ・銀の石筆賞受賞作。

シェフ・アールツ作
長山さき訳
B6判／232ページ
小学校高学年から
定価（本体一六〇〇円＋税）

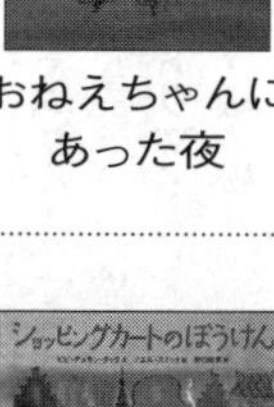

おねえちゃんにあった夜

●銀の石筆賞、ボッケンレーウ賞受賞

おねえちゃんはぼくが生まれる前に亡くなった。でもある日、ぼくはふしぎな声をきいた。「今晩いっしょに、自転車ででかけようよ」そしてその夜…？

　子どもが「死」を受け入れていく過程を、詩的な文章と叙情的な絵で描き出した忘れがたい絵本。

　シェフ・アールツ文／マリット・テルンクヴィスト絵／長山さき訳／26㎝／48ページ／5歳から／定価（本体一七〇〇円＋税）

ショッピングカートのぼうけん

スーパーで買われた品物は、いったいどこへ行くんだろう？小さなショッピングカートは、ある晩、タマゴやフランスパンなどのなかまをのせて、店の外へさがしにいくことにしましたが…？

　夜の町での小さなぼうけんを描く、ショッピングカートが主人公のユニークでかわいいオランダ発の絵本。

　ビビ・デュモン・タック文／ノエル・スミット絵／野口絵美訳／25㎝／28ページ／5歳から／定価（本体一五〇〇円＋税）

絵本10月新刊

ハムおじさん

ハムおじさんは品がよくて、ものしずかな紳士です。ミートボールという名前のねことくらしています。

ある朝、目覚まし時計がこわれてねぼうしてしまったハムおじさんは、坂の上の時計屋に行きました。時計の修理をたのむと、店の主人はいいました。

「これなら、すぐになおるだろう。かいものでも　してからもどっておいで」

そこで目覚まし時計がなおるまでのあいだ、ハムおじさんはにしました。でも、お店にはほしいものがたくさんあって、買ったものが山のように積みあがってしまい…?

すてきなおじさん（と、ねこ）のほのぼのとした絵本。アニメーション作家としても活躍中の絵本作家による、ユーモラスで楽しい作品です。

10月刊　絵本

大桃洋祐さく・え
29cm
32ページ
5歳から
定価（本体一九〇〇円+税）

■好評既刊　秋の日の絵本

かあさん、だいすき

金色の落ち葉が舞う秋の日、エレンは母さんにききました。「ねえ、かあさん、なにかんがえてる?」「かぜがとってもつよいわねって」「それだけ?」エレンが母さんからききたかったのは…?　絵本の文章の名手ゾロトウと人気絵本作家ヴォークによる、親子の愛情あふれるひとときを描いた絵本。

シャーロット・ゾロトウ文／シャーロット・ヴォーク絵／松井るり子訳／26cm／26ページ／5歳から／定価（本体一七

くまくん、はるまで
おやすみなさい

冬がすぐそこまできています。くまくんは、おかあさんと冬ごもりの準備をしています。

さあ、巣穴でねむる前に、森に住んでいる友だちにおやすみなさいをいいにいきましょう。

秋のおわりを迎えた動物たちと、おかあさんと一緒にはじめて冬ごもりをする子ぐまの姿を描いた、心あたたまる絵本です。

ブリッタ・テッケントラップ作・絵／石川素子訳／29cm／25ページ／3歳から／定価

児童文学10月新刊

ある女の子の子どもべやに、「オンボロやしき」とよばれる、古い人形の家がありました。家も、中に住む六人の人形も、みんなボロボロでしたが、人形たちは、いつも陽気に、楽しく暮らしていました。

ある日、ピカピカの新しい人形の家と、おしゃれな人形たちがやってきて、オンボロやしきは、部屋のすみっこに押しこまれ、忘れられてしまいます。それでも、気のいい六人の人形たちは、新しい人形たちの暮らしに感心し、こまっているときには、助けてあげました。

けれども、女の子のばあやは、「オンボロやしき」をもやしてしまおうと…?

『秘密の花園』『小公女』のバーネットが、小さな子ども向けに、「妖精の女王が語るお話」の形で描いた、楽しい人形の物語。日本で翻訳されるのはこれが初めて。豊富な挿絵も魅力です。

フランシス・ホジソン・バーネット作
尾崎愛子訳
平澤朋子絵
A5判／144ページ
小学校低中学年から
定価（本体一四〇〇円＋税）

うちはお人形の修理屋さん

人形の修理屋さんの娘で、九歳のアナは、優等生のおねえちゃんと、あまえん坊の妹と、お店のお人形で遊ぶのが何よりも楽しみ。でもヨーロッパで戦争が起き、パパの店が立ち行かなくなって…？　20世紀初頭のNYの移民街で、家族に囲まれのびのび成長する少女を描くさわやかな物語。

ヨナ・ゼルディス・マクドノー作／おびかゆうこ訳／杉浦さやか絵／B6判／208ページ／小学校中高学年から／定価（本体一四〇〇円＋税）

人形つかいマリオのお話

人形つかいのマリオは、あやつり人形たちといっしょに国じゅうを旅していました。でも、同じ芝居を何百回もくり返すようになると、人形たちはうんざり。糸につながれているのはいや、とハサミで糸を切って…？　おとぎ話の名手ラフィク・シャミが贈る、人形つかいとあやつり人形たちの友情の物語。

ラフィク・シャミ作／松永美穂訳／たなか鮎子絵／A5判／120ページ／小学校中高学年から／定価（本体一四〇〇円＋税）

◆読者のみなさまへ◆

「子どもの本だより」を定期購読しませんか？

徳間書店の児童書をご愛読いただきありがとうございます。編集部では「子どもの本だより」の定期購読を受けつけています。お申し込みされますと二カ月に一度「子どもの本だより」をお送りする他、絵本から場面をとった絵葉書（非売品）などもお届けします。ご希望の方は、六百円（送料を含む一年分の定期購読料）を郵便振替（加入者名・㈱徳間書店／口座番号・００１３０・３・１１０６６５番）でお振り込みください（尚、郵便振替手数料は皆様のご負担となりますので、ご了承ください）。

ご入金を確認後、一、二カ月以内に第一回目を、その後隔月で「子どもの本だより」（全部で六回）をお届けします（お申し込みの時期により、多少、お待ちいただく場合があります）。

また、皆様からいただくご意見や、ご感想は、著者や訳者の方々も、たいへん楽しみにしていらっしゃいます。どうぞ、編集部まで

読者からのおたより

●このコーナーでは編集部にお寄せいただいたお手紙や、愛読者カードの中からいくつかを、ご紹介しています。

●絵本『としょかんのきょうりゅう』

すごくすごくおもしろかったです。あんきろさうるすが、かわいかったです。あんきろさうるすのおはなしをつくってください。

（東京都・坂口雄大郎さん・六歳）

●絵本『ネコ博士が語る　海のふしぎ』

グラフィックが細かく、まだ字を読めない3歳の娘も、とても楽しんでいます。

宇宙の不思議、科学のふしぎ、体のふしぎ、全てのシリーズを毎日繰り返しながめています。

（神奈川県・T・Eさん）

●絵本『人形の家にすんでいたネズミ一家のおるすばん』

絵本の色あいがすごく素敵だなと思いました。お話もドキドキワクワク、そして少しあたたかみを感じました。本をひらいてすぐの花と羽の絵がすごく素敵です。ネズミたちもかわいい。

（福島県・I・Kさん・十二歳）

●児童文学『ぼくのあいぼうはカモノハシ』

ルフスとシドニーのなかのよさがとてもつたわってきました。ルフスはたおれていたシドニーを助けたのがとてもやさしいな、と思います。ルフスとシドニーみたいなふかいきずなは、なかなかないな、と思いました。

さいご、ルフスがパパに会えて感動しました！

（岡山県・牧野朝さん・八歳）

●児童文学『マライアおばさん』

小学生のときから大好きだったダイアナ・ウィン・ジョーンズ作品で珍しく読んでいなかった本書を手にとると、懐かしいジョーンズの世界が広がるとともに、男女を分ける古い考えに蹴りを入れるようなお話に元気がでました。そういえば、私はこんなジョーンズの素敵な価値観で育ったのだと思い出しました。

（東京都・松原ななみさん・二十歳）

●アニメ絵本『アーヤと魔女』

アーヤがあきらめないことがすごいと思って、私もあきらめないでいこうと思いました。

（沖縄県・幸喜あのんさん・十一歳）